À TON TOUR

Direction des publications : Stéphanie Baronchelli, Jérôme Bernez-Binder
Suivi éditorial et maquette : Alice Darondeau
Correction : Maud Bataille

Illustration et lettrage : Nicolas Galkowski
Conception graphique : Tiphaine Rautureau
Typographies : Forturn – Syaf Rizal ; Bebas Neue – Dharma Type
WWW.GULFSTREAM.FR

ISBN : 978-2-38349-021-0
ISSN : 2824-4729

Loi 49-956 du 16 juillet 1949 sur les publications destinées à la jeunesse

Gulf stream éditeur

SPOOKY

PRÉSENTE

À TON TOUR

ÉCRIT PAR **AURÉLIE MOULIN** ILLUSTRÉ PAR **NICOLAS GALKOWSKI**

ÉDITÉ PAR **GULF STREAM ÉDITEUR**

Prologue

Cette soirée promet d'être mémorable.

Les flammes dansent devant leurs yeux. C'est joli. Je les regarde. Ils ne bougent pas.

Ils sont huit, assis sur le sol, transis, les genoux serrés sur leur poitrine, ils s'observent en silence mais ne me voient pas. Je préfère rester un peu à l'écart. Les adieux m'ont toujours déprimé.

Thomas, le moniteur, a organisé une soirée spéciale pour fêter la fin du camp. Rien de très original, mais ça part d'un bon sentiment. On va bien s'amuser, j'en suis sûr.

Il est sympa, parfois un peu gênant quand il essaie de nous convaincre qu'il est encore jeune et cool, mais il a le mérite, car il a le sommeil lourd, de ne pas être très vigilant sur les interdits une fois la nuit tombée. Quand on a compris qu'après ses deux cigarettes et son coup de fil à sa copine, il boit une bière en douce et se couche avec ses écouteurs dans les oreilles jusqu'à huit heures le lendemain matin, ça offre pas mal de possibilités.

— Vous pouvez encore reculer. Après il sera trop tard, prévient-il d'une grosse voix.

Enès est le seul que ça impressionne. Le maigrichon du groupe avale difficilement sa salive tandis que le grand Max lui jette un regard moqueur en lui piquant sa casquette. Enès ne bronche pas. Il le regarde bêtement, se rendant bien compte qu'il ne la récupérera pas avant de quitter le camp. Max est vraiment une ordure. Il lui a gâché son voyage dès qu'il en a eu l'occasion. C'est ce genre de mec qui s'acharne sur les plus petits, qui aime exercer sa domination sur les faibles. Il mériterait une bonne leçon mais personne n'a eu le cran de le défier. Rapport à son mètre quatre-vingts, sans doute.

Le souffle court, Marion, la plus jeune, une petite blonde aux yeux clairs, semble essayer de se convaincre elle-même de ne pas quitter les lieux pour rejoindre son sac de couchage. Près d'elle, Lison, sa copine, lui prend la main pour la rassurer. Elles deux, je les aime bien. Elles me manqueront un peu, je pense.

À leur droite, Bastien, le grand pote de Max, essaie de passer son bras autour des épaules de la jolie Inaya qui le vire aussi sec avec un regard noir. Ça fait trois semaines qu'il tente des rapprochements et se prend vent sur vent. Isaac, l'électron libre du groupe, les regarde en se marrant ouvertement.

— Bien, reprend Thomas, si personne ne souhaite quitter cette assemblée, nous allons pouvoir commencer. Les petits sont couchés. Il ne reste donc que vous sept. Une histoire ou un gage. Aucun joker. Vous avez eu l'après-midi pour trouver le récit le plus terrifiant possible, c'est l'heure du verdict. Je raconte la première histoire pour lancer le jeu et je vous laisse entre vous. Ça vous va ?

Tous acquiescent en silence.

CHAPITRE 1

Thomas s'assoit près du feu.

— Mon histoire n'a pas été inventée. Elle est arrivée à une amie de ma cousine.

Isaac ne peut s'empêcher de rire.

— Carrément… hyper crédible !

— Fais pas le malin, Isaac ! Parfois, il vaut mieux éviter de se moquer de ce qu'on ne maîtrise pas. La copine de ma cousine l'a appris à ses dépens.

Il souffle sur les braises. Le feu crépite.

— Mon histoire s'intitule : « Ouvre-moi Molly ».

— Je vais le faire.

Camille avait prononcé ces mots d'une voix blanche. Les autres l'avaient fixée, certains amusés, d'autres presque admiratifs.

— Sérieusement ? avait demandé Léa sur un ton de défi. Tu seras même pas capable de passer la porte sans pleurnicher…

— Laisse-la tranquille, elle va le faire, tu verras.

Camille n'en revenait pas, Flo s'était levé pour la défendre. Elle se sentit rougir. Il n'était pas intervenu depuis le début de la discussion. On aurait même pu croire qu'il ne les écoutait pas. Mais du fond de la salle, il avait fait taire tout le monde.

Maintenant, plus moyen de faire marche arrière. Camille irait, pour elle-même, pour se prouver qu'elle en était capable, pour faire fermer sa bouche à cette peste de Léa et pour Flo aussi, un petit peu.

Léa, « Queen L », comme elle s'était humblement auto-surnommée, tourna les talons suivie de ses sbires. Camille se demanda si elles la suivaient comme des toutous pour profiter de sa popularité ou si elles étaient réellement amies.

Avant de quitter le foyer du lycée, Léa fit volte-face puis lui lança :

— Ce soir, minuit, devant le vieux manoir.

— Minuit ? Mais on est mardi… commença Camille prise de court.

— Quoi ? persifla Léa. Tu ne pensais quand même pas qu'on irait en plein jour ? Ou alors t'as peur que papa et maman te laissent pas sortir ? Dis-le si tu cherches une excuse…

Elle marqua une pause, visiblement satisfaite.

— Tu sais quoi, Flo ? Je ne serais pas étonnée qu'elle nous envoie un message à vingt-trois heures avec un prétexte bidon…

Le garçon ne répondit pas. Sa bouche se tordit, il avait l'air de douter. Camille s'approcha de lui, réunit son courage et planta son regard dans le sien :

— Ce soir, minuit. J'y serai.

Chapitre 1

Il lui sourit. Il était beau, brun, les yeux en amande, grand, stylé. Ce genre de gars qu'on admire de loin en se disant qu'on n'a aucune chance. Mais ce soir Camille passerait une soirée entière avec lui. C'était le moment ou jamais de se faire remarquer.

Problème : ses parents ne la laisseraient effectivement pas sortir en semaine. Inutile d'essayer de les convaincre ou de mentir.

Une seule solution : faire le mur. Ça ne lui ressemblait pas du tout mais ça valait la peine d'être punie.

Après dîner, vers vingt et une heures, elle prétexta un devoir de maths à réviser avant de monter dans sa chambre après avoir dit bonne nuit à ses parents. Elle attendrait vingt-trois heures pour partir. Ses parents seraient endormis, la plupart de ses voisins également. Elle ne risquerait pas de croiser qui que ce soit dans la rue. Maintenant, il fallait préparer ses affaires. Elle ne savait pas trop quoi mettre dans son sac à dos. Une lampe de poche, un couteau suisse, un carnet, un crayon, son téléphone, ça devrait suffire.

Allongée sur son lit, elle regardait fixement son réveil. Camille était forcément un peu excitée par la situation mais une part d'elle aurait voulu être prise en flagrant délit et ne pas pouvoir y aller. Mais il y avait Flo. Et c'était un argument infaillible.

Quand l'heure arriva enfin, elle se leva en faisant le moins de bruit possible. Heureusement pour elle, sa chambre était au rez-de-chaussée, elle n'aurait pas à jouer les cascadeuses pour sortir par la fenêtre ni à sacrifier un drap comme dans les films.

Une fois dans l'allée de la maison, elle se retourna, prise de remords : ses parents lui faisaient confiance.

S'ils l'apprenaient… le plus dur ne serait pas la punition. Elle respira un grand coup. C'était trop tard, le plus dur était fait. Enfin, à ce moment-là, c'est ce qu'elle croyait.

Elle se mit en route.

Elle en avait pour une trentaine de minutes de marche. Ensuite, il lui faudrait attendre les autres jusqu'à minuit. Rien d'insurmontable.

Sur le chemin, elle appela sa meilleure amie Alya qui clairement lui fit comprendre qu'elle allait faire une grosse bêtise :

— C'est super dangereux, Camille, je te jure, j'aime pas ça… ronchonna-t-elle. Tu pourrais te blesser ou te faire arrêter par la police. Fais demi-tour et viens chez moi, on se regardera un film d'horreur si t'as envie de te faire flipper ce soir !

— Non, je suis déjà à la moitié du chemin, la rassura Camille. Je ferai attention, promis. Je ne peux pas reculer maintenant, Léa serait trop contente de balancer demain à tout le monde que je me suis dégonflée.

Mince.

Camille comprit que c'était sa principale motivation : ne pas laisser gagner Léa. Elle se trouva stupide, superficielle, tout ce qu'elle détestait chez les sales pestes comme Queen L. C'était trop tard pour changer d'avis, elle apercevait déjà le manoir au loin.

— J'y suis presque. Je te tiens au courant, je ne ferai rien de dangereux et si je vois que ça tourne mal ou qu'ils se foutent de moi, promis, je m'en vais et je te rejoins, OK ?

— D'accord… mais fais gaffe, avait répondu Alya sans cacher sa désapprobation.

Chapitre 1

Camille raccrocha et rangea son téléphone dans son sac. Elle arriva au pied de la grille. Elle était trop haute pour être escaladée mais la chaîne cadenassée qui était censée la fermer était lâche : ils pourraient se glisser sans trop de difficulté dans la cour. Au loin se dressait le manoir, aussi magnifique que terrifiant. Les fenêtres, dont certaines avaient été condamnées par des planches en bois, le lierre qui avait recouvert la quasi-totalité de la façade, le jardin laissé complètement à l'abandon… Le décor était planté. Camille déglutit. Il lui restait encore un bon quart d'heure avant que les autres ne la rejoignent. Elle se dit que passer la grille et attendre les autres sur les marches devant le manoir créerait un effet qui devrait calmer l'arrogance de Léa pour un moment. Rassemblant son courage, elle se faufila entre les barreaux rouillés puis une fois de l'autre côté, ressentit immédiatement un profond malaise.

On racontait tellement d'histoires sur ce lieu.

Combien d'ados s'étaient amusés à se faire peur grâce à Molly J. ? Elle faisait partie du folklore local, si bien que chacun y allait de sa version et de « je connais un gars qui connaît un gars qui l'a déjà vue ». Camille faisait partie de ceux qui aimaient se faire peur, mais plutôt sur un canapé devant un DVD avec du pop-corn qu'en allant explorer des lieux hantés. *Comme quoi, tout arrive !* pensa-t-elle.

Ça lui ferait des histoires à raconter à Alya et à ses copines de colo. Après tout, c'était juste une vieille baraque et ils avaient plus de chances de tomber sur des squatteurs que sur Molly !

Elle se fraya un chemin jusqu'à l'entrée du manoir. Les ronces et les orties avaient envahi le jardin qui autrefois avait dû faire la fierté de la famille H.

De vieilles statues recouvertes de mousse semblaient vouloir s'extraire de cette végétation comme des nageurs en pleine noyade. La nuit arrivait, donnant à ces silhouettes fantomatiques une expression de douleur qui leur déformait le visage. Il était clair que la peur commençait à lui jouer des tours, Camille ne s'était jamais sentie à l'aise dans l'obscurité. Au loin, on entendait le croassement glaçant de deux corbeaux survolant la grille d'entrée.

Soudain, plus un son. Camille n'entendait que le bruit de ses pas sur le gravier partiellement dissimulé par la mousse. Plusieurs fois, elle râla en accrochant son pantalon aux buissons d'aubépines. Elle se retourna brusquement, pensant avoir entendu des pas derrière elle. Elle arriva enfin devant le manoir. Dans quelques instants les autres allaient arriver. Elle se sentait tendue, à tel point que même la présence de Léa lui aurait semblé rassurante.

Le manoir était immense. Le lierre recouvrait les deux tiers de la bâtisse, les feuilles s'emmêlaient pour former une sorte de carapace. Seule la haute tour est n'était recouverte que de branches dénuées de feuilles, comme autant de veines qui lézardaient les murs, lesquelles lui donnaient un aspect presque vivant.

Elle entendit un cri suivi de plusieurs jurons venant des fourrés à quelques mètres du manoir. Camille ne put s'empêcher de sourire à l'idée que Léa avait dû abîmer une de ses super fringues en s'accrochant à une ronce. Plusieurs faisceaux de lampe de poche se dirigeaient vers elle. Elle aperçut enfin le groupe se rapprocher. Il y avait Léa, suivie par Flo qui lui adressa un sourire radieux, ravi qu'elle ne se soit pas défilée et Anthony, un garçon de sa classe. Celui-ci lui fit un petit signe de tête, manifestement effrayé par le manoir qu'il n'arrivait pas à quitter des yeux.

— Tu es venue… lâcha Léa en toisant Camille avec mépris.

— Je te l'avais dit, répondit Flo avec un sourire charmeur.

— On y va ou on reste discuter ici toute la nuit ? provoqua Camille.

— On y va, t'inquiète, on va juste se mettre un peu dans l'ambiance avant de passer la porte d'entrée, répondit Léa en sortant de sa besace une liasse de feuilles.

Elle se mit à lire.

— Vous avez tous déjà entendu parler de Molly J. mais vous ne connaissez peut-être pas tous les détails morbides de cette histoire…

Son visage éclairé par sa lampe de poche, Léa prit une expression de conspiratrice avant d'entamer son récit. Tous les ingrédients étaient réunis : un amour déçu, une trahison et un funeste destin. Cette légende, ils la connaissaient tous depuis l'enfance, c'était leur dame blanche à eux. Ils ne se lassaient pas de cette histoire qu'ils avaient tous entendue des dizaines de fois.

Léa rejeta ses cheveux derrière son épaule, attendit que tous les yeux soient braqués sur elle et commença donc à raconter en minaudant :

« Nous sommes au XIXe siècle. Molly était une jeune servante embauchée dès son adolescence et dont la vie semblait vouée à servir ses maîtres jusqu'à ce qu'elle soit devenue trop vieille pour le faire. Mais elle n'était ni rustre ni naïve comme les autres employées de maison.

Au contraire, elle était d'une grande finesse, osait parfois quelques bons mots et à force d'observation, elle maîtrisait les manières et les codes de bienséance tant chéris par les personnes aisées. Alors, très vite, elle attira l'attention du fils des maîtres. Il l'observa, d'abord amusé, l'ayant à plusieurs reprises surprise en train de faire semblant de prendre le thé dans le grand salon ou de saluer obséquieusement[1] devant le miroir de la bibliothèque.

Puis, la beauté de la jeune femme lui apparut comme une évidence. Son corps était svelte, sa peau laiteuse et ses cheveux bouclés étaient retenus en un épais chignon laissant çà et là s'échapper quelques anglaises qui couraient sur ses épaules. William était habitué à avoir tout ce qu'il désirait et il voulait que Molly soit sienne. Il n'eut pas de mal à s'en faire aimer car outre son charme reconnu de tous, il représentait pour la jeune fille une manière de fuir sa condition, d'accéder à la vie qu'elle avait toujours pensé mériter, celle pour laquelle elle était faite. Les deux jeunes gens furent passionnément amoureux l'un de l'autre. William aimait ce jeu : le jour, ils se comportaient comme de quasi-inconnus, leurs regards se croisaient à peine, Molly le vouvoyait et il ne lui adressait que rarement la parole. Mais parfois, il glissait discrètement des messages dans les plis de sa serviette lorsque les serviteurs étaient occupés à débarrasser la grande table de la salle à manger.

Molly, mon amour,

Quel plaisir de te retrouver à la nuit tombée quand il m'a été si difficile de me tenir loin de toi toute une journée.

---

1. Qui exagère les marques de politesse, le plus souvent par hypocrisie.

Chapitre 1

Le Duc T. t'a remarquée à son arrivée ce matin, il t'a dévorée du regard au moment du repas. J'étais jaloux, Molly. J'aurais pu hurler. Tu es à moi, à moi seulement. Et je t'appartiens en retour. »

Léa marqua une pause pour signifier à l'auditoire que l'histoire allait prendre un tournant déplaisant.

« Les mois passèrent. La main sur un ventre déjà arrondi, dans le boudoir que constituait sa minuscule chambre de bonne, Molly avait, un soir, annoncé à William qu'elle attendait un enfant. Leur enfant. Son héritier. Depuis plusieurs semaines déjà, elle rêvait de cette nouvelle vie à trois, de cette famille idéale qu'ils allaient constituer. Elle avait installé un berceau de fortune près de sa chaise à bascule, créant un cocon dans une chambre déjà trop petite. La réaction du jeune homme la brisa. Ses yeux se posèrent sur Molly, descendirent sur son ventre puis sur le berceau quand son regard changea brutalement, il redevint le maître, celui qui possède, celui qui décide. Dans un accès de violence dont elle le pensait incapable, il la poussa sur son lit et tourna les talons sans un mot. Molly resta prostrée la nuit entière. Comment William avait-il pu lui faire ça ? Il lui fallait sans doute un peu de temps pour accepter la situation. Il lui reviendrait. Il l'avait promis. Ils s'appartenaient…

Mais au petit matin, lorsqu'on frappa à sa porte, Molly fut bien déçue de ne pas trouver William comme elle l'avait espéré. À sa place, un de ses serviteurs lui tendit une lettre. La main tremblante, elle l'ouvrit. Elle craignait de lire les mots de son amant. Son message lui fit l'effet d'une gifle.

Molly,

Ceci sera la dernière fois que je prendrai directement contact avec vous.

Je pense avoir manqué de clarté concernant la nature de nos relations. Il n'est absolument pas envisageable pour moi de corrompre le nom de ma famille avec une simple servante. Vous êtes une brave fille Molly... Je n'ai jamais eu à me plaindre de vous auparavant. N'oubliez jamais que ma famille vous a sortie de la misère dans laquelle vous viviez. Nous sommes une maison respectable et je suis depuis toujours destiné à hériter de la noblesse qu'implique mon nom. Ainsi, mon mariage aura lieu d'ici quelques mois. Il est approuvé de mes parents et je serai uni à Margaret R. devant Dieu. Je vous prie donc de ne plus répandre de mensonges me concernant. Je suis le fils des H., votre futur maître, en cela vous me devez un respect sans faille. Serais-je assez fou pour engrosser une simple servante ? Pour traîner ainsi volontairement le nom de ma famille dans la boue ? Je ne souhaite plus vous savoir entre les murs de ce manoir, votre simple présence nuirait autant à mon bonheur qu'à ma vie de famille. Je vous demande donc de préparer votre bagage et de rejoindre notre dépendance en province. Considérez cette proposition comme miséricordieuse.

Adieu.
William H. »

Léa fit une pause, un sourire mystérieux sur le visage. Elle semblait ravie de l'effet qu'elle avait produit.

— La suite à l'intérieur. Si vous voulez bien me suivre...

Chapitre 1

Elle entra dans le manoir la première, collée par Anthony qui observait, mal à l'aise, les moindres murs et ouvertures comme si Molly allait lui apparaître. À quelques mètres d'eux, Flo, une lampe de poche à la main, commençait déjà à explorer les lieux. Camille leur emboîta le pas, encore sous le coup de l'histoire qui venait de leur être racontée : Molly aimait William, elle lui faisait confiance et il l'avait trahie. Quelle meilleure raison de vouloir lui pourrir la vie en revenant hanter les lieux ?

Elle inspira profondément.

Un gigantesque escalier se dressait face à la porte d'entrée. La balustrade de bois sombre était en parfait état mais quelques marches avaient été endommagées. Il se divisait ensuite en deux escaliers distincts desservant les couloirs de l'étage. La lumière de la lune filtrait par un magnifique vitrail et éclairait parfaitement la pièce. Ils auraient pu éteindre leurs lampes torches.

— C'est parti ! ordonna Léa. On commence par visiter. N'oubliez pas de prendre des photos ou de filmer si vous voyez des trucs bizarres. On se sépare, on ira plus vite. Anthony avec moi et Camille avec Flo.

Ce dernier sourit en coin à Camille en se plaçant près d'elle. Elle sentit les battements de son cœur s'accélérer. Léa sortit de son sac une feuille de papier pliée en quatre. C'était un plan du manoir crayonné à la main. Rien ne semblait à l'échelle mais l'emplacement des différentes pièces était clairement défini. Camille en prit une photo avec son téléphone portable.

— Par là, indiqua Léa en pointant du doigt un couloir, la cuisine, le salon et la bibliothèque. Nous on s'occupe des chambres des maîtres, du grenier et du bureau. Dans une heure on se retrouve tous dans la salle de bains.

Elle sourit à Camille.

— Là on verra si tu oses…

— Une heure. La salle de bains. On y sera, répondit Camille d'une voix assurée qui l'étonna elle-même.

— Allez on y va, viens, dit Flo en lui prenant la main et en l'attirant vers l'aile droite du rez-de-chaussée.

Camille sentit son cœur s'emballer. Sans doute parce que sa main serrait celle de Flo, sans doute aussi parce que tout autour d'elle la mettait en alerte. Elle aperçut Léa et Anthony dans les escaliers puis elle les perdit de vue. On n'entendait plus que les voix lointaines des deux adolescents ainsi que les craquements réguliers du plancher sous leurs pas.

Flo éclairait le sol tandis que Camille scrutait les murs et les ouvertures. C'était la meilleure solution pour éviter de trébucher ou de se cogner. Plusieurs fois, Camille étouffa de petits cris lorsque ses cheveux se prenaient dans les épaisses toiles d'araignée qui drapaient les murs. Malgré cela, on sentait que l'endroit avait été beau un jour. Il en restait des traces : quelques tableaux et miroirs dorés au mur, une tapisserie représentant une scène de chasse, des poignées de porte en cuivre ouvragé…

… et il y avait les graffitis, les bouteilles de bière au sol, les détritus. Des squatteurs. Alya avait raison. C'était inutilement dangereux. Camille sortit de ses pensées quand Flo sursauta en lui serrant le poignet. Près d'eux, il y avait eu un couinement aigu, suivi de bruits de verres qui tombaient. Des rats. Elle se colla encore davantage au dos du jeune homme, tellement qu'elle sentit l'odeur de son parfum. Elle ferma brièvement les yeux et imagina Alya, hilare, en train de mimer l'air mièvre qu'elle devait avoir à cet instant précis. Elle reprit son sérieux quand ils entrèrent dans le salon.

Le lieu était décevant. Il ne restait que peu de meubles et sans le plan de Léa, il leur aurait été difficile de savoir qu'il s'agissait d'un salon. Quelques sièges laissés çà et là, housses éventrées et ressorts visibles, un vieux piano aux touches jaunies et au bois craquelé, une banquette sombre contre l'unique fenêtre de la pièce. Flo laissa ses doigts traîner sur les touches de l'instrument. Quelques notes, discordantes, en sortirent. Camille tressaillit.

— Ne refais pas ça, s'il te plaît, murmura-t-elle.

— Désolé, je voulais pas te faire peur ! T'inquiète j'arrête, promit-il en levant la main comme un scout, ce qui fit rire Camille. Y a pas grand-chose ici… on va pas tarder à bouger. On fait le tour pour voir s'il y a des inscriptions sur les murs et on passe à la cuisine, OK ?

— D'accord, murmura Camille, en commençant son inspection.

Flo partit à droite, elle à gauche.

Sur les murs, les armoiries de la famille H : leur initiale gravée en majuscule entourée de deux couronnes et surmontée d'une plume. C'était plutôt joli. Camille inspecta les quelques tableaux accrochés au mur. Certains étaient vraiment abîmés, on distinguait à peine les portraits et les paysages qui y figuraient. Mais elle en trouva un qui était étonnamment en bon état.

L'inscription dorée indiquait : 1879, Famille H.

Le couple posait avec William dans ce même salon. Seul le père était assis. Le visage dur. Il portait une tenue militaire qui correspondait tout à fait à son allure froide. La mère était plus souriante, mais discrète. Elle n'était pas forcément jolie, cependant elle avait un air doux qui fit sourire Camille. Sa main était posée sur l'épaule de son fils. William avait entre huit et dix ans. Il tenait contre lui un jouet en bois. Même avec la lampe de poche, il était difficile de distinguer s'il s'agissait d'une figurine de cheval ou de chien.

Quelques notes de piano arrachèrent brusquement Camille à son observation.

— Flo, t'es chiant ! Tu m'as fait super peur ! lança-t-elle la main sur le cœur en essayant de reprendre son souffle.

Elle sentit Flo serrer son poignet. Elle se retourna et vit le visage blême du garçon. Il tournait frénétiquement sa lampe autour de lui.

— Je suis derrière toi depuis quelques minutes déjà, c'est pas moi…

La pièce était vide. Rien n'avait bougé.

— Mais… si c'est pas toi… pensa Camille à voix haute.

— Un rat ? hasarda-t-il.

— Un rat ? T'es sérieux ? Un rat qui joue du piano ?

Camille sentait ses membres se raidir.

Les mêmes notes résonnèrent de nouveau. Ils n'étaient pas seuls.

Flo la tira violemment par le bras et l'entraîna en dehors de la pièce. Dos au mur, ils respiraient tous les deux bruyamment. Ils attendirent quelques instants sans oser bouger. Mais lorsqu'ils entendirent de nouveau les notes au piano, ils partirent en courant, si vite que Flo laissa glisser sa lampe de poche sur le sol. Il allait faire marche arrière.

— Non, laisse-la, tant pis ! le pressa Camille.

Il la suivit sans discuter. Quelques mètres plus loin, il sortit son téléphone et appela Léa.

— Vous êtes où là ?… On est sortis du salon… Non, on n'a rien trouvé. On a eu la trouille, un truc vraiment bizarre avec le piano… on passe à la cuisine… Te fous pas de moi, je te jure, c'était flippant ! OK, on se rappelle.

Il raccrocha en essayant de reprendre ses esprits.

— Ils vont bien. Rien de leur côté. Stresse pas, on s'est monté la tête tout seuls.

— Oui, sans doute… bredouilla Camille sans grande conviction.

Flo la serra dans ses bras pour la rassurer.

— T'inquiète. On est là pour s'amuser. (Il fit la grimace) Alors OK pour l'instant c'est pas ouf à ce niveau. (Camille sourit) Sans blague, il va rien nous arriver. Je suis avec toi.

Camille lui rendit son étreinte.

— On reste à côté l'un de l'autre maintenant, tu veux bien ? demanda-t-elle.

— Ta main… ordonna-t-il en lui tendant la sienne.

Elle la saisit et se sentit soudain plus forte. Plus que deux pièces. Et après ce serait fini, elle rentrerait chez elle.

Tous les couloirs du manoir se ressemblaient. Flo prit leur unique lampe de poche des mains de Camille et lui fit signe de marcher dans ses pas. Certaines lourdes portes en bois étaient fermées, d'autres donnaient sur des pièces totalement vides. Le bruit de sa respiration était le seul son que Camille percevait.

— On y est ! lança le garçon en poussant une porte donnant sur une grande cuisine.

La pièce était sens dessus dessous. Étonnant que tout n'ait pas été pillé avec le temps ! Il restait des soupières, des assiettes ébréchées, des services à thé encore dans leur plateau guilloché[1]. Camille trébucha dans les débris de vaisselle. Elle poussa un cri aigu. Flo l'aida à se relever et pointa la lampe sur sa main. L'entaille était vilaine à voir et la brûlait terriblement. Et forcément, aucun pansement ou bandage dans son sac à dos… Flo lui enleva le foulard qu'elle portait autour du cou afin de l'enrouler autour de sa main. Elle le remercia d'un vague sourire mais la douleur était si vive que les larmes lui montaient aux yeux.

— Je suis content de faire équipe avec toi ce soir, dit-il.

— Moi aussi, bredouilla la jeune fille.

Il posa la lampe sur un vaisselier et s'approcha encore d'elle. Impossible de reprendre son souffle. Est-ce qu'il allait vraiment faire ce à quoi elle pensait ? Elle baissa la tête. Il la releva du bout des doigts et déposa un baiser sur ses lèvres. Leur tout premier baiser. C'était comme elle l'avait imaginé, doux, tendre et même si le cadre n'avait rien d'idyllique, elle n'aurait changé cet instant pour rien au monde. Elle ne dit rien et sourit. Il caressa tendrement sa joue et lui prit la main pour poursuivre leur exploration de la cuisine.

— Là, regarde ! s'exclama-t-il en désignant de sa torche un passe-plat.

— Qu'est-ce que c'est ?

— Je crois que ça servait à monter les assiettes dans les chambres des maîtres. Visiblement, les H. avaient un peu de compassion pour leurs domestiques… ironisa-t-il

1. Orné de traits en creux et entrelacés.

en actionnant la manivelle qui permettait de mettre en marche le levier. Ça monte et ça descend… bizarre… il y a d'autres pièces au sous-sol ?

— J'ai rien vu sur le plan de Léa, murmura Camille en frissonnant.

— Je pense qu'on passe dans l'ouverture, tu veux qu'on aille jeter un œil ? demanda Flo avec un sourire.

— Quoi ? Non ! Carrément pas ! T'es fou ? C'est un coup à rester coincés !

— Détends-toi Cam, je rigole ! On a fait le tour, allez viens, ordonna-t-il en rigolant et en l'entraînant par la main.

Il l'avait appelée « Cam ». Elle avait d'ordinaire horreur de ça mais là, elle ne dit rien. Soudain, il tapa la lampe contre sa paume.

— Merde ! Non ! La lampe est en train de nous lâcher…

Elle se mit à clignoter. Puis vint le noir complet. Pas de fenêtre dans la cuisine. Camille n'osait pas bouger, tenant dans sa main la manche du sweat de Flo.

— Qu'est-ce qu'on fait ? demanda-t-elle.

— Ton portable, mets ton flash !

Camille chercha dans son sac mais le stress lui fit tout renverser sur le sol. À tâtons, elle essaya de rassembler ses affaires. Son carnet, son stylo, son couteau… et… une main. Une main ! Elle hurla et recula sur le sol jusqu'à se retrouver dos à un mur.

— Putain Flo ! On est pas seuls, j'ai touché quelqu'un !

— OK, panique pas, bouge pas, j'arrive… la rassura-t-il.

Elle l'entendit fouiller dans ses affaires. Il sortit son téléphone et Camille fut éblouie par le faisceau lumineux. Elle se couvrit les yeux de sa main. Flo détourna son portable et aida Camille à se relever. Un vacarme terrible les tétanisa. On aurait dit que des dizaines d'assiettes et de verres venaient de se fracasser sur le sol. Cette fois, impossible de penser que c'était un coup des rats. Flo tira Camille par le bras mais le corps de la jeune fille tout entier refusait de bouger.

— Camille, on s'arrache, viens je te dis ! hurla-t-il.

Elle se sentait vide, elle ne réfléchissait plus, c'était trop pour elle. Le coup de flip, elle l'avait eu, maintenant elle voulait rentrer chez elle. Ses parents ne savaient même pas où elle était. Et si on ne la retrouvait pas ? Si on retrouvait son sac à dos mais jamais son corps comme dans les séries policières ? Ça briserait ses parents. Rien de tout ça n'en valait la peine, pas même Flo.

Soudain, elle comprit qu'ils n'étaient plus dans la cuisine, que sans qu'elle sache comment, ses jambes l'avaient portée dans le couloir.

Le téléphone de Flo sonna.

— Léa ?… Parle moins vite… OK… nous aussi… des trucs impossibles à expliquer ! Camille est blessée… Non, non, rien de grave mais on ferait peut-être mieux de rentrer, tu crois pas ?

Après quelques instants, il raccrocha et rangea son téléphone.

— Elle dit qu'on continue encore un peu, dit-il à voix basse.

— « Elle dit » ? C'est elle qui commande ? Flo ! Réagis merde ! s'emporta Camille. Si tu veux être le petit chien de Léa, t'as qu'à rester. Moi, je te dis qu'il y a un truc vraiment pas net ici, je me tire. Avec ou sans toi…

— Allez, s'il te plaît Camille, on termine ce qu'on a commencé. On passe vite fait à la bibliothèque et on les rejoint. S'il te plaît, fais ça pour moi... Après je te raccompagne chez toi.

Camille inspira profondément et hocha la tête. Elle s'en voulait d'être si faible alors que tout son corps lui hurlait de quitter cet endroit tant qu'elle le pouvait encore.

La bibliothèque n'était qu'à quelques mètres de la cuisine. Un rapide tour des lieux et ils quitteraient cet endroit.

La porte grinça lorsque Flo la poussa. Si elle n'était pas terrifiée, Camille aurait adoré cet endroit. Des étagères montant jusqu'au plafond ployaient sous des volumes aux pages jaunies, aux couvertures en tissu et aux titres évoquant la guerre, la bourgeoisie, la famille. Un magnifique bureau en bois sombre occupait la moitié de la pièce. Deux échelles permettaient d'accéder aux rayonnages les plus élevés. Avec son portable, Flo observa une vitrine recouverte de poussière. Elle avait été pillée, comme tout ce qui avait de la valeur dans le manoir. Seule restait une vieille montre à gousset au mécanisme apparent. Elle ne marchait sans doute pas mais Flo la glissa dans sa poche. Camille ne put s'empêcher d'être mal à l'aise : même si les H. n'étaient plus dans leur maison depuis bien longtemps, tous ces objets leur appartenaient. Mais elle ne dit rien.

Elle s'approcha d'un vieux miroir accroché au mur. La bibliothèque. Un miroir. L'histoire de Léa faisait sens. C'était dans ce même miroir que Molly s'était regardée autrefois. Camille était comme hypnotisée. Elle s'imaginait la jeune femme, sourire aux lèvres, saluant des invités imaginaires. Puis elle se figea. Dans le reflet, à sa gauche, elle avait aperçu une ombre. Fugace.

Elle se retourna. Un tableau se détacha soudain du mur et tomba lourdement sur le sol. Elle porta les mains à ses oreilles. Les deux adolescents se rapprochèrent l'un de l'autre, le dos collé au mur, face aux étagères.

— Flo, j'ai vu… chuchota Camille.

Il ne la laissa pas finir et posa un doigt sur sa bouche pour lui dire de se taire. Le parquet craqua. Ils n'étaient pas seuls dans la pièce. Sur une étagère, un vieux globe terrestre se mit à tourner tout doucement en émettant un grincement lugubre. Puis des pleurs de bébé. Comme dans la légende. Des pleurs et une voix, lointaine, fantomatique :

Mon bel enfant, si tu savais comme papa t'attend,
Mon bel amour, il restera avec nous pour toujours.

Cette berceuse était à la fois triste et menaçante. C'était troublant.

Camille forma sur ses lèvres le nom MOLLY, Flo hocha la tête. Son cœur semblait prêt à sortir de sa poitrine. Il montra la porte du doigt. Ils devaient sortir de cette pièce le plus rapidement possible en longeant le mur. La main sur les pierres, ils atteignirent l'entrée mais lorsque Camille se retourna pour voir si Flo la suivait, elle n'aperçut que son regard terrifié au moment où la porte se refermait sur lui.

— Flo, ouvre ! hurlait Camille en frappant de toutes ses forces sur la porte.

Seul un cri répondit à ses suppliques. Un cri de détresse, de douleur.

La voix de Flo. Il avait l'air terrifié.

Chapitre 1

Camille tira sur la poignée en mettant tout le poids de son corps en arrière. Sa main blessée lui faisait mal, elle avait le souffle court. Elle frappa de longues minutes sur la porte, à coups de pied, de coudes mais sans succès.

— Flo… sanglota-t-elle en se laissant tomber contre la porte.

Elle se sentait inutile. Il était en danger et elle ne pouvait rien faire pour l'aider. Et soudain, la porte s'ouvrit. Lentement. Camille se précipita vers la forme inerte qu'elle aperçut sur le sol. Flo. Il était conscient mais tout son corps tremblait. Elle prit délicatement sa tête et la posa sur ses genoux.

— C'était elle, Cam. Je te jure.

— Chut, chuchota la jeune fille en dégageant son front de ses cheveux trempés de sueur.

— Y avait un truc dans la pièce, un truc malsain… Je pensais que c'était des conneries tous ces trucs sur Molly, mais là, je sais plus… On devrait se tirer. T'as raison…

Il avait l'air terrorisé et Camille eut du mal à le remettre debout, même en le soutenant.

— On va chercher les autres, décida-t-elle sans attendre de réponse.

Avec difficulté, ils arrivèrent à leur lieu de rendez-vous.

— On est là ! entendirent-ils au bout du couloir.

Léa et Anthony les attendaient dans la dernière pièce. La salle de bains. Là où tout avait dégénéré pour Molly.

Léa écarquilla les yeux en découvrant Flo, en nage, s'appuyant lourdement sur l'épaule de Camille.

Soudain, Léa éclata de rire.

— Vous êtes sérieux ? Tu t'es vu Flo ? C'est ridicule… Vous vous êtes fait peur tout seuls !

Anthony riait bêtement derrière elle. Flo le fusilla du regard. Il se tut aussitôt. Camille en vint à douter.

— Arrêtez de vous foutre de notre gueule, il se passe des trucs bizarres ici !

— Bah oui, c'est un peu ce qu'on est venus chercher, non ? provoqua Léa.

— On a bientôt fini, les rassura Anthony que Camille trouva quand même plus pâle que lorsqu'ils étaient entrés dans le manoir une heure plus tôt.

Au centre de la pièce, une vieille baignoire à pieds. Camille se pencha pour l'observer de plus près. Elle était vide.

— C'est là, sur les lieux du drame, que je vais reprendre l'histoire de Molly, dit Léa à voix basse.

— Je te préviens, tu as dix minutes, la coupa fermement Flo, après, Camille et moi, on part, avec ou sans vous.

Il fixa Anthony qui détourna le regard. Léa hocha la tête, l'air pincé. Ils s'assirent tous sur le sol de la salle de bains et écoutèrent la suite du récit.

« En lisant cette lettre, Molly avait senti quelque chose se briser en elle. Vide de toute émotion, elle prépara son bagage comme le lui demandait celui qu'elle avait follement aimé et qui venait de lui arracher le cœur. Machinalement, elle plaça sa dernière lettre avec toutes celles qu'il lui avait écrites. Comme morte, elle emprunta pieds nus les couloirs du manoir. Elle s'arrêta, tremblante, devant la salle de bains des maîtres et ouvrit la porte qu'elle verrouilla derrière elle. Elle s'assit sur le bord de la baignoire et tourna le robinet. Puis, elle enjamba le rebord et s'assit tout habillée dans l'eau qui montait peu à peu. Si William ne voulait plus d'elle, elle ferait en sorte qu'elle, son amant et leur enfant ne soient jamais vraiment séparés. Elle appartiendrait aux murs du manoir, elle resterait près de William pour toujours. Qu'il le veuille ou non, ils formeraient une famille.

L'eau continuait de monter, recouvrant maintenant une partie de son visage. C'était la fin. Elle se laissa couler, les yeux fermés, attendant que la douleur s'en aille, que la mort la soulage. Elle n'entendit pas que William frappait comme un damné à la porte. Alerté par une femme de chambre qui avait aperçu Molly errer dans les couloirs, il avait pris peur et avait suspecté le pire. Il avait couru dans les couloirs, ouvrant chaque porte. Il devait la retrouver. Il devait réparer son erreur. "Ouvre-moi, Molly !" répétait-il en hurlant tout en frappant la porte de ses poings. "Ouvre-moi !"

Léa frappait du poing sur le sol pour accompagner son histoire.

Ils étaient tous suspendus à ses lèvres.

« Malheureusement, le mal était fait. Molly et son enfant étaient déjà morts et lorsque William parvint à enfoncer la porte de la salle de bains, il fut saisi aux épaules par des serviteurs et entraîné de force dans sa chambre dont on ne le laissa plus sortir de la journée. Pris d'une violente fièvre, il était tombé dans une sorte d'état comateux qui l'avait cloué au lit pendant plus de trois jours. À son réveil, il ne se souvenait de rien. Il fut envoyé dans un asile où on le soigna pour extrême fatigue. On le convainquit qu'il avait fait une crise de démence en pleine nuit et que ses parents n'avaient eu d'autre choix que de le confier à un institut spécialisé. On lui expliqua qu'il n'y avait aucune Molly au manoir, qu'elle était le fruit de sa folie passagère, qu'elle n'avait jamais existé ailleurs que dans sa tête.

Il rentra un mois plus tard chez lui. Il n'était plus aussi distingué ni aussi charmant, les médicaments avaient engourdi son esprit et ce fut un héritier amoindri qui rejoignit ses parents. Nul ne prononça plus le nom de Molly. C'était interdit. Son souvenir devint des bribes indistinctes et finalement, comme toute trace de la jeune femme avait été effacée du manoir, il finit par croire à ce mensonge. Pourtant, comme par instinct, il refusa de se marier, au grand dam de ses parents.

Un jour, alors qu'il errait dans les couloirs comme il avait coutume de le faire quotidiennement depuis son retour au manoir, il eut un sentiment étrange en passant devant une porte calfeutrée par de grosses planches en bois. Son cœur s'emballa quand il les arracha. Ses mains étaient meurtries, il était comme fou et n'arrêta que lorsqu'il put entrer dans la pièce.

Elle était remplie d'une dense poussière. Il toussa. En allumant une bougie, il découvrit un lit, une bassine en porcelaine, une chaise à bascule et un berceau.

Un berceau.

Ce mot tourna en boucle dans sa tête.

Un berceau.

Un bébé…

Son bébé.

Elle…

Molly.

Chapitre 1

Il tomba sur des lettres écrites de sa main cachées derrière le lit. Il n'était donc pas dément ! Molly avait existé ! Il retourna dans le couloir en titubant. Maintenant, il savait qu'il était arrivé quelque chose de terrible. Il attrapa violemment un serviteur qui passait par là et le secoua jusqu'à ce que celui-ci avoua la vérité : Molly s'était donné la mort dans la grande salle de bains du manoir et après avoir éloigné leur fils de la maison, les H. avaient fait enterrer le corps de sa bien-aimée dans la forêt, derrière le manoir. Le plus loin possible du caveau familial.

Éperdu de douleur, William courut dans le jardin, chercha pendant près d'une heure, s'égratignant les jambes et les bras aux épines et écorces qui l'entouraient quand finalement, à bout de souffle, il sentit l'espoir le quitter, à quelques mètres de la grille extérieure de la bâtisse, il découvrit une petite croix blanche recouverte d'herbes folles. Il pleura de longues heures avant de regagner le manoir.

Impossible pour lui de vivre avec ce poids. Il se rendit dans le grand salon pour contraindre ses parents à admettre la vérité. Ils ne tardèrent pas à lui raconter leur version de l'histoire. Il ne les écouta pas lorsqu'ils se défendirent. Il ne les écouta pas lorsqu'ils expliquèrent avoir voulu le protéger.

— Mais William, cher enfant, vous ne comprenez pas… Nous n'avions pas le choix, avait tenté sa mère, sentant qu'elle avait déjà perdu son fils.

— Non mère, vous, vous ne comprenez pas. J'aurais pu la sauver, j'aurais pu lui éviter de finir seule, enterrée comme une bête dans la forêt… Vous m'avez forcé à l'abandonner. Vous mourrez seuls, sans héritier à votre nom… et votre nom mourra lui aussi. Ainsi disparaîtra l'honorable famille H… Je jure que plus jamais on ne bafouera le nom de Molly. J'y veillerai…

Il était sorti, laissant ses parents sous le choc. Cette nuit-là, ne supportant plus la peine indicible qu'il ressentait, il avait décidé de rejoindre celle qui aurait dû devenir sa femme. De les retrouver, elle et leur enfant, pour toujours. Enfin.

Au matin, on le trouva sans vie au pied du manoir. Il s'était jeté du haut de la tour est.

On raconte qu'on aperçoit encore le fantôme de William en haut de cette tour, qu'on entend des pleurs de nourrisson résonner à la nuit tombée dans le manoir et qu'on distingue une ombre dans les couloirs déserts de la bâtisse. Une ombre berçant un enfant. Prononcez trois fois les mots "Ouvre-moi, Molly" dans la salle de bains du manoir, et vous serez poursuivis par le fantôme de la jeune femme et destinés à mourir de manière particulièrement violente. »

Silence.

Camille fixait la baignoire.

Était-ce réellement dans cette baignoire que Molly était décédée ? Qu'avait-elle ressenti au moment où la vie l'avait quittée ?

— Alors… prête ? demanda Léa en la sortant de ses pensées.

— Prête à quoi ? On y est, on est dans la salle de bains, on a exploré la maison, c'est bon, j'ai fait ce que tu m'avais demandé.

— Non… tu as PRESQUE fini. Tu veux nous prouver que tu mérites de faire partie de notre groupe ? Alors tu vas t'allonger dans la baignoire. Tu vas répéter trois fois « Ouvre-moi, Molly » et seulement après, on pourra s'en aller.

Chapitre 1

Camille sentit le sang quitter son visage. Elle tourna la tête, espérant trouver du soutien auprès de Flo ou au moins d'Anthony. Ce dernier regardait le sol, visiblement mal à l'aise. Flo lui sourit :

— Il t'arrivera rien, Léa a raison, on s'est sans doute monté la tête, et puis, je serai tout près s'il se passe le moindre truc.

Il caressa sa joue. À quoi jouait-il ? Il avait bien vite oublié sa terreur dans la bibliothèque. Camille avait un mauvais pressentiment, un truc impossible à expliquer. Mais elle voulait en finir et elle se voyait mal quitter l'endroit toute seule.

— Je le fais et on part, c'est ça ?

— Tu le fais et on rentre tous chez nous, assura Léa.

Ses trois camarades se dirigèrent vers la porte de la salle de bains.

— Eh ! Vous allez où là ?

— Il ne se passera rien si on reste tous dans la pièce. Il faut que tu sois seule. T'inquiète, on reste derrière la porte !

Flo lui déposa un baiser sur le front.

— À tout de suite, tu peux le faire, murmura-t-il.

Camille s'assit sur le bord de la baignoire. Elle y entra une jambe, puis l'autre et s'allongea. Elle avait l'impression d'être dans un cercueil. Celui de Molly.

— Ouvre-moi, Molly, murmura-t-elle une première fois.

Rien.

— Ouvre-moi, Molly.

Une musique douce. La même que dans la bibliothèque. Elle venait de la salle de bains. Elle emplissait la pièce, chaleureuse et menaçante.

Mon bel enfant, si tu savais comme papa t'attend,
Mon bel amour, il restera avec nous pour toujours.

Molly ? Comment était-ce possible ? Elle s'entendit mécaniquement prononcer les mots une troisième fois.

— Ouvre-moi, Molly…

La berceuse s'arrêta subitement.

C'était fini ?

Camille aurait voulu être soulagée mais elle sentait que son supplice n'était pas terminé.

— OUVRE-MOI, MOLLY, hurla une voix en frappant à la porte, ouvre-moi ! Ouvre-moi, Molly !

Camille se boucha les oreilles.

William.

Il venait au secours de son amante. On sentait la colère dans sa voix. Camille était en danger, il fallait qu'elle parte. La limite avait été franchie et ça n'avait plus rien de drôle.

— Flo ! À l'aide ! Faites-moi sortir de là ! cria-t-elle en sortant de la baignoire.

Aucune réponse à son appel. La porte resta fermée.

Elle se retrancha dans un coin de la pièce, le plus loin possible de la porte et du spectre qui tambourinait comme un damné. Recroquevillée, le visage dans les genoux, elle ne pouvait plus bouger. Elle implorait qu'on vienne l'aider, qu'on la sorte de ce cauchemar. Les larmes lui brûlaient les yeux et coulaient abondamment sur ses joues.

— OUVRE-MOI, MOLLY ! continuait à hurler la voix.

Au bout de minutes qui lui parurent interminables, la porte s'entrouvrit. Camille leva la tête. Aucun spectre ne fondit sur elle. Les cris avaient cessé. À quatre pattes, elle sortit de la pièce. Elle s'essuya les yeux avec le revers de son pull.

Léa et Flo riaient en se tenant les côtes.

— Je… je… Flo… dedans, j'ai cru… balbutia-t-elle.

Ses yeux se posèrent sur Finn, un des meilleurs amis de Flo.

Que faisait-il là ?

Les deux garçons se tapèrent dans les mains. Finn tenait une petite enceinte à bout de bras et lança l'enregistrement depuis son téléphone :

Mon bel enfant, si tu savais comme papa t'attend,
Mon bel amour, il restera avec nous pour toujours.

— Flo ?… demanda Camille sans comprendre en cherchant son regard.

— Fais pas ta chialeuse, on s'est marré c'est tout !

Camille eut l'impression que le sol s'ouvrait sous ses pieds. La voix de Flo, celui qui l'avait embrassée plus tôt dans la soirée, était hargneuse. Son visage était dur et le regard qu'il posait sur elle était rempli de mépris.

— Mais tu…

— « Il quoi » Camille ? la coupa Léa. Il t'a promis de te protéger, il t'a soignée quand tu étais blessée ? Peut-être même qu'il t'a… embrassée ?…

Finn sortit son téléphone de son sac. Camille mit quelques instants à déterminer ce qu'elle voyait à l'écran. Puis, elle comprit. Leur baiser. Pour elle, le tout premier. Filmé. Son intimité, jetée en pâture à Léa et à ses hyènes. Elle se leva et essaya d'attraper l'appareil.

— Touche pas à ça ! Y a plein de gens qui vont vouloir voir ça ! lança Finn avec fierté.

Camille avait la nausée. Flo la mimait en train de crier et de se traîner par terre en se tortillant « À l'aide ! Flo ! », accompagné de Léa, encore hilare, qui imita de manière ridiculement grave la voix du garçon « Fais-le, il t'arrivera rien, je te l'ai promis ».

Camille regarda chacune des personnes présentes en silence.

Seul Anthony restait les yeux baissés. C'était donc pour ça son malaise en entrant dans la salle de bains… il n'avait pas peur… il était gêné. Il savait ce qu'ils avaient manigancé. Pourtant, comme les autres, il s'était moqué d'elle, il les avait laissés faire. Il aurait pu changer d'avis, la prévenir, mais non. Il avait choisi son camp, il n'était donc pas moins coupable qu'eux.

Camille se releva avec peine en s'appuyant sur le mur. Il lui semblait n'avoir plus aucune force dans les jambes. Elle épousseta ses vêtements, la gorge serrée. Léa embrassa Flo sur la bouche en ne la quittant pas des yeux.

Les mâchoires verrouillées de colère, Camille ressentait une haine nouvelle, un sentiment qui jusqu'alors lui était étranger. Elle ramassa ses affaires au sol, fit quelques pas dans le couloir et se retourna pour faire face à Léa, Flo, Anthony et Finn.

— Vous vous croyez malins… vous vous sentez forts, n'est-ce pas ?

Silence.

— Vous avez aimé me voir terrifiée ? Vous me dégoûtez. Tous. Oui, même toi, dit-elle en désignant

Anthony, qui te rassures en te disant que t'as fait que suivre le mouvement, t'es comme eux, aussi mauvais, aussi vicieux. Et toi, Flo, tu crois que parce que tu as une belle gueule ça t'autorise tout ?

Camille sentit son regard se durcir.

— J'espère que vous ne croyez pas au karma… le vôtre vous promet une vie bien dégueulasse… NON ! cria-t-elle en repoussant la main d'Anthony venue se poser sur son épaule. NON ! C'est trop tard. C'était quoi le but de tout ce bordel ? Que je me sente comme une merde ? Bravo, c'est réussi !

Elle serra les poings et poussa violemment Flo qui atterrit lourdement contre le mur.

— Mais c'est quoi votre problème ? Il faut quoi pour que vous soyez heureux : que je chiale ? C'était ça l'idée ? Faire tourner la vidéo jusqu'à ce que je sorte plus de chez moi ? Que je me taille les veines ? Putain mais qu'est-ce que je vous ai fait ? Vous en avez pas marre de pourrir la vie de tout le monde ? Flo, on en parle de tes potes qui racontent à tout le monde que ton père picole ? Léa, ta mère se tape toujours le proviseur ? Mais vous savez quoi ? Je m'abaisserai pas à ça. Je suis pas comme vous, je le serai jamais et je ne sais même plus pourquoi j'ai voulu essayer. Allez vous faire foutre !

Léa avait écouté sans l'interrompre. Elle essayait de conserver sa toute-puissance derrière un sourire de façade. Camille la fixa, intensément, sans rien dire. Elle lui cracha au visage et tourna les talons. Léa s'essuya la joue, l'air mauvais :

— Laissez-la partir, ordonna-t-elle aux trois autres.

Dehors, Camille ne décolérait pas. Elle marchait vite.

Elle voulait rentrer chez elle.

Au bout de quelques minutes, elle était devant les grilles. Elle s'arrêta un moment. Molly était enterrée près des grilles, c'est ce que disait l'histoire. Elle marcha au travers des mauvaises herbes, ignorant les ronces qui s'accrochaient à ses vêtements, lorsqu'elle vit un morceau de bois blanc dépasser. Elle écarta les ronces qui le recouvraient.

Ce n'était pas un bâton, c'était une croix. Celle de la tombe de fortune qu'on avait réservée à Molly. Celle qui avait été découverte par William et lui avait confirmé la triste destinée de celle qu'il avait éperdument aimée. Camille dégagea la sépulture des mauvaises herbes qui l'avaient recouverte et découvrit, à son pied, une minuscule croix blanche. William avait souhaité offrir un semblant de sépulture à son enfant. Ces deux croix côte à côte émurent Camille aux larmes. Pauvre femme. Quel chagrin elle avait dû ressentir. Quel gâchis… Elle se sentit très proche de Molly à cet instant. Elle savait, elle aussi, ce qu'était la trahison, l'amour déçu, le rejet.

— Adieu Molly, repose en paix, murmura-t-elle en posant sa main sur la croix.

Elle se tourna une dernière fois vers la bâtisse. Une curieuse lumière vacillante éclairait une petite chambre du premier étage. Elle plissa les yeux et aperçut une silhouette.

William.

Il était debout et tenait une couverture contre lui. Il avait retrouvé son enfant. Camille ne se sentit étrangement pas effrayée. Elle leva la main pour le saluer, sans réfléchir. Il hocha la tête en réponse puis disparut dans le manoir. La lumière s'éteignit dans la petite pièce. Camille resta debout sans bouger quelques minutes. Elle posa un regard sur la petite croix blanche et se faufila de nouveau entre les grilles du manoir.

De retour chez elle, Léa s'était mise en pyjama. Elle n'était pas vraiment fière du sale coup qu'elle avait joué à Camille. Impossible pourtant de se l'avouer.

Comment cette gamine avait-elle osé poser les yeux sur Flo ? Avait-elle vraiment cru qu'elle méritait de faire partie de leur groupe ? La leçon qu'elle avait reçue l'empêcherait un bon moment de vouloir jouer dans une cour dans laquelle elle n'était pas la bienvenue.

Léa s'assit devant sa coiffeuse. Son reflet lui renvoya une image qui lui déplut. Elle n'était pas vraiment laide, mais un rictus lui déformait le visage. Elle posa sa brosse à cheveux et fixa son reflet quelques instants. Puis, épuisée, elle s'installa dans son lit.

Elle allait s'endormir quand elle entendit un bruit d'eau. Cela semblait venir de la salle de bains de l'étage supérieur.

À trois heures du matin, étrange.

Une appréhension lui noua soudain l'estomac. Elle sortit sur le pas de la porte de sa chambre.

— Maman ?… Papa ?… Ethan ?…

Aucune réponse.

Elle monta les marches, dos au mur, les yeux fixés sur la lumière qui filtrait par la porte entrouverte. La pièce était remplie de vapeur. En avançant, elle distingua la baignoire remplie à ras bord. Elle eut du mal à avaler sa salive. Parce qu'elle savait. Elle savait ce qui allait se passer. Parce qu'elle le méritait. Camille avait raison.

La porte se referma lentement derrière elle en grinçant.

Le loquet se verrouilla.

Elle était tétanisée, clouée au sol.

En fixant l'eau qui débordait maintenant de la baignoire et lui mouillait les pieds, elle sentit une larme rouler sur sa joue. Elle parvenait à bouger ses orteils mais ses jambes refusaient de la porter.

— OUVRE-MOI, MOLLY ! OUVRE-MOI !

On frappait à sa porte. La voix, profonde et grave reprit :

— OUVRE-MOI, MOLLY !

Une force incroyable la poussa vers la baignoire. Elle avançait malgré elle, essayant de se rattraper à tout ce qui lui passait à portée de main mais elle avait beau lutter, c'était impossible. L'eau continuait à couler. Un poids sur ses épaules l'obligea à s'agenouiller. Les sanglots lui serraient la gorge. D'une voix étranglée, elle tenta d'appeler mais une fois le visage plongé dans l'eau, personne ne put l'entendre.

Panique.

Elle n'avait aucune prise pour se redresser. Ses pieds glissaient sur le sol de la salle de bains tandis que ses mains cherchaient ce qui lui tenait la tête mais ne trouvaient que du vide.

— OUVRE-MOI MOLLY !

Son corps convulsait, luttait, essayait désespérément de retrouver la surface.

Un dernier sursaut puis elle glissa, lentement.

Chapitre 1

Elle était étendue comme une poupée, inerte sur le sol mouillé de la salle de bains. Le robinet cessa de couler. La vapeur se dissipa un peu.

— Quatre moins un, restent trois, dit alors une voix sans timbre.

La porte se déverrouilla.

CHAPITRE 2

— Merde ! Je l'ai pas vu venir ! s'exclame Isaac en se tenant la tête à deux mains.

— Fais gaffe à ta manière de parler, le reprend Thomas avec un sourire, mais merci pour le compliment…

Personne d'autre ne commente. Le mono a donné le ton de la soirée. Moi, je suis au spectacle. J'adore cette ambiance. Qui va oser enchaîner ? Pas Marion, elle a l'air bien trop effrayée. Isaac ne se risquera pas à proposer son histoire tout de suite, il a peur de rater son effet.

Finalement, c'est Lison qui lève le bras.

— Je peux passer en deuxième ?

Tout le monde acquiesce. Thomas se lève.

— Allez je vous laisse, bonne nuit les jeunes ! Et n'oubliez pas d'éteindre le feu avant d'aller vous coucher ! À demain !

Je suis un peu soulagé qu'il s'en aille enfin. Pour profiter de cette soirée, il faut qu'on soit entre nous. Je n'avais pas du tout envie qu'il entende mon histoire.

Lison attend de le voir entrer dans la vieille ferme où sont situés les dortoirs pour commencer. L'ampoule de sa chambre s'allume. C'est bon.

— Mon histoire, c'est celle d'une fille nommée Alice. Une fille comme les autres à qui il va pourtant arriver un truc qui ferait flipper n'importe lequel d'entre nous. Son histoire s'intitule : « Prisonnière ».

J'ouvris les yeux. Doucement. La veilleuse de ma chambre me permettait de m'habituer lentement à la lumière. Aucun bruit dans la maison. Il devait être encore tôt. Mon réveil indiquait 5 h 00 du matin. Je me connaissais, aucune chance que je me rendorme.

Je me redressai et attrapai machinalement mon téléphone portable. Rien. Pas de nouvelle notification, pas de message. Je grognai en repoussant ma couette et me levai. J'ouvris mon armoire. Mes vêtements étaient rangés, en piles parfaites, comme dans les grands magasins. Un vrai travail de maniaque de l'ordre, d'orfèvre du contrôle. Ma mère avait dû en avoir marre de voir mes affaires traîner et avait décidé de ranger elle-même sur un coup de tête. J'allais avoir le droit à une leçon de morale en règle.

J'attrapai au hasard un sweat et un jean. Ça irait très bien pour aujourd'hui, de toute façon, je n'avais pas prévu de sortir de la maison. Un samedi bien au chaud. Je souris en m'imaginant déjà lovée dans le gros fauteuil gris du salon, mon chat Lewis sur les genoux, un bon bouquin entre les mains. Et si je le lui demandais gentiment, papa accepterait peut-être même de faire un feu…

J'enfilai mes pantoufles, attrapai la poignée de la porte. Objectif : faire une descente dans le frigo. Il restait de la tarte aux mirabelles, ma préférée. Je tirai mais la porte resta close. Je m'y repris une fois, deux fois… rien à faire, j'étais enfermée. Incrédule, je me baissai et appuyai mon œil contre la serrure : je distinguais clairement l'extrémité d'une clé.

Je n'étais pas enfermée : on m'avait enfermée.

Je tambourinai :

— Papa ! Maman ! Je suis coincée !

Je collai mon oreille à la porte. Je n'entendis aucun son. Je criai, plus fort cette fois :

— PAPA ! MAMAN ! JE SUIS ENFERMÉE !

Pas de réponse.

Je réfléchis un instant. Ça devait être une sale blague de mon frère. Qu'est-ce qu'il pouvait être lourd !

— Très drôle Enzo ! Super drôle même ! C'est bon, on a bien ri tous les deux, ouvre-moi maintenant ! T'as gagné, j'ai eu peur !

Rien.

— Enzo ? T'es là ?

Silence.

Non, ce n'était pas lui. Ça n'avait pas de sens, il n'aurait pas pris le risque que je le réveille aux aurores un jour où il pouvait faire la grasse matinée.

— PAPA ! MAMAN ! À L'AIDE !

Ce cri de désespoir me sembla un peu dramatique sur le coup mais pour être tout à fait honnête, je n'étais pas rassurée.

Les lieux clos m'avaient toujours angoissée. J'essayais de réfléchir, d'être sensée, de ne pas me laisser dépasser par mes émotions mais l'idée d'être prisonnière de ma propre chambre provoquait en moi un effroi que je ne parvenais pas à contrôler.

Il fallait que je trouve une solution rapidement.

Je pensai à une astuce que j'avais vue dans un vieux film d'espionnage : je glissai une feuille de papier sous ma porte, je pris un stylo, je l'introduisis dans la serrure puis je poussai la clé pour qu'elle tombe sur la feuille. Jusqu'à présent, mon plan était parfait. Tout doucement, je tirai la feuille vers moi. Si tout se passait comme prévu, je devais parvenir à faire glisser la clé sous la porte pour la récupérer. À quatre pattes par terre, le souffle court, je regardais la feuille s'approcher de son but. Je me voyais déjà la récupérer, ouvrir la porte et avoir une chouette histoire à raconter à mes potes.

Ma satisfaction fut de courte durée. La clé buta contre la porte, impossible de la ramener de mon côté, seule la feuille me revint. C'était rageant, elle était si proche ! Assise par terre, le dos contre la porte, je me remis à réfléchir. Je n'allais pas baisser les bras si facilement !

Mon portable ! J'allais appeler Enzo, tout simplement ! Il ne dormait pas au même étage que mes parents et moi mais il avait toujours son téléphone près de lui. J'étais sûre qu'il viendrait, quitte à faire sonner son portable pendant une heure !

Je m'approchai de mon lit, mon téléphone était posé près de ma lampe.

Contacts. Enzo. Appeler.

Aucune tonalité.

Pas de réseau.

Je me baladai dans la chambre le bras tendu vers le plafond. Aucune barre. Étrange, je n'avais jamais eu ce type de problème dans cette maison. Le symbole « batterie » commença à clignoter. Ce n'était vraiment pas le moment. J'essayai d'ouvrir le tiroir dans lequel je rangeai habituellement mon chargeur mais celui-ci était fermé par un cadenas. Je n'y comprenais rien ! Jamais je n'avais mis de verrou à cet endroit ! Je pestai. Ma mère n'avait vraiment aucune connaissance de ce que le commun des mortels appelait « intimité » ! J'étais coincée dans ma chambre et la phobie de ma chère maman de voir mon cerveau liquéfié à force d'avoir utilisé trop d'écrans m'empêchait d'appeler à l'aide.

Finalement, ce serait elle qui aurait le droit à une leçon de morale au petit déj.

J'attrapai une épingle à cheveux afin de forcer la serrure. L'épingle se tordit, mais je n'arrivai à rien. Il fallait que je trouve autre chose, et si possible pas une idée débile tout droit sortie d'un film !

Je m'assis sur mon lit pour parcourir ma chambre des yeux et envisager toutes les solutions qui s'offraient à moi.

J'adorais ma chambre. J'y passais des heures sans qu'on m'y force. Pour certains, le célèbre « va dans ta chambre » était vécu comme une punition, moi, mes parents avaient plutôt tendance à essayer de m'en faire sortir. « Va voir tes amis, va te promener dehors, prends l'air, on ne te voit que pour les repas, sors un peu de ta grotte ! » J'avais le droit à ce genre de discours sur un rythme hebdomadaire. J'acquiesçais le plus souvent, ça évitait que la conversation s'éternise. Ma chambre, c'était mon antre, mon chez-moi.

Et pourtant, jamais ces quatre murs ne m'avaient paru si proches qu'à cet instant précis. Je me sentais en cage. Alors me vint une idée stupide : j'allais passer par la fenêtre. J'étais au premier étage, si je me laissais glisser le long de la gouttière (j'avais prévenu que c'était stupide), je pourrais sortir, sonner à la porte d'entrée pour réveiller mes parents et enfin comprendre ce qui se passait dans cette maison !

J'attrapai la barre qui permettait d'ouvrir les volets et commençai à la tourner. Petit à petit, le store s'enroula. Je m'arrêtai net. Non, je devais me tromper… mon cerveau n'arrivait pas à analyser l'information. Je tournai plus vite encore. Devant mes yeux incrédules, à la place d'une vue sur le jardin, calme et rassurante, il y avait… un mur.

Je posai la paume de ma main sur les briques comme pour vérifier qu'elles étaient bien là. Aucun doute, mon imagination ne me trahissait pas, ma fenêtre était… murée. Je reculai, hagarde, puis m'assis une nouvelle fois sur mon lit.

Je pris quelques instants pour considérer ma situation.

J'étais dans ma chambre, enfermée, je ne pouvais pas communiquer avec l'extérieur et je n'avais donc aucun moyen de m'enfuir ni de prévenir qui que ce soit de ce qui m'arrivait. Mais d'ailleurs que m'arrivait-il ? Un mur ne s'était pas construit tout seul pendant la nuit !

Le malaise m'envahissait.

Je croisai mon reflet dans le miroir qui se situait au-dessus de mon lit. J'avais l'air d'une folle. J'étais échevelée, les joues rougies par le stress. Plus je me fixais, plus vicieusement l'angoisse s'insinuait en moi. Et si tout cela n'avait rien d'un accident ? Si j'avais été enfermée par un détraqué ? S'il s'en était pris à mes parents et à mon frère ?… Cette dernière pensée me souleva le cœur.

De rage, j'attrapai un livre dans ma bibliothèque pour le lancer vers le miroir. Il l'atteignit, ne le brisa pas et tomba mollement sur le sol, grand ouvert. Je m'approchai. Il était creux. Ce n'était qu'une boîte qui avait l'apparence d'un livre, un leurre. Je sortis chaque ouvrage de ma bibliothèque. Tous n'étaient que de faux livres, comme ceux qu'on voit dans les étagères chez Ikea, ceux qui donnent l'illusion d'un salon chaleureux. Je n'y comprenais rien. Ces livres, je les avais lus, tous ou presque ! J'en avais eu suffisamment entre les mains, pendant des heures et des heures de lecture, pour savoir que ces boîtes en carton qui jonchaient le sol de ma chambre ne m'appartenaient pas. Je sentais la panique me gagner insidieusement.

Soudain, je vis, dans un des livres, un morceau de papier. Je le dépliai soigneusement. 0118. Des chiffres écrits à la main. Ce n'était pas mon écriture. Je n'avais aucune idée de ce à quoi cela correspondait. Je glissai le papier dans la poche de mon jean.

J'entendis un bruit sourd. Quelqu'un tapait contre le mur de mon placard. Je me frayai un passage entre les dizaines de cintres avant de coller mon oreille contre la paroi. Je n'entendais rien. Je tapai plusieurs fois du poing.

— Y a quelqu'un ? entendis-je.

Je m'arrêtai net.

La voix était étouffée, à la fois proche et lointaine.

— Oui, oui, je suis là ! criai-je.

Je ne saurais expliquer à quel point le fait d'avoir entendu cette voix m'a soulagée. Je n'étais pas seule.

— Je suis enfermée ! m'empressai-je d'ajouter.

— Moi aussi ! cria la voix. Qui es-tu ?

Je mis un moment à répondre. Cette voix n'était ni celle d'un de mes parents, ni celle de mon frère.

Elle appartenait à une autre personne, elle aussi piégée. Piégée dans ma maison ? La pièce qui jouxtait ma chambre était la salle de bains de mes parents.

Ça n'avait aucun sens. Tout s'embrouillait.

J'avais chaud et j'avais la nausée.

— Je m'appelle Mattéo ! reprit la voix.

— Moi, c'est Alice… soupirai-je.

Une chape de plomb venait de s'abattre sur moi. Je n'étais pas seule. Nous étions deux dans le même bateau, d'ailleurs ça n'avait rien de consolateur car je ne connaissais pas de Mattéo. Plus les minutes passaient moins je comprenais ce qui était en train de nous arriver.

— Quoi ? J'ai pas compris ! cria Mattéo.

— Alice ! Je m'appelle Alice ! Je suis bloquée dans ma chambre ! Toi, t'es où ?

— Dans ma chambre aussi ! J'y comprends rien ! T'es là depuis combien de temps ?

Comment ça dans SA chambre ? Je regardai mon réveil. J'avais perdu le fil.

0 h 50.

Quoi ?

Je m'étais réveillée à 5 h 00, j'en étais sûre.

0 h 49.

Non…

Ce n'était pas mon réveil.

C'était un compte à rebours. Quand avait-il démarré ? À mon réveil ? Rien de tout ça n'avait de sens. Je perdais pied.

Je n'étais pas folle, je n'étais pas dans ma chambre et j'allais mourir. Disparaître sans laisser de trace avant d'avoir 16 ans… voilà où j'en étais. Je ressentais un mélange de colère et de désespoir.

Chapitre 2

— Ton réveil ! hurlai-je.

— Oui, quoi ?

— Il indique quelle heure ?

— 0 h 57 ! Pourquoi ? demanda Mattéo que je devinais de plus en plus paniqué.

— Ce n'est pas un réveil ! C'est un minuteur ! On a été enlevés ! criai-je les mains en porte-voix.

Notre conversation fut interrompue par une sirène assourdissante. Je n'étais pas sûre qu'il m'ait entendue. Les mains sur les oreilles, je sortis de mon placard et cherchai la source de ce bruit insupportable. Une fois près du lit, le silence revint. Je me dirigeai vers le placard, il fallait que je m'assure que Mattéo allait bien. Mais à peine avais-je traversé mon dressing que la sirène reprit de plus belle.

Nous n'avions plus le droit de communiquer. Le message était clair. Et plus clair encore le bilan désastreux que je tirais de ma situation. J'avais été enlevée par un tordu qui avait reproduit à l'identique mon environnement. Un taré qui voulait que je parvienne à faire quelque chose dans les cinquante minutes qui me restaient. Mais quoi ?

Je fus coupée dans ma réflexion par une sorte de détonation. Un flash aveuglant envahit la pièce. Je me cachai les yeux par réflexe. Quand je les rouvris, quelques instants plus tard, j'étais plongée dans le noir. Seul le miroir brillait étrangement. Je m'approchai à tâtons, en m'assurant, les mains tendues, de ne pas me cogner dans un meuble. Le miroir ne brillait pas, il était fluorescent. Un mot était écrit en lettres vertes : SOUVENIRS. Ma nuque se raidit.

Je n'avais pas d'autre choix : il me fallait accepter les règles de ce jeu sordide et croiser les doigts.

Souvenirs.

C'était de toute évidence un indice à suivre. Qu'est-ce qui reliait cette chambre à ce mot ?

Mon pêle-mêle au-dessus du bureau.

J'enjambai mon lit, observant les dizaines de photos punaisées sur mon tableau de liège. Il y avait tout et n'importe quoi. Ma vie résumée en images, tickets de ciné et emballages de bonbons. Des photos de mes amis et de moi occupaient la majeure partie de l'espace. Pauline, Marlène, Soan et Julien sous toutes les coutures, posant et grimaçant.

Dans ce patchwork photographique, un intrus. Au centre du panneau, on voyait un homme habillé en noir, de dos, au bord d'une rivière. Je le regardai quelques instants. Je ressentais une inquiétude étrange. Je saisis par les ongles la punaise qui retenait la photo et la décollai du pêle-mêle. Je compris tout de suite qu'elle était bien trop lourde. Je la retournai. À l'arrière était scotchée une petite clé en métal argenté. J'eus un déclic. Aussitôt, j'accourus auprès de ma table de chevet et m'agenouillai pour vérifier si mon hypothèse était bonne.

Oui ! La clé ouvrait bien la serrure du cadenas de ma table de chevet que j'avais essayé de forcer. J'hésitai un instant et tirai doucement. Je sentis une goutte rouler le long de ma nuque : et si ce tiroir était raccordé à un mécanisme et que le fait de l'ouvrir faisait tout exploser ? Je n'avais aucune certitude. Je devais prendre le risque.

Aucun bruit suspect.

À l'intérieur, il n'y avait pas mon bric-à-brac habituel d'élastiques pour les cheveux, petits mots des copains, écouteurs emmêlés… ni mon chargeur évidemment.

Chapitre 2

Par contre, il y avait une clé USB noire. Elle ne m'appartenait pas.

Vite, je l'insérai dans mon ordinateur portable. *Mon* ordinateur portable. Je secouai la tête. Non, ce n'était pas le mien. Tout était faux : les livres, le contenu des tiroirs, mes vêtements soigneusement pliés dans le placard… J'avais atterri dans un lieu créé par un esprit malade. Certainement un type obsessionnel croisé par hasard dans le bus ou à la bibliothèque qui était venu m'enlever dans mon sommeil et m'avait amenée dans son antre après avoir recréé un espace dans lequel je serais plus docile pour participer à son jeu malsain.

J'avais décidé de ne pas lâcher car peut-être que si j'allais au bout de son délire, mon geôlier me libérerait. Je devais continuer à espérer pour ne pas craquer et exploser en sanglots. Si ça arrivait, je ne serais plus bonne à rien ensuite, je me connaissais. D'autant que le temps s'écoulait.

0 h 30.

Il me fallait accepter la réalité de ma situation. C'était un jeu. Et j'étais un pion.

L'ordinateur. Je devais regarder ce qu'il y avait sur la clé USB et garder la tête froide.

Je l'insérai fébrilement sur le côté droit de l'appareil. Le signal sonore m'indiqua qu'elle était reconnue. Mes mâchoires se serrèrent. Forcément, on me demanda un mot de passe. J'essayai ma date de naissance. Refusé. Mon prénom. Refusé. Mon nom. Idem. Le nom de ma rue, le nom de mon chat, le prénom de mes parents, la date de leur mariage, les premiers chiffres de notre numéro de téléphone, les derniers, le nom de jeune fille de ma mère… Je me laissai tomber mollement dans le fauteuil à roulettes du bureau. Je n'avais plus d'idées… c'était foutu… ce tordu avait gagné et moi j'allais mourir ici. Les larmes me montèrent aux yeux.

C'était un cauchemar. J'aurais tellement voulu m'en réveiller… Ou au moins discuter avec Mattéo, mais c'était impossible. J'avais, depuis notre dernier échange, essayé à deux reprises de me rapprocher du mur du placard mais à chaque fois la sirène m'avait rappelée à l'ordre.

Je me redressai. Comment avais-je pu oublier ? Je fouillai nerveusement dans la poche de mon jean et en sortis un morceau de papier chiffonné. Celui trouvé tout à l'heure dans un des faux livres ! À l'écran, le curseur clignotait…

0118

Mes mains tremblaient en tapant sur les touches de l'ordinateur.

OUI !

J'y croyais à peine. En quelques secondes, la page principale s'ouvrit. Un seul fichier y figurait. Il était sobrement nommé « Alice ». Je cliquai pour l'ouvrir. Une vidéo démarra instantanément. Un homme en noir encapuchonné prit la parole. Il était dans une salle complètement vide aux murs sombres. Sa voix était déformée, robotique, désincarnée.

« Bonjour Alice. Félicitations, tu as su résoudre un certain nombre d'énigmes et cela t'a conduite jusqu'à moi. Mais il te reste peu de temps pour passer l'épreuve ultime qui te permettra de sortir de cette pièce. Si tu y parviens, tu es libre. Si tu échoues, tu resteras avec moi. Pour toujours. Alors, cours Alice, cours, suis le lapin blanc et trouve la clé… tic, tac, tic, tac… »

Chapitre 2

La fenêtre de la vidéo se ferma automatiquement.

0 h 20

La clé. Suivre le lapin blanc.

Des lapins blancs, j'en avais plein ma chambre. Mon prénom avait inspiré mes proches si bien qu'au fil des années j'avais cumulé un nombre considérable d'objets en tout genre faisant référence au pays des merveilles : une veilleuse, des bougies, des tee-shirts, des bibelots posés çà et là… je ne savais pas par où commencer mes recherches. Je passai en revue mes peluches, mes coussins à l'effigie de la reine rouge et du dodo, mes figurines du chapelier fou et du chat du Cheshire… Rien… Restait ma tirelire lapin. Elle était quasiment pleine. De centimes principalement. La clé pouvait être à l'intérieur. Je la brisai sur le sol sans hésiter. Je fouillai à deux mains son contenu répandu sur la moquette.

Aucune clé.

Juste des pièces.

J'y avais cru. Je me trouvais maintenant stupide d'avoir pensé que je pouvais gagner aussi facilement… Plus que cinq minutes.

Je fouillais longtemps ma chambre, en totale frénésie[1]. Je parlais toute seule. *Cherche. Allez, cherche. Ça va aller. Respire. C'est pas le moment de lâcher.* J'en retournai chaque recoin, j'envisageai chaque objet, je brisai et secouai, sans succès… quand soudain, alors que je pensais encore me heurter à une nouvelle déception, j'ouvris une boîte en métal sur laquelle était gravé un énième lapin blanc. C'était une vieille boîte vintage, un cadeau de ma tante. Dedans : un gâteau, un petit cupcake rose et

---

1. État d'exaltation violent qui met hors de soi.

blanc surmonté d'une inscription en pâte d'amande : « Mange-moi ».

0 h 02

Mon sang battait dans mes tempes. Comme Alice, fallait-il que je mange le gâteau ? S'il était empoisonné, je me jetais toute seule dans la gueule du loup. Je mourrais seule et misérable, prisonnière de ces quatre murs. Mais peut-être était-il la clé… mon accès au pays des merveilles, à l'extérieur, à la liberté.

Non, hors de question que je mange ce truc, le risque était trop grand. Je l'émiettai sur le tapis et trouvai une petite clé. J'espérais n'avoir enfreint aucune règle.

Une voix robotique se mit à décompter les secondes.

Mon cœur battait à tout rompre. Je respirais à peine.

« 10 secondes, 9 secondes, 8 secondes… »

Je traversai la pièce en courant. Mon corps entier tremblait. Devant la serrure, je pris une profonde inspiration et approchai la clé. Elle m'échappa des mains. Merde, c'était pas le moment ! Je la ramassai et cette fois, je parvins à l'insérer et à la tourner. J'attrapai la poignée et je fermai les yeux.

« 3 secondes, 2 secondes… » La porte s'ouvrit. Je sautai de tout mon long à l'extérieur de la pièce. « Une seconde. » Mon corps heurta lourdement le sol. Je gémis. Puis, plus de voix. Le silence. Je me relevai douloureusement.

Une main se tendit pour m'aider.

Un homme, tout sourire, cherchait mon regard. C'était lui mon kidnappeur ? Il n'avait pas l'air effrayant. Enfin, c'était sans doute de cela qu'il fallait se méfier. Moins ils avaient l'air dangereux, plus ils l'étaient en réalité…

Chapitre 2

En tout cas c'est ce que m'avaient appris toutes les séries sur les tueurs en série et le profilage que j'avais vues sur Netflix.

Il s'approcha de moi, me prit la main comme l'aurait fait un père puis me guida vers un couloir. Je me retournai. La porte de ma chambre était encore entrouverte, j'en distinguais l'intérieur. Mais je n'étais pas chez moi. L'endroit dans lequel je me trouvais maintenant n'était pas ma maison. On aurait dit un hall d'accueil, lumineux et spacieux.

Je marchais dans les pas de l'homme. Il se retournait régulièrement vers moi en souriant. J'entendais des voix indistinctes. Pourtant, je ne me serais jamais attendue à ce que je découvris ensuite.

Dans un petit salon privé, ma mère et mon père, sur un sofa, un verre de vin à la main, en pleine discussion.

Ma mère leva la tête vers moi lorsqu'elle m'aperçut dans l'entrée de la pièce. Un sourire illumina son visage.

— Alors ? C'était comment ?

J'étais sonnée. Je la fixai, sans répondre.

— Tu as aimé ? insista-t-elle.

— Aimé ? De quoi tu parles ? Qu'est-ce qui… ? bafouillai-je.

— Alice, commença l'homme qui m'avait accueillie à la sortie de la chambre. (Il me fit asseoir entre mes parents) Tout va bien, tu es en sécurité. Tu viens de tester un nouveau type d'*escape game*… plus immersif que ceux proposés au public jusqu'alors. C'est une première mondiale ! Tes parents ont tenu à te faire ce cadeau pour ton anniversaire. Tu as beaucoup de chance.

Il tendit la main vers mon épaule. Instinctivement, je le repoussai.

— Tout va bien, n'aie pas peur, il ne t'arrivera rien.

Il se mit à parler. Sans s'arrêter. Je recevais les informations comme autant de coups qui m'empêchaient de me relever. Même si j'avais voulu, je n'aurais pas pu bouger. J'étais tétanisée.

C'était un jeu, une mise en scène.

Je me réveillais d'un cauchemar : j'aurais dû être soulagée mais je ressentais encore le poids angoissant de la menace. Un frisson me parcourut. Mon tee-shirt était trempé. Je m'aperçus que j'avais également mouillé mes sous-vêtements. Non, tout n'allait *pas* bien. J'avais cru mourir. Et maintenant, on attendait de moi que je sois enthousiaste, reconnaissante même.

— Tu es un peu fatiguée, Alice. Nous prendrons le temps de discuter de ton expérience un peu plus tard, si tu es d'accord. Toute mon équipe est impatiente d'avoir ton retour. Il y a encore quelques imperfections… Tu as trouvé trop facilement l'énigme du pêle-mêle non ? On t'a un peu perdue avec la clé USB, n'est-ce pas ? C'était trop ? Et le rythme des énigmes, l'as-tu trouvé suffisant, soutenu ?… Par contre, tu n'aurais clairement pas dû pouvoir interagir avec un autre joueur… là… c'était une erreur de notre part… On devra trouver une solution pour mieux isoler les pièces…

Il gloussa. Son collègue le coupa en posant une main ferme sur son épaule.

Il acquiesça mais termina quand même :

— On prendra un moment pour en parler dans les prochains jours, c'est très important Alice, pour tous ceux qui vivront cette expérience après toi. Pour l'instant, tu vas rentrer chez toi, d'accord ?

Je hochai la tête. Tout sauf avoir cette discussion maintenant.

Chapitre 2

Je restai seule un moment. J'avais l'impression de ne pas réussir à respirer. Je me sentais vide. Mon père s'approcha de moi.

— Viens chérie, on rentre. On reviendra quand tu seras prête.

Nous avons emprunté un long couloir, je découvris qu'il existait plusieurs autres salons comme celui dans lequel j'avais retrouvé mes parents. Des hommes et des femmes y étaient confortablement assis et buvaient du vin ou du café en dégustant des petits fours. Un type en costume nous croisa, salua mes parents et s'arrêta dans l'entrée d'un des salons.

— Mattéo va sortir d'une minute à l'autre, tout s'est très bien passé. Mais ne soyez pas surpris, il risque d'être désorienté, leur annonça-t-il.

Ses parents trinquèrent gaiement. Je me sentais soulagée. Il était en vie. Comment ses propres parents pouvaient-ils être à ce point inconséquents ? Comment pouvaient-ils sérieusement penser qu'ils avaient fait un cadeau à leur fils ?

Je me promis de prendre de ses nouvelles rapidement. Pour l'instant, mon esprit était encore trop embrouillé et je voulais égoïstement quitter cet endroit. Heureusement, je ne vis pas le trajet passer. Je regardais par la vitre de la voiture en essayant d'oublier à quel point j'avais froid. Je voulais me changer. Prendre une douche. Oublier. Dormir.

J'entrai dans la maison. Mes parents s'interrogeaient du regard. Je montai les escaliers sans un mot et j'ouvris la porte de ma chambre.

Je restai figée.

Quelqu'un était entré dans cette pièce, à mon insu, avait pris des photos, sans doute, pour recréer à l'identique le décor. On avait violé mon intimité en fouillant dans mes affaires. Je balayai cette idée. J'étais très mal à l'aise mais plus encore épuisée. Je retirai mes vêtements et les jetai dans un coin. La douche attendrait. J'enfilai un gros sweat et un bas de jogging. Je voulais dormir.

J'ouvris les yeux. Doucement. La veilleuse de ma chambre me permettait de m'habituer lentement à la lumière. Aucun bruit dans la maison. Je fixai le réveil : 1 h 00. Mon chat me fit sursauter en renversant la tirelire sur le sol. Les pièces se répandirent sur le tapis. Je fixai le réveil, de longues secondes, sans respirer.

0 h 59

CHAPITRE 3

— Pas mal, reconnaît Inaya. La chute est cool, il faut le reconnaître.

— Mais… commence Lison qui sent que sa copine va poursuivre avec une critique.

— « Mais » rien, elle était bien ton histoire ! Un peu improbable quand même, non ? Moi je vous propose une histoire de disparition. Un truc glauque qui pourrait tout à fait arriver dans la vraie vie. Est-ce que vous vous êtes déjà demandé qui la police appellera si vous disparaissez ? Vos parents ? Vos potes ?

Les regards se croisent. Inaya a réussi à concentrer l'attention sur elle. Elle sait captiver les gens et elle en a conscience.

Moi aussi, je l'écoute attentivement. J'aime bien ce type d'histoires, on se met forcément à la place des personnages et c'est ça qui fait peur : se dire que personne n'est à l'abri…

— Marie est la seule à pouvoir retrouver son amie. Son histoire s'intitule : « Portée disparue ».

Cette nuit-là, Marie avait fait un cauchemar. LE cauchemar. Un de ceux qu'elle connaît par cœur. Un de ceux qui lui tordent le ventre au moment d'aller se coucher car ils sont là, tapis dans l'ombre de son inconscient à attendre une brèche, une occasion de la terrifier, une fois encore. C'était toujours le même scénario au départ : elle était dans une pièce sans ouverture. Du sol au plafond, la même moquette épaisse bordeaux. Aucune notion de haut et de bas. Un lieu vertigineux. Elle pouvait, comme une araignée, arpenter chaque face de ce cube. Partout des cadres. De dimensions différentes comme autant de petites télévisions. Et à l'intérieur, des souvenirs. Mais pas que les siens, c'était une certitude. C'est là que l'histoire pouvait varier. Certains appartenaient à des amis, à des connaissances, d'autres à de parfaits inconnus ou sortaient purement de son imagination. Elle restait là, étendue à les contempler pendant ce qui lui semblait des heures. Et puis, un hurlement accompagné d'un bruit assourdissant rompaient ce moment contemplatif. Elle se tenait les oreilles à deux mains. Les écrans se brouillaient, les visages se déformaient pour devenir monstrueux comme s'ils étaient en train de fondre. Enfin, les écrans explosaient en millions d'éclats de verre dont Marie se protégeait, en boule sur le sol, consciente que son cauchemar touchait à sa fin. Elle l'avait vécu de si nombreuses fois…

La pièce était froide. Quatre murs nus, une table, trois chaises, une ampoule suspendue au plafond.

Chapitre 3

Devant elle, un verre d'eau auquel elle n'avait pas encore touché. Derrière la porte close, elle entendait des bribes de phrases. Elle ne se sentait pas en danger, elle était inquiète. Dans quel pétrin Estelle s'était-elle fourrée cette fois-ci ?

Tôt ce matin-là, c'était le téléphone qui l'avait sortie de sa torpeur. Le commissariat du 8e arrondissement de Paris lui demandait de venir au plus vite dans ses locaux pour y être interrogée. Aucune autre information ne lui avait été donnée. *Vous en saurez plus lorsque vous serez dans nos locaux.* En raccrochant, elle s'était laissée tomber sur le fauteuil du salon pour reprendre ses esprits. Pourquoi la police voulait-elle l'entendre ? Elle avait beau être certaine de n'avoir rien à se reprocher et de n'avoir été témoin d'aucun délit ni d'aucune agression, elle se sentait angoissée, comme si elle était coupable. Elle pensa que c'était sans doute *une réaction normale d'auto-préservation, une manière de se laisser submerger par ses doutes pour amoindrir l'effet d'une future mauvaise nouvelle…* Elle rit devant sa glace, la brosse à dents coincée dans la joue, du dentifrice coulant sur son menton. Le docteur Colombe lui avait vraiment retourné le cerveau avec ses trucs de psy !

Une heure plus tard, elle passait la lourde porte du bâtiment officiel. Son sang battait dans ses tempes. Elle croisa des visages graves. On la regardait à peine.

Elle attendit sur un banc métallique dans un couloir décrépi. Ce lieu était déprimant. Puis, on vint la chercher. Un homme, un dossier dans les mains, appela son nom du bout du couloir. Il se présenta mécaniquement : brigadier Marais. Il devait avoir cinquante ans, l'air dur, le cheveu ras. Il l'avait fait asseoir et lui avait demandé de décliner son identité en levant à peine les yeux de son ordinateur. *Marie Porchet, étudiante en sociologie à l'université de Paris 8, née le 27 avril 1998 dans une clinique de la capitale.* Ses doigts tremblaient. Elle enfonça ses ongles dans la chair de sa main pour se donner une contenance. Se concentrer sur cette petite douleur lui permettait de garder les idées claires, comme quand on se mord l'intérieur des joues pour s'empêcher de rire. Le policier en face d'elle tapait avec un doigt sur le clavier de son ordinateur. Elle hésita à trouver ça ridicule ou juste insupportable. Finalement, elle décida de rompre le silence.

— Pouvez-vous me dire pour quelle raison vous m'avez convoquée ? demanda-t-elle.

Alors qu'il allait répondre, il fut rejoint par un collègue qui entra dans la pièce sans frapper. Il tendit la main à Marie et lui proposa un café qu'elle accepta. Il se dirigea vers une desserte au fond de la salle.

— Du lait ?

Marie hocha la tête.

Il déposa le gobelet en carton fumant sur la table et s'assit face à elle. Il ne la quittait pas des yeux, elle avait du mal à soutenir son regard. Il se présenta :

— Madame Porchet, désolé de vous avoir fait venir si tôt ce matin. Je suis le lieutenant Durand, nous avons un certain nombre de questions à vous poser concernant une disparition inquiétante.

Silence.

— Pourriez-vous nous expliquer quels sont vos liens avec Estelle Mentier ?

Chapitre 3

Estelle.

Marie dut admettre qu'elle s'y attendait. Car si elle l'adorait, elle avait toujours craint que son amie se mette un jour en danger. Elle avait toujours été un peu bagarreuse, ne supportant pas qu'on lui marche sur le pied sans s'excuser ou qu'on la regarde de travers. Elle n'était pas méchante, ça non, mais elle était fière et impulsive à tel point que parfois, ce tempérament lui avait joué des tours. Marie en était l'opposée. Douce, calme, discrète. La fille qu'on ne remarque pas vraiment. Et pourtant, Estelle, l'exubérante Estelle, avait posé les yeux sur elle et l'avait prise sous son aile. Depuis, elle la protégeait, comme une grande sœur. C'était elle qui répondait avec hargne aux messages irrévérencieux de son ex-copain, elle qui démolissait de ses commentaires incisifs ceux qui osaient la critiquer ou la moquer sur les réseaux. Elle qui lui avait sauvé la vie, il y a plusieurs années. Elle l'avait aidée à lutter contre son envie de se couper du monde. C'était son ange gardien qui volait systématiquement à son secours dès qu'elle était en difficulté.

— Estelle est une très bonne amie, nous nous connaissons depuis l'époque du lycée. Nous nous sommes un peu éloignées ces derniers temps mais nous nous téléphonons régulièrement. Je lui ai envoyé un SMS la semaine dernière. Elle n'a pas répondu mais ça n'a rien d'étonnant. J'allais l'appeler. (Elle marqua une pause) Est-ce qu'Estelle est…

Le souffle coupé, elle fixa le policier en face d'elle. Le temps était suspendu.

— Nous ne savons pas où est actuellement madame Mentier. Nous savons seulement qu'elle a des problèmes, madame Porchet. Et nous comptons sur vous pour y voir plus clair.

— De quel genre de problèmes parlez-vous ?

Pourquoi ménageaient-ils le suspense ? Si quelque chose était arrivé à Estelle, elle voulait le savoir tout de suite. Attendre était insupportable.

— Nous avons reçu un appel de détresse cette nuit, vers deux heures du matin, poursuivit le policier. Madame Mentier était paniquée, elle disait que quelqu'un voulait s'en prendre à elle, qu'elle était en danger. Nous n'avons pas eu le temps d'obtenir des informations précises. Elle a raccroché en disant que si elle ne se présentait pas au commissariat une heure plus tard c'est qu'elle serait morte et que dans ce cas, il fallait que l'on parle à son amie Marie, qu'elle pourrait tout expliquer.

Il s'arrêta et chercha le regard de la jeune femme qui fixait la table, les mâchoires serrées. Il devait faire attention à ne pas la braquer. Il avait besoin qu'elle coopère.

— Ça va aller ? Vous vous sentez capable d'écouter l'enregistrement ?

Elle leva le menton en signe d'accord. Il cliqua sur la souris de son ordinateur. Un grésillement. Une respiration. *« Je suis Estelle Mentier. Je suis en danger. J'ai peur qu'on me fasse disparaître. Elle va essayer de me tuer. Encore.*
— Mademoiselle, où êtes-vous ? Pouvez-vous m'indiquer où nous pouvons venir vous chercher ? Mademoiselle ? »

Chaque mot atteignait Marie comme un poignard. La voix d'Estelle était sérieuse comme Marie ne l'avait jamais entendue. *« Si je n'ai pas donné signe de vie dans une heure, appelez Marie. Marie Porchet. Elle, elle saura vous dire. 06 58 69 22 00. Appelez Marie. »* Puis quelques secondes de silence. La salle d'interrogatoire semblait comme suspendue aux paroles d'Estelle. Mais elle ne reprit pas la parole. Un fracas fit sursauter Marie. « *Non ! Laissez-moi !* » Le téléphone était tombé. Le silence engloutit Estelle.

Marie fixait la table. Les larmes lui brûlaient les yeux. Estelle était peut-être morte et les flics croyaient qu'elle pourrait les aider. Estelle elle-même en était persuadée.

Mais comment ?

C'était une véritable tempête dans sa tête. Rien ne lui venait, aucune piste, aucun petit ami jaloux qui aurait pu péter un plomb ni aucune dette ou problème de drogue. Estelle était une jeune fille impulsive, mais pas au point de se faire des ennemis !

— Et son téléphone ? demanda Marie.

— Nous l'avons retrouvé dans une ruelle derrière l'université. Un prépayé. Il était en morceaux, impossible d'en tirer quoi que ce soit en l'état. On l'a envoyé à l'analyse, on attend.

Durand marqua une pause, regarda les quelques documents qui étaient sur la table devant lui puis leva finalement la tête.

— Quand avez-vous vu madame Mentier pour la dernière fois ?

— Je ne sais plus trop, comme je vous l'ai dit, on s'était éloignées ces derniers temps… la dernière fois, c'était il y a quelques mois je crois, sinon on s'envoie des messages, se défendit-elle.

— Je n'en doute pas, Marie.

Il l'avait appelé Marie. Elle s'en voulut presque directement d'avoir été un peu flattée. C'était rare qu'elle se laisse ainsi troubler.

— Vous êtes sûre de ne pas avoir été en contact avec elle ces dernières heures ?...

— Attendez... lâcha Marie les yeux soudain écarquillés, vous ne pensez quand même pas que j'ai quoi que ce soit à voir avec ça ? Estelle est mon amie ! Jamais, je n'aurais...

— Non, nous n'avons évidemment rien dit de tel, rassurez-vous, la coupa l'homme. Nous souhaitons seulement rassembler un maximum d'informations. Nous jouons contre la montre. Si votre amie est en vie, il faut qu'on la retrouve très vite. Vous comprenez ?

« Si votre amie est en vie ».

L'horreur que lui inspiraient ces mots.

Elle hocha la tête et répondit en essayant de contrôler les trémolos dans sa voix. Elle prit une gorgée de café. Il était mauvais, mais cela lui permit de reprendre le dessus. Durand remarqua sa moue.

— Auriez-vous une photo d'Estelle à nous fournir ? Nous devons établir une fiche signalétique afin de diffuser un maximum d'informations à nos collègues.

Marie saisit son téléphone. Des photos d'Estelle, elle devait forcément en avoir ! Elle passa en revue le contenu de la galerie sur son portable. Mais rien. Aucune photo de son amie. Pourtant, elle était présente quand Marie avait validé son Master, elle était là aussi pour les cinquante ans de sa mère... mais aucune image pour le prouver. Marie était perdue.

— Je ne comprends pas, je n'en trouve pas. À la maison, oui c'est sûr, dans mes albums. Voulez-vous que j'aille vous en chercher une maintenant ?

— Oui, dès que nous aurons terminé de remplir ensemble le dossier préliminaire, répondit Marais.

Chapitre 3

Estelle avait-elle un emploi en ce moment ?

— Elle suit des cours à la fac mais elle n'y est pas officiellement inscrite et le reste du temps, elle fait des petits boulots… au noir le plus souvent.

Durand baissa la tête. Elle le vit rayer une ligne dans le carnet dans lequel il prenait des notes depuis le début de leur entretien. Marie avait l'impression de ne leur servir à rien. Pourquoi Estelle les avait-elle dirigés vers elle ?

C'est à ce moment que les deux policiers se levèrent.

— Nous allons vous laisser quelques instants.

Durand lui tendit un bloc de papier et un stylo.

— Essayez de lister les personnes qui sont en relation avec Estelle, amis, collègues, famille, petit-copain, ex, n'excluez aucune piste. Nous avons besoin de noms, de numéros de téléphone, d'adresses, bref, tout ce que vous pourriez nous fournir et qui nous aiderait à la retrouver.

Il lui tapota l'épaule avant de sortir.

Le commissaire n'était pas de nature pessimiste mais son instinct lui criait qu'Estelle Mentier était morte. Aucun signe d'elle depuis plus de dix heures. Aucune trace dans les hôpitaux du coin. Aucune alerte d'autres commissariats. Marie Porchet avait l'air sincèrement inquiète. Pour l'instant, impossible pour lui de voir en quoi elle était mêlée à cette affaire.

Il se servit une tasse de café et s'assit à son bureau. Il fit un peu de place, entassa la paperasse qui le recouvrait dans un carton puis entra son mot de passe sur l'ordinateur. Plus tôt, avant l'arrivée de Marie Porchet au commissariat, il avait procédé aux recherches standards sur le serveur de la Police.

La seule Estelle Mentier qu'il avait trouvée était une retraitée de 71 ans qui vivait en Alsace.

Si l'on en croyait les fichiers de la Police, l'amie de Marie Porchet n'existait pas. Pas d'inscription au lycée, pas plus à la fac et aucun travail déclaré. Ça n'augurait rien de bon. Cette jeune fille avait peut-être plus à cacher que ce qu'il soupçonnait.

Elle avait changé de nom, ça semblait évident, mais pourquoi ? Un témoin sous protection policière peut-être. Si c'était le cas, son dossier devait être scellé, ce qui expliquerait le résultat de ses recherches. Ou alors, elle s'était elle-même effacée des radars… Marie la connaissait depuis le lycée, mais à l'entendre, elles ne fréquentaient pas le même établissement.

Une chose était sûre, cette fille, qu'elle s'appelle réellement Estelle ou non, était en danger. Peut-être que celle qu'elle fuyait il y a plusieurs années avait retrouvé sa trace ? Il ne fallait négliger aucune piste.

Quand on a une vingtaine d'années, on en découvre davantage sur vous sur vos comptes Instagram et Facebook que sur votre carte d'identité. Il était habitué à lire la détresse sur des visages souriants, à capter la malveillance ou la violence d'un bras posé sur une épaule ou autour d'une taille, à lire la solitude d'un selfie tout sourire. Il allait falloir lire entre les lignes pour découvrir qui était Estelle Mentier et surtout, découvrir ce qui avait pu lui arriver. Il trouva un compte Instagram. Pas de photo d'elle. Des paysages, quelques photos de Marie mais rien d'autre. *Qui es-tu, Estelle Mentier ?* se répétait Durand comme un mantra.

Chapitre 3

Comment chercher quelqu'un qui n'a pas de visage ?

Durand allait fermer la page internet du compte de la jeune fille quand ses yeux se posèrent sur une suite de commentaires sous une photo de Marie avec la légende « *Nous* ». Elle posait, un sourire discret aux lèvres, assise sur les marches de l'université.

« *Jolie.* »

« *On ne s'est pas vues depuis trop longtemps @Marieporchet, tu deviens quoi ?* »

« *Estelle arrêtez tout de suite ce petit jeu. Je sais que vous comprenez très bien. Pensez à Marie pour une fois.* »

Le dernier message était signé @vivianecolombe.

Sur son compte Facebook, Viviane se présentait comme une psychothérapeute, spécialisée dans le traitement sous hypnose des chocs traumatiques.

Intéressant.

Soit elle était sacrément professionnelle et couvait ses patients jusque sur les réseaux, soit elle dépassait complètement les limites de son travail et devenait presque inquiétante. Suspecte même, pensa Durand.

Il n'aimait pas les psys qui brandissaient leur secret professionnel à la moindre occasion. Si en plus elle avait quelque chose à se reprocher, autant dire qu'il risquait de perdre son temps. Il se résigna. Il fallait bien commencer quelque part. Il appela le numéro indiqué sur le profil de Viviane Colombe. Une voix robotique lui indiqua que le répondeur était actuellement plein et qu'il était préférable de contacter le docteur Colombe par mail. *Docteur.* Et puis quoi encore ! Un thérapeute n'était pas docteur ! Elle ne manquait pas d'air, celle-là. Il envoya un message :

Madame Colombe,

Estelle Mentier a des ennuis et j'aurais voulu vous entendre à son sujet.

Pourriez-vous prendre contact avec mon service dès que possible ?

Cordialement.

Lieutenant Louis Durand

Il sentait qu'il avait mis le doigt sur *quelque chose.*

Elle était seule.

Que pouvait-elle faire ?

C'était insupportable d'avoir cette sensation d'être la clé de ce qui arrivait à Estelle mais de ne pas réussir à comprendre en quoi.

Appeler Joane.

Oui, même si la coloc d'Estelle et elle n'étaient pas les meilleures amies du monde, elle pourrait l'aider. Elle chercha son numéro sur son portable et porta fébrilement l'appareil à son oreille. Répondeur. « *Vous êtes sur le portable de Joane. Je ne suis pas là pour le moment. Je vous rappellerai… peut-être.* » Marie n'avait jamais aimé cette fille sans pourtant l'avoir rencontrée. Estelle n'avait pas beaucoup d'amis. Elle lui en connaissait seulement deux ou trois, mais refusait obstinément de les faire se côtoyer. Elle aimait l'exclusivité en amitié.

Marie ferma les yeux. En ce moment, c'était compliqué d'avoir Estelle au téléphone alors elles échangeaient surtout par messagerie interposée.

Chapitre 3

Sans réfléchir, Marie appela son propre répondeur. Elle écouta les deux derniers messages :

« *Marie, il faudrait que nous discutions rapidement, veuillez me rappeler cette semaine.* »

Le docteur Colombe. Ça attendrait.

« *Salut poulette ! Dis, on ne s'est pas appelé depuis un bail ! Je m'inquiète, tu vas bien ? Toujours la tête dans tes bouquins ! Allez lâche-toi un peu ! Rappelle-moi !... Ah oui, au fait, c'était Estelle !* »

Marie sourit en entendant le ton railleur de son amie. Mais son sourire s'évanouit soudain. Estelle avait-elle essayé de tirer la sonnette d'alarme ? Si c'était le cas, elle avait été la pire des amies. Elle ne l'avait pas rappelée. Elle n'avait même pas envoyé un message. Et maintenant…

Il entra dans la salle d'interrogatoire. Marie était assise, elle ne semblait pas avoir bougé depuis qu'il l'avait laissée. Son stylo frappait nerveusement la feuille de papier sur laquelle elle avait écrit un seul nom. Elle tendit la fiche, fébrile.

— Je ne connais pas ses amis, elle les appelle par des surnoms, je ne les ai jamais rencontrés… bredouilla-t-elle.

Durand regarda la feuille. Il n'y avait que sa colocataire que Marie avait été capable de nommer. Pas de parents. Pas de famille. Pas d'amis. Rien qui raccroche Estelle à un passé qui excéderait les cinq ou dix dernières années.

Un nom manquait néanmoins.

— Je vois que vous n'avez pas noté les coordonnées du docteur Colombe…

Marie se figea.

— Le docteur Colombe ? Je ne vois pas en quoi elle pourrait vous être utile… Elle n'a jamais rencontré Estelle.

— Comment connaissez-vous ce docteur ? demanda Durand.

— C'est ma psy. Depuis plusieurs années…

— Vous est-il arrivé de parler d'Estelle avec le docteur Colombe ?

Marie se mordit les lèvres. La situation était inconfortable. Elle ne parlait pas de sa psy, à personne.

— Oui. J'aborde tous les versants de ma vie donc forcément, j'ai parlé d'Estelle…

Durand eut le sentiment qu'il venait de toucher un point crucial. S'il voulait retrouver Estelle, il devait percer la carapace de Marie.

— Et que lui avez-vous dit ? insista-t-il.

— Ce qu'un patient raconte à son psy, se renfrogna Marie. Si je ne me trompe pas, je ne suis pas obligée de vous le raconter…

— Effectivement, rien ne vous y oblige…

Marie eut l'air soulagée.

— … mais je vous rappelle que je cherche *votre* amie. Et je pense que ce message de votre psy sur Instagram laisse entendre qu'elles se connaissent…

Il tendit une tablette à Marie. Elle fronça les sourcils quand elle lut le commentaire du docteur. Son air frondeur fondit d'un seul coup. Elle secoua la tête en signe d'incompréhension. Puis elle repoussa la tablette vers Durand.

— Je suis suivie par le docteur Colombe depuis plusieurs années. Cinq ans, je crois. Je ne vois pas pourquoi elle aurait tenté de prendre contact avec Estelle. Et j'avoue que ça me met très mal à l'aise. (Elle prit une profonde inspiration) J'ai connu Estelle quand j'étais au lycée. Elle allait de famille d'accueil en famille d'accueil. Une *cas soc'* comme on l'appelait. Elle n'était pas très populaire, comme vous pouvez l'imaginer. Les ados sont méchants entre eux… Moi, j'étais isolée. J'étais petite, timide, je ne savais pas me défendre. Une cible de choix pour les pestes du lycée. Ça a commencé par des surnoms. Mes parents m'ont dit de ne pas y faire attention, de les ignorer. Mais on ne m'a pas rendu les choses faciles. Les insultes, en toute impunité, les coups d'épaule dans le couloir, mes affaires jetées sur le sol, des mots horribles glissés dans mon casier, les photos placardées sur les murs du lycée. Des montages… Je ne vous fais pas de dessin…

Elle marqua une courte pause.

— Je sais de quoi ça a l'air… vous vous dites, rien de bien grave, des bêtises de gosses… mais ça a duré des mois. J'arrivais au lycée tous les matins avec une boule au ventre. Je me détestais. C'est con hein ? J'aurais dû haïr ceux qui me faisaient du mal mais au lieu de ça, je me suis dit que quelque chose clochait chez moi, que je devais mériter ce qui m'arrivait. Mes parents ne savaient plus quoi faire. Alors ça a été le défilé des thérapeutes en tous genres. L'hypnose, les discussions misérabilistes en groupe… et puis les médicaments. Beaucoup. Trop. Ça ne changeait rien. Et aucun psy ne comprenait ce que je traversais. On me disait même de prendre du recul, qu'un jour ça allait aller mieux, qu'il fallait que je m'endurcisse. (Elle laissa échapper un petit rire mais sa gorge était serrée) J'ai tout arrêté. L'école. Les copains. Et même de parler à mes parents. Je n'en pouvais plus des regards de pitié, des pincettes que prenaient certains pour m'adresser la parole, des conseils de psy de comptoir, des excuses bidons de ceux qui avaient pris leurs distances, l'air de rien. Comme si j'allais attirer sur eux toute la merde qui m'entourait. J'étais seule. J'étais faible. Les profs avaient vu ce qui se passait mais ils n'avaient pas réagi. Et moi, j'ai commencé à me dire que plutôt que de supporter ça encore, il valait mieux que tout s'arrête. J'avais tout prévu. Ce serait un soulagement pour tout le monde. J'ai vraiment failli…

Elle s'arrêta pour boire une gorgée d'eau. Durand, lui, resta silencieux, attendant qu'elle reprenne son récit.

— … et Estelle est arrivée. Elle était forte, sans peur. Elle savait comment rembarrer les petits cons qui me ruinaient la vie.

Elle ne baissait pas les yeux, fixant tour à tour les deux hommes face à elle.

— Elle m'a sauvée. Au sens propre. Je ne serais pas là devant vous si elle n'était pas arrivée dans ma vie. Je veux retrouver Estelle, plus que quiconque, vous pouvez me croire.

Le brigadier Marais, qui était resté mutique depuis l'arrivée de son chef, déglutit. Il était visiblement peu à l'aise avec ce genre d'histoires. Marie pensa qu'il était sans doute papa et que toutes ces histoires de harcèlement le dégoûtaient autant qu'elles l'effrayaient.

— Je vous ai entendue, répondit Durand, je comprends votre situation. Commençons par ce qui m'interpelle : comment expliquez-vous que je ne trouve rien sur votre amie ?

Chapitre 3

— Comment ça ?

— RIEN. Vraiment rien. Pas de pièce d'identité. Pas de trace sur nos fichiers. Comme si elle n'avait jamais existé…

— Je ne comprends pas… bredouilla Marie.

— Est-ce qu'Estelle aurait pu vous cacher sa véritable identité ? Vous m'avez dit qu'elle avait été baladée de famille d'accueil en famille d'accueil. Vous savez pourquoi ? Vous connaissez ses parents ?

— J'y comprends rien… je suis désolée… dit Marie d'une voix blanche. Je voudrais vous aider, mais je ne sais pas quoi vous dire. Estelle est très discrète sur sa vie, elle ne parle pas de ses parents biologiques ni de son histoire… j'ai toujours respecté cette limite.

— Son adresse actuelle, vous l'avez ? demanda Marais en essayant de rediriger l'interrogatoire.

— Oui, oui bien sûr !

Marie pointa du doigt un nom sur la feuille de papier qu'on lui avait demandé de compléter : *28 avenue de Ségur.*

Accompagné du brigadier Marais, Durand entra dans sa voiture de fonction puis démarra. Il faisait froid et de la buée recouvrait le pare-brise. Le lieutenant souffla dans ses mains avant de tourner la clé.

La rue Ségur n'était qu'à une vingtaine de minutes du commissariat. Très honnêtement, il n'espérait pas y trouver Estelle. Mais s'il en croyait les notes de Marie, sa colocataire, Joane Goustan, pourrait les aider à y voir plus clair. Quand on vit ensemble, on partage forcément ses secrets, son quotidien, ses peurs… de toute façon, il n'avait pas d'autre piste pour l'instant donc il s'en contenterait.

Une victime sans visage, sans identité, Durand savait qu'on n'allait pas tarder à lui demander d'abandonner l'affaire, ce n'était qu'une question d'heures. Peut-être moins. Si on ne retrouvait pas le corps avant.

Ils se garèrent. Il s'agissait d'une rue bordée d'immeubles de trois à quatre étages. Numéro 28. Durand fit dérouler la liste des occupants sur l'interphone tactile. Pas de Mentier. Pas de Goustan. Il frappa à la porte vitrée jusqu'à ce que le gardien vienne lui ouvrir. Une caricature. Un vieux bonhomme, l'allure bourrue, portant un pantalon en velours mal coupé, un cardigan déformé et une paire de tennis fatiguée.

— Oui, messieurs, c'est pour quoi ? demanda-t-il visiblement agacé.

— Désolé de vous déranger, monsieur, déclara Durand en lui montrant sa carte. Nous cherchons deux jeunes femmes, Estelle Mentier et Joane Goustan. Elles vivent dans l'immeuble en coloc. Je n'ai pas trouvé leur nom à l'extérieur.

— Ah bah c'est sûr que vous n'avez rien trouvé, monsieur l'agent ! gloussa le vieux. J'ai personne de ce nom-là ici !

— Vous êtes sûr de ça ? insista Marais.

— Oui monsieur, sans l'ombre d'un doute, je connais tous mes locataires ! Je suis là depuis vingt-cinq ans vous savez, alors vous pouvez me faire confiance si je vous dis que j'connais pas ces deux dames !

Chapitre 3

Marais allait de nouveau poser une question mais Durand l'arrêta d'un signe de main.

— Merci monsieur, on a dû se tromper. Désolés de vous avoir dérangé.

Ils revinrent à la voiture.

— C'est quoi ce délire ? ne put s'empêcher de lâcher Marais. Vous croyez qu'elle se fout de notre gueule la p'tite Mentier ?

Durand fixa l'adresse écrite de la main de Marie.

— Y a un truc qui coince dans cette histoire... et j'arrive pas à savoir quoi... Peut-être qu'elle est dans le coup, qu'elle nous mène en bateau, qu'elle veut lui faire gagner du temps, qu'elle la couvre... ou alors que c'est elle la coupable... je suis paumé.

— On fait quoi du coup, patron ?

— Je la rappelle à notre retour. Il faut qu'on la revoie.

Il conduisit jusqu'au poste en silence.

Une fois arrivé, il s'isola dans une salle d'interrogatoire. Il appela d'abord Joane Goustan. Répondeur. Il laissa un message invitant la jeune femme à reprendre contact rapidement avec lui. Puis, ce fut au tour de Marie.

— Madame Porchet ?

— Oui... répondit-elle refroidie par le fait qu'il l'appelle par son nom de famille.

— C'est le lieutenant Durand.

— Vous avez du nouveau ? demanda-t-elle dans un souffle.

— Non. Rien pour l'instant. J'ai un souci avec l'adresse que vous m'avez donnée. Le gardien ne connaît pas d'Estelle Mentier...

— L'appartement doit être au nom de Joane, se défendit Marie.

— Non Marie, aucune Joane Goustan non plus…

Marie et Durand restèrent quelques secondes sans parler. Le temps pour Marie d'intégrer l'information et pour Durand de voir comment elle allait réagir.

— Je n'y comprends rien…

— Moi non plus, Marie, mais il y a trop de zones d'ombre, je vais avoir besoin de vous revoir très vite au poste. Vous pouvez passer demain matin ?

— Oui, oui bien sûr, je viendrai pour neuf heures, ça ira ?

Elle raccrocha.

Cette nuit-là, son cauchemar de toujours prit une forme inattendue. Allongée sur le sol en moquette, Marie fixait les cadres. Tous montraient Estelle frappant de ses poings les vitres comme pour en sortir. Elle hurlait, mais aucun son ne sortait de sa bouche. La terreur se lisait dans ses yeux. Personne pour entendre sa détresse. Personne pour lui venir en aide. Elle était seule. Marie restait allongée, les bras derrière la tête, étonnamment insensible à la scène qui se jouait devant elle comme si tout cela ne l'atteignait pas. Puis elle finit par se lever et sortir. Une porte qu'il n'y avait encore jamais eu dans le décor s'était dessinée au mur. Pas un regard pour Estelle. Pas un regret.

C'était inédit.

Chapitre 3

Marie se réveilla en sursaut. Elle était trempée de sueur. Pourquoi son cauchemar avait-il pris ce détour glaçant ? Parce qu'elle avait l'impression d'abandonner Estelle ? Parce qu'elle avait toujours été tellement centrée sur sa propre détresse qu'elle avait négligé celle de son amie ? Amie dont elle ne savait finalement que ce qu'elle avait bien voulu lui dire. C'est-à-dire presque rien. Elle s'en était contentée, par pur égoïsme. Sa mauvaise conscience venait de la rattraper sur un terrain qu'elle affectionnait particulièrement, celui des cauchemars.

Le lendemain, elle se leva difficilement. La nuit n'avait pas été réparatrice, bien au contraire. Impossible de retrouver le sommeil avec les images angoissantes qui étaient imprimées dans son crâne. Elle prit une douche rapide, avala un morceau de pain malgré le nœud qui lui serrait l'estomac puis entra dans sa voiture.

Durand avait laissé la porte de son bureau ouverte. Il était resté travailler tard la nuit dernière et souhaitait s'entretenir avec Marie sans attendre. Il la vit entrer dans le couloir.

— Marie ? Entrez et asseyez-vous, s'il vous plaît, demanda-t-il en lui ouvrant le passage.

— Lieutenant, je voudrais vous aider davantage, mais je ne vois pas ce que vous attendez de moi.

— Nous allons commencer par une description physique d'Estelle. Avez-vous rapporté une photo comme convenu ?

Les yeux de Marie s'écarquillèrent. Elle avait oublié. Comment était-ce possible ?

— Je suis désolée, je voulais le faire et puis... je n'y ai plus pensé... Vous devez me prendre pour quelqu'un d'abominable ! s'excusa Marie les yeux remplis de larmes.

— Nous verrons ça plus tard. Vous êtes sous le choc, ça se comprend. Pouvez-vous néanmoins me faire une description physique de votre amie ? Couleur des cheveux, taille, poids, style vestimentaire, signes distinctifs...

Les yeux de Marie trahirent un trouble. Elle semblait réfléchir.

— Marie, reprit Durand. Pouvez-vous me décrire Estelle, s'il vous plaît ?

— Bien sûr que je le peux... Elle est de taille moyenne, de poids moyen...

— Comprenez que je ne vais pas aller loin avec ça, il me faut des détails, soyez précise, s'impatienta le lieutenant.

— Je... j'y arrive pas... je ne comprends pas ce qui m'arrive...

Elle s'écroula en larmes. Elle avait l'air épuisée. Durand lui tendit un mouchoir avant de quitter la pièce. Il fallait qu'il réfléchisse, quelque chose ne tournait pas rond.

Marie était fragile, c'était une certitude, mais il se demandait si compte tenu de cette fragilité elle restait une personne fiable. Il ne connaissait rien d'elle, à part ce qu'elle leur avait raconté. Et tout ça n'était pas pour le rassurer. Et même s'il ne préférait pas y penser, il devait garder en tête que tout cela pouvait être aussi une mise en scène. Si c'était le cas, elle méritait un oscar.

Il décida de suivre son intuition et d'appeler les parents de Marie. Ils connaissaient sans doute Estelle.

Chapitre 3

— Jacques Porchet, j'écoute.

— Bonjour, monsieur Porchet, commissaire Durand au téléphone, je vous appelle suite à la disparition d'Estelle Mentier.

— Estelle vous dites ?

— Oui monsieur, nous sommes sans nouvelle d'elle depuis plus de 24 heures maintenant et nous auditionnons votre fille à ce sujet.

— Marie est avec vous en ce moment ? C'est elle qui vous dit qu'Estelle a disparu ?

— Votre fille est actuellement dans nos locaux, effectivement, et non, Estelle a appelé la police pour demander de l'aide et elle a fait mention de votre fille. Voici la raison de sa présence…

— Nous arrivons, ma femme et moi, coupa monsieur Porchet.

— Non, c'est inutile monsieur, je souhaitais seulement…

— … nous arrivons dans une heure et demie, nous pourrons nous parler à ce moment-là. Notre fille a besoin de nous.

Il raccrocha.

Le père semblait inquiet. Sa précipitation augurait un échange houleux à son arrivée.

Au moins, Durand pourrait les interroger, c'était ce qui importait.

Il rejoignit Marie dans la salle d'interrogatoire. Lorsqu'il s'assit, elle lui adressa un sourire étrange qui le mit mal à l'aise.

— Désolé de vous avoir fait patienter.

Il remarqua qu'elle était bien moins crispée qu'en arrivant. Elle semblait même très à l'aise.

Trop.

— Je vous écoute, Commissaire, répondit-elle en croisant les jambes.

— Lieutenant.

— Veuillez m'excuser, Lieutenant.

— Marie, l'adresse que vous nous avez donnée est de toute évidence erronée. Comment expliquez-vous cela ?

— Estelle a la bougeotte. Elle a déménagé plus de fois que je ne peux m'en souvenir. Elle a dû oublier de me donner sa dernière adresse…

Durand se leva, porté par un énervement qu'il n'arrivait plus à maîtriser. La nonchalance de Marie lui était insupportable.

— Vraiment, Marie ? Votre meilleure amie, qui semble croire que vous êtes la seule personne à pouvoir lui sauver la vie, aurait oublié de vous dire qu'elle a déménagé ?

— Estelle est particulière. Vous l'avez bien compris. Je lui dois beaucoup. Mais là, ça dépasse ce que je suis capable de faire pour elle.

Durand garda le silence quelques instants. À quoi jouait-elle ? Il n'aurait peut-être pas dû la laisser partir la veille, elle avait eu le temps de reprendre ses esprits.

— Je vais me chercher un café. Vous en prendrez un ?

— Avec plaisir.

— Sucre et lait ?

— Sucre seulement, pas de lactose, précisa-t-elle en pianotant sur son téléphone.

Il la fixa un instant et sortit de la pièce en la laissant seule.

Il se rendit directement dans une petite salle accolée à la pièce dans laquelle patientait Marie. Il fallait qu'il l'observe un moment. Quelque chose clochait.

Chapitre 3

L'arrogance nouvelle dont elle faisait preuve le troublait. Elle qui avait défendu bec et ongles Estelle semblait très détachée de son sort, à présent. Il y avait aussi le problème de l'adresse. La photo. La description physique. Le café au lait de la veille…

Il s'assit à son bureau. Son instinct lui hurlait que quelque chose d'évident lui était pour l'instant encore invisible. Il ferma les yeux et se massa les tempes. Il y avait Estelle, la disparue. Marie sa meilleure amie qui ne connaissait pas son adresse et qui était passée de l'effondrement à une indifférence plus que suspecte. Il y avait la colocataire, Joane, un fantôme qui n'existait que sur messagerie. Les parents ultra-protecteurs de Marie. Et le docteur Colombe… une psy qui dépassait clairement les limites des relations patient-thérapeute. Rien n'allait dans ce résumé de l'affaire et des personnes concernées.

Soudain, il eut comme un déclic. C'était tellement dingue et tellement évident à la fois… Il se leva de son siège et se dirigea d'un pas vif vers la salle d'interrogatoire.

Il ouvrit la porte et s'installa face à Marie.

— Madame Porchet, vos parents sont en route.

— Mes parents ? répéta-t-elle amusée en replaçant une mèche de cheveux derrière son oreille. Apprêtez-vous à assister à un mélodrame en règle dans vos bureaux, Lieutenant !

Il fit comme s'il ne l'avait pas entendue.

— Pouvez-vous m'indiquer par écrit les coordonnées du docteur Colombe s'il vous plaît ? Je souhaiterais lui parler au sujet de son commentaire sur Instagram…

Elle saisit le stylo et le bloc de papier devant elle, sembla hésiter à écrire, tourna le crayon plusieurs fois entre ses doigts en jetant des regards brefs à Durand puis finalement griffonna un numéro de téléphone ainsi qu'un mail.

— Merci… Marie, dit-il en lui prenant la feuille des mains.

Ils restèrent un instant à se défier du regard, interdits. Puis il sortit.

De retour dans son bureau, il mit côte à côte la feuille sur laquelle Marie venait d'écrire et la toute première liste de noms qu'elle leur avait remis.

Aucun doute. Jamais il n'aurait cru un jour se retrouver dans cette situation. C'était de la folie : les écritures étaient foncièrement différentes.

L'une jouait sur les déliés, était ample et ouverte, l'autre était nerveuse, griffant presque le papier.

Il l'observa un instant sur l'écran de contrôle. Elle faisait les cent pas mais n'avait pas l'air stressée, elle était impatiente plutôt, presque joueuse.

De retour devant la porte de la salle, il prit une profonde inspiration.

Plus de doute possible.

Dos à lui, face à la fenêtre, se tenait Marie, debout, sa cigarette négligemment tenue entre deux doigts.

Elle ne prit pas la peine de se retourner en l'entendant entrer.

— Lieutenant… commença-t-elle seulement.

— Vous ne pouvez pas fumer ici.

— Ne soyez pas si rabat-joie, Louis…

— Je préfère que vous continuiez à m'appeler lieutenant. Et moi, comment dois-je vous appeler ?

Elle éclata de rire.

Chapitre 3

— D'après vous ? demanda-t-elle, toujours dos à lui.

— Vous n'êtes pas Marie.

— Non, je ne suis pas Marie. Je suis contente que vous ayez compris. Marie mérite mieux qu'Estelle. Elle est bien plus forte qu'elle ne l'imagine. Elle n'a besoin que de moi. Les autres ne lui sont plus utiles.

— Les autres ?

— Vous n'avez pas fait le tour de notre histoire, Commissaire. Je n'ai pas fait ça contre Estelle. J'ai fait ça pour protéger Marie de ses alters parasites.

— Pour protéger Marie ?

— Oui. Pour elle, pour elle seulement… certaines de ses facettes sont nuisibles, expliqua-t-elle d'un ton calme.

— Quelles facettes ?

— Joane, et surtout Estelle. Elles l'empêchent d'avancer. Elles la brident. Il n'y a que moi qui la comprenne réellement. Elle n'a plus besoin des autres. Moi, je peux l'aider. J'ai les connaissances médicales pour le faire. Estelle ne veut pas comprendre qu'il est temps pour elle de partir. Joane, ce n'est pas un problème, elle n'était là que pour être le lien d'Estelle avec une réalité que réclamait l'esprit de Marie. (Elle fit une pause et se retourna face à Durand en soufflant sa fumée) Mais Estelle, elle croyait la protéger, elle entretenait l'idée que Marie était faible. Elle la rendait dépendante.

— Vous vous êtes débarrassée d'elle ? demanda Durand d'une voix qu'il voulait solide.

— Symboliquement oui, si vous voulez, Estelle ne fait plus partie du système, Joane non plus d'ailleurs. Il ne reste que Marie… et moi.

— Viviane Colombe…

Elle se retourna pour tirer une nouvelle bouffée de sa cigarette en regardant par la fenêtre.

— Appelez-moi docteur.

On frappa à la porte. En entrant, le brigadier Marais essaya de jauger la situation d'un œil interrogateur.

— Les parents de madame Porchet sont arrivés.

Durand quitta la pièce.

Cette nuit-là, Marie fit de nouveau un cauchemar. Elle était dans la pièce bordeaux. Toujours la même. Des miroirs partout. Cette fois, des reflets d'elle-même à l'infini, rendant cette pièce suffocante. Et des voix, venues à la fois de partout et de nulle part. *Marie, c'est toi ? Marie ? Où est Estelle, Marie ? Pourquoi ne l'as-tu pas aidée ? Qui es-tu ?* Les écrans se brouillèrent, les visages se déformèrent pour devenir monstrueux. Les écrans explosèrent en millions d'éclats de verre dont Marie se protégea, en boule sur le sol. Elle attendit que son cauchemar s'arrête. Mais cette fois, elle ne s'en réveilla pas.

Avec sa femme, ils ne s'étaient pas beaucoup parlé pendant le trajet. En fait, ils ne se parlaient plus beaucoup depuis des années s'ils devaient être parfaitement honnêtes. Ce coup de téléphone du commissariat avait cristallisé leurs craintes des derniers mois. Ils avaient eu peu de nouvelles de leur fille et s'étaient persuadés qu'elle avait enfin retrouvé un peu de stabilité. Ils s'étaient leurrés.

Bien sûr, ils avaient fait comme ils pouvaient, avaient cherché de l'aide auprès des meilleurs spécialistes, avaient été à l'écoute et patients. Mais ce qui arrivait à leur fille, « la situation » comme ils l'appelaient pour ne pas avoir à admettre qu'il s'agissait d'un trouble pathologique grave, les avait détruits. Ils s'étaient éloignés de leurs amis et avaient même fini par s'éloigner l'un de l'autre…

Devant la porte d'entrée, madame Porchet avait considéré tout le bâtiment en levant la tête. Après avoir lissé sa jupe, elle avait pris une profonde inspiration avant de prendre le bras de son mari pour entrer. Le lieutenant Durand les avait accueillis avec un air inquiet. C'était cet effet que le cas de Marie produisait sur les gens. Comment en aurait-il pu être autrement ?

On les conduisit dans une petite pièce. Au centre du mur principal, un écran. Et sur cet écran Marie. Ou Joane. Ou Estelle. Ou le docteur Colombe. Ou tout autre nouvel alter, comme autant de parasites qui tenait la vraie Marie à distance. Ça semblait fou de regarder sa propre fille en ne sachant pas qui elle était vraiment.

— Qui est-ce ? demanda froidement madame Porchet.

Le lieutenant déglutit. Il ne s'était visiblement pas attendu à une approche aussi directe.

— Il s'agit du docteur Colombe, madame, répondit-il simplement.

Madame Porchet serra les dents et ne répondit pas.

— Lieutenant, pouvons-nous l'emmener avec nous ? Nous avons contacté le centre hospitalier Maison Blanche, ils peuvent l'accueillir dès aujourd'hui.

— Il n'y a pas de disparition donc pas d'enquête. Je n'ai aucune raison de garder votre fille dans nos locaux. Il me faut juste m'assurer qu'elle sera prise en charge et ne sera un danger ni pour elle, ni pour les autres.

— Nous nous chargerons de l'accompagner personnellement, déclara monsieur Porchet en ne quittant pas des yeux l'écran sur lequel on voyait Marie/Viviane déambulant dans la salle d'interrogatoire, l'air sérieux, une cigarette vissée à la main.

Madame Porchet jetait de brefs coups d'œil vers sa fille. Son mari, la main posée sur son épaule, se voulait rassurant.

Qu'allait-il arriver maintenant à Marie ? Ils n'en savaient rien. Ils n'espéraient plus de retour à la normale, c'eût été naïf.

*Centre hospitalier de Maison Blanche, Paris X^e^*

— Vous sentez-vous bien ici ? demanda la femme en tapotant son stylo sur un carnet.

— Je suis plutôt heureuse de notre collaboration, docteur. Ce poste me permet de rester la psychologue référente de Marie Porchet et de faire bénéficier d'autres patients de mon expertise.

— Docteur Colombe, nous parlerons de votre implication auprès des autres patients une autre fois, si vous le voulez bien. Comment va Marie en ce moment ?

— Marie se raccrochant à sa relation avec celle qu'elle considérait comme un ange gardien, c'est naturellement vers elle qu'Estelle s'est retournée lorsque son existence et sa présence au sein du système ont été remises en cause. Elle n'est pas réapparue alors Marie se reconstruit, lentement…

— Considérez-vous qu'elle soit guérie, à l'heure actuelle ?

— Docteur Cadiot, vous êtes une collègue que j'estime, n'essayez pas de me piéger sur ce genre de questions de débutants. Vous savez très bien qu'on ne guérit jamais d'un TDI[1]. Marie semble délestée des personnalités qui la parasitaient ces dernières années mais elle n'est pas pour autant guérie, c'est évident. D'où l'intérêt de mon suivi régulier. Je dois m'assurer qu'elle est stable et qu'elle pourra bientôt reprendre une vie normale. Ses parents sont tout à fait d'accord pour l'accueillir de nouveau chez eux. Ils connaissent sa situation. Mais ce serait prématuré. (Elle mit ses lunettes) Vous m'excuserez, mais j'attends une patiente.

— Merci d'avoir accepté de me recevoir, docteur, conclut la femme en fermant son carnet. Je reviendrai, si vous m'y autorisez. Vos recherches m'intéressent tout particulièrement.

— Avec plaisir, docteur Cadiot. Appelez mon assistante la prochaine fois. Mon emploi du temps est très chargé mais je suis toujours ravie d'échanger avec une consœur. Je vous laisse fermer la porte en partant, dit-elle en rouvrant les dossiers posés sur la table devant elle et en portant sa tasse de café à ses lèvres.

1. Trouble dissociatif de l'identité. Les personnes atteintes possèdent deux ou plusieurs identités (appelées aussi alters), ce qui peut provoquer des trous de mémoire quant aux événements de tous les jours, aux informations personnelles importantes et aux événements traumatiques ou stressants. Elles souffrent également de beaucoup d'autres symptômes, y compris la dépression et l'anxiété.

— Bien sûr.

Sophie Cadiot resta quelques secondes à observer le docteur Colombe par la partie vitrée de la porte. Elle était fascinée.

Elle ferma derrière elle comme on le lui avait demandé. Elle sortit une carte magnétique de sa poche et la passa devant le verrou, une lumière rouge clignota, puis elle reprit son carnet.

« *Marie Porchet, la personnalité dominante, ne s'est pas exprimée depuis deux mois maintenant. Le docteur Colombe semble avoir consumé les autres personnalités du système. Je n'ai jamais observé pareil schéma. Marie est comme en veille, emprisonnée dans son propre corps. Il faut espérer qu'elle n'a que très partiellement conscience de ce qui se passe. Il est impossible, pour sa propre sécurité, d'envisager de sortir de l'hôpital.* »

CHAPITRE 4

Un frisson parcourt le groupe.

J'adore ce genre d'histoires. La santé mentale et les déviances m'ont toujours fasciné. Il y a quelque chose de morbide et d'attirant à essayer de percer les mystères d'un cerveau malade.

— Trop creepy… commente Lison.

— Merci ! répond Inaya, satisfaite, en lui adressant un grand sourire.

Bonne joueuse, Lison applaudit.

— Pas mal, les coupe Bastien. Mais je peux faire mieux…

— On t'écoute gros malin, montre-nous de quoi tu es capable… raille sèchement Inaya.

— Si mon histoire est bonne, tu m'embrasses, cap ?

La jolie brune roule des yeux et fait semblant de vomir.

— Dans tes rêves ! Le lourd ! s'exclame-t-elle en cherchant du soutien auprès des autres filles mortes de rire.

Lison redevient sérieuse en voyant que son amie va vraiment s'énerver :

— On est plusieurs à être saoulés par ton petit jeu.

Lâche-la sérieux…

Bastien hausse les épaules. Il regarde les autres. Plus personne ne rit.

— On peut même plus rigoler… souffla-t-il.

— On n'a pas le même sens de l'humour, renchérit Inaya avec une grimace. Bon ton histoire, ça vient ou tu passes ton tour ?

— OK, c'est bon, j'y vais, détends-toi ! Mon histoire s'intitule : « Karma »…

— Maman, le bébé pleure.

— Esma… mais… que fais-tu debout ? On est au milieu de la nuit… demanda ma mère en levant péniblement la tête de son oreiller.

— Le bébé pleure maman, viens, répétai-je en tournant les talons.

Ma mère se leva et me suivit jusque dans la chambre de ma petite sœur. Je posai ma main sur le berceau en osier et fus parcourue d'un frisson.

— Elle appelle maman, aide-la, murmurai-je.

Ma mère porta une main tremblante sur son ventre rond avant d'appeler mon père sans me quitter des yeux.

— Rafaël !

Cette scène, je n'en ai pas le moindre souvenir.

J'avais huit ans et cette nuit-là, mes parents ont découvert que je souffrais de crise de somnambulisme. Selon les médecins que l'on m'a fait rencontrer, elles n'apparaissent qu'en situation de stress intense.

Chapitre 4

La grossesse de ma mère était visiblement une de ces situations délicates.

Ce que j'ai compris c'est qu'en gros, j'étais jalouse de ma future petite sœur et du fait qu'elle allait prendre toute la place dans notre famille. On m'a dit que ça n'était pas grave, que ça me passerait.

— Il n'est pas rare, avait dit monsieur Balsen notre médecin de famille, que les aînées paniquent un peu à l'arrivée d'un nouvel enfant. Certains sont en colère, d'autres régressent même afin d'attirer l'attention de leurs parents. Esma a voulu à sa manière vous dire qu'elle s'inquiète, rien de plus !

Tout cela aurait pu en rester là.

Mais quelques jours après, ma mère avait été conduite à l'hôpital de toute urgence. Mon père nous a expliqué que le bébé, Nina, avait dû être sortie plus tôt que prévu du ventre de notre mère à cause d'un problème de cordon ombilical. Maintenant, tout allait bien. Le bébé était en bonne santé et ma mère devait seulement prendre un peu de repos pour se remettre de son accouchement prématuré.

Le soir, à la maison, assise dans l'escalier, j'avais surpris une discussion dans la cuisine entre ma grand-mère et mes parents.

— Maman, arrête avec tes trucs de vieilles sorcières, tu fais peur à Lucia, avait dit mon père en posant une main sur l'épaule de ma mère.

— Je ne veux pas vous effrayer. Je dis juste qu'il serait stupide de penser qu'Esma a fait une simple crise de somnambulisme. Elle a senti que le bébé était en danger… Elle a essayé de vous prévenir.

— Stop maintenant, l'avait coupé mon père en haussant le ton, je ne veux pas que tu mettes ce genre de croyances débiles dans la tête de notre fille. On a besoin d'être soutenus en ce moment. Si tu n'es pas capable de le faire, laisse-nous.

Ma grand-mère s'était levée, très digne, sans un mot.

Avant de quitter la maison, elle s'était retournée et m'avait regardée. J'étais toujours assise dans l'escalier, la bouche entrouverte.

Elle n'avait rien dit, se contentant de m'adresser un clin d'œil en souriant.

Depuis, les relations entre mon *abuelita*[1] et mon père étaient tendues mais avec elle, je partageais bien plus qu'avec n'importe quel membre de ma famille. Nous avions un secret : j'avais des pouvoirs, de terribles et incroyables pouvoirs.

Ma grand-mère vouait un véritable culte aux objets de collection. La vitrine de sa salle à manger en était pleine. Et tout ce bric-à-brac m'a toujours fascinée. Parfois, elle me laissait doucement tourner la petite clé dorée, ouvrir la porte vitrée et effleurer du bout des doigts toutes ses trouvailles qu'elle avait précautionneusement rassemblées au fil des années. Alors, un jour, sentant qu'elle avait trouvé en moi une digne héritière de cette étonnante passion, elle décida qu'à chacun de mes anniversaires, elle m'offrirait une pièce de collection. Et j'avoue que j'adorais cette idée.

1. Ma petite grand-mère, ma grand-mère chérie en espagnol.

Chapitre 4

Il faut dire qu'elle soignait sa présentation. On se serait cru dans un cabinet de curiosités étrange, attirant et dérangeant. Des figures en porcelaine à qui il manquait des membres côtoyaient des fioles au contenu incertain. Des briquets en étain partageaient leur étagère avec de vieux livres reliés. Mon préféré avait une couverture épaisse marron sans titre. Ma grand-mère m'a toujours interdit d'y toucher car selon elle, si on le lisait, on perdait l'esprit. Je n'ai jamais su si elle se moquait de moi ou si elle avait juste peur que je l'abîme avec mes mains maladroites d'enfant.

L'année de mes quatorze ans, elle m'offrit la plus jolie des boîtes à bijoux. Noire. Fragile. Avec un Pierrot noir et blanc gravé sur le couvercle. Dans le cocon de ma chambre, toutes deux assises sur le sol, elle l'avait regardée attentivement et m'avait demandé :

— Selon toi, *mija*[1], quelle est l'histoire de cette boîte ?

— Comment veux-tu que je le sache, *abuelita* ?

— Dis-moi ce qui te passe par la tête Esma, ne réfléchis pas…

J'avais fermé les yeux et sans que je m'y attende, des images m'étaient apparues.

— Raconte, dis-moi ce que tu vois, continua ma grand-mère comme si elle avait deviné.

— Je vois une petite fille, plus jeune que moi, elle a la boîte dans la poche de sa robe. Elle est heureuse je crois, elle sourit. Mais il y a un homme derrière elle, un homme en noir, il a la main sur son épaule. Elle n'aime pas ça. Elle sait qu'il est mauvais, qu'il va faire du mal à quelqu'un, elle l'a déjà vu faire…

1. Ma puce en espagnol.

— Ouvre les yeux Esma, interrompit ma grand-mère, as-tu senti ?

— Senti ? demandai-je un peu perdue.

— Ce pouvoir dans tes mains, quand tu touches un objet…

J'étais à la fois effrayée et complètement emballée par cette idée. En même temps, qui n'a pas un jour rêvé d'avoir un pouvoir ? Pourtant, je ne pouvais pas m'empêcher de repenser à la discussion entre mes parents et mon *abuelita.* Ils se méfiaient de ses histoires. J'avais du mal à comprendre, ce n'était QUE des histoires…

— Les objets ont une histoire *mija.* Les personnes comme toi et moi pouvons lire en eux, connaître leurs secrets.

— Arrête grand-mère, coupai-je, j'ai imaginé cette histoire de petite fille. C'était pas une vision…

— Crois ce que tu veux, ajouta-t-elle, mystérieuse. Mais le temps t'apprendra à maîtriser ce don et aussi à t'en méfier car tous les objets ne sont pas bons. Certains portent en eux les secrets terribles de leurs propriétaires…

Elle avait posé la petite boîte noire sur mon étagère avant de quitter ma chambre, un vague sourire aux lèvres.

Arriva le jour de me quinze ans. Qu'allais-je donc bien trouver aujourd'hui ? Une marionnette en bois ? Un vase en mosaïque ? Un miroir doré ? Un grimoire de sorcières ? Avec ma grand-mère, tout était possible. Dans sa vieille voiture, nous nous rendîmes dans une boutique d'antiquités.

Chapitre 4

— Bonjour mesdemoiselles, lança le propriétaire des lieux, si je peux vous aider, n'hésitez pas.

Ma grand-mère gloussa, les joues rouges. J'avançai un peu pour découvrir l'intérieur du magasin.

Les carillons, l'odeur âcre des vieux meubles, la poussière en suspension, scintillant au moindre rai de lumière… j'adorais ce genre d'endroits. Mes doigts caressaient les objets épars, mes yeux scannaient cette caverne aux merveilles, mes oreilles se laissaient bercer par le tic-tac des vieilles horloges… Chaque bibelot effleuré me racontait des histoires de trahison, d'histoires d'amour clandestines, d'enfant caché, de haine familiale. Il y avait là de quoi ravir l'imagination débordante de ma grand-mère.

Je l'aperçus du coin de l'œil qui m'observait l'air de rien, comblée de partager ce moment avec quelqu'un qui ne l'accompagnait pas que pour lui faire plaisir mais le partageait pleinement avec elle. L'antiquaire, attendri par cette scène, nous couvait du regard, nous épargnant l'approche commerciale qu'il destinait à d'autres.

Dans un coin de la boutique, s'amoncelaient de nombreux objets, presque à l'abandon. Je demandai au patron l'autorisation d'y jeter un coup d'œil. Il me la donna en hochant la tête.

Malheureusement, rien de très intéressant, des vieux bouquins sans valeur, des figurines en porcelaine aux membres cassés, des napperons beigeâtres… des vieilleries.

J'allais rejoindre ma grand-mère, un peu dépitée, quand soudain j'entendis quelques notes de musique. Je levai la tête :

— Tu entends ça *abuelita* ?

— Entendre quoi ?

— La musique, trois petites notes qui se répètent… je ne sais pas d'où elles viennent…

La vieille dame s'approcha de moi, visiblement très excitée.

— Aucune musique *mija*, tu es la seule à l'entendre. Il semblerait que tu n'aies pas besoin de chercher ton cadeau cette fois-ci, c'est lui qui t'a trouvé…

Elle me désigna le tas d'objets dont j'avais abandonné l'exploration.

— Je t'attends à la sortie *cariño*[1].

La musique n'avait pas cessé.

Trois notes.

Entêtantes.

Je cherchai rapidement, le cœur battant, jusqu'à tomber sur un petit coffret en bois, étonnamment indemne. Sa surface était joliment gravée d'arabesques. Je les parcourus de l'index en frissonnant et j'ouvris le petit crochet cuivré qui le maintenait fermé. Aucune vision mais je ressentis une drôle d'impression.

Une douce musique s'échappa de l'écrin. Les trois notes qui m'avaient menée à lui.

Une petite danseuse en porcelaine se mit alors en mouvement, tournant sur elle-même au son des notes, sa jupe de tulle ondulant au rythme de ses pirouettes. Le temps s'arrêta alors, j'étais comme happée par ce mouvement perpétuel, par cette musique d'un autre temps.

Tout s'arrêta soudain, me sortant brutalement de ma transe. La danseuse s'immobilisa, la musique cessa.

1. Ma chérie, mon trésor en espagnol.

Chapitre 4

Je tournai la petite clé sur le côté mais la ballerine resta désespérément sans vie.

— Elle est cassée ? criai-je à l'antiquaire du fond de la boutique en brandissant la boîte.

— Venez me montrez ça, mademoiselle… répondit-il en me faisant signe de la main de le rejoindre.

Je me dirigeai vers le comptoir qui était recouvert d'outils de toutes sortes. Il chaussa des lunettes grossissantes puis plaça le mystérieux objet sous une lampe pour l'observer de plus près. Je ne savais pas s'il faisait semblant ou s'il savait vraiment ce qu'il faisait. Enfin, il sourit et me dit d'une voix douce :

— Ce genre de coffret ne fonctionne malheureusement pas avec des piles, mademoiselle. Le mécanisme est vieux. Regardez cette gravure, vous voyez ce petit signe presque invisible à droite ?

Il me tendit ses grosses lunettes ridicules. J'hésitai un instant et finit par les approcher de mes yeux sous le regard amusé de ma grand-mère.

— Vous voyez ? répéta-t-il.

Je fis oui de la tête. Il y avait effectivement une sorte de poinçon qu'on aurait presque pu prendre pour un défaut dans le bois à l'œil nu.

— Ce signe nous indique que cette boîte date de la fin du XIXe siècle. Je l'ai dénichée il y a longtemps maintenant, je pensais que ça se vendrait mais allez comprendre…

— Vous en voulez combien ? demanda ma grand-mère.

— Ce tas de vieilleries était destiné à la déchetterie madame, je fais du tri de temps en temps, il faut se faire une raison, elles n'intéressent personne. Tenez, dit-il en me tendant le coffret, je vous l'offre de bon cœur si cela vous fait plaisir. Vous parviendrez peut-être à la réparer, qui sait…

Serrant sur ma poitrine la précieuse boîte, après avoir pris soin de remercier le vieil homme, je suivis ma grand-mère puis nous quittâmes la boutique. J'étais impatiente d'ajouter cette trouvaille à mon « étagère des mystères mystérieux » comme je l'avais appelée pour me moquer de ma grand-mère et de ses histoires à dormir debout.

— Que t'a raconté ce joli coffret, Esma ?… tenta-t-elle en ralentissant la voiture devant ma maison.

— Rien du tout ! riposté-je tout sourire. Aucune vision bizarre, aucune histoire sordide, rien !

— Pour l'instant, *mi amor*, peut-être faut-il d'abord que tu trouves un moyen de la réparer pour qu'elle te révèle ses secrets.

— C'est sans doute ça, conclus-je en embrassant ma grand-mère sur la joue avant de sortir de la voiture pour rejoindre mes parents.

Elle n'avait pas été invitée à dîner et même si elle faisait comme si de rien n'était, je savais que la situation l'ennuyait. Je passai la tête par la fenêtre ouverte côté passager.

— Merci *abuelita*, je t'aime.

— Allez file ! conclut-elle en souriant pour cacher son émotion.

Je regardai sa vieille voiture démarrer dans un nuage de fumée grise et rentrai.

Ma mère m'accueillit joyeusement :

— Alors cette virée entre filles ? (Elle n'attendit pas que je réponde) Je t'ai préparé ton repas préféré, tu fais en sorte d'être prête dans une quinzaine de minutes ?

Chapitre 4

Je lui souris en acquiesçant.

Dans ma chambre, j'ouvris de nouveau mon écrin. Je ne l'avais pas vu mais le satin qui tapissait le couvercle était un peu décollé. Je le tirai doucement.

Dans le bois, gravée assez grossièrement, il y avait cette phrase : *Cave vota tua*. Une brève recherche sur Google et on me proposa la traduction : « Méfie-toi de tes souhaits ». Ça sonnait comme une menace, une prophétie.

— Ça, *abuelita* va adorer…

— Esma ! appela ma mère en bas des escaliers.

Je descendis rejoindre mes parents, un peu frustrée mais complètement excitée par ce coffret dont finalement j'avais éperdument envie de percer les secrets.

Les jours qui ont suivi, j'entrepris de découvrir ce qui pouvait causer le dysfonctionnement du mécanisme. Après tout, l'antiquaire m'avait mise au défi ! J'étais assez bricoleuse, aussi en persévérant, je parvins à remettre en place le rouage qui faisait défaut à la manivelle. Mais à ma grande déception, la danseuse resta immobile.

J'étais littéralement obsédée par ce coffret, persuadée que je ne connaîtrais son histoire que lorsqu'il serait réparé. J'en avais besoin et je ne me l'expliquais pas.

Bizarrement, je n'avais pas parlé de tout ça à ma grand-mère. J'avais l'impression de trahir mes parents en entrant ainsi tête baissée dans son monde aussi fantasque qu'occulte.

Pourtant, je n'y pouvais rien, j'adorais véritablement cet objet. Plusieurs fois par jour, je le contemplais, le caressais, forçais avec délicatesse la petite danseuse à effectuer quelques menues pirouettes en la tenant entre deux doigts. Mais pour être tout à fait honnête, j'étais vexée, je ne supportais pas l'idée d'être sûrement passée à côté de quelque chose lors de ma première tentative de réparation.

Penchée sur les rouages mis à nu, une lampe frontale vissée sur le crâne, une loupe à la main, je m'étais un soir imposé de réessayer. Prête à jeter l'éponge (et les rouages avec), je m'étais épuisée les yeux à tenter de faire rentrer deux cylindres dentelés dans un espace qui ne semblait pouvoir en contenir qu'un.

Et là, miracle !

En un clic, les pièces s'étaient finalement mises à leur place exacte. Je n'osais plus rien toucher. J'étais à la fois fière de ma prouesse et très angoissée à l'idée de tout saccager en tournant la manivelle. Pourtant, il fallait bien vérifier.

Alors que j'allais, le cœur battant, donner le premier tour, quelqu'un frappa à ma porte.

— Entrez ! soufflai-je sans essayer de cacher mon agacement.

La tête de ma petite sœur apparut dans l'entrebâillement.

— Dis Esma, tu fais une partie de Uno avec moi ? demanda-t-elle avec une moue qui habituellement me faisait craquer.

— Laisse-moi dix minutes Nina, et promis, je te rejoins dans ta chambre ! répondis-je dans l'espoir qu'elle n'insisterait pas davantage.

Et elle n'insista pas.

Je repris donc mon ouvrage.

Chapitre 4

Retenant mon souffle, je saisis la manivelle et en donnai un tour, puis deux.

Toc, toc, toc.

— Entrez ! criai-je plus énervée que la fois précédente.

Nina. Toujours la même moue sur le visage.

— Dis Esma, tu fais une partie de Uno avec moi ?

C'est ma petite sœur et je l'adore. Depuis mes huit ans, mes parents me répètent que je dois être un modèle pour elle, qu'une grande sœur c'est une figure importante et habituellement je fais preuve d'une patience d'ange la concernant… mais là, ce n'était pas du tout le moment.

— Je viens de te dire que j'arrivais, tu ne peux pas attendre ? Sors de ma chambre, tu me saoules !

— Mais non, tu m'as rien dit et moi je voulais juste… tenta-t-elle.

— Pas maintenant ! coupai-je en élevant la voix.

Elle claqua la porte, contrariée. Je me remis au travail.

La manivelle semblait solide, la danseuse avait repris ses pirouettes. Je voulais profiter encore un peu de cet état de satisfaction. Un tour, puis deux. J'étais comme aspirée par ces trois notes qui se répétaient sans jamais me lasser.

Toc, toc, toc.

Cette fois-ci c'en était trop !

— Dis, Esma…

Je ne lui laissai pas le temps de finir sa phrase, jetant violemment un oreiller qui lui ferma la porte au nez.

— Laisse-moi tranquille, je ne veux pas jouer pour l'instant, t'es chiante à la fin !

— T'es méchante ! Je vais le dire à maman !

Je l'entendis pleurnicher dans le couloir. Ce n'était pas sympa… mais bon, elle pouvait aussi comprendre que j'avais parfois besoin d'être un peu seule !

Au moment du dîner, j'apportai fièrement ma boîte à musique à table pour en faire la démonstration à ma famille. J'arrivai près de ma mère qui, cuisinant tout en gardant un œil sur Nina, ne prêta pas vraiment attention à ce que je lui disais. Ma sœur, de nature rancunière, me jeta un regard noir puis me tourna le dos.

Mon père avait l'air de bonne humeur ce soir-là. Son travail était très prenant et il n'était pas souvent disponible. Mais à ce moment précis, je sentis qu'il serait l'oreille attentive que je recherchais.

Il m'écouta silencieusement. Je sentais un peu de fierté dans sa manière de me regarder. Un petit « elle tient sans doute son habileté de moi » que son sourire en coin ne parvenait pas à dissimuler.

— Allez, arrête de me faire mijoter, montre-moi si elle marche vraiment ta boîte à musique, lança-t-il comme un défi.

Un tour, deux tours de manivelle. La danseuse se mit à tourner. Je fixais mon père, attendant une réaction. Mais il restait là, les yeux rivés sur la boîte.

— Allez, arrête de me faire mijoter, montre-moi si elle marche vraiment ta boîte à musique.

— Enfin elle marche, tu as vu la danseuse tourner !

— Tu m'as dit qu'elle tournait mais je n'ai rien vu, moi ! Et tu sais, je suis comme saint Thomas…

Il n'eut pas le temps d'achever sa phrase. Deux tours encore, donnés plus rageusement cette fois. Les pirouettes de la danseuse. Mon père, stoïque, fixant la boîte, visiblement dans l'attente d'un événement. Je ne comprenais pas.

C'était une mauvaise blague ?

— Alors, ça vient ? s'impatienta mon père. Je n'ai pas toute la soirée et on va passer à table.

Quoi ?

Il avait l'air sérieux, j'étais sans voix. Il y eut un silence gêné à table. Et là, j'ai commencé à comprendre ce qui était en train d'arriver.

— Je reviens, désolée, j'ai oublié quelque chose dans ma chambre… dis-je avant de quitter brutalement la table de la cuisine.

Je grimpai quatre à quatre les escaliers et fermai la porte de ma chambre derrière moi.

Impossible.

Cette boîte était-elle magique ?

Je riais nerveusement. Ma sœur et mon père, ça ne pouvait pas être une coïncidence, d'autant que Nina n'était pas suffisamment bonne actrice pour participer à un plan pareil. Ou alors je devenais folle… Une blague, la folie ou la magie. Voilà quelles étaient mes trois options.

Il fallait que je tente encore quelque chose. Je sortis du tiroir de ma table à chevet une barre chocolatée. Je l'ouvris, en croquai un morceau puis tournai une fois la manivelle.

Plus de chocolat dans la main. J'ouvris de nouveau mon tiroir, le cœur battant à tout rompre… elle était là ! La barre chocolatée, intacte ! Je sautai de joie dans ma chambre, j'avais un pouvoir, un pouvoir incroyable !

Bien décidée à tirer parti de cette boîte magique avant d'en parler à quiconque, je retournai dans la cuisine rejoindre ma famille.

— Benjamin, il a pas voulu me prêter son train… était en train de chouiner ma sœur en triant ses petits pois.

— Il N'a pas voulu, corrigea mon père sans lever la tête de son journal, on dit il N'a pas voulu…

— Oui bah ça change rien ! Le train je l'ai pas eu pendant la récré, se renfrogna ma sœur, chagrinée de ne pas trouver une oreille compatissante aux petites misères de sa journée.

— Et toi ? me demanda ma mère pour changer de sujet.

— Moi ? fis-je d'un air innocent. 8/20 en mathématiques, une heure de colle pour bagarre au self… ah oui et puis j'ai insulté la CPE !

— Quoi ? rugit mon père en renversant le contenu de sa fourchette sur la table. C'est une blague Esma ?

Silence. Ses yeux étaient fous.

— Si ça n'en est pas une, je connais une ado qui va passer les prochains week-ends enfermée dans sa chambre ! Et toi qui détourne mon attention avec ton histoire de boîte à musique…

Je souris. C'était la provocation de trop. Mon père, décontenancé par mon attitude, tapa du poing sur la table, démarrant un discours sur l'ingratitude des adolescents que je n'écoutai pas.

C'était le moment.

Je tournai la manivelle de la boîte à musique en comptant mentalement : 1, 2, 3, 4… j'attendis en retenant mon souffle.

— Benjamin, il a pas voulu me prêter son train… chouina ma sœur de sa voix geignarde.

Chapitre 4

La mastication de ma mère. Mon père, impassible, les yeux sur son journal. Les petits pois de Nina triés aux quatre coins de son assiette.

— Ça marche ! m'exclamai-je en un souffle.

— Quoi ? Qu'est-ce qui marche ? demanda ma mère.

— Rien, rien… je suis fatiguée, je peux monter dans ma chambre ? J'ai des devoirs à finir… dis-je en saisissant mon plat encore plein pour le déposer dans l'évier avant même que mes parents ne puissent répondre.

J'étais tellement excitée que j'ai failli tomber en montant les escaliers quatre à quatre. Je ne pouvais pas m'arrêter là… Il fallait que je comprenne comment la boîte fonctionnait. Un tour de manivelle équivalait à quelques secondes, deux tours à presque une minute… Le retour en arrière était donc proportionnel au nombre de tours effectués.

Enfin, c'est ce que j'espérais.

Et je devais en avoir le cœur net. 1, 2, 3… puis 10, 11, 12. Le vide. Puis une scène familière. Ma main sur la poignée d'une porte. Un carillon. Une odeur âcre. De la poussière. J'étais de retour dans la boutique d'antiquités avec ma grand-mère !

— Bonjour mesdemoiselles, lança le propriétaire des lieux comme lors de notre première visite. Si je peux vous aider, n'hésitez pas.

J'attirai ma grand-mère en aparté.

— *Abuelita*, il se passe quelque chose de très bizarre…

Elle me regarda soudain très sérieuse et m'écouta sans m'interrompre.

— On ne joue pas avec le temps *mija*… c'est bien trop dangereux.

— Tu penses que je ne le sais pas ? répondis-je affolée en essayant de ne pas parler trop fort.

— Va chercher la boîte, je m'occupe de l'antiquaire.

Je la vis se diriger vers le comptoir, je fis mine quelques instants de fouiller des yeux les étagères chargées de bric-à-brac et je me dirigeai, une fois hors de leur champ de vision, vers le fond de la boutique.

Le coffret était là. Je me le fis habilement offrir une seconde fois et aussitôt rentrée chez moi, quand le mécanisme fut réparé comme je l'avais déjà fait, je tentai de tourner la manivelle dans le sens inverse pour vérifier une théorie : si je pouvais voyager dans le passé en la tournant dans un sens, peut-être que je pourrais aussi me projeter dans le futur en l'actionnant dans l'autre sens ? J'étais surexcitée. Ce sentiment m'effraya.

Le mécanisme émit un grincement, je continuai mon mouvement, plus doucement, je ne devais surtout rien casser ! Je tournai dix fois la petite clé en cuivre et me retrouvai dans ma chambre quelques instants après mon expérience avec la barre chocolatée.

J'étais partagée entre soulagement et incrédulité.

C'était incroyable, effrayant, fantastique et terrifiant tout à la fois.

J'eus tout d'abord envie d'appeler ma grand-mère mais je me retins : elle m'avait mise en garde, plusieurs fois, elle voulait que j'arrête d'utiliser les pouvoirs de la boîte quand moi je ne rêvais que d'explorer toutes ses capacités ! Ce n'était pas raisonnable, je le savais, mais je décidai de lui parler plus tard.

Des milliers de questions me traversaient la tête, mais une seule revenait en boucle : jusqu'où me permettrait de remonter cette boîte à musique ? Il fallait que je sache. Je m'imaginais revivre l'incroyable anniversaire de mes douze ans, revoir mon grand-père ou même retourner au parc d'attractions avec mes cousins. J'avais le pouvoir de revivre les plus beaux instants de ma vie ! Ma seule obligation était de revenir à la boutique d'antiquités chercher la boîte dès que je souhaitais revenir dans le présent.

Soudain, je ressentis une profonde angoisse : il ne fallait pas que je m'emballe, je devais limiter mes retours dans le temps à un ou deux ans maximum, sans quoi je ne pourrais pas récupérer la boîte chez l'antiquaire sans attirer les soupçons de mes parents. Même si ma grand-mère m'aiderait, j'en étais sûre.

Les jours qui suivirent, j'ai revécu une soirée pyjama chez Adèle, un premier baiser avec Mathieu, un fou rire avec Zélie le jour de la rentrée… Difficile de s'arrêter. Impossible même. J'étais grisée, enivrée par tous ces allers-retours spatio-temporels.

Ce que je craignais arriva néanmoins, après quelques semaines d'expérimentation de plus en plus risquées. J'avais besoin de ressentir ce feu en moi. Jamais je ne m'étais sentie aussi vivante. Et forcément, j'ai perdu le compte des tours de manivelle que je donnais… L'enthousiasme était trop fort, la curiosité m'électrisait.

Ai-je donné vingt tours… plus ? Je ne m'en souviens plus…

Et là. Plus rien. Le noir complet. Et une douleur comme je n'en avais jamais ressenti. On me maintenait, je ne pouvais pas bouger, j'avais du mal à respirer. Et une lumière soudaine, si forte, éblouissante. Et des mains qui me saisirent brusquement. Et du blanc, plein de blanc. Qu'est-ce qui m'arrive ? Terrorisée, je hurlai. C'était comme ça mourir ? On me posa sur quelque chose de chaud et je reconnus une odeur rassurante. Ma mère. Penché au-dessus de mon visage, en larmes, mon père me regardait. Ce n'était qu'un cauchemar. Un horrible et si réaliste cauchemar. Je voulais parler mais aucun son ne semblait vouloir sortir de ma gorge.

Une femme, habillée en blanc, s'approcha de ma mère.

— C'est une très jolie petite fille, murmura-t-elle d'une voix douce, je vous laisse quelques instants faire connaissance et ensuite je lui ferai une petite toilette.

Faire connaissance ? Une petite toilette ? Je ne comprenais rien. Mais j'avais sommeil. Terriblement sommeil. Il m'était difficile de lutter. Une main inconnue se posa sur mon dos, je sentais qu'on me portait. Une voix, que je ne connaissais pas, a alors dit :

— Tout s'est bien passé, félicitations ! Quel est le nom de ce joli bébé ?

— Esma, elle s'appelle Esma, répondit ma mère dans un sanglot en me serrant contre son cœur.

La gorge serrée, la poitrine en feu, je hurlai.

Cave vota tua.

CHAPITRE 5

Les regards se croisent. Pas un mot n'est échangé. Visiblement l'histoire de Bastien a fait l'unanimité. Il offre à l'assemblée son plus grand sourire, mime une révérence comme pour saluer son public puis envoie un baiser à Inaya qui fait semblant de l'attraper et de le jeter derrière son épaule. Il ne se démonte pas :

— Content que ça vous ait plu ! Pas facile d'enchaîner hein ? Qui s'y colle ? Isaac ? Marion ? Enès ? Max ?...

Il fixe ce dernier avec un petit air de défi auquel Max répond par un regard mauvais.

— Non, moi je joue pas.

— Comment ça « tu joues pas » ? s'énerve Inaya.

— Laisse, laisse, la calme Bastien. Le jeu c'est : « une histoire ou un gage ». Si Max n'a rien à raconter, pas de soucis, par contre, on lui choisit un gage.

— T'es sûr de toi ? murmure Max à son pote d'un ton menaçant.

— Allez fais pas le relou, t'es là, tu joues. Fais ton gage et on n'en parle plus !

Je veux intervenir mais ce n'est pas encore le moment. Je suis curieux de voir si les autres vont saisir cette chance de se venger.

Marion prend la parole la première. Elle a un sourire étrange. J'aime cette expression sur son visage : elle a une idée.

— Je vais raconter la prochaine histoire. J'en ai pour une dizaine de minutes. Et pendant ce temps-là, toi tu vas aller faire un tour dans la forêt. Tu n'en bouges pas et quand j'ai fini, on t'appelle. Cap ?

— Sérieux ? C'est tout ce que t'as trouvé ? Je dois rester à rien faire dans la forêt pendant dix minutes ?

Il se lève en riant et s'éloigne en direction de la masse sombre que forment les grands pins. Tous l'observent.

— Moi j'y serais pas allé, confie tout bas Enès.

— Ça lui donnera sans doute pas la leçon qu'il mérite, mais au moins on sera tranquilles pendant dix minutes ! s'exclame joyeusement Inaya.

Tous rient de bon cœur. Même Bastien.

— Allez maintenant c'est mon tour, enchaîne Marion.

— Attendez deux minutes, je vais chercher des recharges de chamallows et de chips, lance Lison en se levant.

— Dépêche ! s'impatiente Marion en regardant sa copine s'éloigner vers les dortoirs.

Autour du feu, on discute en l'attendant.

Quelques minutes plus tard, Lison revient les bras chargés, accueillie par les hourras de ses camarades.

— C'est bon, tout le monde est prêt cette fois, s'impatiente Marion. Voici l'histoire que j'appellerai « La boîte ».

Chapitre 5

Je savais que mes parents n'avaient pas eu le choix. Ce déménagement était essentiel pour leur travail. Et même s'ils avaient fait en sorte de ne pas me brusquer pour que je me fasse à l'idée, je n'arrivais pas à me réjouir à l'idée de quitter ma maison. La seule que j'avais connue.

Je le savais, tout allait changer avec plus de trois cents kilomètres entre moi et ma vie d'avant.

Bien sûr, j'avais vu les photos de notre nouveau chez-nous. Et j'aurais été de mauvaise foi de ne pas reconnaître que la maison était superbe.

On aurait dit ce genre de maison idéale dans les séries américaines. Celles avec une balancelle dans l'entrée, près de la porte, sur laquelle on s'imagine déjà les matins d'hiver avec un plaid, un chocolat chaud et des confidences. Celles avec une balançoire attachée à un arbre énorme donnant sur un jardin fleuri parfaitement entretenu menant à une petite rivière. Mais ce jour-là, je me donnai le droit de ne pas me concentrer sur le positif. J'allais faire la tête, râler, être désagréable, « faire mon deuil », comme disait ma mère.

— Romane ! On y va, descends !

Je jetai un dernier coup d'œil à ma chambre, si vide tout à coup. Seuls les trous laissés par les punaises de mes posters témoignaient encore de mon passage. J'y laissais tellement de bons souvenirs, de fous rires avec Louise, de soirées films avec Naël notre voisin… et maintenant, tout tenait dans une dizaine de cartons amoncelés dans un camion. Je trouvais ça triste.

Je soupirai bruyamment en descendant mes dernières affaires, histoire d'être sûre que mes parents m'aient entendue. Je montai dans la voiture la mine sombre, sans un regard pour eux, contemplant une dernière fois ces routes et ces chemins que je connaissais par cœur.

Après trois heures de trajet, les écouteurs vissés aux oreilles, je levai enfin les yeux de mon téléphone en sentant la voiture ralentir. Elle était là, grandiose. Trop parfaite. Notre nouvelle maison.

Sans un mot, je commençai à porter les cartons à l'intérieur pendant que mes parents s'extasiaient sur tout et n'importe quoi : le fabuleux jardin, le design de la cuisine, le charme de la cheminée en marbre rose, l'élégance de l'escalier en bois… tout y passait !

Ils avaient l'air tellement heureux… autant ne pas leur saper le moral et éviter une nouvelle dispute.

Je montai les escaliers, songeant que d'ici quelque temps, les craquements aujourd'hui inconnus des marches me deviendraient familiers. Une odeur de propre flottait dans l'air. Ça me rassurait sans que je sache pourquoi.

Au fond du couloir du deuxième étage, ma chambre. La porte était entrouverte. J'hésitai à entrer, j'avais l'impression d'être chez quelqu'un d'autre, de ne pas être à ma place, de ne pas avoir le droit d'être là. Les cartons que je portais à bout de bras manquèrent de tomber. Je les bloquai contre le mur du couloir et je les stabilisai. Je réfléchirais plus tard.

La pièce était plongée dans la pénombre. Seuls quelques rais de lumière permettaient de distinguer les meubles déjà installés avant notre arrivée. Je déposai les cartons directement sur le sol et je tâtonnai le mur à la recherche d'un interrupteur. Je le trouvai, j'appuyai. Rien. Les anciens propriétaires avaient dû embarquer les ampoules. J'avançai prudemment les mains tendues devant moi et j'ouvris les volets.

Chapitre 5

Une fois la pièce baignée de lumière, je me retournai et je contemplai ma nouvelle chambre. La pièce était grande, le parquet neuf. J'avais choisi la tapisserie. Une manière pour mes parents de m'impliquer dans leur projet.

Soudain, j'aperçus quelque chose dans un coin de la pièce. Je m'approchai pour ramasser cet objet, sans réfléchir. J'avais à peine eu le temps de réaliser ce que je tenais entre mes mains que je la jetai par terre dans un mouvement de rejet viscéral. J'avais la chair de poule. Les petits cheveux de ma nuque étaient hérissés et mes doigts étaient engourdis.

C'était une vieille poupée en porcelaine poussiéreuse.

Et j'avais horreur de ce genre de jouet. J'en avais toujours eu peur aussi loin que je me souvenais. Rousse, les cheveux relevés en un élégant chignon, elle portait une robe crème taille empire au col montant en dentelle. Avec son ombrelle, elle me faisait penser aux illustrations des vieux livres de ma grand-mère. Je savais que mon malaise à cet instant était ridicule. D'ailleurs, j'aurais eu honte de l'expliquer à mes amis. Impossible pour moi de la garder dans cette maison et encore moins dans ma chambre.

Je devais m'en débarrasser.

Dans la cuisine, mon père était en train de monter la table à manger. Il portait un stylo derrière l'oreille, signe d'une éminente concentration. Il leva distraitement la tête vers moi :

— Tu jettes encore des vieux jouets ? Je croyais qu'on avait fait le tri avant de partir !

— Non, elle n'est pas à moi, elle était dans la chambre quand je suis arrivée, riposté-je sèchement. Je ne veux pas de cette horreur, vous pouvez la jeter.

— Grandis un peu, rétorque mon père. Ce n'est qu'une poupée, pas le diable incarné !

— OK, moque-toi si tu veux papa, n'empêche que j'en veux pas, fais-en ce que tu veux mais on la garde pas dans la maison, elle me fait flipper, dis-je en lui balançant la poupée sur des cartons entassés au sol.

Il me fixa. La mine sombre, visiblement agacé par mon comportement.

— Change de ton ! coupa ma mère. Continue d'apporter tes cartons dans ta chambre et surtout… garde ta mauvaise humeur pour toi, tu nous gâches notre plaisir.

Je me tus. Elle avait l'air fâchée. Je remontai dans ma chambre et je repris mon travail de fourmi. J'ouvris quelques cartons. J'allais commencer par ranger mes livres et mes BD dans l'étagère blanche près de mon lit. Je n'avais plus envie de penser à cette poupée, plus envie de penser à mes parents. Je voulais juste que cette journée se termine. Je voulais appeler Louise, me répandre en monologues plaintifs et dormir.

— Salut.

— Salut toi ! Alors, bien arrivés ? demanda ma meilleure amie d'un ton enjoué.

— Oui, oui. On y est. Le déménagement idéal, dans une maison idéale…

— Arrête ! Envoie-moi des photos de ta chambre dès que tu seras installée, je veux savoir où je poserai mes valises aux prochaines vacances !

Je souris. Louise avait toujours su produire cet effet : me faire rire pour me changer les idées. Et ça marchait.

— Des ados dans ton quartier ? demanda-t-elle.

Chapitre 5

— Je ne sais pas, on n'a rencontré personne pour l'instant…

— Alors demain, tu te bouges et tu essaies de voir si mon futur petit copain habite près de chez toi OK ? Je les aime bruns aux yeux clairs…

— T'es bête…

— Oui, mais au moins, tu as arrêté de faire la gueule, minauda-t-elle.

Après presque une heure de bavardages sur tout et n'importe quoi, je raccrochai, un peu plus sereine.

Ce soir-là, après une journée à s'activer chacun de notre côté, entre les cartons, les courses et les livraisons, nous avons mangé dans le calme. Les tensions du matin avaient été balayées par la fatigue. Mes parents étaient redescendus de leur nuage et semblaient épuisés. La table du salon croulait sous la paperasse. Aucune pièce n'était encore complètement aménagée. On verrait ça le lendemain.

Mon père remplit deux verres de vin et installa des chaises en plastique sous le porche de la maison. Ce n'était pas génial mais ça ferait l'affaire.

— Bonne nuit chérie, me dit ma mère en m'embrassant sur le front avant de rejoindre mon père.

Le message était clair, il était temps pour moi d'aller dans ma chambre et de les laisser un peu tranquilles.

Je m'allongeai tout habillée sur mon lit et décidai de regarder un épisode de *Riverdale* avant de m'endormir. Je n'atteignis même pas le générique que je dormais déjà.

Le lendemain, j'ouvris un œil, puis l'autre. Retour à la réalité, une autre journée d'emménagement intensif attendait ma famille. Je m'étirai et faillis tomber de mon lit. La poupée était posée près de mon oreiller. Ses yeux, d'un vert profond, me fixaient. Cette scène semblait tout droit sortie d'un de mes cauchemars. Après avoir repris mon souffle, je dévalai les escaliers comme une furie.

— Très très drôle ! hurlai-je en jetant la poupée sur la table du petit déjeuner.

Mon père déplaça sa tasse de café pour éviter qu'elle se renverse. Il leva les yeux au ciel.

— Bonjour à toi aussi ma chérie. Oui nous avons bien dormi, c'est gentil de t'en préoccuper.

— Calme-toi, quel est le problème avec cette poupée ? interrogea ma mère qui soit, ne voyait pas du tout de quoi je parlais soit, feignait avec malice l'incompréhension.

— Vous trouvez ça drôle ? Vous pensez pas que c'est déjà assez dur pour moi en ce moment ? Il faut en plus que je supporte vos blagues pourries ? J'ai dit que je voulais pas de ce truc dans ma chambre ! hurlai-je en désignant la poupée du doigt.

— Moi, moi, moi… soupira ma mère. Dès le matin Romane, là tu abuses. Nous n'avons pas mis cette poupée dans ta chambre, ni ton père ni moi… Au cas où tu ne l'aurais pas remarqué, on est assez occupés depuis hier…

Elle avait lâché très froidement cette dernière phrase. J'avais dépassé ses limites.

— Tu as dû remonter cette poupée sans t'en rendre compte hier. Sujet clos. Je ne veux plus t'entendre. On voudrait profiter de notre petit dej, compris ?

Elle saisit un journal et le mit volontairement entre elle et moi pour souligner son énervement.

— N'empêche que c'est pas moi qui l'ai mise dans mon lit cette poupée… murmurai-je entre mes dents. Et si c'est pas moi, c'est que c'est forcément l'un de vous…

Chapitre 5

— Ta mère a été claire Romane, tu deviens pénible là, coupa mon père le regard noir.

Je soupirai bruyamment avant de prendre le chemin des escaliers.

— Tu ne prends pas de petit déjeuner, finalement ? demanda ironiquement ma mère.

Je ne répondis pas.

Arrivée dans ma chambre, je m'assis sur mon lit. Mon ventre gargouillait mais il était hors de question de retourner dans la cuisine.

Je saisis un manga dans un carton et essayai de lire mais mes pensées étaient ailleurs. Je restai immobile quelques instants, les yeux rivés au plafond.

Soudain, j'entendis un craquement. Ma mère ne supportait jamais de rester fâchée avec moi. J'avais gagné la manche. Elle devait venir s'excuser en brandissant un drapeau blanc ou mieux, en m'apportant des cookies de réconciliation... Les lattes du parquet craquèrent une nouvelle fois.

— Maman ? demandai-je d'une voix angélique.

Aucune réponse.

— Papa ?

Toujours rien.

On m'avait prévenue, c'est toujours difficile de s'adapter aux bruits d'une nouvelle maison mais ce qui se produisit ensuite me laissa sans voix : la porte s'ouvrit de quelques centimètres, presque imperceptiblement. Elle grinça. Je repris mon souffle sans la quitter des yeux et me levai.

Par la fenêtre, je vis du coin de l'œil mes parents en train de discuter avec le plombier appelé la veille.

Un frisson me parcourut la nuque. Pas de panique.

J'attrapai ma raquette de badminton qui dépassait d'un carton et m'approchai de la porte entrouverte. Je saisis la poignée glacée dans ma main droite. Le froid sembla irradier dans mon bras tout entier. Je tirai brusquement.

Rien. Absolument rien.

Je pris une profonde inspiration et retournai, un peu sonnée, m'asseoir quelques instants sur mon lit en essayant de contrôler les battements de mon cœur. Je replaçai une mèche de cheveux derrière mon oreille, reprenant tant bien que mal mes esprits.

L'après-midi, ma mère me proposa une virée en ville afin d'y acheter quelques objets de déco pour ma chambre. J'étais encore un peu en colère contre elle mais j'acceptai. Je savais qu'elle essayait d'enterrer la hache de guerre et il fallait que je quitte cette maison, même pour quelques heures. Mon malaise grandissait, j'avais juste besoin d'un peu d'air, d'un peu de normalité.

Cette parenthèse nous a fait du bien : on s'est retrouvées comme avant, une fois nos achats terminés, à rire devant un chocolat liégeois gigantesque dans un petit café qu'on imaginait déjà devenir notre QG.

Mon humeur s'assombrit dès que nous avons passé la porte de la nouvelle maison. Je n'aimais pas l'effet qu'elle provoquait en moi. Ma mère était dépitée. Elle qui pensait avoir réussi à me redonner le sourire se rendit compte que ça prendrait du temps pour que j'accepte l'idée même d'avoir à tout recommencer de zéro.

Le soir venu, mes parents me proposèrent de les accompagner au restaurant pour fêter notre emménagement. J'avais très envie de sushis mais par esprit de contradiction, je déclinai la proposition, prétextant d'avoir mal à la tête.

Chapitre 5

Je me préparai un sandwich minable (qui me fit presque regretter mon sale caractère) et m'installai sur mon lit avec mon ordinateur portable, dans l'espoir de trouver quelques amis avec qui discuter. J'entendis le moteur de la voiture. J'étais partagée. À la fois, j'étais contente d'être enfin seule. En même temps, j'avais déjà hâte que mes parents rentrent.

Je passai l'essentiel de ma soirée entre les réseaux sociaux et ma série préférée. J'avais l'impression de redevenir moi-même, de passer une soirée « comme avant ».

Quand soudain, plus de lumière. Les plombs avaient sauté. C'était vraiment pas le moment !

Pourtant, je ne laissai pas la panique m'envahir, tâtant à l'aveuglette pour trouver mon téléphone. Le parquet craqua dans le couloir. Je tournai l'écran de mon portable vers la porte mais cela n'éclairait quasiment pas.

— Non, non, non, non… murmurai-je en pianotant maladroitement pour actionner le flash.

Mon courage vacilla. Par instinct, je sautai sur mon lit et m'enfouis sous les couvertures. Quelle drôle d'idée que celle qui pousse un individu à trouver refuge sous une couette pour se protéger ! Comme si soudainement elle allait se transformer en cape d'invincibilité…

L'air avait du mal à atteindre mes poumons.

La lumière de mon téléphone ne me rassurait pas, au contraire. J'aurais voulu ne rien voir et surtout ne rien entendre de ce qui arriva ensuite.

Un grincement.

Un rire.

Discret.

Presque inaudible.

Les larmes me brûlaient les yeux. Je m'agrippai à mon téléphone et composai le numéro de ma mère en tremblant. Le temps sembla s'arrêter.

Répondeur. Je raccrochai.

Je comptai jusqu'à vingt en respirant profondément, ça m'aidait habituellement à retrouver un peu de sérénité lorsque j'étais stressée. Le bruit se rapprochait petit à petit de mon lit. C'était elle. J'en étais sûre. Je le sentais. Un chuchotement acheva de me convaincre.

— Roooooomane… murmurait la voix.

Je n'étais pas seule dans la pièce. Ce n'était pas mon imagination. Je serrai mon téléphone contre moi, observant l'écran qui restait désespérément noir. Je n'osais plus bouger.

— Roooooomane… souffla de nouveau la voix, plus proche de moi à présent.

Les yeux clos, je tentai de ralentir ma respiration. J'entendis les draps se froisser. Ce n'était plus une voix distincte que j'entendais, c'était une respiration, profonde, rauque. Et si proche maintenant…

À cet instant, j'aurais tellement voulu avoir accepté d'accompagner mes parents au restaurant. Non, en fait, j'aurais voulu n'avoir jamais mis les pieds dans cette ville. Dans cette maison. Je voulais me réveiller, le lendemain, et découvrir que j'avais une nouvelle fois laissé mon esprit me jouer des tours. Je me remis à compter mentalement, les épaules prises de tremblements. Ça ne servait à rien. Je perdais complètement le contrôle de mon corps. J'étais incapable de bouger.

Je décidai de rester prostrée en attendant le jour, la délivrance, c'était tout ce que je pouvais faire.

Chapitre 5

Attendre.

Lorsque mes parents rentrèrent, ils furent surpris de me trouver endormie, mon téléphone dans la main, toutes les lampes de ma chambre allumées. La poupée était sur mon lit, près de moi. Peut-être avais-je finalement décidé de la garder après leur avoir cassé les pieds à son sujet ? C'est ce qu'ils se sont dit.

Ils décidèrent de ne pas me réveiller. Si je parvenais à trouver le sommeil, c'est que je m'adaptais à la nouvelle maison, et c'était bon signe.

Ma mère m'avait caressé le front et était allée se coucher.

Le lendemain matin, je me redressai brusquement dans mon lit en me tenant le visage à deux mains. J'étais vivante. À la lumière du jour, ma peur de la veille me semblait maintenant ridicule. Je souris. Je me promis d'arrêter les films d'horreur le temps de m'adapter à la maison. Je m'assis machinalement sur le bord de mon lit, enfilai mes chaussons quand je sentis mon cœur s'arrêter. La poupée était assise sur la commode. Je m'approchai du jouet. Un curieux sourire déformait le visage de porcelaine, j'étais sûre de ne l'avoir jamais remarqué avant ce jour.

Je saisis la poupée nerveusement et l'enfermai dans un carton qui traînait dans un coin de ma chambre. J'enroulai la boîte de tout le scotch que j'avais sous la main et la jetai dans un placard dont je m'empressai de fermer la porte.

Chez moi, on ne reparla jamais vraiment de cette soirée.

Des années ont passé. Je suis adulte maintenant. J'ai quitté la maison de mes parents depuis longtemps. Je n'ai plus peur des poupées, des clowns et de toutes ces bêtises. Ce sont des trouilles d'enfants.

Aujourd'hui, je vais aider mes parents à déménager. Ils sont âgés maintenant et cette maison est devenue bien trop grande pour eux.

Ma chambre n'a pas vraiment changé. Toujours les mêmes posters au mur, les mêmes bibelots poussiéreux sur les étagères. C'est à la fois attendrissant et un peu angoissant, je trouve. Je ne compte pas tout garder, je remplis de grands sacs de choses à donner et d'autres à jeter. Je veux juste conserver ce qui a de l'importance, ce que j'aimerais donner à mes enfants, par exemple.

J'ai presque fini.

Il ne reste que le grand placard.

Je me sens bête, je sais que je l'ai gardé pour la fin volontairement. J'ai l'impression d'avoir de nouveau quinze ans. Je n'ai jamais parlé de cet incident à personne. On m'aurait prise pour une folle… Et puis, je ne suis plus sûre de rien. Mon cerveau semble avoir jeté un voile de confusion sur cette fameuse nuit. Est-ce que j'avais rêvé, inventé toute cette histoire ? Je n'en sais rien. Ça n'a plus vraiment d'importance de toute façon.

J'ouvre la porte. Sous un tas de vieilleries, il y a le carton. Il n'a pas bougé. Je le prends dans mes bras, le pose sur le bureau et reste un instant à réfléchir. Je n'ai jamais osé l'ouvrir depuis. J'ai préféré le doute à la certitude.

Chapitre 5

Je sais, c'est ridicule. Je ne suis plus une enfant, je vais enfin passer à autre chose et pour cela, il faut que je sois capable d'affronter mes peurs.

Je prends une paire de ciseaux et entreprends de découper les bandes épaisses d'adhésifs.

Je ris nerveusement. Je me sens bête !

Arrive le moment d'ouvrir la boîte. Je respire un grand coup. *Ça va aller.* Je soulève un pan de carton en retenant ma respiration.

Et là, stupeur.

Je lâche la boîte sur le sol.

Vide.

Complètement vide.

— C'est impossible…

Mes idées s'emmêlent. Je prends appui sur le mur. Des milliers de petits points noirs dansent devant mes yeux.

— Je n'y comprends rien…

— Maman !

C'est ma fille, elle est au rez-de-chaussée. Je n'ai pas le temps de lui répondre qu'elle me lance sur un ton joyeux :

— Tu ne devineras jamais ce que je viens de trouver dans le salon !

CHAPITRE 6

Lison était tétanisée.

— J'ai toujours détesté les poupées, maintenant je sais pourquoi… dit-elle en s'enroulant dans un plaid.

— Attends, pire, imagine qu'en fait la poupée aurait été dans la boîte mais… qu'elle aurait vieilli ! lança Isaac hilare.

Lison lui envoya un violent coup dans l'épaule.

— T'es con ou quoi ? Dis pas des trucs pareils !

— C'est bon, je rigole, calme-toi ! répondit-il en massant son épaule, un petit sourire satisfait aux lèvres.

— Allez à moi, les coupa Enès. Mon histoire se passe en France, au XIXe siècle, dans un *freakshow*, une foire monstrueuse…

— Ah oui, j'ai vu ça dans *American Horror Story* ! s'exclame Isaac en tapant dans les mains. C'est trop glauque !

— On va pas chercher Max avant ? demande Bastien.

— Non, laisse Enès raconter son histoire d'abord, suggère Inaya. Max va encore essayer de le pourrir…

À TON TOUR

Bastien hoche la tête, visiblement tiraillé entre son attirance pour la jeune fille et sa loyauté envers Max. Enès n'attend pas qu'il change d'avis :

— Mon histoire va vous apprendre que la monstruosité peut prendre différents visages, reprend le garçon. Elle s'intitule donc très logiquement : « Monstres ».

« Entrez, entrez mesdames et messieurs !

Vous avez peur ? Vous avez sans doute raison…

Vous allez frissonner devant l'enfant-loup, vous serez ébahis face à la plus petite femme du monde, vous vous cacherez les yeux devant notre homme-homard !

Notre foire est unique au monde ! Jamais vous ne verrez pires engeances[1] ! Sont-ils hommes ou démons ? Nous ne le savons pas… à vous de juger !

Entrez, si vous l'osez ! »

Dix-neuf heures.

Les premiers visiteurs arrivaient. On entendait à l'extérieur des tentes un mélange de rires et d'exclamations.

Assis sous le chapiteau où nous prenions nos repas, nous attendions les ordres de monsieur Dufort.

Monsieur Dufort.

Qui était-il pour nous ?

C'était compliqué à expliquer. Il était le Monsieur Loyal de la foire. L'homme dont le visage irradiait les

1. Catégorie de personnes méprisables ou détestables.

affiches placardées en ville d'un sourire carnassier. Officiellement, il était notre employeur, un homme bien sous tous rapports qui avait recueilli les pauvres âmes que nous étions là-dehors. Officieusement, il était notre propriétaire, celui qui tenait les cordons de la bourse, celui qui nous avait bien fait comprendre que nous ne survivrions pas longtemps sans sa protection dans le « vrai » monde. Car oui, le cocon dans lequel il nous avait installés nous protégeait. Au moins en apparence.

Nous avions un toit, ou plutôt une toile au-dessus de la tête, deux repas frugaux[1] par jour, un lit et quelques objets personnels. Notre vie aurait pu être bien pire, c'est certain. Qu'aurait pu espérer un homme sans bras ni jambes ? Une femme de moins de soixante centimètres ? Une autre, dont le visage était recouvert de poils ? Des siamois, soudés par la hanche ? Leur vie aurait été une succession de désillusions violentes et implacables. Chaque étape de leur existence aurait été un calvaire. Impossible de trouver un emploi ni même un logement. Ils étaient condamnés à la vie de parias.

À la foire, notre vie était misérable, aucun de nous ne l'aurait nié. Mais au moins ici, nous avions arrêté d'avoir peur. Notre quotidien, nous le connaissions et cette prison, nous l'avions choisie et ça faisait toute la différence.

Nous étions une vingtaine à vivre en communauté. Vingt humains et quelques bêtes difformes que nous avions adoptées comme nos animaux de compagnie. Il y avait Joe la chèvre à quatre cornes et Mistinguette, la vache bicéphale. Aussi effrayante qu'était leur apparence,

1. Qui consiste en aliments simples en petite quantité.

ces bêtes étaient charmantes. Elles nous donnaient du lait et ne réclamaient en retour qu'une petite caresse de temps en temps.

Nous formions une drôle de famille… mais au moins, nous avions une famille.

Jusqu'à ce jour de décembre où Dufort entra dans la tente au moment du déjeuner. Nous étions tous attablés, frigorifiés. Son arrivée acheva de nous glacer. Jamais il ne venait nous voir, sauf s'il y était obligé. Cela n'augurait rien de bon.

— Bonsoir.

Silence. Chacun posa sa cuillère sur la table près de son bol de soupe.

— J'ai de bien mauvaises nouvelles.

Les mâchoires de Joséphine, la femme à barbe, se serrèrent. Elle posa ses mains à plat sur la table.

— Notre foire n'a plus le vent en poupe… Vos difformités n'attirent plus autant qu'avant. Les gens s'ennuient…

Je regardai à ma droite. Ma mère fulminait, les poings serrés sur ses genoux. Comment accepter que nous ne soyons pas assez monstrueux pour distraire ces messieurs-dames ? Elle se tut néanmoins. Elle ne pouvait pas se permettre de passer pour une effrontée. Son sort et le mien en dépendaient. J'observai ma famille autour de notre table en bois. Comment pouvait-on les considérer comme ennuyeux ? Une femme-girafe est-elle ennuyeuse ? Un homme à trois jambes n'est-il pas suffisamment étonnant aux yeux de la bonne société française ? La nausée me prit. Nous étions des marchandises. Des sans-nom. On ne nous désignait que par des sobriquets aussi ridicules que stupides : l'homme-homard, la tête d'épingle, la femme-marionnette… nous n'étions rien d'autre qu'un divertissement.

Et nous ne divertissions plus.

— Je ne pourrai pas tous vous garder. C'est un fait. Il est temps mes amis de montrer que vous méritez votre place, que vous souhaitez rester avec nous… coûte que coûte… Seuls les meilleurs pourront poursuivre l'aventure. Les autres resteront à Paris lorsque nous plierons bagage. J'aurais sincèrement voulu qu'il en soit autrement.

Je sentis le sang quitter mon visage. Qu'allions-nous devenir ?

Après un dernier regard froid à l'assistance, Dufort quitta la tente principale, nous laissant sous le choc. Les regards se cherchaient dans la salle à manger. On sentait l'effroi qu'avait laissé cette nouvelle. Personne n'osait entamer la discussion. Il le fallait pourtant.

— Qu'allons-nous faire ? finit par lâcher Geneviève en pleurant.

— Qu'allons-nous faire ? répéta Colette sa siamoise en sortant un mouchoir de sa poche et en le tendant à sa sœur dans un geste qui aurait presque pu être risible.

— A-t-il dit un chiffre ? demanda Alfred en se redressant tant bien que mal sur son assise.

— Un chiffre ? Non, il n'a rien dit… peut-être qu'il renverra seulement deux ou trois d'entre nous… réfléchit à voix haute Colette.

— Mais qui ? s'énerva ma mère. Gaspard et moi ? Vous trois les filles ? (elle désigna les trois Polynésiennes arrivées sur notre territoire par une suite de coups du sort) Vous deux, Colette et Geneviève ?

— Nous ? dirent les siamoises d'une seule voix en se tenant le menton en signe de réflexion. Comptons-nous pour une ou deux ?

— Le sujet n'est pas là… se désespérait ma mère. Nous devons nous serrer les coudes, essayer de trouver une solution. Dufort essaie de nous affaiblir en créant cette compétition malsaine. Nous ne devons pas le laisser faire !

Les visages se baissèrent. Ils savaient pourtant que ma mère avait raison. Mais Dufort avait déjà gagné. Ce serait chacun pour soi.

Ainsi en avaient décidé les monstres.

Malgré un moral en berne, il fallut tout de même participer à la foire, faire bonne figure, comme si de rien n'était. Ma mère était très douée pour ça.

Elle s'assit sur un tabouret et repositionna la cape qui lui couvrait le dos.

Un petit garçon s'approcha de son stand. Il était mignon avec sa tenue de marin et son petit chapeau. Je lui souris. Il devait avoir cinq ans, peut-être un peu moins. Il me regarda fixement sans me rendre mon sourire. Puis, il se retourna vers son père, montra ma mère du doigt et cria :

— Papa, tu as vu comme elle est vilaine la dame ?

Mon sourire s'effaça. Ma mère n'était pas laide. Son infirmité n'était effectivement pas la partie la plus délicate de son anatomie mais elle avait un très joli visage. Il était fin avec de grands yeux noirs qui lui dévoraient le visage et de jolies boucles sombres qui lui couvraient le front.

Chapitre 6

Je me tournai vers elle. Elle restait sur sa chaise, impassible, un sourire de façade sur les lèvres. Rien ne trahissait le mal que ce type de remarques lui faisait en réalité. Elle avait appris à faire avec et moi j'avais grandi avec une maman qui était persuadée d'être le monstre qu'elle voyait dans les yeux des badauds, une attraction, une moins-que-rien, une infirme…

Si elle avait pu se voir à travers mes yeux, elle aurait su qu'elle était belle. La meilleure mère du monde, bien meilleure en tout cas que bon nombre de mères des gens d'ici. Un jour, Hubert le bossu lui a raconté son histoire. Celle d'une femme horrible, égoïste, qui contraignait son ventre dans un corset pendant ses grossesses pour engendrer des monstres qu'elle vendait ensuite aux bateleurs[1] à prix d'or[2]. On dit qu'elle était belle cette femme. Mais c'est ma mère qu'on traitait de vilaine alors qu'elle avait toujours été là pour moi. J'avais cessé d'essayer de comprendre. Ce monde n'avait pas de sens. Être beau c'était ressembler à tout le monde, être normal. Rien d'autre ne comptait.

Le père du garçonnet s'était approché. Un rictus de dégoût lui déformait le visage.

— Voilà ce qui t'arrivera si tu es un méchant garçon ! dit-il en riant tout en entraînant son fils au stand suivant en lui ébouriffant les cheveux d'une main.

Je serrai les dents. Nous ne méritions pas ça. Moi j'étais jeune, je n'étais pas mis en avant et ma mère me

1. Personne qui fait des tours d'acrobatie, d'escamotage, sur les places publiques, dans les foires.

2. Cette histoire fait référence à la nouvelle *La Mère aux monstres* de Guy de Maupassant (1883). Le narrateur raconte avoir rencontré une femme horrible qui, pour gagner sa vie, faisait en sorte, en contraignant son corps pendant la grossesse, d'accoucher d'enfants difformes qu'elle revendait ensuite à des foires.

protégeait comme une louve mais elle, qui la protégeait ? Elle passait ses journées à entendre des remarques plus humiliantes et blessantes les unes que les autres.

Monstre. Laide. Horrible. Répugnante. Démon.

Comment rester impassible quand vos journées n'étaient ponctuées que par cela ? Comment ne pas envisager la mort comme une solution ? Je détestais les gens normaux. Ils étaient bien moins humains que nous. Eux étaient laids, horribles et répugnants. Nous, nous savions ce qu'aimer vraiment voulait dire.

Un jour, pendant une foire à Marseille, ma mère avait reçu des cacahuètes. On lui en avait lancé dessus, l'air de rien. Un groupe de garçons d'environ quinze ans riaient à s'en tenir les côtes. Un point si le projectile lui touchait le visage. Deux s'il atteignait l'œil.

Et pourtant, malgré nos déboires communs, le discours de Dufort avait créé plusieurs clans : ceux qui voulaient faire face ensemble, ceux pour qui la foire était vraiment une famille. Et les autres… ceux qui avaient compris que pour que leur place soit sauvée, il fallait que d'autres soient sacrifiés sur l'autel du bien commun. Ma famille dévoilait son vrai visage. Et ça me dévastait.

Certains accentuaient leur difformité. Joséphine avait tressé sa barbe et troqué ses jolies robes contre des parures orientales et un serpent. Camilla « la femme-marionnette » se présentait désormais toujours près de Marcel l'homme-tige, un géant de plus de deux mètres dont les muscles étaient atrophiés. Chacun s'y retrouvait :

elle paraissait encore plus petite et lui encore plus grand. Ils se sauvaient mutuellement.

Ma mère n'avait que moi. Et je n'étais pas d'une grande utilité. Je n'intéressais malheureusement pas.

J'aurais tellement voulu l'aider, la sauver.

L'anomalie qui rendait ma mère unique aux yeux de Dufort était une bosse qui lui déformait le dos. Elle débutait sous l'omoplate et remontait jusqu'à la nuque. Ma chère maman accentuait sa difformité en se forçant à marcher plus courbée que nécessaire, en boitillant. Ce que les gens ne savaient pas c'est qu'elle souffrait le martyre. Cette bosse n'était que les prémices d'une distorsion complète de ses vertèbres. Elle savait qu'elle finirait sa vie alitée, incapable de marcher et dans d'atroces souffrances. Les médicaments qu'elle prenait actuellement ne suffiraient certainement plus à la soulager. Cette idée me hantait. Mais je n'y pouvais rien. Je devais me contenter de la regarder souffrir et se battre pour préserver notre semblant de vie normale tant que c'était encore possible.

Et tout allait voler en éclats parce qu'elle n'était pas assez difforme, sa souffrance n'était pas assez impressionnante. Je n'y comprenais rien… je sentais naître en moi une révolte dont je ne savais que faire.

Un soir, pendant que plusieurs d'entre nous débarrassaient la table du dîner, j'avais tenté de prendre le pouls de cette idée de révolution des monstres que j'espérais contagieuse. J'avais lancé, l'air de rien :

— Et si on partait tous ? Si on disait qu'on ne travaillera plus pour Dufort ?

— Très jolie idée, mais on irait où exactement ? me demanda Pascal, deux de ses jambes croisées sur la troisième.

— Je ne sais pas. Où on veut ! répondis-je fébrile. On trouvera du travail, on s'organisera, on recréera notre foyer loin de la foire !

Derrière moi, j'entendis un ricanement. Je me retournai. C'était Alfred. L'homme sans membres.

— On trouvera du travail, tu dis… Ton idéalisme est poétique, gamin… comme j'aimerais avoir le luxe de penser comme toi… mais regarde-moi… (Il marqua une pause en baissant les yeux vers son buste dont n'émergeait ni bras ni jambes) … Je ferai quoi moi, en dehors de cette foire ?

J'étais confus. Je ne m'étais pas attendu à cette réaction.

— On se débrouillera, ceux qui le peuvent travailleront, on s'occupera les uns des autres !

Des rires cyniques me coupèrent. Je sentis la colère monter en moi.

— Vous n'en avez pas marre qu'on nous traite comme ça ? Qu'on se moque de nous ? Qu'on passe la journée à se faire maltraiter, insulter, humilier ?

— ON ? fulmina Alfred. ON ? De quel ON parles-tu, petit ? Tu vis avec nous mais tu n'es pas un des nôtres ! Tu ne sauras jamais ce que ça fait alors épargne-nous tes leçons de morale, tu ne sais pas de quoi tu parles…

J'avais senti le mépris dans sa voix. Les larmes me montèrent aux yeux. Ils étaient mis au ban de la société[1], moqués, parqués dans des foires et malgré cela, à la

1. Être déclaré publiquement indigne, être méprisé et mis de côté.

première occasion venue, ils n'hésitaient pas à me rejeter. Moi, dont la seule faute à leurs yeux était d'être né sans difformité.

— Tu voudrais que je m'excuse de ne pas souffrir d'une anomalie comme la tienne Alfred ? lui jetai-je. Je suis qui moi alors ? Pas un des vôtres visiblement. Pas un des leurs, c'est sûr. Je ne suis rien ? C'est ça ? Vous êtes comme eux, vous ne tolérez que ce qui vous ressemble !

Je baissai la tête. Je ressentais de l'écœurement et une profonde tristesse.

Ce soir-là, je me couchai sans parler à ma mère. Je ne voulais pas l'inquiéter davantage.

Les jours suivants, l'ambiance était des plus tendues à la foire. On savait que Dufort allait nous annoncer d'un jour à l'autre qu'il fallait quitter Paris et rejoindre la province. Nous planterions nos tentes dans une ville pendant quelque temps avant de déménager à nouveau. C'était toujours comme ça. Nous n'habitions nulle part.

On savait aussi que ce serait pour lui l'occasion de laisser derrière lui les indésirables. Il l'avait clairement dit. Les autres, les élus, reprendraient la route, délestés de ceux qui n'intéressaient plus assez.

Ma mère était mutique. Elle craignait pour elle et surtout pour moi. Que deviendrait un jeune homme qui n'est jamais allé à l'école dans une grande ville avec pour seule famille sa bossue de mère ?

Elle s'était mise à réfléchir : nous avions un peu d'argent, ça nous permettrait de survivre une semaine ou deux en nous payant une chambre et un repas quotidien. Après, on verrait.

Un soir, elle avait entrepris de préparer nos valises. Elle était bien trop fière pour attendre qu'on la mette à la porte, elle préférait anticiper et en finir le plus rapidement possible.

Je la trouvais forte. Je pensais qu'on s'en sortirait dehors parce qu'on était ensemble et je croyais qu'elle aussi.

Mais je me trompais.

Tard ce soir-là, elle était sortie de notre chambre discrètement en vérifiant que je dormais. J'avais attendu quelques instants et à mon tour, je m'étais levé. Où allait-elle comme ça ? Pourquoi faire tant de mystères ? Elle arriva devant la tente de Dufort, se retourna pour vérifier que personne ne l'avait vue et entra. Je m'approchai, à pas de loup. Je n'entendais pas bien mais les bribes de paroles de ma mère me suffirent à comprendre les raisons de son escapade nocturne.

— Mon fils… je ferai n'importe quoi… par pitié, monsieur Dufort…

Elle était venue le supplier de nous garder. Elle était terrifiée à l'idée de quitter la foire. Je rentrai dans notre chambre de plus en plus inquiet.

Quelques minutes plus tard, elle revint. Elle ne prit pas la peine de se déshabiller, s'allongea lourdement sur son lit de camp puis sanglota jusque tard dans la nuit. Elle n'avait pas eu gain de cause. Elle avait mis sa fierté de côté pour rien. D'épuisement, elle finit par s'endormir. Le lendemain, Dufort annoncerait qu'elle et moi devions dire au revoir à notre famille.

Je voulais tellement l'aider.

Chapitre 6

Le matin, elle se leva très tôt et ne déjeuna pas. Ses yeux étaient encore gonflés de larmes. Je le voyais même si elle évitait soigneusement mon regard.

— Maman…

— Aide-moi à ranger tes vêtements, Gaspard, nous serons certainement partis dans la journée, répondit-elle sans lever la tête.

— Maman…

— Fais ce que je te demande, Gaspard, s'il te plaît, demanda-t-elle d'une voix lasse.

Elle marqua une pause et déglutit péniblement.

— Non, ce n'est plus la peine, maman, protestai-je ému en retirant le sac de ses mains.

Elle leva les yeux vers moi et porta sa main devant sa bouche. Je la vis tituber, se rattraper à une table en bois ronde et s'asseoir maladroitement sur un fauteuil.

— Qu'as-tu fait… finit-elle par articuler douloureusement.

Ses yeux se posèrent sur la malle qui nous servait de table. J'aurais dû nettoyer. La paire de ciseaux couverte de mon sang était encore posée sur un tas de compresses écarlates. J'avais également négligé de ranger la boîte en métal dans laquelle elle conservait ses médicaments. À leur vue, son expression se fit douloureuse. Elle hoqueta.

— Gaspard… finit-elle par murmurer en s'approchant de moi.

Sa main s'approcha en tremblant de mon visage. Elle

en caressa le contour, hésitante. Je fermai les yeux au contact de sa paume chaude et m'y frottai comme un chat cherchant une caresse.

— Tu vas pouvoir rester ici maman, ON va pouvoir rester… pour toujours, avec notre famille, murmurai-je en me serrant contre sa poitrine.

Elle me rendit mon étreinte, feignant d'ignorer le sang qui commençait à tacher son corsage.

— Oui mon tout beau, on va rester.

Je sentis une de ses larmes tomber sur mon front et rouler jusqu'au gouffre béant où avait été mon nez. Je ne souffrais pas. J'avais pris des antidouleurs dans sa trousse de médicaments et j'étais jusqu'à présent parfaitement anesthésié. Le sang ne coulait presque plus et séchait en croûtes noirâtres autour de ma bouche. Restait une fente. En un coup de ciseau aiguisé, j'étais devenu Gaspard, l'enfant-serpent.

Monsieur Dufort serait content. Ça, il ne l'avait jamais vu… les gens aussi seraient certainement ravis.

Maman pleurait toujours en me tenant contre elle…

Maintenant, j'étais un des leurs.

CHAPITRE 7

Les filles fixent Enès, horrifiées. Lison a les larmes aux yeux.

— Horrible, lâche Marion pleine d'admiration. Je ne sais pas quoi dire, elle est folle ton histoire !

Enès sourit timidement. Il rougit. Je suis content pour lui, il mérite son petit moment de gloire. Ce n'est pas un mauvais gars, il manque seulement de courage.

— Je vais appeler Max, coupe Bastien en se levant.

Il se lève et s'éloigne de quelques mètres. MAX ! Plusieurs fois. MAX ! MAX ! Pas de réponse.

— Mec, c'est pas drôle ! Viens, on a presque fini le jeu !

Il se retourne vers les autres. Il a peur.

Il ne me voit pas mais je souris.

— Venez on va le chercher, ordonne-t-il en cherchant du soutien dans le regard de ses camarades qui n'ont pas bougé.

Il fixe Inaya. Elle réagit nerveusement :

— C'est mort, je vais pas dans la forêt ! Il s'est planqué, il attend qu'on arrive comme des imbéciles pour nous faire flipper en nous sautant dessus ! Vous faites ce que vous voulez mais hors de question que j'y aille…

Les autres partagent son avis. Bastien hésite mais finalement se rassoit. Il sait qu'ils ont sans doute raison et que Max va finir par les rejoindre. À un moment ou à un autre. Il n'est pas loin.

— À ton tour Isaac ! encourage Lison pour changer de sujet.

— OK, j'y vais, dit-il en braquant une lampe de poche sous son visage, ce qui fit éclater de rire Inaya. J'ai hésité, j'avais trouvé deux histoires mortelles. J'ai choisi la plus bizarre. Je vous préviens, on monte d'un niveau là…

— Rien que ça… se moque Lison en secouant la tête.

— Ça va, je plaisante ! Vous êtes prêts ? « Quand vient la chouette. »

Sept jours. On dit qu'il faut sept jours sans sommeil pour sombrer dans la folie. Sept jours pour perdre le fil de la réalité. Sept jours pour se mettre à douter de son bon sens.

Il m'en a fallu trois, juste trois pour chuter. J'emploie ce terme volontairement. J'ai chuté. De manière lente comme lorsqu'on rêve. Ce type de chute qui se termine normalement par un sursaut et du soulagement. Mais moi, je chute encore…

J'étais ce qu'on appelle communément un mec normal, un gars sans histoire. Étudiant en physique à l'université. J'avais des amis, en nombre honorable, une petite amie charmante appréciée de tous et je jouais au football. Ce genre de garçon à qui il n'arrive jamais quoi que ce soit de fou ou qui mérite même d'être raconté.

Jusqu'à cet été-là.

Mes parents s'étaient toujours occupés de tout. Ils payaient le loyer de mon appartement, ma licence de foot, mes vêtements, mes sorties, ma nourriture, mes vacances… vous avez donc compris : je ne m'étais jamais préoccupé de l'argent. Je vivais comme un éternel adolescent, ignorant ce qu'étaient les fins de mois difficiles ou les restrictions qui faisaient le quotidien de mes amis. Mais cela devait changer, enfin c'est ce qu'avait décidé ma mère. Je devais « prendre mes responsabilités » et travailler tout l'été. Alors, elle m'avait trouvé un job confortable comme assistant dans le zoo dont elle était la directrice. À moi les rations de nourriture à distribuer et les cages à nettoyer. J'étais plutôt content, travailler à l'extérieur au contact des animaux m'apparaissait plus comme un plaisir que comme une contrainte. Ça ne semblait pas très compliqué.

J'avais donc accepté sans râler, me réjouissant même de vivre chez mes parents pour l'été et de profiter de mes anciens amis sur mon temps libre. Sentir l'odeur du café frais de mon père et du pain grillé juste toasté en descendant l'escalier me rappellerait de bons souvenirs.

À mon arrivée, début juillet, ma mère m'attendait sur le perron, les yeux embués, émue du retour du fils prodigue[1]. Elle m'avait serré dans ses bras, me jurant que tout se passerait bien. Je lui avais rendu son étreinte. Elle m'apparut si petite à ce moment précis !

1. Fils qui revient au domicile paternel après avoir dépensé son argent mais qui est accueilli à bras ouverts.

J'avais vite repris mes marques. Ma chambre mansardée, mes étagères ployant sous les figurines diverses de mon enfance, mes comics empilés sous mon lit. Je me laissai lourdement tomber sur mon matelas et je me sentis presque immédiatement apaisé. J'allais me laisser choyer, prendre le temps. Après une fin d'année rythmée par les examens, ce séjour allait me faire du bien.

Une fois mes vêtements rangés dans la commode, ma trousse de toilette posée dans la salle de bains et ma valise rangée sous le lit, je me sentais de nouveau chez moi.

Et c'est dans cet état de légèreté qu'après un dîner plutôt silencieux en compagnie de ma mère, je me glissai dans mes draps. J'appréciais de sentir mon corps s'enfoncer lourdement dans le vieux matelas en mousse. Les tensions de ma vie citadine me quittaient déjà. Un sourire aux lèvres, je me laissai doucement aller, prêt à sombrer dans un profond sommeil.

Au petit matin, ma mère fut surprise de me voir descendre les escaliers de bonne heure.

Pas de café sur la table.

J'en préparai une grande cafetière avant d'aller me doucher. Ma mère, entre deux gorgées de thé, me beurra mes tartines comme si j'avais quatre ans. C'était mignon.

Avant de monter dans sa voiture, elle me donna quelques recommandations de rigueur. Je la sentais tendue.

Eddy, le responsable des soins du zoo, serait mon mentor pendant ces deux mois. Dans mes souvenirs, c'était un homme bourru, pas bavard, même un peu froid. Je le connaissais depuis que ma mère avait pris la direction du zoo lorsque j'avais sept ans. Avec mon père, on venait souvent se balader et à chaque fois Eddy nous saluait de loin, d'un vague signe de main. Autant dire que j'appréhendais un peu de travailler près de soixante jours en sa compagnie. Mais, à ma grande surprise, il m'avait serré la main chaleureusement à mon arrivée, et m'avait fixé intensément quelques secondes comme si j'allais être capable de lire dans ses pensées. Peut-être voulait-il me montrer qu'on était une équipe, me faire sentir que je pouvais compter sur lui. C'était bizarrement déplacé mais j'imaginai que travailler toute la journée avec des animaux pouvait rendre un peu maladroit avec les humains.

Une heure après, j'avais fait le tour des « coulisses », ces endroits du zoo interdits au public. On m'avait attitré deux zones de travail : les capucins et les oiseaux. Les singes, je gérais. Je devais, deux fois par jour, nettoyer leurs cages, m'assurer qu'ils avaient de l'eau et de la nourriture de même que rester vigilant à tout signe de blessure ou d'infection.

Les oiseaux, c'était différent.

Ces bestioles m'effrayaient. Je les trouvais trop imprévisibles. Entrer dans leurs cages me tordait littéralement l'estomac. Je me sentais entouré de serres acérées, de becs tranchants et de paires d'yeux qui semblaient vouloir creuser mon âme. Les sueurs froides que me provoquaient ces créatures n'avaient rien de feintes.

Il fallait que je prenne un peu sur moi. Un peu d'eau aux aras, une petite caresse aux colombes, des granules aux inséparables. J'avais terminé la première cage et tout allait bien.

L'enclos suivant était celui des chouettes. Je n'ai jamais aimé ces oiseaux, aussi loin que je me souvienne. J'entrai, les yeux rivés sur le sol, évitant soigneusement tout contact. Un hululement me força à faire face à la première cage. Je crois que je n'avais jamais vu de chouette d'aussi prêt. C'est impressionnant comme animal, plus gros que ce qu'on s'imagine. Mes doigts s'agrippèrent au grillage. Je fixai la chouette de longues minutes, l'esprit vide. Je me sentais incapable de détacher mes yeux des siens, incapable de penser, incapable de produire le moindre son. J'étais comme emprisonné dans mon corps, bien là, face à l'animal, et en même temps ailleurs. Eddy vint rompre ma transe en me tapotant sur l'épaule :

— Bah alors mon gars, tu rêves ? Y a du boulot, pas de pause le matin, tout doit être prêt avant l'arrivée des visiteurs !

— Désolé, Eddy, je m'y remets. J'étais ailleurs…

— Ça les animaux, ils s'en foutent que tu rêvasses ! Ils veulent de quoi manger, boire et c'est tout, conclut-il dans un rire gras qui n'appelait aucune réponse de ma part.

Son regard s'assombrit comme s'il s'en voulait de s'être moqué de moi.

— Tu sais, tout le monde serait à côté de la plaque à ta place. Prends ton temps. Surtout demande si tu veux un peu d'aide… bafouilla-t-il dos à moi, manifestement mal à l'aise.

Il était sympa. Bizarre, mais sympa. J'avais l'impression d'être une caricature de l'étudiant, déconnecté du monde du travail, pistonné par sa mère. Un boulet…

Je fixai une dernière fois la chouette. J'avais une drôle d'impression. Un déjà-vu ou quelque chose comme ça.

Chapitre 7

Une chouette peut-elle sourire ? Si c'était possible, celle-ci me souriait. Non, évidemment que non, c'était stupide. J'étais fatigué, j'avais mal à la tête.

Je passai à autre chose. Il me restait encore du travail et je sentais peser sur moi le regard d'Eddy. Plusieurs heures s'écoulèrent, j'étais assez fier car mes courbatures naissantes témoignaient de mon implication. J'étais perdu dans mes pensées. J'entendis une grosse voix à l'entrée du bâtiment :

— Allez gamin, c'est bon pour aujourd'hui, rentre chez toi !

Eddy n'échangea pas plus avec moi ce jour-là.

De retour à la maison, je mangeai sans appétit et dans un quasi-silence. Ma mère n'y prêta pas vraiment attention, se contentant d'une réponse positive à la classique question « Ta journée s'est-elle bien passée ? ». Je débarrassai mon assiette, embrassai ma mère sur le haut de la tête puis montai me coucher.

Il faisait chaud ce soir-là. J'ai laissé ma fenêtre et mes rideaux ouverts pour profiter d'un mince filet d'air. Des draps frais, quelques bruits rassurants de l'extérieur, les grillons, le tintement du carillon de l'entrée… je sentis enfin le sommeil arriver en vagues jusqu'à moi. Je n'avais plus que partiellement conscience de l'extérieur. Je sombrai lentement.

Soudain, j'eus l'impression de ne pas être seul dans ma chambre. Je me redressai et m'assis sur le bord de mon lit.

Elle était là. Splendide. Perchée sur une branche du marronnier du jardin. Cette même branche qui tant de fois m'avait permis de sortir en douce à la nuit tombée. Je savais, en toute objectivité, que je n'avais pas les compétences pour distinguer un volatile d'un autre mais j'aurais juré que la chouette qui était en face de moi était celle que j'avais si longuement observée au zoo le matin même. Même plumage gris, même tache blanche au-dessus de ses yeux perçants.

Ce regard…

J'ai vite ressenti une sorte de malaise.

L'animal restait, sans ciller, sur sa branche, terriblement immobile. Je ne respirais plus, mon corps entier sous tension.

Je m'installai lentement sur le côté, les yeux rivés sur la fenêtre. Quelques minutes plus tard, je fermai les yeux. C'est là que la bête produisit un profond hululement. Je me levai pour fermer la fenêtre. C'est bête, je sais, mais l'idée que la chouette puisse entrer dans ma chambre et grimper sur mon lit me terrifiait. Je tirai les rideaux d'un coup sec et retournai me coucher. Mon lit me semblait étrangement moins confortable d'un coup. La bête reproduisit le même son lugubre.

Et cela dura toute la nuit. Si je la fixais, la chouette restait muette mais dès que je m'assoupissais, elle criait de nouveau. Elle semblait m'appeler.

Non, je n'étais pas fou. Elle m'appelait.

Je ne fermai pas l'œil de la nuit. Assis dans mon lit, les pieds sur le parquet, je fixai l'oiseau de longues heures. Plusieurs fois, le sommeil m'avait rattrapé et j'avais été sur le point de m'assoupir. À chaque fois, l'oiseau m'avait rappelé à l'ordre.

Petit déjeuner. Odeur de pain grillé. Toujours pas de café. Pour un adepte comme moi de caféine, il n'en fallait pas plus pour me mettre de mauvaise humeur. J'oscillais alors entre la fatigue et la colère, ce qui me rendait franchement désagréable.

Tôt ce matin, alors que l'animal semblait décidé à mettre fin à mon calvaire, ma mère était venue tambouriner à ma porte, me ramenant ainsi à la réalité. J'aurais payé cher pour pouvoir rester dormir toute la journée, mais j'étais fauché et donc contraint de faire face à cette seconde journée au zoo.

Lorsqu'on passe une nuit sans dormir, on se rend compte le lendemain que même avec la meilleure volonté du monde, certains moments de la journée passent douloureusement au ralenti.

Au travail, je n'étais pas à ce que je faisais, j'étais nauséeux et je ne comprenais pas les ordres simples que me donnait Eddy. Plusieurs fois, je m'étais senti mal et je m'étais appuyé contre le mur. Mes jambes peinaient à soutenir mon corps, mon dos me faisait souffrir. Et je savais que cela arriverait aux oreilles de ma mère…

À midi, je la croisai. Mon responsable l'avait alertée. Je ne pouvais pas lui en vouloir. Il faisait juste son job.

— Qu'est-ce qui se passe aujourd'hui ? Tu ne te sens pas bien ? m'interrogea-t-elle.

— Je… Je suis fatigué… Une chouette m'a empêché de dormir… La chouette, maman… bafouillai-je, hagard.

— Une chouette… répéta-t-elle. Tu es pâle mon chéri, tu devrais aller voir ton médecin, me suggéra-t-elle, hésitante. Tu me fais peur.

— Non, non… ça va aller. J'irai me coucher directement en rentrant. Ça va aller maman, t'inquiète…

Je ne sais pas si j'essayais de la rassurer ou de me convaincre moi-même.

Un enclos, il ne m'en restait plus qu'un. Ensuite, je pourrais rentrer.

Comme la veille, je restai plusieurs minutes, immobile face à la chouette, les doigts tellement cramponnés au grillage que mes jointures en étaient blanches. J'avais l'esprit dans du coton, une brume qu'il me semblait impossible de franchir. Encore une fois, Eddy m'avait sorti de mes rêveries pour m'indiquer que je pouvais rentrer, que je DEVAIS rentrer.

De retour à la maison, je téléphonai à ma petite amie qui m'avait déjà laissé trois messages depuis le matin. J'avais du mal à parler, du mal à écouter. Elle aurait eu le droit d'être en colère mais elle m'excusa d'elle-même sans que j'aie me défendre. Elle était gentille. Bizarrement tolérante à ce moment précis quand on connaissait son caractère, mais je n'aurais pas été capable de me disputer avec elle ce soir-là de toute façon.

Je me couchai de bonne heure. Mes maux de tête étaient revenus. On frappa à ma porte :

— Papa ? demandai-je ensommeillé.

Ma mère ouvrit la porte, visiblement troublée.

— Désolée chéri, c'est moi, tu dormais… je ne voulais pas te déranger. Je voulais juste te dire que si tu as besoin de parler, du travail ou d'autre chose… je suis là, tu le sais, n'est-ce pas ?

— Oui maman, t'inquiète, dis-je en baillant, tout va bien.

Chapitre 7

— Je t'ai mis tes médicaments sur ta table de chevet, ça t'aidera à dormir, rajouta-t-elle en refermant la porte. Je t'aime mon chéri.

— Moi aussi, je vous aime, murmurai-je avant de fermer les yeux.

J'ai cru entendre un sanglot derrière la porte mais j'ai fait le choix égoïste de l'ignorer. Je tombais de fatigue.

0 h 30. Cauchemar. Réveil brutal.

Le soleil avait depuis longtemps disparu. Je me réveillai en sueur. Je me passai de l'eau sur le visage et retournai me coucher. Mais au moment de rabattre le drap sur mon épaule, j'entendis un son. Le son. Elle était là !

Les yeux écarquillés, hésitant entre le rire nerveux et la colère, je me levai et ouvris d'un coup sec les rideaux de la chambre. La chouette me fixait, immobile, et muette.

C'était celle du zoo, j'en étais sûr.

Mes nerfs commençaient à me lâcher. Je tentai de lui jeter de vieux livres, elle ne bougea pas d'un millimètre. Je descendis en trombe, mais une fois dehors, l'animal n'était plus là.

J'étais en train de devenir fou.

Cette simple idée me glaça.

Je remontai les escaliers en traînant les pieds, concentrant ce qui me restait de force sur ma respiration. Le tic-tac de l'horloge du couloir attira mon regard.

04 h 00

Comment était-ce possible ? J'avais eu une absence.

Je n'étais pourtant descendu que quelques instants… Je pris les médicaments que ma mère avait laissés près de mon lit et attendit la chape de plomb salvatrice des somnifères. Mais il me fut impossible de fermer l'œil de la nuit. Les hululements me gardèrent éveillé jusqu'au petit matin.

Le troisième jour, je pensais presque m'être accoutumé à la privation de sommeil. Je m'étais levé groggy mais une douche fraîche m'avait aidé à remettre mes idées en ordre – du moins c'est l'impression que j'avais. Je descendis les escaliers. Ça sentait le brûlé. Je courus pour découvrir ma mère dans la cuisine en train d'essayer d'évacuer la fumée du grille-pain. Je m'énervai. Je ne savais pas pourquoi, mais j'étais subitement d'une humeur massacrante.

— Mais qu'est-ce que t'as fait maman ? Ouvre les fenêtres !

Sans un mot, elle s'exécuta.

— Papa est déjà parti ? grognai-je.

Elle resta immobile. La stupeur se lisait sur son visage. Elle lissa sa chemise pour reprendre un peu de contenance et se dirigea vers la table. Elle s'assit lentement, saisit sa tasse de thé. Elle la porta à ses lèvres en tremblant. Je ne comprenais pas ce qui était en train de se passer mais je sentais que je devais m'excuser :

— Désolée maman, je suis crevé, j'ai pas les idées claires, ça n'a rien à voir avec toi… Reste assise, je refais des toasts.

Chapitre 7

Elle ne répondit pas. Elle avait l'air épuisée elle aussi. Je n'avais pas remarqué cela depuis mon arrivée mais elle avait maigri. Je m'en voulais. Je ne m'étais intéressé qu'à mon petit confort, je n'avais pas pris le temps de discuter avec elle. Je l'embrassai rapidement sur le haut de la tête et quittai la pièce en bredouillant de nouvelles excuses.

Toute la journée, le visage de ma mère ne quitta pas mes pensées. Je ne me voyais pas lui expliquer les raisons de mon malaise et de mon humeur du matin. Elle m'aurait pris pour un fou. Et je l'aurais compris. J'avais vécu une coïncidence troublante, j'étais épuisé, voilà tout.

Je travaillai machinalement, en silence. Et j'arrivai comme tous les jours devant la chouette, le ventre noué. Je la fixai.

— Pourquoi tu me regardes ?

L'oiseau me toisait sans aucune réaction. Mon sang bouillait dans mes veines.

— Tu veux quoi, merde ? Me rendre dingue, c'est ça que tu veux ! Tu veux que je passe pour un fou ? Bah t'as gagné regarde-moi, je suis fou !

Je gesticulais, comme possédé, debout devant la cage en frappant les barreaux à deux mains. Je saisis ce qui était à ma portée et le jetai sur l'animal qui se protégeait comme il pouvait de ses ailes en poussant de petits cris aigus.

— Tu vas faire quoi maintenant ? Hein ? Tu vas faire quoi ?

J'étais hors de moi. Je ne me contrôlais plus. Je m'arrêtai soudain. Eddy était debout, dans l'embrasure de la porte.

— Je voulais juste… c'est elle qui… c'est pas ce que tu crois. Je… bafouillai-je le souffle court.

— C'est pas grave gamin, rentre chez toi. Je vais prévenir ta mère, t'inquiète pas, ça va passer.

Non ça n'allait pas. Je le sentais, ça n'allait pas du tout. J'étais au bord d'un précipice. Un pied dans le vide, l'autre me maintenant fragilement dans la réalité. J'aurais pu tenter de m'expliquer mais je préférai me taire, poser mon matériel sur le sol et partir, rentrer à la maison. Je passai le reste de la journée au lit, pris d'une fièvre qui me broyait le crâne.

Le soir, ma mère vint me voir. Elle posa des médicaments sur ma table de chevet sans rien dire. Elle me caressa le front et allait quitter la pièce.

— Elle va revenir, dès que je vais fermer les yeux, elle va revenir… dis-je.

— Ça va aller mon chéri. Calme-toi… me rassura-t-elle, le front marqué par l'anxiété.

Elle avait l'air de penser que la fièvre me faisait délirer. Peut-être avait-elle raison… Je fomentais des plans invraisemblables pour venir enfin à bout de la chouette. À mesure que le soleil se couchait, je sentais monter en moi une profonde angoisse. Elle allait arriver. Je le sentais. Je sentais déjà sur moi son regard. Il me semblait déjà entendre son cri. Un hululement lugubre, un rappel à l'ordre moqueur. Je me levai en titubant, marchant avec difficulté jusqu'à la fenêtre. Un rire nerveux me secouait tout entier. Je n'étais pas fou, elle serait là, encore une fois, je pourrai prouver à mes parents que je n'avais pas tout inventé. J'avais la nausée. J'ouvris les rideaux.

Rien.

La branche du marronnier était vide. Rien. Comment était-ce possible ?

Chapitre 7

Je l'avais entendue, j'en étais sûr. En vérité, en étais-je vraiment certain ? Elle allait revenir comme chaque soir. J'avais mal à la tête. Je me saisis le crâne à deux mains pour tenter de comprimer la douleur.

Mes yeux, mécaniquement, tombèrent sur une photo d'enfance sur mon étagère.

J'étais sur les épaules de mon père. Fier. Une casquette Mickey vissée sur la tête. Les doigts en V. Nous étions au zoo. Celui de maman. J'avais onze ans.

Je me sentis terriblement vide.

Des mots tournaient en boucle dans ma tête sans que je comprenne ce qui les reliait entre eux : papa, chouette, zoo.

Et là, en une fraction de seconde, tout m'est revenu : Mon père devant l'enclos des chouettes, moi les doigts cramponnés au grillage, les yeux rivés sur l'oiseau, la main de mon père sur mon épaule, *il faut qu'on parle. Il faut qu'on parle.* Je n'écoutais que d'une oreille. *Il faut qu'on parle.* Ma mère pleure quelques pas derrière nous. Elle sait déjà. Je serre mon père dans mes bras d'enfant. Silence. *Pourquoi tu pleures papa ? Parce que vous allez me manquer. Il faut qu'on parle.*

Puis, plus rien.

Le trou noir.

Le vide.

Et ces mots : phase terminale.

Tous mes souvenirs revenaient peu à peu : lorsque j'ai fini par comprendre que mon père allait nous quitter, les rendez-vous médicaux, les jours où on faisait comme si tout allait bien, les larmes de ma mère cachée dans l'arrière-cuisine.

Et la fin. Brutale.

Je hurlai. Un hurlement dont jamais je ne pensais être capable. Je hurlai à en perdre l'équilibre, à ne plus rien entendre que le bruit de mon sang frappant mes tympans.

Puis je tombai.

Comme un pantin désarticulé.

Je savais que mon dos avait heurté le bord de mon lit mais je ne sentais pas la douleur. Les yeux grands ouverts, je regardais le sol, secoué de spasmes incontrôlables.

L'esprit humain est bien conçu. Il est capable de se créer des mécanismes de défense pour faire face à des situations trop violentes psychologiquement. La mort de mon père, c'était trop pour l'enfant que j'étais. Trop dur, trop de vide, trop de chagrin. Alors, mon esprit a décidé d'occulter[1] l'information. De refuser la réalité. Je vivais une partie du temps avec la conviction que mon père était encore en vie. Et parfois, la mémoire me revenait de façon violente et imprévisible.

Il suffisait d'un élément déclencheur.

La chouette.

Je sombrais dans une tristesse insoutenable dont de nouveau le cocon du déni[2] me permettait de m'échapper. Ma mère ne savait plus comment m'aider. Je la confrontais tellement régulièrement à sa propre peine qu'elle avait préféré prendre ses distances.

On dit qu'il faut sept jours sans sommeil pour sombrer dans la folie. Sept jours pour perdre le fil de la réalité.

1. Cacher ou rendre peu visible.

2. Refus de reconnaître quelque chose.

Chapitre 7

Sept jours pour se mettre à douter de son bon sens, de ses émotions, de tout ce qui nous entoure. Il m'en a fallu trois, juste trois pour chuter. Et je chute encore.

Je suis à l'hôpital depuis quelques semaines déjà. Mon dos a été blessé par la chute contre mon lit. Plus que ce que je pensais. C'est ce qu'on m'a expliqué.

Maman a eu très peur. Elle se repose, je la vois peu. Mais on prend bien soin de moi ici, je n'ai pas à me plaindre. Le temps est un peu long, j'avoue, alors pour m'occuper, j'écris.

Demain, c'est le jour des visites. J'ai hâte.

Papa ne répond pas à mes lettres, mais ce n'est pas grave, je sais qu'il n'a jamais aimé écrire.

De toute façon, il me rendra visite demain. C'est lui qui me l'a dit.

CHAPITRE 8

Lison applaudit, suivie de Marion.

— C'est trop bien, j'adore ! acclame cette dernière.

— Grave, ça retourne la tête ! ajoute sa copine. Bravo Isaac !

— Moi, je suis pas sûr d'avoir compris… avoue discrètement Bastien.

Personne ne lui répond.

Ils semblent tous avoir complètement oublié l'absence de Max autour du feu. Bien fait. On récolte ce que l'on sème.

— Du coup, ça y est, c'est fini ? lance Inaya visiblement déçue.

Isaac reprend sa lampe de poche et la replace sous son menton.

— Si vous voulez, il m'en reste une. Je vous avais dit que j'avais hésité entre deux histoires… Ça vous tente une petite histoire de spiritisme ?

Les filles trépignent sur place. Personne n'a envie d'aller se coucher. Comme moi, ils veulent profiter encore un peu, ne pas penser à demain. Quand tout sera fini.

— Allez, vas-y, on t'écoute, valide Bastien.

— Vous voyez ce que c'est le Ouija ? commence Isaac en fixant ses camarades.

— C'est un truc pour parler aux esprits non ? propose Marion en se serrant contre Lison.

— Exactement. C'est un médium, une manière d'entrer en contact avec les âmes qui ne sont pas passées de l'autre côté. Ça leur permet de transmettre des messages. Le truc, c'est qu'on ne sait jamais quel type d'esprit on appelle et c'est ce que va découvrir Jeanne dans cette histoire.

Bastien fait l'imbécile en mimant le fantôme, ce qui fait crier Marion. Inaya lui donne une claque sur la tête. Tout le monde rigole. J'adore être là avec eux. Je voudrais que cette nuit ne s'arrête jamais…

— Mon histoire s'intitule : « Ouija »…

J'en suis arrivée là par un concours de circonstances. Évidemment, rien n'arrive jamais par hasard et ce que j'écris peut sembler d'une consternante banalité. Et pourtant. Si je ne m'étais pas liée d'amitié avec l'étrange Alix, rien ne serait arrivé. Si mes parents n'avaient pas décidé égoïstement de prolonger leurs vacances, rien ne serait arrivé. Si j'avais été plus instinctive et moins influençable, rien ne serait arrivé.

On était en octobre, je venais d'entrer en seconde dans un lycée privé proche de Rennes. Mes parents, très souvent en déplacement professionnel, avaient fini par me convaincre des bienfaits de l'internat. Et pour être tout à fait honnête, je m'y sentais comme chez moi, peut-être mieux encore.

Je m'étais rapidement fait des amies et je partageais ma chambre avec Chloé, une fille sympa et discrète qui avait comme moi une passion pour les mangas. Nos murs étaient recouverts de posters aux couleurs vives tandis que nos étagères débordaient de nos séries de livres préférées. Nous n'étions pas dans la même classe et on se voyait peu au lycée mais chaque soir, nous appréciions de nous retrouver dans notre havre, du dimanche soir au vendredi.

Le week-end, je rentrais chez mes parents alors que Chloé restait à l'internat. Comme la plupart des résidents, elle ne rentrait que pour les vacances scolaires. Moi, j'aurais trouvé ça cruel. Je me demandais bien qui étaient ces parents qui se débarrassaient de leur progéniture les trois quarts de l'année et qui luttaient contre la culpabilité en constatant le prix conséquent que leur coûtait la scolarité de leur enfant.

Elle, ça n'avait pas l'air de la déranger. Je me sentais un peu privilégiée, alors je ne commentais pas. Mes parents avaient une vie professionnelle bien remplie et je savais qu'ils étaient contents de me retrouver tous les vendredis.

Jusqu'à ce fameux jeudi soir.

J'avais appelé ma mère pour planifier mon retour du lendemain. Silence gêné au téléphone. Et après quelques instants remplis d'un malaise presque palpable, ma mère avait entrepris de m'expliquer leur situation. J'étais blasée.

— Écoute Jeanne, avait-elle commencé.

Ça partait mal.

— Avec ton père, on a décidé de prolonger notre semaine de congés. On a travaillé dur, on a besoin de repos. Nous ne serons donc pas à la maison ce week-end…

— D'accord, avais-je enchaîné en sautant sur l'occasion. Pas de soucis, ne t'inquiète pas, je comprends ! Je m'arrangerai pour me faire raccompagner demain soir par une des internes, par contre, pour dimanche soir, c'est plus compliqué… Tu crois que papi pourrait m'emmener à la gare ?

La perspective d'avoir la maison pour moi toute seule un week-end entier n'était pas pour me déplaire. Au contraire.

Ma mère se racla la gorge.

Mauvais signe.

— Jeaaaaanne… reprit-elle d'une voix traînante.

— Quoi ? (Nouveau silence) Maman ! J'ai plus dix ans, je peux passer un week-end sans vous ! J'appellerai mamie si j'ai un souci !

— Désolée poussin, on en a déjà discuté avec ton père, ce sera pour une autre fois. Ne boude pas. On en reparlera, promis. La directrice de l'internat est prévenue, tu resteras là-bas ce week-end exceptionnellement.

Elle marque une pause. J'entendais la voix de mon père en sourdine.

— Je te laisse chérie, papa t'embrasse, il a hâte de te voir. On se rappelle vite !

Et elle raccrocha sans même attendre ma réponse. Un « poussin », un « chérie », un semblant d'excuses minables et pas même l'opportunité de répondre. C'était typique. Dans la famille Lambert, on évitait les conflits, on les fuyait même, on parlait peu, on préférait bouder dans son coin le temps nécessaire et revenir une fois calmé pour reprendre le cours de nos vies comme si rien ne s'était passé. Voilà comment on faisait les choses chez moi.

J'étais dégoûtée. L'internat en semaine ça allait, mais le week-end, je trouvais ça vraiment glauque. J'avais envie de pleurer.

Arriva le vendredi soir. Les derniers élèves chanceux avaient quitté le bâtiment et étaient déjà bien au chaud installés dans la voiture de leurs parents, chaleureusement accueillis par des embrassades et autres câlineries rituelles.

Je rejoignis le réfectoire. Au moins, j'allais retrouver Chloé. Pas de chance, elle avait déjà dîné. Mon plateau devant moi, je jouais machinalement avec ma purée de céleri. Ça changeait radicalement de ma traditionnelle pizza du vendredi soir.

— Alors Jeanne, qu'est-ce que tu fais là ?

Je me retournai.

Alix.

Elle se tenait bien droite, tenant son plateau à une main, un sourire malicieux au coin des lèvres. Elle s'installa en face de moi.

— Tu rejoins officiellement le club des victimes du week-end ?

— Ouais, on peut dire ça... dis-je en souriant, mes parents vivent leur meilleure vie en vacances à Berlin et moi je suis coincée ici...

Je me rendis instantanément compte de mon manque de délicatesse.

— Désolée, je suis bête, toi tu restes ici chaque week-end, c'est pas ce que je voulais dire…

— T'inquiète, mon père est bien content de me savoir ici, ça lui laisse plus de place pour passer du bon temps avec sa nouvelle meuf…

Elle avait pris un air faussement dégagé, comme si elle y était complètement indifférente. Elle reprit, énergiquement :

— Mais tu sais, je suis mieux ici que chez mes darons ! Tu verras, il se passe des trucs cool ici le week-end. Tu n'as pas idée…

Elle me fit un clin d'œil. Décidément, cette fille était un mystère. Elle me fascinait. Elle avait l'air tellement différente des autres et imperméable à leurs jugements… Et moi, j'étais flattée : une élève de première m'appréciait ouvertement et recherchait ma compagnie. Je grimpais sensiblement l'échelle sociale de mon lycée.

Après dîner, une sonnerie nous intima l'ordre de rejoindre nos chambres. Alix se leva en premier et me glissa à l'oreille :

— Demain soir, 23 heures, après le couvre-feu, rejoins-nous dans la chambre de Maëlle et Léna, la dernière au fond du couloir.

J'étais grisée : mon week-end prenait un tournant inattendu.

Après avoir passé une grande partie de mon samedi à bouquiner avec Chloé dans notre chambre en repoussant le moment de faire mes devoirs, je l'avais accompagnée au réfectoire mais j'avais à peine touché à mon plateau. L'excitation me nouait l'estomac.

J'avais entendu beaucoup de choses sur le groupe de copines d'Alix. On les disait sorcières, gothiques, complotistes, satanistes. Moi, je m'attendais à tout et j'adorais ça.

Chloé respirait profondément. Cela faisait une bonne heure qu'elle s'était endormie. Moi, allongée sur le dos, j'attendais que le temps passe en essayant de suivre un épisode de *Naruto* sur mon téléphone. Peine perdue, j'étais incapable de me concentrer.

Encore quinze minutes.

L'attente me semblait interminable. C'est fou, quand on s'amuse ou qu'on est pressé, ce quart d'heure nous file entre les doigts mais là, les minutes s'égrenaient avec une lenteur déprimante.

23 heures.

Enfin.

Je me levai doucement, je voulais éviter d'avoir à me justifier si je réveillais ma coloc. Le parquet craqua si bien que je restai un instant dans une posture ridicule, une grimace déformant ma bouche, un pied levé, dans une immobilité de pantin désarticulé. Chloé se retourna, ronchonna dans son sommeil et reprit sa respiration profonde et rassurante.

Je passai le seuil de ma porte et restai un instant concentrée sur mes orteils nus qui s'agitaient sur place sur le plancher sombre. Je savourais. Je sentais monter en moi des envies de spiritisme comme dans les films, de rituels sataniques, d'aiguilles plantées dans des poupées de chiffon. Je voulais qu'on bouscule mes habitudes, avoir peur, me sentir vivante.

J'avançais, à pas feutrés, la gorge sèche et les épaules relevées. J'entendais des rires. Ils venaient de la chambre de Maëlle. J'avais l'impression d'être privilégiée, d'appartenir à un club secret, un *Skulls and Bones*[1] moderne…

Je m'arrêtai. Un filet de lumière filtrait sous la porte. Je toquai.

— Le mot de passe ? grommela une voix caverneuse.

Silence.

— *Caput Draconis*[2], tentai-je.

Alix ouvrit, hilare.

— Désolée Jeanne, tu t'es trompée de film ! Ici on est plutôt fan d'*Annabelle* si tu vois ce que je veux dire… Je te présente Maëlle, elle a un humour… très particulier…

Derrière elle, une jeune fille m'adressa une profonde révérence. Je souris.

— Veuillez entrer en enfer, vous qui n'y connaissez rien… Je serai votre humble guide, ajouta Maëlle, théâtrale.

Je souris à Alix en passant devant elle et je pris place dans le cercle des filles assises par terre au centre de la chambre.

J'adorais l'ambiance qu'elles avaient créée. Tout était là : les bougies, la planche de Ouija au sol, les ombres

---

1. Fraternité étudiante de l'université Yale aux États-Unis créée au XIXe siècle. Il s'agirait d'une société secrète composée de membres influents triés sur le volet. Elle compterait parmi ses membres des acteurs, hommes politiques, journalistes, etc.

2. Mot de passe permettant l'accès à la salle commune de Gryffondor dans la saga *Harry Potter* de J.K. Rowling.

fantomatiques sur les murs, leurs dégaines de sorcières tout droit sorties d'un film de Tim Burton… J'étais au spectacle.

Les filles avaient l'air terriblement sérieux. J'essayai, tant bien que mal, de gommer mon sourire d'enthousiasme et d'adopter la même mine lugubre.

— Mes sœurs, commença Maëlle solennellement, nous sommes ici ce soir pour tenter d'entrer en contact avec d'authentiques entités venues de l'au-delà.

J'avais beau ne pas croire à tous ces trucs, j'avais envie de profiter et de me faire un peu peur. Et surtout, je voulais éviter de vexer Alix.

Elle avait accentué le noir autour de ses paupières. Ses yeux ressemblaient à deux billes brillantes. Tout en elle respirait la confiance en soi. Elle lançait parfois des regards mystérieux avant de jeter sa tête en arrière en riant comme une gamine. Certains la trouvaient bizarre, moi je la trouvais magnétique. Elle me tendit la main, je la pris et donnai la mienne en retour à Léna. Sa main était aussi froide que celle d'Alix était chaude et rassurante.

— Nous accueillons ce soir une nouvelle sœur parmi nous, annonça Alix en plantant ses yeux dans les miens. Te sens-tu prête, Jeanne, à découvrir ce que cache le voile de notre réalité ? Te sens-tu capable d'ouvrir ton esprit suffisamment pour voir ce qui est invisible aux yeux du plus grand nombre ?

J'étais transie.

— Oui… enfin, je crois… hasardai-je soudain très mal à l'aise.

— Alors commençons, poursuivit Alix.

Ce serait donc elle la maîtresse de cérémonie.

Elle plaça la planche de Ouija devant moi. L'objet était beau dans un bois sombre très lisse, presque brillant. Je passai ma main sur la surface, la sensation était apaisante. Machinalement, je fis bouger la goutte en bois qui devait plus tard nous faire frémir en se déplaçant sur l'alphabet gravé en arc de cercle sur la planche.

— Fais attention, tu vas le rayer ! ronchonna une grande fille rousse en face de moi.

Je lâchai l'objet.

Alix se pencha sur mon épaule et murmura en souriant :

— Elle c'est Arya. Cette planche, elle l'a eue à son anniversaire, elle y tient encore plus qu'à sa collection de Stephen King !

Je répondis en souriant à mon tour, en baissant la tête pour dissimuler le fou rire que je sentais monter. J'étais rassurée qu'Alix ne soit pas un cliché. On en voyait partout des pseudo-gothiques qui recherchaient à provoquer leur famille bourgeoise en se tatouant 666 sur les phalanges de la main au stylo bic et en se badigeonnant outrageusement le contour des yeux avec du maquillage acheté chez Sephora. *Elle avait eu cette planche à son anniversaire.* Sérieusement… Cet objet perdit soudain toute sa superbe, tout son potentiel effrayant, il redevenait un produit, vendu et acheté dans un commerce, certainement à une petite vieille venue chercher le cadeau idéal pour sa petite-fille aux goûts un peu… particuliers. C'était ridicule…

Bref. Je décidai de refouler mon envie de me moquer. J'étais là pour observer comme si j'étais un reporter infiltré. Bonjour, ici c'est Jeanne Lambert, j'ai réussi à infiltrer ceux qu'on appelle communément « Les gothiques », ces jeunes adorateurs du Diable, écoutant de la musique metal et portant des vêtements dignes des meilleurs costumes d'Halloween…

— Commençons, ordonna Alix, ce qui coupa court à ma parfaite imitation mentale.

Nous nous donnions toutes la main. Le cliché était parfait. Alix, levant la tête vers le plafond, commença à invoquer une puissance occulte :

— Esprit, nous sommes ici pour te servir de véhicule de chair, rejoins-nous, parle par nos bouches, touche par nos mains, investis nos enveloppes charnelles, nous serons tes vaisseaux pour que s'exprime de nouveau ta voix !

Tout le monde avait les yeux fixés sur elle. Sa respiration se fit bruyante. Sa poitrine tressautait comme si elle était en train d'étouffer. La panique me gagna.

Soudain, ses yeux se révulsèrent. Je sursautai, rompis la chaîne et la pris par les épaules pour l'empêcher de tomber. Elle me regarda avec un rictus ridicule, la langue tirée et éclata d'un rire clair. Elle s'excusa tout en riant encore :

— Désolée Jeanne, j'étais obligée, c'est le bizutage des nouvelles !

Je lui donnai une petite claque sur l'arrière du crâne. Elle se massa en grognant et me fit un clin d'œil. Je devais reconnaître qu'elle m'avait eue.

— Et maintenant ? On fait quoi ? demandai-je.

— Maintenant, susurra Léna, maintenant… tu parles avec les morts !

— Moi ? Non, non, moi je suis venue regarder ! me défendis-je.

Regarder en me moquant intérieurement, c'était facile. Participer, ça ne faisait pas partie de ce que j'avais envisagé. Alix insista :

— Allez Jeanne, tu poses quelques questions, on pose nos doigts sur la goutte en bois et on voit, c'est rien ! En vrai, la majorité des fois où on a essayé, il ne s'est rien passé ! T'inquiète !

— Tu exagères, la coupa Maëlle, l'autre jour, je suis presque sûre que la goutte a bougé, on y était presque, si Léna n'avait pas…

— Quoi encore ? J'ai rien fait ! grogna sa colocataire.

— Tu as rompu la communication trop vite, Léna, on en a déjà parlé. Laisse tomber. Alix reprends, désolée.

C'était caricatural cette scène.

Nous nous sommes prises par les mains. Silence. Chacune notre tour, nous avons posé un doigt sur la pièce en bois au centre du plateau. Je sentis des picotements dans mes mains soudain glacées. Je détestais le tour que les choses étaient en train de prendre. Toute cette soirée, c'était une mascarade, une mise en scène ridicule et moi, j'étais en train de tomber dans le panneau. J'essayai de ne pas montrer mon trouble. Je me forçai à sourire. J'étais sûre qu'Alix avait saisi mon malaise. Je cherchai les regards de mes « sœurs » mais elles semblaient toutes concentrées et soudain très sérieuses. Alix me fit signe. Je pris la parole en essayant de garder une voix neutre :

— Esprit, es-tu là ?

Les respirations étaient profondes. Les yeux tous fixés sur nos doigts réunis. Je sentais un poids sur ma poitrine. Rien d'extrêmement douloureux mais j'étais gênée.

— Esprit, es-tu là ? répétai-je comme si de rien n'était.

Chapitre 8

Imperceptiblement, la pièce de bois se mit à bouger. Je jetai un regard vers Alix. Elle ne riait pas. Sans que je fasse quoi que ce soit, la goutte se dirigea à droite de la planche : OUI.

— Super, une vraie surprise ! lançai-je sur un ton narquois.

J'avais besoin qu'elles me disent que c'était faux, que c'était monté de toutes pièces, que j'avais un contrôle complet sur ce qui m'entourait. Je ne voulais pas éprouver de doute. Je n'aurais pas supporté d'admettre que je ne maîtrisais pas totalement ce qui m'entourait.

Pour y avoir déjà pensé, je ne préférais pas savoir, rester dans l'incertitude, ça je pouvais gérer, mais si l'intangible entrait subitement dans ma vie, ce serait quasi insurmontable. Mon esprit cartésien exploserait en mille morceaux. La pression sur ma poitrine se fit plus forte au fil des secondes.

— On ne triche pas ici ! répondit énergiquement Maëlle. C'est une de nos règles. Pose une question, une dont personne ici à part toi ne connaît la réponse, tu verras !

Je réfléchis. Ces filles ne me connaissaient pas vraiment, j'avais l'embarras du choix.

Je replaçai mon doigt près des leurs sur la planchette en bois.

— OK… Esprit (je marquai une pause), dis-moi si ma grand-mère paternelle est avec toi en ce moment…

La planchette se déplaça. J'avais beau essayer de me concentrer, je n'aurais pas pu dire quelle fille l'avait poussée. C'était ingénieusement conçu, y avait pas à dire.

Réponse : NON.

J'avais posé cette question stratégiquement. Nana, la mère de mon père, était tout sauf morte, *elle nous enterra tous*, comme disait mon oncle. Je devais trouver plus précis pour confondre les filles.

Mais déjà à ce moment, je savais au fond de moi que celle que j'essayais de convaincre, c'était moi-même. Je m'en voulais d'être si mal à l'aise. De ne pas réussir à prendre le dessus.

— Lance-toi sans réfléchir. Tu peux poser une question ouverte tu sais, me dit Alix comme si elle avait lu dans mes pensées.

J'avais trouvé la question parfaite.

— Esprit, si tu es là, et si tu as accès à nos pensées les plus enfouies, dis-moi quel est le nom de celui que j'aime…

La flamme de la bougie posée au centre de notre cercle vacilla. Je sentis un frisson me parcourir l'échine. Si les courants d'air s'y mettaient, j'allais avoir du mal à conserver mon sang-froid.

Soudain, je sentis mon doigt glisser.

A

Ma poitrine se serra.

L

Puis ce fut le tour de ma gorge.

— A… L… épelaient les filles d'une seule voix.

J'avais arrêté de respirer.

Alix ne réagissait pas. Elle me regardait, visiblement troublée. Je sentais des gouttes de sueur sur ma nuque. J'évitai soigneusement son regard. Je ne savais plus quoi penser. Nos doigts étaient encore sur la planche. Je ne parvenais pas à en détacher mon regard. J'avais un goût amer dans la bouche, ma nuque me faisait mal. Tout mon corps me criait d'arrêter.

— Jeanne, ça va ? T'as l'air bizarre… On arrête si tu veux, murmura Alix.

Oui je voulais arrêter.

Je retirai mon doigt de la planche.

Toutes les bougies de la pièce furent soufflées d'un coup. Léna poussa un petit cri de surprise. Maëlle râla. Je l'entendis partir à quatre pattes à la recherche de l'interrupteur.

Les instants qui suivirent furent pour moi terriblement longs. Je sentis une pression intense sur ma poitrine qui me coupa le souffle. Mes jambes et mes bras se crispèrent. Ma tête se mit à tourner, je voulais appeler à l'aide mais aucun son ne semblait vouloir franchir mes lèvres, je me sentis tomber au sol au ralenti. Alix était au-dessus de moi alors que derrière elle des formes noires avaient envahi la pièce. Ces masses sombres se rapprochaient de moi pour finalement emplir tout l'espace. Je fermai les yeux. J'entendais vaguement la voix d'Alix. *Jeanne, Jeanne, qu'est-ce qui t'arrive… Jeanne ouvre les yeux… Jeanne…* Je sentais tout autour de moi un froid qui me glaçait le sang. Je percevais des mains sur mes bras, sur mon visage, sur ma nuque, on essayait de m'entraîner.

Il ne faut pas jouer avec les esprits. Voilà ce qui arrive quand l'humain et l'au-delà se percutent. Quelqu'un doit en payer le prix.

Mon corps était aspiré par le noir.

Pas par le vide. Le vide aurait eu quelque chose de rassurant. J'étais aspirée par le noir, par le mal, et seule la voix d'Alix me raccrochait encore à cette chambre où j'avais eu la bête idée de venir ce soir. *Jeanne... Jeanne...* la voix s'éteignait. Je me sentais partir. Et puis plus rien. J'étais presque soulagée.

Je me réveillai dans ma chambre à l'internat.

Comme d'un cauchemar.

Je m'étais évanouie.

Les filles avaient dû me raccompagner. Ma mère était occupée à ranger des affaires sales dans ma valise. Je me redressai dans mon lit pour lui signifier que j'étais réveillée mais elle ne leva pas la tête. Difficile pour moi de dire si elle était en colère ou contrariée. La directrice les avait sans doute appelés, à cause de moi, ils avaient écourté leur week-end. Elle devait croire que je l'avais fait exprès pour les punir de ne pas m'avoir laissé la maison.

Je n'osais rien dire, je me sentais un peu stupide. Parce que oui, j'avais fait une belle crise d'angoisse, rien de plus et je me sentais bien mieux à présent, juste un peu vaseuse.

Je m'assis sur le bord du lit. J'essayais de capter le regard de ma mère mais elle continuait inlassablement de réunir des affaires. Ses yeux étaient rouges. Elle avait pleuré. Je me sentis coupable.

— Maman...

— Pourquoi ? demanda-t-elle enfin.

— Je ne sais pas maman... j'avais envie de me faire peur je crois. Je n'avais rien prévu, je te jure ! J'ai été bête... je suis désolée pour votre week-end.

Elle se prit le visage dans les mains. Je m'approchai d'elle. Ma main se dirigea vers son épaule mais je me ravisai. Nous n'étions pas très tactiles dans la famille Lambert. Mon dernier câlin avec ma mère remontait à mon enfance. Je devais avoir cinq ou six ans dans mes souvenirs. Depuis, nos rapports étaient plus distants. Je savais bien sûr que ma mère m'aimait, c'était certain. Mais je devais me contenter d'en être persuadée. Jamais elle ne m'avait clairement dit « je t'aime », aussi loin que je m'en souvienne.

— Maman, repris-je hésitante.

Mon père ouvrit la porte.

— Allons-y, j'ai avancé la voiture.

— Papa… dis-je.

Ma mère se leva et lui emboîta le pas. Pas un mot, pas un regard. Je restai à la fenêtre pour les regarder partir. Ça ne servirait à rien d'essayer de leur parler maintenant, on verrait ça lors du prochain week-end à la maison. J'angoissais d'avance…

Je vis ma mère discuter avec la directrice de l'internat. Elle criait. Je ne pouvais pas l'entendre de là où j'étais. La directrice avait l'air très embêtée. Mes parents ne comptaient pas en rester là, la pauvre madame Grandin avait du souci à se faire car ils étaient très procéduriers[1].

Je descendis les marches en courant. Je voulais quand même leur dire au revoir, ne pas les quitter comme ça. Mais à peine arrivai-je dans l'allée que la voiture démarra. J'appelai, je fis des signes mais soit mes parents ne m'avaient pas vue, soit j'avais sous-estimé la colère qu'ils ressentaient. Je captai un regard de mon père dans le rétro. Il avait l'air triste.

1. Qui aiment utiliser des techniques administratives et judiciaires pour obtenir ce qu'ils veulent même lorsque ce n'est pas nécessaire.

À cause de moi, Alix et ses copines avaient été punies. J'espérais qu'elles ne m'en voulaient pas et qu'elles avaient bien compris que je me sentais assez humiliée comme ça.

Un frisson me parcourut lorsque je repensai à la voix d'Alix qui m'appelait pendant que j'étais quasi inconsciente. Je me promis d'aller la voir un peu plus tard, quand j'aurais retrouvé un peu de courage.

Je retournai d'un pas traînant dans ma chambre. Dans le couloir, je croisai Miss Teigne. C'était le chat de madame Grandin, on l'appelait comme ça en référence à la chatte de monsieur Rusard, le concierge flippant dans *Harry Potter.* En réalité, elle s'appelait Naya et elle était plutôt discrète. Au fond du couloir, une ombre sembla entrer dans la chambre qui jouxtait la mienne. Je restai sans bouger un instant. J'étais vraiment épuisée, il fallait que je me recouche, le temps qu'il faudrait. Un miaulement me sortit de ma torpeur. Je me penchai pour caresser Naya. Elle s'éloigna de moi comme si je venais de l'asperger d'eau. Je m'approchai, la main tendue. Son poil se hérissa, je reculai. Elle resta face à moi, le dos rond, la gueule ouverte, découvrant ses crocs pointus.

— T'as pas volé ton surnom toi ! Qu'est-ce qui t'arrive ?

La bête fila comme un éclair par la chatière de la porte des appartements privés de la directrice. Je rentrai finalement dans ma chambre. Chloé n'était pas là. Tant mieux, je n'avais pas envie de parler. Je voulais dormir.

Ma nuit fut froide et terrifiante car d'horribles cauchemars me hantèrent jusqu'au matin. Des ombres m'emprisonnaient, m'étouffaient pendant que j'entendais la voix d'Alix toujours plus lointaine. Je décidai de passer ma journée au lit. J'affichai un petit mot sur ma porte.

Chapitre 8

Je suis trop fatiguée pour aller en cours. Désolée. Je rattraperai mon retard.

Je me recouchai. Je dormis jusqu'au soir. Le jour a cet effet : il apaise les terreurs nocturnes, il dissipe le cauchemar le plus horrible.

À mon réveil, je me sentais encore épuisée. Et un peu seule aussi. Ma mère avait emporté mon téléphone avec elle. Sans doute un vague aperçu de la punition plus globale qui m'attendait. Je sortis dans le couloir. Et au bout de quelques instants, j'aperçus Alix.

C'est ce que j'espérais.

Elle lança un regard dans ma direction, baissa la tête puis entra dans sa chambre. Je m'approchai de sa porte. Et je restai là, plantée, pendant quelques minutes. Je me traitai intérieurement de lâche. Tant pis, je retenterai ma chance une autre fois.

Je me rendis dans la bibliothèque, il n'y avait personne. Je passai devant la porte du réfectoire. Il fallait à tout prix que je mange quelque chose ce soir, je n'arrivais même pas à me rappeler de quand datait mon dernier vrai repas.

À mon retour, ma porte était entrouverte. Étrange. Chloé n'était toujours pas là. Je mis un moment à comprendre. Plus de draps dans son lit, une armoire vide, l'étagère des figurines dépouillées. Elle avait déménagé ? Je ne pus m'empêcher de remarquer qu'il manquait une de mes pièces de collection. Un dragon que j'avais mis des mois et des mois d'économies de baby-sitting à m'offrir. Elle était partie, sans me dire au revoir et en me volant. Super ! Il ne manquait que ça à ma journée.

Dans l'embrasure de la porte, j'entendis des filles discuter :

— Tu as su pour Chloé ? demanda une première.

— Elle est partie dans l'après-midi c'est ça ? Mais elle va revenir non ? répondit une autre.

— Carrément pas, ses parents ne voulaient pas qu'elle reste ici, ils l'ont inscrite dans un bahut super strict en pleine campagne. On n'est pas près de la revoir !

— C'est à cause de Jeanne qu'elle est partie ?

— Bah oui, pour quelle autre raison ? C'est vraiment pas juste, la pauvre.

Je sentis mes mâchoires se serrer. Je touchais le fond. J'allais devenir une pestiférée. Alix ne me parlait plus. Mes parents ne me parlaient plus. Et maintenant je perdais aussi Chloé. J'aurais aimé, à cet instant précis, être enroulée dans ma couette, assise à côté d'elle, un animé sur la tablette, un bol de pop-corn posé en équilibre entre nous deux. Je m'en fichais qu'elle ait embarqué mon dragon. J'avais eu la peur de ma vie et je n'avais personne avec qui en parler. Je payais cher le prix de ma curiosité de l'autre soir.

À la cantine, rien d'étonnant, je mangeai seule. Enfin manger, c'est un grand mot, mon estomac était noué. Impossible d'avaler quoi que ce soit. Les gens des tables voisines me jetaient des regards vagues. J'étais celle qui avait provoqué la punition de tout un groupe de filles et celle à cause de qui Chloé avait quitté le collège. Autant dire qu'on ne cherchait pas ma compagnie. J'entendais parfois mon nom murmuré. Certains se retournaient pour vérifier qu'on ne les avait pas entendus. J'étais devenue un sujet de commérage. Pour certains, je m'étais « contracté comme la fille dans *L'Exorciste* », pour d'autres, je m'étais (littéralement) « fait dessus en tombant dans les pommes », bref, chacun y allait de sa version fantaisiste préférée. Et ma réputation s'effritait à chaque invention. Je bouillais intérieurement mais je n'osais pas faire de scandale. Ça n'aurait rien arrangé à ma situation.

Le matin qui suivit, je n'avais pas la force de me rendre en cours. Alors j'attendis. On ne vint pas me chercher. J'avais de la chance. Je savais que ça ne durerait pas éternellement mais j'avais au moins gagné un peu de répit.

On était vendredi. Le soir du spiritisme. Je me doutais bien que je ne risquais pas d'être invitée. D'ailleurs peut-être que j'avais gâché ça aussi et que les filles ne pouvaient plus se retrouver. Je décidai d'attendre vingt-trois heures pour me rendre dans la chambre de Maëlle et Léna. J'avais un peu peur.

Dans le couloir, j'avançais sur la pointe des pieds. Il faisait un froid de canard. Le chauffage devait être en panne. Je toquai à la porte. Pas de réponse. Je réessayai. Toujours rien mais j'entendis des voix à travers la porte. Maintenant j'étais là, j'allais au moins essayer de leur parler et m'excuser des ennuis que je leur avais causés.

J'ouvris la porte.

Elles se retournèrent brusquement la bouche entrouverte.

— Merde… lâcha Maëlle en regardant les autres.

Elles étaient assises au sol, comme la dernière fois. Les mains jointes, elles avaient les yeux clos.

— Les filles, commençai-je.

Alix bascula sa tête en arrière.

— Esprit malin qui hante ces murs…

— Les filles, désolée de vous interrompre, je peux vous parler deux secondes ? Après promis, je vous laisse tranquilles.

Silence.

— Les filles, s'il vous plaît, insistai-je suppliante, je veux juste que vous m'écoutiez.

En guise de réponse, Alix bascula sa tête en arrière et sur un ton sans appel, elle cria :

— Jeanne, tu n'as rien à faire ici, sors de cette pièce !

Je sentis ma gorge se nouer. Elle ne pouvait pas être plus claire.

— Je voulais juste dire que je suis désolée. Voilà.

— Laisse-nous tranquilles ! hurla Alix.

C'était injuste ! Rien de tout ça n'était ma faute ! Prise d'une rage soudaine, j'envoyai un coup de pied violent dans la planche de Ouija. Maëlle l'évita de justesse en criant. Les lumières des bougies vacillèrent. Alix était tétanisée. Je n'aurais pas dû me montrer aussi agressive. Je regrettai mon geste presque instantanément.

Je restai un moment immobile, attendant une réaction, un regard. Mais rien. Les filles ne bougèrent pas. Alix ne reprit pas la parole. Je rentrai dans ma chambre et je passai le reste de la nuit à pleurer. Perdre l'amitié d'Alix me touchait bien plus que je n'aurais pu l'imaginer.

Le lendemain, j'essayai de lui parler une nouvelle fois. Elle était à son casier. Je m'approchai.

— Alix…

Elle ferma les yeux et cacha ses oreilles de ses paumes.

— Non, non, non.

Chapitre 8

— Alix, arrête, ne fais pas l'enfant, laisse-moi te parler !

Je posai ma main sur son épaule. Elle s'en dégagea. Elle ne me laissa pas finir, laissant son casier grand ouvert et son sac à dos sur le sol, elle partit en courant en me plantant là, désespérément seule.

Je fermai la porte de son casier machinalement. Une fille qui passait dans le couloir me regarda les yeux écarquillés.

— QUOI ? hurlai-je. Je ne vole rien, je ferme la porte ! Oh et puis merde ! criai-je en tournant les talons.

J'allais rentrer dans ma chambre mais je m'arrêtai soudain. Devant ma porte, il y avait un monticule d'objets que je n'avais pas remarqués auparavant. Des cadeaux ? Non. Une sale blague sans doute…

Deux ou trois nounours, quelques roses blanches, des bougies, posées à même le sol, et des petits mots.

« Au revoir Jeanne », « En mémoire de Jeanne », « En souvenir de notre camarade ».

La cruauté des gens n'avait donc aucune limite ! C'était sordide comme blague.

Je pris à partie une fille qui passait dans le couloir.

— Tu sais qui a mis ces objets ici ? Qui a fait ça ?

Elle ne me regarda pas et resta silencieuse. Une autre sortit de la chambre derrière elle.

— Tu sais ce que c'est que ce bordel devant ma chambre ?

De nouveau aucune réaction. La fille regarda les objets épars et baissa tristement la tête. J'essayai de lui attraper l'épaule. Elle se retourna vivement et fit plusieurs fois le tour d'elle-même en se tenant le bras.

— Hé ! Regarde-moi !

Rien.

Elle ne me voyait pas.

Et tout fit sens d'un coup.

Personne ne me parlait. On semblait ne pas me voir. Je n'avais rien avalé depuis des jours. Je me sentais vide, épuisée et mélancolique… comme si…

J'étais morte.

J'étais

Morte

Tout défila devant mes yeux comme dans un film.

Le soir de la séance. Moi tombant sur le sol. Les filles apeurées.

Je mis un moment à saisir le poids de cette information. Tout s'expliquait pourtant si clairement, maintenant. La réaction de mes parents que j'avais prise pour de l'indifférence, la colère de ma mère envers la directrice, les regards d'Alix dans la direction de ma chambre, Chloé, qui n'avait pas supporté de rester au lycée sans moi, et toutes ces fois où j'avais surpris des élèves à parler de moi avec des airs de conspirateurs…

Une crise d'épilepsie.

J'étais morte à l'internat. Les filles avaient appelé à l'aide. Les secours m'avaient conduite dans ma chambre et n'avaient pas réussi à me ranimer. Et puis tout le reste, l'annonce à mes parents, le chagrin de Chloé, le deuil de mes camarades de classe…

Chapitre 8

J'étais à mon tour devenue une ombre de l'internat. Bloquée entre deux mondes. Errant dans les couloirs en attendant qu'on me regarde. Qu'aurais-je donné pour un regard…

J'étais incapable de communiquer avec l'extérieur.

Sauf avec Alix.

Certains sentaient ma présence, j'avais pu le vérifier, mais Alix était la seule à m'entendre. Et si elle m'entendait, j'avais un espoir. Il fallait qu'elle m'aide.

De gré ou de force.

ÉPILOGUE

Tous applaudissent.

Ils s'apprêtent à se lever, convaincus de retrouver leurs lits quelques minutes plus tard, le temps de se mettre en pyjama et de se brosser les dents.

Ils vont tellement me manquer.

Je sors de ma cachette. Ils sursautent. Mon visage les effraie, je le vois. Il fait toujours cet effet. Alors le plus souvent, je me contente d'observer les gens de loin. Maman m'a toujours interdit tout contact. *Les gens sont mauvais, pourris jusqu'à la moelle,* elle disait.

Mais maman n'est plus là maintenant. Alors j'ai désobéi.

J'étais là, tapi dans le noir quand Isaac et Lison ont échangé leur premier baiser tard après le couvre-feu. J'étais là encore quand Enès a trempé son lit à cause d'une mauvaise blague de Max ou quand Marion a craqué et finit par appeler ses parents une fois les autres couchés.

J'étais là, tout le temps, mais ils ne me voyaient pas.

Ce n'était pas le bon moment.

Alors j'ai attendu, observé, suivi, pendant des semaines. Leurs rires, leurs disputes, leurs joies, leurs peines… je les ai partagés. Et maintenant ils voudraient me quitter ?

Je m'assois près du feu. Marion esquisse un mouvement de recul.

— Reste tranquille Marion.

— Mais comment… commence-t-elle.

— T'occupe pas de ça ! dis-je en les regardant tour à tour avec un sourire que j'espère rassurant. Je sais que c'est votre dernière soirée ici… avec moi… (sans que je le veuille vraiment, ma voix se durcit) Je sais aussi que vous avez prévu de me laisser… alors on va profiter ! Vous êtes d'accord n'est-ce pas ?

Leurs yeux se fixent sur la casquette rouge attachée à ma ceinture. Enès la reconnaît. Je la lui rends. Il la saisit, les yeux écarquillés.

Je reprends :

— Alors, pour « fêter » votre départ, je veux jouer. Une histoire ou un gage.

Je n'attends pas leur réponse.

— Je choisis… une histoire, évidemment ! Les gages c'est pour les perdants !

Enès pose sa casquette sur le sol. Je crois qu'il va vomir.

— Mon histoire s'appelle…

— Bon, stop, ça me fait pas rire, me coupe Isaac en se levant. Je vais chercher Thomas !

Il voudrait avoir l'air fort mais sa voix tremble. Je vous l'ai dit, c'est l'effet que je produis sur les gens.

— Thomas n'est actuellement pas en mesure de te répondre, Isaac. Assieds-toi.

ÉPILOGUE

— Qu'est-ce que… vous avez… ? demande l'adolescent en murmurant presque.

— Assieds-toi ! ordonnai-je en lui prenant le bras pour le forcer à prendre place à côté de moi. L'important c'est cette soirée.

Ils sont en train de tout gâcher. Je sens la colère bouillonner en moi.

Isaac se laisse tomber par terre lourdement. Je vois sa mâchoire se serrer.

Lison commence à pleurer. Il manquait plus que ça pour que j'explose. Je rugis :

— Arrête ça ! Arrête, j'ai dit !

Inaya la prend dans ses bras et la supplie de se calmer. Elle sanglote en silence, le visage dissimulé dans son pull. Je décide de l'ignorer.

Ça y est, ils sont tous suspendus à mes lèvres, ils attendent que je commence.

Ce moment est parfait.

— À mon tour ! Mon histoire s'intitule « Promenons-nous dans les bois ». Au départ, ils étaient sept. Au petit matin, il n'en resterait aucun… Leur dernière soirée au camp promettait d'être MÉMORABLE.

Note de l'autrice

Dans les années 90, j'avais pour projet, avec ma copine de classe Pauline, d'écrire un récit terrifiant qu'on avait prévu d'intituler *La Poupée maléfique*. Nous ne sommes malheureusement pas allées beaucoup plus loin que quelques croquis sur des feuilles déchirées de cahier de brouillon.

En classe de 3e, c'est un roman entier que j'ai dédié à Buffy, la tueuse de vampire. J'ai depuis perdu la disquette de sauvegarde. Ce chef-d'œuvre restera donc du domaine de la légende.

Pendant mes études supérieures, c'est au personnage de Dracula que je me suis intéressée, lui consacrant même, pendant mes années de Master à Rennes, un mémoire de près de 300 pages !

Vous l'aurez compris : j'aime me faire peur depuis toujours. Les personnages fantastiques me fascinent.

Pour écrire *À ton tour*, je me suis donc servie, tout naturellement, de mes propres frayeurs, des monstres tapis dans les coins sombres de ma chambre et qui m'empêchaient et m'empêchent encore parfois de dormir. Voici d'ailleurs une anecdote que, j'en suis sûre, vous trouverez savoureuse : le carton contenant la poupée en porcelaine du chapitre 5 est à l'heure actuelle dans le grenier de mes parents… bien sûr, je n'ai pas vu l'horrible poupée bouger ni parler, mais elle me terrifiait tellement que je l'ai enfermée dans une boîte enroulée de scotch et que jamais depuis il ne m'est venue la folle idée de l'ouvrir pour vérifier si elle était encore là ! Merci d'ailleurs à Julien d'avoir gravé dans mon esprit l'idée monstrueuse que la poupée pourrait avoir vieilli dans sa prison de carton. J'y pense bien trop régulièrement…

Voici le moment de remercier tous ceux qui ont permis à ce projet de voir le jour.

Ce roman, je le dédie à ma fille, Lisa. Elle le découvrira dans quelques années et j'espère qu'elle l'aimera. Peut-être même lui donnera-t-il l'envie d'exploiter son imagination foisonnante et de poser à l'écrit toutes les histoires qui traversent sa tête si bien faite.

Merci à mon mari, Pierre. Jamais, sans ses encouragements, je ne me serais lancée. « Qu'est-ce que tu risques ? » m'a-t-il demandé. S'il n'avait pas provoqué cette prise de conscience, j'aurais continué à écrire pour moi mais je n'aurais pas osé proposer mes écrits en dehors de ma salle de classe. Il m'a suivie, supportée, conseillée et écoutée faire et défaire mes histoires au gré de ses recommandations.

Papa, maman, Clément, ma famille chérie, merci pour tout. Pour les heures de relecture, les conseils toujours avisés, les coups de téléphone interminables, votre patience (et parfois, il en faut beaucoup) et vos encouragements.

Marion, grâce à une formidable journée du 30 mai 2021, Molly est née à Carantec, le jour de ton anniversaire. Merci pour ton énergie, ta loyauté et tous ces fous rires dont je ne peux me passer.

Camille et Bérangère, merci pour le temps que vous avez passé à me lire et à m'écouter.

Merci à l'équipe de Gulf stream éditeur d'avoir cru en mes histoires et de m'avoir permis de réaliser mon rêve. Je n'aurais pu espérer mieux que la collection Spooky pour démarrer cette aventure. J'ai adoré voir ce projet naître et grandir. C'était une expérience incroyable. Merci à Alice Darondeau pour m'avoir si bien guidée, à Nicolas Galkowski pour sa superbe illustration que je ne me lasse pas d'admirer, à Tiphaine Rautureau, à Stéphanie Baronchelli, à Jérôme Bernez-Binder ainsi qu'à Maud Bataille.

Merci enfin à tous mes proches qui me soutiennent et m'épaulent dans mes projets. J'espère parvenir à vous surprendre encore…

Aurélie
MOULIN

Je suis passionnée de littérature depuis que je sais lire. J'en ai fait mon métier puisque je suis professeure de français depuis 15 ans. J'ai toujours aimé les histoires effrayantes, de R. L. Stine à Stephen King, en passant par Edgar Allan Poe et Anthony Horowitz. J'ai commencé à écrire petite, pour moi, puis pour mes élèves, des histoires qu'on lisait à la lampe de poche toutes lumières éteintes, en classe. L'été dernier, j'ai décidé de réaliser mon rêve et de mettre en forme toutes ces histoires d'horreur qui ne demandaient qu'à être couchées sur le papier.

Une autre dose de frisson
avec Gulf stream éditeur ?

DÉCOUVREZ LE PREMIER TITRE DE LA COLLECTION SPOOKY

Le journal du soir – Flash info

« Surréaliste, atroce, apocalyptique… Le lancement de la crème de beauté Selenium continue de faire parler de lui. L'actrice Neomi Swan, égérie de la marque, en a documenté l'horreur absolue sur Instagram. Les images montrent les invités pris de pulsions sanguinaires, menant des attaques d'une violence inouïe. On y distingue du sang et des morceaux de chair humaine jonchent le sol. Une scène digne d'un film de zombies ! Le gouvernement a placé la zone en quarantaine, exhortant même à utiliser la violence si la confrontation avec un infecté est inévitable. Impossible d'en savoir davantage ! Combien de morts ? Que deviennent les personnes barricadées dans la zone ? Les fans de l'actrice réclament déjà un rapatriement… »

Dans la collection

ÉCHOS

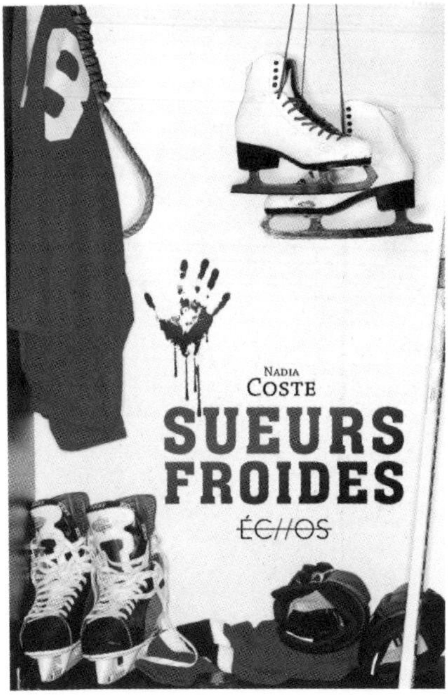

Des ricanements dans les conduits d'aération, des empreintes de mains ensanglantées, des objets qui changent de place…

Les jeunes hockeyeurs en sont persuadés : la patinoire de Greilles est hantée par le fantôme de Thomas Grimbert, mort sur la glace 30 ans plus tôt. Moins superstitieux, plus concentrés, les patineurs artistiques décrochent la place très convoitée de l'ouverture au gala du club. La rivalité coutumière entre les athlètes s'accentue : coups bas, insultes, intimidations… Et lorsqu'un lycéen est retrouvé pendu dans les vestiaires, les accusations se multiplient. Suicide ? Règlement de compte ?

Et si Thomas était de retour pour se venger ?

Polly le sait. Les policiers qui perquisitionnent sa maison recherchent la pilule qu'elle a tout juste eu le temps de dissimuler dans sa bouche. Cette pilule, c'est le fruit des recherches menées depuis des années par sa mère : le projet Lilith. Excédés par son silence, les agents l'emmènent au poste pour la questionner sans ménagements.

Mais l'interrogatoire tourne mal : Polly avale la pilule et perd connaissance. Lorsqu'elle se réveille, le chaos règne autour d'elle et elle ne se souvient de rien.

Seule certitude, la jeune fille est en danger et doit fuir car la mystérieuse substance qu'elle a absorbée attise toutes les convoitises. La traque a déjà commencé…

Reproduit et achevé d'imprimer en mai 2022
par Abedik en Pologne,
pour le compte de Gulf stream éditeur,
31, rue Alfred-Riom, 44100 Nantes

www.gulfstream.fr
Dépôt légal 1re édition : octobre 2022

DIRIGER LA CIA

MON COMBAT CONTRE LE TERRORISME

John O. Brennan

Ouvrage original publié aux États-Unis
sous le titre *Undaunted*
par Insightful Books LLC.
c/o DAVID BLACK AGENCY,
335 Adams Street, suite 2707,
Brooklyn, New York, U.S.A

Édition française publiée par
TALENT ÉDITIONS
115 rue de l'Abbé Groult, 75015 Paris

Photo de couverture :
© Alex Wong / Getty Images / AFP

ISBN : 978-2-37815-185-0

DIRIGER LA CIA

MON COMBAT CONTRE LE TERRORISME

John O. Brennan

Traduit de l'anglais (États-Unis) par Grégory Berge

Talent Éditions

Toutes les déclarations, opinions ou analyses formulées dans ce livre appartiennent à l'auteur. Elles ne reflètent en aucun cas la position officielle ou le point de vue de l'Agence centrale du renseignement (CIA) ou de toute autre agence gouvernementale américaine. Le contenu de ce livre ne doit en aucun cas être interprété comme une preuve émise par la CIA ou le gouvernement des États-Unis, authentifiant ou confirmant certaines informations ou points de vue de l'auteur. Le contenu de cet ouvrage a été relu et examiné par la CIA afin qu'aucune information classifiée ne soit divulguée.

À mes parents, Owen et Dorothy, qui m'ont appris l'importance
du travail, de l'honnêteté et de l'intégrité.

À mon épouse, Kathy, dont l'amour, la compréhension
et le soutien valent tout l'or du monde.

À mes enfants, Kyle, Kelly, et Jaclyn, qui ont donné à leur père
une existence remplie d'une joie profonde et d'une grande fierté.

Et à mes petits-enfants, Kaiden et John, à qui leur « Pop-Pop »
souhaite de passer des journées heureuses et de réaliser
tous leurs rêves.

SOMMAIRE

PRÉFACE

« Voici une autobiographie que jamais je n'aurais imaginé écrire. »

Non, ce ne sont pas mes mots. Il s'agit de la première phrase de l'autobiographie, parue à titre posthume, de Richard Helms, directeur de la CIA de 1966 à 1973 : *A Look over My Shoulder*. Si les autres anciens directeurs de la CIA ayant écrit leur autobiographie – Bill Colby, Bob Gates, George Tenet, Michael Hayden, Leon Panetta et Michael Morell – me disaient, comme Helms, « je n'aurais jamais imaginé écrire un tel ouvrage », je serais tout sauf surpris. Je figure maintenant dans leurs rangs.

Longue de trente-trois ans, ma carrière au gouvernement a été extraordinairement riche. Elle m'a permis de travailler sur une immense variété de sujets liés à la sécurité nationale, durant les administrations de six Présidents, de Jimmy Carter à Barack Obama. Petit garçon ayant grandi dans un quartier ouvrier du nord de l'État du New Jersey, jamais je n'aurais osé rêver de travailler, un jour, à la Maison-Blanche, comme conseiller principal du Président des États-Unis, ou de devenir le directeur de la CIA, l'agence de renseignement la plus prestigieuse au monde. Toutefois, le destin a voulu que j'exerce ces deux fonctions, que je sois un témoin de l'Histoire et peut-être même, que je la façonne un tantinet.

Cette autobiographie a deux objectifs principaux. Premièrement, je souhaite partager mon expérience et mes opinions sur le monde fascinant, et souvent mystérieux, de la sécurité nationale. Durant ma carrière professionnelle, j'ai été interrogé par des milliers de personnes – journalistes, historiens, chercheurs, étudiants, passionnés d'actualité, membres de ma famille, amis et voisins – qui mouraient d'envie d'en savoir plus sur les dessous d'un monde fait de secrets et d'interactions avec des Présidents, des secrétaires de cabinet, des membres du Congrès, des rois, des princes, des hauts fonctionnaires étrangers, dans le but de répondre aux plus grandes problématiques de la sécurité américaine. En partageant mon expérience personnelle, ainsi qu'une poignée d'anecdotes sur les erreurs, les joies et les déceptions qui ont marqué mon parcours, j'espère réussir à communiquer les difficultés, les responsabilités et les opportunités inhérentes à ce que je considère comme une noble profession. Et si cette autobiographie parvenait seulement à encourager quelques Américains, jeunes et talentueux, à poursuivre une carrière dans la fonction publique, je la considérerais comme un succès retentissant.

Enfin, il y a une seconde raison qui m'a poussé à écrire ce livre : mon envie de rectifier quelques faux portraits et mensonges répandus au fil des ans – parfois intentionnellement, parfois involontairement – au sujet de la CIA, du monde de la sécurité nationale et de certains hauts fonctionnaires gouvernementaux, moi notamment. Malheureusement, M. Trump et ses partisans font partie du groupe, le plus récent et prolifique, de pourvoyeurs en fausses informations et remarques méprisantes sur les membres de la communauté du renseignement et sur leur travail. Je me doute qu'il y a peu de chances pour que je réussisse à altérer les points de vue et les revendications publiques de personnes motivées par des intérêts idéologiques, politiques ou personnels, et qui n'ont que faire de la vérité. Je ressens, toutefois, l'obligation de présenter un compte rendu des faits aussi juste, précis et exact que possible. Je n'ai jamais été membre d'un parti politique et je critique les démocrates aussi souvent que les républicains. Cette autobiographie va donc probablement confirmer ma réputation bien méritée de critique centriste.

Lorsque j'ai pris la décision, à l'automne 2018, d'écrire une autobiographie, j'ai demandé l'autorisation, comme tout autre ancien directeur et directeur intérimaire ayant écrit un tel ouvrage avant moi, de consulter mes archives officielles. Plus précisément, j'ai demandé à avoir accès aux dossiers classifiés et non classifiés que j'avais « créés, examinés, signés ou reçus durant l'exercice de mes fonctions, en tant que directeur de la CIA, du 8 mars 2013 au 20 janvier 2017 ». Les détails relatifs à une telle autorisation étaient stipulés dans un décret présidentiel, et par le passé, les demandes faites par d'anciens directeurs ont toujours été promptement et systématiquement acceptées. Mais pas dans mon cas, car l'accès à ces informations classifiées m'a été refusé. Après onze mois de négociations, la CIA ne m'a fourni, en novembre 2019, que des copies majoritairement annotées de mes agendas et le sommaire de mes « carnets », qui contenaient des informations plus précises en rapport avec mon emploi du temps quotidien. J'ai aussi appris que les documents que l'on m'avait donnés ne pouvaient être utilisés que dans un cadre officiel. Autrement dit, ils pouvaient être utilisés comme référence, mais leur contenu ne pouvait pas être divulgué. Toutes les notes documentant mes voyages à l'étranger, mes appels à des représentants étrangers, ainsi que toutes les informations qui auraient été utiles ont été noircies et sont restées classifiées par la CIA. Si j'avais eu accès à mes propres archives, cette autobiographie n'aurait pas – et n'aurait pu – divulgué aucune information classifiée, car je suis contraint, comme tout ancien officier de la CIA, de soumettre le manuscrit afin que la CIA puisse l'examiner avant sa publication.

La CIA a refusé de m'octroyer le même accès aux archives de l'Agence que celui accordé à tous les autres anciens directeurs. Toutefois, cette décision n'avait rien à voir avec la révocation présumée de mes habilitations de sécurité, annoncée par la porte-parole de la Maison-Blanche, Sarah Huckabee Sanders, en août 2018. Malgré ses commentaires faits lors d'une conférence de presse, mes habilitations de sécurité n'ont jamais été révoquées, car cette décision ne s'appuie sur aucune base légale. J'ai toutefois appris, en novembre 2019, que Donald Trump avait fait distribuer une directive, en août 2018, interdisant à tous les membres de la communauté du renseignement de partager des informations classifiées avec moi. J'ai ensuite écrit une lettre à Gina Haspel, la directrice de la CIA, en janvier 2020, lui disant : « Force est de conclure que le refus de l'Agence, concernant ma demande, reflète à quel point l'administration souhaite me punir, se venger et me priver de ma liberté de parole en tant que simple citoyen – un abus de pouvoir conçu pour porter atteinte aux droits découlant du premier amendement. » Je connais Gina Haspel depuis de nombreuses années et nous avons travaillé étroitement ensemble durant mes années à la tête de la CIA. J'ai donc été très déçu qu'elle ne réponde pas à ma lettre et qu'elle ne me contacte même pas pour discuter de cette situation.

Et dire que j'espérais que mes interactions avec mes successeurs ne seraient pas perturbées par l'ambiance politique à Washington.

Ne pouvant pas accéder à mes archives personnelles, mais décidé à ne pas me laisser intimider par Trump, j'ai dû fouiller dans ma mémoire, discuter avec d'anciens collègues ayant quitté le gouvernement, et m'appuyer sur les informations accessibles au public pour procéder aux recherches nécessaires à l'écriture de ce livre. J'ai fait de mon mieux pour tenter de reconstruire les différents événements et conversations qui ont parsemé ma carrière. Toute inexactitude présente dans ce livre résulte donc, d'une part, de ma mémoire défectueuse – une réalité que j'assume pleinement –, et d'autre part, du refus notoire d'accès aux archives d'un ancien directeur, que je n'assume point.

Plusieurs milliers d'Américains ont travaillé à la CIA, depuis sa création, en 1947, et je suis privilégié d'en avoir été un des membres pendant près de trois décennies. Faire partie d'une organisation dédiée à la protection de la sécurité de mes concitoyens et à la défense des libertés qui définissent le pays que j'aime est une expérience unique.

Servir les États-Unis est un privilège qui vient avec l'obligation solennelle de faire honneur aux idéaux et aux aspirations qui ont guidé la fondation de ce pays. Les officiers de la CIA ont le devoir de « dire la vérité aux personnes qui ont le pouvoir ». J'ai passé ma vie à servir le peuple américain, et cette autobiographie est un effort visant à satisfaire l'obligation que j'ai envers lui.

1

CE VENDREDI 6 JANVIER 2017

Mon réveille-matin, situé près de mon lit, affiche 4 h 06. Comme d'habitude, c'est mon horloge biologique qui m'a réveillé, neuf minutes avant l'heure à laquelle j'avais réglé la sonnerie de mon réveil. Je suis resté immobile, pendant quelques minutes, à regarder le noir du plafond. Avec plus ou moins de facilité, mais surtout avec beaucoup de difficultés, je me suis tourné puis étiré pendant une ou deux minutes avant de basculer mes jambes sur le côté du lit. Une fois le réveil désactivé, je me suis mis à faire quelques pas, aussi doucement que maladroitement, dans la pièce obscure, espérant ne pas trébucher et ne pas réveiller mon épouse, Kathy. J'ai répété ces mêmes quelques pas tant de fois au cours des dernières décennies, j'aurais pu les faire en dormant. C'est d'ailleurs probablement ce que j'ai fait.

Mes yeux se sont ajustés à la lumière de la salle de bains et j'ai pu voir mon reflet dans le miroir. L'héritage génétique de la famille Brennan était visible sur l'ensemble de mon visage, mais ce matin, j'ai remarqué quelque chose de très différent. Je pouvais voir les yeux enfoncés de mon père, fatigués, mais perçants, me regarder droit dans les miens. « Tu peux le faire, John », semblaient-ils me dire. « Tu peux le faire. » Les larmes aux yeux, je me suis souvenu de mon père et de l'exemple qu'il m'a donné, et qui m'emplissait simultanément de fierté et de tristesse. Avoir à briefer le Président élu, Donald Trump, ce même après-midi et assister ensuite, quelques heures plus tard, en compagnie de ma famille, aux funérailles de mon père – l'antithèse morale, éthique et intellectuelle de Trump – me perturbait au plus profond de moi.

Je me suis alors aspergé le visage d'eau froide et j'ai tenté d'arranger mon apparence échevelée. J'ai regardé le miroir une dernière fois – les yeux de mon père, devrais-je dire – avec un regain d'énergie et en disant à haute voix : « T'inquiète pas, papa. Je peux le faire. »

Mon détachement du service de sécurité m'attendait à l'extérieur de mon domicile à Herndon, en Virginie, comme chaque matin durant l'exercice de mes fonctions en tant que directeur de la CIA. Je suis monté à l'arrière d'un SUV blindé, à la peinture noire, où m'attendaient une copie du briefing quotidien du Président (PDB[1]) et une liasse de rapports arrivés la nuit précédente au siège de la CIA. J'ai feuilleté le tout, rapidement, en quête d'un détail alarmant qui pourrait nécessiter une réponse immédiate. Dieu merci, ce n'était pas le cas. À la fin du trajet de huit minutes jusqu'à ma salle de sport, j'ai pris une grande respiration de soulagement, sachant que j'allais avoir le temps de faire ma séance de sport matinale. J'ai transpiré à grosses gouttes pendant cinquante minutes, durant lesquelles j'ai soulevé de la fonte, fait du vélo et du rameur, aussi vigoureusement que le permettent mes soixante et un ans. J'étais en pilotage automatique. Comme toutes les autres matinées passées dans cette salle de sport, les bienfaits cardio-vasculaires que pouvaient me procurer ces exercices quotidiens n'étaient que secondaires par rapport à la chance d'être seul avec moi-même et de me préparer mentalement au reste de la journée. Il s'agissait d'une tranche horaire très spéciale que je protégeais farouchement, chaque matin. Et ce vendredi, l'un des jours les plus inoubliables de toute ma vie, j'en avais besoin, plus que jamais.

Il faisait encore nuit, à 6 h 30, lorsque je suis arrivé au siège de la CIA, situé à une vingtaine de minutes de ma salle de sport, sans embouteillage, à Langley. Je me suis douché, rasé puis habillé dans la salle de bains privée faisant partie de la suite du directeur, au septième étage. J'adore être dans mon bureau, à la CIA, tôt le

1. *President Daily Briefing.* (NDT)

matin. Spacieux, murs boisés, grandes baies vitrées orientées vers l'est, il s'agit du même bureau qui a contribué à l'écriture d'une page de l'Histoire des États-Unis et qui a été témoin des questions de vie ou de mort abordées par tous les directeurs de la CIA, depuis l'inauguration du bâtiment en mars 1961, par le Président John F. Kennedy. Je suis le 19e directeur à avoir l'honneur d'utiliser ce bureau. Boire un café chaud en consommant des rapports d'informations classifiées, tandis que les premiers rayons du soleil se lèvent au-dessus des cimes des arbres dominant l'horizon entre Langley et Washington, est l'expérience la plus proche d'un nirvana professionnel que j'ai jamais ressentie.

Il me restait moins d'une heure pour parcourir les quelques classeurs et dossiers préparés par mon équipe, avant de les mettre dans mon attaché-case et de remonter dans le SUV, direction le Capitole, pour le premier des deux briefings prévus ce jour-là. Je ne m'étais pas beaucoup préparé, et cela même si ces briefings étaient destinés aux membres les plus influents du Congrès et au Président élu. J'ai passé les cinq derniers mois à me concentrer intensément sur les affaires d'ingérence russe dans l'élection présidentielle, et ce matin-là, je pouvais virtuellement réciter par cœur l'intégralité de l'évaluation de la communauté du renseignement (ICA[2]) intitulée « Campagne d'influence russe dans l'élection présidentielle américaine de 2016 ». Qui plus est, c'est mon éternel compagnon et bon ami, Jim Clapper, le directeur du renseignement national, qui allait mener les briefings, car l'évaluation avait été préparée alors qu'il était encore en fonction.

Jim Clapper, le directeur du FBI (Bureau fédéral d'enquête) ; Jim Comey, le directeur de l'Agence nationale de sécurité (NSA[3]) ; l'amiral Mike Rogers et moi étions déjà dans la salle de conférence du Capitole lorsque les membres du « gang des huit » sont arrivés au compte-goutte. Le gang des huit comprenait les membres les plus influents de chaque aile du Congrès – les chefs de la majorité et de la minorité du Sénat, le président et le chef de la minorité de la Chambre des représentants, ainsi que les chefs des partis démocrate et républicain du Sénat et des comités de renseignement de la Chambre des représentants. Il s'agissait d'un véritable groupe d'élite, auquel les questions de sécurité nationale les plus sensibles étaient réservées. Chaque intervenant – Mitch McConnell, Chuck

2. Intelligence Community Assessment. (NDT)

3. National Security Agency. (NDT)

Schumer, Richard Burr, et Mark Warner du Sénat, et Paul Ryan, Nancy Pelosi, Devin Nunes, et Adam Schiff de la Chambre des représentants – est venu accompagné par un représentant de son équipe, respectueusement assis derrière chacun d'eux. Des tables pliantes avaient été arrangées au milieu de la pièce, afin de former un grand carré, vide en son centre. Un côté de ce carré était réservé aux micros et aux badges portant les noms des participants issus de la communauté du renseignement. Les trois autres côtés étaient libres pour permettre aux chefs du Congrès de s'asseoir où ils le souhaitaient.

Jim Clapper a conduit le briefing de la même manière que la présentation que nous avions donnée au Président Obama et au vice-président Biden, dans le Bureau ovale, la veille. Jim s'appuyait sur un script bien détaillé, tandis que Jim Comey, Mike Rogers, et moi intervenions à certains moments clés pour ajouter des éléments en rapport avec les autorisations, les capacités et les connaissances de nos agences respectives. Tous ceux rassemblés autour de cette table étaient très familiers avec les manœuvres russes destinées à menacer l'intégrité des élections présidentielles, et cela même si la majorité des républicains, dès qu'il s'agissait de s'exprimer en public, suivait l'exemple de Trump en minimisant, ou en niant complètement, le rôle de la Russie. Ce briefing a été clair et concis. C'est le score de confiance analytique élevé que nous avons tous attribué à nos principales remarques – selon lesquelles Vladimir Poutine avait personnellement ordonné une campagne d'influence visant à booster les chances électorales de Donald Trump et à discréditer Hillary Clinton pour que son éventuelle présidence parte du plus mauvais pied – qui a semblé avoir le plus d'impact sur les participants. Mike Rogers a ajouté que l'Agence nationale de sécurité était d'accord avec toutes nos remarques, mais qu'elle n'accordait qu'un score de confiance analytique « modéré » à la conclusion disant que le but principal de l'ingérence russe était d'aider Trump à gagner les élections. Cela n'était toutefois que légèrement inférieur au niveau de confiance analytique « élevé » que nos agences avaient attribué à cette conclusion spécifique.

Une fois nos présentations terminées, Pelosi et Schumer nous ont mitraillés de questions sur les enquêtes que nous comptions maintenant mener et sur la manière dont nous allions punir les Russes. « Il ne faut plus jamais que cela se reproduise », a soutenu

Pelosi, d'un ton agressif. Warner et Schiff, eux, se sont exprimés avec autant de véhémence. Parmi les républicains présents, Ryan et Burr ont souligné, d'un ton commun, les sérieuses implications que des cyberattaques russes pourraient avoir en matière de sécurité nationale. Je n'étais pas surpris de voir McConnell et Nunes, deux partisans précoces et fervents de M. Trump, toujours silencieux malgré ce que tout le monde considérait comme une menace pour la sécurité nationale.

Dès la fin du briefing, j'ai couru jusqu'à mon SUV, stationné de l'autre côté du Capitole, pour rejoindre la base Andrews. Je me suis enfoncé dans le fauteuil en cuir doux noir, puis penché contre la vitre teintée et pare-balles, insensible au monde extérieur. Mes deux gardes du corps étaient assis devant, dans un silence stoïque. Durant toutes mes années passées à profiter d'un tel cocon de protection, je ne me suis jamais senti aussi rassuré par les sentiments d'isolement et de solitude que procure ce SUV qu'en ce matin de janvier. J'ai fermé les yeux et pensé à la mort de mon père, datant maintenant d'une semaine. Son cœur avait finalement lâché après un peu moins de 97 ans. Penser à mon père me rappelle automatiquement de fabuleux souvenirs de mon enfance dans le New Jersey. Malgré mes paupières fermées, je revois nos réunions de famille, dans notre petite cuisine, modestement aménagée, à North Bergen. Ma mère est en train de nous servir ce qui était devenu le repas officiel de notre famille de travailleurs : pommes de terre, haricots verts et pain de viande. Mon père, lui, porte un débardeur. Ses coudes sont posés sur la table et ses énormes biceps se contractent, comme s'ils battaient la mesure, pendant qu'il beurre ses tranches de pain. Ma grande sœur, Kathleen, mon petit frère, Tommy, et moi nous battons pour attirer l'attention de nos parents en racontant les meilleurs moments de nos journées.

Pour la deuxième fois de la matinée, mes yeux se remplissent de larmes. Fermer les yeux semblait aussi vouloir signifier que je voulais, à nouveau, être un adolescent insouciant, profiter de la vie à North Bergen avec ma famille, plutôt que d'être directeur de la CIA.

« Monsieur, nous sommes arrivés. »

J'ai dû m'endormir brièvement, car les mots de l'agent de sécurité principal, assis à l'avant, côté passager, m'ont fait sursauter. En ouvrant les yeux, j'ai remarqué que nous étions stationnés à côté d'un C-40, la version militaire du Boeing 737. Le C-40 était posé sur le tarmac de la base Andrews, prêt à m'embarquer, en compagnie de Jim Clapper, Mike Rogers, et de nos équipes de sécurité respectives, jusqu'à l'aéroport international de Newark. Jim Comey, lui, voyageait seul à bord d'un avion affrété par le FBI, afin de pouvoir rester plus longtemps dans la région new-yorkaise et rendre visite aux agents, analystes, et officiers du Bureau qui travaillaient à « Big Apple ». Durant ma carrière, j'ai dû voyager plusieurs centaines de fois à bord d'un avion de l'armée américaine, et chaque fois, je pouvais ressentir l'incroyable force et influence de la plus grande puissance que le monde ait jamais connue. Toutefois, en ce matin ensoleillé et vivifiant, cet avion aux lignes bleues et blanches scintillantes était à la fois majestueux et solennel. Ses puissants moteurs vrombissaient peut-être déjà, mais je ne les ai pas entendus. Mon attention était dirigée vers le bas des escaliers mobiles tapissés où se trouvait un aviateur au garde-à-vous, à la posture aussi parfaite que l'impeccable uniforme bleu qu'il portait. La porte de la cabine, située six mètres au-dessus, était ouverte et prête à m'accueillir pour mon dernier vol en tant que représentant du gouvernement.

« Bienvenue à bord, directeur Brennan. »

Le professionnalisme, le sens du devoir et la fierté visibles sur le visage de ce jeune homme m'ont sauté aux yeux. Malgré les profondes inquiétudes que le manque d'expérience de Trump, en matière de sécurité nationale, m'inspirait ce matin, l'allure d'un seul militaire, au moins deux fois plus jeune que moi, avait suffi à me redonner confiance dans le courage et la résilience de mon pays.

« Merci. Merci beaucoup. »

Emporté par les ailes de mon patriotisme, j'ai voulu conquérir les marches d'escalier avant de finalement opter pour une marche instable et sage – pour ne pas dire lente – afin de préserver mes deux prothèses de hanche et ma prothèse de genou. Je suis arrivé en haut sans trébucher, ce que je considérais comme un immense succès.

Jim Clapper était déjà à bord au moment où j'ai passé la tête à l'intérieur. Mike Rogers, lui, nous a rejoints quelques minutes plus tard. Je me suis assis à côté de lui et nous avons discuté du briefing que nous venions de donner au gang des huit. Clapper et moi avons pris un malin plaisir à dire à Mike que c'est lui et Jim Comey qui allaient devoir, après le jour d'investiture, animer la suite du combat contre les politiciens américains et russes, étant donné que nous étions sur le point de quitter le gouvernement. Nous avons ajouté, avec un clin d'œil, que nous ne savions pas vraiment quel combat allait être le plus difficile. Jim Clapper et moi étions déjà allés au bout d'un mandat de fonctionnaire du gouvernement – Jim l'avait fait plusieurs fois, et moi, une fois – et nous avions hâte de rattraper le temps perdu et de pouvoir enfin lire, dormir, assister à des événements culturels et surtout, passer du temps en famille, ce que nous avions mis de côté durant les huit dernières années. Néanmoins, nous savions déjà que nous allions regretter de ne plus contribuer à la sécurité nationale et de ne plus être au premier rang pour admirer la camaraderie et les sacrifices qui caractérisent les femmes et les hommes de la communauté du renseignement. Pendant l'essentiel du vol, je suis resté silencieux à regarder, par mon hublot, le paysage de mon État natal. Alors que nous approchions de Newark, j'ai tenté de reconnaître les monuments les plus emblématiques du New Jersey, ceux qui avaient été témoins de nombreux exploits accomplis durant ma jeunesse. Une fois au sol, nous avons attendu l'avion de Jim Comey afin de pouvoir emprunter le même cortège, escorté par les sirènes et les gyrophares de la police, dans le tunnel Lincoln, sous le fleuve Hudson, jusqu'à notre réunion dans le centre de Manhattan.

Notre cortège, composé par les SUV de nos détachements du service de sécurité et par la NYPD, se dirigeait vers la Trump Tower, grâce à une synchronisation quasi parfaite des différents feux de circulation, au grand désespoir des automobilistes, des chauffeurs de taxi et même des piétons qui étaient obligés de s'arrêter. Sortant rapidement de nos véhicules, nous avons marché jusqu'aux ascenseurs de l'entrée de service de la Trump Tower, chacun accompagné par nos agents de sécurité respectifs, équipés d'oreillettes, d'armes et du plus grand sérieux. Nous nous sommes entassés dans plusieurs de ces ascenseurs et avons monté jusqu'à un étage intermédiaire, où nous avons rejoint un autre groupe d'ascenseurs afin de pouvoir atteindre l'étage où était censé se tenir le briefing. Les deux Jim, Mike et moi avons été escortés par nos agents de sécurité dans une salle de conférence sans fenêtres, avec une grande table rectangulaire entourée de dix chaises.

L'attaché-case contenant les notes dont j'avais besoin pour ce briefing n'était pas le seul accessoire que j'avais emporté avec moi, à la Trump Tower, ce jour-là. J'étais également en possession d'un catalogue mental d'impressions défavorables accumulées au fil des années au sujet de M. Trump. Ayant grandi dans le nord du New Jersey puis étudié à l'université de Fordham, dans le Bronx, je suis depuis longtemps familier avec les frasques de celui qui est né à New York, M. Trump. Au fil des ans, j'ai entendu et lu de nombreux articles sur la capacité de Trump à intimider, à mentir, à poursuivre quiconque en justice et à profiter des lois sur la faillite – sans parler du non-paiement systématique de contractants – pour développer ses activités commerciales éponymes et atteindre un certain niveau de richesse financière. Réputé comme quelqu'un agissant de manière décontractée, réagissant du tac au tac, et ne s'appuyant sur aucun principe, il est devenu un exemple en matière de vantardise et d'égocentrisme, toujours avide de publicité, même aux yeux généreux des New-Yorkais.

Mon opinion désenchantée de Trump a été renforcée par sa performance à l'approche de l'élection de novembre, et par la manière dont il a dénigré la communauté du renseignement après sa victoire. Alors que j'avais pu voir de nombreux politiciens, au fil des années, faire des promesses de campagne superficielles et des déclarations spécieuses au sujet de leurs accomplissements et des échecs de leurs adversaires et des administrations précédentes, personne n'est arrivé à la cheville de Trump en matière de malhonnêteté, de glorification de soi et de rhétorique démagogique. Lorsque Trump a officiellement annoncé, le 16 juin 2015, depuis la Trump Tower, qu'il se présentait comme candidat à la présidence des États-Unis, je considérais cela comme un autre de ses stratagèmes en relations publiques visant à embellir son profil et sa marque, afin de recevoir des avantages financiers par la suite. Mais lorsqu'il a commencé à écraser ses adversaires républicains au moment des primaires, comme s'il appliquait la politique de la terre brûlée, il était indéniable qu'il possédait un charisme qui lui permettrait de recycler son huile de serpent à venin politique en un élixir capable de faire rêver les États-Unis.

Tout comme la majorité des Américains, Donald Trump y compris, j'ai été choqué par sa victoire auprès du collège électoral. Je n'arrivais pas à comprendre comment tant d'électeurs voyaient en lui quelqu'un de qualifié – intellectuellement, moralement, émotionnellement, empiriquement ou sur le plan de l'éthique – pour être Président des États-Unis. J'avais gravement sous-estimé le charme qu'il suscitait auprès d'une grande partie de l'électorat américain, qui était clairement fatiguée par les politiques habituelles émanant de Washington. Toutefois, les électeurs américains étaient-ils assez naïfs pour croire que Donald Trump pourrait assumer le rôle de Président des États-Unis d'Amérique – le poste de l'homme le plus puissant au monde ? Le nombre de personnes détestant Hillary Clinton était-il supérieur à ce que nous imaginions tous, moi le premier, de telle sorte que la victoire de Trump était en fait un vote protestataire ? Ou est-ce l'ingérence russe repérée par la communauté du renseignement qui a fait pencher la balance, dans certains États clés, en faveur de Trump ? Ces questions me hantaient ce jour-là, alors que je me préparais à rencontrer Donald J. Trump. Et elles me hantent toujours aujourd'hui.

Nous étions assis autour de la table de conférence depuis une dizaine de minutes lorsque la porte s'est ouverte et que Trump et son équipe sont entrés. Trump menait la marche, suivi de près par le vice-président élu, Mike Pence, et celui désigné comme conseiller à la sécurité nationale, Mike Flynn. Le groupe était également constitué de Mike Pompeo, futur directeur de la CIA ; Reince Priebus, désigné comme chef de cabinet ; K. T. McFarland, désigné comme conseiller adjoint à la sécurité nationale ; et Tom Bossert, désigné comme conseiller à la sécurité intérieure. Le porte-parole de la presse, Sean Spicer, nous a rejoints en milieu de réunion. Un officier supérieur de la communauté du renseignement dont je tairai le nom était également présent. Il s'agissait d'un membre de la communauté du renseignement, chargé de donner à Trump – quand celui-ci le voulait bien – le rapport quotidien du renseignement.

C'est la première fois que je voyais Trump en personne. Il était plus grand que ce que j'imaginais, à la fois en taille et en largeur, même après avoir retiré son manteau noir. Il a ensuite fait le tour de la table, prenant le temps de serrer la main de chacun, et de bien nous regarder dans les yeux. Il a commencé en nous remerciant d'être venus jusqu'à New York puis en ajoutant qu'il avait hâte d'écouter ce que nous avions à lui dire. Il s'est assis en bout de table, où il a posé ses mains l'une sur l'autre, avant de nous demander de commencer. Le vice-président élu, Mike Pence, était assis de l'autre côté de la table, entouré de Flynn et Priebus, tandis que le reste de l'équipe de Trump était assis à sa droite, le long du mur.

Jim Clapper s'est alors emparé du même script qu'il avait utilisé au Capitole, quelques heures plus tôt, et a commencé sa présentation. Le briefing a duré environ 75 minutes, durant lesquelles j'ai observé Trump avec toute mon attention. Il a semblé concentré et intéressé durant toute la réunion, n'ajustant sa posture qu'à quelques reprises. Il n'a pris aucune note. Le briefing a été interrompu plusieurs fois par les membres de l'équipe de Trump présents dans la salle, essentiellement pour nous demander de clarifier ou de répéter un détail. Ce sont Pence, Flynn, Priebus et Bossert qui se sont montrés les plus curieux, posant des questions sur la nature et l'impact de l'ingérence russe. À plusieurs moments prédéterminés de la réunion, Jim Clapper s'est tourné vers Jim Comey, Mike Rogers, et moi-même pour nous permettre d'en dire plus sur les agissements précis de nos agences respectives. J'avais préalablement décidé de partager l'intégralité des informations détenues par la CIA et des analyses sur l'ingérence électorale russe, mais sans pour autant dévoiler nos sources. Les informations et les méthodes, on ne peut plus sensibles, associées au contre-espionnage et à la Russie font partie des biens les plus précieux de notre nation. Mais en ce jour, je doutais que les personnes présentes dans la salle comprennent pleinement la valeur des procédures de classification et des différents outils de vérification – sans parler de la discipline ou de l'intégrité – nécessaires pour éviter toute révélation, volontaire ou pas, aux conséquences dévastatrices. Par ailleurs, j'imaginais mal Trump protéger les secrets les plus fondamentaux de notre pays, étant donné l'éloge public fait au sujet de WikiLeaks, sa politesse excessive à l'encontre de Vladimir Poutine, et le mépris exprimé envers la communauté du renseignement américain.

La vigilance de Trump n'a pas diminué de toute la réunion. Toutefois, son comportement et ses questions ont clairement révélé qu'il ne voulait pas en savoir plus sur les manœuvres de la Russie ni en exiger des comptes. À la place, il semblait plus motivé à l'idée de remettre en cause la qualité des renseignements et des analyses à l'origine des conclusions de la CIA, du FBI, de la NSA, et du Bureau du directeur du renseignement national, selon lesquelles la Russie avait interféré dans nos élections et que le but de cette manœuvre était d'augmenter ses chances de victoire. Il était également clair, d'après moi – et les milliers de briefings que j'ai tenus durant les trois dernières décennies –, que son objectif principal était tout autre : connaître les informations en notre possession et savoir d'où nous les tenions. Ce constat m'a profondément perturbé, car je me demandais ce qu'il pourrait bien faire de ces informations si jamais nous les lui donnions. Les services de renseignement étrangers adoptent plus ou moins la même attitude lorsque nous, la communauté du renseignement américain, leur présentons les actes répréhensibles de leurs propres gouvernements. Ils partent alors en quête d'un semblant de faille dans nos renseignements et nos analyses, ainsi que d'indices qu'ils pourraient exploiter afin de découvrir et d'éliminer l'origine humaine ou technique fournissant des informations aussi sensibles et accablantes.

Durant ce briefing, Trump a fait part de ses propres théories sur cette affaire d'ingérence électorale et de son scepticisme quant à l'implication des Russes. Il était déjà en train de formuler ce qui allait devenir une stratégie offensive bien huilée pour discréditer toute suggestion osant sous-entendre que sa victoire avait été frauduleuse ou influencée par l'ingérence russe. « Et pourquoi pas la Chine ? » a-t-il lancé, plusieurs fois, durant le briefing, espérant nous détourner de notre évaluation unanime selon laquelle les responsables étaient russes. Chacun notre tour, nous avons essayé de répondre à ses interruptions, car il n'y avait, pour nous, pas l'ombre d'un doute. Nous avions bien été témoins d'un effort intense, global et déterminé de la part des Russes visant à interférer avec nos élections.

Alors que la conclusion du briefing approchait, Trump m'a regardé en faisant, sans que personne ne lui ait rien demandé, un commentaire méprisant au sujet des sources humaines. « N'importe qui est prêt à dire n'importe quoi si vous le payez suffisamment bien. Je le sais et vous aussi », a-t-il dit. À ce moment-là, mes pensées se sont dirigées vers les nombreux étrangers qui ont travaillé pour la CIA, durant toute son histoire, et qui ont courageusement risqué – et même donné – leurs vies parce qu'ils croyaient en notre pays et ce qu'il représente. Je me suis également rappelé à quel point les différents Présidents que j'ai briefés durant ma carrière reconnaissaient et appréciaient la valeur des sources humaines de la CIA, même si les renseignements qu'elles fournissaient n'étaient pas toujours parfaits. J'ai alors fixé Trump du regard, en secouant la tête pour exprimer mon désaccord et mon dégoût, tout en me mordant la langue presque suffisamment pour qu'elle saigne. Je savais, ce jour-là, qu'il me voyait, non comme John Brennan, l'homme, mais comme le directeur de la CIA, et je ne voulais pas endommager de manière irrémédiable la relation entre la CIA et le nouveau Président, avant même son arrivée à Maison-Blanche. C'est l'une des rares fois, durant ma carrière professionnelle, où j'ai réussi à contrôler mon tempérament impulsif d'Irlandais, face à un homme politique. Dommage. J'aurais aimé ne pas y arriver.

Durant la séance préparatoire que Jim Clapper avait convoquée la veille, nous avions convenu que Jim Comey profiterait de la fin du briefing pour parler seul à seul avec Trump du, désormais, tristement célèbre dossier Steele ; un rapport contenant des allégations de fautes professionnelles et de complots entre la campagne présidentielle de Trump et le gouvernement russe. Bien que ce dossier soit rapidement en train de devenir le secret le moins bien gardé de tout Washington, Jim Comey pensait qu'il était important que Trump se rende compte de la circulation de ces informations parmi les médias et au sein d'autres cercles politiques, à Washington et au-delà. Nous étions sûrs que Trump et son équipe avaient déjà une copie du dossier entre les mains, ou qu'ils étaient, au minimum, conscients de l'indécence de son contenu non vérifié. Toutefois, nous avons convenu avec Comey qu'il était plus sage de s'en assurer en abordant directement le sujet avec le Président élu. Comey a commencé par dire à Trump qu'il avait des informations à partager avec lui, en privé, mais qu'il pouvait, s'il le souhaitait, être accompagné par une personne de son équipe. Trump a choisi de ne laisser personne d'autre participer. Étant donné la nature des allégations, une conversation face à face était clairement plus adaptée.

À peine sorti de la salle de conférence, je me suis immédiatement dirigé vers les ascenseurs pour descendre la Trump Tower, accompagné par mon détachement du service de sécurité. Oui, le briefing avait été calme et le Président élu s'était relativement bien comporté. Je suis cependant devenu encore plus convaincu que mon évaluation, basée sur plusieurs années, de Trump et de son narcissisme, de son manque de principes, et de son inaptitude à occuper le poste le plus important des États-Unis, était bel et bien exacte. Il n'a manifesté aucune curiosité intellectuelle envers les agissements de la Russie et l'impact de ces derniers sur les élections, ce qui suggérait que la vérité ne l'intéressait pas, tout comme d'éventuelles mesures de prévention. Je suis parti avec un goût amer dans la bouche, une impression sinistre qui m'a fait me dire que notre pays s'apprêtait à entamer une phase très douloureuse et dangereuse de son histoire.

J'ai été profondément soulagé de quitter la Trump Tower et d'en avoir fini avec les briefings de la journée. Je n'avais qu'une envie, rejoindre le New Jersey, être avec ma famille, pouvoir exprimer mon chagrin et consoler ma mère. À ma sortie du bâtiment, j'ai trouvé le coucher de soleil new-yorkais plus merveilleux que jamais. Je suis monté à l'arrière du SUV, claquant sa lourde portière, avant, une fois de plus, de me laisser fondre dans le cuir de son fauteuil. Les membres de mon équipe de sécurité étaient à l'avant, silencieux. Je suis du genre, généralement, à entamer la conversation et à badiner durant ce genre de trajets, mais pas aujourd'hui. Je n'arrivais pas à trouver l'énergie – ou une raison – de parler. Il m'arrivait de les entendre, très faiblement, murmurer quelque chose dans le microphone attaché à la manchette de leur chemise, pour communiquer avec leurs collègues, aux commandes des autres véhicules. Au cours des dernières semaines, plusieurs de ces agents étaient là pour m'accompagner durant mes trajets de plus en plus fréquents entre la Virginie et le New Jersey, afin d'être présent pour les dernières heures de mon père. Alors que ma sœur, Kathleen, mon frère, Tommy, et moi étions de garde, 24 heures sur 24, durant les derniers jours de notre père, mon détachement du service de sécurité restait dans le SUV, à l'extérieur de Mountainside, dans le New Jersey, une maison de retraite médicalisée que mes parents appelaient « chez nous ». Je retournais régulièrement jusqu'au SUV pour participer à des visioconférences sécurisées avec Clapper, Comey, et Rogers pour discuter de l'évaluation de l'ingérence électorale russe et pour lire des rapports classifiés qui continuaient d'arriver. Depuis mon premier jour comme directeur, il y a presque quatre ans, mon détachement du service de sécurité était devenu comme une seconde famille. Il était donc logique qu'il soit là pour me voir faire mes adieux à mon père.

Quelques minutes après notre arrivée au salon funéraire *Higgins and Bonner Echo Lake* de Westfield, dans le New Jersey, Kathy et nos enfants, Kyle, Kelly, et Jaclyn sont arrivés sur le parking, après quatre heures de route depuis Herndon. Petit à petit, d'autres membres de la famille, des amis, et d'anciens voisins se sont retrouvés au salon funéraire pour dire au revoir à Owen Brennan et pour dire et rappeler à ses enfants et petits-enfants à quel point ils ont été chanceux d'avoir un homme si honnête et bienveillant comme père, grand-père et exemple. Ce soir-là, Kathleen, Tommy, et moi, accompagnés de nos familles, sommes allés voir ma mère, Dottie, qui, du haut de ses quatre-vingt-seize ans, était trop faible pour s'aventurer jusqu'au salon funéraire et passer un dernier instant avec son partenaire de toujours. « Comment va papa ? » nous a-t-elle demandé, alors que nous nous rassemblions autour d'elle.

« Il va bien, maman, avons-nous dit. Il est avec Dieu maintenant. » Elle a ensuite fait une prière, les yeux en larmes.

Le sol était déjà recouvert d'un manteau de neige en ce samedi matin, lorsque nous nous sommes retrouvés au salon funéraire pour célébrer, une dernière fois, la vie de mon père. Les prévisions météorologiques annonçaient l'arrivée d'une tempête de neige sur le nord-est, plus tard dans la journée. Certains membres de la famille étaient donc déjà en route, direction la Nouvelle-Angleterre, pour éviter d'être coincés par la neige. Tandis que Kathleen, Tommy, et moi étions en train de saluer chacune des personnes présentes au salon funéraire, j'ai été surpris de voir deux visages familiers arriver à quelques minutes d'intervalle. Jim Clapper et Denis McDonough – chef de cabinet du Président Obama –, deux de mes plus proches collègues et amis au sein de l'administration Obama. Sans que moi ou que l'un d'eux le sache, chacun avait fait le trajet séparément, en partant ce matin de chez eux, à l'extérieur de Washington, pour rendre hommage à mon père. Au fil de nos années de collaboration ensemble, Jim, Denis, et moi avons souvent partagé des histoires sur nos familles, et j'ai toujours pris un malin plaisir à dire que je venais du New Jersey et que mes parents étaient simplement fabuleux. Alors que l'état de santé de mon père s'était progressivement détérioré au cours du mois de décembre, Jim et Denis m'ont souvent demandé de ses nouvelles, jusqu'à son départ où ils ont exprimé leurs plus sincères condoléances.

Les quelques flocons de neige qui tombaient et le joueur de cornemuse irlandais à l'élégance rare étaient dignes d'une carte postale. C'est dans ce cadre que le cercueil de mon père, entouré par ses six petits-enfants, a été respectueusement mené à l'intérieur de l'église catholique de Notre-Dame-de-Lourdes à Mountainside. Le prêtre est soudainement devenu nerveux en réalisant que le directeur du renseignement national, le chef de cabinet du Président des États-Unis et le directeur de la CIA se trouvaient dans la salle. « Owen, a-t-il dit durant l'homélie de la messe, était un homme aux débuts humbles, venu d'Irlande jusqu'en Amérique, où il trouva le bonheur et l'amour des siens et vécut une belle vie. » C'est ainsi que la vie de mon père a été résumée. S'il l'avait entendu, je suis sûr qu'il en aurait été fier.

La chute des flocons de neige s'est intensifiée alors que le cortège funèbre empruntait la Route 22 pour conduire mon père jusqu'à son dernier lieu de repos, le cimetière Holy Name à Jersey City. Après notre arrivée, notre famille s'est réunie une dernière fois autour du cercueil. J'avais beau être entouré par ma famille et beaucoup d'amis, je me suis senti seul pour la première fois de ma vie. C'est à ce moment-là que le poids de la réalité s'est abattu sur moi. Plus jamais je ne pourrais parler à mon père et me laisser rassurer par sa sagesse innée. Je ne pourrais plus lui poser de questions. Je ne pourrais plus lui demander : « Comment réparer une fuite d'eau dans la salle de bains ? » ni « Quel est le but de la vie ? » Et je ne pourrais plus entendre son accent irlandais à couper au couteau lorsqu'il me récitait des poèmes appris durant sa jeunesse, comme il l'a fait, la veille de sa mort, avec le poème irlandais du XIXe siècle, « *The Croppy Boy* ».

La mort de mon père et le handicap de ma mère m'ont aidé à me rendre, plus que jamais, conscient de ma propre mortalité. J'ai alors incliné la tête et promis de ne jamais oublier les leçons de bonté, d'intégrité et d'honnêteté que mes parents m'ont apprises. Être leur fils aura été le plus grand des honneurs.

2

CE PETIT GARÇON DU NEW JERSEY

Le comté de Hudson, dans l'État du New Jersey, était un endroit idéal pour grandir. Du moins, il l'a été pour moi. J'étais le plus fier des résidents du comté de Hudson, depuis ma naissance, en 1955, jusqu'à mon mariage avec Kathy, en 1978, après lequel nous avons rejoint Austin, dans le Texas, pour y commencer une nouvelle vie, ensemble. Situé à l'ouest du fleuve Hudson et de la ville de New York, le comté de Hudson a longtemps été un des comtés les plus densément peuplés des États-Unis. Avec une population oscillant, au cours du dernier siècle, entre 500 000 et 750 000 habitants, la superficie relativement réduite du comté de Hudson n'a jamais semblé inhiber les ambitions ou freiner les egos de ceux qui se cassaient les dents, parfois littéralement, sur les terrains de jeu urbains, les rues constamment en travaux, et les trottoirs jonchés d'érables, d'ormes et de chênes. J'ai toujours considéré l'hétérogénéité ethnique du comté de Hudson comme l'une de ses plus grandes caractéristiques et l'un de ses plus grands points forts. Au cours des deux derniers siècles, le comté a bénéficié de nombreuses vagues successives d'immigration ; tout d'abord venant d'Allemagne, d'Irlande et d'Italie, puis de Cuba et d'Amérique centrale, et plus récemment du Moyen-Orient, puis du sud et de l'est de l'Asie.

C'est au Christ Hospital, à Jersey City, que j'ai vu le jour, en début de matinée, le 22 septembre 1955, avec un poids très honorable de trois kilos et sept cents grammes. Ma mère a toujours été émerveillée par sa capacité, du haut de son mètre cinquante-cinq et de ses quarante-huit kilos, à donner naissance à un beau gros bébé comme moi. À l'époque, mes parents vivaient dans un petit appartement avec une chambre, situé au troisième étage d'un bâtiment de West New York, qui, malgré son nom glamour, n'est qu'une petite municipalité du nord-est du New Jersey. Ma sœur, Kathleen, avait déjà presque deux ans au moment de ma naissance. Mon arrivée a donc sérieusement changé l'organisation de l'espace au sein de notre modeste demeure. Lorsque mon frère, Thomas, a rejoint le clan, début 1959, nous avons déménagé dans un appartement avec deux chambres, situé huit pâtés de maisons plus loin. Tommy dormait dans son berceau, dans la chambre de mes parents, tandis que Kathleen et moi partagions deux lits superposés. C'est moi qui avais le lit du haut.

Bien que mes racines soient ancrées dans la jungle urbaine du comté de Hudson, je suis originaire à 100 % de la campagne irlandaise. J'ai toujours été incroyablement fier de faire partie de la première génération d'Irlando-Américains, et cette fierté était renforcée, durant quasiment chaque week-end de ma jeunesse, par les histoires de ma famille sur « la vieille patrie » qui constituaient le point de départ de toutes les conversations de nos réunions avec nos tantes, nos oncles, nos cousins, et nos amis immigrants irlandais. Les récits de la vie en Irlande ainsi que les expériences et les pitreries de mes ancêtres, à leur arrivée en Amérique, sont devenus presque mythiques à mes yeux. Je demandais toujours à mes parents de me parler de leur enfance.

La vie de mon père, plus particulièrement, est devenue fascinante pour moi. Owen est né dans une petite ferme avec quatre chambres, à quelques pas du fleuve Shannon, à Clooneskert, dans le comté de Roscommon, en Irlande. Ses parents, Owen Brennan, alias « Odie », et Ann Kelly, ont eu dix enfants : sept garçons et trois filles. Mon père était leur septième enfant et cinquième garçon. La ferme familiale comprenait plusieurs douzaines d'hectares de terrain parsemés de pierres, qui, la plupart du temps, produisaient suffisamment de pommes de terre et d'autres légumes pour nourrir la famille, et pour réaliser quelques ventes ou échanges aux marchés du coin, à Roscommon et Athlone. En plus de la douzaine de Brennan entassée dans cette chaumière, les alentours étaient habités par quelques vaches, cochons, moutons et poules, ainsi qu'un cheval ou deux.

Mon grand-père, Odie, était considéré comme le meilleur laboureur de tout Roscommon. Il pouvait mesurer un terrain, en réaliser le levé, et connaître ses dimensions exactes, à quelques centimètres près, simplement, d'après mon père, « en comptant son nombre de pas ». Odie était également connu pour son franc-parler, notamment lorsqu'il s'agissait de commenter les échecs apparents de certains de ses voisins, et qu'il lançait ironiquement, à l'extérieur de l'église de sa paroisse : « Bon sang, si j'avais été Jésus, jamais je ne me serais sacrifié pour ces bons à rien. » Il était encore moins aimable avec les Anglais, ayant vécu durant l'occupation et combattu pour la liberté de son pays. Messager pour l'Armée républicaine irlandaise (IRA) avant l'indépendance de l'Irlande, il a été arrêté, une fois, par un groupe de soldats britanniques, au niveau d'un point de contrôle situé le long d'une des nombreuses routes sinueuses et bordées de haies de Roscommon. Les soldats ont pris un instant pour admirer le magnifique cheval qu'il montait, et distraits par Odie et son talent – « de cavalier ou de comédien, personne ne le saura jamais », comme disait mon père –, ils n'ont jamais trouvé les cartes et les documents confidentiels de l'IRA, cachés sous sa selle. Comme quoi l'espionnage est une activité que les membres de la famille Brennan avaient déjà dans le sang, bien avant ma naissance.

Tout comme ses grands frères et sœurs, mon père, Owen, a quitté la ferme familiale de Clooneskert, une fois sa scolarité terminée afin de trouver du travail. Âgé d'à peine seize ans, il a réussi à se faire engager comme apprenti forgeron et maréchal-ferrant, dans plusieurs forges de Roscommon. Mais la fin des années 1930 était une période difficile durant laquelle les emplois stables étaient rares en Irlande de l'Ouest, Owen est parti en Irlande du Nord à la recherche d'emplois créés par la Deuxième Guerre mondiale, afin de soutenir les efforts du Royaume-Uni. Il a finalement trouvé un job dans la plus grande forge de Castledergh, dans le comté de Tyrone. Deux ans plus tard, en République d'Irlande, il a obtenu un emploi très convoité comme maître maréchal-ferrant au domaine de Mount Juliet, dans le comté de Kilkenny, où il vivait au-dessus des étables des chevaux.

Owen voulait depuis longtemps émigrer aux États-Unis et rejoindre son grand frère et sa grande sœur, Pat et Sarah, partis d'Irlande quelques années auparavant. Malheureusement, la forte réduction du nombre de visas disponibles durant la Deuxième Guerre mondiale a retardé la poursuite de son rêve. Fin 1947, toutefois, Owen et ses petits frères, Dan et Hugh, ont reçu un courrier disant que leurs demandes de visa étaient passées au travers des méandres de la bureaucratie et qu'elles avaient été acceptées. Dès qu'il a pu, Owen a acheté un billet pour traverser l'Atlantique en bateau, et après avoir rassemblé le peu d'affaires qu'il possédait, il est monté sur son vélo, direction Roscommon, pour dire au revoir à ses parents. C'est la dernière fois qu'il voyait Odie.

Owen était à bord du *Marine Jumper*, un bateau initialement prévu pour le transport des troupes de la Deuxième Guerre mondiale, converti depuis en navire commercial transatlantique à prix réduit, et chargé d'offrir une nouvelle vie aux émigrants européens, y compris les réfugiés juifs, en les conduisant jusqu'en Amérique. Le *Marine Jumper* a pris la mer en mai 1948, depuis le port maritime de Cobh, anciennement connu sous le nom de Queenstown, dans le comté de Cork, en Irlande du Sud-Est. Comme par hasard, il s'agissait également de la dernière escale, en 1912, du tristement célèbre RMS *Titanic*.

Malgré la tragédie de son histoire maritime, le port de Cobh n'inspirait pas le moindre doute à Owen. Il est toutefois devenu de plus en plus méfiant et nauséeux lorsque le *Marine Jumper* a affronté ses premières tempêtes. Plusieurs jours de tangage au large de la côte ouest de l'Irlande ont réussi à donner à la majorité des passagers, y compris Owen, un mal de mer d'enfer, au sein des quartiers exigus et de plus en plus malodorants. « La maladie la plus horrible que tu puisses imaginer », disait Owen, en devenant verdâtre, chaque fois que le sujet revenait, même des années plus tard.

Les deux derniers jours de voyage océanique ont été embellis par des eaux plus calmes, un soleil plus étincelant et des colonies d'espadons plus grandioses que jamais, qui semblaient guider Owen et ses amis émigrés, en ce 13 juin, jusqu'au port de New York. Son plus grand frère, Pat, arrivé aux États-Unis deux décennies auparavant, et son plus jeune frère, Hugh, lui arrivé récemment, étaient là pour voir le *Marine Jumper* poser l'ancre. Sans perdre une seconde, ils ont conduit Owen à un événement obligatoire : la fête « Bienvenue en Amérique », organisée par leur petite sœur, Sarah, dans son appartement au coin de l'avenue

St Nicholas et de la 191e, dans le quartier de Washington Heights, à Manhattan. Ce même après-midi, Babe Ruth jouait son dernier match au Yankee Stadium, à quelques kilomètres de là.

Owen a rencontré sa future femme, Dottie, lors d'un bal irlandais à New York, un samedi soir de l'été 1950. Dottie a vu le jour et a grandi à Hoboken, une ville de trois kilomètres carrés, dans le comté de Hudson, qui forme la côte du fleuve Hudson, exactement en face de Midtown, le quartier d'affaires de Manhattan. Elle était secrétaire pour les compagnies maritimes Moore-McCormack, dont le siège social se trouvait près de Battery Park dans le sud de Manhattan. À la dernière minute, une de ses amies a refusé de l'accompagner au bal. Mais Dottie a quand même décidé d'y aller… seule, une décision surprenante pour une jeune femme célibataire, à cette époque (« Mais qu'est-ce qui m'a pris ce jour-là ? » se rappelle-t-elle, quatre-vingt-dix ans passés, en éclatant de rire. « Étais-je une femme si facile que ça ? »). Pour Dieu sait quelle raison, elle a choisi ce soir-là de partir en expédition, seule, de Hoboken à Manhattan. Ma sœur, mon frère et moi lui en serons toujours reconnaissants, car c'est là qu'elle a rencontré cet Irlandais aux bras musclés, aux déhanchements élégants, à l'accent chantant et aux yeux marron les plus beaux qu'elle ait jamais vus.

Dottie aussi avait sa propre histoire irlandaise. Son nom de naissance était Dorothy Helen Dunn. Elle était la fille unique de deux résidents de Jersey City, Thomas John Dunn et Mary Agnes Hingston ainsi que la petite-fille d'émigrés irlandais. Tom avait tout juste dix-huit ans lorsque ses parents sont morts de la grippe, à deux mois d'intervalle, durant l'hiver 1906. Il a donc commencé à prendre n'importe quel boulot disponible afin de prendre soin de ses trois petits frères et de sa sœur. À trente ans, lorsque ses frères et sa sœur sont devenus assez grands pour s'occuper d'eux, il a rejoint l'armée. Il a fait ses classes à Fort Dix, dans le New Jersey, puis a été promu comme caporal avant d'être envoyé en France, au début 1918. À ma connaissance, il n'a pas eu à se battre.

Une fois réformé de l'armée, Tom est revenu de France. C'est là qu'il a commencé à travailler comme docker, avec ses frères, sur les fameux quais de Hoboken. Véritable havre de corruption et d'escroquerie durant la période de prohibition des années 1920, les docks représentaient, pour les frères Dunn, une chance unique de se remplir les poches avec des gains mal acquis. Le plus jeune,

Frankie, est devenu le plus riche et le plus renommé, à tel point que les journaux le surnommaient « le baron de la bière ». Peu satisfait des recettes apportées par ses efforts de contrebande et de vente de rhum, Frankie, le baron de la bière, a alors commencé à détourner les camions de livraison contenant l'alcool... destiné à ses propres clients ! Personne n'a donc été surpris en apprenant la mort de Frankie, abattu à la mitraillette, à sa sortie de l'ascenseur de son immeuble, dans le centre-ville de Hoboken, le 7 mars 1930.

En janvier 1963, nous avons déménagé de deux kilomètres au nord, à North Bergen, la ville la plus au nord du comté de Hudson. Grâce au travail d'Owen comme monteur de tuyaux sur les chantiers de construction à New York, lui et Dottie avaient économisé suffisamment d'argent pour verser l'acompte correspondant à l'achat d'une maison pour deux familles, construite en 1916, valant dix-sept mille dollars. Rester dans le New Jersey nous paraissait logique. Les parents vieillissants de Dottie vivaient tout près, à Hoboken, et Owen pouvait facilement attraper un bus qui le conduirait au travail à Manhattan, en moins d'une demi-heure. Par ailleurs, mes parents ont acheté leur maison à North Bergen grâce à un agent immobilier nommé Bill Freeh, un autre paroissien qui fréquentait *Saint-Joseph of the Palisades*, notre église locale. Vivant dans la même rue, Freeh ne cessait de louer les avantages du quartier pour les enfants, y compris les siens. Son aîné, Louie, qui avait six ans de plus que moi, était en train de se faire un nom, celui d'un élève studieux, au sein du système scolaire de Saint-Joseph. Les années sont passées jusqu'au jour où j'ai commencé à l'envier, pour l'élégance de l'attaché-case qu'il transportait, en passant devant mon école, jusqu'au bus qui le conduisait à la faculté de droit de Rutgers à Newark. Sa tenue quotidienne composée d'une veste et d'une cravate, et sa coupe de cheveux très courte, bien à l'opposé des normes usuelles en matière d'élégance, lui donnaient l'air d'un futur agent du FBI. Loin de moi l'idée que Louie finirait par joindre le FBI, en gravir les échelons et en devenir le cinquième directeur en 1993.

Mes années passées à North Bergen m'ont laissé de magnifiques souvenirs de ce que la vie était « en des temps plus simples ». Dans les salles de classe, qui servaient auparavant de vitrines de magasins, de l'école *Immaculate Heart of Mary*, l'établissement satellite de la paroisse Saint-Joseph à North Bergen, j'étais un bon étudiant, principalement parce que, d'après moi, ne pas l'être n'était pas une option. Kathleen était toujours première de sa classe, alors nos parents et professeurs ont commencé à considérer que ses notes constituaient le niveau normal que j'étais censé atteindre. Les mathématiques étaient faciles pour moi. Probablement parce que mon père passait son temps à me faire réciter mes tables d'addition, de soustraction, de multiplication et de division, chaque fois que je l'aidais à réparer quelque chose dans la maison, ce qui consistait essentiellement à l'éclairer avec une lampe de poche, la nuit tombée, jusqu'à ce que mon bras flanche. « Calcule mentalement », me disait-il pour m'enseigner les liens entre les chiffres, une compétence qu'il avait apparemment appris à maîtriser durant sa jeunesse. Dottie prenait les rênes dès qu'il s'agissait de vocabulaire et de grammaire, renforçant en soirée les leçons que les religieuses m'avaient apprises à l'école, durant la journée. Passionnée de lecture, elle n'autorisait ses enfants à regarder la télévision qu'après leurs exercices de lecture.

Mais à mes yeux, les deux matières les plus fascinantes étaient l'histoire et la géographie. A&P et ShopRite, les deux supermarchés du coin, vendaient des encyclopédies en plusieurs volumes pour enfants ainsi que des livres sur l'Histoire des États-Unis que notre famille achetait lorsque nous y faisions les courses. Pour le petit John Brennan, ces livres étaient remplis de dessins, de photos et d'images de peintures célèbres qui donnaient vie aux récits des guerres révolutionnaires, civiles et mondiales et aux accomplissements des présidents, généraux et autres grands de ce monde. Lorsque j'ai découvert que Nathan Hale, le premier espion américain, avait été pendu à vingt et un ans, le 22 septembre 1776 – 179 ans, jour pour jour, avant ma naissance –, je me suis mis à rêver de devenir un espion des temps modernes, capturé par l'ennemi, condamné au même destin, mais qui réussirait, tel un héros, à s'enfuir à la dernière seconde.

Mes amis me disent qu'à l'époque, mon comportement les ennuyait, car j'étais « trop » exemplaire. Honnêtement, je voulais juste éviter les ennuis, de peur que les religieuses se métamorphosent en esprits diaboliques et me punissent, comme je les avais vu faire avec d'autres amis de classe, en me tapant les doigts avec des règles en bois, jusqu'à ce qu'elles éclatent en morceaux, et que mes phalanges se mettent à trembler. En plus de vouloir échapper à une douleur charnelle très concrète, je suis certain que la damnation éternelle était un principe qui me motivait beaucoup. À la maison ou à l'école, tout le monde me rappelait constamment que faire une « bonne » action valait mieux que de faire quelque chose pour son propre bien.

À cette époque, ma religiosité, qui était profondément ancrée en moi, m'a convaincu de finalement m'inscrire à un séminaire pour rejoindre le clergé. Mon but ultime ? Devenir le premier pape américain. En tant qu'enfant, j'étais intimement persuadé que les prêtres connaissaient le raccourci pour aller au paradis. Et je me disais, tant qu'à devenir prêtre, pourquoi ne pas viser un peu plus haut et devenir le premier Américain à porter la mitre papale. D'après mes calculs aussi savants que les additions du cours primaire, il serait alors impossible que saint Pierre refuse l'entrée au paradis à un terrien ayant inscrit « Pape » sur son curriculum vitae. Afin d'accroître mes chances de récompenses divines, je suis devenu un enfant de chœur. J'ai ainsi passé un nombre incalculable de samedis et de dimanches à l'église, habillé en noir et blanc, et parfois en rouge et noir, lorsque je portais ma soutanelle. Cependant, l'époque n'était pas en ma faveur, car les réformes du IIe concile œcuménique du Vatican n'étaient pas encore en place. J'ai donc dû apprendre les prières liturgiques en latin, alors que j'avais à peine dix ans. Même si cela fait longtemps, je peux toujours réciter le *Confiteor* dans la langue de la Rome antique.

Lorsque mon attention n'était pas accaparée par mes devoirs scolaires et ma foi, c'est le sport qui dominait mon emploi du temps scolaire. Mes camarades de classe et moi jouions en alternance au football, puis au basket-ball, et enfin au baseball, en fonction de la saison, juste à côté, au parc du comté de Hudson, baptisé depuis parc James J. Braddock, après que le champion du monde des poids lourds en boxe, dans la deuxième moitié des années 1930, a choisi de vivre à North Bergen. Je n'étais pas un athlète de haut niveau, mais je me débrouillais. Je compensais généralement mon manque de talent en me démenant comme personne. Je n'hésitais pas à plonger sur toutes les balles, quitte à me frotter aux caillasses des « terrains en pelouse » et au goudron des terrains de basket du parc du comté de Hudson. Je considère d'ailleurs que mes nombreuses opérations et prothèses orthopédiques, plus tard dans ma vie, sont le fruit du style de jeu insouciant et imprudent de ma jeunesse.

Une autre règle existait chez les Brennan. La religion, les devoirs, et le sport devaient faire équipe avec un boulot à mi-temps, si jamais nous voulions que le cinéma, les cartes de baseball, les glaces et d'autres plaisirs enfantins soient de la partie. C'est au CM2 que j'ai touché mon premier salaire, en tant que livreur de journaux pour le *Hudson Dispatch*. Je me levais à 6 heures, six jours par semaine, pour plier plus d'une centaine de journaux et les envoyer avec une précision millimétrique jusqu'au porche des maisons de mon quartier. Le week-end, je livrais également des prescriptions médicales pour la pharmacie Virgona. Je remplissais les rayons dans deux supermarchés, Raessler et Pathmark. Et avec mon meilleur ami, Gerry Boyle, nous avons créé une société de peinture qui nous a permis de toucher le jackpot le jour où nous l'avons baptisée « BrenBoy ». Tout cela me permettait d'arrondir mes fins de semaine et d'offrir des cadeaux d'anniversaire et de Noël à ma famille, et de m'amuser avec mes amis, le reste du temps.

Je faisais partie des équipes de baseball et de basket-ball du collège Saint-Joseph. Mais c'est le basket-ball que j'aimais le plus, ce qui explique pourquoi j'ai été dévasté de ne pas être sélectionné en troisième, en seconde et en première. Décidé comme jamais à passer le stade des sélections en terminale, je me suis mis à m'entraîner tous les jours, pendant plusieurs mois, sur les terrains du parc du comté de Hudson, jusqu'à ce que mon corps s'effondre. J'ai donné tout ce que j'avais. Je voulais absolument porter le maillot de cette équipe, peu importe les obstacles. Il faut croire que cela a payé puisque j'ai survécu aux sélections. « Tu en voulais plus que les autres », m'a dit mon entraîneur, Frank Grasso, quelques années plus tard, alors que je le croisais par hasard lors d'une promenade en bord de mer. Cette expérience a eu un impact très positif sur ma vie. Elle m'a permis, à un très jeune âge, d'apprendre une grande leçon : lorsqu'il s'agit d'accomplir un objectif, rien n'est plus important que de travailler dur, d'être déterminé et de persévérer. À l'exception d'un match de fin de saison, où nous avons gagné à la surprise générale – et durant lequel j'ai marqué 12 points et pris 11 rebonds –, ma carrière lycéenne de basketteur a été pour le moins oubliable, aussi bien pour moi que pour mon équipe.

Tandis que j'ai eu la chance, en tant que lycéen, de faire un bref voyage au Canada, avec ma famille, et de partir deux semaines en Irlande pour rendre visite à ma grand-mère, c'est grâce aux lettres et aux cassettes audio que m'envoyait mon cousin, Tom – le fils de mon oncle, Pat –, alors en service, en tant que bénévole, avec les Peace Corps en Malaisie, et en tant que fonctionnaire avec l'Agence internationale des États-Unis pour le développement, au Vietnam, que j'ai commencé à sérieusement apprécier la diversité de notre planète. Les descriptions détaillées, que m'envoyait Tom, des difficultés quotidiennes des enfants et des adultes vivant dans des villages appauvris à l'autre bout du monde, m'ont soudainement fait réaliser à quel point j'étais chanceux de vivre aux États-Unis. Elles m'ont également aidé à comprendre pourquoi ma mère et mon père nous rabâchaient sans cesse – à Kathleen, Tommy, et moi – de ne jamais, malgré notre statut social et les conditions dans lesquelles nous avions grandi, prendre pour acquis le fait que nous soyons nés aux États-Unis. « C'est le meilleur pays au monde, nous disait notre père, et c'est pourquoi il y a tant de personnes qui veulent venir ici. Très souvent, ce sont ceux nés ici qui ne se rendent pas compte de la chance qu'ils ont. »

C'est aussi durant mes années au lycée que j'ai commencé à m'interroger plus sérieusement sur le sens de la vie et sur la trajectoire que je voulais donner à la mienne. Je n'avais plus peur de l'enseignement religieux intransigeant et doctrinaire des bonnes sœurs de l'école primaire. À la place, les frères chrétiens et les enseignants laïcs que j'ai eus au lycée stimulaient ma curiosité intellectuelle comme peu l'avaient fait auparavant. Les cours de littérature anglaise m'ont fait découvrir des livres et des pièces de théâtre – comme *Qui a peur de Virginia Woolf ?* et *Procès de singe* – qui exploraient les relations humaines et les origines de la vie de manières que je n'avais jamais considérées auparavant. C'est à l'âge de seize ans que mon éducation catholique hyperprotectrice a été rompue définitivement lorsque frère Richard nous a conduits en excursion à New York pour aller voir un des plus grands films dystopiens de l'histoire : *Orange mécanique*. Il s'agissait là d'un acte de défiance fraternelle de la part de l'Église catholique, qui avait condamné le film et interdit aux catholiques de le voir à cause de ses scènes de pure brutalité et de violences sexuelles. Même mes professeurs les plus religieux avaient un côté rebelle en eux. Je me souviens clairement de M. Callahan, un ancien frère chrétien qui enseignait au lycée avant de quitter l'ordre religieux, qui nous mitraillait de questions – mes camarades de classe et moi – sur l'origine précise de notre foi en Dieu et sur la réelle valeur de nos comportements. « Pourquoi croyez-vous en Dieu ? Pourquoi vous comportez-vous bien ? Par bonté envers les autres ou par égoïsme parce que vous voulez être sûrs d'aller au paradis ? » nous demandait-il. Lorsque j'ai finalement admis à M. Callahan et à moi-même que je ne savais pas pourquoi j'avais accepté l'existence de Dieu comme une réalité, et qu'il se pouvait que je me comporte bien par peur de la damnation éternelle, j'ai eu l'impression de soudainement me transformer en Thomas l'incrédule. C'est à partir de là que j'ai pris l'habitude de rechercher des preuves empiriques avant d'accepter, comme vérité immuable, tout ce que je lisais ou que l'on me disait, et que je considérais comme suspect ou infondé. Tandis que ma foi catholique – jusqu'ici inébranlable – a été la première victime de mon nouvel agnosticisme, je ne savais pas encore que mes professeurs m'avaient on ne peut mieux préparé à ma future carrière dans le monde du renseignement, un univers où il est interdit de supposer et où accepter un « fait » présumé par réflexe peut avoir des conséquences désastreuses en matière de sécurité nationale.

3

CETTE PÉRIODE D'ÉPANOUISSEMENT

Vu que mes ambitions d'entrer au séminaire et de devenir pape s'étaient évaporées dans les couloirs de mon lycée, il fallait que je me trouve une nouvelle trajectoire académique et professionnelle. Me considérant toujours, d'un point de vue culturel, comme un catholique, j'ai principalement recherché des universités catholiques, me disant qu'elles réussiraient à renforcer ma foi à la traîne. J'ai donc postulé à trois écoles : l'université de Georgetown, à Washington ; l'université Siena, près d'Albany, dans l'État de New York ; et enfin l'université de Fordham, dans le Bronx. Mon cousin Tom m'a encouragé à postuler à Georgetown. C'est là que se trouvait l'école du service extérieur Edmund A. Walsh, la première école préparatoire, à l'époque et aujourd'hui, au corps diplomatique du département d'État. J'ai aussi postulé à Siena parce qu'un de ses recruteurs, qui était venu à Saint-Joseph, m'avait fait rêver en me disant que j'avais une chance d'intégrer l'équipe de basket de Siena. Fordham, enfin, était ma roue de secours. Il s'agissait d'une institution jésuite, remarquablement bien réputée dans la métropole new-yorkaise, surtout au sein de la diaspora irlandaise. De plus, j'avais reçu l'imprimatur de ma famille, car mon cousin, Jim McGuire, y avait joué au baseball tout en poursuivant des études de comptabilité. J'étais aussi intéressé par les écoles de droit situées à Fordham et à Georgetown. Devenir avocat me semblait être une voie professionnelle tout à fait raisonnable.

J'ai été accepté à Georgetown, mais j'ai finalement choisi d'aller à Fordham, même si je devais faire la navette tous les jours. C'est ce qu'on appelle une décision financière. Étant donné que j'allais devoir payer mes études, l'idée d'accumuler des milliers de dollars de dettes afin de pouvoir vivre et étudier à Georgetown était loin d'être séduisante. Fordham, à la place, me proposait une combinaison beaucoup plus intéressante de bourses scolaires et de prêts étudiants, qui ne me laissaient plus que 700 dollars par an, environ, à payer de ma poche en leçons et en livres.

J'ai décidé de faire des études en sciences politiques à Fordham, tout simplement parce que cela semblait être le cursus le plus approprié à mes ambitions futures : entrer en école de droit ou faire le tour du monde. Les cours sur les relations internationales et sur la politique comparée étaient ceux qui m'intéressaient le plus ; la théorie était bien trop abstraite pour moi. Toutefois, ce sont les cours de philosophie et de théologie qui m'ont le plus profondément et le plus durablement influencé. À peine sorti du lycée, j'avais hâte d'entendre ce que les fameux érudits jésuites pensaient de la vie, de Dieu et de notre raison d'être. C'est mon intérêt pour la philosophie grecque qui m'a donné envie d'étudier les autres grands philosophes de ce monde, notamment ceux ayant étudié la doctrine de la guerre juste, comme Augustin d'Hippone et Thomas d'Aquin. Les livres de philosophie que j'ai lus à Fordham et les articles que j'y ai écrits m'ont suivi à travers le monde, partout où je suis allé, et ils sont encore avec moi aujourd'hui. J'étais alors loin de me douter que j'allais passer des soirées à chercher ces ressources dans mes tiroirs afin de pouvoir donner des recommandations de vie ou de mort durant mes années à la Maison-Blanche ou à la tête de la CIA.

Durant ma première année universitaire, au printemps, mon cousin Tom m'a invité à passer l'été avec lui, en Indonésie, où il travaillait comme préposé au programme *Food for Peace* de l'USAID (Agence des États-Unis pour le développement international), à l'ambassade américaine de Jakarta, la capitale de l'archipel. Tom m'a même dit qu'il était prêt à payer mon billet aller-retour. Fuir momentanément l'ennui et la chaleur de l'été américain était une proposition bien trop tentante pour être refusée. Vingt-quatre heures après avoir reçu la lettre d'invitation de Tom, j'ai parlé avec l'un de mes professeurs en sciences politiques, John Entelis. Il a d'abord convenu qu'il s'agissait d'une très belle opportunité, non seulement pour voyager, mais aussi pour faire mes premières recherches universitaires sur le terrain, et m'a ensuite recommandé de rédiger un rapport de recherche axé sur le pétrole et la politique en Indonésie. Après une brève escale au bureau des inscriptions pour leur faire part de mes intentions de voyage en Indonésie, je me suis retrouvé avec un projet de recherche officiel approuvé par l'université de Fordham.

Ma famille m'a conduit de l'autre côté de Manhattan, à l'aéroport JFK, en fin d'après-midi, le 29 juin 1974. Le voyage jusqu'à Jakarta a duré deux jours. J'ai profité du premier vol Air France, jusqu'à Paris, pour faire ami-ami avec la personne assise à côté de moi : un soldat américain se décrivant comme un « jeune fermier de l'Iowa ». Il n'avait que dix-neuf ans et retournait en Allemagne après un bref séjour chez lui. Nous avons erré, ensemble, dans l'aéroport d'Orly, pendant quelques heures, en attendant nos seconds vols respectifs, lui vers Francfort, et moi, vers Amsterdam. En l'espace de quatre-vingt-dix minutes, j'ai tout appris sur son unité basée en Allemagne, sa grande famille et son rêve d'économiser suffisamment d'argent durant sa carrière militaire – et en « gagnant quelques parties de poker », disait-il – pour acheter une petite ferme en Iowa et demander la main de la « plus belle fille » qu'il trouverait. Je me suis rendu compte, même avec si peu de temps, que les jeunes Américains sont sincèrement prêts à tout pour défendre leur pays – même à quitter le confort du domicile familial. Je me suis toujours demandé si ce jeune homme de l'Iowa avait finalement réalisé son rêve américain.

Je suis monté à bord de mon second vol, de Paris à Amsterdam, où j'ai passé la nuit. Le vol suivant entre Amsterdam et Jakarta a semblé durer une éternité. Il s'agissait d'un petit avion, surtout si l'on compare aux normes d'aujourd'hui. Nous nous sommes arrêtés à Vienne, au Bahreïn, à Karachi, à Colombo, à Bangkok, et à Kuala Lumpur. Karachi est la seule escale où les autres passagers et moi avons pu sortir de l'avion et nous dégourdir les jambes dans un salon pour passagers en transit. Je me souviens qu'il y faisait très chaud et que l'atmosphère n'était pas particulièrement agréable.

Lorsque j'ai pu finalement emprunter les escaliers en aluminium encastré contre le côté de l'avion à l'aéroport de Jakarta, j'ai tout de suite été frappé par la senteur de l'air. Il existait une différence très nette avec tout ce que je connaissais. Je pouvais respirer quelque chose de très chaud, humide, sablonneux et clairement plus intense que dans n'importe quel endroit aux États-Unis. C'est comme si j'avais ouvert une porte vers un nouveau monde, et que mes nerfs olfactifs avaient envoyé un signal à mon cerveau disant : « Un nouveau chapitre de ma vie commence ! » L'impact de cette senteur a été si profond et durable que j'ai, par la suite, eu des flash-backs très vivides de cet été 1974, à chacune de mes visites ultérieures en Asie orientale et en Asie du Sud-Est.

C'est durant ce voyage que j'ai été exposé pour la première fois à une communauté diplomatique américaine, et j'ai été frappé par la camaraderie unissant chacun de ses membres ainsi que par l'évidente fierté des préposés américains, de leurs épouses et de leurs enfants qui avaient le privilège de représenter le gouvernement et le peuple américain pendant leur séjour à l'étranger. La fête du 4 juillet, qui a eu lieu au bord de la piscine de l'ambassade américaine, quelques jours après mon arrivée, m'a fait réaliser à quel point le patriotisme qui sommeillait en moi était réel. Ce sentiment s'est notamment exprimé lorsque le détachement des soldats de la Marine s'est mis au garde-à-vous durant la présentation du drapeau et l'interprétation de l'hymne national. J'avais l'impression d'être devenu, du jour au lendemain, le membre d'une famille dévouée à partager les idéaux, les valeurs, les ressources et les capacités américaines avec le reste du monde. C'était vraiment un sentiment incroyable.

J'ai également profité de ce séjour à Jakarta pour m'intéresser à la compagnie pétrolière nationale de l'Indonésie, Pertamina, et pour étudier le rôle essentiel de sa production et de ses exportations pétrolières sur l'économie indonésienne, ainsi que sur sa politique. Tom m'a organisé une série de réunions et d'interviews avec des représentants américains, notamment l'ambassadeur David Newsom et le directeur d'AID, Richard Cashin – deux diplomates américains aux carrières exceptionnelles. Il me semblait incroyable à l'époque, et encore aujourd'hui, qu'un étudiant de dix-huit ans puisse bénéficier de ce genre d'accès. Néanmoins, j'ai pu les interviewer, tout comme les représentants locaux de quelques compagnies pétrolières. C'est ainsi qu'après plusieurs semaines d'entretiens et de recherches supplémentaires, suivies par deux semaines d'écriture, j'ai pu produire un rapport de recherche à la hauteur des attentes du professeur Entelis. C'est toutefois la politique, l'histoire, et la culture de l'Indonésie qui ont le plus clairement captivé mon attention. En effet, moins de dix ans avant mon arrivée, plus d'un million de personnes avaient été massacrées. Il s'agissait de membres – réels ou suspectés – du Parti communiste d'Indonésie (PKI), de représentants d'ethnies chinoises et d'autres adversaires présumés du régime du président Sukarno qui avait l'armée dans sa poche. Les tensions politiques ont continué de mijoter durant le mandat de plus en plus corrompu du successeur de Sukarno, le président Soeharto, dont le portrait apparaissait régulièrement sur les grands panneaux publicitaires et à la une des différents quotidiens. Durant mes entretiens, certains Indonésiens et Américains m'ont avoué que, d'après eux, la CIA soutenait les rassemblements de l'armée indonésienne et les exécutions expéditives des dirigeants du Parti communiste, dans le cadre des efforts des États-Unis pour endiguer l'élan du communisme en Asie du Sud-Est. J'ai alors compris que, même s'il y avait des milliers de kilomètres d'eau entre Jakarta et le conflit qui faisait encore rage entre le Vietnam du Nord et du Sud, je venais d'atterrir dans une région du monde très clairement différente de celle que j'avais laissée derrière moi.

Déterminé à ce que mon voyage en Indonésie ne se résume pas à des entretiens diplomatiques, gouvernementaux et professionnels, Tom m'a conduit plusieurs fois dans les différents quartiers à l'intérieur et à l'extérieur de la ville pour que je puisse voir la pauvreté qui y régnait. Partout où nous allions, nous pouvions compter sur notre peau claire et sur notre statut d'étranger pour générer la curiosité des locaux. Certes, quelques-uns venaient faire la manche, mais la majorité d'entre eux voulaient utiliser les quelques mots d'anglais qu'ils connaissaient pour nous demander notre nationalité et la raison de notre présence à Jakarta. Immanquablement, répondre que nous venions des États-Unis et non, comme la plupart l'imaginaient, des Pays-Bas – l'ancienne puissance coloniale qui contrôlait l'île –, donnait envie aux locaux, malgré leurs traits tirés, de nous sourire.

La partie la plus excitante de mon été indonésien a été la semaine que j'ai passée seul à Bali. Tom voulait absolument que je puisse admirer la campagne javanaise de près, alors il m'a envoyé à 1200 kilomètres de Jakarta, à l'autre bout de l'île. Il m'a déposé à la gare de Jakarta, avec quelques romans signés Hermann Hesse. S'en est suivi un voyage de 24 heures, où tout en surmontant une crise de diarrhée, je suis monté à bord de plusieurs trains et bus qui m'ont finalement permis d'atteindre la pointe orientale de l'île et la ville côtière de Banyuwangi, à partir de laquelle j'ai embarqué à bord d'un ferry surpeuplé direction la ville de Denpasar, sur l'île de Bali. Une fois le détroit de Bali traversé, un taxi m'a conduit jusqu'à la plage de Kuta, un quartier très sous-développé à l'époque, où je suis resté dans un modeste cabanon pour la somme de six dollars par jour. Après plusieurs jours, j'ai rencontré et visité les environs avec d'autres adolescents, enfants de diplomates américains installés à Jakarta. J'ai ensuite passé le reste du temps à faire le tour de l'île – majoritairement hindoue – en scooter, puis à surfer et à me prélasser sur les plages topless de Kuta.

L'un des aspects les plus mémorables – et qui m'a le plus agréablement surpris – de mon été en Indonésie a été la tolérance sociale, religieuse et culturelle de ce pays avec la plus grande population musulmane au monde. Certes, l'Islam dominait, mais le christianisme, le bouddhisme et l'hindouisme semblaient tous avoir bénéficié d'espaces où leur pratique était respectée – et leurs adeptes profitaient en plus d'avantages économiques – dans cette nation insulaire hétérogène. Et peu importe où j'allais, jamais je ne me suis senti en danger ni regardé de façon menaçante à cause de mon apparence physique. C'était même l'inverse. Ma nationalité était accueillie de manière très positive.

Fin août, quand mon séjour s'est achevé, j'ai eu l'impression de finir un stage intensif de huit semaines supposé me préparer au reste de ma vie. Inutile de le dire, j'étais on ne peut plus impatient de voir ce que la suite pouvait me réserver.

4

COUP DE FOUDRE AVEC LE MOYEN-ORIENT

Mon retour aux États-Unis était synonyme de rentrée scolaire à Fordham, pour ma deuxième année. Seul problème, le trajet entre North Bergen et le Bronx m'a rapidement ennuyé. Très rapidement. Il m'est arrivé quelquefois... bon d'accord, de très nombreuses fois, d'estimer que le trajet jusqu'à Fordham ne valait pas le coup et qu'il valait mieux rester à la maison. Mais apparemment, j'ai décidé de faire le trajet le mardi 25 mars 1975, un jour qui a changé la trajectoire de ma vie. J'étais inscrit, ce semestre, à un cours sur la politique au Moyen-Orient, enseigné par le professeur Entelis. Étant donné qu'il s'agissait de son domaine de spécialité, ses présentations étaient d'une telle richesse, en matière de détails, mais aussi de passion, qu'il m'a donné envie de m'intéresser plus sérieusement à cette région. Et c'est en ce fameux jour du mois de mars que le professeur Entelis a distribué, à toute la classe, une brochure sur l'université américaine du Caire (UAC).

En rentrant chez moi juste après ce cours, j'ai entendu à la radio que le roi Fayçal d'Arabie saoudite avait été tué par balles par son neveu, le prince Fayçal ben Moussaid. Le journal du 20 heures, ce soir-là, était presque exclusivement composé de commentaires sur l'assassinat et sur les éventuelles implications de l'Arabie saoudite, du Moyen-Orient et des États-Unis. La couverture médiatique approfondie de la mort de Fayçal m'a tout de suite donné encore plus envie de visiter cette région du monde et d'en savoir plus sur les différents conflits qui l'animent. Le lendemain, j'étais à la bibliothèque de Fordham pour y lire tout ce que je pouvais trouver sur l'UAC et sur la vie au Caire. J'ai parcouru des exemplaires de *National Geographic*, à la recherche d'articles avec des photos du Caire et de la campagne égyptienne. Le cadre paraissait exotique et ô combien séduisant, alors j'ai dit à mes parents que je voulais aller étudier en Égypte. « Mais pourquoi donc ? » a dit ma mère. « Et pourquoi pas ? » a dit mon père. J'ai rempli le dossier d'inscription de l'UAC ce soir-là et mi-juin, j'étais accepté.

C'est ainsi que le 15 septembre 1975, je me suis une nouvelle fois retrouvé à l'aéroport JFK, direction Le Caire, vol TWA 840. Tandis que l'avion s'approchait de l'aéroport international du Caire et que la nuit tombait, je pouvais voir les pyramides et le Sphinx à travers mon hublot et le brouillard sablonneux – une arrivée au Moyen-Orient des plus appropriées. Il ne m'a pas fallu longtemps pour tomber amoureux des rues, des sons et des habitants du Caire. En 1975, l'intégralité du campus de l'UAC était au centre de la ville, à seulement quelques pas – littéralement – de la place Tahrir, le symbole de la révolution égyptienne de 2011 contre le président Hosni Moubarak. Je suis arrivé quelques jours avant la rentrée afin de pouvoir me promener dans la ville et rechercher les monuments dont j'avais lu les descriptions dans des livres d'histoire et des romans. Durant la journée, je traînais dans le musée égyptien – qui à l'époque n'était pas encore rénové – où d'anciens artéfacts et restes de momies recouverts de poussière étaient empilés les uns sur les autres, sur des étagères encore plus poussiéreuses. J'ai eu le souffle coupé en voyant la momie de Ramsès II, incroyablement bien préservée, avec les bras croisés sur la poitrine.

Mais ce sont les habitants du Caire qui m'ont le plus charmé. Très tôt, un matin, durant l'une de mes balades dans ce labyrinthe de rues désertes, je suis tombé nez à nez avec un Égyptien d'une quarantaine d'années, vêtu d'un galabeya, un vêtement traditionnel typique des villageois vivant à l'extérieur du Caire. En me regardant droit dans les yeux, il a commencé à marcher vers moi. Avant que je puisse le contourner, il m'a fait signe de m'arrêter avec ses mains. « *Inta Amriki ow Sovieti ?* » m'a-t-il dit d'une voix ferme. Je venais juste de commencer mes cours d'arabe et je n'étais pas encore très familier avec la langue, mais j'ai tout de suite compris ce qu'il voulait savoir... étais-je Américain ou Soviétique ? J'ai immédiatement compris l'ampleur du dilemme auquel j'étais confronté, car les États-Unis étaient le bienfaiteur principal d'Israël sur les plans politique, économique et militaire, tandis que l'Union soviétique était celle de l'Égypte.

« Oh », me suis-je dit. L'espace de quelques secondes, je me suis demandé s'il ne valait pas mieux dire que j'étais Canadien ou Irlandais ou Suisse ou le citoyen d'un autre pays européen traditionnellement plus « neutre ». Alors que j'essayais de percer le regard de cet Égyptien, je me suis rendu compte qu'il était, en fait, davantage animé par la curiosité que par la colère. Ainsi, mobilisant ma jeune fougue patriotique et me souvenant de mes expériences positives en Indonésie, je lui ai dit : « *Ana Amriki.* »

Dès que mes mots se sont transformés en sons, l'Égyptien m'a fait un grand sourire, un signe du pouce – même si le sien était tordu – en proclamant : « *Mumtaz !* » (excellent). Il m'a ensuite tapé amicalement sur le bras, puis a incliné la tête en signe de respect, avant de continuer sa balade matinale.

La réaction positive de cet homme, au moment où il a découvert ma nationalité, m'a rendu curieux. J'ai alors décidé, une fois rentré au dortoir, de raconter l'anecdote à mes camarades de classe égyptiens et arabes. Il est vrai, m'ont-ils dit, que les Égyptiens en veulent aux Américains de soutenir Israël et qu'ils considèrent donc les États-Unis comme responsables de l'occupation des territoires arabes et palestiniens dont Israël a pris le contrôle en 1967. Néanmoins, ajoutent-ils, les Américains sont sincèrement admirés par les Égyptiens, et les autres peuples arabes, dont la majorité voit les États-Unis, ce peuple qui craint la volonté de Dieu, comme un bastion essentiel contre l'expansion d'une Union soviétique qui, elle, ne croit pas en Dieu. Ainsi, je n'ai plus hésité, durant tout le reste de cette période passée au Caire, à dire avec la plus grande des fiertés, chaque fois que j'en avais l'occasion : « *Ana Amriki.* »

Le Caire a été le théâtre de nombreuses « premières fois » pour moi. C'est là-bas que pour la première fois, j'ai appris à lire, à écrire et à parler arabe, une langue d'une grande beauté que j'ai finalement fini par maîtriser, par oublier, et par réétudier au cours des décennies suivantes. C'est aussi là-bas que pour la première et seule fois de ma vie, j'ai pu joindre une équipe de basket-ball universitaire. Nous étions deux Américains dans l'équipe de l'UAC qui comptait aussi des Français, des Égyptiens et des Palestiniens. Les matchs avaient lieu sur des terrains de basket en sable dur, situés en plein centre du campus. Je peux encore entendre les encouragements des étudiants de l'UAC qui encerclaient le terrain et remplissaient les gradins chaque fois que nous affrontions d'autres universités ou écoles de police.

Pour la première fois, j'ai aussi fumé du haschich, en compagnie de mes amis américains, égyptiens et palestiniens. Nous achetions un paquet de cigarettes Marlboro, nous en ouvrions quelques-unes soigneusement, nous en retirions une petite quantité de tabac et nous les saupoudrions ensuite avec de petits morceaux de haschich. Utilisant du papier à rouler en gomme, nous refermions ces cigarettes et nous les appréciions en buvant du scotch et en écoutant des chansons d'Elton John. Même si j'ai arrêté de fumer du haschich et de boire du whisky à la seconde où j'ai quitté Le Caire, je suis malheureusement devenu accro à la cigarette, une habitude contre laquelle j'ai lutté pendant de nombreuses années, ne pouvant m'empêcher de fumer pour soulager ma nervosité.

J'ai profité de la deuxième moitié du mois de décembre, et des vacances scolaires, pour partir en Israël et en Cisjordanie. Le 20 décembre, je me suis envolé pour Amman, la capitale de Jordanie, où j'ai failli mourir de froid en passant une nuit dans une auberge de jeunesse non chauffée. Le lendemain, j'ai marché et marché, rendant visite à plusieurs agences gouvernementales jordaniennes, afin d'obtenir les autorisations nécessaires pour emprunter le pont Allenby, traverser le Jourdain et me rendre jusqu'en Cisjordanie, un territoire occupé par Israël.

Une fois du côté ouest du pont, je me suis très sagement placé dans la file d'attente destinée aux « non-Arabes », voyant des douzaines de Palestiniens se faire escorter dans une zone d'attente qui semblait déjà surpeuplée. Une fois mon tour arrivé, un soldat israélien m'a tendu la main pour voir mon passeport.

« S'il vous plaît, monsieur, pas de tampon sur mon passeport », lui ai-je dit, comme me l'avaient bien répété les professeurs de l'UAC ainsi que les fonctionnaires de l'ambassade américaine, avant mon départ du Caire. N'importe quel marquage israélien sur mon passeport, disaient-ils, m'empêcherait de pouvoir revenir en Égypte, qui à l'époque était toujours un État, techniquement parlant, en guerre avec Israël. Le soldat israélien m'a regardé avec des yeux sombres et m'a dit : « Me dis pas ce que je dois faire. » Choqué qu'il ignore ma demande, mon cœur s'est alors arrêté de battre. Je me voyais déjà brûler mon passeport et en demander un nouveau à l'ambassade des États-Unis à Tel-Aviv. Il a alors tamponné... une feuille de papier qu'il a agrafée à mon passeport. Me tendant la main pour tout me rendre, il m'a dit en souriant : « Bienvenue en Israël. »

Ma semaine passée en Israël et en Cisjordanie a été purement et simplement palpitante. J'ai pu explorer les rues étroites de la vieille ville de Jérusalem et visiter les lieux saints des juifs, des musulmans et des chrétiens. J'ai marché le plus doucement possible, sur la Via Dolorosa, essayant de m'imaginer ce que Jésus avait pu ressentir, il y a presque deux mille ans, en portant sa croix le long de cette rue couverte de pavés. Jérusalem – « al-Quds » en arabe – restera toujours, pour toujours, ma ville préférée.

La veille de Noël, j'ai pris un taxi jusqu'à Bethléem. La basilique de la Nativité, où se tenait la messe de minuit, étant déjà pleine, je me suis contenté de la projection « brouillée » d'une retransmission télévisée sur l'un des murs de la basilique. J'ai ensuite rendu visite aux membres de la famille d'un camarade de classe palestinien à Nazareth. Ils m'ont alors gratuitement accompagné pour une visite guidée tout en me contant l'histoire des villes et des villages qui parsemaient le paysage rocailleux de Cisjordanie. Lorsque je me suis arrêté à Ramallah pour une pause déjeuner, je ne me doutais absolument pas que deux décennies et demie plus tard, j'allais y rompre le pain et assister à de nombreuses réunions avec Yasser Arafat et d'autres dirigeants palestiniens.

J'ai ensuite passé deux jours à visiter les plus beaux sites israéliens avec un camarade de classe américain de l'UAC. Je me sentais chez moi dans la ville moderne et cosmopolite de Tel-Aviv, avec ses cafés en bord de mer et sa vie nocturne animée. Les commerçants et les marchands nous accueillaient chaleureusement et nous félicitaient en apprenant que nous étudions au Caire, ce qui leur donnait envie de nous poser de très nombreuses questions sur leurs voisins égyptiens. Nous avons passé l'essentiel de la journée à visiter et à découvrir les conditions de vie à Kiryat Ekron, un kibboutz situé à un peu moins de quarante kilomètres de Tel-Aviv. Nous avons également visité l'université hébraïque de Jérusalem, où nous avons été frappés par le contraste entre ses nouvelles installations, ô combien impressionnantes, et les bâtiments et équipements, plus vieux et délaissés, de ses équivalents égyptiens.

Lorsque je suis rentré au Caire, l'état de mon compte bancaire, sans oublier la liste peu attrayante de cours proposés par l'UAC au second semestre, m'a convaincu de rassembler mes jetons et de rentrer à la maison, fin janvier. C'est donc avec tristesse que j'ai dit au revoir à mes nombreux amis arabes et américains. En route vers l'aéroport du Caire, je me souviens m'être promis de revenir, un jour, dans cette région, ne serait-ce que pour raviver la lueur des souvenirs de mon adolescence. Loin de moi l'idée que la plus grande partie de ma carrière professionnelle serait guidée par le Moyen-Orient, que j'allais l'étudier, y voyager, y vivre, mais aussi avoir le cœur brisé en voulant l'aider.

5

« ALORS COMME ÇA, VOUS VOULEZ TRAVAILLER À LA CIA ? »

Mon retour à Fordham a été... décevant. J'étais en dernière année et mes projets d'inscription à son école de droit, au même titre que mes premières idées d'entrée au séminaire, se sont complètement envolés.

J'ai brièvement envisagé de rejoindre l'armée, notamment parce qu'il y avait un bureau de recrutement de la Marine à l'angle de ma rue, à North Bergen. Après quelques recherches sur les possibilités de carrière, j'ai commencé à être intrigué par l'école des candidats officiers de la Marine, dont l'admission nécessitait un diplôme universitaire. En descendant du bus qui me ramenait à la maison, depuis, Fordham, un jour d'automne 1976, j'ai décidé d'ouvrir la porte du bureau de recrutement afin de me faire une idée plus précise des aventures nautiques qui m'attendaient. J'ai dit au recruteur que j'étais sur le point d'être diplômé de l'université de Fordham et que je voulais en savoir plus sur les possibilités de carrière qui existaient dans la Marine pour moi.

Après quelques plaisanteries, le recruteur en chef est passé aux choses sérieuses. « Quelle est ta matière principale ? Et ton GPA[4], ta moyenne générale ? »

4. Aux États-Unis, c'est le GPA (*Grade Point Average*) qui permet d'évaluer la moyenne générale d'un étudiant. Elle s'étend de 0.0 (l'équivalent d'un F ou moins de 65 sur 100) à 4.0 (l'équivalent d'un A+ ou une note comprise entre 97-100 sur 100). (NDT)

La conversation commençait mal.

« Je fais des études en sciences politiques et j'ai 3,0 de GPA, soit un B. » J'ai tout de suite compris qu'un diplôme en sciences politiques et une moyenne générale médiocre ne l'impressionnaient pas. Il m'a alors mitraillé de questions pour en savoir plus. « As-tu pris beaucoup de cours en sciences ou en ingénierie à Fordham ? » Pfffff, c'était mal barré. Je ne savais même pas si Fordham proposait des cours d'ingénierie, et la dernière fois que j'avais suivi un cours scientifique, c'était au lycée.

« Pas vraiment », a été la meilleure réponse que j'ai trouvée. Sans perdre plus de temps, le recruteur m'a dit que je n'avais pas le profil recherché par l'école des candidats officiers, et que je n'étais même pas admissible comme soldat.

Avec le séminaire, l'école de droit et la marine définitivement barrés de ma liste de projets post-universitaires et la date d'obtention de mon diplôme approchant, j'ai commencé à me demander s'il ne valait tout simplement pas mieux que je fasse des études supérieures. Le professeur Entelis m'a alors parlé de l'université du Texas (UT), qui avait reçu une subvention non négligeable, au milieu des années 1970, de la part de la richissime Libye, et que l'établissement avait décidé d'utiliser pour mettre au point un programme très respecté d'études sur le Moyen-Orient, et d'en faire le programme emblématique de son campus d'Austin. Plus je faisais de recherches sur l'université du Texas et sur la vie à Austin, plus j'étais excité à l'idée de partir pour une nouvelle destination. Je me suis inscrit au GRE[5] et dès que j'ai appris que je m'étais bien débrouillé, j'ai envoyé ma candidature au programme de doctorat du département gouvernemental de l'université du Texas à Austin.

Un matin, tandis que j'attendais une réponse du Texas, et que j'étais dans le bus direction Fordham, j'ai remarqué une annonce de la CIA dans la section Emploi du *New York Times*. Les différents jobs disponibles n'étaient que très vaguement décrits, mais je ne vais pas mentir, l'annonce a piqué ma curiosité. Il ne m'a alors pas fallu longtemps pour préparer un CV de ma courte existence et une liste encore plus courte des expériences les plus pertinentes de ma vie, que j'ai envoyés à l'adresse indiquée dans l'annonce.

5. « *Graduation Record Examination* », un examen évaluant trois aptitudes (raisonnement verbal, raisonnement quantitatif et écriture analytique), requis pour étudier dans la plupart des universités américaines. (NDT)

À ma grande surprise, j'ai reçu une réponse écrite dans les trois semaines. J'étais invité pour un entretien individuel au bureau de recrutement de la CIA, sur Federal Plaza, dans les quartiers sud de Manhattan.

C'était un jour ensoleillé de février 1977. James T. Fitzgerald m'a salué avec un grand sourire et une poignée de main chaleureuse, alors que j'entrais dans son bureau sur Federal Plaza. « Alors comme ça, vous voulez travailler à la CIA ? »

« Exactement », ai-je dit, même si, en réalité, je cherchais simplement quelque chose à faire après Fordham. Nous avons eu une conversation très intéressante sur mes études à Fordham et mes voyages en Indonésie et en Égypte, puis il m'a décrit, de manière très sommaire, les différents types d'emplois disponibles au siège de la CIA, à Langley, dans l'État de Virginie, ainsi qu'à l'étranger. Décidé à jouer cartes sur table, j'ai dit à Fitzgerald que j'avais envoyé ma candidature pour le programme de doctorat de l'université du Texas et que j'attendais leur réponse.

« Un programme de doctorat serait une très bonne chose pour toi, et cela augmenterait encore plus tes chances d'être engagé par l'Agence », m'a-t-il dit, en me donnant un dossier de candidature à la CIA. « Tu peux remplir cette demande aujourd'hui ou, si tu décides d'aller au Texas, nous l'envoyer six à neuf mois avant la date d'obtention de ton diplôme. Je pense qu'on arrivera à te trouver un poste. »

Près de quarante ans plus tard, c'était à mon tour de saluer Fitzgerald chaleureusement durant sa visite au siège de la CIA, lui en tant que retraité et moi en tant que directeur de l'Agence. « Bien, Jim... » lui ai-je dit alors qu'il s'asseyait dans mon bureau. « Il faut que tu saches qu'il y a beaucoup de personnes à Washington qui sont prêtes à tout pour retrouver la personne qui m'a recruté et lui en faire voir de toutes les couleurs. Mais ne t'inquiète pas, je sais garder un secret. »

Toutefois, un événement encore plus important a eu lieu durant ma dernière année à Fordham. Les vacances de fin d'année étaient l'occasion pour les anciens camarades de classe du lycée Saint-Joseph de se retrouver et de rattraper le temps perdu. C'était un lundi soir, au mois de décembre, où malgré la neige, j'ai décidé de rejoindre une douzaine d'amis au *Xandar's*, un bar/restaurant/lounge situé à Edgewater, dans le New Jersey, avec des groupes musicaux et des boissons alcoolisées. C'est là que j'ai remarqué, sans pouvoir en décoller les yeux, Kathy Pokluda, qui, je l'ai appris plus tard, avait terminé le lycée juste un an après moi. Après avoir réussi à convaincre un ami de me la présenter, j'ai découvert que Kathy était la sœur d'un de mes ex-coéquipiers en Little League Baseball[6], et qu'elle était sur le point d'obtenir sa licence universitaire en éducation physique à l'université William Paterson de la ville de Wayne, dans le New Jersey.

Je ne savais pas encore qu'elle et moi allions finir par nous marier. Toutefois, il était très clair à mes yeux qu'elle avait quelque chose de spécial. L'attirance physique était indéniable, et le lien émotionnel, encore plus fort, ce qui m'a poussé à tout faire pour la séduire durant les semaines et mois qui ont suivi. Je ne sais pas si ce sont mes talents de séducteur ou si elle a simplement cédé par fatigue, mais au printemps, nous sortions désormais régulièrement ensemble, et partagions nos pensées les plus intimes ainsi que nos espoirs et nos rêves. Et lorsque j'ai surpris Kathy en me faisant percer l'oreille gauche, un soir à Greenwich Village, j'ai su que nous étions faits l'un pour l'autre. Tout d'un coup, je suis apparu avec une boucle d'oreille en or, un air rebelle qu'elle a tout de suite accepté en me disant : « C'est génial ! » Owen et Dottie, en revanche, étaient beaucoup moins impressionnés.

Lorsque j'ai appris, à la fin du printemps, que j'étais accepté au programme de doctorat du département gouvernemental de l'université du Texas, j'ai rapidement dit oui. Pouvoir étudier l'arabe à nouveau et faire des recherches approfondies sur le Moyen-Orient était une chance trop belle que je ne pouvais pas laisser passer. Ma première expérience à Austin, cependant, a été très courte. Six semaines seulement après mon arrivée, j'ai été admis au centre hospitalier universitaire avec 40 de fièvre, des ganglions lymphatiques enflés, et de sévères maux de tête. Dix jours de tests ont finalement révélé que j'étais atteint de mononucléose, ce qui m'a forcé à quitter le campus et à rentrer dans le New Jersey, début novembre. Après avoir repris des forces pendant les vacances, j'ai été rassuré par le Bureau des admissions qui m'a confirmé que je pourrais reprendre mes études à Austin, l'année d'après.

---

6. Organisation américaine à but non lucratif gérant la pratique du baseball pour les enfants de cinq à dix-huit ans, aux États-Unis et dans le monde. (NDT)

Kathy et moi sortions toujours ensemble au moment où nous avons discuté pour la première fois de mon retour à l'UT, prévu pour le mois d'août. Je savais que je ne voulais pas retourner à Austin sans elle. J'ai donc pris mon courage à deux mains. C'était au début du mois de mars. Et je l'ai invité à dîner à *Xandar's*, lieu de notre toute première rencontre. J'ai alors profité de la transition entre l'entrée et le plat de résistance pour poser un genou à terre, sortir une bague en diamant de ma poche, et demander Kathy en mariage, en proclamant : « Même si j'ignore ce que je vais faire dans la vie, je sais que je t'aimerai toujours et que je veux passer le reste de ma vie avec toi. » Lorsque Kathy a accepté de m'épouser, j'ai ressenti plus de joie que durant n'importe quelle expérience passée. Nous nous sommes mariés le dimanche 13 août 1978, à l'église *Saint-Joseph's of the Palisades* dans le quartier de West New York.

Trois jours plus tard, nous avons fait nos valises, rempli la voiture, direction le Texas. Peu après notre arrivée, Kathy a trouvé un poste de professeur et d'entraîneur d'une équipe de volley-ball du district scolaire indépendant d'Austin. De mon côté, j'ai été engagé comme professeur assistant à l'UT, ce qui, en tant que résident local, m'a permis de payer des frais de scolarité réduits. L'inconvénient, c'est que j'ai dû rapidement apprendre tout ce que je pouvais sur le gouvernement texan et sa politique – un sujet que j'ignorais complètement – car il s'agissait du cours que j'étais supposé enseigner. La vie à Austin, à la fin des années 1970, était incroyable, surtout pour deux jeunes mariés, à peine débarqués du New Jersey. Nous aimions la nature, les lacs, les collines, et notre style de vie, insouciant, se donnait en spectacle à la piscine de Barton Springs, au cœur du parc Zilker.

Mes études secondaires, elles, étaient concentrées sur la politique internationale, la sécurité nationale et le Moyen-Orient. Je menais mes recherches, en collaboration étroite avec mes professeurs, sur les droits de l'homme en Égypte, un thème que j'ai rapidement choisi comme axe central de ma thèse de doctorat. Je prenais aussi des cours d'arabe. Au début de ma deuxième année de doctorat, toutefois, mon enthousiasme pour mes études a commencé à s'émousser. Je devenais de plus en plus intrigué par ce tout qui se passait à l'époque au Moyen-Orient – les accords de Camp David et la signature du traité de paix israélo-égyptien, la révolution iranienne et les diplomates américains tenus en otages à Téhéran, la prise de la Grande Mosquée de La Mecque, en Arabie saoudite, par de violents extrémistes, et leur expulsion sanglante, ainsi que les réactions régionales à l'invasion soviétique de l'Afghanistan. En conséquence, je suis devenu impatient d'entamer une carrière professionnelle qui me permettrait à nouveau de voyager à l'étranger et d'être impliqué dans des événements de plus grande envergure.

J'ai aussi senti que Kathy se languissait de vivre plus près de sa famille, dans le New Jersey, et qu'elle n'était pas très ravie d'avoir un emploi du temps chargé, en opposition complète avec mon rythme scolaire « décontracté ». « Tu as toujours ce formulaire de candidature pour la CIA ? m'a-t-elle demandé, un soir.

— Euh, oui, je l'ai. »

Il y a alors eu un long silence, devant lequel j'ai finalement été le premier à céder. « Pourquoi ? ai-je demandé, tout en sachant très bien ce qu'elle pensait.

— Tu sais... Cela pourrait être intéressant, peut-être qu'ils ont quelque chose pour toi à la CIA. »

Il n'en a pas fallu plus pour me convaincre de remplir ce formulaire et de l'envoyer le lendemain. Moins de deux semaines plus tard, un recruteur de la CIA m'a appelé pour me dire qu'il serait à Austin d'ici peu pour faire passer des entretiens et pour savoir si j'étais prêt à le rencontrer.

L'interview s'est passée dans une chambre d'hôtel aux abords de la ville. Le recruteur était quelqu'un d'agréable, qui après quelques politesses, est vite revenu aux affaires. Il m'a posé toute une série de questions, auxquelles j'ai répondu, sur mes voyages à l'étranger, l'usage de drogues, et les connaissances et les amis que j'avais à l'étranger. Une fois ce segment de l'interview terminé, il m'a demandé si je voulais bien passer un petit test en arabe au téléphone. Bien que je ne m'y attende pas, j'ai accepté et me suis retrouvé en pleine conversation avec une personne dont l'arabe était la langue natale, et qui a rapidement compris que j'étais un débutant. « C'est tout, m'a dit le recruteur. On te recontactera dans environ deux semaines. »

L'Agence a tenu parole. Moins de dix jours plus tard, la CIA m'a envoyé une lettre, m'invitant à Washington pour deux jours d'interviews et d'évaluations médicales et psychologiques, un test en arabe et un examen sous polygraphe.

Mes tests médicaux se sont relativement bien passés. J'ai ensuite passé un test écrit dont le but était d'évaluer ma constitution psychologique. Juste après, j'ai rencontré une psychologue avec laquelle j'ai pu discuter des résultats. « Vous postulez au rôle d'officier aux opérations clandestines, monsieur Brennan, mais les résultats de votre test montrent que vous êtes quelqu'un de sérieusement introverti », m'a-t-elle dit, en me regardant droit dans les yeux, ce que j'imaginais être un nouveau moyen d'observer ma réaction. « Vos réponses indiquent aussi que vous ne semblez pas disposer des traits de caractère propices à la rencontre, à la formation, au recrutement et à la gestion d'espions étrangers. »

Elle avait vu dans le mille. J'ai toujours été timide et introverti, et je savais qu'il me faudrait du temps avant de réussir à entamer une conversation avec un étranger et à lui serrer la main comme si nous étions de vieux amis, ce qui était un critère absolu pour les officiers aux opérations clandestines, les employés de la CIA travaillant comme espions sur le terrain. Je me disais toutefois que la CIA allait m'apprendre à devenir plus confiant dans les situations sociales, et donc plus extraverti. Je ne comprenais pas exactement ce qu'elle voulait dire par « manque de traits de caractère utiles dans le cadre d'opérations », mais je voulais désespérément être engagé. Alors, j'ai commencé à faire preuve de créativité.

« Oui, je l'admets. C'est dans ma nature. J'ai tendance à être introverti », ai-je dit en souriant et en tâchant de rester calme pour éviter d'envoyer tous signaux disant que je n'étais pas taillé pour une carrière dans l'espionnage. « Mais j'ai remarqué que je suis capable, à n'importe quel moment, de me comporter de manière extravertie. En tant qu'officier aux opérations clandestines, ma capacité à me replier sur moi-même sera une couverture très utile qui me permettra de dissimuler l'extraversion et les traits de personnalité que je devrai déployer pour le bien de mes activités opérationnelles. » Je n'avais aucune idée de ce que je disais. La psychologue m'a alors regardé avec curiosité, inclinant sa tête d'un côté, comme si elle se demandait si j'étais complètement allumé ou incroyablement éloquent. J'ai donc continué à parler, en espérant lui prouver que j'étais bel et bien en mesure, et sans préavis, de me transformer en extraverti. Une fois terminé, elle a simplement acquiescé en me disant : « Nous verrons ça. » Elle m'a ensuite souhaité bonne chance pour le reste du processus de la candidature.

Le test en arabe et l'examen sous polygraphe étaient prévus le lendemain matin. Le test linguistique comprenait deux phases. La première, orale, visait à évaluer mes capacités à comprendre une question et à m'exprimer, tandis que la deuxième, écrite, était destinée à mesurer mes compétences en écriture et en lecture. J'étais alors loin de parler arabe couramment, mais grâce à ma prononciation, plutôt bonne, et mes connaissances en vocabulaire et en conjugaison, développées à l'UAC et à l'UT, j'étais capable de me débrouiller.

J'étais exceptionnellement nerveux au moment d'entrer dans la petite pièce où j'allais passer le test sous polygraphe. L'un de mes professeurs à l'UT, qui avait lui aussi passé un test sous polygraphe pour le gouvernement, m'a conseillé de répondre aux questions en étant parfaitement honnête. « Si jamais tu caches quelque chose, ils s'en rendront tout de suite compte », m'a-t-il prévenu. Avec un sens encore très développé de culpabilité catholique en moi, je savais que je n'avais virtuellement aucune chance de duper la personne qui m'interrogerait, surtout après m'avoir branché à la machine. J'avais déjà parlé aux différents recruteurs de mon époque haschich au Caire, et je leur avais bien confirmé que, depuis, je n'avais pris aucune drogue. « Une douzaine de fois, environ, et rien au cours des quatre dernières années », ai-je répondu à l'opérateur du polygraphe lorsqu'il m'a interrogé sur mon usage, total et récent, de drogue.

Cet examen s'est avéré relativement calme à l'exception de deux dialogues mémorables. Durant le premier, l'opérateur du polygraphe m'a demandé si j'avais récemment menti à quelqu'un à propos de quelque chose d'important. Il n'avait pas terminé de poser sa question que j'avais déjà ma réponse. Je lui ai dit que j'avais parlé à mes parents, la veille, et que, quand ma mère m'avait demandé si j'étais allé à la messe dimanche dernier, je lui avais répondu « oui », alors que ce n'était pas vrai. J'ai ensuite expliqué à l'opérateur du polygraphe que ma mère était une fervente catholique, et que je ne voulais pas qu'elle s'inquiète ou se mette en colère à cause du statut du salut de mon âme. Parfaitement impassible, l'opérateur du polygraphe m'a écouté puis demandé, très lentement, en articulant bien chaque mot, comme s'il n'en revenait pas : « Ta mère te demande si tu vas à l'église et tu lui mens ????? »

Il va sans dire que je ne m'attendais pas à cette réaction.

Le deuxième dialogue a été bien plus déconcertant. Et je ne savais pas, à l'époque, que cette information, répétée de nombreuses années plus tard, allait susciter l'attention de tous les médias et du grand public. « As-tu déjà travaillé pour un gouvernement étranger ou une organisation dédiée à la subversion ou au renversement du gouvernement américain ? » J'ai réfléchi pendant un moment. Rien ne m'est venu à l'esprit, et j'étais sur le point de dire non, lorsque tout d'un coup, comme si j'avais été frappé par une tonne de briques.

« Oh mon Dieu ! » me suis-je dit, en me rappelant mon vote aux élections présidentielles de 1976. Il s'agissait de ma première participation à une telle élection. Toutefois, du haut de mes vingt ans, j'étais déjà désenchanté par la situation politique aux États-Unis. En entrant dans l'isoloir, je ne savais absolument pas pour qui j'allais voter, mais j'étais ravi de pouvoir exercer mon nouveau droit de citoyen. J'ai parcouru les sept noms indiqués sur la liste et me suis arrêté à celui du candidat du Parti communiste, Gus Hall. J'étais vaguement familier avec son nom, mais je ne savais rien de lui. Sans y réfléchir davantage, j'ai donné vie à mon vote de protestation et suis devenu l'un des 58 709 Américains à voter pour Gus Hall cette année.

J'étais persuadé que l'opérateur du polygraphe, assis de l'autre côté de la pièce, allait être encore plus outré par mon vote communiste que par mon mensonge à ma mère. Prenant alors une grande respiration, je me suis armé de courage et lui ai dit : « J'ai voté pour le candidat du Parti communiste à l'élection présidentielle de 1976, simplement parce que j'en avais marre de la politique nationale proposée par les démocrates et les républicains. Il faut croire que j'étais un peu rebelle à l'époque. » J'ai retenu ma respiration et je l'ai fixé du regard pour voir si, tel le polygraphe, je pouvais détecter un semblant de réaction. Mais non, rien. Il m'a ensuite demandé si j'avais eu d'autres échanges ou interactions avec le Parti communiste. « Aucune. Ce vote, uniquement », lui ai-je dit plaintivement, m'attendant clairement à ce que mon vote pour Gus Hall soit pour lui une occasion d'exprimer sa déception, voire son mépris, pur et simple. À l'instar du polygraphe, il a dû déchiffrer la peur sur mon visage et m'a surpris, avec un sourire, en disant : « En tant que citoyen américain, il est dans ton droit le plus absolu de voter pour qui tu souhaites. Cela n'affectera pas ta candidature à la CIA. »

J'étais sidéré par sa réaction. Grâce à deux phrases, on ne peut plus simples – confirmant mes droits en tant que citoyen et le respect de la CIA pour ces derniers –, l'opérateur du polygraphe a dissipé toutes les craintes que je pouvais avoir au sujet d'une organisation qui, au fil du temps, avait été systématiquement accusée de bafouer les valeurs et la liberté des Américains. J'ai terminé ce test sans que l'opérateur me dise quoi que ce soit, mais j'étais optimiste.

C'est trente-six ans plus tard que j'ai mentionné en public avoir voté pour Gus Hall. Je faisais partie d'un panel sur la diversité au sein de la communauté du renseignement à la conférence annuelle du Caucus noir du Congrès à Washington, lorsqu'une jeune femme afro-américaine a demandé si son activisme politique sur le campus pouvait nuire à ses chances d'obtenir une habilitation de sécurité. J'ai répondu en racontant ma première expérience avec un polygraphe et en disant que mon vote pour un candidat communiste ne m'avait pas empêché d'être engagé par la CIA ou même d'en devenir son directeur. J'ai ajouté que son activisme politique sur le campus se devait d'être approprié et qu'il fallait qu'elle évite de poser une bombe dans le bâtiment de l'administration ou de participer à d'autres comportements insensés. Malgré tous mes encouragements en faveur de la diversité et des jeunes Américains envisageant une carrière dans la sécurité nationale, c'est ce vote communiste qui a été souligné dans la presse et qui a depuis facilité le travail de mes critiques.

Je suis rentré à Austin le lendemain du test sous polygraphe, et c'est à partir de là que le jeu de patience a commencé. Durant les deux semaines qui ont suivi, plusieurs professeurs de l'UT m'ont dit que des agents de sécurité les avaient appelés de Washington pour leur poser des questions sur mon travail et mon degré de participation aux activités du campus. Mes voisins à North Bergen ont également reçu la visite de personnes à l'air officiel, montrant rapidement leur badge, et disant qu'ils menaient une enquête sur mes antécédents, en rapport avec une demande d'emploi. « Comment était-il en grandissant dans le quartier ? A-t-il eu des accrochages avec la police ? Vendait-il ou prenait-il de la drogue ? » Inutile de dire que c'était du grand spectacle pour les résidents de la 74e rue. Ils se sont tout de suite jetés sur leur téléphone pour appeler mes parents et leur annoncer la nouvelle :

« Nous venons juste de recevoir la visite de personnes qui avaient des questions sur John. Tout va bien ? Il recherche vraiment du travail au gouvernement ? Que devons-nous dire si jamais ils reviennent ? »

J'avais prévenu mes parents, en leur disant que si quelqu'un posait des questions sur mon avenir professionnel, ils n'avaient qu'à dire que j'étais candidat à un poste de fonctionnaire au service extérieur du département d'État. Ma mère craignait deux choses : nuire à mes chances d'être choisi et avoir des ennuis avec les agents fédéraux si jamais elle donnait de « mauvaises réponses ». Elle s'est alors écrit un texte qu'elle gardait près du téléphone. Le père de Kathy, qui était, à l'époque, atteint d'un cancer, a trouvé les indications confuses et n'a pas voulu répondre aux autres questions. Chaque fois qu'un membre de la famille ou qu'un ami inquisiteur posait des questions sur mon avenir professionnel, il se contentait de répondre : « Oui, John a postulé pour un job à la Poste. » Il devait se dire que mentionner une agence en rapport avec le gouvernement fédéral, même si elle n'avait rien à voir avec la réalité, était la réponse la plus sûre.

Ce printemps-là, après ma batterie de tests, j'avais constamment l'impression d'être à deux doigts de réaliser mon rêve, de travailler sur le terrain et de continuer à découvrir le monde, ou d'échouer. Je savais qu'une décision finale prendrait du temps. Les recruteurs m'avaient bien dit qu'en fonction des voyages et des activités passés d'un candidat, le processus d'enquête sur les antécédents pouvait prendre des mois, voire des années. Croyant de plus en plus en mes chances de devenir agent à la CIA, je me suis organisé pour écourter mes études supérieures à l'UT et partir, en fin d'année scolaire, avec une maîtrise en études gouvernementales.

Kathy et moi sommes rentrés au New Jersey, fin mai, quelques jours avant le mariage de ma sœur, Kathleen. Pendant ce séjour, nous sommes restés, en alternance, chez mes parents et chez le père de Kathy. Histoire de gagner quelques dollars supplémentaires pendant les vacances d'été, je me suis mis à demander au voisin s'ils avaient des petits boulots pour moi. J'étais au quasi-sommet d'une échelle de six mètres, en train de repeindre le toit du voisin, lorsque j'ai vu ma mère, à travers les échelons, un torchon dans la main gauche et le courrier qui venait d'être livré dans la main droite. « Tu as reçu une lettre du gouvernement ! Ça a l'air sérieux ! » m'a-t-elle dit, en agitant la lettre de la main. Comme si je voulais battre un record de vitesse, j'ai descendu l'échelle, pris la lettre de la main de ma mère et l'ai ouverte devant elle. En la balayant des yeux, j'ai vu le mot « Félicitations ! » puis « GS-9[7] », et enfin « 17 340 $ » de salaire.

« Oui ! J'ai réussi ! » J'ai crié de joie, en embrassant ma mère. J'ai couru de l'autre côté de la rue, chez mes parents, et monté les escaliers pour appeler Kathy, qui était en visite chez son père. « On a réussi ! On a réussi ! » Je n'arrivais plus à respirer. « On va à Washington ! »

7. Aux États-Unis, les salaires correspondant aux emplois de la fonction publique sont classés par catégories, de 1 à 15. Les salaires des catégories 1 à 7 correspondent aux emplois du bas de l'échelle, les catégories 8 à 12 aux emplois-cadres, et les catégories 13 à 15 aux emplois-cadres supérieures. (NDT)

6

TROP CLANDESTINES POUR MOI

Depuis ce jour où j'ai reçu cette offre concrète d'emploi de la part de la CIA, Kathy et moi nous sommes mis à constamment nous demander comment gérer au mieux la transition entre le Texas, le New Jersey et la région de Washington. Après un examen soigneux des logements disponibles, Kathy et moi avons décidé de louer un appartement avec une chambre, à proximité du carrefour, fréquemment congestionné, de Seven Corners à Falls Church, dans l'État de Virginie. Bien qu'un peu trop cher pour notre budget, la résidence Oakwood Apartments était la préférée des jeunes professionnels arrivant dans la région, surtout ceux travaillant pour « le gouvernement », car ce complexe immobilier proposait des locations au mois.

« Lundi, je commence à travailler au gouvernement à Washington », ai-je joyeusement, mais vaguement, dit à ma famille et à mes amis lors de la célébration, dans le New Jersey, du quatre-vingt-cinquième anniversaire de ma grand-mère, respectant ainsi la volonté de l'Agence, selon laquelle je ne devais pas révéler mon imminente affiliation à la CIA.

Selon les instructions contenues dans ma lettre d'emploi, je devais me rendre à la Chambre de commerce d'Arlington à 8 h 30, et me garer, si jamais je venais en voiture, quelques pâtés de maisons plus loin, pour soi-disant ne pas déranger les résidents vivant dans le quartier. La directive recommandant de se garer à l'écart de la Chambre, je l'ai vite compris, était conçue pour nous éviter, à moi et à mes collègues, de révéler nos couvertures, et donc nos carrières clandestines, durant nos premiers jours à la CIA. La CIA utilisait ce bâtiment à des fins administratives et formatives, mais tout le monde ne le savait pas encore, sauf les services de renseignement soviétiques qui surveillaient depuis longtemps les bâtiments qu'ils suspectaient d'être utilisés par la CIA ou le FBI. Depuis toujours, les Soviétiques étaient réputés pour ne rien jeter. Les fichiers de renseignements de l'ambassade soviétique à Washington étaient pleins de photos de personnes et de plaques d'immatriculation observées à proximité de ces bâtiments, ainsi que de vieux tickets de caisse trouvés dans les parages.

Depuis mes débuts comme livreur de journaux pour le *Hudson Dispatch* à North Bergen, je suis obsédé par la ponctualité, notamment lorsqu'il s'agit de réunions, de rendez-vous, de réservations au restaurant et surtout de nouveaux départs. Rien de différent en ce mardi 5 août 1980. J'ai quitté notre résidence, Oakwood, deux heures environ avant le rendez-vous, alors que le bâtiment de la Chambre n'était qu'à vingt minutes. Il était inimaginable que j'arrive en retard pour mon premier jour à la CIA.

J'ai pris un chemin pour le moins sinueux, au cas où les Soviétiques étaient déjà en train de suivre mes traces. « C'est cool ce truc d'espion », me suis-je dit. Respectueux des consignes, je me suis garé dans une rue résidentielle, bordée d'arbres, à trois pâtés de maisons de là. Contrairement à l'Arlington d'aujourd'hui, les alentours de la Chambre, en 1980, étaient relativement calmes, avec seulement une poignée de cafés-restaurants, tous fermés avant 7 heures. Après une balade sans but d'environ une heure, j'ai finalement pu m'acheter un café chez le premier commerçant ouvert. Quarante minutes plus tard, j'étais au rez-de-chaussée de la Chambre.

J'ai alors été conduit dans une salle avec des tables et des chaises pouvant accueillir les quarante apprentis en formation technique, communément appelés CT[8], qui allaient, en ce jour, prêter le serment professionnel de l'Agence. Je ne connaissais qu'une seule autre personne dans la salle, un collègue de l'UT qui venait de terminer sa maîtrise en études gouvernementales. La promotion

8. *Career trainee.* (NDT)

était composée à 90 % de personnes de sexe masculin et de race blanche, dont plusieurs, déjà employées par l'Agence, étaient transférées à ce programme de formation technique de douze mois. Un petit nombre de CT présents dans la salle avaient été engagés comme analystes, chercheurs et experts techniques. Tous les autres, moi y compris, prévoyaient de devenir officiers aux affaires à la Direction des opérations clandestines.

Notre classe a été accueillie par le même recruteur que j'avais rencontré, il y a quelques mois, à Austin, même si cette fois, il s'est présenté sous un autre nom, le vrai d'après moi. J'ai tenté de croiser son regard, pensant qu'il se souviendrait de moi et de notre discussion au printemps. Mais non.

Le serment professionnel a été proclamé en milieu de matinée par un haut dirigeant de la Direction administrative (renommée depuis la Direction de la gestion), la section de l'Agence responsable de s'assurer que la CIA dispose des ressources, du personnel, et du système de soutien nécessaires pour exécuter ce qu'elle est statutairement autorisée à faire. C'est la première fois que l'on me demandait de lever la main droite et de prêter un serment d'allégeance aux États-Unis d'Amérique. Cette occasion avait quelque chose de très solennel, de presque sacré. Plusieurs années plus tard, proclamant chaque mois, devant le Memorial Wall, le mur commémoratif de la CIA, le même serment professionnel à une nouvelle promotion d'employés de l'Agence, j'allais me souvenir de mon propre serment professionnel et du grand sentiment de fierté et d'obligation professionnelle ressentie à l'époque :

> « J'atteste, John Brennan, jurer solennellement de soutenir et de défendre la Constitution des États-Unis contre tout ennemi, qu'il vienne de l'extérieur ou de l'intérieur ; porter à ce pays une foi et une obéissance entières ; prendre cet engagement librement, sans aucune réserve ou volonté de fuite ; et que je remplirai fidèlement les fonctions du bureau que je suis sur le point de rejoindre : Que Dieu me protège. »

Pendant les neuf jours et demi suivants, mes collègues CT

et moi avons été briefés afin de savoir comment gérer les différentes options salariales, les problèmes bancaires, les régimes d'assurance vie et maladie, et d'autres questions courantes affectant notre quotidien, et celles de nos épouses, de manière à ne pas révéler notre lien avec la CIA. Malgré la complexité des critères obligatoires associés à cette couverture, nous n'avions qu'à apprendre – Internet n'étant pas encore de la partie – à remplir des formulaires et à savoir répondre aux questions sur notre statut professionnel. En plus de tout ce travail administratif, nos supérieurs nous ont briefés sur les plus grands succès et échecs de la communauté du renseignement, ainsi que sur les plus fameux cas de contre-espionnage. Le moment était également parfait pour faire connaissance et créer des liens d'amitié avec des camarades de classe qui eux aussi devaient gérer les problèmes associés à un premier déménagement dans la région de Washington.

À la fin du programme d'orientation de la Chambre du commerce, j'ai commencé la première de deux affectations « intérimaires », durant chacune de douze à quatorze semaines. Pendant la première, chaque CT était assigné aux divisions de la CIA correspondant le mieux à ses expériences académiques et professionnelles passées ou à son expertise linguistique. Étant donné mes études sur le Moyen-Orient et mon niveau en langue arabe, j'ai été envoyé à la prestigieuse Division du Proche-Orient, partie intégrante de la Direction des opérations clandestines. La « NE[9] », telle qu'elle était appelée, était l'institution d'accueil de certaines des personnalités les plus colorées de la CIA, et des agents secrets les plus aventureux et courageux. Au cours des décennies suivant l'inauguration de la CIA en 1947, le Moyen-Orient a été accablé par quatre guerres entre Israël et ses voisins arabes, des conflits entre civils, des crises politiques, des attaques terroristes, et les intrigues associées à la guerre froide entre Washington et Moscou. Dans chaque chapitre de l'histoire de la région, à cette époque, la CIA a joué un rôle crucial. Par ailleurs, lorsque je suis arrivé à la CIA, la NE était fortement impliquée, depuis plus d'un an, dans les efforts de libération des cinquante-deux diplomates et citoyens américains, toujours pris en otages à l'ambassade américaine de Téhéran. Quand j'ai rejoint la CIA, j'étais honoré de faire partie d'une Agence dévouée à la sécurité et à la protection des États-Unis.

9. *Near East.* (NDT)

Durant mon intérim à la NE, je me suis concentré sur l'Afrique du Nord, qui couvrait des pays comme le Maroc, la Tunisie, l'Algérie et la Libye. J'ai été exposé aux capacités de collecte, à l'étranger, de renseignements techniques et humains sensibles, ainsi qu'à la nature et à la portée des relations de l'Agence avec les services de renseignement et de sécurité du monde entier. Je suis devenu familier avec la terminologie et le jargon de la CIA ainsi qu'avec les principaux éléments de l'institution. Les deux plus grandes directions de la CIA, à l'époque et aujourd'hui, sont celles des opérations clandestines et du renseignement. Les officiers aux opérations clandestines sont impliqués dans la collecte clandestine de renseignements humains et sont principalement responsables d'entretenir la liaison avec les services de renseignement étrangers et de mener des missions secrètes. Les analystes parcourent des montagnes d'informations recueillies par différents moyens et produisent des évaluations destinées aux officiers supérieurs. Il existe, au sein de la Direction des opérations clandestines (DO[10]), deux catégories professionnelles principales : les « officiers aux affaires », formés à la détection, à l'évaluation, au recrutement et à la gestion d'espions étrangers agissant pour le compte de la CIA, et les « officiers aux rapports », renommés depuis « officiers à la collecte des renseignements », responsables du traitement, de la clarification et de la distribution de renseignements acquis de manière clandestine, et obtenus par les officiers aux affaires auprès d'espions étrangers. Les officiers aux rapports jouaient également un rôle vital dans l'évaluation de la fiabilité d'une source et de la qualité et de l'exactitude des informations d'une source.

À la fin de mon premier intérim, il était prévu que j'aille à « la Ferme », le centre d'entraînement élite de la CIA, situé en pleine forêt, au cœur de la Virginie, pour une formation opérationnelle approfondie avec le reste des autres CT. C'est à la Ferme que plusieurs générations de fonctionnaires de la CIA ont appris l'art de l'espionnage et du renseignement. C'est là qu'ils ont découvert comment utiliser une arme et maîtriser les techniques de conduite préventive et de contre-surveillance. J'étais très impatient de rejoindre la Ferme. Malheureusement, j'ai été déçu d'apprendre que ma formation allait être retardée de quelques mois en raison du manque d'instructeurs. Nous avons alors tiré à la courte paille. Étant l'un des plus jeunes de ma promotion, c'est moi qui ai tiré

10. Directorate of Operations. (NDT)

en premier... et qui ai perdu en premier. Un supérieur m'a alors dit que je pourrais revenir ici dès la fin de ma deuxième affectation intérimaire. Ayant fortement apprécié les semaines passées à étudier l'Afrique du Nord et mon expérience au sein de la NE, j'ai demandé à passer ma deuxième affectation intérimaire à la Division analytique de la Direction des opérations clandestines, qui, à l'époque, était appelée le Centre national des affectations étrangères. Au cours des mois précédents, j'avais beaucoup interagi avec les analystes travaillant sur l'Afrique du Nord, et je respectais énormément leur compréhension approfondie de l'histoire, de la politique et de la culture de la région. J'ai été temporairement affecté au Bureau des analyses politiques (OPA), dirigé par une officière supérieure très talentueuse, Hélène Boatner, qui a servi de pionnière pour les femmes dans l'Agence.

Mon affectation intérimaire dans les rangs analytiques m'a exposé à une mission et une culture différente de ce que j'avais vécu, ces derniers mois, du côté opérationnel de l'Agence. Ne travaillant plus dans un environnement regorgeant de pseudonymes, de noms de code, de fausses identités, où le principe du « besoin de savoir » prévaut sur tout, j'étais encouragé et même poussé à consommer autant d'informations que possible sur les institutions, les acteurs et les développements politiques de cette région, ainsi que leur rapport avec les intérêts américains au Moyen-Orient. J'ai été chargé d'écrire plusieurs notes pour la publication quotidienne de la CIA – le *National Intelligence Digest*, également appelé le *NID* – et l'on m'a confié d'autres devoirs sur les tribus libyennes et sur la relation entre Mouammar Kadhafi et les organisations terroristes.

À la moitié de ma deuxième affectation intérimaire, j'ai commencé à me demander si je n'étais pas plutôt fait pour une carrière dans l'analyse que dans les opérations clandestines. En tant qu'analyste débutant, j'étais intéressé par les défis intellectuels associés à la reconstitution et à la séparation du bon grain de l'ivraie des renseignements clandestinement acquis par des sources humaines et techniques, notamment en matière de rapports diplomatiques et d'informations de sources ouvertes, qui représentaient souvent la réalité de manière incohérente. Contrairement aux articles que j'ai écrits à l'UT et que seule une poignée de professeurs et, parfois, de camarades de classe, lisait, j'étais aux anges à l'idée de produire un texte analytique, même s'il ne faisait que quelques phrases, qui serait lu par d'autres personnes – pouvant aller jusqu'au Président – réellement impliquées dans la mise en forme et la mise en œuvre de la politique étrangère américaine.

C'est durant cette période d'introspection professionnelle que j'ai saisi l'opportunité d'assister à une formation d'une semaine à la Ferme où j'ai pu longuement échanger avec un officier aux affaires très expérimenté. « Jack » avait participé à plusieurs tournées en outremer, surtout en Asie du Sud-Est, et notamment au Vietnam, au plus fort de la guerre, époque où des centaines d'officiers de la CIA travaillaient main dans la main avec l'armée américaine et les services sud-vietnamiens du renseignement et de la sécurité. Jack approchait la fin de la quarantaine, mais il avait l'air beaucoup plus vieux. L'histoire qui courait à la Ferme était que Jack avait un sérieux problème d'alcool et qu'il était revenu aux États-Unis pour suivre un programme de désintoxication. Un seul regard au visage de Jack suffisait à rendre cette histoire crédible. Durant ma formation, Jack a mené une discussion sur les difficultés associées à la gestion des espions recrutés souhaitant, pour une raison ou une autre, mettre un terme à leur relation avec la CIA. Jack s'est alors inspiré de sa propre expérience pour nous raconter quelques histoires, en incluant notamment ce qu'il avait fait pour conserver ses espions. Nous écoutions tous attentivement lorsqu'un de mes camarades de promotion a posé une question un peu plus pointue. « Imaginons le cas d'un espion… Il nous fournit des informations très importantes, mais il est vraiment préoccupé par sa sécurité et il a peur d'être fait prisonnier par le service de renseignement local. Il nous dit alors qu'il veut mettre fin à sa relation avec nous. Que pouvons-nous faire ? »

Jack a eu beaucoup de mérite parce que sa réponse initiale a été très réfléchie, mesurée et convaincante. « Vous faites ce que vous pouvez pour le calmer, y compris en prenant des précautions supplémentaires pour que les locaux n'aient pas vent du travail qu'il fait pour nous. » Mais malheureusement, il a continué. « Et voilà pourquoi il est important, dès le début de votre relation professionnelle, de lui faire signer un reçu correspondant à son salaire ou même tout simplement au remboursement de ses dépenses. Si jamais il se met à hésiter, vous pouvez lui rappeler que vous avez ce reçu signé et qu'il serait très malheureux, pour lui et sa famille, que ce document tombe entre de mauvaises mains, les mains de ceux qui pourraient lui faire passer un sale quart d'heure. »

Quoi !?! J'ai bien entendu ? Jack venait-il vraiment de recommander à un officier aux affaires de simplement forcer un espion à continuer sa relation avec l'Agence en laissant entendre que l'Agence pourrait l'exposer ? Je n'ai pas pu me retenir. « Cela ressemble à du chantage », ai-je laissé échapper. Jack s'est tourné vers moi et m'a regardé pendant un moment. Il était prêt à se mettre en colère. Apparemment, utiliser le mot « chantage » avait clairement touché un nerf.

« Nous parlons de faire ce qui est nécessaire pour assurer la sécurité de notre pays, a-t-il déclaré sèchement. Vous devez être fort mentalement pour devenir officier aux affaires. » Il a ensuite utilisé des termes désobligeants pour désigner les employés du département d'État ainsi que les analystes de l'Agence, en les comparant défavorablement aux officiers aux affaires qui, eux, doivent faire face aux « vrais problèmes ».

J'ai été surpris par la réponse véhémente de Jack. Je n'ai rien dit de plus et j'ai quitté la salle de classe en secouant la tête, incrédule. Je savais que le travail de la CIA était d'une importance cruciale pour la sécurité de notre pays, mais je ne pensais pas une seconde que nous devions contraindre les individus à coopérer avec nous. L'intimidation, le harcèlement psychologique et les menaces de violence physique étaient des tactiques que j'avais associées aux services de renseignement soviétiques et chinois, mais jamais à la CIA. Jack me disait-il alors que j'étais en plein rêve ?

Une fois dans ma chambre, je me suis souvenu de ce que la psychologue du personnel de la CIA m'avait dit durant mon recrutement, moins d'un an plus tôt, comme quoi je n'avais pas les « traits de caractère » nécessaires pour être au cœur des activités opérationnelles. « C'était ça qu'elle voulait dire ? » me suis-je demandé. La nuit suivante, je l'ai passée à tourner dans mon lit et à agoniser en me demandant si j'avais ce qu'il fallait pour réussir en tant qu'agent à la CIA, ou même si je voulais l'être. Du jour au lendemain, littéralement, mon point de vue sur l'Agence est devenu très sombre. Si j'ai dormi, cela n'a été que très bref. Le matin, au réveil, j'avais pris ma décision. Je ne voulais plus entendre parler des activités opérationnelles. J'ai alors présenté une demande officielle de transfert du côté analytique de l'Agence.

En réalité, cette décision se développait en moi depuis un certain temps. Je me souviens de deux moments mémorables, plus tôt durant ma formation, qui m'ont fait beaucoup réfléchir et qui m'ont fait me demander si j'étais vraiment fait pour passer ma vie à jouer au détective. Le premier s'est produit très tôt, pendant mon intérim à la Division du Proche-Orient. Mon supérieur était venu me voir un matin pour me dire que la division était à la recherche d'une personne capable d'escorter un officier supérieur militaire arabe et sa famille en visite pendant quelques jours alors qu'ils allaient faire du shopping et du tourisme dans le nord de la Virginie. Il ne m'a rien dit de l'officier militaire, si ce n'est qu'il était une source importante pour la CIA et qu'il était accompagné de sa femme et de ses deux jeunes enfants. « Vous êtes intéressé, John ? », m'a demandé mon chef de section.

« Et comment ! », lui ai-je répondu, impatient de participer, ne serait-ce que marginalement, à une activité opérationnelle. Qui plus est, j'étais ravi de l'entendre dire que j'aurais besoin d'être légèrement déguisé durant mon activité d'escorte afin de cacher mon identité.

Il m'a ensuite ordonné de me présenter à l'unité de déguisement de la CIA, située dans un autre bâtiment de la région de Washington. Dès mon entrée dans le bureau de l'unité, j'ai eu l'impression de me retrouver dans le studio d'une maquilleuse professionnelle à Hollywood. La pièce était pleine de toutes sortes de « trucs » pour se déguiser – perruques, fausses moustaches et barbes, masques complets, lunettes, chapeaux –, le tout encadré par des comptoirs recouverts de maquillage, mascara et poudre. « Assieds-toi, jeune homme », a déclaré l'officier de la CIA chargé de me faire ressembler à quelqu'un d'autre. Il m'a observé sous différents angles puis est allé chercher quelques articles dans sa collection. Une perruque brun foncé avec des favoris, une paire de lunettes teintées avec une monture style carapace de tortue, et un petit support à placer dans le talon d'une de mes chaussures pour me donner une démarche différente. Une fois mes sourcils assombris et ma moustache teintée en blond rougeâtre pour correspondre à ma nouvelle couleur de cheveux, il a fait un pas en arrière et s'est exclamé « Voilà ! » à la satisfaction apparente de son collègue, qui était debout à proximité. Je dois l'admettre, j'avais l'air bien différent, plus âgé et plus sophistiqué. Enfin... plus âgé au moins.

En partant, le maquilleur m'a conseillé de porter le déguisement à quelques reprises en public. Il m'a également conseillé de m'entraîner à le mettre et à l'enlever dans ma voiture afin qu'il devienne facile pour moi de passer, en peu de temps, d'une personne et d'une personnalité à l'autre. Les premières fois que j'ai mis le déguisement, c'était à la maison, et Kathy ne pouvait pas s'empêcher de rire, ce qui m'a convaincu que je devais probablement faire mes premières séances d'entraînement initiales sans elle. Après quelques nouveaux essais, je me suis senti de plus en plus confiant et à l'aise, aussi bien pour porter que pour enlever la perruque, les lunettes, et même le maquillage.

Le jour J, j'ai fait le voyage avec un officier supérieur de la NE jusqu'à l'aéroport de Dulles pour aller chercher la source et sa famille et les conduire à leur hôtel. Ils étaient impatients de visiter un centre commercial américain, alors je les ai conduits au Tysons Corner Center, situé à proximité. La source m'a remercié abondamment pour l'aide que j'offrais à sa famille. Son niveau en anglais était moyen, et je n'ai pas révélé que j'avais des bases en arabe. J'ai pu ainsi quelque peu écouter les conversations de la famille. La source a dit à sa famille que j'étais leur garde du corps, évoquant un « *Al hamdu lillāh !* » (Dieu soit loué) de la part de sa femme, timide et quelque peu nerveuse.

Tout s'est bien passé jusqu'au dernier jour de leur visite. Une fois de plus, j'ai conduit la famille au Tysons Corner Center où ils voulaient voir un magasin particulier. Je les ai ensuite laissés seuls, promettant de les récupérer quelques heures plus tard, après qu'ils auraient eu le temps de magasiner et de déjeuner, ce qui m'a également donné le temps de retourner à Langley, d'enlever mon déguisement, et de travailler un peu. En route vers le centre commercial, j'ai été ralenti par un accident sur la route 123. N'ayant plus que quelques minutes, je me suis garé dans un coin désert du parking afin de vite remettre mon déguisement. J'ai ensuite dévalé hors de la voiture et me suis précipité à l'intérieur du centre commercial, juste à temps pour voir la famille arriver au point de rencontre désigné. Je leur ai alors fait un signe de la main pour qu'ils me suivent. En marchant à travers le centre commercial, j'ai remarqué que plusieurs personnes semblaient me regarder de façon plus prononcée que d'habitude, comme l'ont fait les enfants de la source lorsque nous sommes arrivés à la voiture. À la fin du court trajet en voiture jusqu'à leur hôtel, je leur ai dit au revoir, car il s'agissait du dernier jour de mon travail d'escorte/de garde du corps. La source a exprimé toute sa gratitude, mais semblait nerveuse en demandant à ses enfants de se dépêcher de sortir de la voiture et de rentrer dans l'hôtel.

Une fois l'hôtel hors de vue, je me suis garé dans un parking vide à proximité pour enlever mon déguisement. Mais avant de le faire, j'ai pris un bref instant pour me regarder dans le rétroviseur.

« Oh merde ! Putain de merde ! » me suis-je dit à voix haute.

Plus tôt, dans ma hâte de mettre mon déguisement, j'avais mis mes lunettes avant ma perruque. Les branches de mes lunettes étaient donc sous ma perruque plutôt que dessus. Le problème principal n'était pas seulement d'avoir des branches de lunettes quasi invisibles, mais plutôt le fait que les favoris de ma perruque ne collaient pas à mon visage ! Une vague d'embarras profond s'est immédiatement emparée de moi. Je suis sur le terrain, dans ma première mission opérationnelle, et je finis par ressembler à Sally Field dans *La sœur volante*, l'émission télé que je regardais quand j'étais adolescent.

Au moins, le vent n'était pas fort ce jour-là.

Ma seconde expérience n'a été qu'à peine moins embarrassante. Plus tard dans le programme de formation des CT, j'ai participé à un exercice d'entraînement à Washington. Un officier aux affaires, plus expérimenté, était sur le point de se rendre à l'étranger pour un poste associé à un environnement opérationnel particulièrement difficile. Plusieurs diplomates américains et agents de la CIA avaient récemment fait l'objet d'efforts de surveillance de plus en plus agressifs de la part des services locaux de renseignement et de sécurité. Tous les agents sortants de la CIA avaient donc besoin d'une formation supplémentaire en contre-surveillance avant d'arriver dans ce pays. On m'a demandé de faire partie d'une équipe de quatre personnes qui surveilleraient discrètement l'officier en question. Le but était de voir s'il était capable de nous identifier pendant qu'il passerait plusieurs heures à faire du shopping et du tourisme à Washington. Malgré mon manque de connaissances en surveillance, j'ai sauté sur l'occasion.

L'exercice s'est déroulé par une matinée fraîche, mais ensoleillée, à la fin février. Je n'ai jamais perdu trace de la cible, tout en réussissant, d'après moi, à respecter une certaine distance de sécurité avec l'officier. Je n'ai jamais senti ses yeux se poser sur moi. En effet, j'essayais de me fondre au maximum dans la foule d'acheteurs, de travailleurs du gouvernement, et de groupes scolaires qui allaient et venaient. Lorsque l'exercice s'est terminé, j'ai eu l'impression que mes compétences en surveillance, malgré mon niveau débutant, n'étaient pas mauvaises du tout, persuadé que l'officier aux affaires ne m'avait jamais repéré.

L'agent a d'abord rencontré son instructeur de contre-surveillance pour lui faire un compte rendu de ce qu'il avait vu et des personnes qui, d'après lui, l'avaient observé. Puis nous nous sommes tous réunis. L'instructeur a commencé en nous disant que l'officier aux affaires avait repéré chacun de ses surveillants. L'agent a ensuite expliqué comment il avait réussi. Comble de la honte, il a commencé par moi, en disant que j'étais le premier qu'il a détecté.

« Je t'ai remarqué dès que j'ai quitté la librairie, a-t-il dit. Tu étais la seule personne à ne pas porter de manteau, et ton costume beige clair, pour un jour d'hiver en février, ne pouvait pas passer inaperçu. Ensuite, durant toute la matinée, il n'a pas été difficile de te repérer, ou devrais-je dire, de retrouver ton costume beige clair dans mon champ de vision périphérique, dans tous les endroits où tu t'es présenté. »

Apparemment, porter des vêtements adaptés à la saison n'était pas mon fort, ni ma capacité à surveiller quelqu'un incognito.

Mon ego terni, j'ai ensuite écouté l'officier aux affaires raconter comment il avait identifié les trois autres membres de l'équipe de surveillance. Peu fier de ma performance du jour, j'ai toutefois commencé à apprécier et à respecter, de manière très saine, l'importance des formations en contre-surveillance et le niveau des compétences en espionnage acquises par les officiers de l'Agence. À de maintes reprises au cours de ma carrière à la CIA, surtout en tant que directeur, j'ai été stupéfait de découvrir, lors de briefings quotidiens, des cas exceptionnellement ingénieux, courageux et remarquablement réussis d'agents de la CIA, qui avaient vaincu les efforts de surveillance des services de renseignement et de sécurité étrangers afin de pouvoir rencontrer subrepticement et surtout, en toute sécurité, des contacts étrangers.

Mon transfert interne de la Direction des opérations clandestines à la Direction du renseignement (le nouveau nom du

Centre national des missions étrangères) s'est bien passé, à la fin de mon programme de formation d'un an. Mes patrons, à la Direction des opérations clandestines, ont reconnu que mes capacités correspondaient mieux au côté analytique de la maison, et la Direction du renseignement était impatiente d'embaucher un nouvel employé formé et qualifié, ayant déjà une année d'expérience organisationnelle et régionale sous sa ceinture. J'ai été particulièrement heureux d'apprendre que mon nouveau quartier général, à la Direction du renseignement, serait le Bureau d'analyse du Proche-Orient et du sud de l'Asie – connu sous l'acronyme NESA[11] – et que Bob Ames, officier légendaire à la DO/NE (Division du Proche-Orient), doté d'une profonde expertise sur les questions palestiniennes, yéménites et sur le Moyen-Orient en général, avait été nommé directeur principal. Il était très rare de voir un officier issu de la DO à la tête d'une section analytique majeure, mais Bob avait précédemment servi comme agent national du renseignement au Moyen-Orient pour le compte du Conseil national du renseignement et avait gagné le plus grand respect à l'intérieur et à l'extérieur de la CIA pour ses connaissances et sa créativité. La nomination de Bob a immédiatement apporté sérieux et crédibilité à ce nouveau bureau, et l'enthousiasme des troupes du NESA, à l'égard de sa sélection, était palpable. Le NESA semblait être l'emplacement organisationnel idéal pour moi. Et il l'a été. C'est là que j'ai passé l'essentiel des quinze premières années de ma carrière à l'Agence et que j'ai appris, grâce à mes collègues du NESA, l'art d'analyser des renseignements.

11. *Office of Near Eastern and South Asian Analysis.* (NDT)

7

JOHN D'ARABIE

C'est au cours de ma première année en tant qu'employé de l'Agence que j'ai réalisé que les dimensions personnelles et professionnelles de ma vie seraient à jamais liées. Plusieurs anciens employés de l'Agence, rencontrés à Austin, m'avaient prévenu. La vie insulaire et secrète des agents de la CIA peut prendre le dessus sur les plus belles relations. C'est exactement ce qui nous est arrivé, à Kathy et moi, peu de temps après mes débuts à l'Agence. Je passais de longues heures au bureau et je partais assister à des formations de plusieurs jours à l'extérieur de la région de Washington. Kathy, qui travaillait à temps plein comme instructrice dans une salle de sport, et moi, ne pouvions donc passer que peu de temps ensemble. Et même quand nous étions ensemble, je ne disais rien à Kathy sur mes journées à la CIA de peur de violer un règlement de sécurité interdisant la discussion d'informations classifiées avec des personnes sans habilitation, même une épouse. Kathy et moi avons commencé à nous éloigner, et début 1981, nous nous sommes séparés. J'ai alors emménagé dans un appartement près de Bailey's Crossroads à Falls Church. Kathy, elle, partageait une maison à McLean avec deux autres femmes. C'est à cette époque que je me suis longuement demandé comment les personnes impliquées dans le renseignement, en particulier les agents postés à l'étranger qui, par nécessité, passent l'essentiel de leur temps à mener des activités clandestines, font pour s'occuper de leurs responsabilités familiales ainsi que de leurs obligations professionnelles.

Durant l'année qui a suivi, Kathy et moi avons fait de notre mieux pour nous réconcilier, notamment en identifiant comment faire de notre mariage un succès malgré mes exigences professionnelles. Nous savions tous les deux que mon emploi du temps n'allait pas s'alléger, mais j'avais besoin d'apprendre à lui parler de mon travail, sans dévoiler d'informations classifiées, de sorte qu'elle se sente davantage impliquée dans ma vie. Voici la leçon que cette expérience m'a apprise et que j'ai partagée avec les nouveaux employés, lorsque je suis ensuite devenu directeur. « Vous allez bientôt avoir d'énormes responsabilités professionnelles, leur disais-je. Mais vous devez veiller à ne pas négliger vos autres responsabilités, celles que vous avez chez vous, avec votre famille, car vos proches seront votre plus grande source de soutien et d'inspiration. »

Kathy et moi avons alors envisagé de mettre fin à cette séparation, mais sa décision a été beaucoup plus difficile que la mienne en raison du chemin que ma carrière à l'Agence avait déjà commencé à prendre. Au début du printemps 1982, j'ai été choisi pour joindre une rotation de deux ans au département d'État en tant qu'officier politique à l'ambassade des États-Unis en Arabie saoudite. J'avais hâte de vivre à nouveau au Moyen-Orient, surtout si je pouvais le faire en tant que véritable diplomate américain. Réalisant que je demandais à Kathy de se joindre à moi pour une affectation de deux ans dans le pays le plus socialement conservateur du Moyen-Orient, j'ai essayé d'adoucir les angles en lui promettant de trouver le temps de voyager et d'économiser de l'argent, tout en vivant à l'étranger, ce qui nous permettrait, une fois rentré, d'acheter une maison à Washington. Kathy a vite compris ma stratégie consistant à décrire ce poste dans le royaume saoudien comme un verre à moitié plein plutôt qu'à moitié vide. Après y avoir bien réfléchi, Kathy a finalement accepté de donner une autre chance à notre mariage, même si nous nous apprêtions à le faire dans une terre extrêmement chaude et lointaine. Depuis ce jour, je suis quotidiennement et éternellement reconnaissant et je m'estime incroyablement chanceux qu'elle ait décidé de nous donner une seconde chance.

Pour me préparer à ce poste en Arabie saoudite, j'ai suivi une formation à temps plein en arabe pendant cinq mois dans le même bâtiment à Arlington où j'avais passé mes deux premières semaines en tant qu'employé de l'Agence. Tous les jours, j'allais en classe avec ma toute nouvelle Yamaha XS 400 Maxim, un cadeau très inattendu et très apprécié de la part de Kathy. La plupart du temps, je n'osais mettre ma boucle d'oreille en diamant que pour le retour à la maison. Apparemment, je n'étais pas encore assez courageux pour exposer mon côté « Easy Rider » à mes autres collègues de l'Agence.

Pendant ces mois d'arabe à temps plein, j'allais aussi au NESA (Bureau d'analyse du Proche-Orient et du sud de l'Asie), les week-ends, pour lire des évaluations de renseignements et rester au courant des derniers développements au Moyen-Orient. Il y avait tant d'informations à digérer, car une rafale d'événements, y compris l'assassinat du président égyptien, Anouar el-Sadate, en octobre 1981, et l'invasion du Liban par Israël en juin 1982, ont eu des répercussions majeures sur les intérêts régionaux des États-Unis en matière de sécurité nationale. Une semaine après l'arrivée d'Israël au Liban, le roi Khaled d'Arabie saoudite est mort d'une crise cardiaque. Son demi-frère, le prince héritier Fahd, est alors monté sur le trône. Ce changement soudain de leadership en Arabie saoudite m'a incité à passer la majeure partie du week-end suivant au NESA afin de comprendre comment l'ascension de Fahd pouvait affecter les politiques intérieure et étrangère saoudiennes. Le samedi matin, alors que je me concentrais pour taper le bon code secret d'une des portes verrouillées du NESA, au sixième étage du siège de la CIA, j'ai entendu des bruits de pas qui ne pouvaient appartenir qu'à quelqu'un de déterminé.

« Brennan ! »

En me retournant, j'ai vu qu'il s'agissait de Bob Ames, portant un grand sourire et ses fameuses lunettes teintées.

« On décide de t'envoyer en Arabie saoudite, et tu changes les rois avant même d'arriver. C'est quoi ton secret ? » a-t-il plaisanté. Bob s'est ensuite exprimé en arabe, tâchant de savoir à quel point j'étais devenu compétent grâce à ma formation linguistique. Après quelques phrases échangées, il a rapidement ouvert la serrure de sa porte tandis que je continuais à tâtonner avec la mienne. En le regardant entrer dans son bureau, je me suis demandé s'il savait à quel point il était impressionnant et combien les troupes du NESA le respectaient. Malheureusement, je n'aurais jamais la chance de le lui dire.

Quand il est devenu temps de partir pour cette nouvelle mission, Kathy et moi avons pris l'avion depuis l'aéroport JFK, après une dernière visite à nos familles dans le New Jersey. Nous avons passé une nuit en Allemagne puis embarqué pour un autre vol à destination de l'Arabie saoudite. Il était minuit lorsque notre vol a atterri à Djeddah, une ville portuaire sur la mer Rouge où l'ambassade des États-Unis et toutes les autres ambassades d'Arabie saoudite avaient été construites depuis la fondation du royaume en 1932. Djeddah avait été initialement choisie par la dynastie Al Saoud pour servir de capitale diplomatique au royaume, car la ville était depuis longtemps un pôle commercial régional, réputé pour la qualité de l'accueil offert aux étrangers. Par conséquent, l'environnement social de Djeddah était plus tolérant envers les influences étrangères, y compris les diplomates, que Riyad, la capitale nationale – soit l'emplacement habituel des ambassades dans d'autres pays. Malgré l'humidité insupportable de Djeddah, qui rendait la chaleur quotidienne de l'Arabie saoudite encore plus pénible, Kathy et moi étions heureux de vivre dans ce qui ressemblait, probablement le plus, à une ville saoudienne cosmopolite, à proximité des belles plages donnant sur la mer Rouge. Nous sommes arrivés en 1982, plusieurs années après que le gouvernement saoudien avait émis une directive selon laquelle toutes les ambassades étrangères devaient déménager, d'ici le 1er octobre 1984, dans le nouveau quartier diplomatique de Riyad ; un cadre qui séquestrait culturellement les officiers de l'ambassade et leurs familles tout en facilitant les échanges diplomatiques avec les ministères du gouvernement saoudien situés dans la capitale. Lorsque Kathy et moi avons quitté Djeddah, au début du mois d'octobre 1984, nous étions parmi les tout derniers employés de l'ambassade à y résider. Le bâtiment et l'enceinte de l'ambassade de Djeddah se sont alors transformés en un consulat américain, dès l'ouverture de la nouvelle ambassade à Riyad.

Servir en tant qu'officier politique à l'ambassade des États-Unis à Djeddah a été une chance inestimable, à un stade aussi précoce de ma carrière, de découvrir le fonctionnement des ambassades et la manière dont les différentes divisions de l'ambassade communiquent entre elles et avec les représentants du gouvernement hôte. Compte tenu de mes antécédents en matière de renseignement et d'analyse, j'ai été chargé de briefer, chaque matin, l'ambassadeur des États-Unis, Richard Murphy, sur les derniers renseignements régionaux et mondiaux que Washington transmettait à l'ambassade par télégrammes. L'ambassadeur Murphy était largement reconnu comme l'un des arabistes les plus respectés de l'État. Il fut d'ailleurs nommé secrétaire d'État adjoint aux affaires du Proche-Orient et de l'Asie du Sud à la moitié de mon séjour à Djeddah. Lui présenter ma propre analyse de ce qui se passait dans le monde très compliqué du Moyen-Orient a donc eu le don de me rendre très humble, moi qui étais un novice complet en matière de sécurité nationale. Murphy, qui avait rapidement détecté ma retenue, me posait des questions, tous les matins, simplement pour me mettre à l'aise et me montrer que je pouvais partager mes points de vue. C'était un mentor merveilleux.

C'est pendant ce séjour à Djeddah que, pour la première fois, j'ai rencontré Alan Fiers, l'officier supérieur de la CIA responsable de la liaison avec le gouvernement saoudien. Alan était l'un des agents de renseignements les plus talentueux, créatifs et motivés avec lesquels j'ai eu l'occasion de travailler. Devenant assez proche d'Alan pendant cette période à Djeddah, j'ai continué à suivre sa carrière à la CIA de près, surtout quand il est devenu impliqué dans l'affaire Iran-Contra, plusieurs années plus tard. Alan a finalement plaidé coupable à deux chefs d'accusation selon lesquels il avait dissimulé des renseignements au Congrès. Toutefois, compte tenu de sa coopération avec l'enquête, un juge n'a finalement imposé qu'une sentence de cinquante dollars d'amende et de cent heures de service communautaire. Alan a également donné un récit très honnête de ses activités, ainsi que de ses regrets, lors de son témoignage, qui a été lié à l'audience de confirmation, la même année, de Bob Gates en tant que directeur de la CIA. Il a finalement été gracié par George H. W. Bush. J'ai regardé le témoignage d'Alan, fait devant ce comité en 1990, à plusieurs reprises au fil des ans, et je considère qu'il s'agit de l'une des descriptions les plus honnêtes, franches et convaincantes des difficultés associées au travail d'un officier aux opérations clandestines à la CIA. Alan a reconnu qu'il avait laissé son envie de « gagner » des mini batailles contre des adversaires américains troubler son jugement et ses décisions. Une telle honnêteté chez les agents de la CIA devrait être la norme, pas l'exception.

Mon périmètre d'action en tant qu'officier politique à l'ambassade était intentionnellement très étendu. J'étais même régulièrement encouragé à sortir et à me balader pour en apprendre le plus possible sur le royaume, son peuple et sa politique. Je me rendais fréquemment au campus de l'université du roi Abdulaziz. J'ai appris plus tard qu'un jeune homme qui n'était pas encore devenu un terroriste, un certain Oussama ben Laden, y avait étudié pendant quelques années. Je me suis lié d'amitié avec plusieurs professeurs saoudiens et palestiniens et je leur parlais assez régulièrement d'un éventail de sujets tels que les opinions politiques des étudiants saoudiens, les tensions dans le royaume entre les forces de la tradition et de la modernité, et les attitudes dominantes à l'égard des relations entre l'Arabie saoudite et les États-Unis. Beaucoup de professeurs avaient étudié aux États-Unis et appréciaient de pouvoir simplement badiner. Mes discussions à l'université ont été assorties de rencontres avec des éditeurs basés à Djeddah et des journalistes travaillant pour des quotidiens saoudiens et arabes. Au cours de ces échanges, j'étais en concurrence avec mes interlocuteurs pour poser le plus de questions, car ils semblaient, eux aussi, très curieux à l'idée d'en savoir plus sur les ambitions et le raisonnement d'un jeune diplomate américain de l'ambassade des États-Unis. Je n'ai appelé le bureau du ministre saoudien des Affaires étrangères à Djeddah qu'à quelques reprises, et quand je le faisais, je m'adressais à une personne dont le statut équivalait au mien, « troisième secrétaire », soit le plus bas niveau de l'échelle diplomatique.

J'ai pris soin durant mes discussions avec les Saoudiens d'aborder très subtilement, et légèrement, les questions relatives à la famille royale ou aux services de renseignement et de sécurité, car je ne voulais pas susciter de préoccupations ou de théories complotistes sur mes intentions et l'organisation pour laquelle je travaillais. Néanmoins, je me suis beaucoup intéressé à la famille Al Saoud. Tellement que je gardais une grande feuille dans mon bureau de l'ambassade, où je notais tout ce que j'apprenais afin de mieux comprendre les liens entre les positions gouvernementales, les activités commerciales et les mariages de centaines de princes qui étaient les descendants directs du fondateur du royaume, le roi Abdulaziz, et des membres éminents des branches collatérales de la famille royale. L'arbre généalogique de la famille Al Saoud est donc devenu l'un de mes plus sérieux passe-temps, ce qui m'a bien servi tout au long de ma carrière dans le monde de la sécurité nationale.

L'une des expériences les plus fascinantes à Djeddah a été un voyage en camping d'une semaine avec Kathy, mon frère Tommy, et plusieurs amis en visite, au cœur des contrées éloignées du Hijaz et de l'Asir, des régions de l'ouest et du sud-ouest de l'Arabie saoudite. Les paysages escarpés de l'Hijaz et de l'Asir sont d'une beauté à couper le souffle, tout comme la côte donnant sur la mer Rouge et ses magnifiques récifs coralliens, parfaits pour un groupe comme nous, désireux de faire de la plongée sous-marine. Nous avons fait ce voyage durant le douzième mois du calendrier musulman, le mois de Dhou al-hijja[12], qui est marqué par le hajj[13] annuel. Non-musulmans que nous étions, il n'a pas été possible d'entrer dans La Mecque, mais nous avons pu prendre quelques routes secondaires longeant le périmètre de la ville, qui nous ont permis de voir le flux régulier de véhicules se rapprocher du centre de gravité de la foi islamique.

Plus d'un million et demi de pèlerins, majoritairement étrangers, sont venus à La Mecque, cette année-là, pour remplir leur obligation religieuse consistant à visiter le lieu de naissance du prophète Mahomet au moins une fois dans leur vie. Le personnel de la Garde nationale, placé dans des Jeeps équipées de mitrailleuses, était visible à tous les points de contrôle ; le gouvernement saoudien ne voulait surtout pas que se reproduise la prise de la Grande Mosquée par des extrémistes saoudiens, qui, seulement quatre ans auparavant, avait fait plusieurs centaines de morts et de nombreux blessés. En nous éloignant, nous pouvions voir un énorme nuage de sable s'élever dans le ciel, au-dessus de la ville, alors que les pèlerins effectuaient des *tawaf*, un rituel islamique consistant à marcher sept fois autour de la fameuse structure cubique de la Kaaba, le site le plus saint de tout l'Islam.

Partout où nous campions, nous invitions inévitablement le regard des membres des tribus locales, qui campaient aussi sous les étoiles. Avec leurs chameaux attachés à leurs camionnettes Toyota et leurs générateurs de gaz alimentant leurs télés portables et leurs lecteurs de cassettes, ils nous observaient d'abord de loin avant de s'approcher avec des mots de bienvenue et en proposant leur assistance. À l'instar de ma fameuse rencontre, huit ans auparavant, dans cette rue déserte du Caire, les membres de la tribu étaient ravis d'apprendre que nous étions des Américains intéressés par la vie en Arabie saoudite. À aucun moment nous ne nous sommes

12. *« Celui du pèlerinage ». (NDT)*

13. Pèlerinage que font les musulmans jusqu'à la ville de La Mecque, entre le 8 et le 13 du mois de Dhou al-hijja. (NDT)

sentis en danger. C'est en effet au cours de ce voyage et de mes visites ultérieures aux différentes tribus de l'Arabie saoudite que j'ai pu découvrir l'illustre hospitalité bédouine, née d'une coutume disant que la qualité de la vie nomade dépend de la bonté des autres. Malgré les nombreuses années qui sont passées, je me suis souvent rappelé cette période et la tradition bédouine, en m'interrogeant sur le contraste frappant entre leur manière exemplaire d'accueillir des étrangers et les actes meurtriers du 11-Septembre réalisés par plus d'une douzaine de pirates de l'air provenant de ces mêmes tribus.

Mon séjour à Djeddah m'a également appris à sincèrement apprécier le dévouement et l'importance du travail des FSN[14] – les ressortissants étrangers engagés localement au nom du service extérieur – qui travaillent dans les ambassades et consulats des États-Unis, à travers le monde entier. Les FSN sont impliqués dans de très nombreux domaines : véhicules de fonction, sécurité, logistique, salles de courrier, entretien des installations, service alimentaire et opérateurs téléphoniques, pour n'en nommer que quelques-uns. La grande majorité des FSN travaillent pendant des décennies dans nos installations diplomatiques dans l'espoir d'obtenir, un jour, un visa qui leur permettrait, avec leurs familles, de rejoindre les États-Unis. Dans certains pays, les FSN sont soumis à une forte pression de la part des services locaux de renseignement et de sécurité, qui cherchent des informations privilégiées sur le travail et les activités du personnel diplomatique américain. Honorer leurs obligations envers le gouvernement américain tout en restant du bon côté des officiers locaux peut donc souvent être difficile.

C'est ainsi que j'ai développé, pendant mon passage à Djeddah, une sincère amitié avec Ali al-Babkri, un FSN expérimenté qui avait directement travaillé pour l'agent de sécurité régionale (RSO[15]) de l'ambassade. Ali était responsable, entre autres, de superviser le personnel de sécurité bangladais non armé qui contrôlait l'accès à l'enceinte de l'ambassade et qui inspectait tous les véhicules autorisés à franchir les portes. Ali est né au milieu des années 1920 dans la région de l'Hadhramaout, dans le sud du Yémen, d'où la famille Ben Laden est originaire. En 1940, Ali s'est rendu à Singapour – à l'époque, un protectorat britannique,

14. *Foreign Service Nationals*. (NDT)

15. *Regional Security Officer*. (NDT)

tout comme le Yémen – pour rejoindre ses proches, originaires de la même région, qui avaient prospéré sur le plan professionnel en voguant sur les routes commerciales maritimes de l'Asie du Sud et du Sud-Est. Mais en février 1942, lorsque les Japonais ont envahi et évincé les Britanniques de Singapour, Ali a été fait prisonnier de l'armée japonaise et a été envoyé dans les jungles de Birmanie pour rejoindre les rangs d'autres travailleurs asiatiques. Ali a même été affecté à la vérification des derniers détails sur un certain pont en cours de construction... au-dessus de la rivière Kwaï. Mais la plupart du temps, son travail consistait à transporter les corps d'ouvriers morts et presque morts ainsi que ceux des prisonniers de guerre alliés dans des fosses communes. Pendant trois ans, un régime alimentaire quotidien en eau trouble et riz périmé, cause de nombreux épisodes de choléra et de dysenterie, a transformé Ali en un véritable squelette. Au moment de la capitulation du Japon en 1945, la chair et la vue d'Ali avaient presque disparu, tout comme son esprit.

Ali a finalement pu rentrer au Yémen et se faire soigner par sa famille qui a réussi à lui redonner un semblant de santé. Il devait sa vie aux États-Unis, disait-il, car ce sont les forces américaines qui ont mis le Japon impérial à genoux et qui ont rendu à Ali sa liberté. Il est alors parti pour l'Arabie saoudite où il a trouvé du travail à l'ambassade des États-Unis, à Djeddah, à la fin des années 1960. « La meilleure décision que j'ai jamais prise », m'a-t-il dit, quelques années plus tard. « J'aime mon travail, et j'aime les États-Unis. »

Il y a beaucoup, beaucoup d'autres FSN dans le monde entier qui, comme Ali, ont leurs propres histoires uniques à raconter pour expliquer, d'une part, comment ils en sont arrivés à travailler pour une ambassade ou un consulat américain et, d'autre part, ce qu'ils ressentent en contribuant au rôle des États-Unis dans le monde et ce que cela signifie pour eux. Et chaque fois que je baisse la tête en commémoration du personnel américain ayant péri au cours d'attaques terroristes contre les installations diplomatiques américaines à l'étranger, je pense aussi aux milliers de FSN qui sont morts au service d'une nation, non pas la leur, mais pour laquelle ils ont quand même donné leur vie.

J'ai eu le cœur brisé en apprenant lors d'une visite à Djeddah, au début des années 1990, qu'Ali avait été percuté et tué par une voiture alors qu'il traversait une rue près de l'enceinte américaine.

Sa mauvaise vue avait finalement eu raison de lui. Qu'il repose en paix, éternellement.

Le 18 avril 1983, alors que j'arrivais à mon bureau, juste après un déjeuner avec Kathy au snack-bar de l'ambassade, une nouvelle a commencé à circuler sur les canaux officiels selon laquelle un attentat à la bombe avait frappé l'ambassade des États-Unis à Beyrouth. Chaque fois qu'une attaque a lieu contre des bâtiments ou du personnel diplomatiques américains, les ambassades et consulats des États-Unis sont tous chargés d'intensifier leurs efforts de sécurité pour se prémunir contre d'éventuelles attaques secondaires. Je suis resté à l'ambassade tard ce soir-là, attendant, sans succès, d'avoir des nouvelles des victimes américaines, avant de finalement décider de rentrer à la maison pour dîner avec Kathy.

Je suis arrivé tôt le lendemain matin et j'ai immédiatement récupéré les télégrammes envoyés par Washington. Ils détaillaient l'ampleur de la catastrophe et faisaient part des dizaines de victimes, qui incluaient des membres du personnel américain. En parcourant la liste des personnes tuées, j'ai reconnu les noms de quelques agents de la CIA que j'avais rencontrés au siège. Et puis j'ai lu un autre nom : « Robert Ames ».

« Robert Ames ? » me suis-je dit, surpris. « Non, ça ne peut pas être Bob. Il devrait être à Langley. »

Mais non, il n'était pas à Langley, et oui, il s'agissait bien de Bob. Il était en visite officielle à Beyrouth lors de l'explosion d'une camionnette chargée de dynamite, provoquant l'effondrement d'une grande partie du bâtiment de l'ambassade. Bob était dans la cage d'escalier. Il a été tué par la commotion cérébrale due à l'explosion. Quand son corps a été identifié, aucune blessure n'était visible. Pour la première fois (mais malheureusement pas la dernière), je perdais quelqu'un de proche dans une attaque terroriste, un événement qui a rendu la violence du Moyen-Orient, à propos de laquelle j'avais tant lu ces dernières années, beaucoup trop réelle. Bob était à six mois de la retraite quand il a été tué. Son étoile est l'une des nombreuses, posées sur le Memorial Wall de la CIA, qui ont une signification particulière pour moi. Trente ans plus tard, quand je suis devenu directeur, j'ai pu voir la veuve de Bob, Yvonne, et quelques-uns de leurs enfants et petits-enfants à la cérémonie commémorative annuelle, au siège de la CIA, en l'honneur des nôtres qui sont tombés en servant leur nation. En voyant leur visage, je me suis souvenu avec émotion des derniers mots de Bob dans le couloir du NESA, tout en regrettant de ne jamais avoir eu l'occasion de lui dire à quel point je le respectais.

Nos deux années à Djeddah sont allées beaucoup trop vite. J'ai beaucoup apprécié mes responsabilités à l'ambassade, et j'ai eu l'impression d'avoir reçu une formation intensive sur la politique, la culture, et les habitants de ce royaume énigmatique ainsi que sur les fondements des relations américano-saoudiennes. Néanmoins, Kathy et moi étions prêts à retourner aux États-Unis. Comme toutes les femmes en Arabie saoudite à l'époque, Kathy n'avait pas été autorisée à conduire – du moins pas légalement – durant notre séjour, et bien que Djeddah se veuille moins austère que Riyad, ses mœurs culturelles restaient encore assez restrictives. Qui plus est, nous étions impatients d'acheter cette maison que j'avais promise, deux ans auparavant, lorsque j'avais fait le forcing pour que Kathy accepte de venir à Djeddah. Nous avons même commencé à nous dire qu'il serait temps de fonder une famille.

8

ANALYSE ÇA

Kathy et moi ne pouvions pas être plus heureux de rentrer aux États-Unis. Avec nos frais quotidiens à Djeddah pris en charge par le gouvernement américain (à l'exception de nos factures téléphoniques salées), nous avions été en mesure d'économiser suffisamment d'argent pour payer l'acompte correspondant à une maison de ville à Annandale, en Virginie. Kathy est retournée travailler à temps plein comme directrice sportive d'un centre de fitness à McLean, et je suis retourné au Bureau d'analyse du Proche-Orient et du sud de l'Asie, situé au siège de la CIA, pour travailler comme analyste chargé de l'Arabie saoudite et du nord et du sud du Yémen. Le nouveau directeur du NESA (Bureau d'analyse du Proche-Orient et du Sud de l'Asie) était Bob Layton, un gestionnaire très compétent qui avait été l'adjoint de Bob Ames. Ses excellentes compétences interpersonnelles et ses encouragements, fréquents envers les jeunes analystes, ont grandement facilité ma transition vers un emploi de bureau. Tandis que j'avais écrit quelques articles pour les publications quotidiennes de la CIA, mes supérieurs du NESA voulaient plutôt me voir rédiger des évaluations analytiques plus longues portant sur les dynamiques sociales et politiques en Arabie saoudite, lesquelles seraient distribuées aux décideurs et aux observateurs saoudiens de tout le gouvernement. Étant donné mes deux années d'expériences, professionnelle et sociale, en Arabie saoudite, mes superviseurs me demandaient souvent de briefer les hauts fonctionnaires et officiers militaires américains devant se rendre à Djeddah, à Riyad, ou les deux. J'étais encouragé à leur dire à quoi ressemblait la vie quotidienne dans le royaume, pour les Saoudiens et pour les Américains. J'ai commencé à me dire que je servais davantage d'agent de voyage et de guide touristique que d'analyste.

Tandis que je devenais de plus en plus familier avec la vie d'un analyste travaillant au siège de la CIA, Kathy et moi nous sommes installés dans notre nouvelle maison du nord de la Virginie. Nous avons décidé qu'il était temps de fonder une famille et c'est ainsi que notre fils Kyle est né en avril 1986. Je me suis toujours demandé ce que je ressentirais en devenant le père de quelqu'un, mais jamais je n'aurais pu imaginer à quel point donner la vie à un autre être humain est une expérience ô combien exaltante qui a le don incroyable de nous rendre plus modestes. Et quand les sœurs jumelles de Kyle, Kelly et Jaclyn, sont nées prématurément, à vingt-huit semaines, moins de deux ans plus tard, j'ai réalisé à quel point la vie humaine pouvait être précieuse et fragile. Après deux mois à l'hôpital, les filles ont finalement pu rentrer à la maison. Installées dans leur nouveau lit, elles étaient toutes deux connectées à des moniteurs cardiaques clignotants qui fascinaient Kyle, mais qui nous terrorisaient, Kathy et moi, chaque fois que les alarmes sonnaient, généralement au milieu de la nuit. Avec le recul, je considère cette expérience comme un bon entraînement pour apprendre à gérer mes émotions... et les nombreux coups de fil qui m'ont réveillé en pleine nuit pour m'informer d'une crise de sécurité nationale nécessitant mon attention immédiate. Par la suite, aucun autre appel téléphonique n'a réussi à faire augmenter ma tension artérielle de manière aussi abrupte, ou à faire circuler mon adrénaline en quantité si abondante, ou encore à me faire bouger aussi rapidement que ces terribles « bip » du deuxième étage de notre maison de ville à Annandale.

Quelques mois après la naissance de Kyle, j'ai eu la chance d'être nommé rédacteur en chef d'une « estimation spéciale du renseignement national » intitulée : « Implications d'une victoire iranienne ». Une « estimation » est une synthèse des conclusions les plus sérieuses et coordonnées de la communauté du renseignement au sujet d'une question de sécurité nationale précise, généralement en rapport avec les plus importantes préoccupations actuelles des décideurs. Dans ce cas spécifique, la guerre entre l'Iran et l'Irak faisait rage depuis six ans, et l'Iran ne cessait de renverser les gains territoriaux antérieurs de l'Irak, ce qui a fait craindre à Washington, ainsi qu'au reste de la région, que Téhéran puisse sortir victorieux. Pour mesurer l'impact potentiel d'un tel résultat, je me suis rendu en Irak, en Jordanie, en Israël, en Égypte, en Arabie saoudite et au Koweït à la fin du mois d'août pour parler à des représentants des gouvernements américains et étrangers. Je me rendais à Bagdad pour la première fois de ma vie, un séjour marqué par deux souvenirs. Tout d'abord, il s'agissait bel et bien de l'endroit le plus chaud que j'ai jamais visité. Il y avait un vent vif venant du désert, et j'avais l'impression de marcher avec un sèche-cheveux tourné à pleine puissance en plein visage. Deuxièmement, j'ai été frappé par le nombre de panneaux d'affichage, de photos, de statues et d'autres représentations de Saddam Hussein que j'ai rencontrés alors que je me trouvais à pied dans les rues de la capitale irakienne. Alors que le peuple irakien semblait heureux, en train de se promener, de s'amuser et de faire les magasins, les forces militaires omniprésentes et lourdement armées ne pouvaient laisser place à aucun doute. Un régime autoritaire oppressif contrôlait entièrement la situation.

De retour à Washington, j'ai rédigé l'estimation. Sans surprise, ses principales conclusions analytiques annonçaient qu'une victoire iranienne (1) renforcerait la puissance du fondamentalisme islamique, (2) augmenterait les perspectives d'agitation dans plusieurs États arabes, (3) basculerait l'attention régionale sur le conflit israélo-arabe, (4) affecterait la fiabilité du flux pétrolier venant du golfe Persique et (5) stimulerait la concurrence entre les États-Unis et l'Union soviétique afin d'influencer Téhéran. J'ai été invité, fin octobre, à assister à une réunion de haut niveau, dans une annexe de la communauté du renseignement située à un pâté de maisons de la Maison-Blanche, dont le but était de discuter et, éventuellement, d'approuver l'estimation. La réunion était présidée par le directeur du renseignement central, Bill Casey. Ce n'était que la troisième ou la quatrième fois que j'assistais à une réunion dirigée par Casey. Il était assis en tête de table, les yeux rivés sur sa copie de l'estimation, avec les épaules de sa veste de costume couverte de pellicules, sa marque de commerce. Il avait l'air très vieux et fatigué. J'ai eu du mal à le comprendre, car sa tendance à marmonner augmentait au fil des phrases. Toutefois, les commentaires que j'ai pu discerner indiquaient que son esprit était encore agile et qu'il avait absorbé les conclusions analytiques de l'estimation. J'ai été ravi de l'entendre dire que l'estimation était « bien écrite » et « réaliste ». C'est, du moins, ce que j'ai cru comprendre.

C'était la dernière fois que je voyais Casey. Embourbé dans le scandale Iran-Contra, il s'est effondré environ six semaines plus tard, après une intervention chirurgicale d'urgence pour une tumeur cancéreuse au cerveau. Casey a démissionné fin janvier et il est décédé en mai.

La rédaction de l'estimation a aiguisé ma soif de travailler sur l'ensemble du Moyen-Orient et de l'Asie du Sud. Le NESA avait récemment mis en place une « Division des enjeux » pour couvrir des sujets régionaux tels que l'extrémisme, les rivalités interétatiques, la prolifération nucléaire et les tensions israélo-arabes. Recruter les membres de la Division des enjeux n'était pas facile pour les responsables du NESA, car la plupart des analystes considéraient un tel poste comme un retour en arrière. Les analystes chargés de comptes spécifiques à certains pays étaient prioritaires dès qu'il s'agissait de donner des conclusions impliquant les plans et les intentions des gouvernements étrangers. Ils avaient aussi davantage d'occasions d'écrire pour les publications quotidiennes et de briefer les décideurs. Malgré ce que certains considéraient comme des inconvénients, j'ai décidé de saisir l'occasion de travailler sur des sujets géographiquement très variés, allant du Maroc au Népal, d'autant plus que le chef de la Division des enjeux, Jack Duggan, avait une solide réputation en tant que superviseur, mentor, et dans l'ensemble, comme gars sympa.

Cette décision a été la bonne, car elle m'a permis d'entreprendre un nouvel effort de recherche qui a considérablement augmenté mes connaissances et ma compréhension de l'histoire et de la politique du Moyen-Orient. Le projet portait sur le conflit israélo-arabe. Vingt ans s'étant écoulés depuis la guerre de 1967 et l'occupation par Israël de la Cisjordanie, de Jérusalem-Est, de la bande de Gaza et du plateau du Golan, je voulais examiner s'il était possible de combiner plusieurs avantages politiques et économiques afin d'obtenir une lueur d'espoir en faveur d'une paix durable. Je suis allé faire des recherches sur le terrain en Égypte, en Israël, en Cisjordanie, en Jordanie et en Syrie où j'ai eu l'occasion de partager mes premières conclusions avec de nombreux anciens officiers américains dotés d'une expertise sur le Moyen-Orient. J'ai ainsi rencontré individuellement Henry Kissinger[16], Zbigniew Brzeziński[17], George Ball[18], Joseph Sisco[19], Sol Linowitz[20] et Phil Habib[21], qui m'ont tous offert leurs sages conseils sur la praticité et le séquençage des ingrédients potentiels d'un accord de paix. C'est Brzeziński qui a fourni les commentaires les plus réfléchis, notamment en recommandant que les échanges territoriaux entre Israël et ses voisins arabes soient mis en œuvre progressivement au cours d'une vingtaine d'années. Tous mes interlocuteurs étaient d'accord pour dire que les lieux saints religieux de Jérusalem ont un certain statut international, compte tenu de la profondeur du contexte émotionnel attaché à la ville. Mes recherches et mes conclusions, qui comprenaient une discussion sur les avantages d'un État palestinien indépendant au sein d'une confédération avec la Jordanie, n'étaient pas présentées de manière normative, ce qui aurait été inapproprié pour un produit de renseignement. Au contraire, l'étude a été conçue pour aider les décideurs politiques à identifier une série d'approches et d'options qui pourraient ouvrir la voie vers un éventuel accord de paix entre Israël et ses voisins arabes.

Grâce à plusieurs projets d'analyse terminés, j'ai été nommé, fin 1988, chef de la Division des enjeux, à la grande surprise de mes collègues, qui étaient nombreux à être plus âgés et à avoir travaillé sur la région beaucoup plus longtemps que moi. Moi aussi, j'ai été choqué par cette promotion, car je n'avais aucune expérience en gestion et je n'avais suivi aucune formation préalable. Et ça s'est vu ! Malheureusement, j'ai eu du mal à remplacer Jack Duggan, et dès le début, j'ai commis une série de grosses erreurs. Non seulement j'étais un relecteur exceptionnellement tatillon, qui croyait bon de transformer la prose des analystes en la sienne, mais j'étais également trop envahissant dans ma manière de transmettre mes corrections. J'étais particulièrement sévère

16. Conseiller à la sécurité nationale de 1969 à 1975, et secrétaire d'État de 1973 à 1977 (NDT).

17. Conseiller à la sécurité nationale du Président Carter, de 1977 à 1981. (NDT)

18. Sous-secrétaire d'État de 1961 à 1966. (NDT)

19. Secrétaire d'État adjoint puis Sous-secrétaire d'État de 1965 à 1967. (NDT)

20. Bénéficiaire de la médaille présidentielle de la liberté des mains du Président Clinton en 2005. (NDT)

21. Premier adjoint d'Henry Kissinger et secrétaire d'État adjoint. (NDT)

dans les évaluations écrites que je donnais à mes subordonnés, ce qui rendait une affectation à la Division des enjeux encore moins attrayante qu'elle ne l'était déjà.

Il n'a pas fallu longtemps pour que des analystes et même des superviseurs se mettent à critiquer ma tendance indésirable et contre-productive à jouer au microgestionnaire. Le « conseil » le plus utile que j'aie alors reçu m'est venu de Jim O'Brien, un analyste expérimenté qui avait presque vingt-cinq ans de plus que moi. Jim et moi étions amis. Nous avions travaillé en collaboration étroite sur plusieurs articles alors que j'étais encore analyste dans cette même division, mais cela ne l'a pas empêché de me dire ses quatre vérités. « Arrête de nous casser les couilles », m'a dit Jim, alors que j'étais pratiquement épinglé au mur d'un des couloirs du NESA. « Ce n'est pas parce que notre style d'écriture est différent du tien que nous ne sommes pas de bons analystes. » Je l'ai regardé, abasourdi. Il n'avait pas fini. « Alors, envoie ton stylo de maniaque de la correction en vacances et lorsque nos projets ont besoin d'être modifiés, viens nous en parler, mais putain les corrige pas toi-même. » Jim étant l'un des meilleurs rédacteurs et analystes de la division, j'ai eu l'impression qu'il avait été choisi comme porte-parole pour exprimer le ras-le-bol de tous les autres. J'ai dû féliciter les analystes pour la qualité de ce dernier jugement analytique. En effet, envoyer un grand Irlandais au regard ténébreux pour me parler était la meilleure approche possible. Humour à part, je suis éternellement reconnaissant que Jim m'ait parlé.

Une fois les premières difficultés inhérentes à mon poste de superviseur surmontées, j'ai mûri et appris à profiter et à savourer de la latitude substantielle et des possibilités d'apprentissage offertes par la Division des enjeux. Une grande partie de mon emploi du temps était consacrée à la négociation d'accords pour que les analystes de la division puissent travailler sur des questions qui, par définition, portaient sur des dossiers appartenant à d'autres analystes du NESA et du reste de la direction.

Avec la fin de la guerre Iran-Irak en 1988, les querelles intra-arabes sont devenues plus apparentes, notamment entre l'Irak, financièrement à court, et ses voisins arabes du Golfe, plus riches. Les analystes du NESA, ainsi que ceux de la Division des enjeux, surveillaient attentivement les joutes verbales croissantes entre Saddam Hussein et les dirigeants koweïtiens. Lorsque l'Irak a commencé à rapprocher ses forces militaires de la frontière koweïtienne, les analystes du NESA étaient tous d'accord pour dire que Saddam Hussein cherchait simplement à intimider les Koweïtiens afin que ces derniers cèdent et arrêtent de demander le remboursement d'un prêt de quatorze milliards de dollars, mais que dans tous les cas, une invasion irakienne était très peu probable. La majorité des analystes s'est plantée. En beauté.

9

LUTTER CONTRE LE TERRORISME

C'est en menant une attaque blitzkrieg[22] que l'armée de Saddam Hussein envahit le Koweït, le jeudi 2 août 1990. Il ne lui faudra que quarante-huit heures pour occuper le pays tandis que l'émir al-Sabah réussit à s'enfuir et à se réfugier dans des quartiers plus sûrs, mais toujours aussi luxueux, à Taïf, en Arabie saoudite. Le lundi après-midi, Bob Layton m'a appelé dans son bureau pour me dire que j'étais affecté au CTC[23] – le Centre de lutte contre le terrorisme de la CIA – où je serai à la tête d'une petite équipe analytique : la « Division d'évaluation du terrorisme ». Établi en 1986 comme une expérience organisationnelle, pendant le mandat de Bill Casey, le Centre n'avait à l'époque que quatre ans. Sa principale raison d'être était de profiter des avantages anticipés liés à l'intégration des capacités opérationnelles, analytiques, techniques et secrètes de la CIA, au sein d'une seule et unique division, afin de faire face plus efficacement et énergiquement à ce fléau croissant que représentait le terrorisme international. La vague d'attaques terroristes menées, dans les années 1980, par des

22. Tactique militaire signifiant littéralement, en allemand, « guerre éclair ». (NDT)

23. *Counterterrorism Center.* (NDT)

commanditaires d'État et une variété de groupes sectaires et laïcs, en Europe, en Asie et en Amérique du Sud, prenait non seulement de plus en plus de vies américaines, mais affaiblissait également la sécurité nationale des États-Unis et ses intérêts en politique étrangère à travers le monde. Le CTC a été conçu pour inverser cette tendance.

C'est l'imminence d'une réponse militaire américaine à la prise de contrôle irakienne du Koweït qui a conduit les dirigeants de la CIA à décider que mon expérience au Moyen-Orient était nécessaire au sein du CTC. J'ai d'abord appris que mon objectif immédiat était de veiller à ce que le CTC puisse répondre à la demande croissante en évaluations analytiques des capacités de Saddam et des possibilités qu'il utilise le terrorisme pour intimider les États-Unis, ainsi que nos alliés et partenaires. La crainte selon laquelle l'Irak pouvait recourir à des attaques terroristes était bien fondée. En 1990, les services de renseignement irakiens étaient bien connus pour leur soutien de longue date à plusieurs des groupes terroristes palestiniens les plus notoires, notamment l'infâme Conseil révolutionnaire arabe et le Front de libération de la Palestine, deux clans responsables de la mort de dizaines d'innocents au cours d'attaques terroristes internationales. Les Irakiens, eux-mêmes, étaient également très compétents pour traquer et tuer les dissidents irakiens vivant à l'étranger. Le terrorisme parrainé par l'État a toujours constitué un défi particulier pour les professionnels de la lutte contre le terrorisme, car les services de renseignement et de sécurité des États parrains utilisent les privilèges de la souveraineté pour déplacer et dissimuler des agents, de l'argent, du matériel technique, des explosifs et d'autres documents liés au terrorisme, par le biais de valises et d'installations diplomatiques, qui dépassent les capacités de surveillance des autres pays.

Dès mon arrivée au CTC, j'ai compris que l'urgence et la gravité de la situation mêlées à la quantité de travail dépasseraient de loin le rythme et les obligations que j'avais à la Division des enjeux du NESA (Bureau d'analyse du Proche-Orient et du sud de l'Asie), où les progrès étaient d'abord axés sur la recherche. Mes journées de travail ont rapidement commencé à s'étirer tard dans la soirée, et mes week-ends ont souvent servi à rattraper le travail des derniers jours, avant de devoir faire face à l'assaut d'une nouvelle semaine.

Je n'étais au CTC que depuis trois semaines lorsque Bob Layton m'a appelé, un jour, tard dans la soirée, pour me poser une question. « John, êtes-vous libre demain après-midi pour aller à la Maison-Blanche et briefer le Président ? » Complètement sidéré, je lui ai demandé s'il parlait bien du Président des États-Unis. « C'est le seul que je connaisse qui vive à la Maison-Blanche, a-t-il répondu. Vous en connaissez un autre ? » Le sens de l'humour de Bob était l'une des nombreuses raisons pour lesquelles je l'appréciais. J'aurais dû remercier Bob de ne m'avoir donné que vingt-quatre heures pour me préparer. S'il m'en avait donné plus, elles ne m'auraient servi qu'à m'inquiéter, car pour la première fois de ma vie, j'allais briefer un Président américain. Et ce n'était pas n'importe quel Président américain. Il s'agissait de George H. W. Bush, l'un des spécialistes les plus expérimentés en matière d'affaires internationales à n'être jamais devenu Président. De plus, en tant qu'ancien directeur de la CIA, il connaissait exceptionnellement bien le monde du renseignement.

La réunion, prévue dans le Bureau ovale, le lendemain, comptait la présence d'un parterre exceptionnel d'experts en sécurité nationale et sur le Moyen-Orient, notamment le secrétaire d'État, James Baker ; le conseiller adjoint à la sécurité nationale, Bob Gates ; les membres du personnel du Conseil de sécurité nationale, Richard Haass et David Welch ; et l'ambassadrice des États-Unis en Irak, April Glaspie. J'étais assis entre Gates et Bruce Riedel (un autre analyste supérieur du NESA à l'époque) sur le canapé à la gauche du Président. Assez nerveux pendant les premières minutes, j'ai finalement réussi à reprendre mes esprits, tout d'abord grâce à l'amabilité du Président Bush, mais aussi parce qu'il était véritablement intéressé par ce que nous avions à dire. Une fois la réunion terminée, quarante-cinq minutes plus tard, je me rappelle avoir été profondément impressionné par la curiosité intellectuelle du Président Bush et par sa farouche envie de trouver le cap politique qui assurerait au mieux la protection et la promotion des intérêts américains.

Tandis que la confrontation militaire avec l'Irak devenait de plus en plus évidente, je passais de moins en moins de temps à la maison. Kathy était consciente de l'importance du travail que je menais au CTC – quand on est convoqué pour une réunion dans le Bureau ovale, tout devient plus facile à expliquer –, mais les enfants ont eu du mal à comprendre pourquoi ils ne me voyaient, au plus tôt, qu'au moment de leur coucher. La nuit où les

États-Unis ont commencé la première phase de l'opération Tempête du désert, en initiant un bombardement aérien effréné sur Bagdad qui allait se poursuivre pendant quarante-deux jours et nuits, j'étais assis sur le côté du lit de Kyle en train de lui expliquer ce qui se passait. Une fois notre conversation terminée, j'ai écrit sur un bout de papier ce dont nous avions parlé et je le lui ai répété :

> « Le soir du 16 janvier 1991, Kyle et moi avons parlé du bombardement actuel en Irak. Je lui ai expliqué que l'homme à la tête de l'Irak était un homme méchant, qui avait fait du mal à beaucoup de gens et qui avait pris le contrôle d'un autre pays. J'ai ajouté que la guerre est quelque chose de très grave et de très triste, parce que beaucoup de gens sont blessés et certains meurent. Kyle m'a dit qu'il comprenait. »

Kyle et moi avons alors signé ce papier. Kyle l'a signé deux fois, parce qu'il le voulait. Je ne sais pas très bien pourquoi je me suis senti obligé de raconter à Kyle, qui était à trois mois de son cinquième anniversaire, ce qui se passait en Irak cette nuit-là, mais le manque de sommeil peut vous faire dire des choses inattendues. Heureusement que Kelly et Jaclyn, qui n'avaient pas encore trois ans, dormaient déjà. Sinon, je leur aurais probablement lu ce papier en essayant d'obtenir leurs signatures.

Mon passage au CTC a été l'une des expériences les plus concrètes, enrichissantes et révélatrices que j'ai vécues en tant que jeune officier à la CIA. J'avais été affecté à un rôle où j'étais forcé de naviguer dans les hauts-fonds d'un environnement bureaucratique encore plus vaste. Bien que bénéficiant d'un niveau d'autorité substantiel, j'ai souvent dû faire face à l'opposition active d'autres divisions de l'Agence qui revendiquaient la primauté analytique.

Je n'avais jamais travaillé au sein d'un bureau où plusieurs capacités étaient intégrées auparavant. Le CTC était une anomalie, imbriquée au sein d'une Agence composée principalement de bureaux isolés, organisés géographiquement et par domaine fonctionnel : opérations, analyses, techniques et soutien. Mais le CTC, lui, était un amalgame de tout cela, car il réunissait des agents de l'ensemble de l'Agence afin de travailler sous un leadership unifié et sur des objectifs communs. Le modèle intégré du CTC était semblable aux premières mesures appliquées par l'armée américaine à la suite de l'adoption de la loi Goldwater-Nichols de 1986, dont le but était de réunir l'Armée de Terre, la marine de guerre, l'Armée de l'Air et le Corps des Marines au sein de commandements unifiés organisés à la fois géographiquement et fonctionnellement. J'ai rapidement pris conscience du fait qu'en partageant notre espace de travail et en intégrant les différentes qualités des divisions de la CIA, en matière de capacités, d'autorisations, de disciplines de spécialisation et d'expertises, nous pourrions obtenir de nombreux succès face au terrorisme. Pendant ma période au CTC, certains agents de la CIA, travaillant aux côtés de personnes affectées par d'autres organismes gouvernementaux, ont réussi à identifier des agents irakiens infiltrés, forçant ainsi Bagdad à mettre de côté ses plans terroristes. Les agents du CTC sont également parvenus à rassembler des preuves fragmentaires de l'attentat à la bombe du vol Pan Am 103, en 1988, au-dessus de l'Écosse, qui ont permis de conclure que l'auteur de cet acte était la Libye. Souvent, j'étais recruté pour partir à l'étranger afin de briefer certains dirigeants étrangers au sujet des plans terroristes de l'Irak et des efforts prévus par les États-Unis pour les contrecarrer.

Mon passage au CTC m'a également permis de mieux comprendre (1) les capacités croissantes de la CIA dans le domaine de la lutte antiterroriste, (2) l'importance d'avoir des relations étroites avec nos alliés et partenaires étrangers et (3) l'interdépendance entre les missions opérationnelles de la CIA et ses capacités analytiques. Plus important encore, j'ai commencé à prendre conscience de l'équilibre imparfait et du compromis on ne peut plus difficile entre, d'une part, s'appuyer sur des données incomplètes pour mener des interventions décisives contre des terroristes dans l'intérêt de sauver des vies innocentes et, d'autre part, attendre que les données soient confirmées et clarifiées avant d'agir et ainsi, perdre l'occasion d'agir. J'ai eu du mal à gérer cet équilibre durant tout le reste de ma carrière gouvernementale.

Cet intérim au CTC m'a également appris à quel point il est important de rester indépendant et intègre dans ses analyses. Le CTC, qui était sous l'autorité administrative de la Direction des opérations clandestines, était dirigé par un officier de la DO. Le premier directeur du centre était le légendaire et truculent Dewey Clarridge, un personnage coloré qui aimait se pavaner dans les couloirs de Langley vêtu d'un costume blanc éclatant. Au moment où je suis arrivé dans le centre, Dewey avait déjà fait ses valises et devait gérer les conséquences juridiques de son rôle dans l'affaire Iran-Contra. Tout comme Alan Fiers, Dewey a été inculpé, mais gracié par le Président George H. W. Bush. Le successeur de Dewey au CTC était Fred Turco, un officier accompli provenant de la DO (Direction des opérations clandestines) qui ne cessait de nous encourager à trouver les terroristes et à les empêcher d'aller au bout de leurs programmes meurtriers.

Fred était habituellement très élogieux à l'égard des analyses rédigées par mon unité. Il appréciait tout particulièrement nos contributions aux analyses incluses dans le briefing quotidien du Président (PDB), car elles permettaient aux principaux décideurs de rester concentrés sur la menace terroriste tout en soulignant les efforts de lutte effectués par la CIA.

Mais Fred et moi n'étions pas toujours sur la même longueur d'onde en ce qui concernait la substance de ces analyses, et il nous arrivait donc de nous accrocher. Je me souviens, en particulier, d'un jour mémorable où mes analystes suivaient de près les conséquences immédiates d'une frappe d'hélicoptère, en février 1992, dans le sud du Liban, qui semblait être l'œuvre des Israéliens et qui a tué le chef du Hezbollah[24], Abbas al-Moussaoui, ainsi que sa femme et son fils. Voici le genre d'événement qui serait décrit dans nos publications quotidiennes, dans lesquelles nous raconterions les détails de l'attaque et aborderions les conséquences probables. Lors de ma relecture d'un projet d'analyse, j'ai noté que les analystes se concentraient, à juste titre, sur la probabilité de représailles du Hezbollah contre les Israéliens, qu'ils soient à l'intérieur ou à l'extérieur de leur pays, conformément à la mentalité « œil pour œil, dent pour dent » qui prévaut au Moyen-Orient. J'ai corrigé ce document puis dit à l'analyste de déposer des copies pour Fred et Karl Ruyle, l'adjoint de Fred à la direction du CTC. Moins de cinq minutes plus tard, Fred marchait bille en tête vers mon bureau. Me retournant en entendant le bruit des pas, j'ai vu Fred me regarder de haut avec le projet d'analyse complètement écrasé entre ses doigts crispés. « Tu dois ajouter que le Hezbollah

24. « Parti de Dieu », en langue arabe (NDT).

est également susceptible de riposter en frappant des cibles américaines, a déclaré Fred en élevant la voix.

— Non, Fred, ai-je dit en regardant les muscles de sa mâchoire se resserrer. Nous pensons que le Hezbollah s'en prendra aux Israéliens et qu'il ne voudra pas mêler les États-Unis à cet accrochage. Les États-Unis n'ont joué aucun rôle dans cette attaque.

— Peu importe ! a déclaré Fred, d'une voix assez forte pour attirer l'attention des analystes et des officiers du CTC, installés à proximité. Le Hezbollah voit l'Amérique comme son ennemi juré parce que nous donnons des armes aux Israéliens ! »

À ce moment-là, Fred devenait incontrôlable, et je sentais que ma propre tension artérielle commençait à s'élever.

« Et tu crois que je le sais pas, ça ! lui ai-je crié. Mais ça ne veut pas dire qu'ils mèneront une attaque terroriste contre les États-Unis en représailles à l'assassinat d'al-Moussaoui. »

Nous nous sommes renvoyé la balle, comme ça, pendant une minute ou deux, sans qu'aucun de nous ne recule. Après avoir travaillé avec moi pendant dix-huit mois, Fred savait que j'avais une habitude très tenace : défendre les conclusions des analystes de ma branche. Je pouvais voir que Fred était de plus en plus exaspéré par mes propos, et le sentiment était réciproque. Dans un dernier élan dramatique avant de piétiner en direction de son bureau, Fred a jeté le projet sur mon bureau en rugissant : « Tu vas faire tuer des Américains ! »

Ce dernier commentaire m'a laissé sans voix. Je savais que l'analyse – avec ou sans référence à d'éventuelles représailles contre des cibles américaines – n'allait pas modifier les calculs du Hezbollah. Elle ne pousserait pas non plus les autorités à ajuster le niveau d'alerte – qui était déjà élevé – des forces de protection du gouvernement américain et de ses intérêts commerciaux dans la région. Karl est venu me voir quelques minutes après le départ de Fred. Avec un sourire de satisfaction sur son visage, il m'a dit : « Je crois comprendre que Fred et toi avez des points de vue légèrement différents quant à la réaction du Hezbollah à la mort d'al-Moussaoui, n'est-ce pas ? » J'ai éclaté de rire et lui ai dit ce qui s'était passé. Karl a dit qu'il était d'accord avec l'analyse. Ce commentaire m'a rassuré, car je considérais Karl comme le meilleur analyste de la

CIA, à l'époque. Mais Karl m'a aussi aidé à mieux comprendre ce que voulait dire Fred. « Il faut que tu voies les choses comme ça, John. Nous avons de la chance d'avoir quelqu'un comme Fred à la CIA, quelqu'un qui s'inquiète jour et nuit en se demandant ce que nous pouvons faire pour sauver des vies américaines, même s'il lui arrive d'être un peu trop tendu. »

Karl avait raison. J'ai connu beaucoup de personnes comme Fred à la CIA. Chaque fois que je leur parlais, les paroles de Karl me revenaient. Malgré les disputes occasionnelles avec Fred, je respectais énormément son dévouement, son éthique professionnelle et sa volonté de donner aux officiers subalternes l'occasion de participer à d'importantes réunions. Certes, Fred pouvait se laisser emporter quand il s'agissait de terrorisme, mais en fin de compte, il savait que les analystes étaient responsables de fournir l'évaluation officielle de la CIA au sujet des plans et des intentions terroristes. Chaque fois qu'il se rendait à une réunion impliquant un décideur politique ou un officier étranger très expérimenté, il passait invariablement par notre branche et demandait que quelqu'un l'accompagne. C'est exactement ce qu'il a fait à peine un mois après le meurtre d'al-Moussaoui, lorsque le Hezbollah a bombardé l'ambassade israélienne à Buenos Aires, en Argentine, tuant tragiquement vingt-neuf personnes et en blessant plus de 240 autres. Le Hezbollah avait riposté contre les Israéliens, pas les Américains. Les analystes avaient raison.

10

INFORMER LES « PREMIERS CLIENTS »

Je suis retourné au NESA (Bureau d'analyse du Proche-Orient et du sud de l'Asie), à l'été 1992. J'étais désormais chef adjoint de la Division israélo-arabe, un poste qui me permettait de côtoyer la très talentueuse Martha Kessler, une véritable pionnière servant d'exemple aux femmes travaillant comme analystes ou responsables à la CIA. Auparavant assistante de Bob Ames, lorsqu'il était agent national de renseignement au Moyen-Orient, Martha avait de solides références dans cette région. Elle était aussi responsable de ma branche quand j'étais analyste au NESA, travaillant sur l'Arabie saoudite et le Yémen du Nord et du Sud[25] au milieu des années 1980. Rédactrice et relectrice douée, Martha était très respectée au sein de la direction et avait d'excellentes relations avec ses homologues opérationnels à la Division du Proche-Orient. J'avais donc hâte de travailler à nouveau avec elle. La Division israélo-arabe se composait de quatre branches : Afrique du Nord, Égypte/Soudan, Israël/Palestine/Jordanie et Syrie/Liban. En tant que chef de division adjoint, j'étais maintenant à un échelon du sommet de l'échelle de la direction de l'Agence et j'ai donc com-

25. Ce n'est qu'en 1990 que le Yémen du Nord et le Yémen du Sud se réunissent pour former la République du Yémen actuelle. (NDT)

mencé à suivre davantage de formation en leadership, dont j'avais cruellement besoin. J'ai aussi appris à déléguer plus de responsabilités aux chefs de branche, car je me suis vite rendu compte que vouloir superviser le travail de dizaines d'analystes était non seulement impossible, mais que cela était aussi une stratégie d'une inefficacité redoutable.

Mes deux années à bord de la Division israélo-arabe ont été très occupées, car nous avons été chargés de rédiger les analyses nécessaires aux négociations israélo-palestiniennes se déroulant en Norvège et qui ont abouti à la signature de l'accord d'Oslo I. Voir Israël reconnaître l'OLP comme représentant du peuple palestinien et l'OLP reconnaître l'État d'Israël a été une grande avancée qui a été immortalisée de sublime manière grâce à une poignée de main historique entre le Premier ministre israélien, Yitzhak Rabin, et le président de l'OLP, Yasser Arafat, sur la pelouse sud de la Maison-Blanche, après la signature de l'accord du 13 septembre 1993. L'accord d'Oslo I a établi des arrangements provisoires en faveur de l'autonomie palestinienne et du retrait militaire israélien de la bande de Gaza. Je me souviens m'être demandé, à l'époque, si mes recherches et mon analyse, effectuées une demi-douzaine d'années plus tôt, alors que j'étais à la Division des enjeux, pouvaient servir de base à un éventuel compromis territorial et à une paix durable. Malheureusement, les partisans de la ligne dure et l'obstination des dirigeants, aussi bien du côté d'Israël que de l'OLP, ainsi que le manque d'enthousiasme manifesté par le corps diplomatique américain, dans les décennies suivantes, ont empêché la matérialisation des ambitions de l'accord d'Oslo I.

C'est à cette époque que j'ai eu l'occasion de diriger une équipe d'analystes expérimentés pour réaliser un examen approfondi des méthodes d'espionnage analytique pratiquées par la Direction du renseignement. Pendant plusieurs mois, notre « équipe de traitement et d'intervention » a (1) mené des dizaines d'entrevues avec des analystes, des responsables et des membres du personnel formateur de la CIA, puis (2) examiné les publications externes sur les pratiques efficaces en matière de formation, de restructuration des processus et de contrôle qualité, et enfin (3) comparé ces dernières avec celles de l'industrie privée, des médias et d'autres agences gouvernementales. Le rapport final que nous avons transmis aux dirigeants de la Direction du renseignement identifiait cinq compétences clés en matière d'espionnage analytique : réflexion analytique, comportement productif, compétences en matière de présentation, connaissance du client, collecte et traitement des données. Notre équipe a également formulé plusieurs recommandations importantes qui ont entraîné la modification des systèmes de formation, d'évaluation, d'affectation, de responsabilisation et de récompense de la direction. Nous sentant pousser des ailes, nous avons même conseillé aux dirigeants de suivre des formations en réflexion analytique et en comportement productif afin qu'ils puissent être de meilleurs modèles pour les analystes de la direction. En plus de prendre plaisir à façonner la culture analytique de l'Agence, j'ai eu la chance de devenir ami avec un autre membre de l'équipe de traitement et d'intervention, Michael Morell. Je ne savais pas alors que, près de vingt ans plus tard, Michael et moi formerions l'équipe dirigeante de la CIA, avec moi comme directeur et lui comme directeur adjoint.

Au printemps 1994, Karl Ruyle, mon ancien patron au CTC (Centre de lutte contre le terrorisme), supervisait la production et la livraison du PDB. Bien que Karl et moi ne travaillions plus dans le même bureau, nous sommes restés proches, en jouant au basket-ball et au golf chaque fois que nous pouvions nous débrouiller pour être en même temps hors du bureau. C'est donc sans surprise qu'il m'a appelé un certain jour d'avril. « John, j'ai une idée dont j'aimerais discuter avec toi. Peux-tu venir dans mon bureau ? »

Quand je suis arrivé, j'ai tout de suite compris qu'il avait quelque chose de sérieux à me dire.

« Nous allons modifier l'équipe chargée du PDB (briefing quotidien du Président), et j'aimerais que tu sois l'un des nouveaux briefeurs du Président Clinton et du vice-président Gore. Il faut qu'on secoue les choses un peu, m'a-t-il dit. Il est important que nous retenions l'attention de nos "premiers clients". Si nous ne réussissons pas à leur donner envie de demander et d'utiliser nos renseignements, c'est notre faute, pas la leur. »

Wôw ! J'étais sous le choc. Alors que j'avais, depuis le début de ma carrière, écrit et relu des dizaines, voire des centaines d'articles qui ont été inclus au PDB, j'ai toujours admiré les briefeurs de la CIA qui avaient la chance – et évidemment l'honneur – de présenter le produit en renseignement quotidien de la CIA aux clients les plus importants de l'Agence, ceux qui étaient également les plus avides d'analyses et d'informations clandestinement acquises.

Pendant de nombreuses années, ce privilège est revenu à Chuck Peters, un officier de la CIA, grand par la stature et majestueux par l'élégance, qui non seulement corrigeait le PDB tous les soirs, mais qui a également mené le briefing matinal dans le Bureau ovale, durant les douze années des administrations Reagan et George H. W. Bush. Chuck, ce fumeur de pipe, était une légende et un personnage plutôt intimidant au sein de l'Agence. Après plus d'une décennie à présenter le PDB dans le Bureau ovale, Chuck avait des connaissances encyclopédiques en ce qui concernait les questions de sécurité nationale des États-Unis et la capacité de la CIA à signaler tout nouveau renseignement à leur sujet. Il était très sévère en tant que correcteur et les versions préliminaires du PDB qui lui étaient remises étaient à peine reconnaissables au moment où il les validait. À l'époque où j'étais encore un jeune analyste, j'ai eu l'audace, plusieurs fois, de défier Chuck en le surprenant dans son bureau en train, essentiellement, de déchiqueter et de réécrire mes projets. Ce n'est que rarement, et habituellement après un très long débat, que Chuck acceptait de conserver une partie de mon texte d'origine. Maintenant que j'y pense, il le faisait probablement pour me faire sortir de son bureau.

Je savais qu'en devenant briefeur pour la Maison-Blanche, ma routine quotidienne allait voler en éclats. Désormais, il me fallait arriver à Langley au milieu de la nuit afin de me préparer pour ce briefing matinal. Ce soir-là, j'ai vérifié avec Kathy que cela lui convenait, et le lendemain, je suis allé voir Karl pour lui dire que je serais très heureux de devenir briefeur pour la Maison-Blanche. « Super ! Tu commences dans six semaines », m'a-t-il dit. Et puis avec un grand sourire, il a ajouté : « Cela devrait te donner assez de temps pour tout apprendre sur ce qui se passe partout dans le monde afin d'être prêt pour tes briefings quotidiens avec le Président. » Les paroles de Karl ont transformé mon enthousiasme en un tsunami de panique et d'inquiétude. Dans quoi est-ce que je venais de me mettre ? Comment allais-je faire, en seulement six semaines, pour devenir capable de briefer le Président et le vice-président des États-Unis sur les développements mondiaux tout en donnant l'impression que je savais de quoi je parlais ? Le Moyen-Orient et le terrorisme étaient des sujets déjà assez compliqués, mais la Russie, la Chine, les Balkans ? Il y avait simplement trop à apprendre en si peu de temps.

J'ai rapidement déménagé à temps plein avec le personnel chargé du PDB. Karl m'a dit que je ferais partie d'une équipe de deux personnes responsables, chaque matin, de répondre aux besoins en renseignements de tous les destinataires du PDB à la Maison-Blanche : le Président Clinton, le vice-président Gore, le conseiller à la sécurité nationale Tony Lake, le conseiller adjoint principal à la sécurité nationale Sandy Berger, la conseillère adjointe à la sécurité nationale Nancy Soderberg, le conseiller du vice-président à la sécurité nationale Leon Fuerth, et le directeur principal des programmes de renseignement, George Tenet. L'autre briefeur de la Maison-Blanche était un analyste de la CIA qui s'était spécialisé dans les affaires soviétiques et russes. L'un de nous était responsable de briefer Clinton, Lake, Berger et Tenet, tandis que l'autre informait Gore, Fuerth et Soderberg. Et toutes les deux semaines, nous changions.

Mes habitudes quotidiennes ont été complètement bouleversées durant cette période. Du dimanche au jeudi soir, j'essayais de me coucher à 20 h 30, au plus tard – en même temps que Kyle, six ans, et Kelly et Jaclyn, quatre ans –, afin de pouvoir me rendre au siège à 2 h 30. J'avais besoin de quatre bonnes heures, seul dans mon bureau, pour lire, relire et rerelire chaque élément du PDB, et pour absorber le contenu des différents documents de références, qui étaient souvent denses et longs. À cette époque, le PDB était un produit au format papier de six à huit pages, chacun numéroté individuellement. Ce n'est que durant l'administration Obama que le PDB a commencé à être présenté sur tablette informatique hautement sécurisée, afin de permettre aux lecteurs de facilement accéder au document du jour et aux autres ressources pertinentes. Le PDB comprend toute une gamme d'éléments. Cela peut être une brève mise à jour d'un renseignement composée de seulement quelques lignes – que nous appelions « flocons de neige » – ou un article de trois à huit paragraphes avec du sous-texte présenté sous la forme d'une liste à puces. Le contenu, pouvant couvrir des questions dynamiques d'intérêt immédiat aussi bien que des sujets stratégiques à plus long terme, inclut des renseignements humains et techniques acquis clandestinement, des rapports diplomatiques et des informations de sources publiques. L'analyse, elle, était mise en valeur en italique.

Le PDB était strictement contrôlé, y compris à l'intérieur de la CIA. Jusqu'à ce que je devienne briefeur pour la Maison-Blanche, je n'avais jamais vu un PDB, seulement des articles qui se rapportaient à mon domaine. C'est ensuite le Président qui décide qui est autorisé, à l'extérieur de la CIA, à recevoir une copie du PDB.

Ce sont les briefeurs de la CIA qui transportent le PDB, ainsi que d'autres documents de renseignement classifiés associés et leurs propres notes, dans des mallettes verrouillées. Ils voyagent dans des véhicules de la CIA avec chauffeur jusqu'à la Maison-Blanche où ils peuvent distribuer des copies à deux douzaines de hauts fonctionnaires américains approuvés par le Président Clinton, tels que les secrétaires et secrétaires adjoints des départements d'État, de la Défense et du Trésor, ainsi que le président et vice-président du comité des chefs d'état-major interarmées. Une fois arrivé au Bureau ovale, le PDB est remis directement aux hauts fonctionnaires autorisés puis il est lu en présence du briefeur de la CIA, qui suit avec sa propre copie. Au cours de cette session, le briefeur complète les éléments du PDB, avec des renseignements relatifs aux antécédents, au contexte et aux derniers développements s'étant produits durant la dernière nuit. Le briefeur répond également aux questions soulevées par les lecteurs. En fonction de la question, la réponse est fournie immédiatement, ou par l'intermédiaire d'une note de suivi remise plus tard dans la journée, ou au cours d'une session ultérieure.

Je ne me souviens pas du sujet abordé durant la présentation de mon premier PDB, mais je me souviens parfaitement bien du sentiment de fierté et d'humilité que j'ai ressenti au moment où j'ai été présenté au Président Clinton, comme son nouveau briefeur quotidien en renseignement, au mois de juillet 1994. Même si j'ai voté pour George H. W. Bush en 1992 – difficile pour moi de ne pas voter pour un ancien directeur de la CIA –, j'ai vite appris à admirer Clinton pour son intelligence, évidente, ainsi que pour son désir, avoué, de travailler au-delà de nos différences politiques pour faire avancer les politiques intérieure et étrangère des États-Unis. Je n'avais jamais rencontré Clinton auparavant, et j'étais exceptionnellement nerveux, alors que j'étais escorté par le conseiller à la sécurité nationale, Tony Lake, pour ma première visite au Bureau ovale, en près de quatre ans. À mon entrée, Clinton m'a chaleureusement accueilli et m'a invité à prendre place sur le canapé. Il m'a d'abord interrogé sur mes débuts à la CIA, puis a exprimé son admiration pour le travail de l'Agence, sur lequel il avait fini par s'appuyer au cours des dix-huit derniers mois. Enfin, fidèle à ses habitudes de politicien, il m'a complimenté sur mon choix de cravate – un modèle avec des motifs en forme de Parthénon grec sur un fond bleu roi – ce qui a immédiatement fait de Clinton l'un de mes Présidents préférés dans l'histoire des États-Unis.

Clinton était un lecteur très méticuleux. Après une première demi-douzaine de séances avec lui, j'ai réalisé qu'il avait une capacité étonnante à ingérer, assimiler, analyser et retenir des quantités volumineuses d'informations sur pratiquement n'importe quel sujet. Au cours de cette expérience de dix mois comme briefeur de la Maison-Blanche, le PDB a abordé un très grand nombre de questions dynamiques, mais le Président m'a toujours démontré son étonnante capacité à se rappeler d'obscurs détails qu'il avait lus des semaines, voire des mois auparavant.

La plupart des briefings pour le Président Clinton avaient lieu dans le Bureau ovale. Il ne m'arrivait que très rarement de le briefer dans une autre pièce de la Maison-Blanche ou dans une autre ville, comme quand il a assisté à l'Assemblée générale des Nations Unies à New York. Le vice-président Al Gore, Tony Lake et le conseiller adjoint à la sécurité nationale, Sandy Berger, étaient presque toujours présents pour les briefings se tenant dans le Bureau ovale. Le chef de cabinet, Leon Panetta, entrait et sortait fréquemment lorsqu'il travaillait activement sur d'autres problématiques.

Les jours où il était prévu que je briefe le Président, j'arrivais à la Maison-Blanche au moins une heure avant mon premier briefing. Je ne voulais pas prendre le risque de me faire prendre dans les embouteillages ou d'être retardé par un accident sur les routes fortement congestionnées menant au District de Columbia. Il s'agissait aussi d'une expérience fabuleuse pour moi, un officier de trente-neuf ans, autorisé à me promener à l'intérieur de l'enceinte de la Maison-Blanche. Les jardins étaient toujours beaux et inspirants, mais jamais plus que, selon moi, lorsque la neige tombait à l'aube en hiver. Épris d'une fierté patriotique profonde et qui, parfois, me mettait les larmes aux yeux, j'allais et venais souvent sur les trottoirs enneigés de West Executive Avenue, en admirant le pouvoir et la majesté du gouvernement américain apparaître et se révéler à chaque nouvelle lumière qui s'allumait dans l'aile Ouest et dans le bâtiment du bureau exécutif Eisenhower. Je n'oublierai jamais ce sentiment.

La fréquence de ces briefings matinaux dépendait des déplacements et des rendez-vous du Président Clinton, ainsi que de ses fréquentes arrivées tardives dans le Bureau ovale qui entraînaient l'annulation d'une session. En général, les briefings avaient lieu une à trois fois par semaine. Clinton lisait le PDB tandis que j'étais assis sur le canapé, habituellement à sa gauche, où j'ajoutais quelques points analytiques ou renseignements supplémentaires afin de compléter la prose écrite. Clinton lisait généralement dans un silence très studieux, demandant parfois à Tony Lake ou à Sandy Berger de donner suite à une question mentionnée dans le PDB. Chaque fois qu'il me posait une question, je ne répondais que si j'étais sûr de connaître la réponse ; donner de mauvaises informations au président des États-Unis était bien la dernière de mes envies. Souvent, je notais la question et envoyais une réponse plus tard dans la journée par le biais des canaux de la Maison-Blanche ou lors d'un prochain briefing. Cette attitude était communément appelée « vite faire l'ignare », une expression utilisée par les professionnels du renseignement pour décrire le fait de sagement éviter de donner de mauvais renseignements ou de se laisser embarquer dans une conversation portant sur un sujet où leurs connaissances personnelles sont limitées.

Je me souviens d'une fois où justement j'ai « vite fait l'ignare ». Le Président Clinton lisait un article sur les Balkans, inclus dans le PDB, qui faisait brièvement mention du nom – particulièrement difficile à prononcer – d'un officier serbe. Clinton s'est alors tourné vers moi en disant : « N'y avait-il pas un article dans le PDB, il y a quelques mois, disant que cette personne avait été accusée d'atrocités contre les droits de l'homme ? » Ne prenant pas le risque, ni le temps, de fouiller dans ma mémoire, beaucoup plus modeste, j'ai répondu : « Mmm, oui, je crois bien », promettant de revenir vers lui, plus tard, avec une réponse définitive. Dès la fin du briefing, j'ai passé un appel sécurisé au siège pour demander si le Président Clinton avait raison. Bien évidemment, il avait vu juste.

« Eh merde, ai-je dit au téléphone. Pourquoi est-ce que je ne pouvais pas me souvenir de ça ?

— Eh bien..., a répondu le petit malin au bout du fil, un de mes collègues chargés également du PDB, cela explique probablement pourquoi il est Président et pas toi.

Les briefings avec le vice-président Gore étaient beaucoup moins formels, plus fréquents et beaucoup plus interactifs. Quand j'étais « chargé de Gore », j'arrivais à sa résidence, à l'Observatoire naval, une vingtaine de minutes avant son départ prévu pour la Maison-Blanche. Dès mon arrivée, je passais du véhicule de l'Agence à la banquette arrière de la limousine du vice-président.

C'est là que je l'attendais soit pour un nouveau trajet de dix à quinze minutes jusqu'à la Maison-Blanche, soit pour un trajet plus long jusqu'à la base aérienne Andrews, les jours où il devait s'y rendre. Quand le vice-président entrait dans la limousine, je lui remettais le PDB et partageais quelques pépites de renseignement supplémentaires ou répondais à ses questions pendant qu'il profitait du trajet pour lire les articles. Bien qu'il participât régulièrement au briefing avec le Président, dans le Bureau ovale, le vice-président a toujours tenu à être préalablement briefé afin d'être pleinement préparé pour la réunion suivante à la Maison-Blanche.

Le vice-président Gore était, et reste, une personne que l'évolution du monde et de l'humanité rend très curieuse. Quand j'étais son briefeur, il montrait régulièrement un vif intérêt pour tout ce qui se rapportait aux innovations techniques, scientifiques et commerciales se produisant aux États-Unis et à l'étranger. Il m'a encouragé à lui apporter des rapports de renseignement et des informations de sources publiques liés aux technologies révolutionnaires qui pourraient perturber nos quatre piliers : l'économie, la politique, le climat et la culture. En tant que vice-président, il est resté très fortement intéressé par un programme, qu'il avait dirigé au Sénat, appelé « Mesures des données terrestres servant à des fins d'analyses environnementales » (MEDEA[26]), qui s'appuyait sur les dossiers et l'expertise de la communauté du renseignement en matière de surveillance afin de superviser et d'évaluer le taux et l'impact du réchauffement climatique. Beaucoup de personnes se moquent encore de lui en disant qu'il a inventé Internet[27], mais sa compréhension de la nature transformatrice du monde numérique dépasse de loin tout ce que j'ai entendu, à l'époque, de la part d'autres hauts fonctionnaires américains.

Au cours de cette période comme briefeur de la Maison-Blanche, j'ai été nommé, pendant quelques mois, « teneur » officiel du plateau de petit déjeuner (œufs brouillés, fruits, toasts et jus) du vice-président Gore, à l'arrière de la limousine. Le vice-président s'est déchiré le tendon d'Achille alors qu'il jouait au basket-ball en août 1994, et il lui était donc difficile, logistiquement parlant, de jongler avec le PDB, sa botte d'immobilisation et le plateau de son petit déjeuner, en même temps. Le vice-président a toujours été

26. *Measurements of Earth Data for Environmental Analysis.* (NDT)

27. Lors d'un interview en 1999, Gore déclare « avoir pris l'initiative à l'origine de la création d'Internet », ce qui s'est transformé, aux yeux du grand public et des comédiens, en « j'ai inventé Internet ». (NDT)

courtois, notamment en s'excusant pour tout dérangement qu'il causait afin que nous puissions trouver une position confortable pendant le trajet. Je lui ai dit que le servir était toujours un privilège et que mon travail consistait à lui fournir son briefing quotidien de renseignements ou même d'empêcher ses œufs et son jus de fruits de se répandre sur ses genoux.

Je me souviens très bien du matin suivant la performance désastreuse des démocrates aux élections de mi-mandat de 1994, lorsque les républicains ont remporté huit sièges au Sénat et cinquante-quatre à la Chambre, leur donnant ainsi le contrôle des deux chambres du Congrès, pour la première fois depuis les élections de 1954. Ce jour-là, les démocrates se sont pris une véritable raclée. Et encore, le mot est peut-être trop tendre pour qualifier la victoire des républicains. Le vice-président est entré dans la limousine, discrètement, à l'heure, en disant « bonjour » sans me regarder. Aucun petit déjeuner pour nous rapprocher. Je lui ai remis le PDB, qu'il a ouvert à la première page. Pendant tout le reste du trajet, il a regardé cette page, comme si le premier grand titre l'avait hypnotisé. Il n'a pas dit un mot. Il n'a fait que fixer la page, point. Je ne pense pas que ses yeux aient clignoté, même une fois. Il était en état de choc. Quand nous sommes arrivés à la Maison-Blanche, les agents des services secrets se tenaient prêts devant sa porte, attendant qu'il sorte. Le vice-président est resté immobile, insensible au fait que nous étions arrivés. Tandis que les agents des services secrets se tenaient debout, à l'extérieur de la voiture, j'ai décidé, après une trentaine de très longues secondes, de briser le silence en disant : « Passez une bonne journée, monsieur. » Surpris en pleine transe, il m'a répondu, tout doucement, « Euh, oui, bien sûr », en sortant de la limousine et en se dirigeant vers l'aile Ouest. Dieu merci, le briefing prévu dans le Bureau ovale, ce jour-là, a été annulé.

Leon Fuerth, conseiller à la sécurité nationale du vice-président Gore, était celui, parmi les personnes invitées à ces briefings, qui avait l'appétit le plus vorace en renseignements et en analyses. Aucune question de sécurité nationale n'était trop triviale ou trop banale pour la curiosité intellectuelle de Leon – une attitude qui ressemblait d'ailleurs beaucoup à celle de son patron – et il demandait régulièrement à la CIA des analyses approfondies sur un large éventail de sujets. Leon n'a jamais hésité à contester l'analyse du PDB s'il la trouvait incomplète ou imprécise. Il n'était pas rare d'entendre Leon dire « Je ne suis pas d'accord », en me regardant après la lecture d'un article du PDB. Si mon explication soutenant les raisons justifiant nos conclusions analytiques ne suffisait pas, une réunion était mise en place pour Leon et les analystes chargés de la rédaction du PDB. De tels rapports avec nos hauts fonctionnaires étaient très appréciés par les analystes de la CIA, qui étaient ravis d'être défiés par les décideurs plus expérimentés, parce que cela montrait que leurs analyses, non seulement, étaient lues, mais qu'elles étaient aussi sérieusement prises en compte.

Cette période en tant que briefeur pour la Maison-Blanche a duré moins de dix mois. Il s'agissait alors de la mission la plus exaltante et agréable de toute ma carrière à la CIA. Je ne savais pas encore à l'époque que l'impact le plus durable de cette expérience allait être de pouvoir bâtir une véritable relation professionnelle et personnelle avec l'une des personnes autorisées à recevoir le PDB, George J. Tenet.

Je n'avais rencontré Tenet qu'une seule fois avant de commencer à le briefer.

« On l'appelle l'envahisseur. »

C'est ainsi qu'un de mes collègues à la CIA a commencé à surnommer George, après l'avoir vu me parler en se tenant à moins de trente centimètres de moi. C'était au début de l'année 1994, quelques mois avant que je devienne briefeur pour la Maison-Blanche. Ancien directeur du personnel pour le Comité spécialisé en renseignement du Sénat (SSCI[28]), George était le directeur principal des programmes de renseignement au Conseil de sécurité nationale (NSC). Le sous-directeur adjoint du renseignement de la CIA, David Cohen – un bon ami portant le même nom, sans aucun lien de parenté, que celui qui sera mon futur adjoint, des années plus tard – m'a présenté George alors que je passais dans le hall où ils discutaient ensemble.

Avec un grand sourire sur son visage, George s'est mis à envahir mon espace en disant : « Alors, que faites-vous ici ? »

Pendant une seconde, je me suis demandé si la myopie n'incitait pas George à m'approcher de si près. Mais non, c'était George en train d'être lui-même. Sympathique et aimable, George était un travailleur exceptionnel, qui était tellement intelligent que cela

28. *Senate Select Committee on Intelligence.* (NDT)

en devenait ridicule. Il comprenait et appréciait le travail de la CIA beaucoup mieux que tout autre étranger du service grâce à ses activités au Capitole et au NSC. Sa polyvalence lui donnait un accès quasi illimité aux programmes les plus sensibles de la CIA, y compris sur le front des missions secrètes. Par ailleurs, il était très à l'aise avec les officiers de la CIA, quels que soient leurs milieux et leurs disciplines. Quand je suis devenu briefeur pour la Maison-Blanche, nous nous sommes mis à discuter, durant nos séances en tête à tête, d'un large éventail de sujets en rapport avec le renseignement. Paradoxalement, c'est lui qui m'enseignait davantage la perspective de la CIA que l'inverse.

Compte tenu de l'immense expérience de George dans le monde du renseignement, il n'a pas été surprenant, en mai 1995, de voir John Deutch, le directeur du renseignement central, récemment confirmé, lui proposer d'être son adjoint. Le lendemain de l'annonce, je me suis présenté dans le bureau de George pour notre briefing du PDB et pour lui adresser toutes mes félicitations. « Vous allez adorer cette Agence », ai-je dit à George, alors qu'il mâchouillait ce qui allait devenir sa marque de fabrique : un cigare éteint.

« Merci beaucoup, mais... j'ai déjà des nouvelles pour vous », m'a-t-il dit, tout en tâchant d'extraire des boulettes de tabac mouillé de sa bouche et de les lancer dans une poubelle située à plusieurs mètres. « Vous faites équipe avec moi.

— Je quoi ?

— Vous m'avez entendu, a-t-il dit avec son rire contagieux. J'ai besoin de quelqu'un pour m'assister durant le processus de confirmation. Évidemment, vous devrez renoncer à votre poste comme briefeur du PDB, mais bonne nouvelle, vous n'aurez plus à vous lever à 2 heures du mat'. N'hésitez donc plus à faire la grasse matinée jusqu'à 3 heures, hein ? », a-t-il ajouté en gloussant.

Me donnait-il le choix ? Je n'en avais aucune idée. Toutefois, cela n'avait aucune importance, car j'appréciais et respectais vraiment George et je considérais l'occasion de travailler avec lui comme une nouvelle aventure passionnante. Et mon Dieu, ça l'a été.

George a été assermenté comme directeur adjoint du renseignement central, le 11 juillet 1995, date à partir de laquelle j'ai passé douze mois à travailler comme son assistant exécutif. C'était mon tout premier emploi au septième étage de la CIA, là où sont installés le directeur, le directeur adjoint, et le reste de l'équipe de direction. Pendant les quinze premières années de ma carrière à l'Agence, mes interactions avec les rangs supérieurs n'ont été que très limitées. Il m'arrivait, à l'occasion, d'assister à une réunion dans la salle de conférence du directeur, avec ses belles cloisons en bois, généralement pour fournir un briefing analytique sur le terrorisme ou sur les derniers développements au Moyen-Orient. Même en tant que briefeur du Président Clinton, personne ne m'a jamais demandé de briefer le directeur de l'époque, James Woolsey, afin qu'il en sache davantage sur ces briefings. Je trouvais cela étrange, puisque Woolsey n'avait pratiquement aucun autre moyen de savoir ce qui se disait dans le Bureau ovale. La relation entre Woolsey et Clinton était tout sauf étroite, et tout le monde savait plus ou moins que leurs rencontres étaient rares. Le 11 septembre 1994, jour où un avion Cessna, qui avait été volé, s'est écrasé sur la pelouse de la Maison-Blanche, la plaisanterie la plus en vogue à Washington disait que c'était tout simplement Woolsey qui voulait entrer pour voir Clinton.

C'est George qui m'a présenté le monde vertigineux du leadership exécutif associé à la sécurité nationale. De 1947 à 2005, le directeur du renseignement central et son adjoint ont été responsables de la direction de la CIA, ainsi que de la communauté du renseignement en général. Il s'agissait d'un défi qui devenait de plus en plus difficile à mesure que la taille, les capacités et les exigences des agences de renseignement se développaient. Fraîchement débarqué du département de la Défense où il occupait le poste de secrétaire adjoint, John Deutch a décidé de fortement se concentrer sur les initiatives et les programmes stratégiques de la communauté du renseignement et de laisser la surveillance des activités quotidiennes de la CIA à George et à d'autres officiers supérieurs de la CIA. Cette répartition des responsabilités a été bien reçue par l'Agence, car George connaissait et soutenait tellement la mission de la CIA que cela lui a donné une crédibilité instantanée auprès des ressources humaines.

Cette période passée en tant qu'assistant exécutif de George m'a donné l'occasion d'apprendre comme jamais auparavant. Ce qui m'a le plus frappé ? D'une part, l'incroyable éventail d'activités et de capacités de la communauté du renseignement et, d'autre part, à quel point il est important d'aligner les ressources – financières et humaines –, afin de pouvoir affronter la véritable matrice de défis dynamiques liés à la sécurité nationale. Les rideaux qui cachaient les programmes les plus sensibles de la CIA m'étaient désormais ouverts, car j'accompagnais George lors de ses visites dans les bureaux du reste de l'Agence et que je participais à la plupart de ses réunions au siège avec des responsables américains et étrangers. Par ailleurs, je voyageais fréquemment avec lui à l'étranger, pour rencontrer non seulement les chefs des services de renseignement et de sécurité, mais aussi les dirigeants de gouvernements étrangers. George comptait beaucoup sur son personnel. Avec le temps, je me suis rendu compte que le but de son approche était autant de servir de mentor aux autres que de s'aider lui-même.

Plus que tout autre événement, c'est la décision de George de faire de moi son assistant exécutif, quand il était directeur adjoint du renseignement central, qui a modifié pour de bon la trajectoire de ma carrière dans le monde de la sécurité nationale.

Je serai éternellement reconnaissant pour l'occasion qu'il m'a donnée et pour les conseils qu'il m'a depuis fournis.

11

ARABIE SAOUDITE, DEUXIÈME ÉDITION

Vers la fin du printemps 1996, mes fonctions ont commencé à me lasser, malgré le prestige du septième étage. Je travaillais pour George depuis alors plus d'un an et j'aimais beaucoup le voir à l'action, tout comme j'aimais découvrir les dessous stratégiques de l'Agence et de la communauté du renseignement. Mais j'avais cruellement besoin de responsabilités de fond et de supervision attachées aux missions de renseignement de la CIA. En outre, je devenais de plus en plus frustré et irritable quand je me retrouvais nez à nez avec la mesquinerie de certaines querelles internes – phénomène typique de toute grande organisation – qui se déroulaient à l'intérieur de la CIA. George savait que je commençais à traîner la patte, alors il m'a appelé un soir dans son bureau.

« Qu'est-ce qui se passe ? » m'a-t-il demandé. « On dirait que vous ne vous amusez plus. » Je n'étais pas d'humeur à répondre et il l'a tout de suite senti. « Vous êtes ici depuis assez longtemps », m'a-t-il dit sans hésitation. « Il vous faut un autre emploi, un poste qui vous donnera l'expérience supplémentaire dont vous avez besoin pour éventuellement diriger cet endroit, un jour. »

George avait toujours tendance à exagérer lorsqu'il parlait de personnes ayant directement travaillé pour lui. J'ai levé les yeux au ciel sans prendre au sérieux, ne serait-ce qu'une seconde, mes chances de devenir directeur un jour, mais j'ai admis que me trouver un nouveau poste pourrait nous être bénéfique à tous deux. J'ai alors dit à George que le poste de directeur adjoint du NESA (Bureau d'analyse du Proche-Orient et du sud de l'Asie) était disponible et que je me sentais prêt à relever ce défi. « C'est la région du monde que je connais le mieux, et j'aimerais vraiment revenir à l'analyse. » J'ai dit à George que je ne voulais pas qu'il me fasse de faveur, en ajoutant : « Je tiens à obtenir ou à perdre ce poste, uniquement en m'appuyant sur mon propre dossier. » Il a accepté... du moins, c'est ce qu'il a dit.

Le directeur du NESA à l'époque était Tom Wolfe, avec qui j'avais déjà travaillé à mon retour de Djeddah, plusieurs années auparavant. Au fil des ans, Tom était resté un ami proche et un mentor. Il m'a ainsi encouragé à déposer ma candidature, malgré le fait que le poste de directeur adjoint du NESA corresponde à un niveau hiérarchique plus élevé au mien (GS-15[29]) : le Service supérieur du renseignement (SIS[30]), soit l'équivalent d'un officier de pavillon (général ou amiral) dans les forces armées.

J'ai été sélectionné comme directeur adjoint du NESA, la semaine précédant l'annonce des promotions vers et au sein du SIS. Comme pour les officiers de pavillon militaire, il y avait plusieurs niveaux au sein du SIS, allant de SIS-1 à SIS-6. Les nouveaux membres du SIS obtenaient le grade SIS-1. Ils étaient ensuite promus à des grades supérieurs au fur et à mesure de l'évolution de leurs responsabilités au sein de l'organisation. En tant que GS-15, j'espérais simplement être promu comme SIS-1, soit une pratique traditionnelle pour toute personne promue dans les rangs du SIS. Mais à ma grande surprise et en rupture nette avec la tradition, j'ai appris que j'étais promu directement de GS-15 à SIS-3. Clairement décidé à m'y opposer, je suis allé voir George, qui m'a dit de partager mes objections avec Nora Slatkin, la protégée de John Deutch qui occupait le poste de directrice exécutive, le troisième plus haut poste au sein de l'Agence.

---

29. À son arrivée dans la CIA, le salaire de l'auteur correspond à la tranche GS-9. À ce moment du récit, son salaire appartient à la tranche GS-15, soit la plus élevée au sein de la fonction publique, mais qui reste toutefois inférieure aux salaires des postes exécutifs. (NDT)

30. Senior Intelligence Service. (NDT)

« Tout le monde va dire que c'est du favoritisme, lui ai-je dit, et je ne veux aucune faveur.

— Trop tard, a dit Nora en souriant. Le Directeur Deutch a déjà signé. »

Elle a tenté de me convaincre que je méritais le grade SIS-3 grâce à mon travail acharné avec George, mais je n'étais pas d'accord. À mes yeux, cette promotion était due à ma relation avec lui plutôt qu'à mon travail pour lui. « La plupart des gens employés par l'Agence travaillent très dur, lui ai-je dit, et je ne connais personne d'autre qui a gagné trois grades d'un seul coup. »

Je savais que la nature fulgurante de ma promotion allait donner lieu à des grognements légitimes qui terniraient partiellement l'éclat du titre que j'avais si longtemps cherché. J'ai toutefois ressenti, au moment de traverser la scène de l'auditorium de la CIA pour accepter le certificat SIS-3 des mains de John Deutch, avec Kathy, Kyle, Kelly et Jaclyn présents dans la salle, un profond sentiment de satisfaction pour le travail effectué et les efforts accomplis au cours des seize dernières années.

Après quelques semaines à la tête du NESA, j'ai réalisé que le poste d'agent de liaison principal en Arabie saoudite devait être pourvu sur-le-champ. Malheureusement, la personne sélectionnée a finalement dû annuler pour des raisons médicales. Lors d'une de mes visites à la Division du Proche-Orient, située au sein de la Direction des opérations clandestines, j'ai dit, en plaisantant à moitié, que j'aurais aimé être celui sélectionné pour aller en Arabie saoudite. Steve, le chef de la NE (Division du Proche-Orient), m'a regardé en me disant : « T'es... T'es sérieux ?

— Oui », ai-je répondu, de manière presque réflexe.

Intrigué, il m'a demandé si mon niveau en arabe était encore correct.

« Il ne s'est pas amélioré avec l'âge, mais je peux lui donner un coup de neuf. »

Les postes d'agents de liaison principaux à l'étranger étaient généralement réservés aux officiers aux opérations clandestines. Je ne pensais donc pas avoir beaucoup de chance d'obtenir le poste. Toutefois, en plus de mes compétences en arabe et de ma précédente tournée en Arabie saoudite, mon expérience en matière de lutte antiterroriste était considérée comme un plus, étant donné les deux attaques qui avaient eu lieu en Arabie saoudite au cours de la dernière année. La première attaque a touché le Bureau de gestion du programme et de la garde nationale d'Arabie saoudite, dans le centre de Riyad. Il s'agissait d'une voiture piégée qui a tué plusieurs conseillers militaires américains et blessé des douzaines de ressortissants saoudiens et étrangers. Pour la première fois, des individus affiliés à al-Qaïda s'en prenaient à des Américains. Une deuxième attaque s'est produite fin juin 1996, dans la province orientale de l'Arabie saoudite. Un énorme camion piégé a détruit les tours de Khobar, un complexe immobilier utilisé comme logement par les forces américaines et les forces de la coalition affectées à l'opération Southern Watch, responsables de patrouiller les zones d'exclusion aérienne au-dessus de l'Irak. L'attaque, menée par le Hezbollah al-Hedjaz (le Hezbollah saoudien) sur les instructions de l'Iran, a tué dix-neuf membres de l'Armée de l'air américaine et des douzaines d'autres personnes, en plus de faire des centaines de blessés.

En pensant à la menace terroriste croissante en Arabie saoudite, j'ai soudainement réalisé que j'allais un peu trop vite et qu'il me fallait calmer mes ardeurs. « Steve, je dois d'abord en parler à Kathy, ai-je dit. C'est quelque chose d'important. Il faut que ce soit une décision familiale.

— Tu m'étonnes ! » m'a-t-il répondu.

« John, qu'est-ce que tu es en train de faire ? me suis-je dit en marchant vers mon bureau. Est-ce que tu veux vraiment retourner en Arabie saoudite ? Est-ce que tu veux vraiment y amener Kathy et les enfants, alors que la menace terroriste est plus présente que jamais ? » Je n'étais pas sûr des réponses à ces questions, et je savais que rien de bon ne me viendrait à l'esprit avant une discussion familiale. Alors que le reste de cette journée ne m'a servi qu'à ressasser inlassablement ce problème, je me suis souvenu des nombreuses conversations que j'ai eues au fil des ans avec des officiers de la CIA qui étaient déchirés entre leurs responsabilités familiales et leurs obligations envers la CIA et le pays qu'ils avaient juré de protéger et de défendre. Trouver le bon équilibre entre sa famille et son travail est beaucoup plus facile à dire qu'à faire, surtout lorsqu'il s'agit de choisir entre l'un et l'autre. Malheureusement, trop de femmes et d'hommes travaillant à l'Agence ont dû faire ce choix à plusieurs reprises au cours de leur carrière, y compris lorsqu'il leur était demandé de partir dans une zone de guerre dangereuse.

Ce soir-là, j'ai fait en sorte d'arriver à la maison à une heure raisonnable. Je voulais pouvoir demander à ma famille ce qu'une affectation à l'étranger leur inspirait. Depuis notre retour de Djeddah une douzaine d'années auparavant, Kathy et moi avions déjà examiné d'autres propositions de missions à l'étranger, mais sans trouver la bonne. Nous étions tous les cinq assis autour de la table à manger, et c'est là que j'ai décidé d'aborder le sujet avec précaution. « J'ai entendu parler d'un poste à l'étranger. Si je pose ma candidature, j'ai une chance de l'obtenir. Cela nous donnerait l'occasion de voyager et même d'aller visiter l'Irlande ! » Vu que j'avais déjà endoctriné nos enfants avec des histoires sur notre héritage irlandais et les lutins qui parcouraient la campagne irlandaise, je me suis dit qu'il fallait que je commence ma prise de parole en rendant l'occasion aussi attrayante que possible. Kathy, dont j'avais réussi à éveiller la curiosité, m'a regardé en disant : « Vraiment ? » D'un point de vue familial, le timing semblait idéal. Kyle était en CM2, Kelly et Jaclyn, en CE2, et nous avions convenu qu'une affectation à l'étranger ne pouvait avoir lieu que si les enfants étaient encore à l'école primaire, pas au collège. « Eh bien, tant que ce n'est pas Djeddah, je suis intéressée », m'a dit Kathy.

Je savais que Kathy rêvait toujours de pouvoir vivre et travailler dans une capitale européenne. Et bien que la qualité de vie associée à une mission en Europe soit très agréable, ces postes n'ont jamais vraiment représenté une opportunité à mes yeux ni même beaucoup d'intérêt professionnel. « Oh, ce n'est pas Djeddah », l'ai-je rassurée. J'ai ensuite respiré un grand coup et je me suis lancé : « Mais c'est en Arabie saoudite. » Je suis sûr que toutes les rides de mon visage sont apparues au moment de dire ces mots. J'avais déjà eu l'occasion, quand nous vivions à Djeddah, de visiter plusieurs fois la ville où se trouvait ce poste, mais pas Kathy, probablement en raison de la réputation de cette ville, inhospitalière avec les étrangers, et surtout les femmes occidentales. (Pour des raisons absurdes, la CIA m'avait interdit de donner le nom de la ville où ma famille et moi étions supposés vivre pendant trois ans.)

« Tu rigoles ? Encore une mission en Arabie saoudite ? » a-t-elle déclaré avec un regard incrédule. Sachant que la partie était encore loin d'être gagnée, j'ai passé le reste de la soirée à parler de tous les avantages auxquels je pouvais penser. « J'ai déjà vérifié, il y a une super école internationale pour les enfants... L'appartement à l'air génial, et on pourra même engager du personnel pour nous aider avec les tâches domestiques... On vivra dans une région où les vêtements occidentaux sont autorisés... On pourra voyager en dehors de l'Arabie saoudite aussi souvent que possible... On économisera de l'argent, et quand on rentrera, on pourra acheter une plus grande maison... Je vous promets qu'on ne restera pas plus de deux ans. » Je suis sûr que ce monologue a été très semblable aux paroles récitées par des milliers d'autres agents, officiers et fonctionnaires de la CIA, de l'armée américaine, du département d'État, et d'autres représentants gouvernementaux américains à leur famille, au moment d'accepter une mission, loin d'être idéale, à l'étranger.

Et comme d'innombrables autres conjoints au fil des ans, Kathy a dit avec altruisme « D'accord », non pas pour les avantages personnels associés à une affectation à l'étranger, mais parce qu'elle savait que c'était important pour moi et que nous contribuerions, en tant que famille, à la sécurité de notre nation. Comme cela s'est produit tant de fois au cours de ma carrière gouvernementale, Kathy est celle grâce à qui je n'ai jamais eu à choisir entre famille et carrière.

Nous sommes arrivés en Arabie saoudite à la mi-novembre 1996. Contrairement à ma promesse initiale selon laquelle nous rentrerions dans deux ans, nous avons choisi de rester en Arabie saoudite une troisième année. J'ai convaincu les enfants de voter « pour » une troisième année pendant que nous étions en vacances dans une station balnéaire à Bahreïn. J'ai eu la chance, une fois de plus, d'exercer mes fonctions dans un pays où le travail d'équipe des fonctionnaires du gouvernement américain était exemplaire d'efficacité, grâce au leadership remarquable de l'ambassadeur Wyche Fowler, ancien sénateur en Géorgie et chef de mission adjoint de Ted Kattouf, deux personnalités qui valorisaient grandement le renseignement américain. Contrairement à ma tournée en tant que jeune diplomate à Djeddah au début des années 1980, qui m'a donné une bonne idée du peuple et de la culture de l'Arabie saoudite, cette deuxième mission dans le royaume m'a donné l'occasion d'interagir régulièrement avec de hauts fonctionnaires saoudiens et d'avoir un aperçu personnel de la complexité des relations multidimensionnelles entre les États-

Unis et l'Arabie saoudite. Cette expérience me sera d'une très grande utilité dans mes rôles suivants au sein d'un autre univers, celui de la sécurité nationale.

Mon principal homologue en Arabie saoudite était le prince Tourki ben Fayçal al-Saoud, chef de la Direction générale du renseignement d'Arabie saoudite (GID[31]). Au moment où j'ai pris mes fonctions, le prince Tourki était en place depuis déjà dix-sept ans. Il connaissait donc très bien les affaires régionales et internationales. Fils de l'ancien roi Fayçal et frère de Saoud, alors ministre des Affaires étrangères, Tourki avait un anglais impeccable, une politique sophistiquée et un comportement urbain qui faisaient de lui un interlocuteur naturel pour les officiers américains en visite, désireux de gagner le soutien saoudien afin de pouvoir mener à bien leurs initiatives politiques ainsi que leurs activités de renseignement. Bien que d'une politesse irréprochable et d'une sympathie infinie envers les intérêts américains, Tourki était généralement réticent à l'idée de provoquer des vagues au sein de l'environnement saoudien, plutôt byzantin, en matière de politique et de sécurité. (Près d'une décennie plus tard, Tourki est devenu ambassadeur aux États-Unis et a commencé à moins mâcher ses mots durant les conseils de la famille royale, une évolution qui l'a apparemment poussé à démissionner après seulement quinze mois.) Demander aux services de renseignement saoudiens de contribuer plus franchement aux enquêtes antiterroristes était souvent un exercice de futilité, même si, selon moi, cela était plutôt dû à l'incompétence professionnelle des employés de cette organisation plutôt qu'à la prudence politique du prince Tourki.

À quelques reprises, toutefois, le prince Tourki a montré sa volonté de donner suite à des questions importantes pour les États-Unis. Début 1998, les services de renseignement américains ont appris que les Saoudiens avaient intercepté une cargaison de missiles antichars Sagger, au nom d'al-Qaïda, à la frontière avec le Yémen. Les services de renseignement saoudiens ont décidé de ne pas informer les officiers américains de cette interdiction, alors que le vice-président Gore était supposé se rendre au royaume quelques semaines plus tard. J'ai tout de suite confronté Tourki en lui disant que les Saoudiens avaient omis de prévenir les États-Unis, un acte manqué significatif, car nous craignions alors que les missiles fassent partie d'une menace plus

31. *General Intelligence Directorate.* (NDT)

large à l'encontre de la sécurité du vice-président. En écoutant mes commentaires, Tourki est devenu perplexe, ajoutant qu'il ne savait rien sur les missiles. J'avais beau avoir été témoin, par le passé, de responsables saoudiens en train de nier des faits connus, la réaction de Tourki me semblait sincère. Et je le crois toujours. Le ministère saoudien de l'Intérieur, dirigé par l'oncle de Tourki, le prince Nayef ben Abdelaziz, aurait apparemment gardé l'information secrète, non seulement des États-Unis, mais aussi de la GID. Irrité et embarrassé par cet affront, Tourki a confronté son oncle, politiquement plus puissant, puis a réussi à obtenir des informations, qu'il m'a transmises, sur les missiles. Une visite ultérieure de George Tenet – alors devenu directeur du renseignement central à la suite de la démission de John Deutch en décembre 1996 – a incité le prince héritier Abdallah à autoriser la CIA à accéder directement aux missiles afin de pouvoir en tirer des enseignements. Le complot d'al-Qaïda, consistant à faire passer clandestinement des missiles en Arabie saoudite, a été planifié par Abd al-Rahim al-Nashiri, un Saoudien qui sera ensuite le cerveau du bombardement de l'*USS Cole*, au large des côtes yéménites, en 2000, qui tuera dix-sept marins américains et en blessera plusieurs dizaines d'autres. Al-Nashiri est actuellement détenu au camp de Guantánamo.

Les menaces d'al-Qaïda vis-à-vis des intérêts américains se sont considérablement intensifiées en 1998. En février de la même année, Ben Laden et quatre autres personnes ont signé une déclaration publique appelant au meurtre aveugle d'Américains et de Juifs partout dans le monde, ce qui a tout de suite poussé les États-Unis à faire pression sur l'Arabie saoudite pour que celle-ci soit plus coopérante en matière de lutte antiterroriste. Lors de sa visite en Arabie saoudite ce printemps-là, George a demandé avec insistance aux Saoudiens de faire le nécessaire pour que les talibans, qui contrôlaient alors le gouvernement afghan, cessent de protéger Ben Laden et les partisans d'al-Qaïda. Le prince héritier Abdallah a ordonné au prince Tourki de se rendre en Afghanistan, quelques mois plus tard, pour rencontrer le chef des talibans, le mollah Omar. Je ne sais pas exactement ce qui s'est dit durant cette réunion, mais je doute que Tourki ait explicitement demandé aux talibans de remettre Ben Laden à l'Arabie saoudite. Les Saoudiens n'auraient pas voulu se mêler du problème Ben Laden, car sa présence dans le royaume, en détention ou pas, aurait probablement suscité le soutien populaire du dirigeant d'al-Qaïda. Plus probablement, Tourki a dû encourager le mollah Omar à limiter les activités terroristes de Ben Laden ou à le confier à un pays tiers. Lorsque Tourki m'a fait un résumé partiel de cette visite, il a ajouté que le mollah Omar l'avait reçu avec courtoisie et qu'il n'avait rejeté aucune demande saoudienne. « Il a dit qu'il y réfléchirait », a déclaré Tourki.

Après les attaques dévastatrices menées par al-Qaïda, en août, contre les ambassades américaines de Dar es-Salaam, en Tanzanie, et de Nairobi, au Kenya – faisant plus de deux cents victimes, dont douze Américains, et plusieurs milliers de blessés –, nous avons demandé à Tourki de rencontrer à nouveau le mollah Omar, et de faire pression pour qu'il ordonne l'extradition de Ben Laden vers l'Arabie saoudite ou les États-Unis. Sous la direction du prince héritier Abdallah, Tourki s'est rendu une deuxième fois en Afghanistan, en septembre, quelques semaines seulement après que les États-Unis eurent lancé des frappes de représailles, à base de missiles de croisière, contre des cibles appartenant à al-Qaïda, en Afghanistan et au Soudan. La réception offerte à Tourki lors de cette deuxième réunion a été pour le moins hostile. « Le mollah Omar était une personne différente cette fois-ci, m'a dit Tourki. Il était en colère et anxieux. Il ne voulait rien entendre en rapport avec l'expulsion de Ben Laden. Il était furieux contre les frappes de missiles américaines, qui, selon lui, avaient tué des Afghans et leurs invités. » Sentant son peu d'influence sur l'attitude du mollah Omar à l'égard de Ben Laden et d'al-Qaïda, les dirigeants saoudiens se sont contentés, pour apaiser les États-Unis, de geler leurs liens diplomatiques avec les talibans. L'Arabie saoudite n'a officiellement rompu ses relations diplomatiques avec les talibans qu'après les attaques d'al-Qaïda contre les États-Unis du 11-Septembre.

Bien que la GID soit la principale homologue de la CIA, d'un point de vue organisationnel, j'ai travaillé dur pour renforcer nos liens avec le principal service de sécurité intérieure de l'Arabie saoudite, le Mabahith, qui relève du ministère de l'Intérieur. Habilité à procéder à de nombreuses enquêtes, arrestations, détentions et interrogatoires, le Mabahith était et demeure le principal organisme saoudien responsable des programmes nationaux de lutte antiterroriste et de la découverte d'activités subversives considérées comme une menace pour la monarchie. Malgré la réputation des méthodes dures et coercitives utilisées par le Mabahith pour extraire des informations des détenus, j'ai estimé qu'il était impératif d'établir une meilleure relation avec l'organisation qui, de toute évidence, en savait le plus sur la présence et l'influence d'al-Qaïda dans le royaume. Par ailleurs, créer des liens plus étroits avec le Mabahith nous permettrait de mieux comprendre ses capacités antiterroristes et de contribuer à la professionnalisation de ses rangs.

Étant donné que le FBI est responsable d'enquêter et de porter des accusations criminelles contre les auteurs d'attaques terroristes portant atteinte à des Américains à l'étranger, le Bureau et le Mabahith étaient encore en train de travailler sur l'attentat à la bombe des tours de Khobar. En conséquence, j'ai coordonné les efforts de la CIA relatifs à la collecte de renseignements à visée antiterroriste, en étroite collaboration avec le directeur du FBI – et mon ancien camarade de classe au lycée St Joseph –, Louie Freeh, au cours de ses nombreux déplacements en Arabie saoudite. Bien que le FBI et la CIA aient des priorités différentes lors de rencontres avec le Mabahith – le FBI tenait à en apprendre davantage sur l'attentat afin de déterminer le nom des coupables, tandis que la CIA était à la recherche d'informations qui lui permettraient de prévenir de futures attaques –, j'ai constaté qu'une transparence maximale et un partage d'informations optimal entre les deux organisations étaient le meilleur moyen de faire avancer la mission respective de nos deux agences. Alors que l'attaché juridique du FBI à Riyad, Bassem Youssef, partageait ce point de vue, il y avait beaucoup de personnes dans nos organisations qui ne le comprenaient pas. Voici une leçon très concrète qui me servira beaucoup dans les années à venir.

Cette deuxième mission en Arabie saoudite m'a également appris une autre leçon précieuse sur le partage d'informations : la CIA doit toujours démontrer les caractéristiques d'un service de renseignement professionnel lorsqu'elle interagit avec ses homologues étrangers. Les agents de la CIA, basés à Langley, étaient naturellement frustrés par le peu de coopération, en matière de lutte antiterroriste, manifestée par la GID et le Mabahith. Les demandes d'informations répétées de la CIA au sujet de citoyens saoudiens et d'expatriés vivant en Arabie saoudite, et dont l'affiliation à al-Qaïda était connue ou suspectée, étaient toujours rejetées ou même ignorées. Le siège de la CIA m'a ordonné plusieurs fois de demander au Mabahith de capturer et d'interroger certains individus, sans leur dire sur quelles bases cette demande était fondée. Bien que je comprenne à quel point la lenteur saoudienne frustrait Langley, j'ai pensé que la CIA pouvait divulguer des informations incriminantes aux Saoudiens, sans compromettre nos sources et nos méthodes. Malheureusement, le chef de l'unité al-Qaïda de la CIA, Michael Scheuer, qui se moquait ouvertement des Saoudiens, a refusé de divulguer toute information pertinente avant que ces derniers se décident à devenir plus coopératifs. L'obstination de Scheuer m'a poussé à perdre mon sang-froid et à dénoncer son comportement, avec une profusion de mots bien choisis, dans mes correspondances adressées au siège, où je soutenais que la CIA était la première agence de renseignement au monde et qu'elle se devait donc de montrer l'exemple. J'ai trouvé que les opinions exprimées par Scheuer, avant et après sa retraite, au cours desquelles il crachait régulièrement et publiquement du vitriol anti-Israélien et anti-arabe, étaient une honte pour l'Agence.

Pendant mon voyage, j'ai accueilli une série de délégations du Congrès qui se rendaient dans le royaume pour consulter les dirigeants saoudiens et le personnel de l'ambassade. Je me souviens particulièrement de la visite du sénateur Arlen Specter, qui était alors le puissant président républicain du Comité spécialisé en renseignement du Sénat (SSCI). Son déplacement était prévu durant le mois islamique du ramadan, une période durant laquelle les musulmans sont tous tenus de s'abstenir de manger et de boire entre le lever et le coucher du soleil. Avant ce voyage, il avait donc été demandé à Specter, et aux autres diplomates et officiers américains en visite, de montrer leur respect pour cette coutume islamique en évitant de manger ou de boire en public ou en compagnie de musulmans. Le premier jour de sa visite, Specter et moi avons passé la matinée avec l'ambassadeur Fowler et des officiers de l'ambassade à discuter de l'état des relations américano-saoudiennes, tout en évoquant à quel point il était difficile d'amener les Saoudiens à partager avec nous des informations liées au terrorisme. « Je ferai tout ce que je peux pour vous aider », a déclaré Specter, alors que nous nous préparions à quitter l'ambassade pour une réunion avec le directeur de la GID, le prince Tourki.

Une fois à l'intérieur de notre véhicule blindé, j'ai remarqué que Specter avait une canette de Pepsi Light avec lui. Je me suis donc senti obligé de lui rappeler les restrictions relatives au ramadan. « Pas de problème, John, m'a assuré le sénateur. J'ai parcouru le monde à plusieurs reprises et j'ai l'habitude de composer avec différentes cultures et pratiques religieuses. »

Lorsque nous sommes arrivés à l'entrée du siège de la GID, j'ai été surpris, mais heureux de voir environ deux douzaines d'officiers de la GID se tenir au garde-à-vous, sous le soleil de midi, en signe de respect pour le président du comité du renseignement en visite. « Vous avez droit au traitement royal, on dirait », ai-je dit à Specter, au moment où notre véhicule s'est arrêté devant l'entrée. Specter a souri, puis est sorti sans rien dire. Et là, de façon choquante, Specter, qui était debout à côté du véhicule, s'est enfilé plusieurs gorgées consécutives de Pepsi Light au vu des Saoudiens à proximité. Il a ensuite posé sa canette sur le toit de la voiture, puis il a pris son temps pour mettre sa veste avant de prendre une dernière gorgée. J'avais envie de l'étrangler... et j'aurais très certainement pu si jamais le prince Tourki n'était pas soudainement apparu à l'entrée pour saluer le sénateur en personne. À la place, j'ai dû me contenter de lui dire un simple et brusque « au revoir », à la fin de notre rencontre avec le prince Tourki, et de ne plus le revoir du reste de sa visite.

La performance épouvantable de Specter, devant le siège de la GID, incarnait la version sénatoriale du vilain Américain[32], un être complètement insensible aux pratiques sociales et culturelles des terres étrangères, tel que cela est décrit dans le roman de 1958 d'Eugene Burdick et William Lederer. Malheureusement, j'ai constaté ces dernières années que l'augmentation du nationalisme, du nativisme, de l'isolationnisme et de la xénophobie au sein d'un nombre trop important de segments de la société américaine, a contribué à accroître l'insensibilité de personnes comme le sénateur Specter, y compris aux plus hauts niveaux de notre gouvernement.

---

32. Film américain sorti en 1963 avec Marlon Brando, inspiré du roman intitulé *The Ugly American*, décrivant les échecs culturels du corps diplomatique américain en Asie du Sud-Est (NDT).

12

RETOUR À LANGLEY EN PLEIN ORAGE

À l'été 1999, Kathy et moi étions plus que prêts à rentrer à la maison. Nous avions apprécié notre deuxième aventure en Arabie saoudite et nous étions heureux que les enfants aient pu découvrir une culture étrangère et voyager avec nous à plusieurs reprises en dehors du royaume. Toutefois, après deux missions et quasiment cinq années passées en Arabie saoudite, nous avons tous deux trouvé que la vie là-bas devenait de plus en plus étouffante. Par ailleurs, mon portefeuille saoudien, qui était désormais bien développé, s'est avéré être limité en matière de portée, alors que j'aspirais à être impliqué dans des questions de sécurité nationale plus larges. Quelques jours avant notre départ, George m'a appelé sur une ligne sécurisée pour donner suite à une conversation antérieure au sujet de ma prochaine affectation. « John, j'ai bien réfléchi à votre prochain poste, une fois rentré au siège, m'a-t-il dit.

— Merci, George ! Tant que vous me dites que cela sera intéressant, je suis heureux de le faire. »

Je savais que George avait des choses beaucoup plus importantes à faire que d'être mon conseiller d'orientation, mais s'il avait trouvé un emploi pour moi, j'étais prêt à dire oui à n'importe quoi.

« Ça, pour être intéressant, ça va l'être », m'a dit George, en ajoutant, sans pouvoir s'empêcher de rire : « Mais je vous préviens, vous allez travailler pour un emmerdeur de première ! » George n'avait pas besoin d'en dire plus. Je savais maintenant, grâce à son fameux gloussement, que « l'emmerdeur de première » pour qui je m'apprêtais à travailler n'était autre que lui. Il ne m'a pas révélé le travail spécifique qu'il avait à l'esprit pendant cet appel téléphonique. Ce n'est qu'en me présentant dans son bureau à la fin du mois d'août que j'ai appris que j'étais sur le point de devenir son chef de cabinet. Je me souviens m'être senti très nerveux à l'idée d'assumer les responsabilités d'un chef de cabinet, même si j'avais déjà occupé une fonction similaire quand il était directeur adjoint. Mais George avait maintenant la charge de toute la communauté du renseignement ainsi que de la CIA, et je ne savais pas si j'étais prêt à gérer le rythme et le volume de travail, qui, je le savais, seraient écrasants. Être le chef de cabinet de n'importe quel département ou agence du gouvernement américain est à la fois l'un des plus prestigieux et plus difficiles emplois de la fonction publique. Un chef de cabinet a énormément d'influence sur l'emploi du temps et les priorités quotidiennes, ainsi que sur les prises de décision du directeur. En même temps, un chef de cabinet sert fréquemment de négociateur, d'arbitre, de conseiller, de service des plaintes et de « mauvais flic » au nom de son supérieur lorsqu'il s'agit de batailles bureaucratiques et de différends entre hauts fonctionnaires. Bien que j'allais être exposé à un large éventail de questions de fond très intéressantes, j'étais également sur le point de me retrouver empêtré dans un grand nombre de tâches administratives et de « trucs » organisationnels on ne peut moins émoustillants.

Je ne le savais pas encore, mais servir en tant que chef de cabinet de George était la meilleure préparation que je pouvais recevoir avant mon futur mandat de directeur de la CIA. En tant que chef de cabinet, j'ai eu un accès illimité à tous les programmes, activités et problématiques de la CIA et de la communauté du renseignement. En compagnie d'autres membres du personnel de George, j'ai participé à la supervision du flux de visiteurs et de documents dans son bureau, et j'ai été choqué par la quantité d'informations qu'il avait à absorber quotidiennement. Il arrivait souvent, après plusieurs jours de réunions consécutives, que je lui remette un large dossier de « devoirs » – des choses à lire, à signer et à commenter – avant qu'il ne rentre chez lui, ce qui faisait de moi une personne très peu populaire auprès des membres de la famille Tenet. Plus tard, quand je suis devenu directeur, j'ai toujours eu l'impression que mes chefs de cabinet prenaient un peu trop de plaisir à me remettre ce genre de dossier au moment où je m'apprêtais à partir. Cela m'a toujours rappelé avec nostalgie l'époque où j'occupais le rôle.

Mon poste de chef de cabinet m'a permis, de la plus unique des manières, de me rendre compte à quel point la CIA dépend et repose sur les relations solides qu'elle a développées au fil des ans avec les services de renseignement et de sécurité étrangers et dans quelle mesure le directeur de la CIA est responsable de les entretenir. Accompagnant fréquemment George lors de ses voyages à l'étranger, j'ai pu voir comment il prenait soin des liens étroits qui existaient avec les chefs de services et de gouvernements, qui voyaient souvent la CIA comme un intermédiaire honnête sans ambition individuelle. Le travail de George au Moyen-Orient a été particulièrement remarquable. Je l'ai accompagné à plusieurs reprises lors d'allers-retours entre Tel-Aviv, Jérusalem, Ramallah et la bande de Gaza pour négocier des cessez-le-feu entre Israéliens et Palestiniens, au cours desquels les deux parties comptaient sur George pour résoudre les différends les opposant. Durant les nombreuses rencontres entre George et Yasser Arafat, je servais fréquemment de scribe et de chuchoteur à l'oreille de George, ce qui a poussé le président de l'OLP à m'appeler « l'avocat ». « Demandez à l'avocat d'écrire ça », disait Arafat, dans son anglais fortement accentué, en me pointant du doigt, après avoir décrit les mesures – jamais les concessions – qu'il était prêt à prendre pour mettre fin à la violence. La manière très soigneuse que George avait de cultiver ses relations personnelles avec ses homologues étrangers m'a durablement marqué. J'ai donc essayé d'imiter au mieux son exemple quand je suis devenu directeur de la CIA.

Ce poste de chef de cabinet m'a également permis d'avoir une place au premier rang de l'élection présidentielle de 2000, dont le résultat est resté en suspens jusqu'à ce que la Cour suprême donne effectivement la majorité du collège électoral et la victoire à George W. Bush, cinq semaines après la comptabilisation du dernier vote populaire. Pendant cette période, la CIA soutenait quotidiennement deux « Présidents en attente ». Une fois Bush déclaré vainqueur, George l'a rencontré à Washington à la mi-janvier pour l'informer des missions secrètes de la CIA. George a également commencé à participer aux PDB quotidiens de Bush, ce qui lui a permis, en seulement quelques semaines, de développer une bonne relation avec le nouveau Président. Lorsque le républicain Bush a confirmé Tenet comme directeur, alors qu'il avait été nommé par des démocrates, cela a envoyé un fort signal à la communauté du renseignement selon lequel son travail était au-dessus de tout parti pris politique et que son directeur était considéré comme un atout considérable pour la sécurité nationale des États-Unis.

Après dix-huit mois passés en tant que chef de cabinet, George a remanié son équipe de direction, ce qui m'a poussé à déménager, en mars 2001, à un nouveau poste au septième étage de la CIA. George a alors sélectionné Buzzy Krongard, l'ancien PDG et président de la banque d'investissement Alex Brown, pour occuper le poste de « directeur exécutif » de la CIA, un poste semblable à celui d'un directeur de l'exploitation dans le secteur privé (le titre de « directeur exécutif » a d'ailleurs été changé, en 2017, par celui de « directeur des opérations »). Deux ans plus tôt, George avait déjà fait entrer Buzzy à l'Agence – à l'époque comme conseiller principal – et il avait été impressionné par l'approche professionnelle décisive et dépourvue de fantaisie de Buzzy lorsqu'il s'agissait de traiter des questions épineuses de l'Agence. Comme Buzzy était encore en train de se familiariser avec la gamme de programmes et d'activités de la CIA, George m'a demandé de lui servir d'adjoint. Je me retrouvais ainsi, simultanément, bras droit de Buzzy et bras gauche de George.

Buzzy était un excellent mentor. Bien que sa philosophie et la mienne varient quelque peu au sujet de certains programmes de la CIA – Buzzy était un défenseur farouche des activités agressives de la CIA et de ses missions secrètes à l'étranger –, j'ai beaucoup appris de son style de gestion simple et de son intolérance à l'inertie bureaucratique et à la malhonnêteté. Le jour où nous avons tous deux appris que je lui servirais d'adjoint, il m'a donné un conseil que j'ai, par la suite, régulièrement partagé avec ceux qui ont travaillé pour moi. « John, je veux que tu saches que tu es autorisé à faire des erreurs », m'a-t-il dit avec un regard sérieux. Surpris par son conseil, je l'ai, en réponse, regardé avec un regard vide. Jamais auparavant, je n'avais reçu de telles recommandations de la part d'un de mes supérieurs. « Laisse-moi t'expliquer », a-t-il continué. Je veux que tu te sentes autorisé à prendre des décisions au moment où il faut les prendre sans agoniser au sujet des conséquences. » Moi, je me contentais d'acquiescer. « Mais j'ai une précision à ajouter. Tu n'es pas autorisé à faire la même erreur deux fois. Autrement, cela voudrait dire que tu n'apprends pas de tes erreurs. Et deuxièmement, je veux que tu comprennes la différence entre les décisions relatives à des éléments "au-dessus de la ligne de flottaison" et celles, plus cruciales, concernant des aspects "en dessous de la ligne de flottaison". » Buzzy, qui avait servi dans le Corps des Marines, aimait utiliser des métaphores nautiques pour expliquer que l'Agence peut encaisser de nombreux chocs tant qu'ils ne compromettent pas la navigabilité du vaisseau de la CIA. « Les attaques à proximité ou en dessous de la ligne de flottaison peuvent être dévastatrices, m'a-t-il dit, assure-toi donc, avant de prendre n'importe quelle décision pouvant mettre à mal la flottabilité de la CIA, de transmettre tes questions au reste de la chaîne de commandement. »

C'était un conseil très judicieux, rendu vivant à l'aide d'une métaphore que j'ai depuis utilisée à plusieurs reprises. D'après mon expérience, les meilleurs dirigeants et responsables – que ce soit à la CIA, dans d'autres organismes gouvernementaux ou dans le secteur privé – sont ceux qui savent clairement ce qu'ils sont habilités à faire de leur propre gré et ce qu'ils doivent communiquer aux échelons supérieurs de l'organisation. Maintenant que j'étais familier avec l'approche de Buzzy en matière de leadership et de gestion, j'étais impatient de me joindre à lui, dans la suite du directeur exécutif, en tant que directeur exécutif adjoint. Buzzy, en tant que directeur exécutif, était appelé « DIREX », tandis que l'on me surnommait « DIREXA », un nom que mes enfants utilisent encore à ce jour lorsqu'ils me surprennent en train d'exercer mes compétences de gestionnaire dans mon rôle de chef de famille.

Peu de temps après le début de ma collaboration avec Buzzy, j'ai été témoin du comportement concret associé à son style de leadership, notamment sa détermination à ne jamais laisser un problème s'envenimer, même les plus petits, de peur qu'ils ne s'aggravent avec le temps. Buzzy et moi recevions régulièrement des bulletins d'information de la part du bureau de la sécurité. C'est ainsi que nous avons appris, un jour, qu'un officier de l'Agence était soupçonné de voler de la nourriture à la cafétéria de l'Agence. J'ai vu yeux de Buzzy s'écarquiller en apprenant la nouvelle. « S'il vole de la nourriture, a-t-il dit, qui sait ce qu'il fait d'autre que nous ne voyons pas. » Buzzy a alors demandé à être informé de la prochaine fois que l'officier en question irait à la cafétéria afin de pouvoir le prendre en flagrant délit. Comme l'on pouvait s'y attendre, Buzzy s'est placé de manière à surveiller l'officier et à le prendre la main dans le sac, au moment où il tenterait d'esquiver la caisse. Buzzy avait raison. Voler pour quelques dollars de nourriture reflète un manque d'intégrité, une faille de caractère qui n'a pas sa place dans l'Agence. Quelques années plus tard, alors que j'étais directeur, je souhaitais très fréquemment que Buzzy soit toujours là, en train d'errer dans les couloirs de Langley, afin de repérer les employés en manque de points sur l'échelle de l'intégrité.

Le matin du 11 septembre 2001, j'étais dans la salle de conférence de George, au septième étage, pour assister à la réunion matinale des officiers supérieurs de la CIA. Le directeur adjoint du renseignement central, John McLaughlin, présidait la réunion, alors que George était en plein petit déjeuner, à Washington, avec l'ancien président du SSCI, le sénateur David Boren. En toute fin de réunion, le chef du Centre des opérations de la CIA a ouvert la porte de la salle de conférence en annonçant qu'un avion venait de s'écraser sur le World Trade Center. Il n'avait aucun autre détail sur la taille de l'avion, et nous ne savions pas, à ce moment-là, s'il s'agissait d'un tragique accident ou d'une attaque intentionnelle des tours jumelles emblématiques. C'est donc d'une manière on ne peut plus brusque que la réunion du personnel s'est terminée. Nous sommes alors tous retournés dans nos bureaux, mal à l'aise à cause de ce que nous venions d'apprendre et de ce que nous risquions bientôt de découvrir. Me dirigeant vers mon bureau, juste en face de la salle de conférence, je me suis arrêté dans la salle d'accueil de la suite du directeur exécutif pour regarder la télévision qui était sur CNN, en train de retransmettre des images de la tour Nord, en train de succomber. Alors que j'étais là avec plusieurs de mes collègues, un deuxième avion a heurté la tour Sud, envoyant un nuage de fumée et de débris dans l'air. « Oh mon Dieu ! » avons-nous dit à l'unisson. « Nous sommes attaqués », a ajouté quelqu'un derrière moi d'une voix solennelle.

À la seconde où le deuxième avion a frappé, je suis sûr que pratiquement tout le monde à la CIA a conclu qu'al-Qaïda était responsable. Dans les mois précédant l'attaque, le nombre de renseignements disant qu'al-Qaïda prévoyait de mener une attaque terroriste majeure contre les États-Unis était en constante augmentation. Malheureusement, les détails cruciaux concernant le lieu et la date de l'attaque nous manquaient. Plus maintenant.

Dans l'heure qui a suivi, et alors que George venait de rejoindre le bâtiment, nous avons appris que le Pentagone avait été attaqué et qu'un autre avion s'était écrasé à Shanksville, en Pennsylvanie, après avoir été réquisitionné par des terroristes qui ont ensuite été maîtrisés par des passagers héroïques. George a convoqué son équipe de représentants, dans la salle de conférence, afin de coordonner les opérations de la CIA, alors que l'attaque contre notre patrie se poursuivait. Selon les rapports antérieurs du renseignement, le siège de la CIA figurait aussi sur la liste des cibles potentielles d'al-Qaïda. Évacuer le bâtiment a donc été l'une des premières décisions. George et d'autres représentants, ainsi que le personnel essentiel, ont été relocalisés dans l'imprimerie de la CIA, située dans un autre bâtiment de l'enceinte de Langley. La plupart des autres employés de la CIA ont reçu l'ordre de rentrer chez eux.

Durant les heures suivantes, alors que le bâtiment se vidait – les embouteillages locaux empêchant une évacuation plus rapide –, je marchais dans les couloirs, frappant à toutes les portes pour m'assurer que tout le monde était bien à l'abri. Depuis la suite du directeur au septième étage, j'ai scanné le ciel bleu radieux à la recherche d'un autre avion encore en vol dans la région de la capitale. L'atmosphère était alors remplie d'un sentiment étrange, car le bâtiment n'avait jamais été aussi silencieux et vulnérable qu'en cet après-midi. Il y avait une exception notable à l'évacuation des bureaux. Les centaines d'employés, femmes et hommes, du Centre de lutte contre le terrorisme sont restés à leurs postes et ont travaillé de manière acharnée pour comprendre ce qui était en train de se passer et ce qui pouvait encore se produire en ce jour de septembre. Leurs bureaux bourdonnaient d'activité, tandis qu'ils se chargeaient de transmettre les renseignements et analyses nécessaires à George et aux autres hauts fonctionnaires du gouvernement, sans tenir compte du danger auquel ils étaient confrontés.

Les jours, les semaines et les mois qui ont suivi ont été parmi les plus occupés que j'ai jamais connus à la CIA. Alors que le gouvernement américain s'organisait pour récupérer et répondre à la pire attaque étrangère jamais perpétrée sur le sol américain, la CIA a démontré son habileté, son expertise linguistique ainsi que sa familiarité avec l'Orient, en déployant une poignée d'officiers en Afghanistan, deux semaines seulement après les attentats du 11-Septembre. Ces officiers et les autres qui ont suivi allaient constituer l'avant-garde des forces militaires américaines qui se rendraient en Afghanistan. Et quand Mike Spann, l'un des officiers de la CIA, a été le premier Américain tué au combat lors d'un soulèvement par des prisonniers talibans, le 25 novembre, cela a été un présage tragique des nombreuses années de combats et des nombreux morts qui allaient suivre. Alors que George et John McLaughlin étaient impliqués dans ce qui semblait être une série de réunions non-stop à la Maison-Blanche, Buzzy et moi avons fait de notre mieux pour nous assurer que les divisions de la CIA disposaient des ressources financières, humaines et logistiques nécessaires pour mener à bien leurs missions. La partie la plus difficile de mon travail a été de veiller à ce que les divisions de la CIA qui ne sont pas impliquées dans la lutte contre le terrorisme puissent continuer à effectuer leur travail. L'argent n'était pas un problème, car le budget de l'Agence a été considérablement augmenté après le 11-Septembre. Le véritable défi consistait à trouver suffisamment de personnes pour s'occuper de la lutte contre le terrorisme et pour combler les créneaux correspondant aux autres divisions. Certains compromis ont été douloureux et la CIA a dû réduire son investissement dans d'autres domaines.

Très tôt, la CIA a découvert qu'al-Qaïda avait planifié une deuxième et une troisième série d'attaques contre notre patrie, y compris ce qui aurait été une vague d'attaques aériennes meurtrières sur la côte Ouest. Heureusement, ces plans ont été contrecarrés grâce à l'efficacité du travail de renseignement effectué par la CIA et ses partenaires américains et étrangers issus du monde du renseignement et des forces de l'ordre. Cependant, les attaques terroristes à grande échelle n'étaient pas la seule menace sérieuse et émergente à l'époque. Une semaine après le 11-Septembre, des lettres contenant de l'anthrax ont été envoyées aux médias américains et aux bureaux des sénateurs Tom Daschle et Patrick Leahy, faisant cinq morts et dix-sept blessés. En plus des mesures de sécurité physique déjà renforcées au sein des installations de la CIA, nous avons ajouté de nouvelles procédures et capacités techniques visant à irradier tout courrier envoyé aux bâtiments de la CIA. Dans les mois qui ont suivi le 11-Septembre, la CIA avait toutes les caractéristiques d'une organisation en guerre, ce que nous étions.

En octobre 2002, la région de Washington a, une nouvelle fois, été la cible d'attaques violentes, connues sous le nom d'« attaques des tireurs d'élite de DC », faisant dix morts et trois blessés graves.

Alors que les plans d'al-Qaïda visant à mener des attaques stratégiques étaient perturbés, nous craignions qu'ils décident de se rabattre sur ce que nous appelons des attaques terroristes en « loup solitaire » ou « acteur solitaire ». À la suite de plusieurs fusillades dans le nord de la Virginie, les services de police locaux ont clairement intensifié la fréquence de leurs patrouilles ce qui a poussé les résidents les plus nerveux à se demander s'il était sage que les membres de leurs familles s'aventurent à l'extérieur. Il était on ne peut plus évident que la série d'attaques terroristes, de courriers à l'anthrax ou de tirs embusqués, qui avait eu lieu en l'espace de treize mois, avait profondément ébranlé la psyché des habitants de la région de Washington.

Le temps libre est devenu une denrée particulièrement rare dans l'année qui a suivi le 11-Septembre. Travailler toute la journée et rentrer tard le soir était devenu la norme pour la plupart des officiers de la CIA. Je n'ai certainement pas eu le travail le plus difficile à la CIA. En effet, nombreux étaient les officiers aux affaires, analystes, spécialistes en soutien et experts techniques – femmes et hommes – à travailler plus de douze heures par jour et à être régulièrement déployés, sans aucun préavis, aux quatre coins du monde pour retrouver les agents d'al-Qaïda et identifier leurs réseaux de soutien. Néanmoins, les longues journées ont commencé à avoir le meilleur de moi et je me suis retrouvé, à l'automne 2002, à traîner la patte. Kathy a insisté pour que je voie un médecin. C'est là, au cours d'un examen physique et d'une échographie, que j'ai appris que j'étais atteint d'un cancer des testicules. Les recommandations du corps médical étaient on ne peut plus simples : dormir davantage, mieux m'alimenter, me faire opérer et suivre une radiothérapie quatre fois par semaine pendant cinq semaines. Mes séances de radiothérapie étaient prévues en fin d'après-midi afin de pouvoir continuer, pendant la première partie de la journée, à assumer mes responsabilités en tant que directeur exécutif adjoint. À la mi-décembre, au moment où mes séances de radiothérapie se sont terminées, j'étais physiquement épuisé et j'avais hâte de prendre un peu de vacances.

Au début du mois de janvier 2003, George est venu dans mon bureau pour me dire que lui et sa femme, Stephanie, voulaient dîner ce week-end avec Kathy et moi. Le rythme des seize derniers mois nous avait laissé, à nous quatre, peu de temps ou d'énergie pour socialiser, à l'exception des événements occasionnels organisés par la CIA. « On pourra célébrer la fin de ta radiothérapie ainsi que mon anniversaire ! » s'est exclamé George avec un grand sourire. C'était une idée merveilleuse.

George a choisi le restaurant, et compte tenu de son héritage gréco-américain, il était approprié de fêter l'occasion à la *Taverne grecque* à McLean, en Virginie. Alors que nous savourions les différents plats du menu, je pouvais sentir que George voulait parler travail. Il avait passé une grande partie de son mandat en tant que directeur, et avant cela, comme directeur adjoint, sous le poids d'un agenda exténuant. Cela faisait sept ans et demi qu'il était à l'Agence, et aujourd'hui, il était fatigué. « J'avais prévu de rester directeur un an, deux maximum, après l'élection de Bush, de sorte qu'il y ait une certaine continuité entre les deux administrations, a-t-il dit, mais le 11-Septembre a tout changé. J'ai dû rester plus longtemps.

— Tu as fait plus que ta part, George, ai-je répondu. Tu peux partir aujourd'hui, serein, avant d'être complètement épuisé. Tu te le dois à toi-même, ainsi qu'à Stéphanie et à John Michael (leur fils).

— Je ne peux pas, a-t-il dit. Les autres gars, là-bas au centre-ville, veulent commencer une guerre contre l'Irak, et je dois m'assurer que l'Agence ne soit pas mise à l'écart ou pire encore, utilisée à tort dans ce processus. Si je pars, c'est ce qui se passera. »

George ne m'a pas dit les noms des personnes impatientes de partir en guerre, mais je savais qu'il faisait référence au vice-président, Dick Cheney, au secrétaire à la Défense, Donald Rumsfeld, au secrétaire adjoint à la Défense, Paul Wolfowitz, et au sous-secrétaire à la Défense pour la politique, Doug Feith, tous des partisans bien connus de l'utilisation de la force militaire pour renverser Saddam Hussein. Feith avait même mis au point une mini section au sein du Pentagone pour produire ses propres « rapports de renseignement » qui alléguaient faussement un lien étroit entre le gouvernement de Bagdad et al-Qaïda. Jami Miscik, un ami et collègue proche responsable de toutes les analyses de la CIA, à l'époque, était au cœur d'une bataille sans limites avec le chef de cabinet de Cheney, Scooter Libby, qui faisait circuler un document trompeur incluant toutes les prises de contact signalées, peu importe à quel point elles étaient spécieuses, entre l'Irak et al-Qaïda. Je pouvais voir dans les yeux de George que même s'il rêvait d'enlever son manteau de directeur, au poids de plus en plus lourd, il ne le ferait pas. Il se souciait tout simplement trop des hommes et des femmes de l'Agence et voulait faire ce qu'il pouvait pour les protéger.

George est finalement resté dix-huit mois de plus. Il n'a jamais été en faveur de la guerre contre l'Irak. Dans son mémoire intitulé *At the Center of the Storm*, George précise que le terme « certitude », utilisé en décembre 2002 avec le Président Bush, faisait référence au fait qu'il était certain que tout renseignement supplémentaire relatif aux conclusions de l'estimation – selon lesquelles l'Irak détenait des armes chimiques, était en mesure de fabriquer des armes biologiques, était en train de reconstituer un programme d'armement nucléaire et de concevoir des systèmes balistiques permettant d'acheminer des ogives biologiques, chimiques et nucléaires jusqu'à leurs cibles – pouvait être déclassifié et présenté en public. Contrairement à ce que de nombreux experts ont prétendu, ce ne sont pas les conclusions mêmes de cette estimation qu'il a associées au terme « certitude ». Néanmoins, George était directeur du renseignement central lorsque le Président Bush et son équipe de sécurité nationale ont reçu ce qui s'est avéré être une évaluation de la communauté du renseignement qui était, en réalité, gravement viciée à la suite de nombreux faux pas analytiques. L'un des plus remarquables était que les experts de la communauté du renseignement s'étaient largement appuyés sur les informations fournies par une source de renseignements allemands – le désormais tristement célèbre « Curveball » – qui s'est avérée être un fabricant. Les lecteurs de l'estimation croyaient que ses conclusions analytiques étaient correctes.

Ils avaient tort.

13

PAS À LA HAUTEUR

Étant donné les renseignements obtenus à l'époque et dans les années qui ont suivi le 11-Septembre, je suis absolument certain que, sans le travail remarquable des agents de la CIA placés aux quatre coins du monde, al-Qaïda aurait réussi à mener d'autres attaques dévastatrices contre les États-Unis, à l'extérieur ou au sein même de notre territoire. George, John McLaughlin et pratiquement tous les autres membres de la CIA ont travaillé sans relâche durant les jours, les semaines, les mois et les années qui ont suivi le 11-Septembre, afin de perturber les plans d'al-Qaïda. En tant que directeur exécutif adjoint de mars 2001 à mars 2003, l'objectif de mon travail aux côtés de Buzzy était de m'assurer que le soutien financier, humain et logistique apporté aux différentes divisions de la CIA était suffisant. La conduite réelle des missions de renseignement de la CIA à l'étranger – notamment la collecte de renseignements clandestins, l'analyse de toutes les sources, les missions secrètes, le contre-espionnage et l'entretien des relations de liaison – était sous la responsabilité d'autres personnes.

Au cours de sa longue histoire, la CIA a été impliquée dans de nombreux programmes controversés, mais jamais autant qu'avec le fameux RDI[33], les initiales du programme d'extradition, de détention et d'interrogatoire des missions secrètes. Lancé en

33. *Rendition, Detention, and Interrogation.* (NDT)

réponse aux attentats du 11-Septembre perpétrés par al-Qaïda, le programme RDI a fait l'objet de nombreux débats et critiques à cause des tactiques d'interrogatoire utilisées impliquant de maltraiter physiquement des détenus afin d'obtenir des renseignements sur les ambitions terroristes et la structure organisationnelle d'al-Qaïda. Contrairement à une impression générale erronée et regrettable, la CIA n'est pas seule à décider de mener des missions secrètes à l'étranger ou à définir les limites d'un tel programme. Tous les programmes associés aux missions secrètes de la CIA, y compris le programme RDI, sont en effet autorisés par le biais d'un document juridique officiel appelé « verdict » et signé par le Président. Un verdict peut ensuite être modifié par un autre document appelé « mémorandum de notification » (MON[34]), également signé par le président. Le 17 septembre, quelques jours après les attentats du 11-Septembre, le Président Bush a signé un MON entraînant la modification des droits actuels associés aux différentes missions secrètes de l'Agence et lui permettant de pourchasser des terroristes. Ce document autorisait la CIA à « entreprendre des opérations visant à capturer et à détenir des personnes représentant une menace grave et continue de blessure ou de mort pour des citoyens et des intérêts américains, ou planifiant des activités terroristes ». En règle générale, le contenu des verdicts présidentiels et des MON autorisant les opérations secrètes de la CIA est le résultat d'un processus interagences rigoureux se déroulant sur plusieurs mois et impliquant des discussions approfondies entre décideurs politiques, officiers du renseignement, experts et avocats. Dans le cas du programme RDI, la gravité et l'urgence de la menace terroriste, à la suite du 11-Septembre, ont incité la CIA à rédiger un MON, ensuite examiné par le Conseil de sécurité nationale et signé par le Président, en seulement quelques jours. Au cours de l'année suivante, une série de notes rédigées par le Bureau des conseillers juridiques du département de la Justice, considéré comme la section consultative juridique la plus élevée de la branche exécutive, ont décrit le raisonnement juridique et l'autorisation donnée à la CIA d'utiliser des techniques d'interrogatoire renforcées, y compris le *waterboarding*. Pour la première fois de son histoire, la CIA était autorisée à capturer, détenir et interroger des individus.

34. Memorandum of notification. (NDT)

Les missions secrètes de la CIA sont toutes menées sous l'autorité du directeur de la CIA et sous l'égide du directeur adjoint aux opérations de la CIA – le DDO[35] pour les intimes. Le DDO choisit une division spécifique de la CIA comme responsable principal du programme d'opérations secrètes. Pour le programme RDI, c'est le Centre de lutte contre le terrorisme qui a été sélectionné.

En tant que directeur exécutif adjoint, j'avais accès à pratiquement tous les programmes et activités de l'Agence. Tout au long de la journée, mon équipe d'adjoints me transmettait une variété de télégrammes, de mémos, de mesures à prendre, de rapports de renseignement, et d'autres éléments qu'ils jugeaient important pour moi de voir, à la fois sous la forme de copies posées sur mon bureau et de fichiers envoyés sur ma messagerie. Je ne saurais pas dire combien de télégrammes détaillant l'application de techniques d'interrogatoire renforcées, y compris le *waterboarding*, sont arrivés jusqu'à ma boîte de réception. Mais je me souviens très bien de ce jour d'août 2002 où, pour la première fois, j'ai découvert les détails sordides de l'interrogatoire et du *waterboarding* d'Abu Zubaydah, un membre d'al-Qaïda qui, à l'époque, était considéré à tort, comme quelqu'un ayant une plus grande influence au sein de l'organisation que ce qu'elle ne l'était vraiment. La description de l'interrogatoire était suffisamment détaillée et imagée pour me nouer l'estomac. Elle faisait part de phases répétées de *waterboarding* et de nombreuses fois où Abu Zubaydah s'est étouffé et a vomi. Durant l'interrogatoire, les agents de la CIA et le personnel médical présents ont fait en sorte qu'Abu Zubaydah ne se noie pas, le ramenant plusieurs fois à la vie, des frontières de l'inconscience, avant de finalement reverser de l'eau sur un tissu de 30 à 60 cm couvrant son nez et sa bouche. Par ailleurs, le récit indique clairement que l'ensemble de l'interrogatoire a été effectué en stricte conformité avec les autorisations données à la CIA, telles qu'elles sont énoncées dans le verdict présidentiel, le MON et les notes du département de la Justice.

Dès que j'ai lu le télégramme, j'ai dit à mon équipe que j'avais besoin de faire une promenade. Je me suis d'abord emparé d'un paquet déjà ouvert de cigarettes périmées que je gardais caché dans le troisième tiroir de mon bureau, et qui était réservé aux cas d'urgence, avant de me diriger vers le parking. J'ai trouvé un

35. *Deputy Director for Operations.* (NDT)

endroit désert à l'extrémité du parking, sans personne autour, et je m'en suis allumé une. « Mon Dieu, me suis-je dit, qu'est-ce qu'on est en train de faire ? » Je savais que des membres d'al-Qaïda étaient détenus par la CIA et je savais qu'Abu Zubaydah avait été grièvement blessé lors de sa capture au Pakistan, en mars, et qu'il s'était suffisamment rétabli pour être interrogé. Je n'ai pas assisté aux réunions du Groupe d'examen des missions secrètes (CARG[36]), au cours desquelles les participants abordent les détails du programme. Néanmoins, je savais que les interrogateurs de la CIA avaient été autorisés à utiliser des techniques d'interrogatoire brutales.

Je suppose que c'est le fait d'avoir lu un compte rendu de l'application réelle de ces techniques d'interrogatoire renforcées qui m'a fait remettre en question la pertinence et l'éthique du programme. Malgré vingt ans passés à la CIA, j'avais l'impression de me retrouver nez à nez, pour la toute première fois, face à une activité que je trouvais moralement répugnante, mais qui était pratiquée régulièrement par la CIA. Je savais qu'al-Qaïda faisait des heures supplémentaires pour mener des attaques terroristes encore plus dévastatrices, et que la CIA devait faire ce qu'elle pouvait pour contrecarrer les plans de Ben Laden. Mais j'avais aussi le sentiment que certaines pratiques, brutales et inhumaines, ne devaient pas être menées par le gouvernement américain, en particulier par mes collègues officiers de la CIA.

Après deux autres cigarettes, et commençant à me sentir étourdi, je me suis redirigé vers le bâtiment. Et afin d'évacuer les dernières frustrations qui s'entêtaient en moi, j'ai décidé de rejoindre le septième étage en prenant les escaliers. Au sixième étage, je suis tombé sur Rob Richer, un officier aux opérations clandestines, à la fois très talentueux et consciencieux, que j'ai appris à connaître et à respecter lorsque nos tournées respectives, dans des pays voisins du Moyen-Orient, se sont chevauchées à la fin des années 1990. Ce jour-là, dans cette cage d'escalier, Rob était à la tête des ressources humaines de la DO (Direction des opérations clandestines). Bien que quasiment tous les autres officiers supérieurs chargés d'affaires fassent tout pour éviter ce poste, Rob l'a considéré comme une occasion de moderniser la culture et les pratiques plutôt désuètes de la DO en matière de ressources humaines. En acceptant ce poste, Rob m'a donné une autre rai-

36. *Covert Action Review Group*. (NDT)

son de l'apprécier et de le respecter. C'est pourquoi j'ai toujours essayé, du haut de mon perchoir, en tant que directeur général adjoint de l'Agence, de le soutenir du mieux que je pouvais.

« Rob, tu as reçu les comptes rendus des séances d'interrogatoire ? lui ai-je demandé.

— À l'instant, a-t-il répondu. J'ai envie de vomir.

Les télégrammes rédigés sur le terrain et fournissant des détails sur les séances d'interrogatoire sont conservés de la plus confidentielle des manières au sein de la CIA, et je ne savais pas si Rob était au courant. En revanche, il était tout à fait conscient des limites du programme RDI et m'a avoué que les agissements de la CIA le préoccupaient tout autant que moi.

« Cela deviendra public un jour, et, ce jour-là, l'Agence devra payer un lourd tribut sur plusieurs années », a-t-il dit de manière prémonitoire. Il a terminé en ajoutant : « En tout cas, je suis content de ne pas être impliqué dans ce programme. »

Une fois à mon bureau, je suis allé voir Buzzy pour lui dire que je venais de lire le télégramme sur le *waterboarding* d'Abu Zubaydah et que je trouvais cela horrible. Comme toujours, Buzzy m'a écouté et entendu, sans pour autant se laisser trop attendrir. Il a reconnu que le programme d'interrogatoire était une sale affaire, avant de rapidement pivoter en parlant des hommes, des femmes et des enfants innocents tués par al-Qaïda, le 11-Septembre, et des attaques qu'ils complotaient encore de mener. « Les responsables sont toujours en vie et nous devons savoir ce qu'ils savent. C'est le seul moyen d'obtenir des informations de leur part. »

Incapable de me débarrasser des images mentales du *waterboarding* d'Abu Zubaydah, j'ai décidé de me promener un peu dans les couloirs avant de m'attaquer à nouveau à ma boîte de réception. À cette époque, tout le monde au septième étage, et aux étages inférieurs, semblait faire des heures supplémentaires. Il y avait simplement trop à faire en trop peu de temps. Quelle que soit l'heure du jour et de la nuit ou la région du globe, une tâche importante était confiée aux agents de la CIA – tous grades et toutes spécialités confondus. Le soir, il m'arrivait souvent de me promener dans le hall et dans la suite du directeur du renseignement central pour dire un dernier mot à George ou à John Moseman, mon remplaçant très probable en tant que chef de cabinet de George.

Ce soir-là, j'ai demandé à l'assistante spéciale de George, Dottie Hanson, de m'appeler si jamais George avait une minute pour que je vienne le voir avant qu'il rentre chez lui. Il était près de 20 heures lorsque Dottie m'a contacté.

« Il vient de rejoindre son bureau, mais il est crevé, m'a-t-elle dit. Il compte rentrer dans quelques minutes, donc si vous voulez vraiment le voir, je vous conseille de venir tout de suite.

— J'arrive tout de suite, Dottie », ai-je dit en sautant de mon fauteuil.

L'endurance de George était légendaire, mais je savais, après plusieurs années de travail commun, qu'une fois que la fatigue s'emparait de lui, elle le faisait rapidement et fermement.

« Salut George ! » ai-je dit en regardant vers son bureau, alors que j'étais encore derrière sa grande porte en bois à moitié ouverte. « T'as une minute ? »

George était assis dans sa chaise, l'air complètement épuisé, comme Dottie l'avait prévu. « Bien sûr, a-t-il répondu en se penchant en arrière, les yeux à moitié fermés. Qu'est-ce qui se passe ?

— Je viens de lire le compte rendu de l'interrogatoire d'Abu Zubaydah. C'est horrible. »

J'ai partagé le contenu de ma lecture avec George en fournissant quelques-uns des détails les plus explicites. Ses yeux sont restés fermés pendant de longues secondes, avant de les rouvrir et de me dire avec détermination : « Il faut que tu en parles à Buzzy et à Pavitt (Jim Pavitt, le directeur adjoint aux opérations clandestines de l'époque). Nous avons intérêt à ne rien faire d'autre que ce qui a été clairement autorisé par le département de la Justice.

— C'est ça le problème, George, ai-je répondu. Ce que nous faisons ne l'est pas. »

En tant que directeur de la CIA, George avait l'autorité légale et l'obligation professionnelle de mener à bien tout programme d'opérations secrètes dûment autorisé par le président des États-Unis et jugé légal par le département de la Justice. En outre, le programme RDI a été conçu pour empêcher al-Qaïda de tuer à nouveau de sang-froid des milliers d'hommes, de femmes et d'enfants innocents, et la CIA fait partie intégrante de la réalisation de cet objectif. Mais le programme était très différent de tout ce que la CIA avait entrepris depuis sa fondation, et nous n'avions aucune expérience dans la gestion d'activités aussi difficiles, controversées et politiquement périlleuses. Peut-être que les responsables, ce sont les images des tours emblématiques du World Trade Center, en train de brûler et de s'effondrer dans un nuage de poussière, de cendres et de détritus humains dans les rues des quartiers sud de Manhattan ; ou peut-être celles des dizaines d'individus qui sont morts en sautant dans le vide, loin au-dessus des trottoirs en béton et des rues asphaltées, dans un effort vain d'échapper à l'étreinte mortelle des flammes ; ou encore celles des plus de quatre cents premiers intervenants – les plus courageux et les plus exemplaires de tout New York – qui se sont précipités pour sauver la vie de leurs concitoyens en sacrifiant la leur. Quoi qu'il en soit, ces images ont stimulé une montée d'adrénaline inébranlable chez les officiers de la CIA qui ont voulu participer, à leur manière, à la guerre contre al-Qaïda, même si cela impliquait l'utilisation de méthodes d'interrogatoire brutales. Ce soir-là, George et moi étions seuls dans son bureau, accompagnés par cette adrénaline, cet acteur toujours aussi omniprésent.

« Ça marche, George. Je vais faire un suivi avec Buzzy et Pavitt. »

George a eu raison de faire pression sur les hauts dirigeants de la CIA afin de surveiller attentivement la mise en œuvre du programme d'interrogatoire et de bien contrôler l'absence de tout excès allant au-delà des autorisations données à la CIA. Alors que je me dirigeais vers la porte, George me cria un dernier ordre :

« Et demande bien au département de la Justice d'examiner et d'approuver, une nouvelle fois, tout ce que nous faisons. Plutôt mourir que de voir des agents de la CIA traînés, un jour, devant un juge à cause des erreurs du département de la Justice. »

Je suis retourné dans la suite du directeur exécutif pour faire un résumé de cette conversation à Buzzy. Tout comme George, Buzzy était un véritable maniaque lorsqu'il s'agissait de s'assurer que les opérations de la CIA étaient conformes aux différentes autorisations délivrées par la justice. Je savais donc qu'il respecterait à la lettre la consigne de George demandant au département de la Justice de réexaminer et réapprouver le programme. Fidèle à lui-même, Buzzy est immédiatement allé voir le directeur juridique de la CIA, Scott Muller, pour lui dire de s'assurer qu'il n'y ait pas l'ombre d'une ambiguïté entre les opérations menées par la CIA et celles approuvées par le département de la Justice. En plus d'obtenir l'approbation du département de la Justice avant le début du programme d'interrogatoire, George a suspendu ce dernier à plusieurs reprises (tout comme John McLaughlin lorsqu'il était directeur intérimaire) pour s'assurer que le département de la Justice réaffirmait bien que, selon lui, les techniques d'interrogatoire étaient toutes légales.

Dans les semaines et les mois qui ont suivi, j'ai eu l'impression, au plus profond de moi, de n'avoir pas été à la hauteur, aussi bien aux yeux de George que de ceux de l'Agence. George était le commandant de la CIA en temps de guerre, et il faisait de son mieux pour déployer et manier les formidables capacités de renseignement et de missions secrètes de l'Agence, conformément aux autorisations juridiques, afin d'atteindre les objectifs fixés par le Président Bush, le commandant en chef. D'après moi, l'équipe dirigeante de George à la CIA, dont je faisais partie, était moralement responsable de transmettre à George toute question et préoccupation relatives à l'éthique des missions demandées à la CIA. Toutefois, je ne me souviens pas de beaucoup de questions évoquées, à l'époque, probablement parce que le programme était tellement compartimenté à l'intérieur de l'Agence et parce que la majorité des agents impliqués étaient de fervents défenseurs des techniques d'interrogatoire brutales utilisées.

Pour ma part, je vidais mon sac lors de mes conversations avec George, dès que j'ai été exposé à la triste réalité des séances d'interrogatoire. Je ne lui ai jamais dit : « George, ce programme est contraire à l'éthique. Il est inhumain. Aucun agent de la CIA – aucun Américain d'ailleurs – ne devrait avoir à mener de telles pratiques. Elles sont contraires aux mœurs des Américains. » Je n'ai pas non plus envisagé de démissionner de la CIA en signe de protestation. Vu qu'il me restait trois ans avant d'être admissible à la retraite, j'ai simplement décidé de ne plus jamais lire aucun télégramme détaillant ces interrogatoires ou de ne plus en discuter avec George, pour, à la place, me concentrer uniquement sur mon travail. La gravité de la menace posée par al-Qaïda constituait une excuse bien trop commode pour justifier ma décision de finalement refouler mes craintes au sujet du programme. Je suis sûr que d'autres officiers de la CIA en ont fait de même.

J'ai commis de nombreux péchés par omission au cours de ma vie, mais je considère que le plus flagrant est mon incapacité, à l'époque, à transmettre mes préoccupations au sujet du programme à George et à d'autres officiers supérieurs de la CIA en utilisant des termes clairs et sans équivoque. Au fil du temps, j'ai réalisé l'ampleur de l'erreur que j'ai faite, et je me suis juré de ne plus jamais garder le silence.

Au cours de mon mandat ultérieur, en tant que directeur de la CIA, et tout en écrivant ce mémoire, j'ai longuement réfléchi au programme d'interrogatoire. Trop souvent, trop nombreuses sont les personnes, moi y compris, qui commentent la « moralité » du programme en perdant de vue le contexte post 11-Septembre. (Un raisonnement bien différent s'applique lorsque l'on évalue l'efficacité des techniques d'interrogatoire et si elles ont permis d'obtenir des informations fiables sur les menaces.) Alors que les braises du World Trade Center couvaient encore, le gouvernement des États-Unis s'est retrouvé dans une course contre-la-montre désespérée afin d'éviter d'autres pertes humaines supplémentaires et potentiellement beaucoup plus importantes. Il ne faisait aucun doute qu'al-Qaïda avait prévu d'autres vagues d'attaques, notamment en utilisant, selon les rapports des services de renseignement, des armes nucléaires grossièrement conçues. (George s'est rendu au Pakistan six semaines après les attentats du 11-Septembre pour indiquer au président Pervez Musharraf à quel point les États-Unis étaient préoccupés par la possibilité qu'al-Qaïda réussisse à obtenir des plans de bombes nucléaires pakistanaises.) La menace était si réelle que l'équipe de soutien aux urgences nucléaires du département de l'Énergie, qui est formée pour répondre aux événements nucléaires partout dans le monde, a été déployée à New York.

C'est dans ce contexte de menace existentielle que la CIA a été autorisée à utiliser des techniques d'interrogatoire brutales dans le but d'extraire des informations de tueurs de sang-froid. L'obligation du gouvernement américain de protéger ses citoyens d'un tel sort était-elle suffisante, sur le plan éthique, pour utiliser des techniques d'interrogatoire renforcées, y compris le *waterboarding* ? Le programme était-il proportionnel à la gravité de la menace ? Quelle est la décision qui a demandé le plus de courage ? Refuser d'appliquer le programme ? Ou l'autoriser en premier lieu ?

Comme d'autres critiques du programme, je n'ai pas eu à prendre cette décision très difficile en temps réel et sans le bénéfice du recul. Mais je suis sûr que la possibilité de voir des dizaines sinon des centaines de milliers d'innocents mourir aux mains d'al-Qaïda a lourdement pesé sur ceux qui l'ont prise.

14

UNE START-UP AU CŒUR DU GOUVERNEMENT

Fin 2002, George m'a demandé de représenter la CIA au conseil d'un groupe de travail interagences mis sur pied par l'administration Bush afin de remédier aux lacunes gouvernementales ayant pu contribuer à son incapacité de prévenir les attentats du 11-Septembre. Le groupe, composé de hauts fonctionnaires des départements de la Défense et de l'État, du FBI, de la CIA et de la Maison-Blanche, a été invité à proposer des recommandations qui permettraient d'outrepasser les obstacles organisationnels, culturels et juridiques qui empêchaient de relier les fameux indices, d'ailleurs souvent illusoires, laissés par les terroristes et recueillis par les communautés du renseignement et des forces de l'ordre. Il ne fait guère de doute, dans mon esprit, que si les informations liées aux menaces terroristes avaient été partagées plus largement, avant le 11-Septembre, entre les agences gouvernementales américaines, nous aurions eu beaucoup plus de chances de découvrir le complot avant que les pirates de l'air ne montent à bord de ces avions le jour fatidique.

Je soupçonne George de m'avoir proposé ce poste, car au fil des années passées à travailler ensemble, je lui ai répété qu'il était nécessaire d'intégrer les différentes capacités de la communauté du renseignement qui était de plus en plus grande et diversifiée. Il était clair qu'il fallait plus d'intégration. L'année précédente, j'ai d'ailleurs travaillé en étroite collaboration avec Larry Kindsvater, le directeur exécutif des affaires de la communauté du renseignement, sur les moyens de réorganiser la communauté du renseignement afin de répondre plus efficacement au nombre et à la sophistication toujours croissants des défis liés au renseignement. Larry et moi pensions tous deux qu'il était nécessaire de déconstruire les tuyaux bureaucratiques en rapport avec la sécurité nationale. Nous avons ainsi briefé une série de groupes, à l'intérieur et à l'extérieur du gouvernement, dans l'espoir de lancer certains changements qui, selon nous, étaient attendus depuis longtemps. Il était bien connu à l'époque que les comités du Congrès étaient en train de tailler leurs crayons en vue de conclure un accord de restructuration de la communauté du renseignement. Seulement, nous étions nombreux à croire que les professionnels du renseignement étaient bien mieux placés pour recommander comment utiliser de manière plus efficace et efficiente nos ressources et capacités.

À la mi-janvier 2003, la Maison-Blanche a fait savoir qu'elle voulait utiliser le discours du Président Bush sur l'état de l'Union, prévu plus tard ce mois-là, pour faire progresser nos principaux objectifs de sécurité nationale. Notre groupe de travail a donc été invité à présenter une proposition que le Président pourrait mettre en évidence lors de son discours. Le groupe était déjà parvenu à un accord selon lequel les informations relatives au terrorisme obtenues par les différents organismes gouvernementaux devaient être plus largement partagées. Nous avons donc soumis une proposition à la Maison-Blanche demandant la création d'une nouvelle organisation multiagences qui aurait accès à toutes les informations relatives aux menaces terroristes. La proposition a été donnée aux rédacteurs du Président Bush, qui ont aimé le côté innovant de son approche. Bien que l'allocution du 28 janvier 2003 sur l'état de l'Union soit surtout connue pour l'énumération par le Président Bush des méfaits irakiens réels et présumés qui seraient utilisés pour justifier l'invasion américaine de l'Irak, moins de deux mois plus tard, ses remarques comprenaient également le passage suivant :

> « En ce jour, j'ordonne aux dirigeants du FBI, de la CIA, de la Sécurité intérieure et du département de la Défense de développer un centre d'intégration contre la menace terroriste, destiné à la fusion et à l'analyse, en un seul lieu, de toutes les informations liées aux menaces. »

Lorsqu'un Président fait une telle annonce, en particulier dans un discours sur l'état de l'Union, des choses se passent. George m'a appelé dans son bureau le lendemain matin pour me dire que la CIA avait été chargée de créer cette nouvelle entité, et me demander de mener les efforts de conception du nouveau Centre d'intégration contre la menace terroriste, qui a immédiatement été appelé le « TTIC[37] » (à prononcer « té-tick »). Ni George ni moi ne savions exactement comment le TTIC était supposé fonctionner, mais je me suis senti honoré de prendre la tête d'un tel projet au nom de la CIA. Sans aucune expérience en matière de conception ou de construction de nouvelles organisations, je me suis mis à lire tous les livres et articles scientifiques que je pouvais trouver sur le sujet. Étant donné que ce projet était on ne peut plus éloigné de ma formation universitaire en arts libéraux, je me suis entretenu avec des experts en génie et j'ai convoqué d'innombrables réunions avec des spécialistes en technologies de l'information, des gestionnaires de bases de données et des avocats pour comprendre ce qui était techniquement faisable, légalement admissible et institutionnellement acceptable. Tout d'un coup, de grandes affiches ont commencé à orner mon bureau et George passait au moins une fois par jour donner un coup d'œil au modèle organisationnel émergent du TTIC. « Nous devons rendre les organisations antiterroristes plus interopérables et interdépendantes, ai-je dit à George, ce qui signifie que nous sommes susceptibles d'être freinés. Ces organisations sont notoirement insulaires, surtout la CIA, et il y a de fortes chances pour qu'elles résistent au partage de leurs renseignements les plus sensibles avec le TTIC. Sans surprise, j'ai eu raison.

Le 11 mars, la Maison-Blanche a annoncé que j'avais été nommé directeur du TTIC « par le directeur du renseignement central, George Tenet, en consultation avec le directeur du FBI, le procureur général et les secrétaires des départements de la Sécurité intérieure et de la Défense ». Ce communiqué indiquait également que les activités du TTIC commenceraient le 1er mai. J'ai ainsi réalisé, presque du jour au lendemain, que j'allais devoir tirer le meilleur de mes années de lobbying afin de pouvoir mettre en place une approche plus intégrée de la sécurité nationale. Les start-up sont rares au sein du gouvernement. Elles ne sont habituellement créées qu'après une longue période de délibérations, débats et compromis, au sein et entre les différentes branches

37. *Terrorist Threat Integration Center.* (NDT)

exécutives et législatives. Le processus se conclut par l'officialisation d'une loi au Congrès qui sert à identifier les responsabilités, attribuer un financement suffisant et autoriser le recrutement du personnel du nouveau département ou organisme. Le TTIC n'a pas eu droit à une telle période de gestation. Il est passé de l'étape de concept à la réalité en l'espace de quelques mois et grâce aux initiatives d'un petit nombre d'officiers de la branche exécutive. La plupart des responsables de la CIA, du FBI et du gouvernement ont d'abord entendu parler du TTIC lorsque le Président a annoncé sa création lors du discours sur l'état de l'Union. Vu que je voulais désespérément savoir par moi-même si le composant « intégration », que je considérais comme impératif, pouvait fonctionner aussi bien en pratique qu'en théorie, j'ai commencé à me considérer comme un cobaye de luxe.

Je disposais de six semaines pour préparer le TTIC, avant le 1er mai – la date limite imposée par la Maison-Blanche pour atteindre le stade « IOC[38] », c'est-à-dire celui de capacité opérationnelle initiale. Une telle prouesse allait nécessiter du personnel, des bureaux, des ordinateurs, l'accès à des réseaux de renseignements classifiés, un plan de mise en œuvre et, enfin et surtout, être capable d'énoncer notre mission clairement et d'être compris et respectés à l'intérieur et à l'extérieur du TTIC. Heureusement, j'étais encore directeur exécutif adjoint de la CIA, et, en tant que tel, j'étais également chargé de superviser les décisions concernant l'attribution de bureaux aux installations de la CIA. Enfonçant mon chapeau de la CIA, j'ai dit à George et Buzzy que j'avais trouvé un espace pouvant accueillir des bureaux, au quatrième étage du siège de la CIA, à Langley, qui pourrait servir de quartiers temporaires au TTIC, notre start-up. Cet endroit disposait déjà d'une connexion à un réseau de renseignements classifiés et d'un espace suffisant pour l'effectif initial prévu de soixante personnes. Certes, il fallait construire quelques bureaux et salles de conférence, mais je savais que les agents de soutien de la CIA étaient plus que jamais prêts à relever le défi, si jamais j'avais le soutien de George et Buzzy. « Vas-y, fonce », m'ont-ils dit.

Étant donné le champ d'action et l'importance de la mission, validée par le Président, du TTIC, je savais déjà que nos quartiers temporaires deviendraient rapidement trop petits. J'ai donc commencé à m'intéresser à des locaux plus importants. En tant

38. *Initial Operating Capability.* (NDT)

que directeur exécutif adjoint, l'une de mes responsabilités était de trouver d'autres emplacements pour la CIA, dans le nord de la Virginie, car depuis le 11-Septembre, la mission de l'Agence était en constante expansion, de quoi aller bien au-delà de la capacité du bâtiment de Langley. Le groupe de l'Agence chargé d'identifier de nouveaux espaces professionnels avait décidé, l'année précédente, qu'un grand complexe situé à McLean, à environ 6 km du siège de la CIA, serait un deuxième campus idéal. Un immeuble de six étages vacant, utilisé auparavant par Litton Industries, une grande entreprise spécialisée dans la défense, mais acquise par Northrop Grumman en 2001, se trouvait sur le complexe et avait besoin d'être rasé. Il allait falloir des fonds, mais moins que si nous recommencions à zéro. J'ai donc fait mon pitch à George et Buzzy, en soulignant à quel point il était important de réaliser les objectifs présidentiels du TTIC. Ils ont alors autorisé le TTIC à considérer l'immeuble, si, bien sûr, les fonds prévus pour son acquisition et sa rénovation étaient suffisants. « Aucun souci, leur ai-je dit, on les aura. » Nous avons pu puiser dans le fonds de la communauté du renseignement et lancer la construction du nouveau bâtiment, qui était prêt début 2004. Vu que le TTIC avait été conçu pour être l'intersection institutionnelle du renseignement responsable d'assurer la sécurité de l'Amérique, nous avons donné au nouvel établissement un nom des plus appropriés : Liberty Crossing[39].

Mon autre tâche immédiate était de recruter les personnes les plus intelligentes et travailleuses que je pouvais trouver pour m'aider à lancer les activités du TTIC. Sachant comment fonctionne la bureaucratie, je craignais que le TTIC récolte les « parias » des départements et des agences du gouvernement plutôt que les plus compétents. La meilleure façon de compenser l'arrivée inévitable de contributeurs inférieurs à la moyenne (dont certains se sont présentés) était de sélectionner personnellement les membres de mon équipe de direction. J'ai d'abord demandé à Deb, ma cheffe de cabinet en tant que directeur exécutif adjoint, de me rejoindre. J'ai rencontré Deb pour la première fois en 1990, alors qu'elle était une jeune et très prometteuse analyste travaillant pour moi au CTC (Centre de lutte contre le terrorisme). J'ai toujours été impressionné par son intelligence et sa ténacité. Elle avait une réputation bien méritée selon laquelle elle n'était pas douée pour laisser des imbéciles lui faire perdre son temps, ce qui tombait bien, car j'étais sûr, en mettant le TTIC sur pied, que nous allions

39. Traduisible par « Intersection de la Liberté ». (NDT)

être confrontés à des adeptes de la lenteur et de la complexité bureaucratique.

À moins de soixante jours avant l'inauguration du TTIC, recruter des personnes talentueuses est devenu mon obsession. À ma grande surprise, j'ai commencé à recevoir des appels de personnes voulant nous rejoindre, notamment des femmes. L'un des appels qui m'a le plus soulagé est venu de Cindy Bower, une officière supérieure accomplie de la CIA qui était alors directrice financière adjointe de l'Agence. Cindy avait toujours été une personne dotée d'une compréhension exceptionnelle des questions budgétaires les plus complexes et des sujets associés. Cindy et moi nous connaissions depuis de nombreuses années. Nous avons échangé de nombreux bras de fer, après lesquels je me retrouvais généralement perdant. Elle était exactement le genre de personne que je voulais pour négocier le budget avec les fronts administratifs, alors je lui ai offert le poste de directrice adjointe de la gestion au TTIC.

Peut-être que c'est l'environnement majoritairement masculin existant à la CIA, depuis sa fondation, qui est la raison pour laquelle d'autres femmes de l'Agence ont vu cette nouvelle entreprise comme un moyen de faire leur marque. J'ai eu la chance, au cours de ma carrière à la CIA, de collaborer étroitement avec des femmes – que j'admirais – qui ont réussi à s'affirmer malgré les différences de genre dans l'Agence. Cindy et Deb correspondent certainement à ce prototype, tout comme Vicki Jo McBee, Darlene Connelly et Heidi Avery. Vicki Jo, avec qui j'avais travaillé sur plusieurs questions complexes au cours des deux dernières années, était expérimentée dans une multitude de domaines. Bien qu'elle ne soit pas ingénieure technique, Vicki Jo avait le don de concevoir et de mettre en œuvre des systèmes informatiques complexes afin de soutenir les programmes de renseignement. Étant donné que le TTIC devait être une entité multiagences au profil inédit qui aurait besoin d'accéder, de tirer parti, de corréler et, en fin de compte, d'intégrer différentes sources de renseignements liées au terrorisme, j'ai tout de suite pensé à Vicki Jo pour s'attaquer à la conception complexe de notre système. Darlene Connelly était une avocate incroyablement talentueuse qui avait travaillé avec Buzzy et moi dans la suite du directeur exécutif. Ancienne avocate de la marine – officiellement une juge-avocate générale, plus communément appelée JAG –, Darlene était une bête de travail dotée d'un esprit juridique brillant. Elle possédait une personnalité effervescente capable d'adoucir les adversaires juridiques les plus difficiles. Enfin, Heidi Avery, dernière arrivée à l'Agence en provenance de MITRE – un centre de recherche et de développement à but non lucratif financé par le gouvernement fédéral –, avait entendu parler de l'intrigante mission multiagences du TTIC et tenait à soutenir ce qu'elle considérait comme une initiative en retard. J'étais particulièrement heureux que les principaux officiers de la CIA rejoignant le TTIC soient des femmes, car j'ai vite découvert que les personnes expérimentées affectées au TTIC par d'autres départements et organismes gouvernementaux étaient tous des hommes.

Ma priorité était que des professionnels compétents extérieurs à la CIA fassent partie de l'équipe de direction du TTIC. J'ai donc eu beaucoup de chance d'avoir de bonnes relations professionnelles avec les chefs d'agence dont le soutien au TTIC était crucial. J'ai décidé, en m'entretenant avec George, que le premier adjoint du TTIC devait être du FBI. Le directeur du FBI, Bob Mueller, m'a donc proposé de recruter un agent spécial du FBI, Jim Bernazzani. Jim était quelqu'un de très expérimenté, avec vingt ans passés au sein du Bureau, récemment affecté à la CIA comme directeur adjoint des forces de l'ordre au sein du CTC. Je considérais l'expérience de Jim dans le domaine de la lutte antiterroriste et son vaste réseau de contacts au Bureau et au CTC comme un véritable avantage. L'amiral Lowell « Jake » Jacoby, directeur de l'Agence en renseignement de la défense (DIA[40]), avait également assigné Russ Travers, un professionnel en renseignement civil exceptionnellement talentueux qui plaidait pour une réforme de la communauté du renseignement, y compris de la DIA, depuis plusieurs années. Jake était un bon ami et un fervent partisan du TTIC, mais je me doutais qu'il avait nommé Russ parce qu'il préférait que celui-ci mette ses idées de réforme en œuvre au TTIC plutôt qu'à la DIA. Russ est rapidement devenu l'un de mes plus proches confidents, un visionnaire de premier plan parfaitement conscient du potentiel du TTIC, ainsi que le futur directeur intérimaire du Centre national de lutte contre le terrorisme, remplacé sans aucun ménagement en mars 2020 par Richard Grenell, un directeur intérimaire non qualifié et inexpérimenté, issu du renseignement national, nommé par Donald Trump.

La NSA (Agence nationale de sécurité) était l'autre division majeure de la communauté du renseignement qui devait jouer

40. *Defense Intelligence Agency.* (NDT)

un rôle important dans le fonctionnement du TTIC, car la valeur et le volume des ROEM (renseignements d'origine électromagnétique) interceptés et liés au terrorisme ont explosé à la suite des attentats du 11-Septembre. J'avais une très bonne relation avec le directeur de la NSA, Mike Hayden, à l'époque où j'étais le chef de cabinet de George Tenet et par la suite quand je suis devenu directeur exécutif adjoint. Général trois étoiles de l'Armée de l'air, Mike avait grandi dans le domaine du renseignement, et il connaissait la profession en long en large et en travers. Ainsi, en tant que directeur de la NSA, il n'a pas hésité une seconde à confronter la CIA lorsqu'il a réalisé que les agents de l'Agence ne jouaient pas franc-jeu avec leurs collègues de la NSA. Il m'arrivait fréquemment de recevoir un appel téléphonique de Mike ou de son adjoint, Bill Black, et d'apprendre, la plus grande majorité du temps, qu'ils avaient des reproches envers les agissements de la CIA. Lorsque le projet du TTIC a été annoncé, Mike a sauté sur l'occasion pour offrir son soutien, voyant cette nouvelle agence comme une initiative intéressante qui permettrait de déboucher les canalisations bureaucratiques qui existaient entre chaque organisme et qui entravaient, depuis longtemps, toute collaboration en matière de lutte antiterroriste.

Lors d'une de ses visites à Langley, Mike s'est arrêté à mon bureau pour discuter du TTIC. « Je vais vous envoyer l'un de mes meilleurs experts en lutte antiterroriste. Il n'a pas été formé comme analyste, mais c'est un frappeur de longue balle qui vous aidera à faire le travail. » Chaque fois que Mike utilisait une analogie sportive, je savais que sa parole était aussi valable que de l'or, ce qui s'est avéré être le cas, début avril, lorsque Bill Gaches a rejoint l'équipe du TTIC. Bill était un civil de la NSA, connu pour son franc-parler, qui avait fait son chemin vers les rangs supérieurs en acceptant des missions difficiles à Fort Meade, le siège de la NSA dans l'État du Maryland, ainsi qu'à l'étranger. Une des premières choses que j'ai remarquées chez Bill a été sa boucle d'oreille en diamant, une rareté parmi les professionnels du renseignement qui incitait habituellement des avis contradictoires ou des sourires en coin de la part de ses collègues de passage. Personnellement, je voyais la boucle d'oreille de Bill comme un signe d'indépendance et de confiance en soi, deux traits que je voulais absolument au sein du TTIC. Par ailleurs, j'étais également jaloux de cette boucle d'oreille, car j'avais enlevé la mienne il y a de nombreuses années par crainte d'être ostracisé par mes collègues plus conventionnels.

Ce soir-là, à mon grand désarroi, j'ai conclu, après avoir essayé plusieurs fois, dans la douleur, de remettre ma boucle d'oreille, que le trou du lobe de mon oreille gauche était à jamais fermé.

Pour compléter l'équipe de haute direction, un ancien colonel de la marine, à la fois savant et rentre-dedans, Bill Parrish, a été affecté au TTIC par le secrétaire à la Sécurité intérieure, Tom Ridge. Bill a été l'assistant spécial de Ridge, ainsi que secrétaire adjoint intérimaire à la Sécurité intérieure. Son rôle était d'analyser les renseignements. Il avait donc toute l'expérience et les connexions nécessaires pour être le principal canal de liaison entre le TTIC et le nouveau département de la Sécurité intérieure. Par ailleurs, Bill avait commandé les forces de sécurité du Corps des Marines, ce qui lui avait donné un aperçu plus que concret des obstacles liés à la sécurité des bâtiments et des installations pouvant être ciblés par des terroristes.

Maintenant que les locaux et le personnel étaient en place, le défi le plus pressant était d'avoir accès aux réseaux de renseignements classifiés et non classifiés détenus et exploités par les différents départements et agences. Après tout, l'objectif principal du TTIC était d'accéder à des bribes d'informations liées au terrorisme qui avaient été recueillies et archivées au niveau de chaque organisme et département. En réunissant puis en corrélant les données pertinentes, auparavant conservées dans des bases de données distinctes, il devenait possible d'obtenir de nouvelles connaissances sur les liens, les activités et les menaces associés aux terroristes. Si le TTIC ne réussissait pas à accéder, de manière complète et absolue, à ces réseaux et bases de données, il échouerait dans sa mission.

Bien qu'il y ait eu d'importantes difficultés techniques, juridiques et logistiques associées à la mise en place d'une architecture technologique permettant au TTIC de gérer les différents types de renseignements – je me suis retrouvé avec plus d'une demi-douzaine de serveurs informatiques sous mon bureau, auxquels je ne pouvais accéder qu'en me penchant et en les allumant un par un –, celles-ci étaient bien minces en comparaison avec les anticorps politiques qui se sont développés à l'intérieur des agences qui se sentaient menacées quand nous leur disions que le TTIC voulait accéder à leurs bases de données et à leurs réseaux informatiques. Les plus difficiles à percer ? La CIA et le FBI. Bien que les officiers supérieurs de ces deux agences soient impatients d'obtenir des renseignements qui leur avaient été, jusqu'à présent, refusés par d'autres organisations, ils n'étaient pas très intéressés à l'idée de permettre aux employés d'autres organismes d'accéder à leurs archives, à leurs renseignements sensibles et à leurs données d'application de la loi. Alors que j'essayais de résoudre les questions concernant l'accès, mes collègues de la CIA m'ont accusé d'avoir abandonné le principe du « besoin de savoir » qui est essentiel à la protection des secrets de la CIA et, surtout, de ses sources humaines. Le FBI, quant à lui, voyait le TTIC comme une stratégie habilement déguisée par la CIA afin de mettre la main sur les informations sensibles du FBI en matière d'application de la loi, et notamment sur des informations liées à certains citoyens américains. Étant donné que le TTIC était une agence dirigée par un officier de la CIA, située dans un établissement appartenant à la CIA, soutenue administrativement par la CIA, et rendant compte au directeur du renseignement central, qui était également le directeur de la CIA, le FBI a commencé à croire de plus en plus aux théories bureaucratiques complotistes impliquant la CIA.

C'est dans ce contexte que j'ai eu une conversation téléphonique assez animée avec le directeur du FBI, Bob Mueller, dans laquelle j'ai fortement contredit toutes ses affirmations disant que le TTIC était une entité de la CIA et que j'étais chargé de mener à bien certains objectifs organisationnels clandestins de la CIA. « Vous vous trompez gravement, Bob, ai-je pratiquement crié au téléphone. La CIA est en guerre contre moi et votre organisation est maintenant en rébellion contre le TTIC pour la seule et même raison – vous ne voulez pas partager vos données. Manque de chance, le Président dit que vous y êtes obligés, je vais donc continuer ce combat jusqu'à ce que le TTIC ait accès aux réseaux du FBI, aux réseaux de la CIA, et à tous les autres réseaux essentiels à cette mission antiterroriste. » Finalement, le FBI et la CIA ont autorisé le TTIC à accéder, à quelques exceptions légitimes près, à leurs systèmes de renseignements classifiés, mais seulement après avoir dit à George et à Bob que j'étais prêt à dire au Président Bush que la CIA et le FBI étaient en train de contrecarrer activement les efforts de cette mission présidentielle appelée TTIC.

Je savais que le TTIC, en raison de sa petite taille, ne pourrait pas s'établir dès le début comme un acteur central de la communauté antiterroriste actuelle. Je craignais donc que certains membres de la CIA, la première organisation analytique de la communauté du renseignement, tentent d'étouffer le travail des analystes du TTIC. Compter sur le PDB, un processus dominé par la CIA, pour fournir les analyses du TTIC aux hauts fonctionnaires américains n'était pas une option attrayante. Nous avons donc décidé de développer notre propre rapport quotidien qui serait transmis au Président et aux autres bénéficiaires du PDB. Tirant parti de l'imprimatur présidentiel lié à la création du TTIC, nous avons appelé ce document, le « Rapport du Président sur la menace terroriste », que nous appelions affectueusement « PTTR[41] », et que nous prononcions « putter » comme le club de golf. Il s'agissait d'un bref document de seulement deux ou trois pages, qui fournissait des informations de niveau top secret sur les principales menaces terroristes et sur les mesures entreprises par les communautés américaines de lutte antiterroriste et de sécurité intérieure pour les contrecarrer.

Mon passage au TTIC m'a permis de participer à de nombreuses réunions à la Maison-Blanche avec le Président Bush et les membres supérieurs de son équipe de sécurité nationale. Habituellement, je me contentais d'être le bras droit de George Tenet et de transmettre aux participants les derniers renseignements et analyses disponibles sur les menaces terroristes à l'encontre des intérêts américains. Toutefois, en tant que chef d'une organisation multiagences, chacun s'attendait à ce que je fournisse une évaluation coordonnée de la communauté et que j'identifie toutes les différences de point de vue entre les agences de renseignement. Ces briefings ont servi de prélude aux échanges politiques qui ont suivi entre les directeurs de la sécurité nationale sur la façon d'atténuer la menace. Les discussions franches qui ont eu lieu, durant ces réunions, parmi les hauts fonctionnaires du gouvernement des États-Unis, m'ont donné une bien meilleure impression des différents participants que celle que j'avais auparavant.

George W. Bush, tout particulièrement, aimait consommer des renseignements à un rythme très soutenu. C'était un lecteur avide du PDB et d'autres produits de renseignement et il semblait être dans son élément dès qu'il s'agissait de tirer le meilleur de discussions franches avec des experts en la matière, comme des analystes, des officiers aux opérations clandestines, et des agents revenant de missions à l'étranger. Il était nettement

41. *President's Terrorist Threat Report.* (NDT)

plus curieux que ce que beaucoup de personnes extérieures à la Maison-Blanche supposaient, et son endurance et sa concentration restaient intactes même après plusieurs réunions marathons. La nature de ses questions montrait qu'il tenait à bien comprendre chaque situation afin de pouvoir identifier ce qu'il considérait comme la ligne de conduite qui protégerait au mieux la sécurité nationale des États-Unis. Malgré mon fort désaccord avec certains de ses choix politiques, comme l'invasion malheureuse de l'Irak par les États-Unis en 2003, je n'ai jamais eu l'impression que le Président Bush se laissait guider par un prisme politique ou partisan pour prendre les décisions liées à la sécurité nationale.

Le Président Bush était également d'une courtoisie infaillible, ce qui était en net contraste avec certains membres de son cabinet. Je me souviens d'une réunion du Conseil national de sécurité sur al-Qaïda, dirigée par le Président Bush, dans la salle de crise, fin 2004, où j'étais le bras droit de George Tenet. Alors que je décrivais aux participants un complot terroriste particulièrement inquiétant mis en place par al-Qaïda, j'ai mis l'accent sur des remarques préparées en disant quelque chose comme : « Pour être honnête, il s'agit des renseignements les plus sérieux et les mieux documentés sur cette menace que nous ayons reçus depuis plusieurs mois. »

Le secrétaire à la Défense, Don Rumsfeld, m'a alors interrompu avant que je puisse finir ma phrase. « Vous avez dit quoi ? »

J'ai répété mon point de vue sur la gravité de la menace et sur le sérieux de nos sources.

« Non, non. Avant cela », a-t-il dit. Je n'avais aucune idée de ce à quoi il faisait allusion. Il a continué sur sa lancée, plus déterminé que jamais. « Avez-vous dit : "Pour être honnête" ? Cela veut-il dire que vous serez parfois honnête et parfois malhonnête ? »

Je ne savais même pas que j'avais dit « Pour être honnête ». Je suis sûr que mon visage s'est vidé de son sang lorsque Rumsfeld m'a regardé avec ce qui semblait être de la stupéfaction absolue. En regardant autour de la table, j'ai pu voir le vice-président Cheney faire de son mieux pour s'empêcher de sourire tandis que les autres levaient les yeux au ciel. Avant que je puisse répondre quoi que ce soit, le Président Bush a dit : « Don, c'est bon, ça suffit. John, veuillez continuer s'il vous plaît. »

Je suppose que j'ai été naïf de croire que les membres du Cabinet se concentreraient uniquement sur la menace terroriste à portée de main plutôt que sur l'occasion de faire des remarques rhétoriques pour embarrasser un fonctionnaire beaucoup plus jeune. Pourtant, il s'agissait d'une véritable leçon de précision enseignée par un maître en langue vernaculaire.

Rumsfeld a souvent été le principal antagoniste durant les nombreuses réunions auxquelles j'ai assisté dans la salle de crise. J'avais même l'impression qu'il s'organisait à l'avance avec le vice-président Cheney, qui restait assis stoïquement pendant que Rumsfeld se lançait dans des pitreries destinées à nous perturber. « Je ne comprends rien à tout ça, et ce n'est même pas paginé », a déclaré Rumsfeld lors d'une réunion, après avoir rapidement parcouru une série de diapositives PowerPoint sur la situation en Irak que la conseillère à la sécurité nationale, Condoleezza Rice, avait distribuée pour guider la discussion. Jetant la présentation de Condi de côté, Rumsfeld a alors distribué ses propres diapositives et commencé son briefing. Je pouvais voir que Condi était en colère. Toutefois, elle, qui était un modèle de bienséance et de professionnalisme, s'est appuyée sur le Président Bush et sur le secrétaire d'État, Colin Powell, pour réorienter la discussion sur la bonne voie.

Le secrétaire Powell a été un partisan précoce et enthousiaste du TTIC, et j'ai particulièrement apprécié la façon dont il a géré la débâcle publique la plus notable du TTIC. Au moment de la création du TTIC, la CIA lui a confié la responsabilité, on ne peut moins glamour, de compter et de compiler les statistiques sur le nombre d'attaques terroristes internationales et de décès en découlant, qui seraient publiés dans le rapport annuel du département d'État intitulé « Tendances du terrorisme international ». Durant la première année d'efforts du TTIC, une erreur présente dans une base de données a entraîné une grave sous-estimation des statistiques correspondant à l'année 2003, qui a été publiée dans le rapport du mois d'avril 2004. C'est le député californien, Henry Waxman, qui a été le premier à remarquer l'erreur. Le rapport indique qu'en 2003, il y a eu 190 attaques et 307 morts. En réalité, le bon compte était de 208 attaques et 625 morts. Comme l'on pouvait s'y attendre, de nombreuses allégations sont apparues dans les médias, ainsi qu'au sein du Congrès, selon lesquelles cette erreur de compte était une stratégie intentionnelle de l'administration Bush destinée à exagérer le succès de sa guerre contre le terrorisme. Contrairement à de nombreux secrétaires de cabinet que j'ai connus au fil des ans, le secrétaire Powell n'aurait pas pu être plus magnanime dans sa manière de comprendre l'erreur du TTIC, qui a été publiée dans un rapport du département d'État portant sa signature. Il n'était certainement pas heureux qu'elle se soit produite et il voulait savoir ce qui s'était passé et pourquoi. Mais une fois au courant des faits, il m'a simplement dit : « OK, tout le monde fait des erreurs. Maintenant, rectifions tout cela et mettons-nous au travail. » Contrairement au comportement réflexe de trop nombreux observateurs, à Washington, en présence de problèmes, Powell n'a jamais insisté pour que quelqu'un soit renvoyé à cause de cette erreur. Je me suis joint au secrétaire Powell lors d'une conférence de presse du département d'État, la semaine suivante, pour expliquer comment l'erreur s'était produite et pour dissiper tout sentiment selon lequel l'administration essayait délibérément d'induire le public en erreur afin d'embellir le succès de sa guerre contre le terrorisme.

Cette erreur a été une première atteinte à la réputation du TTIC, mais l'attitude et le soutien du secrétaire Powell, qui a confirmé le TTIC comme agence responsable de comptabiliser le nombre d'attaques terroristes et de morts associées dans le monde, en vue du prochain rapport annuel – notamment à la lumière de l'évaluation erronée du renseignement sur les armes de destruction massive en Irak que Powell a présentée aux Nations Unies l'année précédente –, ont grandement été appréciés par le personnel du TTIC. Durant mes différentes conversations avec le secrétaire Powell, au fil des ans, cette bourde du TTIC est fréquemment revenue sur le tapis. « Vous vous souvenez de cette histoire de statistiques sur les attaques terroristes où on s'est pris la honte ? » m'a-t-il dit en éclatant de rire lors d'un appel téléphonique, début 2013, pour me féliciter de ma confirmation au Sénat comme directeur de la CIA. « Avec le recul, vous pouvez considérer ça comme une bonne préparation à vos prochaines audiences au Congrès. »

Certains membres du Congrès, y compris le député Pete Hoekstra, un membre de la commission du renseignement de la Chambre, ont été irrités que l'administration Bush décide d'établir le TTIC sans d'abord demander l'approbation du Congrès. J'ai même été placé devant de nombreux comités du Sénat et de la Chambre qui revendiquaient avoir un rôle à jouer dans la mission du TTIC. Au fil du temps, j'ai été très heureux de voir certains des principaux membres du Congrès devenir de fervents défenseurs du TTIC, et se rendre personnellement au Liberty Crossing pour encourager le personnel de cet organisme multiagences à persévérer malgré les obstacles bureaucratiques. J'ai particulièrement apprécié le soutien, la contribution très réfléchie, et les questions difficiles des deux partis au sein de la direction du Sénat et de la Chambre des comités de sécurité intérieure – les sénateurs Joe Lieberman (D) du Connecticut et Susan Collins (R) du Maine ainsi que les représentants Chris Cox (R) de Californie et Jim Turner (D) du Texas. L'une des visites les plus mémorables des membres du Congrès au TTIC a été celle du sénateur Ted Kennedy, qui a passé tout un après-midi au Liberty Crossing afin d'être briefé et de rencontrer des gens. J'ai été plus que frappé par la gentillesse de Kennedy envers tout un chacun, notamment son propre personnel, mais aussi et surtout par sa politesse, une qualité relativement rare parmi les nombreux membres du Congrès.

En plus de disposer d'alliés remarquables au Congrès et dans l'administration Bush, le TTIC a bénéficié de la création, au même moment, de modèles organisationnels similaires au Royaume-Uni, au Canada et en Australie. J'avais une relation particulièrement étroite avec mon homologue britannique, Alan Lovell, un haut responsable du MI5, qui a hissé le drapeau du Centre conjoint d'analyse du terrorisme (JTAC[42]) britannique, moins d'un mois après la naissance du TTIC. À l'instar du TTIC, le JTAC réunissait plusieurs représentants des services de sécurité et de renseignement britanniques et des agences gouvernementales avec la lutte antiterroriste comme mission. La capacité du TTIC et du JTAC à partager et à coordonner leurs évaluations en matière de menaces terroristes, au nom de leurs gouvernements respectifs, a permis de renforcer la coopération antiterroriste déjà très solide entre les professionnels américains et britanniques du renseignement et de la lutte antiterroriste, qui avait été forgée à la suite des attentats du 11-Septembre.

Malgré plusieurs erreurs organisationnelles et analytiques dont j'ai assumé l'entière responsabilité, durant la première année du TTIC, j'étais convaincu que le Président Bush ainsi que d'autres hauts fonctionnaires de l'administration et dirigeants du Congrès considéreraient le TTIC comme un modèle organisationnel digne de développement. Plus que toute autre chose, l'avenir du TTIC

42. *Joint Terrorism Analysis Centre.* (NDT)

a été confirmé lorsque la Commission du 11-Septembre, créée par le Congrès, a publié son rapport final, en juillet 2004, appelant à la création d'un « commandement unifié conjoint de lutte antiterroriste dirigé par des civils » inspiré du TTIC. Le mois suivant, le Président Bush a publié le décret présidentiel n° 13354, qui a transformé le TTIC en Centre national de lutte contre le terrorisme (NCTC[43]). J'ai été nommé premier directeur du NCTC, mais avec le titre de « directeur intérimaire » par respect pour plusieurs lois en cours de validation demandant que le centre soit dirigé par un candidat nommé par le Président et confirmé par le Sénat. En décembre 2004, le Président a signé la Loi de 2004 sur la réforme du renseignement et la prévention du terrorisme, qui a ancré le NCTC dans la loi et l'a placé, organisationnellement parlant, au sein d'une toute nouvelle agence : le Bureau du directeur du renseignement national (ODNI). C'est donc avec grande fierté que j'ai rejoint le reste du personnel du NCTC, en juin 2005, pour accueillir le Président Bush pour sa première visite du Liberty Crossing, où nous avons démontré à quel point il était avantageux de rassembler les connaissances et l'expertise de notre communauté antiterroriste.

Je n'ai pas été désigné comme premier directeur du NCTC, malgré mon rôle dans sa création. L'administration Bush ne m'a jamais expliqué pourquoi je n'avais pas été sélectionné, mais je pense que mon entêtement et mon goût pour l'indépendance avaient probablement quelque chose à voir avec cela. George Tenet a quitté son poste de directeur du renseignement central en juillet 2004. Je ne disposais donc plus de partisan de haut niveau au sein de l'administration, ce qui est un critère habituellement requis pour toute nomination présidentielle. C'est un ancien vice-amiral de la marine, Scott Redd, qui a ensuite été nommé et confirmé comme directeur du NCTC.

Jouer un rôle dans la création du TTIC et du NCTC a été l'un des chapitres de ma carrière les plus gratifiants et satisfaisants professionnellement et personnellement. Cela m'a permis d'avoir un extraordinaire aperçu des vastes capacités de collecte, de traitement et d'analyse de la communauté du renseignement des États-Unis, et d'obtenir une expérience qui m'a bien servi tout au long de mes autres années de service. Cette époque m'a également permis d'apprécier, au plus profond de moi-même, à quel point il est

---

43. *National Counterterrorism Center.* (NDT)

important de réunir, malgré l'opposition bureaucratique enracinée, toutes les données, connaissances, expertises et autorisations disponibles pour accomplir des missions de sécurité nationale. Trop souvent, les membres du Congrès et les responsables de la branche exécutive se contentent d'augmenter la taille du budget et de l'administration des départements sur lesquels ils comptent le plus, sans chercher à restructurer et à intégrer les capacités du gouvernement afin de gagner en efficacité, en efficience et en légèreté.

Le TTIC et le NCTC ont ainsi prouvé qu'un gouvernement plus grand n'est pas toujours le meilleur.

Un gouvernement plus intelligent et plus intégré, en revanche, l'est toujours.

15

UNE RÉPONSE DU TAC AU TAC

Déçu de ne pas avoir été nommé directeur du NCTC, j'ai perdu intérêt pour tout autre affectation à la CIA, surtout depuis le départ de George, l'année précédente. Cela a aussi coïncidé avec mon admissibilité à la retraite, ce qui m'a permis, en août 2005, après vingt-cinq années de service, de participer au programme de transition professionnelle de la CIA. Ce programme de transition offre aux officiers de la CIA, en âge de prendre leur retraite, la possibilité de créer un curriculum vitae non classifié dans le but de rendre justice à leur expérience professionnelle, sans compromettre aucun des aspects classifiés de leur passé. J'ai ainsi pu, en tant qu'employé ayant passé sa carrière à occuper des postes supérieurs et reconnus du public, énumérer plusieurs affectations spécifiques, ce qui donnait un aperçu de l'ampleur de mes responsabilités institutionnelles et en matière de supervision. Il est beaucoup plus difficile pour les agents de la CIA, qui ont vécu leur vie dans l'ombre des missions secrètes, de capturer la véritable essence de leur travail. Leurs curriculum vitae sont généralement composés de références banales mettant en avant une carrière gouvernementale de trente ans, sans apparemment rien d'exceptionnel, qui tâchent de dissimuler la profondeur et l'étendue de leur expérience ainsi que l'importance de leur contribution à la sécurité nationale des États-Unis.

Le dernier jour officiel de ma carrière de vingt-cinq ans à la CIA a eu lieu le vendredi 4 novembre 2005. J'ai demandé à la CIA de n'organiser aucune cérémonie de départ à la retraite, malgré une très belle soirée d'adieu au NCTC à laquelle ont assisté George, Buzzy et d'autres collègues proches de la CIA. Après deux ans et demi au TTIC et au NCTC, je me suis senti déconnecté de l'Agence et de ses hauts dirigeants. George, John McLaughlin, Buzzy, Jami Miscik et beaucoup d'autres avec qui j'avais travaillé étroitement pendant une demi-douzaine d'années n'étaient plus là. Ma relation avec le nouveau directeur de la CIA, Porter Goss, était des plus cordiales, car il m'avait donné l'impression, pendant nos échanges, de véritablement s'intéresser au bien-être de la CIA, alors qu'il était président du Comité permanent de sélection des renseignements de la Chambre (HPSCI[44]). Ancien officier aux affaires de la CIA dont la carrière dans le monde du renseignement a malheureusement été raccourcie en raison de problèmes de santé, Porter était l'un des rares membres des comités de la communauté du renseignement de chaque chambre à comprendre, de manière très intime, le travail associé à chaque activité. Il avait également personnellement encouragé la mission et le personnel du NCTC.

J'ai continué d'avoir une bonne relation avec Porter, même après sa confirmation comme directeur. J'avais cependant peu d'estime et encore moins de respect pour un certain nombre de personnes qu'il a choisies pour faire partie de son équipe, au septième étage, et je ne voulais pas que mon départ à la retraite soit terni par leur présence à une cérémonie officielle. L'une des décisions les plus connues de Porter a été de remplacer Buzzy, comme directeur général, par un agent de soutien de longue date de la CIA, Dusty Foggo. Dusty avait fait ses preuves dans le domaine de la logistique, fournissant un soutien opportun et indispensable aux missions opérationnelles et secrètes de la CIA à l'étranger. Volubile et hyper enthousiaste, Dusty avait contribué à une variété de missions, aussi bien au siège qu'à l'étranger. Il avait ainsi tiré profit de puissantes autorisations en matière d'approvisionnement pour se lier d'amitié avec de riches entrepreneurs et avec les « politiquement bien connectés » des couloirs du Congrès. Durant ma dernière année au NCTC, ma relation avec Dusty a été tendue, mais point hostile, car il ralentissait le soutien apporté au centre par la CIA, par respect pour ses amis de la Direction des opérations

44. *House Permanent Select Committee on Intelligence.* (NDT)

clandestines. Deux ans après mon départ à la retraite, Dusty a été accusé de fraude, de complot et de blanchiment d'argent dans le cadre d'une inculpation de trente chefs d'accusation. Il a par la suite été condamné à trente-sept mois de prison après avoir plaidé coupable à une accusation de fraude. En conclusion, comme l'a fameusement dit Forrest Gump : « C'est tout ce que j'ai à vous dire à ce sujet. »

Le lundi suivant mon départ à la retraite, j'ai commencé à travailler comme président et PDG du TAC[45], une petite entreprise du nord de la Virginie qui fournissait un soutien technique et analytique de niveau classifié aux communautés du renseignement et des forces de l'ordre. Je me suis mis à envisager de travailler dans un tout nouveau domaine professionnel, mais j'ai rapidement réalisé que les seules compétences remarquables que je possédais étaient liées aux questions de sécurité nationale. C'est durant ma période au NCTC que je suis devenu familier avec le TAC et que j'ai pu être impressionné par la qualité de ses employés. Créé par une femme dans les années 1990, le TAC a notamment soutenu le département d'État pendant de nombreuses années, en obtenant des avis très positifs. J'ai décidé de rejoindre le TAC plutôt que d'accepter une offre très attrayante de la part du mégagroupe de construction de routes, Booz Allen Hamilton. Bien que le TAC soit une filiale d'une plus grande entreprise privée, je pensais que les rôles de président et de PDG me donneraient une meilleure occasion de façonner l'avenir de l'entreprise et de diriger à nouveau un personnel. Par ailleurs, les bureaux du TAC étaient situés juste à côté de l'enceinte du NCTC, le Liberty Crossing, à McLean, ce qui m'a permis de continuer à prendre des raccourcis que je connaissais bien pour éviter les routes principales de plus en plus encombrées du nord de la Virginie.

Presque immédiatement après ma retraite, ma vie a changé à trois niveaux. Premièrement, mon cerveau n'avait plus à fonctionner 24 heures sur 24, 7 jours sur 7. J'ai dû m'arrêter psychologiquement et physiquement, ce qui a été difficile. Pendant presque toute ma carrière au sein de l'Agence, et surtout au cours de la dernière décennie, j'étais de garde, quelle que soit l'heure du jour ou de la nuit, car un développement en matière de sécurité nationale avait le potentiel d'exiger mon attention ou ma présence immédiate, que je sois au siège de la CIA ou en mission à l'étran-

45. *The Analysis Corporation.* (NDT)

ger. En comparaison, mon rôle au TAC était beaucoup moins passionnant et davantage train-train. J'ai certainement apprécié les personnes avec lesquelles j'ai travaillé et j'ai beaucoup appris sur le monde des affaires et les états financiers, mais je me suis rapidement retrouvé en mode autopilote, en train de gérer une entreprise du secteur privé. Environ dix-huit mois après mon arrivée, le TAC et sa société mère ont été rachetés par une compagnie britannique privée, Global, qui m'a présenté le monde des acquisitions et des fusions. Cela m'a également donné un aperçu des mécanismes utilisés pour protéger le travail classifié effectué dans des sociétés appartenant à des entreprises étrangères. Bien que le TAC soutienne d'importants programmes de sécurité nationale, j'ai eu du mal à être enthousiaste à l'idée de remporter un contrat gouvernemental qui fournirait plus de revenus et de bénéfices au TAC et à sa société mère. Pour la première fois depuis la fin de mes études supérieures, je n'étais plus directement impliqué dans la sécurité nationale de mon pays.

Deuxièmement, Kathy et moi pouvions maintenant respirer plus facilement sur le plan financier. Mon salaire de départ au TAC était beaucoup plus élevé que celui que j'avais à la CIA, avant mon départ à la retraite. Grâce à mon salaire au TAC, des primes annuelles et une pension gouvernementale, nous étions désormais capables de sortir du trou financier assez profond que nous avions creusé pendant mes années à la CIA. Après vingt-cinq ans passés à servir le gouvernement, nous avions atteint le plafond de nos cartes de crédit, et je ne comptais plus le nombre de fois où nous avions refinancé l'emprunt correspondant à notre maison à Herndon. Bien que je ne me sente pas coupable de cette nouvelle manne financière, je trouvais qu'il était assez déplacé de gagner tant d'argent pour faire un travail qui demandait beaucoup moins d'heures, de responsabilités, et qui n'était pas aussi important sur le plan de la sécurité nationale que mes autres emplois au gouvernement.

Enfin, troisièmement, j'ai rapidement pu remarcher sans douleur, après avoir eu le courage de passer sur le billard pour remplacer mes deux hanches arthritiques. L'intensité du travail dans les années qui ont suivi le 11-Septembre m'a amené à croire que je ne pouvais pas prendre le congé nécessaire pour me faire opérer ou pour commencer un programme de rééducation. Tout aussi bêtement, je croyais pouvoir courir et ignorer la douleur croissante que je ressentais à chaque pas, simplement en joggant quelques jours par semaine. Une fois à la retraite, Kathy m'a aidé à rapidement remettre les pieds sur terre, en me disant que mon travail n'était plus aussi important et que je n'avais donc aucune excuse pour ne pas me faire opérer.

Sachant très bien que le TAC ne suffirait pas à me satisfaire intellectuellement et professionnellement, j'ai profité de cette période pour m'intéresser à d'autres opportunités. Il m'a été proposé, à la fin de l'année 2006, de devenir président du conseil de l'Alliance du renseignement et de la sécurité nationale (INSA[46]), une organisation à but non lucratif vouée au renforcement et à la professionnalisation des relations entre le gouvernement et le secteur privé, qui reposait sur l'industrie de plusieurs milliards de la construction. Ayant participé à plusieurs conférences et événements de l'INSA, notamment en tant que conférencier principal lorsque j'étais au NCTC, j'étais très familier avec leur travail. J'étais impressionné par la qualité des rapports de fond publiés périodiquement par l'INSA sur les questions de sécurité nationale. Par ailleurs, l'INSA avait été présidée, ainsi que son organisme prédécesseur, l'Association de soutien aux affaires de sécurité (SASA[47]), au cours de la décennie précédente, par plusieurs officiers militaires américains, depuis longtemps retraités, qui avaient également dirigé des agences de la communauté du renseignement – notamment l'ancien directeur de la DIA (Agence en renseignement de la défense), Jim Clapper ; l'ancien directeur de la DIA et de la NSA (Agence nationale de sécurité), Ken Minihan ; et l'ancien directeur de la NSA, Mike McConnell. Lorsque McConnell a été recruté par le Président Bush, en 2006, pour remplacer l'ambassadeur John Negroponte comme directeur du renseignement national, j'ai été honoré que l'on me propose de devenir le nouveau président de l'INSA. J'ai beaucoup apprécié ce mandat de deux ans à l'INSA, car il m'a permis de rencontrer et de connaître de nombreux hauts responsables du secteur privé impliqués dans le soutien de la communauté de la sécurité nationale. Beaucoup d'entre eux avaient ainsi entamé une deuxième carrière réussie dans le monde des affaires, après avoir quitté le gouvernement et l'armée. Grâce à leurs habilitations de sécurité de niveau top secret et leur expérience directe au sein du gouvernement, ils n'ont pas eu beaucoup de mal à trouver des emplois lucratifs dans la communauté de la construction, en particulier parmi les

46. *Intelligence and National Security Alliance.* (NDT)

47. *Security Affairs Support Association.* (NDT)

milliers de grandes et petites entreprises qui occupaient le paysage de Washington, du nord de la Virginie et du sud du Maryland.

J'ai également trouvé d'autres centres d'intérêt pendant cette période. Au cours de l'été 2006, CBS News m'a contacté pour me demander si je voulais devenir commentateur, pour le réseau, sur les questions de renseignement et de sécurité nationale. En avril de cette même année, CBS avait organisé un véritable coup d'État en engageant Katie Couric, la présentatrice de l'émission *Today* sur la chaîne concurrente, NBC, pour présenter *CBS Evening News*. J'ai donc rejoint l'écurie d'anciens spécialistes en renseignement du réseau afin de fournir davantage d'informations contextuelles et historiques sur les derniers développements en rapport avec le terrorisme. J'ai rencontré Katie en personne plusieurs fois, mais la plupart de nos interactions ont eu lieu sur les ondes, car son studio était à New York pendant que le mien, celui de la CBS, était à Washington. J'ai également été interviewé et filmé plusieurs fois au siège du TAC, à McLean. Katie, qui était d'une politesse infaillible, était toujours très bien préparée à chacune de mes apparitions dans son émission.

Je me suis rendu plusieurs fois à New York pour participer au programme matinal *The Early Show* sur CBS. Je me souviens notamment de l'émission du 2 novembre 2007, avec Harry Smith comme présentateur. Durant cette entrevue, qui était en direct, l'équipe a diffusé une vidéo d'une reconstitution, toutefois très explicite, d'une séance de *waterboarding* impliquant un individu avec les yeux bandés, les mains attachées et portant une combinaison orange. Harry a cité le Président Bush en disant que les États-Unis ne pratiquent pas la torture et en me demandant ce que cela signifiait dans le contexte du *waterboarding*. J'ai répondu en disant que la CIA avait utilisé des techniques d'interrogatoire renforcées sur environ un tiers de la centaine de détenus capturés après le 11-Septembre et que seule une petite proportion d'entre eux avait été soumise aux techniques les plus brutales comme le *waterboarding*. « Et vous pensez que cette approche a porté ses fruits ? » m'a demandé Harry. Je m'attendais à cette question. J'ai dit à Harry que l'Agence avait pu obtenir beaucoup d'informations grâce à ces séances d'interrogatoire.

« Cela a permis de sauver des vies, ai-je répondu. Et n'oublions pas. Nous parlons là de terroristes endurcis responsables des attentats du 11-Septembre, de la mort de 3 000 innocents, et qui n'ont éprouvé aucun remords. »

J'ai fait de mon mieux pour m'appuyer sur des faits, car je ne voulais pas participer à un débat télévisé sur ce qui constitue la torture. Au fil des ans, j'ai regardé l'entrevue plusieurs fois et, comme la plupart de mes passages à la télévision, j'ai l'impression que j'aurais pu mieux faire. Par exemple, j'aurais dû dire que toutes les procédures ont été jugées légitimes et qu'elles ont été autorisées par le département de la Justice et que je ne prétends pas qu'il y ait un lien de cause à effet entre les techniques d'interrogatoire, elles-mêmes, et les informations obtenues ensuite auprès des détenus. J'ai également omis de profiter de l'occasion pour dire que, selon moi, ces techniques étaient inutiles, inappropriées et inhumaines. Le contenu de cet entretien a ensuite été utilisé par mes détracteurs, un an plus tard, pour dire que je ne méritais pas d'être le directeur de la CIA sous le Président Obama.

J'ai également publié plusieurs articles d'opinion pendant cette période où je ne travaillais pas au gouvernement, notamment sur la réforme de la communauté du renseignement et sur le terrorisme. L'article d'opinion le plus conséquent est un texte que j'ai rédigé, mais que je n'ai jamais soumis à des fins de publication. C'était le samedi 28 octobre 2006, au matin, alors que j'étais en route vers mon bureau du TAC, à McLean, et que j'ai mis WTOP, la station radio locale 100 % actualités. C'était l'heure du discours radio hebdomadaire du Président Bush, et c'est là que je l'ai écouté, avec incrédulité, déclarer que Saddam Hussein et al-Qaïda travaillaient étroitement sur le front du terrorisme, ce que je considérais comme des propos inexacts. Je savais grâce à mes années de service que cela était tout simplement faux. J'ai immédiatement réalisé que le personnel de la Maison-Blanche et du Conseil de sécurité nationale qui était en faveur de la guerre en Irak, devait être en train de faire des heures supplémentaires pour permettre au Président Bush de justifier publiquement l'invasion militaire désastreuse responsable de la chute des chiffres dans les sondages et de la réputation politique de l'administration. Dix jours avant les élections cruciales de mi-mandat, le discours du Président, en ce samedi matin, était un coup de publicité politique évident destiné à renforcer les perspectives électorales des républicains.

J'étais encore bouillant quand je suis arrivé dans mon bureau. Vu l'absence de travail urgent à l'ordre du jour, j'ai vite tapé la première version d'un article d'opinion de 850 mots intitulé : « Monsieur le Président, vous avez tort », qui a permis de réduire en miettes, du moins dans mon esprit, les commentaires erronés du Président Bush. Tout en tapant sur mon clavier, je me suis souvenu avec colère des réunions auxquelles j'avais assisté dans la salle de crise de la Maison-Blanche avec George Tenet, au cours desquelles le secrétaire Rumsfeld, soutenu subtilement, mais puissamment par le vice-président Cheney, exagérait l'ampleur de la menace que représentait Saddam Hussein pour la sécurité nationale des États-Unis, afin de plaider en faveur de l'invasion de l'Irak. Ce matin d'octobre 2006, il m'a fallu moins de trente minutes pour évacuer mes frustrations et décider, là à cet instant, de soumettre ce projet d'article au Comité de révision prépublication (PRB[48]) de la CIA afin qu'il soit classifié de manière appropriée – une étape nécessaire pour tous les anciens officiers de la CIA. En général, je patientais toujours au moins vingt-quatre heures avant de soumettre un article d'opinion récemment écrit au PRB. Ce délai existait, car j'étais moi-même conscient du fait que mes émotions m'obligeaient parfois à écrire quelque chose pour le plaisir de vider mon sac, mais qui ne devrait jamais voir la lumière du jour. Dans ce cas présent, je n'ai pas appuyé sur le bouton « Pause ».

Durant le retour vers la maison, cet après-midi, j'ai essayé de me convaincre que publier cet article d'opinion était la bonne chose à faire, malgré le fait que je n'avais jamais pris de position publique aussi audacieuse contre une politique, et encore moins contre un Président. Je me suis dit que le temps au TTIC et au NCTC m'avait donné la confiance nécessaire pour repousser de fausses affirmations clairement motivées par un objectif politique – gagner un maximum de votes en dix jours.

C'est à ce moment-là que j'ai compris.

Malgré mon espoir que cet article d'opinion soit lu comme une riposte objective et non partisane à un discours radio doté d'ambitions politiques, je me suis rendu compte qu'il serait interprété par beaucoup, sinon la plupart, comme une attaque partisane contre les républicains, au nom des démocrates, à la veille d'une élection importante. « Aaah ! me suis-je dit. Je déteste la politique. » En arrivant à la maison, j'ai décidé d'attendre le lundi matin pour indiquer ma décision au PRB de ne pas soumettre mon projet d'article et qu'il n'avait donc pas besoin d'être examiné à des fins de classification.

J'ai alors envoyé un courriel au PRB, le lundi matin, pour m'assurer que son personnel n'avait pas perdu de temps à examiner

48. *Prepublication Review Board.* (NDT)

mon document. Peu avant midi, j'ai reçu un appel de Heidi Avery, mon ancienne cheffe de cabinet au NCTC et l'une des officières les plus compétentes et les plus endurcies avec lesquelles j'ai eu le privilège de travailler. Heidi était alors directrice du Bureau des programmes de renseignement du Conseil de sécurité nationale, qui était chargé de faciliter le travail du Président, du vice-président et du conseiller à la sécurité nationale en ce qui concernait toutes les questions relatives au renseignement, y compris les missions secrètes. Heidi m'a dit qu'elle m'appelait en tant qu'amie et qu'elle était très préoccupée par le tumulte que je risquais de remuer avec cet article d'opinion. Alors que j'écoutais Heidi, j'ai été surpris par sa remarque et j'ai commencé à ratisser mon cerveau de fond en comble pour me souvenir de ce que j'avais dit dans mes articles d'opinion publiés précédemment.

« Excuse-moi, Heidi, ai-je dit, mais quel est l'article d'opinion dont tu parles ?

— Celui sur l'Irak, a-t-elle répondu.

Ses mots m'ont frappé comme une tonne de briques. En tant qu'ancien chef de cabinet du directeur et directeur exécutif adjoint, je savais très bien que tout projet d'article soumis à l'Agence par d'anciens officiers devait être examiné uniquement à des fins de classification. Me demandant toujours pourquoi et comment le NSC avait obtenu une copie de l'article, j'ai posé quelques questions supplémentaires à Heidi. « Comment es-tu au courant de cet article, et de quel problème parles-tu ? »

Heidi m'a dit que l'article d'opinion avait fait l'objet, ce matin-là, de discussions à la Maison-Blanche, et que les réactions hostiles que je pourrais éventuellement rencontrer l'inquiétaient, sans qu'elle puisse me les préciser pour autant. Pendant qu'elle parlait, j'ai senti ma tension artérielle augmenter et mon esprit courir à toute vitesse. Pourquoi un employé de la CIA enverrait-il mon projet d'article d'opinion à la Maison-Blanche ? J'ai remercié Heidi de m'avoir contacté, tout en ajoutant que je contacterais la CIA pour obtenir des réponses à mes nombreuses questions.

Le régime de Porter Goss était toujours en place à Langley et bon nombre de mes anciens contacts et collègues à la CIA avaient pris leur retraite ou étaient passés à la phase suivante de leur carrière professionnelle. J'ai donc analysé mon Rolodex mental pour trouver une personne expérimentée occupant un poste de direction en laquelle j'avais confiance. Le nom auquel j'ai immédiatement pensé a été celui de John Rizzo, un avocat très respecté de la CIA qui, à l'époque, était directeur juridique par intérim. (Étant donné à quel point il était difficile pour les directeurs juridiques de la CIA d'obtenir la confirmation du Sénat, John avait été plusieurs fois directeur juridique par intérim et, dans l'ensemble, l'avocat numéro un de la CIA plus longtemps que pratiquement tout directeur juridique confirmé de la CIA.) J'ai eu une conversation assez animée avec John – enfin, j'étais le seul à l'être – au cours de laquelle il a reconnu que ce qui s'était passé avec mon projet d'article d'opinion était inapproprié. « Désolé, John. Je ne sais pas comment cet article est parvenu jusqu'à la Maison-Blanche », a-t-il déclaré, en ajoutant qu'il n'était pas en désaccord avec mon accusation selon laquelle cet incident mettait en évidence un désir de politisation dangereux de la part d'un employé de la CIA. J'ai dit à John que l'Agence devait enquêter sur ce qui s'était passé et prendre les mesures appropriées pour se prémunir contre toute récidive. Personne ne m'a jamais dit comment mon projet d'article était arrivé jusqu'à la Maison-Blanche. J'ai donc laissé l'affaire se tasser. Du moins, c'est ce que je croyais.

Quelques mois plus tard, George Tenet m'a appelé un soir, alors que j'étais à la maison. Il m'a dit que Mike McConnell, l'ancien directeur de la NSA devenu depuis directeur du renseignement national, était à la recherche d'une personne pour devenir son premier adjoint, puisque Mike Hayden avait quitté le poste afin de succéder à Porter Goss à la CIA. L'équipe de direction de Goss à Langley s'était tellement aliéné les officiers supérieurs de la CIA que plusieurs avaient démissionné en signe de protestation, obligeant ainsi le Comité consultatif en renseignement étranger du président (PFIAB[49]) à procéder à l'examen de son mandat et à recommander son remplacement. George m'a dit qu'il avait parlé de moi à McConnell comme premier adjoint éventuel, mais qu'il voulait s'entretenir avec moi avant d'encourager Mike à m'appeler au sujet du poste. George savait très bien que mes sentiments pour l'administration Bush, sa politique et certains de ses hauts fonctionnaires étaient mitigés, mais il savait tout aussi bien que je voulais rejoindre le service public. « Mike est quelqu'un de très bien, a déclaré George, et d'après moi, tu aimeras beaucoup travailler avec lui. Il n'a absolument aucun agenda politique et il fera

49. *President's Foreign Intelligence Advisory Board.* (NDT)

de son mieux pour protéger la communauté du renseignement des andouilles du centre-ville. »

Je n'avais encore jamais travaillé étroitement avec Mike McConnell, mais j'avais toujours eu une très bonne impression de lui. J'ai donc dit à George, la nuit portant conseil, que je l'appellerais le lendemain. Le soir même, j'en ai parlé à Kathy. Elle savait que si je retournais au gouvernement, les soirées et les week-ends que j'avais pu passer dernièrement avec la famille passeraient aux oubliettes. J'ai dit à Kathy que je ne savais pas vraiment quoi faire, car je craignais l'impact d'un tel retour sur nos vies personnelles. J'ai eu beau essayer, je n'ai apparemment pas trouvé les mots pour cacher mon envie de rejoindre la communauté du renseignement. Kathy savait – j'ai dû le répéter tant de fois – que, selon moi, la communauté du renseignement avait besoin d'être restructurée et simplifiée afin de gagner en efficacité. Devenir le premier adjoint du directeur du renseignement national me donnerait, sans aucun doute, l'occasion de réaliser cela. Si j'acceptais de devenir l'adjoint de McConnell, je deviendrais responsable de coordonner les budgets, les programmes et les initiatives de dix-sept agences de renseignement, une autorité statutaire et une influence que je n'avais jamais eues auparavant. Kathy m'a alors regardé en souriant et m'a dit : « John, tu le veux ce travail ? » Je savais qu'il s'agissait d'une question rhétorique. Kathy et moi étions alors mariés depuis près de trente ans et elle me connaissait mieux que je ne me connaissais moi-même. Elle a également compris que, selon moi, mon travail au gouvernement avait un goût d'inachevé.

J'ai donc rappelé George ce soir-là. « Si Mike veut parler du poste, je suis prêt à l'écouter », ai-je dit.

George a éclaté de rire et m'a répondu : « Je suis surpris qu'il t'ait fallu tant de temps pour y réfléchir. » Après Kathy, George a toujours été la personne la plus à même de deviner mes réelles intentions.

Quelques jours plus tard, Mike McConnell m'a appelé. Il m'a expliqué qu'il était à la recherche d'un officier expérimenté pour l'aider à diriger la communauté du renseignement. Il a ajouté qu'il avait entendu dire que j'avais fait du bon travail au NCTC et que depuis le début de ses recherches, mon nom avait été recommandé par plusieurs personnes. « Les gens disent que vous vous intéressez tout particulièrement à l'avenir de la communauté du renseignement. J'apprécie aussi le fait que vous ayez travaillé au Bureau du directeur du renseignement national lorsque vous étiez au Centre national de lutte contre le terrorisme. Vous devez donc être familier avec les difficultés associées à la gestion des membres de la communauté du renseignement. » Mike a précisé qu'il n'était pas en train de m'offrir le poste, car la sélection de son adjoint était un processus qui devait se faire en commun avec la Maison-Blanche. « Le but de cet appel est uniquement de savoir si vous m'autorisez à mentionner votre nom », a-t-il déclaré.

J'ai dit à Mike que je serais honoré qu'il me considère pour ce poste. « Je me suis toujours bien entendu avec le Président Bush, lui ai-je dit, même si je n'ai pas toujours été d'accord avec certaines de ses décisions politiques, notamment l'invasion de l'Irak. Toutefois, il est vrai que ma relation avec les autres membres de l'administration a parfois été difficile », ai-je avoué. J'ai ensuite confié à Mike que j'avais critiqué le Président Bush, l'année passée, dans un projet d'article d'opinion, qui, bien qu'il n'ait jamais été publié ni même soumis à des fins de publication, avait donné des brûlures d'estomac au personnel de la Maison-Blanche. Mike a dit que, selon lui, cela ne suffirait pas à me disqualifier, car je l'avais retiré avant sa publication. Cette conversation a été agréable et brève, environ cinq minutes. Avant de raccrocher, j'ai dit à Mike qu'il pouvait évoquer mon nom à la Maison-Blanche, en toute liberté, et que rejoindre la communauté du renseignement en tant qu'adjoint serait un véritable privilège.

« C'est compris, m'a dit Mike, voyons comment avancent les choses ».

Une semaine est passée, et je n'avais toujours pas eu de nouvelles de Mike. À ce moment-là, j'étais devenu de plus en plus excité et nerveux à l'idée de rejoindre la communauté du renseignement. J'ai appelé George pour savoir si Mike l'avait appelé. Mais non, il ne l'avait pas fait. « Ces choses prennent du temps », m'a-t-il dit. Mike m'a contacté plus tard ce même jour, probablement à la demande de George, pour me dire qu'il travaillait toujours avec le Bureau du personnel présidentiel, mais qu'il rencontrait une certaine opposition. « Je n'ai pas encore abandonné, John, vous ne devriez donc pas non plus. » J'ai dit à Mike que j'étais toujours très intéressé à l'idée de devenir son adjoint, mais que j'avais l'impression que cette opportunité de retourner au gouvernement était en train de me passer entre les doigts.

Et finalement, c'est ce qui s'est passé. Quelques jours plus tard, Mike m'a appelé pour dire qu'il n'était pas en mesure de faire passer mon nom. « Je ne sais pas vraiment pourquoi, mais il semble que votre projet d'article d'opinion en soit la raison. » Mike m'a souhaité bonne chance, en ajoutant qu'il était très reconnaissant que j'envisage de rejoindre la communauté du renseignement. À l'époque, j'étais en colère, vraiment en colère. J'estimais que cette décision de refuser ma nomination était injuste et politique. Petit à petit, cependant, j'ai eu de moins en moins de reproches à faire aux personnes ayant pris cette décision. Cet article d'opinion soulignait clairement la profondeur de mon désaccord avec le raisonnement public du Président Bush justifiant l'une des décisions de politique étrangère les plus importantes de son administration. Si j'avais été désigné premier adjoint du directeur du renseignement national et si mon article d'opinion avait été abordé, d'une manière ou d'une autre, durant mon audience de confirmation, cela aurait fourni des arguments politiques très préjudiciables que les démocrates auraient pu utiliser contre l'administration. Cependant, même si les démocrates n'en étaient pas conscients, les sentiments que j'ai exprimés dans ce document ont sans aucun doute été perçus par le Bureau du personnel présidentiel et par certains hauts fonctionnaires de l'administration comme un avant-goût du franc-parler, même s'il se limitait aux cercles gouvernementaux, que j'exhiberais si jamais je revenais. Il s'agissait d'un problème très facile à résoudre... en choisissant quelqu'un d'autre pour être l'adjoint de McConnell.

Ma déception a toutefois été de courte durée. Je savais que le monde du renseignement et de la sécurité nationale avait encore beaucoup de points communs avec mon ADN. J'espérais donc avoir une autre chance, à un moment ou à un autre, de rejoindre l'univers professionnel que j'aime. C'est ainsi que, début 2008, je me suis mis à être très reconnaissant envers la personne qui a finalement décidé de saborder ma nomination potentielle comme adjoint de McConnell. Si j'avais passé ce cap et ensuite été confirmé par le Sénat, j'aurais eu autant de chance qu'un flocon de neige en plein désert de travailler à la Maison-Blanche pour le Président Obama ou de devenir directeur de la CIA.

16

REJOINDRE L'ÉQUIPE OBAMA

Je suis à l'hôtel *Four Seasons* de Dubaï, aux Émirats arabes unis, à la fin du mois de janvier 2008, pour participer à une réunion du conseil d'administration de la société mère du TAC, lorsque le sénateur junior de l'Illinois, Barack Obama, remporte la primaire présidentielle du parti démocrate en Caroline du Sud. Alors que j'étais en train de faire mes valises pour rentrer aux États-Unis, j'ai allumé CNN et vu le sénateur, Ted Kennedy, et sa nièce, Caroline Kennedy, donner un appui sans réserve à la candidature présidentielle d'Obama. Ted Kennedy a déclaré qu'Obama lui faisait penser à un jeune candidat venant d'une autre époque osant défier l'Amérique de franchir une nouvelle frontière. Et lorsque le Lion du Sénat a déclaré que Barack Obama avait « allumé une étincelle d'espoir au milieu d'un contexte où chaque besoin est farouchement urgent », ses paroles, elles, ont allumé un feu en moi. J'avais suivi la montée en puissance constante d'Obama au sein du Parti démocrate, l'année précédente, et j'admirais profondément son éloquence lorsqu'il décrivait les espoirs et les rêves de l'Amérique, tant sur notre territoire qu'à l'étranger. Mon cousin Tom me vantait également les mérites d'Obama lors de nos fréquents appels téléphoniques, mais je restais sceptique en me demandant comment un jeune sénateur relativement inexpérimenté pouvait être prêt à relever les défis associés à la présidence.

« Il pourrait commencer par faire ses preuves au Sénat, ai-je dit à Tom. Il ferait alors un candidat idéal en 2012 ou 2016. Pas besoin d'aller plus vite que la musique. »

Mais quand j'ai vu Obama sur scène en Caroline du Sud et que j'ai senti l'ampleur de l'élan entourant sa nomination, toutes mes réserves se sont évaporées. J'ai toujours voulu éviter de pratiquer une politique partisane et je ne me suis d'ailleurs jamais inscrit au Parti démocrate ou républicain, ni à aucun autre parti politique, en votant au fil des ans pour des candidats républicains, démocrates, indépendants et une fois, pour rigoler, pour un communiste. Je tenais à rester politiquement libre, mais en tant que citoyen prenant ses responsabilités civiques au sérieux, j'ai soudainement décidé de faire davantage que de simplement voter pour un candidat à un rôle politique. À peine rentré aux États-Unis, j'ai partagé mes sentiments avec Kathy, qui sentait également qu'Obama était en hausse constante dans les sondages. Il ne nous a pas fallu longtemps pour décider de faire un don de 2 300 dollars à la campagne présidentielle d'Obama, le montant maximum autorisé à l'époque. J'ai ensuite appelé la personne la plus politiquement compétente que je connaissais, George Tenet. J'ai dit à George que j'étais profondément impressionné par Obama et que je voulais, en plus de contribuer financièrement, explorer d'autres façons de l'aider à se faire élire. George a convenu que l'action Obama était en hausse, mais qu'il aurait du mal à surpasser Hillary Clinton avant la convention démocrate. « Je sais, ai-je dit à George, et je ne suis certainement pas opposé à ce que Hillary soit nominée par le Parti démocrate. Mais il y a quelque chose que j'admire réellement chez Obama et je veux vraiment l'aider, si jamais je peux. »

George est le genre de personne qui, quand elle peut rendre service à un ami, ne laisse pas une seconde passer. C'est pourquoi je n'ai pas été surpris quand Tony Lake, qui s'était récemment impliqué dans la campagne d'Obama, m'a appelé, la semaine suivante, pour m'inviter à déjeuner, près de Washington. Je connaissais Tony depuis ma période comme briefeur quotidien en renseignements du Président Clinton. En tant que conseiller à la sécurité nationale de Clinton, Tony était toujours là, avec le Président, lorsque je fournissais le PDB. J'aimais et respectais beaucoup Tony, non seulement pour son formidable intellect, mais aussi parce que c'est grâce à lui que les connaissances et l'expertise de la communauté du renseignement ont été mises à la disposition du Président Clinton et qu'elles ont été intégrées aux processus décisionnels liés à la sécurité nationale. C'est en 1997 que mon respect pour Tony s'est affirmé une fois pour toutes. En effet, il a été nommé pour succéder à John Deutch comme directeur du renseignement central, une proposition qu'il a finalement refusée en voyant que le travail de snipers politiques comme le sénateur Richard Shelby et de quelques autres républicains s'intensifiait, rendant ainsi sa confirmation de plus en plus incertaine. J'étais en Arabie saoudite à l'époque et j'avais hâte que Tony devienne mon nouveau patron. Bien que déçu par son retrait, je l'ai applaudi lorsque j'ai lu sa déclaration de retrait, qui dénonçait le « cirque politique » existant à Washington. « J'espère que les personnes de toutes opinions politiques, au-delà des limites de notre ville, écrivait Tony, exigeront, au plus vite, que Washington donne la priorité à la politique plutôt qu'à la partisanerie. À la gouvernance plutôt qu'aux gamineries. » Malheureusement, personne n'avait encore appris cette leçon.

À peine arrivé à la terrasse d'un café, près de Dupont Circle, j'ai vu Tony en train de rouler en scooter sur le trottoir. Avançant vers moi en enlevant un casque complètement démodé, il m'a tout d'un coup salué d'un sourire très familier. Après quelques instants passés à raconter l'évolution de nos vies respectives, au cours des quelques dernières années, Tony a commencé à parler de Barack Obama. « C'est lui, John, c'est le candidat que l'on attend tous, et ce serait formidable que tu aides sa campagne en partageant ton expérience en renseignement et en lutte antiterroriste. » Tony a continué en m'expliquant qu'il avait fait appel à une variété de personnes dans l'espoir de renforcer l'expertise limitée d'Obama en matière de sécurité nationale. Tony ne m'a alors rien dit de précis sur mon éventuel rôle, précisant simplement que cela ne me prendrait pas beaucoup de temps. Quelques conférences téléphoniques, des courriels et peut-être un ou deux petits articles sur des questions d'actualité et voilà, ça serait tout.

« Bien sûr, Tony, je serais heureux de contribuer. » Je ne savais pas vraiment ce que je venais de m'engager à faire, mais dans tous les cas, cela semblait intéressant. Je savais que devenir un conseiller pour une campagne présidentielle exigerait la résiliation de mon contrat avec CBS, mais j'étais prêt à renoncer à un poste de commentateur télé rémunéré en échange de voir mes efforts associés à la campagne Obama. La semaine suivante, Tony m'a invité à un cocktail chez lui, à Washington, avec quelques douzaines d'autres recrues. Alors que je marchais vers la maison de Tony, je me suis mis à discuter avec une autre personne arrivant en même temps. « J'imagine que vous avez été également recruté par Tony », ai-je dit en souriant. Nous avons continué cette conversation une fois même entrés à l'intérieur et accueillis avec un verre de vin blanc. J'ai alors appris que ma nouvelle accointance était avocat dans un prestigieux cabinet new-yorkais et qu'il avait servi dans l'administration Clinton en tant que directeur juridique de l'Armée de l'air. Me donnant l'impression d'être à la fois très sérieux, mais aussi très avenant, je pouvais tout à fait comprendre pourquoi il avait été recruté pour soutenir la campagne d'Obama. Nous avons ensuite parlé des principales questions de sécurité nationale et de notre souhait commun de voir Barack Obama remporter les élections. En quittant la réception ce soir-là, je lui ai dit adieu et aussi que j'espérais qu'un jour nos chemins se croisent à nouveau. À l'époque, je ne savais absolument pas que j'aurais encore des centaines de conversations et d'échanges professionnels approfondis avec Jeh Johnson, lorsqu'il est devenu directeur juridique du département de la Défense, puis finalement secrétaire à la Sécurité intérieure.

Environ une semaine après la réception, j'ai reçu un appel de Denis McDonough, qui s'est présenté comme quelqu'un travaillant sur la campagne présidentielle du sénateur Obama. Je n'avais jamais entendu parler de Denis et je ne savais rien sur son parcours. Toutefois, une conversation de deux minutes m'a suffi pour en savoir beaucoup sur Denis et sa personnalité. La cadence de ses mots était rythmée et pleine d'énergie, et ses commentaires étaient des plus modestes. Il m'a dit qu'il travaillait avec Tony et d'autres sur les questions de sécurité nationale pour la campagne d'Obama et qu'il voulait savoir s'il pouvait me contacter, à l'occasion, pour obtenir mon point de vue sur certaines questions de fond. Incapable, une fois de plus, de comprendre exactement le genre de travail que Denis me confiait, j'ai accepté d'offrir mes services bénévolement. « Bien sûr, appelez-moi quand vous le souhaitez. »

C'est ainsi que, dans les mois qui ont précédé l'élection, j'ai participé à plusieurs conférences téléphoniques et échanges de courriels avec Denis et d'autres conseillers d'Obama afin de discuter de la position politique de la campagne sur une variété de sujets d'actualité. En tant qu'ancien officier du renseignement, je ne m'étais encore jamais engagé dans un plaidoyer politique, mais j'ai saisi l'occasion et ce nouveau rôle de conseiller pour écrire, de mon plein gré, plusieurs petits articles sur les questions de renseignement, de sécurité nationale et de politique au Moyen-Orient que j'ai transmis à Denis. Ne sachant pas si mes articles arrivaient bien à destination, sur le bureau d'Obama, j'ai décidé de publier un article, au mois de juillet, dans *The Annals of the American Academy of Political and Social Science*[50], intitulé : « Le casse-tête iranien : soutenir les personnes d'opinion modérée sans acquiescer devant la belligérance[51] », qui adoptait une approche plutôt conciliante à l'égard de l'Iran et du Hezbollah. J'ai appelé Denis pour lui donner un aperçu de l'article en lui indiquant que le prochain Président américain devrait assouplir sa rhétorique, établir un dialogue direct avec Téhéran, encourager une plus grande assimilation du Hezbollah dans le système politique libanais, et offrir des « carottes » en plus de « coups de bâton » pour affaiblir le soutien historique de l'Iran aux activités terroristes. C'est mon plaidoyer explicite en faveur d'une « plus grande assimilation du Hezbollah dans le système politique libanais, afin d'augmenter le rôle du Hezbollah dans les processus démocratiques en difficulté du Liban » qui a généré le plus de controverses, même parmi les partisans de gauche d'Obama. Je pensais à l'époque, et je le pense encore aujourd'hui, que le meilleur moyen de réduire le recours à la violence d'une organisation est de faire en sorte que l'utilisation de cette même violence aille à l'encontre de ses ambitions politiques générales. Denis, toujours aussi diplomate, a qualifié ma position d'« intéressante ».

Être affilié, ne serait-ce que vaguement, à une campagne politique à la veille d'une élection présidentielle m'a fait, comment dire, bizarre. Durant mes interactions avec les supporters d'Obama, j'ai toujours évité les discussions partisanes qui poussent les démocrates à employer un « nous » fédérateur, en opposition avec « eux », pour parler des républicains. Bien qu'il y ait eu des moments, durant cette campagne, où je trouvais qu'Obama dénonçait les politiques de l'ère Bush de manière beaucoup trop partisane, j'étais d'accord avec son approche stratégique globale en matière de sécurité nationale. Un autre retraité de la CIA m'avait demandé, je me souviens, pourquoi j'avais décidé de devenir conseiller d'Obama, malgré ses critiques, selon moi injustes, de programmes impliquant la CIA. « Je n'ai jamais été d'accord à

50. Les Annales de l'Académie américaine de sciences politiques et sociales. (NDT)

51. *Conundrum of Iran: Strengthening Moderates Without Acquiescing to Belligerence.* (NDT)

100 % avec les candidats pour qui j'ai voté par le passé, lui ai-je dit. Bien que je ne sois pas d'accord avec Obama, disons 20 % du temps, ai-je ajouté, je ne suis pas d'accord avec environ 50 % de ce que McCain dit. Ce sont mes connaissances arithmétiques qui me disent de soutenir Obama. »

Le jour des élections est finalement arrivé, mais je n'avais encore ni rencontré ni parlé à Barack Obama. Je n'avais pas non plus participé aux activités de collecte de fonds ou de sensibilisation au vote, car elles semblaient beaucoup trop politiques pour moi. Je me contentais d'être un conseiller à longue distance et de suivre la couverture médiatique de la popularité croissante d'Obama dans les sondages nationaux. C'est avec beaucoup d'excitation et de soulagement que Kathy et moi, ainsi que quelques-uns de nos voisins, avons regardé la retransmission télévisée des résultats, le soir des élections, dans notre salon à Herndon. En allant au lit ce soir-là, je me suis mis à repenser aux émeutes raciales qui ont ravagé les grandes villes américaines à la fin des années 1960, notamment dans le nord du New Jersey, pas loin de ma maison à North Bergen. Seulement quatre décennies plus tard, je me suis senti fier de pouvoir assister à l'élection du premier président afro-américain de l'histoire des États-Unis.

Deux jours après l'élection, Denis m'a appelé pour m'inviter à Chicago afin de rencontrer le Président élu. Aucune raison particulière, si ce n'est qu'Obama tenait à exprimer sa gratitude et à me remercier pour le soutien apporté à la campagne. « Mon Dieu ! ai-je dit à haute voix, ça serait génial. » Honnêtement, j'ai été plutôt surpris d'être invité à rencontrer Obama. L'élection n'avait eu lieu que quelques jours plus tôt et j'étais sûr que beaucoup de personnes lui réclamaient déjà toute son attention et qu'il avait beaucoup à faire pour préparer son déménagement à Washington. Par ailleurs, je trouvais étrange de recevoir une telle invitation alors que je n'avais joué qu'un rôle mineur dans la campagne. J'ai donc commencé à me demander s'il prenait le temps de remercier personnellement toutes les personnes impliquées dans la campagne. Quoi qu'il en soit, j'étais ravi que cette chance se présente et j'ai dit à Kathy et à ma famille ainsi qu'à quelques amis du New Jersey, qui étaient tous de grands partisans d'Obama, que j'étais sur le point de rencontrer le Président élu en personne.

Une fois un problème d'agenda résolu avec un membre de l'équipe du Président élu à Chicago, j'ai acheté un billet aller-retour pour Windy City, le lundi suivant les élections. J'ai appris, après cela, que quelqu'un viendrait me chercher à l'aéroport et que toutes les dispositions nécessaires avaient été prises pour que je sois conduit jusqu'au bureau d'Obama. Je suis arrivé à l'aéroport O'Hare, à l'heure, peu après midi. J'ai franchi les portes de sécurité au-delà desquelles « aucun retour en arrière n'est autorisé », puis j'ai regardé tout autour de moi en quête d'une personne venue pour m'accueillir ou d'une pancarte portant mon nom. Mais non, rien. J'ai attendu une dizaine de minutes supplémentaires, puis je suis allé jusqu'au terminal où avaient été livrés les bagages pour voir si, par hasard, quelqu'un m'y attendait. Mais non, toujours rien. J'ai dû flâner pendant dix minutes supplémentaires avant de remarquer deux personnes qui, de toute évidence, attendaient quelqu'un, alors je suis allé leur demander si elles attendaient un certain John Brennan. « Non », ont-elles sèchement répondu.

Il était environ 13 heures lorsque je me suis dit qu'il était temps de passer des appels. J'avais noté un numéro de téléphone à utiliser si jamais mon horaire d'arrivée changeait, alors j'ai d'abord essayé celui-là. J'ai appelé plusieurs fois, et chaque fois le téléphone sonnait et sonnait, sans que personne ne réponde. J'ai ensuite essayé d'appeler Denis... même résultat. J'ai consulté les courriels sur mon BlackBerry pour voir si j'avais mal compris les instructions ou si j'avais reçu un message donnant d'autres détails. Mais non, aucun courriel. Tous les renseignements en rapport avec ce voyage avaient été échangés par téléphone avec des personnes dont j'avais gribouillé le nom sur des bouts de papier que j'avais laissés dans mon bureau, au TAC. « C'est pas possible... » me suis-je dit. Plus d'une heure et quart que j'attendais et personne ne m'avait encore contacté. Ma rencontre avec Obama était prévue dans moins de quatre-vingt-dix minutes, ou du moins, c'était ce que l'on m'avait dit. « Ça peut pas être une blague, non, non... » me suis-je mis à penser. Ressentant une brève vague de panique, j'ai alors imaginé Allen Funt et son équipe de caméramans apparaître de derrière l'une des colonnes de l'aéroport en criant : « Surprise ! Vous êtes l'invité de *Surprise sur prise* ! » avec mes amis du lycée, derrière la caméra, morts de rire en constatant ma naïveté, moi qui croyais sincèrement avoir un entretien individuel avec le Président élu.

J'ai alors essayé de penser de manière rationnelle. C'est Denis lui-même qui m'a dit que quelqu'un allait m'appeler pour me dire de venir à Chicago. « Je suis donc bien censé être ici, me suis-je rassuré. Quelqu'un a dû oublier quelque chose, c'est pas possible. » Une nouvelle fois, j'ai décidé d'appeler tous les numéros que j'avais. Finalement, j'ai entendu la voix de Mike Froman, un ancien camarade de classe d'Obama à Harvard, qui faisait partie du comité consultatif de transition. J'ai expliqué ma situation à Mike, notamment en précisant que je craignais d'être la victime d'une plaisanterie élaborée. « Non, pas du tout, John. Nous vous attendons bien. L'ambiance ici est frénétique, nous sommes tous très occupés, alors veuillez nous excuser pour cette erreur de communication. » Comme tous les autres membres de l'équipe d'Obama auxquels j'ai pu parler, Mike était d'une bonne humeur contagieuse. J'ai dit à Mike de ne pas s'inquiéter et que j'allais prendre un taxi s'il me donnait l'adresse et le numéro de chambre.

Une fois arrivé au QG d'Obama, prêt à monter dans l'ascenseur, j'ai rencontré Denis et Mark Lippert, un autre proche conseiller d'Obama. J'avais déjà entendu le nom de Mark plusieurs fois auparavant, mais je ne l'avais encore jamais rencontré. Tout comme Denis, Mark avait presque vingt ans de moins que moi et était habillé de manière très décontractée. Avec un sourire immense, Mark m'a tendu la main en disant : « Enfin, il semble que j'ai l'honneur de rencontrer le célèbre John Brennan ! »

« Vous voulez dire "tristement célèbre", non ? » ai-je répondu. Je savais que les conseillers entourant Obama étaient assez critiques envers la CIA et ses activités de l'ère Bush. J'ai donc pensé qu'aux yeux de certains, mon affiliation à la CIA avait une notation négative. J'ai rapidement remarqué que ce n'était pas le cas de Mark et Denis, car tous deux respectaient – et comprenaient – parfaitement l'importance de la mission et du personnel de l'Agence.

Après environ dix minutes de conversation avec Denis, Mark et quelques autres personnes présentes au bureau, j'ai été informé que le Président élu était prêt à me recevoir. J'ai regardé Denis, m'attendant à ce qu'il se joigne à moi et participe à la réunion. « Non, John, cette fois-là, vous allez devoir vous débrouiller tout seul », m'a-t-il dit, avec son sourire emblématique tatoué sur le visage. J'ai ensuite été guidé dans un bureau vide, chaleureux et modestement décoré, où on m'a demandé de m'asseoir sur l'une des chaises en face de l'endroit où le Président élu serait assis. J'ai décidé de rester debout, car je pouvais sentir mon estomac papillonner. Cette sensation ressemblait incroyablement à ce que j'avais ressenti lors de ma première rencontre avec un Président, il y avait alors un peu plus de dix-huit ans. Bien que j'aie rencontré des dizaines de présidents, de Premiers ministres, de rois et d'autres dirigeants de ce monde dans les années qui ont précédé, j'étais plus nerveux avant cette réunion que dans n'importe lequel de mes souvenirs.

Je ne patientais que depuis quelques minutes lorsque Obama est entré avec un grand sourire surpassant en éclat celui de Denis.

« John, bonjour, a commencé Obama d'une voix pleine et amicale. Merci mille fois d'être venu jusqu'à Chicago. J'espère que votre voyage s'est bien passé. »

Le sourire d'Obama était captivant et son comportement a eu le don de neutraliser, en un instant, les papillons que j'avais à l'estomac. « Bonjour, monsieur. Merci beaucoup pour cette invitation. » Mettant de côté toute formalité, je lui ai raconté mes aventures à l'aéroport, en ajoutant que j'étais persuadé que mes copains de lycée avaient contacté Denis pour manigancer tout ça.

« On dirait que vous et moi avons eu le même genre de camarades de classe », a-t-il plaisanté. Je ne pensais pas que son sourire pouvait s'agrandir, mais c'est ce qui s'est passé.

Après une ou deux minutes de plaisanteries supplémentaires, il en est venu aux affaires. « J'ai lu beaucoup d'articles sur votre parcours, mais peut-être que vous pouvez m'en dire plus sur les plus grands moments de votre carrière à la CIA, et me dire ce que vous pensez aujourd'hui du rôle et des responsabilités de la communauté du renseignement, et notamment de la CIA. »

« Avec plaisir, monsieur. » J'ai ensuite parlé pendant une dizaine de minutes. J'ai commencé par lui raconter cet été que j'avais passé en Indonésie, il y a plus de trente ans auparavant, afin de briser la glace et de faire référence à mon bref séjour dans le pays où, adolescent, il avait vécu pendant quatre ans. J'ai profité d'anecdotes sur mes études et ma vie au Caire pour parler de la place unique et des responsabilités particulières des États-Unis dans le monde. J'ai terminé en énumérant rapidement les principaux défis auxquels son administration serait confrontée en matière de sécurité nationale, et notamment sur le front du terrorisme. À cet instant, il m'a interrompu.

« Dites-moi quel est, d'après vous, le rôle approprié de la CIA en matière de lutte antiterroriste ? »

Durant mon vol pour Chicago, je m'étais mentalement préparé à la manière dont je qualifierais le bilan de la CIA, décidant finalement qu'il était préférable de jouer cartes sur table. « Je suis très fier de mes vingt-cinq années passées à la CIA. Pendant cette période, j'ai vu le bon, le mauvais, et des choses que j'aimerais vite oublier. Ainsi, ce que je peux dire sans aucune réserve, c'est que le travail et la mission de la CIA sont essentiels à la sûreté et à la sécurité des États-Unis ainsi qu'à la stabilité mondiale. Toutefois, je suis conscient que l'histoire de la CIA comporte d'importants faux pas, certains dus à ses propres démarches, d'autres causés par les instructions des décideurs politiques. » J'ai donné mon point de vue sur le programme de détention et d'interrogatoire de la CIA. J'ai dit que je ne faisais pas partie de la chaîne de commandement qui a instauré ce programme et que la CIA n'aurait jamais dû accepter de l'entreprendre, car elle n'avait aucune expérience en matière de détention et d'interrogatoire. J'ai également ajouté que les techniques d'interrogatoire renforcées avaient été approuvées et jugées légales par le département de la Justice et que c'est pour cette raison que je n'utilisais pas le terme « torture » pour les décrire. Je pouvais voir qu'Obama m'écoutait attentivement, même si aucune réaction à mes commentaires n'était visible. J'ai également souligné qu'il était très important d'éviter toute perte de vie humaine innocente au cours des opérations de lutte antiterroriste – une remarque qui m'a permis d'obtenir un hochement de tête de la part du Président élu. J'ai ensuite commencé à énumérer les différents succès et échecs de la CIA au cours de mes années de service. Toutefois, il n'a pas fallu attendre longtemps pour que je voie les paupières d'Obama s'alourdir, comme si elles étaient en compétition avec le soleil couchant, visible depuis la fenêtre de ce bureau. J'ai alors essayé de rendre mes remarques plus vivantes en faisant des gestes des mains, mais sans aucun effet apparent.

C'est là que j'ai regardé ma montre et réalisé que cette réunion, initialement prévue pour trente minutes, avait commencé il y a trente-cinq minutes. Sans aucun doute, Obama devait être épuisé depuis l'annonce des résultats et je me doutais que la fatigue devait être en train de le rattraper. À moins que ce ne soit moi qui aie été plus ennuyeux que d'habitude. « Donc, monsieur le Président élu, ai-je dit d'une voix plus forte que la normale, je suis très heureux de vous avoir rencontré et je vous souhaite bonne chance dans vos préparatifs pour votre investiture. » Obama s'est tout de suite redressé sur sa chaise en me souriant avant de me dire au revoir.

« Merci encore d'être venu jusqu'à Chicago, m'a-t-il dit. J'espère vous revoir après mon arrivée à Washington. »

Je me souviens m'être envolé de Chicago ce jour-là sans vraiment savoir si cette rencontre avec Obama n'était qu'une simple visite de courtoisie prévue pour me remercier d'avoir soutenu la campagne ou s'il s'agissait, en fait, d'un entretien d'embauche. Avant cette réunion, très sincèrement, je n'en savais rien, mais désormais, je brûlais, intérieurement, à l'idée de revenir au gouvernement. Au cours des trois dernières années, ma famille et moi étions devenus habitués au salaire et aux heures de travail du secteur privé, et je savais que dire au revoir à tout cela serait difficile pour nous tous. Toutefois, quand j'ai appelé Kathy de l'aéroport, elle pouvait déjà sentir que je voulais rejoindre la nouvelle administration Obama. « Il est impressionnant, ai-je dit à Kathy. Il est vraiment, vraiment impressionnant. Je suis sûr qu'il va faire de grandes choses pour le pays.

— Cela veut-il dire que tu accepteras de travailler pour lui si jamais il te le propose ? »

Je savais que Kathy était encore plus fan d'Obama que moi, alors j'ai renversé les rôles. « Est-ce que tu aimerais que je travaille pour lui ? » ai-je demandé, connaissant déjà la réponse. Même au téléphone, je pouvais sentir son sourire silencieux.

Denis m'a appelé le lendemain pour savoir si la réunion s'était bien passée. « Oui, à merveille. Il va être un grand Président », ai-je répondu, ne sachant quoi dire d'autre. Denis est rapidement passé au véritable objectif de son appel.

« Vous savez, John, il y a beaucoup de travail à faire entre aujourd'hui et le jour d'investiture, et nous avons besoin de quelqu'un pour prendre la tête du portefeuille renseignement au nom de l'équipe de transition. Seriez-vous prêt à tenir ce rôle ? »

Comme cela semblait devenir mon habitude, j'ai accepté, sans demander ce que cela impliquerait, en disant à Denis que je serais heureux de faire tout ce que je peux pour faciliter la transition. Après plusieurs autres conversations, au cours des jours suivants, avec des membres de l'équipe de transition, j'ai réalisé que, pour rejoindre l'équipe de transition d'Obama à temps plein, je devais respecter une variété de règles et d'exigences éthiques conçues pour se prémunir contre tout conflit d'intérêts potentiel. Plus important encore, j'ai appris qu'il me fallait prendre un congé non payé du TAC et de l'INSA (Alliance du renseignement et de la sécurité nationale), pendant les dix semaines de la période de transition – une perte financière d'environ soixante mille dollars. En plus des pertes de revenus dues à la résiliation de mon contrat avec CBS News, Obama devenait rapidement une relation plutôt chère à entretenir.

Néanmoins, malgré le peu d'informations que j'avais sur mes tâches de transition, j'ai été très heureux d'apprendre que mon ancien collègue à la CIA, Jami Miscik, avait également été invité à participer à l'effort. Nous avons rapidement accepté de codiriger l'unité renseignement de l'équipe de transition. Avec environ une demi-douzaine d'autres recrues, comprenant notamment quelques employés du Capitole, nous nous sommes installés dans le Bureau du directeur du renseignement national à Liberty Crossing, afin de pouvoir examiner des dossiers, rencontrer des officiers du renseignement, et préparer un rapport sur « l'état du renseignement » pour la nouvelle administration Obama.

J'ai également eu mon propre bureau au siège de transition du Président élu, un bâtiment situé dans le centre-ville de Washington où travaillaient plusieurs centaines d'employés ainsi que les conseillers les plus hauts placés du Président élu. Il était environ 18 heures, le jeudi 13 novembre, j'étais en train de quitter le bâtiment pour rejoindre ma voiture, lorsque j'ai reçu un appel provenant d'un numéro non identifié sur mon BlackBerry.

« Bonjour ?

—John ! Bonjour, c'est Barack.

— Bonjour, Barack... Pardon, je veux dire bonjour, monsieur le Président... Enfin non, je veux dire, bonjour monsieur le Président élu. »

Recevoir un coup de fil du prochain occupant du Bureau ovale était une première pour moi, et je ne maîtrisais pas encore l'art de répondre à ce genre d'appel, surtout lorsque je ne m'y attendais pas.

Obama a commencé par me dire qu'il avait apprécié notre rencontre à Chicago et qu'il était reconnaissant du travail que j'effectuais au nom de la transition. Il est ensuite passé aux choses sérieuses. « John, j'aimerais que vous soyez mon directeur de la CIA. » Ses mots, à part me stupéfier, ont eu un tel effet que j'ai appuyé, sans le faire exprès, sur le bouton *Silencieux* de mon BlackBerry. « John ? John, vous êtes là ?

— Oui, monsieur. Désolé, monsieur. Je suis sans voix. Je ne sais pas quoi vous dire à part que ce serait le plus grand honneur de ma vie. Merci, monsieur.

— Magnifique, a-t-il dit. Évidemment, vous devrez passer par le processus habituel de vérification des antécédents avant qu'une annonce soit faite, mais je sais que vous êtes déjà passé par là durant votre carrière à la CIA. Denis ou quelqu'un d'autre responsable de votre nomination vous appellera dans quelques jours pour vous indiquer les prochaines étapes. »

Dire que cette proposition m'a sidéré serait peu dire. J'étais profondément honoré, plus que je ne pouvais l'exprimer. Ce fut un moment purement et simplement surréaliste. En un instant, tous mes souvenirs professionnels me sont revenus à l'esprit, notamment lorsque j'ai commencé ma carrière à la CIA en tant que jeune officier, il y a plus de vingt-huit ans. Et aujourd'hui, le prochain Président des États-Unis me proposait de devenir « le » directeur de la CIA.

Après quelques minutes nécessaires pour reprendre mes esprits, je me suis caché dans une allée à proximité pour appeler Kathy. « Tu ne deviendras jamais qui vient de m'appeler, ai-je dit. Barack Obama ! Et il veut que je sois le directeur de la CIA ! » Ses cris de joie et les miens, ses larmes et les miennes ont alors constitué le reste de cette conversation. Quel plaisir de pouvoir partager une telle nouvelle avec la personne qui a rendu ma carrière possible.

Je n'avais jamais été recruté pour une position exigeant la confirmation du Sénat. J'avais été témoin de ce que George avait vécu lors de sa nomination comme directeur adjoint du renseignement central, donc je savais que cela allait impliquer un examen très approfondi de ma vie professionnelle et personnelle. Je me suis également souvenu de ce qui est arrivé à Tony Lake au moment de sa nomination, mais, contrairement à Tony, je n'étais affilié à aucun parti politique et mon profil public était beaucoup plus discret. « Il se peut qu'il y ait des moments difficiles, ai-je avoué à Kathy, mais à part quelques égratignures, je devrais pouvoir m'en sortir. »

Les personnes responsables de gérer les nominations présidentielles m'ont alors conseillé de veiller à ce que le sujet de ma conversation avec le Président reste confidentiel. « Comme vous le savez, aucune offre officielle n'a encore été proposée », m'ont-ils prévenu. Je comprenais. En plus de Kathy et de nos enfants, je n'ai annoncé la nouvelle qu'à mes parents, mon frère, ma sœur, et George, leur demandant à tous de garder le secret. Comme on me l'a demandé, j'ai rassemblé mes déclarations fiscales, mes relevés financiers, mes publications, mes affiliations non gouvernementales et d'autres documents – tout ce qui pouvait faciliter l'enquête approfondie du FBI sur mes antécédents – et je les ai soumis au cabinet d'avocats chargé de vérifier les nominations présidentielles.

Ce n'est que quelques jours plus tard que j'ai remarqué dans la presse que je faisais partie des quelques candidats à un poste de haut niveau au sein de l'administration Obama. Étant donné que j'avais été l'un des conseillers de l'équipe de campagne d'Obama et que j'étais maintenant membre de l'équipe de transition, je me suis dit que la presse spéculait, dans ce cas à juste titre, que j'étais sur le point d'être sélectionné pour un poste de premier plan. Les rumeurs disant que j'étais sur le point d'être nommé directeur de la CIA ont commencé à gagner du terrain, ce qui a donné naissance à une série de commentaires sur mon expérience en tant qu'officier de la CIA ainsi que de questions sur ma capacité à occuper un tel poste. Les allusions sur mon mandat d'officier supérieur de la CIA pendant le programme RDI ont commencé à faire l'objet de vives critiques de la part de la gauche politique, ce qui a mis en évidence une certaine incohérence entre mon éventuelle nomination et les fortes critiques formulées par Obama à l'égard des programmes antiterroristes de l'époque Bush. Les années que j'ai passées comme directeur exécutif adjoint de la CIA ont été utilisées comme preuve que j'avais joué un rôle majeur dans ce qui était communément appelé un programme de « torture ». Les commentaires que j'ai faits au cours de l'interview avec Harry Smith, sur CBS, selon lesquels des informations utiles ont été obtenues auprès de personnes soumises à des techniques d'interrogatoire renforcées ont été utilisés pour prétendre que j'avais soutenu le programme de l'administration Bush.

J'ai appelé Denis pour discuter des critiques publiques croissantes à l'égard de ma nomination potentielle. Je lui ai dit que je n'étais peut-être pas le meilleur candidat à la direction de la CIA, et que j'étais prêt à me retirer. « Obama n'a pas besoin d'un tel problème actuellement, lui ai-je dit. Il a des affaires plus importantes à gérer. Je comprendrais tout à fait s'il changeait d'avis et décidait finalement d'offrir le poste à quelqu'un d'autre. »

Pas impressionné le moins du monde par mes arguments, Denis a éclaté de rire. « Ne vous inquiétez pas pour ça, John. C'est le brouhaha habituel que génère ce genre de nomination. Les critiques vont s'assoupir et vous serez confirmé. Le Président élu tient à ce que ce soit vous qui occupiez ce poste. »

J'ai été rassuré par le ton positif de Denis. Denis connaissait bien mieux que moi les eaux politiques de Washington, surtout celles des couloirs du Congrès. Il ne semblait vraiment pas concerné par ce que racontaient les médias. À nouveau confiant, grâce à ma conversation avec Denis, j'ai à mon tour rassuré Kathy en lui disant que tout était sur la bonne voie.

Malheureusement, les événements n'ont pas pris la tournure attendue. Les colonnes médiatiques sur mon implication dans le programme de « torture » de la CIA ont déclenché une opposition croissante à ma nomination parmi plusieurs sénateurs démocrates, qui a commencé à faire des remous. Ils ont attisé la presse avec des commentaires négatifs et ont transmis leurs objections à l'équipe dirigeante d'Obama.

Denis partageait toujours son temps entre Washington et Chicago lorsqu'il m'a appelé le samedi 22 novembre pour me demander de le rencontrer le soir suivant au siège de l'équipe de transition à Washington, où il était arrivé, la veille. Denis était toujours mon principal contact pour les questions de transition. J'ai donc profité de l'occasion pour l'informer de mes échanges avec la communauté du renseignement, ce qui, d'après moi, était le but de la réunion. Dès que nous nous sommes assis au siège de l'équipe de transition, je lui ai dit que les critiques de la gauche ne s'étaient pas estompées comme il l'avait prévu. « Je semble toujours être dans le collimateur de la presse. » En souriant alors de mon mieux, j'ai ajouté : « Tu es sûr qu'il ne vaut mieux pas que je me retire ? »

Je m'attendais à ce que Denis rejette mon offre, une nouvelle fois. Mais là, il m'a regardé, tout en restant silencieux, avant de dire : « Oui, John... peut-être que c'est la meilleure chose à faire. »

Aïe.

Ses mots m'ont frappé en plein cœur. C'est comme si j'avais été brusquement réveillé d'un beau rêve où j'allais devenir directeur de la CIA. Après quelques instants de silence – ou de stupéfaction –, je lui ai dit que je comprenais. Je pouvais voir que Denis était aussi déçu d'annoncer la nouvelle que moi de l'entendre, mais la décision avait été prise à des échelons supérieurs de la pyramide hiérarchique.

J'ai attendu un moment avant de rentrer à la maison et de tout dire à Kathy. Sur le trajet du retour, je suis passé par des routes où j'avais envie de pleurer et d'autres où j'étais vraiment en colère. Une fois de plus, j'avais l'impression d'avoir raté l'occasion de rejoindre le gouvernement. Toutefois, je m'étais ressaisi au moment d'arriver à la maison. « J'ai une mauvaise nouvelle et une bonne nouvelle », ai-je dit en faisant un grand sourire à Kathy, alors qu'elle m'attendait à la porte d'entrée. « La mauvaise nouvelle, c'est qu'on m'a demandé de me retirer de la course au poste de directeur de la CIA. Je ne retournerai donc pas à Langley. » J'ai laissé échapper ces mots aussi vite que possible, car ils étaient beaucoup trop douloureux à dire.

Je pouvais voir sa déception dans ses yeux et ces derniers se remplir de larmes. « C'est trop injuste, a-t-elle dit. Je suis désolée. » Après nous être pris dans les bras et quelques instants de silence, elle s'est soudainement souvenue de ma première phrase, en arrivant. « Et la bonne nouvelle, c'est quoi ? »

« La bonne nouvelle, c'est que je vais continuer à travailler dans le secteur privé et à recevoir un salaire digne du secteur privé. Nous pourrons donc continuer à vivre de la même manière qu'en ce moment. » C'était le meilleur argument que je pouvais trouver dans les circonstances. J'ai appelé George ce soir-là pour lui expliquer ce qui s'était passé. Il était profondément déçu par la nouvelle, considérant cela injuste envers moi ainsi qu'envers la CIA et tout le travail que nous avions accompli ensemble depuis le 11-Septembre. J'ai eu beaucoup de mal à dormir cette nuit-là. Je savais que des articles de presse paraîtraient dans les prochains jours et qu'ils diraient que j'ai été exclu de la course au poste de directeur de la CIA à cause de mon rôle présumé dans un programme de « torture ». Me sentant lésé par les circonstances et réalisant que ma réputation était maintenant la seule chose en jeu, je me suis mis à vouloir la défendre, car je n'acceptais pas qu'elle soit ternie à cause d'une mauvaise interprétation – intentionnelle ou pas – de mes années de service au gouvernement. C'était à mon tour de passer à l'attaque.

J'ai appelé Denis, le lundi suivant, pour lui dire que je voulais écrire une lettre au Président élu Obama afin de lui expliquer les raisons de mon retrait de la course au poste de directeur de la CIA, et que je voulais ensuite transmettre cette lettre à la presse. J'ai dit à Denis que je voulais répondre aux accusations croissantes associées à mon implication dans le programme de détention et d'interrogatoire de la CIA. Denis m'a dit qu'il comprenait mon raisonnement, mais qu'il préférait d'abord proposer cette idée de lettre aux rédacteurs de l'équipe de transition. Il m'a dit qu'il était quelque peu inhabituel de recevoir une lettre de retrait de la part d'un candidat qui n'a même pas été nominé officiellement. Je lui ai dit que je comprenais et que je promettais de faire preuve de finesse. Lorsqu'il m'a rappelé, en fin d'après-midi, pour me dire qu'une lettre serait acceptée, je lui ai dit qu'il l'aurait le lendemain matin.

Je suis resté tard au TAC ce soir-là pour écrire cette lettre que j'ai envoyée sans faute au Président élu Obama par l'intermédiaire de Denis, le mardi matin.

Le 25 novembre 2008,

Cher Président élu Barack Obama,

Je suis honoré d'avoir été à la tête de l'unité de renseignement de votre équipe de transition, et je suis profondément déterminé à faire en sorte que votre administration soit préparée à faire face aux nombreux défis auxquels notre nation est confrontée. Mes responsabilités au sein de votre équipe de transition ont donné naissance à des spéculations selon lesquelles je suis candidat à un poste de haute direction du renseignement dans votre administration. Malheureusement, ces spéculations ont entraîné de fortes critiques de certains milieux, suscitées par mes années de service à l'Agence centrale du renseignement.

Les critiques n'ont pas trouvé intéressant de remarquer que je m'étais fortement opposé à plusieurs politiques de l'administration Bush, notamment la guerre préventive en Irak et les techniques d'interrogatoire coercitives, comme le waterboarding. *Le fait que je n'ai pas participé aux processus décisionnels associés à chacune de ces politiques et interventions controversées a également été ignoré. C'est d'ailleurs pour avoir critiqué ces politiques que la Maison-Blanche a refusé ma candidature, à deux reprises, alors que j'étais considéré pour des postes de haut niveau dans l'administration actuelle.*

Je suis extrêmement fier de mes vingt-cinq ans de travail dans le monde du renseignement, et je suis encore plus fier du travail courageux et héroïque accompli par les femmes et les hommes de la CIA au cours des soixante dernières années. Notre nation doit aux officiers de la CIA une énorme dette de gratitude pour les sacrifices qu'ils ont faits pour leur pays. Ainsi, ceux-ci méritent un leadership fort et constant dans les années à venir.

Toutefois, c'est avec beaucoup de regret que je vous demande respectueusement que mon nom soit retiré de toute considération associée à un poste au sein de la communauté du renseignement. Les défis qui attendent notre nation sont trop importants, et le rôle de la CIA, trop essentiel, pour laisser une distraction mettre en péril le travail vital qui vous attend.

John O. Brennan

Ce n'est pas la meilleure lettre que j'aie jamais écrite, ni la plus précise. Bien que j'aie critiqué certaines politiques de l'ère Bush, cette lettre donne la fausse impression que je me suis activement, voire vigoureusement, opposé au *waterboarding* et à la mise en œuvre d'autres tactiques d'interrogatoire coercitives, pendant mes années au gouvernement. Cela n'a pas été le cas. Bien que j'aie eu raison de dire que je n'étais pas impliqué dans les processus décisionnels associés à ces politiques, je n'ai certainement pas fait tout ce que j'ai pu – et que j'aurais dû – pour dénoncer le programme d'interrogatoire. Une lettre mentionnant cela aurait été plus honnête de ma part. Je suppose que c'est ma frustration et le fait d'avoir dû dire non à ce poste à la CIA, à cause de politiques et de pratiques au-delà de mes compétences et de mes responsabilités professionnelles, qui m'a poussé à surestimer l'ampleur de mon opposition.

J'ai essayé de mettre mes sentiments de côté en me concentrant sur mon travail avec l'unité de renseignements de l'équipe de transition. Jami et moi avons passé une grande partie de notre temps dans des réunions à Langley, afin d'en apprendre le plus possible sur les activités de renseignement en cours. Nous enquêtions principalement sur les programmes d'opérations secrètes, car tous ceux en cours à la fin de l'administration Bush demeureraient en vigueur à moins que l'équipe d'Obama ne prenne des mesures pour y mettre fin ou les modifier. Le directeur de la CIA, Mike Hayden, a été très conciliant avec toutes nos demandes. Il a même demandé à son personnel de nous donner un accès complet et sans entraves aux dossiers les plus sensibles de la CIA. En tant qu'anciens officiers supérieurs de la CIA, Jami et moi étions déjà au courant des programmes les plus sensibles de l'Agence, ce qui a eu le don de rassurer les agents de la CIA chargés de nous briefer et de nous fournir les documents top secret nécessaires à notre travail.

Kathy et moi étions dans le Connecticut, pour rendre visite à notre famille, pendant la période des fêtes, lorsque Mark Lippert m'a appelé pour me demander si j'étais disposé à rejoindre l'administration dans un poste autre que directeur de la CIA. Encore affecté par mon éviction de la course au poste de directeur de la CIA, j'ai refusé. « Je ne veux pas revivre cette expérience, lui ai-je dit. Et mon expérience à la CIA représentera un problème, quel que soit le poste auquel vous pensez.

— Celui-ci ne nécessite pas la confirmation du Sénat, a répondu Mark. Obama aimerait que vous soyez son assistant en matière de sécurité intérieure et de lutte antiterroriste. Vous travailleriez à la Maison-Blanche. »

J'étais alors en train de conduire, et Kathy pouvait suivre la conversation. « Je ne sais pas, Mark, peut-être qu'il vaut mieux, pour toutes les personnes concernées, que je parte une fois la transition terminée. » En plus de ne plus être enthousiaste à l'idée de rejoindre le gouvernement, après la raclée que je m'étais prise dans les médias, je commençais à avoir hâte de retourner au TAC.

« Très bien, réfléchissez-y seulement. Obama aimerait beaucoup que vous acceptiez ce poste. »

Moins d'une heure après, Denis m'a appelé pour me faire le même discours et pour s'assurer que je comprenais bien que le poste était au niveau d'« assistant du Président » – le plus haut rang possible pour le personnel de la Maison-Blanche – et que je serais également conseiller adjoint à la sécurité nationale. « C'est une chance à saisir, John, et nous serions ravis de continuer à travailler avec vous après le jour d'investiture. »

Kathy et moi avons passé le chemin du retour, jusqu'en Virginie, à passer en revue, encore et encore, les avantages et les inconvénients d'un retour au gouvernement, mais en mettant l'accent, cette fois, sur le fait qu'il s'agissait d'un poste à la Maison-Blanche plutôt que de prendre les rênes à Langley. « Le trajet serait plus long, ai-je dit à Kathy, en essayant de réfléchir aux différences pratiques entre un emploi à la Maison-Blanche et un autre à la CIA. En plus, je ne sais pas exactement ce que l'on attend de moi ». Au moment où nous avons traversé le pont de la Légion américaine, entre le Maryland et la Virginie, nous avons décidé que j'appellerais Denis le lendemain pour lui dire que j'étais disposé à en apprendre davantage sur ce poste.

En quelques jours seulement, j'ai obtenu un entretien avec Jim Jones, un général retraité de la marine, choisi par Obama pour être son conseiller à la sécurité nationale. Jim travaillait toujours dans son bureau à la Chambre de commerce des États-Unis, à côté de Lafayette Park, juste en face de la Maison-Blanche, et nous avons passé environ une heure ensemble à parler des questions de sécurité nationale.

J'avais déjà rencontré Jim à plusieurs reprises lorsqu'il était dans le Corps des Marines et que j'étais à la CIA, mais je ne savais pas vraiment grand-chose de lui en dehors de sa réputation stellaire comme dirigeant aux nerfs solides. Ses opinions professionnelles, son intelligence et ses connaissances étaient évidentes au cours de notre conversation, et nous étions du même avis sur plusieurs défis de sécurité nationale auxquels l'administration Obama serait confrontée au cours de ses premières années. À la fin de notre rencontre, j'étais à l'aise avec la possibilité de travailler avec Jim et je lui ai dit que j'avais hâte de le rejoindre au sein de l'administration Obama. J'ai appelé Kathy, puis Denis pour leur dire que j'acceptais ce poste.

Mes nouvelles responsabilités en matière de sécurité intérieure et de lutte antiterroriste ont commencé environ quarante-huit heures avant mon arrivée à la Maison-Blanche, lorsqu'un rapport des services de renseignement a fait état d'une possible attaque terroriste sur le parc National Mall, le jour d'investiture. La crédibilité des sources impliquées dans l'acquisition de ces informations n'avait pas été confirmée. Nous savions, toutefois, que le complot était l'œuvre du groupe insurgé somalien Al-Shabaab, qui était affilié à al-Qaïda. Les responsables de l'administration Bush ont pris le rapport au sérieux et ont transmis à leurs homologues de l'administration Obama tous les détails concernant la menace et leurs efforts pour l'atténuer. Le soir précédant l'investiture, j'étais au siège de l'équipe de transition lorsque la CIA m'a envoyé des renseignements à jour sur la menace, que j'ai partagés avec Denis et Mark. « Nous devons informer le Président élu », a déclaré Denis. J'étais impressionné par le fait que Denis parlait toujours d'Obama en utilisant le titre officiel de « Président élu », même lors de conversations avec des collègues proches.

« Il est à la résidence Blair actuellement, mais il est sur le point de partir pour assister aux bals préinauguraux. » La résidence Blair est la maison d'hôtes officielle du Président des États-Unis. Située de l'autre côté de Pennsylvania Avenue, par rapport à la Maison-Blanche, le Président Bush avait gracieusement offert à la famille Obama d'y séjourner. Denis et Mark se sont emparés de leur manteau et m'ont regardé en disant : « On fonce ! » Alors que les rues de Washington étaient déjà fermées en préparation aux événements du lendemain, je me demandais quel était le moyen le plus rapide de rejoindre la résidence Blair, qui se trouvait à une quinzaine de pâtés de maisons. Dès notre sortie du bâtiment,

Denis et Mark ont entamé un jogging à vive allure, sous la neige, slalomant à travers une véritable cohue de fêtards, tous plus ou moins en état d'ivresse, jusqu'à la résidence Blair. « Allez, John, faut qu'on se grouille ! » N'ayant absolument aucune autre option à l'esprit, j'ai commencé à courir derrière eux, en priant pour que les trottoirs verglacés me laissent tranquille.

Le service secret avait été informé que nous devions voir le Président élu. Dès notre arrivée, nous avons été conduits à la limousine qui était stationnée devant la résidence Blair. Moins d'une minute plus tard, Obama est entré dans le véhicule. Je transpirais et respirais abondamment à cause de ce jogging, ce qu'Obama a immédiatement remarqué.

« Monsieur le Président, je... ne... ne croyez pas que je suis essoufflé à cause de la menace d'attaque pour demain. C'est simplement parce que Denis et Mark m'ont fait courir quinze pâtés de maisons avec mes deux hanches artificielles pour venir jusqu'ici. »

Je ne le savais pas encore à l'époque, mais ce jogging était un avant-goût de ce que serait ma vie au cours des huit prochaines années.

17

À DEUX PAS DU BUREAU OVALE

J'ai assisté à la transition Clinton-Bush, en 2000 et 2001, du haut de mon perchoir en tant que chef de cabinet de George Tenet. Mon point de vue se limitait toutefois à la manière dont la CIA et la communauté du renseignement devaient transmettre leur soutien d'une administration sortante à une administration entrante. Une fois que le Président Bush a décidé que George resterait directeur, les interactions entre les officiers du renseignement et les décideurs politiques se sont faites harmonieusement. Le principal défi pour la CIA, du moins au début, était de s'assurer que la nouvelle équipe de sécurité nationale à la Maison-Blanche, et dans les autres bureaux, comprenne rapidement les capacités, les limites et la valeur des services de renseignement américains. À l'époque, j'accordais peu d'attention à la transition gouvernementale en cours au sein de l'exécutif.

Mon rôle – et mon point de vue – a été bien différent au moment de la transition Bush-Obama. Je n'étais plus un officier de la CIA, mais un membre de la nouvelle équipe de sécurité nationale qui respecterait la direction dictée par les rênes de l'autorité gouvernementale, dès que le nouveau Président aurait prêté serment. La grande inconnue pour moi était de savoir si l'administration républicaine sortante ferait de son mieux pour faciliter la passation de pouvoir à une nouvelle administration démocrate.

Je me demandais si les critiques virulentes de Barack Obama – à l'époque, candidat à la présidence – à l'encontre de nombreuses politiques de sécurité nationale du Président Bush et de programmes de lutte antiterroriste controversés pouvaient avoir un effet négatif sur la transition. Ma plus grande crainte était que les idéologues des deux camps cherchent à saper la coordination et la coopération entre les équipes Bush et Obama.

Dieu merci, mes craintes étaient sans fondement. J'ai été profondément impressionné par le professionnalisme et la manière dont l'administration Bush a travaillé pour accueillir et préparer l'équipe Obama à ses nouvelles responsabilités, notamment en matière de sécurité nationale. Lors de mes visites et réunions presque quotidiennes au siège de transition d'Obama, j'ai senti que mes collègues travaillant dans le domaine de la politique intérieure recevaient également un soutien considérable de leurs homologues de l'administration Bush. En guise de préparation pour mon prochain poste de responsable en lutte antiterroriste et en sécurité intérieure à la Maison-Blanche, je me suis entretenu avec le conseiller – encore en exercice – à la sécurité intérieure, Ken Wainstein, un professionnel accompli et expérimenté du département de la Justice. J'avais déjà rencontré Ken. Mon mandat au NCTC (Centre national de lutte contre le terrorisme) chevauchait le sien au FBI, lorsqu'il est devenu directeur juridique et chef de cabinet de Bob Mueller. Une fois annoncé que j'allais reprendre son rôle à la Maison-Blanche, Ken et son adjoint, Tom Bossert, ont fait tout leur possible pour m'aider, moi et le reste de l'équipe d'Obama, afin que ce mandat commence sur les chapeaux de roue.

Et c'est exactement ce que nous avons fait.

La menace d'attentat terroriste sur le National Mall a rassemblé les hauts fonctionnaires des équipes Bush et Obama dans la salle de crise de la Maison-Blanche, le matin du jour d'investiture. Je suis arrivé dans l'enceinte de la Maison-Blanche vers 7 heures. Un véhicule de la Maison-Blanche était venu me chercher, car j'avais besoin d'être escorté à travers les nombreux barrages routiers et postes de contrôle de la police qui avaient été mis en place afin de gérer la foule de supporters venus pour l'occasion. Il s'agissait là du premier de plusieurs milliers de trajets que j'allais faire dans ce véhicule de fonction à destination et en provenance de la Maison-Blanche, au cours des quatre prochaines années. Ken est arrivé à peu près à la même heure et m'a souhaité la bienvenue en ce jour qui marquait mon retour au gouvernement après un hiatus de plus de trois ans. La salle de crise a commencé à se remplir vers 8 heures, avec Condi Rice, Steve Hadley, Mike Chertoff, Mike Hayden, Mike McConnell, Josh Bolten, Mike Mukasey et Ken Wainstein pour l'équipe Bush sortante, et Hillary Clinton, Jim Jones, Tom Donilon, Denis McDonough, Mark Lippert, Rahm Emanuel, et moi pour la nouvelle administration Obama. Il y avait d'autres personnes également présentes, celles qui effectueraient un travail continu au sein des deux administrations : le secrétaire à la Défense, Bob Gates, le président des chefs d'état-major interarmées, l'amiral Mike Mullen, et le directeur du FBI, Bob Mueller. Ce n'était pas la première fois que ce groupe se réunissait. Nous avions en effet participé la semaine précédente à un exercice de trois heures organisé par les responsables de l'administration Bush afin d'expliquer dans quelle mesure le gouvernement était prêt à faire face à une catastrophe nucléaire sur notre territoire, le cauchemar ultime pour la sécurité intérieure.

Au cours des quatre prochaines heures, en ce jour d'investiture, le groupe a reçu de nouveaux rapports sur la menace et sur les mesures de sécurité mises en œuvre sur National Mall, tout au long du trajet du cortège présidentiel durant la parade inaugurale, et tout autour de la Maison-Blanche. Certains hauts fonctionnaires ne s'y sont intéressés que pendant quelques minutes avant de se rendre à leurs propres engagements du jour, tandis que d'autres sont restés pendant bien plus longtemps afin de partager leurs réflexions et de discuter des dernières informations. Tout au long de la matinée, la conversation a été très professionnelle, cordiale, et tout à fait sympathique. Ces discussions très sérieuses sur la menace et sur les mesures prises par les organismes fédéraux ont été entrecoupées, à maintes reprises, par des rires et des blagues de circonstances, disant qu'un groupe pourrait faire la grasse matinée, le lendemain, mais pas l'autre. Il n'y a jamais eu un soupçon de partisanerie ou de tension politique dans la salle.

Je me souviens avoir ressenti, à l'époque, qu'il s'agissait là d'une des caractéristiques les plus remarquables de notre démocratie américaine : le passage harmonieux d'une administration à une autre, à la suite d'une élection présidentielle. Le Président Bush et son équipe de sécurité nationale méritent tous les honneurs pour avoir supervisé une transition présidentielle si efficace. En janvier 2017, de nombreuses années plus tard, le président Obama a maintes fois cité l'exemple donné par l'administration Bush, lorsqu'il a indiqué à son équipe de sécurité nationale comment gérer la transition présidentielle. « Nous devons faire aussi bien que l'équipe Bush, nous a-t-il dit. Et si c'est possible, nous devons faire encore mieux. » Malheureusement, la nouvelle équipe de Trump n'était ni préparée à recevoir ce soutien ni intéressée par celui-ci.

Dès que Barack Obama a prêté serment, à midi, le 20 janvier 2009, en tant que quarante-quatrième Président des États-Unis, j'ai officiellement assumé le rôle d'assistant du Président à la sécurité intérieure et à la lutte antiterroriste. Ken est sorti d'un bureau, qui avait été le sien et qui maintenant était le mien, en me souriant du coin des lèvres, comme s'il était soulagé, en me disant que la sécurité de notre pays était maintenant entre mes mains. N'étant plus un fonctionnaire du gouvernement et donc inéligible à un véhicule de fonction, Ken m'a plus tard dit que les routes fermées l'avaient obligé à marcher jusqu'à son domicile à Alexandria[52], une transition plutôt brutale à la vie civile. Alors qu'une vague d'inquiétude m'envahissait, j'ai décidé de passer le reste de la journée dans mon nouveau bureau de l'aile Ouest, à surveiller les rapports de renseignement, à regarder la retransmission télévisée de l'investiture et à parler de la menace terroriste aux hauts fonctionnaires et aux officiers en lutte antiterroriste du FBI, de la CIA et de la NSA (Agence nationale de sécurité). Heureusement, l'attaque terroriste en question ne s'est jamais concrétisée. Nous avons appris plus tard que la source de l'information – une personne vivant en Afrique et prétendant avoir accès à une organisation terroriste – avait elle-même fabriqué la menace. Premier jour de travail, premier jour de sécurité pour notre pays.

La déception que je ressentais encore au début de l'administration Obama, à propos du poste de directeur de la CIA, s'est rapidement dissipée une fois que le rythme quotidien des activités de la Maison-Blanche s'est enclenché. Mon bureau sans fenêtre était loin d'être un endroit glamour. Son plafond bas, à un peu plus de deux mètres de hauteur, me donnait l'impression d'être dans un bunker, en pleine zone de guerre, et le bruit occasionnel des rats à l'intérieur des murs et des plafonds de la Maison-Blanche était un cadeau supplémentaire. Mais les caractéristiques de ce bureau étaient largement compensées par son emplacement stratégique, à un peu plus de dix mètres de l'entrée de la salle de crise

---

52. Ville située à 13 km au sud de Washington. (NDT)

et presque directement sous le Bureau ovale. Je pouvais passer de mon fauteuil à celui en face du *Resolute Desk* du Président en moins de trente secondes, ce qui n'était pas rare. Mark Lippert et Denis McDonough partageaient un bureau dans la même suite, et nos assistants, nos dossiers et nos imprimantes étaient tous entassés dans une salle commune.

Je me suis rapidement rendu compte qu'être proche du Bureau ovale me donnait un accès beaucoup plus régulier et direct au Président Obama que cela n'aurait été le cas depuis le bureau du directeur de la CIA à Langley. En tant que conseiller principal du Président Obama en matière de sécurité intérieure et de lutte antiterroriste, je me suis souvent retrouvé dans le Bureau ovale, à participer au PDB quotidien, ainsi qu'à des discussions ultérieures sur la sécurité nationale qu'il tenait avec de hauts fonctionnaires et des officiers du cabinet. Au début, j'avais l'impression d'être un étranger, en train de vivre dans la maison d'une autre famille. Je ne connaissais pas vraiment le Président ni aucun autre des nombreux fonctionnaires qui fréquentaient la Maison-Blanche. J'ai été encore plus désorienté par ma nouvelle réalité, qui consistait à m'intéresser au côté politique de la sécurité nationale plutôt qu'à l'aspect renseignement. Mon rôle n'était plus de compiler les différents problèmes de sécurité nationale, comme je l'ai fait avec les autres Présidents. Il s'agissait désormais d'aider le Président en activité à prendre de bonnes décisions, lorsque confronté à d'importantes difficultés en matière de terrorisme et de sécurité intérieure.

Compte tenu de mon expérience à la CIA, j'étais assez familier avec la dimension antiterroriste de mon portefeuille, mais j'avais beaucoup à apprendre sur le front de la sécurité intérieure, qui demandait beaucoup plus que simplement prévenir et répondre aux attaques terroristes à l'intérieur des États-Unis. J'ai développé une relation professionnelle étroite avec Janet Napolitano, ancienne gouverneure et procureure générale de l'Arizona, qui était la première secrétaire à la Sécurité intérieure du Président Obama. En plus d'appels téléphoniques réguliers et de nos réunions à la Maison-Blanche, Janet et moi prenions le petit déjeuner ensemble, une fois par mois, au *Diner*, un restaurant sans prétention du quartier multiculturel Adams Morgan de Washington. Alors que Janet et moi travaillions sur nos omelettes, nos pommes de terre sautées et nos listes respectives de points de sécurité intérieure à discuter, les clients washingtoniens – pas encore complètement réveillés – nous regardaient plusieurs fois, ainsi que l'équipe du service sécurité de Janet, pour être sûrs que nous étions bien ceux qu'ils avaient vus aux actualités.

Janet était une collègue qui savait s'exprimer directement, sans fioritures, et qui possédait un parcours juridique et une expérience gouvernementale qui, durant les premiers jours de l'administration, se sont avérés inestimables. Son mandat n'a pas été facile, car elle a été la principale responsable impliquée dans ce qui a semblé être une série sans fin de crises de sécurité intérieure : la pandémie de grippe H1N1, en 2009 ; la marée noire après l'explosion de la plateforme pétrolière *Deepwater Horizon*, dans le golfe du Mexique, en 2010 ; le chaos laissé par les ouragans Irene en 2011 et Sandy en 2012 ; et les affaires annuelles de migration illégale le long de la frontière sud. Étant donné que Janet ne possédait qu'une autorité statutaire pour diriger les activités de son propre département, elle comptait largement sur la Maison-Blanche pour soutenir ses efforts d'orchestration de la myriade d'activités entreprises par d'autres départements, organismes fédéraux, ainsi que par les gouvernements des États qui n'appartenaient pas à sa juridiction. À plus d'une reprise, j'ai dû parler aux membres du cabinet ainsi qu'à des représentants publics pour leur dire que Janet mettait en œuvre les directives présidentielles et que le Président Obama apprécierait leur coopération.

La pandémie de grippe H1N1 a constitué un défi sérieux, et malheureusement précoce, pour la sécurité intérieure. Les premiers cas ont été détectés au Mexique, sans pour autant être annoncés publiquement, quelques semaines avant la visite du Président Obama à Mexico, du 16 au 17 avril. Participant à ce voyage avec Obama, nous n'avons rien appris du virus qui commençait à balayer l'Amérique du Nord, avant notre retour à Washington. Nous avons également été surpris de découvrir que le directeur du Musée national d'anthropologie du Mexique était décédé d'une pneumonie et de complications grippales, moins d'une semaine après nous avoir proposé une visite personnelle du musée. À la fin du mois d'avril, une urgence de santé publique a été déclarée aux États-Unis, et le gouvernement s'est investi à 100 % afin de comprendre la nature et la trajectoire du virus et de mettre au point des mesures d'atténuation de son impact, qui pouvaient s'avérer très significatives. J'ai appris que le virus était lié à la pandémie de grippe H1N1 de 1918 et 1919, connue sous le nom de grippe espagnole, qui a infecté un tiers de la population mondiale, tuant environ cinquante millions de personnes, dont près de sept cent mille aux États-Unis.

Cette expérience ayant été un véritable baptême du feu pour moi et mes connaissances médicales, je suis rapidement devenu un adepte du Dr Tony Fauci – le directeur de l'Institut national des allergies et des maladies infectieuses, un des vingt-sept instituts et centres qui composent l'Institut national de santé (NIH[53]) – du Dr Richard Besser et de son successeur, le Dr Tom Frieden, directeurs du Centre pour le contrôle et la prévention des maladies (CDC[54]). J'ai rapidement appris beaucoup de choses sur le virus, notamment ses principales méthodes de transmission, son taux de morbidité et de mortalité, et les groupes démographiques les plus susceptibles d'être infectés (les personnes plus jeunes et en bonne santé étaient touchées de façon disproportionnée, car plus d'un tiers des personnes de plus de soixante ans avaient déjà des anticorps contre la maladie, en raison d'une exposition antérieure à des souches de grippe liées au virus H1N1). Je suis également devenu davantage familier avec les difficultés et les longs délais nécessaires à la mise au point de vaccins, ainsi qu'avec la complexité associée à la mise en place de mécanismes nationaux de distribution et avec la priorisation des receveurs de médicaments antiviraux (l'efficacité du Tamiflu a été démontrée). Il s'agissait d'un monde tout nouveau pour moi, et il était à la fois éprouvant et fascinant.

En tant que conseiller à la sécurité intérieure du Président Obama, j'étais chargé de coordonner les efforts du gouvernement fédéral. J'ai donc eu beaucoup de chance que deux anciennes gouverneures, Janet Napolitano, et la nouvelle secrétaire à la Santé et aux Services sociaux, Kathleen Sebelius du Kansas, aient été là pour mener la réponse de l'administration Obama au virus, notamment en matière d'engagement avec les autorités locales et nationales ainsi qu'avec le secteur de la santé. Politiquement parlant, le défi était immense. Orchestrer les capacités et les niveaux d'autorité de plusieurs départements et organismes du gouvernement fédéral et les intégrer à leurs homologues au niveau local et étatique, ainsi qu'à des entités du secteur privé, a constitué, pour toutes les personnes impliquées, un défi complexe en matière de conception des systèmes. Les questions étaient nombreuses. Par

53. *National Institutes of Health.* (NDT)

54. *Centers for Disease Control and Prevention.* (NDT)

exemple, quelles étaient les ressources disponibles et comment pouvions-nous nous procurer ou fabriquer celles qui ne l'étaient pas ? Ou encore, comment les différents produits et équipements seraient-ils payés et distribués, et qui aurait la priorité ?

Tout au long de cette période, le Président Obama a insisté sur le fait que ce serait « la science, les faits et les données » qui dirigeraient la politique et les démarches de l'administration. Il a aussi encouragé les responsables en sécurité intérieure à parler de la gravité de la grippe H1N1, de manière ouverte, avec le peuple américain. La pandémie s'est estompée durant l'été, avant de réapparaître à l'automne, infectant finalement soixante millions d'Américains et en tuant plus de douze mille.

La qualité du travail d'équipe dont j'ai été témoin entre les différents acteurs impliqués dans cette pandémie m'a donné confiance, et me convainquant ainsi que le gouvernement serait en mesure de faire face aux prochains défis de sécurité intérieure et nationale. Avec le recul et en observant la réponse de l'administration Trump à la crise du coronavirus (COVID-19), je peux certifier que mes collègues et moi-même n'avons jamais ressenti de pression, ne serait-ce qu'un semblant, nous obligeant à dénaturer des faits, ignorer des conseils d'experts médicaux, ou de couvrir d'éloges le Président pour les démarches entreprises par l'administration. Si l'un de nous l'avait fait, je suis sûr que le Président Obama nous aurait réprimandés.

Toutefois, cela ne veut pas dire que cette crise a été une période calme pour moi. Au cours d'une première réunion à la Maison-Blanche sur le virus H1N1, le Président s'est tourné vers moi pour me demander si je pensais qu'il était possible d'utiliser la loi Stafford pour rembourser les États à hauteur du coût de leur réponse au virus H1N1. Même si j'avais entendu parler de la loi Stafford et que j'allais finir par comprendre qu'il s'agit d'un mécanisme permettant au Congrès d'attribuer des fonds fédéraux aux États pour faciliter leur préparation et leurs capacités d'assistance en cas de catastrophe majeure et d'urgence, je n'avais absolument aucune idée, à cette époque, de ce qui était inclus dans cette loi. J'ai pris quelques instants pour répondre, avant de finalement dire au Président : « Je ne sais pas, monsieur... », lorsque je me suis rappelé mes supérieurs à la CIA qui me conseillaient, en tant que jeune officier du renseignement, de « vite faire l'ignare ». J'ai alors ajouté : « ... et dès que j'en saurai plus sur la loi Stafford, je vous le ferai savoir. »

Obama s'est alors mis à sourire et m'a dit : « Oui, John, bonne idée. »

Aujourd'hui, onze ans plus tard, observant la couverture médiatique quotidienne de la crise du COVID-19, il est évident que l'ampleur des difficultés associées au virus H1N1 était dérisoire en comparaison. Tout ce qui concerne la COVID-19 est médicalement beaucoup plus complexe et beaucoup plus ravageur sur le plan de la santé, de l'économie et du bien-être, ce qui met à l'épreuve la force de caractère de notre pays. L'évolution des derniers événements me rend profondément reconnaissant envers tous ceux qui ont travaillé de manière désintéressée, aux quatre coins du pays et dans tant de disciplines différentes. Une fois de plus, je suis très heureux que le Dr Tony Fauci, un homme aux connaissances médicales aussi exceptionnelles que son dévouement envers ses concitoyens, joue un rôle important en prenant le temps d'expliquer la gravité de la menace posée par la COVID-19 et de décrire les différentes mesures permettant d'atténuer son impact.

La cybersécurité faisait également partie de mon portefeuille de sécurité intérieure. Il s'agissait d'ailleurs de la dimension la plus complexe et frustrante de mon travail à la Maison-Blanche. Les premiers briefings avec certains des plus brillants esprits techniques et juridiques du gouvernement m'ont convaincu de l'ampleur des défis auxquels est confrontée toute administration qui tente de rendre le domaine numérique plus sûr, fiable, résistant et moins vulnérable aux cyberattaques et à l'exploitation. « M. Brennan, m'a dit un jeune expert numérique exceptionnellement talentueux, alors que le gouvernement dispose de l'autorité légale et de la responsabilité incontestée de sécuriser les réseaux publics classifiés et non classifiés, c'est le secteur privé qui possède et exploite 85 % du domaine numérique. Il n'existe aucun consensus disant ce que le gouvernement peut – ou même ce qu'il devrait être autorisé à – faire, avec les domaines .com, .net, .org, .edu et d'innombrables autres domaines publics. »

Durant mes huit années de service au sein de l'administration Obama, aucun problème n'a autant mis en relief la tension entre la responsabilité du gouvernement de protéger, d'une part, la sécurité de notre pays et d'autre part, les droits des citoyens américains en matière de vie privée et de liberté, que le cyberespace. J'ai participé à de nombreuses réunions avec des membres du Congrès, des défenseurs du droit à la vie privée, des professionnels de la sécurité nationale, des technologues du secteur privé et des entrepreneurs numériques, mais je n'ai obtenu que peu de réponses permettant de savoir comment nous pouvions – et devions – combler les différences de points de vue, nettes et légitimes, à propos du rôle approprié du gouvernement. Ma frustration m'a incité, à plusieurs reprises, à recommander aux membres du Congrès d'établir une commission nationale bipartisane indépendante – tout comme ils l'avaient fait en créant les commissions sur le 11-Septembre et sur les armes de destruction massive – qui réunirait des technologues, des juristes, des hommes d'affaires, des professionnels de la sécurité nationale, des futuristes, des scientifiques, des universitaires et d'autres intervenants pertinents ainsi des experts en cyberinformatique dont le but serait d'entreprendre un examen stratégique et complet des difficultés et des opportunités dynamiques présentées par le domaine numérique. Cette recommandation n'a pas été adoptée durant l'administration Obama, principalement en raison d'un « malaise » au Congrès. La loi de 2019 sur l'autorisation de la Défense nationale a permis de créer la Commission solarium sur le cyberespace (CSC[55]), un organisme bicaméral présidé par des membres du Congrès, qui est à l'origine d'un rapport contenant plusieurs dizaines de recommandations décrivant comment le gouvernement peut répondre de manière plus efficace aux défis associés à la cybersécurité. Davantage d'efforts restent toutefois nécessaires. Malheureusement, il faudra probablement une cyberattaque massive – équivalente en ampleur aux événements qui ont déclenché la création des commissions sur le 11-Septembre et les armes de destruction massive – pour convaincre les législateurs qu'il est essentiel d'établir une commission nationale indépendante pour relever les défis du domaine numérique.

Durant le premier mandat du Président Obama, nous avons progressé dans l'élaboration d'un cadre permettant de déterminer comment et quand répondre aux cyberattaques lancées par des gouvernements étrangers contre les États-Unis. Avec des millions de cyberattaques par jour, nous avons conçu un processus permettant d'identifier d'une part, les cyberattaques dont l'impact – industriel, financier ou en matière de sécurité – atteint un seuil prédéfini, et d'autre part, le niveau de confiance analytique que nous avons dans le fait que l'attaque est attribuable à un gouvernement étranger. C'est l'attribution qui était l'aspect le plus

55. *Cyberspace Solarium Commission.* (NDT)

difficile. Au cours d'une visite dans une des agences de la communauté du renseignement, j'ai vu une carte du monde illustrant les pays d'origine de toutes les cyberattaques à l'encontre de cibles américaines, au cours des vingt-quatre dernières heures. Plus de 90 % provenaient de quelque part en Chine, mais seule une poignée pouvait être attribuée avec certitude au gouvernement chinois. Malgré les difficultés associées à ce genre d'attribution, des réunions marathon ont été organisées afin d'établir ce cadre qui a finalement permis d'orienter certaines décisions, notamment les sanctions du gouvernement américain contre la Corée du Nord, en 2014, pour son attaque contre Sony Pictures, ainsi que l'accusation, la même année, par le FBI, de cinq responsables de l'Armée populaire de libération de la Chine pour avoir volé des secrets commerciaux et des informations commerciales sensibles à des sociétés américaines.

C'est toutefois le risque d'attaques terroristes contre notre patrie et les cibles américaines à l'étranger qui a consommé la plus grande partie de mon temps. Étant donné que le Président Obama insistait pour que la coordination des politiques et des programmes de lutte antiterroriste soit exemplaire à travers toute l'administration, nous avons prévu une réunion bimensuelle dans la salle de crise de la Maison-Blanche en vue d'examiner les menaces terroristes et de discuter des ripostes possibles. Cette réunion était appelée le « Comité des directeurs en lutte antiterroriste ». La liste des participants incluait le Président et le vice-président, les secrétaires d'État, de la Défense et de la Sécurité intérieure, le conseiller à la sécurité nationale et le conseiller adjoint à la sécurité nationale, les directeurs du renseignement national, de la CIA et du Centre national de lutte contre le terrorisme, le président des chefs d'état-major interarmées et les hauts fonctionnaires de la Maison-Blanche et du Conseil de sécurité nationale. Personnellement, j'étais responsable d'établir l'ordre du jour de chaque réunion et de désigner les personnes chargées de nous briefer. Les sessions duraient entre trente et soixante minutes, et s'avéraient être un moyen très utile de s'assurer que chacun était conscient de l'ampleur de la menace terroriste et des mesures de prévention en cours.

Personne ne m'a plus importuné en matière de terrorisme qu'Emanuel Rahm, le chef de cabinet du Président Obama, qui prenait un malin plaisir à me rendre régulièrement visite dans mon bureau de l'aile Ouest. Malgré sa petite taille de 1,70 m – plaisantant d'ailleurs, en disant qu'il aimait me rendre visite parce qu'à ses yeux, mon bureau disposait de hauts plafonds –, il était une figure imposante de l'administration Obama. Participant à pratiquement toutes les réunions de sécurité intérieure et nationale que j'ai eues avec le Président au cours des deux premières années de l'administration, Rahm posait fréquemment des questions approfondies et agressives qui avaient à la fois des dimensions théoriques et politiques. Bien que son expérience en terrorisme ne soit que limitée, il semblait obsédé par les conséquences potentielles des attaques terroristes. Chaque fois qu'une menace terroriste était évoquée avec le Président, Rahm s'emparait d'une carte blanche dans la poche de sa chemise et y notait de quoi lui rappeler de me poser une question plus tard dans la journée.

« Quand est-ce que vous allez trouver ce putain de fabricant de bombes au Yémen ? » m'a demandé Rahm, en se plantant devant l'entrée de mon bureau, un soir de septembre 2009. « Comment il s'appelle déjà ? Afriki ? » Le langage coloré de Rahm était légendaire.

« Non, Rahm, il s'appelle Asiri, pas Afriki », ai-je dit. Je rentrais tout juste, plus tôt cette journée, d'un voyage à Djeddah dont le but était de rendre visite au ministre saoudien de l'Intérieur, le prince Mohammed ben Nayef. MBN (pour les intimes) avait été blessé la semaine précédente au cours d'un attentat à la bombe raté, perpétré par l'organisation terroriste yéménite « al-Qaïda dans la péninsule arabique », que nous appelions AQAP[56]. Rahm connaissait relativement bien AQAP. Il était souvent là lorsque le Président recevait un briefing exposant les attaques potentielles qu'elle prévoyait contre des cibles américaines. Rahm était impatient d'entendre le récit de ma visite. L'engin explosif improvisé (EEI) utilisé afin de tuer le prince Mohammed avait été fabriqué par Ibrahim al-Asiri, le créateur de bombes, ingénieux et diabolique, d'AQAP. L'assassin présumé était le frère d'Ibrahim, Abdullah, qui s'était vu accorder une audience avec le prince après avoir affirmé qu'il avait quitté AQAP et qu'il avait d'importantes informations à partager. Avec un EEI caché sous ses vêtements – et non dans son rectum, comme l'ont dit certains journaux –, il s'est assis à côté du prince. Abdullah a appelé ses complices au Yémen, avant de créer « Allahu Akbar » et de faire exploser le dispositif,

56. *Al-Qa'ida in the Arabian Peninsula.* (NDT)

se tuant instantanément, mais n'effleurant qu'à peine le prince. Le prince Mohammed a insisté pour me conduire dans la salle où l'attaque avait eu lieu. Il m'a montré les traces de sang et le trou au plafond dans lequel la jambe d'Abdullah s'était coincée. Rahm était à deux doigts d'exploser en écoutant cette histoire.

« Je vous préviens, Brennan, a déclaré Rahm, vous devez mettre la main sur cet enfoiré avant qu'il ne tue des Américains. »

La réaction instinctive de Rahm ne pouvait pas être plus appropriée.

Quelques mois plus tard, le matin de Noël, j'ai reçu un appel à la maison. « Monsieur Brennan, ici la salle de crise de la Maison-Blanche. J'espère ne pas vous déranger en ce jour de fête. » La voix appartenait à l'une des nombreuses jeunes professionnelles dévouées du gouvernement qui proposait une visite du centre névralgique de l'aile Ouest.

« Non, pas du tout, lui ai-je dit. Et merci beaucoup d'être à la Maison-Blanche aujourd'hui. » En effet, j'étais ô combien familier avec le fait que les professionnels de la sécurité nationale doivent souvent sacrifier leurs vacances et leurs week-ends en famille, qu'ils soient à l'étranger ou à quelques kilomètres de chez eux, tout au long de l'année. « J'espère que les choses ont été calmes pour vous jusqu'à présent.

— À vrai dire, monsieur, tout était très calme jusqu'à il y a quelques minutes, lorsque nous avons reçu un appel du FBI au sujet d'un passager sur un vol Delta en provenance de Paris et venant d'atterrir à Detroit. Il semble que son pantalon ait pris feu au moment où l'avion s'approchait de l'aéroport international de Detroit. »

Je n'étais pas sûr d'avoir bien entendu, alors je lui ai demandé de répéter ce qu'elle venait de dire.

« Son pantalon a pris feu, monsieur. Ils pensent qu'il avait peut-être des pétards sur lui et qu'il a essayé de les allumer, causant ainsi l'incendie. À l'heure actuelle, le passager a été escorté en dehors de l'avion par l'équipe de sécurité de l'aéroport et le FBI est sur place. C'est tout ce que nous savons pour le moment. »

Je n'arrivais pas à interpréter ce que je venais d'apprendre. « Très bien, contactez-moi dès que vous en savez plus », lui ai-je dit. Des pétards ? Cela ne me semblait pas logique. Tout d'un coup, je me suis souvenu de Richard Reid, le membre britannique d'al-Qaïda, connu pour avoir tenté d'abattre, sans succès, un vol American Airlines, à l'époque des vacances de Noël 2001, avec des explosifs cachés dans ses baskets. Reid avait été formé dans les camps d'al-Qaïda, en Afghanistan, puis avait voyagé au Pakistan et en Europe, dans les mois suivant les attaques du 11-Septembre, avant de finalement monter à bord d'un vol Paris-Miami. Dieu merci, les allumettes de Reid étaient humides, ce qui l'avait empêché d'allumer le fusible.

Le téléphone sonna à nouveau. « M. Brennan. Le FBI vient de nous dire que le passager en question portait apparemment une sorte d'EEI sur lui.

— Est-il vivant ? ai-je demandé.

— Oui, monsieur », m'a-t-elle répondu.

J'ai poussé un grand soupir de soulagement en apprenant qu'il était conscient et qu'il était interrogé par les agents de sécurité. Cela était en effet essentiel afin d'obtenir des informations urgentes sur d'éventuels complices avec des ambitions similaires. « Kathy, je dois aller au bureau, ai-je dit en attrapant mon manteau et en me dirigeant vers la porte. Il se peut que je ne sois pas là pour dîner. » Malheureusement, je ne le fus pas.

Je n'avais que deux priorités en tête durant mon trajet jusqu'à la Maison-Blanche. La première, instinctivement, était de reprendre mon rôle d'officier en renseignements et de rechercher dans ma mémoire toutes les informations que j'avais pu voir en rapport, de près ou de loin, avec ce qui se passait à Detroit. Après ne m'être souvenu de rien, si ce n'est des nombreuses évaluations de renseignement que j'avais lues au fil des ans, et qui soulignaient la détermination d'al-Qaïda à abattre un avion au-dessus des États-Unis, je me suis concentré sur ma deuxième priorité : que dois-je faire en arrivant à la Maison-Blanche ? Le Président Obama n'était pas à Washington. Il était parti pour Hawaï, la veille. La plupart de ses hauts responsables étaient soit avec lui à Hawaï, soit éparpillés dans d'autres destinations de vacances. J'étais l'un des rares hauts fonctionnaires de la Maison-Blanche à être encore en ville.

Une fois arrivé à la Maison-Blanche, je suis allé directement dans la salle de crise afin d'obtenir les dernières informations.

« Je dois parler à John Pistole, idéalement sur une ligne sécurisée », ai-je dit au personnel présent alors que je me rendais à mon bureau.

Le directeur adjoint du FBI, John Pistole, était un collègue et un ami proche depuis de nombreuses années. Quand j'étais à la CIA et au NCTC, nous avions travaillé ensemble et nous étions côte à côte pour témoigner devant le Congrès et la Commission du 11-Septembre. John était le prototype même du professionnel accompli du FBI – travailleur acharné, compétent, imperturbable et parfaitement au courant des capacités et de la mission du Bureau, notamment en matière de lutte antiterroriste. L'expertise de John et ses solides compétences en leadership expliquent pourquoi le Président Obama l'a choisi plusieurs mois plus tard comme directeur de l'administration de la sécurité des transports, un poste qu'il a occupé de manière compétente pendant quatre ans et demi.

John m'a dit que le passager en question était un ressortissant nigérian âgé de vingt-trois ans, nommé Umar Farouk Abdulmutallab, et qu'il avait essayé d'allumer des explosifs en plastique cachés dans son caleçon. Il était alors en train de recevoir des soins médicaux et d'être interrogé dans une salle d'attente de l'aéroport. Au cours des mois qui ont précédé cet incident, un nombre non négligeable de débats publics se sont demandé s'il était nécessaire de lire, aux terroristes présumés, arrêtés aux États-Unis, leurs droits Miranda. Certaines fausses rumeurs ont commencé à circuler, selon lesquelles l'administration Obama exigeait que l'armée américaine lise les droits Miranda des personnes capturées sur les champs de bataille en Irak et en Afghanistan. Contrairement aux affirmations des critiques de l'administration Obama, Abdulmutallab a été interrogé avant qu'on ne lui lise ses droits Miranda, en vertu d'une exception à la sécurité publique énoncée dans le verdict de la Cour suprême, en 1984, dans l'affaire *New York c. Quarles*, ainsi qu'après.

Depuis mon bureau de l'aile Ouest, j'étais en contact permanent avec le Bureau, essayant de savoir coûte que coûte si une vague d'attaques menées par al-Qaïda était à nouveau en cours. J'ai contacté le Président Obama sur une ligne sécurisée afin de lui transmettre chaque nouvelle information. Il a convenu que je devais contacter sans attendre la direction du Congrès pour leur indiquer ce que nous savions réellement de la menace, car elle était déjà couverte de manière intensive par les médias.

J'ai ensuite appelé les principaux membres du Congrès, y compris le président et les membres de rang des comités de sécurité intérieure. À chaque appel, je soulignais à quel point il était important de préserver la confidentialité de ces informations, car nous ne savions pas si Abdulmutallab avait des complices en train de surveiller les événements, et nous ne voulions pas qu'ils sachent qu'Abdulmutallab était en train de coopérer. Tous les membres du Congrès que j'ai contactés m'ont dit qu'ils avaient compris et qu'ils me remerciaient de les avoir appelés, y compris le représentant républicain de New York, Peter King, qui était le membre de rang du comité de sécurité intérieure à la Chambre des représentants. King est l'une des dernières personnes à qui j'ai parlé.

Moins de dix minutes après notre conversation, j'étais dans mon bureau en train de regarder CNN et King en train de se faire interviewer en direct. Malgré mon avertissement et à ma plus grande stupeur, King a commencé à partager avec le journaliste et les téléspectateurs de CNN du monde entier, des détails sur la détention d'Abdulmutallab que j'avais dit être confidentiels. Devenant complètement dingue, j'ai immédiatement dit aux opérateurs téléphoniques de la Maison-Blanche de remettre King sur la ligne. Dès que j'ai entendu sa voix, je l'ai démonté : « Vous avez ignoré mes recommandations. Et maintenant, vous avez mis en péril notre capacité à gérer cette situation ! » Je pense que King a essayé de répondre, mais mon tempérament irlandais ne voulait rien entendre. Je lui ai dit qu'en conséquence, il ne recevrait plus aucun briefing de ma part. Je lui ai raccroché au nez, ruinant à jamais le semblant de relation qui existait entre deux Irlandais aussi têtus que deux mules. Avec le recul, je pense que j'ai réagi de façon excessive aux commentaires publics de King, qui, j'en suis sûr, n'avaient pas pour objet de compromettre l'enquête en cours. King allait devenir l'un de mes critiques les plus virulents, aussi bien en tant que directeur de la CIA que pendant ma retraite, m'accusant à de nombreuses reprises de divulguer des informations confidentielles.

Quelques jours après l'incident, la communauté du renseignement a pu reconstituer le voyage d'Abdulmutallab, du Yémen jusqu'à Detroit. Ils ont appris qu'il avait reçu des directives de la part d'Anwar al-Awlaki, un citoyen américain officier supérieur d'AQAP, et qu'il avait obtenu l'EEI des mains d'Ibrahim al-Asiri. Dieu merci, le mécanisme de détonation du dispositif a échoué, ce qui a entraîné un incendie plutôt qu'une explosion. Le Président Obama m'a demandé d'examiner comment Abdulmutallab avait pu obtenir un visa à l'ambassade des États-Unis au Soudan, en dépit des renseignements dérogatoires existant à son sujet dans les dossiers américains. L'examen a été plutôt controversé et s'est terminé en trente jours. J'ai recommandé au Président Obama de modifier plusieurs politiques et procédures concernant la communauté antiterroriste afin d'améliorer le partage des informations et de veiller à ce qu'une division spécifique de cette même communauté devienne la principale unité responsable du suivi des informations non résolues sur les menaces. Le Président a accepté mes recommandations et le Centre national de lutte contre le terrorisme, sous la direction de son très compétent directeur, Michael Leiter, nommé par l'administration Bush, a été chargé de les mettre en œuvre.

Moins d'un an plus tard, al-Asiri a une nouvelle fois essayé de faire tomber deux autres avions au-dessus des États-Unis. J'étais invité à une prise de parole, à quelques pâtés de maisons de la Maison-Blanche, dans la soirée du jeudi 28 octobre 2010, lorsque j'ai reçu un appel urgent du prince Mohammed. S'exprimant de manière cryptique, il m'a dit qu'il avait des informations fiables à 100 % au sujet d'une attaque terroriste imminente contre les États-Unis. « John, c'est encore un coup de ce méchant, celui qui est au sud par rapport à nous, et c'est très sérieux. » Cette fois, les terroristes ont déposé des bombes dans des colis à destination de Chicago, envoyés par voie aérienne. Dans les minutes qui ont suivi l'appel, les Saoudiens ont utilisé leurs canaux de renseignements pour nous en dire plus sur ces colis, notamment leurs numéros de suivi. Ceux-ci ont révélé que les colis étaient transbordés séparément au Royaume-Uni et aux Émirats arabes unis. J'ai alors contacté mes homologues britanniques, qui avaient déjà localisé l'un des paquets, qui contenait l'une des deux imprimantes qui avaient été expédiées. Cependant, leur inspection initiale, avec des chiens renifleurs, n'a pas permis de localiser la bombe. Ce n'est que lorsqu'ils ont démonté l'imprimante, après avoir retiré son couvercle en plastique scellé avec soin, qu'ils ont trouvé les explosifs. Les agents de sécurité des Émirats ont alors été informés de la méthode de dissimulation, ce qui a permis de localiser et de désamorcer la deuxième bombe.

Rahm était on ne peut plus furieux lorsqu'il a entendu parler du complot – allant jusqu'à se demander si la destination des imprimantes (Chicago) devait être considérée comme un signal à l'encontre de l'ancien sénateur de l'Illinois, le Président Obama – tout en appréciant encore davantage la volonté et la capacité du prince Mohammed à prévenir deux catastrophes sur le sol américain. En conséquence, Rahm et moi avons demandé au Président Obama de remercier personnellement le prince Mohammed, en l'invitant à le rencontrer dans le Bureau ovale, l'année suivante.

Malheureusement, d'autres actes de brutalité n'ont pas pu être évités.

La séance matinale du PDB, le 14 décembre 2012, était bien en cours lorsque la porte s'est ouverte, et que le secrétaire privé du Président m'a dit que mon conseiller principal, Nick Shapiro, avait un message pour moi. Le Président a pris un air abasourdi, car ce genre d'interruption était plus qu'inhabituel. Nick m'a donné un bout de papier plié sur lequel était écrit : « Le FBI signale un incident avec un tireur actif dans une école primaire du Connecticut. Unité SWAT sur place, individu armé coincé dans une partie du bâtiment. Aucun mot sur le nombre éventuel de victimes. CNN est en direct. »

« Qu'est-ce qui se passe ? » m'a demandé le Président alors que je lisais le mémo en silence. J'ai dit à Nick de dire au Président ce qu'il savait. Le ton du récit initial fourni par le FBI m'a laissé l'impression que la situation était sous contrôle et qu'une tragédie avait été évitée. Nick a quitté le Bureau ovale et la session avec le Président a repris. Plus tard, alors que je quittais le bureau, le Président m'a interpellé : « John, tenez-moi au courant de la situation au Connecticut. »

Une fois dans mon bureau, où la télévision était déjà sur CNN, j'ai appris ce qui se passait à l'école élémentaire Sandy Hook à Newtown, au Connecticut. Peu de détails et aucune information sur les victimes. Les caméras étaient tournées vers les élèves et les enseignants qui avaient réussi à quitter le bâtiment ainsi que sur l'unité SWAT qui l'entourait. Les images m'ont rappelé la fusillade à l'université de Virginia Tech en 2007, la première année de ma fille Jaclyn là-bas. Trente-trois élèves et enseignants ont été tués lors de ce drame, notamment l'une des meilleures amies de Jaclyn. J'ai tout fait pour repousser de mon esprit toute idée selon laquelle une tragédie équivalente était d'actualité.

Alors que je regardais la retransmission télévisée, j'ai reçu un appel de Sean Joyce, le directeur adjoint du FBI. « John, j'ai de mauvaises nouvelles, a déclaré Sean à voix basse. Nous sommes à l'intérieur de l'école, et c'est un carnage. Il semble que plus de vingt personnes ont été tuées », avant d'ajouter, sa voix craquant légèrement : « La plupart d'entre elles sont des petits enfants. »

Je suis resté assis... en silence... stupéfait. Les mots « petits enfants » ont appuyé, de manière beaucoup trop prononcée, sur ma corde sensible. Je ne pouvais pas m'empêcher d'imaginer à quoi cette scène horrible pouvait ressembler.

Après quelques instants, Sean a continué. « Le tireur s'est tué lui-même. Notre prochaine étape, maintenant, est d'identifier les victimes. Et, John, il faut que vous sachiez que c'est très difficile pour la police et les autorités scolaires de voir les corps, en particulier des enfants, sans s'effondrer. Cela va prendre du temps. »

J'étais bouche bée, en état de choc, arrivant seulement à écouter.

Sean a poursuivi : « L'école est maintenant submergée par des parents angoissés qui savent qu'il y a eu une fusillade et qui sont rongés par la peur que leurs enfants aient été tués ou blessés. Ce qui est néanmoins important pour vous et le Président, c'est que vous sachiez qu'une tragédie nationale est en cours. »

J'ai remercié Sean pour l'appel et je me suis assis sur ma chaise. Mon personnel est entré dans mon bureau pour savoir ce que Sean avait dit, alors je leur ai répondu... avec un visage livide. Je leur ai dit que je devais voir le Président. J'ai pris les notes sur lesquelles j'avais écrit les commentaires de Sean et je suis sorti.

J'ai tout fait, en montant les escaliers vers le Bureau ovale, pour me ressaisir. Je suis entré dans la salle et j'ai vu le Président, debout à côté de son bureau. Il était apparemment en train de lire quelque chose qui l'avait fait sourire.

Je l'ai regardé un moment sans rien dire, et il a tout de suite compris que j'avais de mauvaises nouvelles. Il s'est avancé vers moi et a pu voir que mes yeux étaient rouges. « Monsieur le Président, le FBI vient de m'apprendre qu'il y a plus d'une vingtaine de morts à l'école primaire du Connecticut. » J'ai ensuite avalé un bon coup et j'ai dit : « Et la plupart d'entre eux sont des petits enfants. »

Le Président s'est alors contenté de me regarder, tâchant de comprendre ce que je venais de dire. Plus quc tout autre renseignement que je n'ai jamais pu lui donner, ces paroles ont eu un impact immédiat et profond. Il s'est penché en arrière, s'appuyant sur le dos du canapé, et c'est là que ses yeux ont commencé à se remplir de larmes. C'est à ce moment-là que j'ai réalisé que nous réagissions en tant que pères, horrifiés de devoir imaginer des petits enfants perdre la vie si soudainement, si violemment et de manière si insensée.

J'ai donné au Président un peu de temps pour absorber les informations, avant de lui dire que le tireur était mort, et qu'aucune information sur les victimes ne serait dévoilée avant que les familles ne soient prévenues et consolées. Ce dernier commentaire a poussé le Président à fermer les yeux, apparemment incapable de supporter la douleur que ces parents en deuil devaient éprouver.

Je suis sûr que le Président Obama se dit encore qu'il aurait aimé faire davantage de progrès sur certaines questions clés au cours de sa présidence.

Sans aucun doute, le contrôle des armes à feu en fait partie.

18

PRENDRE UNE VIE POUR EN SAUVER DES MILLIERS

« Je dois voir le Président dès que possible. »

Chaque fois que j'ai prononcé ces mots devant l'un des secrétaires personnels les plus compétents et imperturbables du Président Obama, assis à quelques pas de la porte du Bureau ovale, ils savaient que cela était important et qu'il n'y avait pas une seconde à perdre. Mon portefeuille en matière de lutte antiterroriste parlait de lui-même. « Bien sûr, John, me disaient-ils. Il devrait avoir terminé dans quelques minutes. » Se demandant alors si ma requête allait faire sauter le programme quotidien du Président Obama, ils me demandaient avec inquiétude : « Combien de temps vous faudra-t-il ?

— Dix minutes… quinze maximum.

Au cours de la deuxième moitié du premier mandat d'Obama, c'est exactement comme ça que les choses se passaient lorsque j'avais besoin de parler au Président de ce qui constituait généralement une opportunité de courte durée de procéder à une « frappe fatale » – un terme décrivant l'utilisation d'une force offensive destinée à entraîner la perte de vies humaines – contre une cible terroriste à l'étranger afin de sauver des vies américaines. Au tout début de l'administration Obama, l'équipe dirigeante de sécurité nationale du Président a décidé que toute frappe contre des cibles terroristes, situées en dehors des champs de bataille d'Irak et d'Afghanistan, exigerait l'approbation du Président. Les opérations de lutte antiterroriste, menées dans ces deux pays déchirés par la guerre, étaient régies par des chaînes de commandement militaire sur place qui s'appuyaient sur des règles d'engagement prédéterminées ne nécessitant donc pas l'approbation présidentielle. En tant qu'assistant du Président à la sécurité intérieure et à la lutte antiterroriste, j'étais donc le point de contact désigné à la Maison-Blanche pour toutes les demandes de « frappes fatales » venant d'officiers américains au-delà des frontières de l'Irak et de l'Afghanistan. Peu importe s'il s'agissait de frappes impliquant des missiles de croisière Tomahawk lancés au sol à partir de navires de surface ou de sous-marins de la marine américaine, ou de bombes guidées laser tirées d'avions militaires américains ou d'aéronefs pilotés à distance (connus sous le nom de RPA et de drones) contrôlés par les forces antiterroristes américaines. Si une frappe devait être lancée contre une cible terroriste, n'importe où à l'étranger, sauf en Afghanistan et en Irak, j'étais le gardien de la Maison-Blanche.

Avant de présenter une proposition au Président, je devais d'abord, afin qu'il puisse prendre une décision, être moi-même satisfait de l'exhaustivité des renseignements associés à la demande. Dès que le temps le permettait, la gravité de la menace et la demande de frappe devenaient le sujet de plusieurs réunions interagences, dans la salle de crise, où les renseignements étaient scrupuleusement examinés et contestés, avant de débattre rigoureusement et d'évaluer si la cible en question atteignait le seuil correspondant au lancement d'une « frappe fatale ». Même après plusieurs réunions de ce genre, il m'arrivait souvent d'avoir des conversations privées avec certains de mes principaux homologues spécialisés en lutte antiterroriste, notamment le vice-président des chefs d'état-major interarmées, le général James « Hoss » Cartwright, ou son successeur, l'amiral James « Sandy » Winnefeld, avant de pouvoir la transmettre à notre patron. Toutefois, lorsqu'une menace était imminente et que je recevais des appels téléphoniques urgents annonçant la réception de courriels classifiés avec des pièces jointes indiquant la nature de la menace et avec une proposition de « frappe fatale » pour la neutraliser, je me retrouvais forcé à décider rapidement si oui ou non cela demandait l'attention immédiate du Président.

Alors, en attendant de pouvoir voir le Président, je me tenais debout, inquiet, à l'extérieur du Bureau ovale, à regarder à travers les immenses baies vitrées qui encadrent la passerelle couverte reliant l'aile Ouest à la résidence de la Maison-Blanche. Pendant ces quelques minutes précédant toute rencontre avec le Président, j'avais l'occasion de passer en revue une nouvelle fois les renseignements que l'on m'avait fournis, les détails de la proposition de frappe et mon niveau de confiance analytique dans la recommandation que je me préparais à faire. Je me tourmentais également en me demandant quelles questions le Président allait me poser. Si jamais il posait une question que je n'avais pas anticipée, cela constituait la preuve que je ne m'étais pas suffisamment préparé pour cette rencontre. Et rien, absolument rien, ne me dérangeait davantage que d'avoir le sentiment de ne pas être suffisamment préparé pour une réunion avec le Président.

Sans aucun avertissement, l'imposante porte en bois du Bureau ovale s'ouvrait vers l'intérieur et libérait un flux de personnes portant des blocs-notes et des livres de briefing, discutant entre elles des conseils et consignes présidentielles qu'ils venaient de recevoir. En cas de retardataires encore présents à l'intérieur, l'une des secrétaires personnelles du Président faisait un pas dans le bureau et annonçait : « Brennan est ici », une formule qui avait le don de mettre un point final à toute conversation. Le simple fait de mentionner mon nom donnait au Président un air sérieux et résigné. Je ne l'ai jamais trop pris personnellement, car je me disais qu'il savait que je lui apportais soit de mauvaises nouvelles, soit une « proposition de frappe fatale » antiterroriste qui exigerait inévitablement une décision de vie et de mort.

Il nous arrivait d'être rejoints, si leur emploi du temps le permettait, par le vice-président, le conseiller à la sécurité nationale, le conseiller adjoint à la sécurité nationale adjoint, le chef de cabinet du Président et le conseiller juridique de la Maison-Blanche, car leurs bureaux étaient prévenus dès que je m'apprêtais à présenter une demande de frappe au Président. Je m'asseyais à ma place habituelle, à l'extrémité du canapé, directement à gauche de la chaise du Président, tandis que les autres s'installaient à leur place habituelle. Sans transition, je dévoilais les renseignements qui m'avaient conduit jusqu'au Bureau ovale. Voici un exemple de ce genre de discussion, modifié pour des raisons de sécurité :

« Monsieur le Président, nous avons localisé l'un des principaux espions impliqués dans un complot visant à utiliser un camion piégé pour faire exploser notre ambassade, à Sanaa. Nous avons eu confirmation par des sources humaines et techniques qu'il s'agit d'un membre d'AQAP. Il a passé la nuit dans une base située à environ 120 kilomètres de la ville. Plus tôt aujourd'hui, nos drones ont observé un pick-up, dans la même base, être chargé avec une grande quantité d'explosifs. Considérant les derniers complots et attaques terroristes que nous avons découverts, le chargement du camion et son emplacement à proximité de l'espion, les analystes évaluent que le camion quittera la base demain matin pour prendre la direction de Sanaa. »

Avec son coude gauche sur l'accoudoir de sa chaise en bois, le Président laisserait sa tête reposer sur sa main gauche, l'index pointerait vers le haut le long de sa joue tandis que son pouce et d'autres doigts encadreraient son menton. Le Président m'écoutait toujours très attentivement lors de tels briefings, ses yeux fixés sur les miens, ne les déplaçant et ne déplaçant son bras que lorsque je lui remettais une carte et des photos montrant la configuration et l'emplacement précis de la base en question. Il me laisserait continuer sans m'interrompre.

« Monsieur le Président, il y a au moins quinze personnes dans la base, dont onze non-combattants, incluant des femmes et des enfants. Nous ne sommes donc pas en mesure de frapper le camion pour le moment. Le gouvernement yéménite n'a pas de forces militaires ou de sécurité dans la région. À l'heure actuelle, nous recommandons de ne pas aviser les Yéménites, car AQAP a de nombreuses taupes à l'intérieur des services de renseignements et finirait certainement par découvrir que nous avons localisé le camion et l'espion. Par ailleurs, toute tentative yéménite d'utilisation de la force visant à prévenir la menace en attaquant la base elle-même entraînerait probablement la mort de la plupart, sinon de la totalité, des autres personnes présentes dans la base.

« Les forces spéciales américaines ne sont pas en mesure de mener un raid contre la base ce soir. Et même si elles l'étaient, notre évaluation dit que le risque pour nos forces serait trop grand, car AQAP dispose de nombreuses bases dans la région où se trouvent beaucoup de combattants lourdement armés.

« Ce qu'il faut retenir, monsieur, c'est que nous n'avons aucune option nous permettant de mener une opération de perturbation ou de capture sur le terrain.

« Monsieur le Président, nos drones nous permettent d'avoir un aperçu visuel constant de la base. Les prévisions météorologiques prévoient un ciel dégagé pendant encore douze heures avant qu'il ne fasse nuageux. Si cela est maintenu, nous devrions être en mesure de voir le départ du camion et de l'espion. Les analystes ont cartographié les routes que le camion est le plus susceptible d'emprunter, après son départ de la base. Ils ont aussi identifié les zones qui permettraient de procéder à une frappe propre, avant que le camion n'atteigne les routes congestionnées de Sanaa.

« Monsieur le Président, tous les critères de frappe sont réunis et les avocats ont signé. Je vous recommande d'autoriser une frappe tant qu'elle peut être menée conformément aux directives permanentes exigeant que l'on soit quasi certain qu'il n'y ait aucune victime civile. Nos équipes sont convaincues qu'elles trouveront un tronçon de route qui leur permettra de frapper, rapidement et de manière nette. »

Ce ne serait pas la première fois que je recommanderais au Président d'autoriser une frappe contre un véhicule en mouvement. Il connaîtrait bien les risques. Un autre véhicule pourrait apparaître inopinément sur la même route. Si cela arrivait, les pilotes du RPA seraient obligés de procéder à un « *shift cold* », une tactique consistant à rediriger (« *shift* ») un missile en plein vol pour qu'il atterrisse et explose dans un endroit sûr (« *cold* ») plutôt que de tuer des voyageurs innocents présents au mauvais endroit au mauvais moment.

Enfin, il ne me resterait plus qu'à terminer avec le dernier argument de ma liste. « Notre ambassadeur à Sanaa a souscrit à la recommandation de frappe. De plus, cette situation est pratiquement identique au scénario hypothétique que j'ai envisagé avec le président [Abdrabbo Mansour] Hadi, lorsque je me suis rendu à Sanaa le mois dernier. Il m'a dit qu'en cas de menace imminente concernant la vie de citoyens américains, nous étions autorisés à mener de telles frappes. Notre ambassadeur informera Hadi dès que le camion aura été frappé. Si la frappe est réussie et qu'aucun civil n'est blessé ou tué, je suis certain que les Yéménites ne protesteront pas, même s'il se peut qu'ils la critiquent publiquement pour leurs propres objectifs politiques nationaux. »

Le Président prendrait alors quelques instants supplémentaires pour regarder la carte et les photos. « Et que fait-on si nous voyons quelqu'un d'autre monter dans le camion avec l'espion d'AQAP ? Et que fait-on si les nuages arrivent plutôt et obscurcissent notre point de vue, et que nous perdons de vue le camion et le terroriste ? »

Le Président connaîtrait probablement ma réponse, identique à celle que j'aurais donnée lors de briefings similaires. Mais il voudrait être rassuré de manière explicite en sachant que ses recommandations précédentes seront respectées.

« Oui, monsieur. Si quelqu'un d'autre entre dans le camion, il nous faudra être quasi certains qu'il appartient à AQAP ou qu'il est familier avec le véritable objectif du camion. Nos équipes savent qu'elles devront nous contacter afin d'obtenir d'autres recommandations si jamais elles ne sont pas en mesure d'être "quasi certaines". Si nous perdons le camion de vue en raison de la couverture nuageuse, nous contacterons immédiatement les Yéménites pour leur donner des détails sur le camion et l'espion afin qu'ils puissent installer des barrages routiers autour de la ville. À un tel stade, mieux vaut prévenir les Yéménites, quitte à involontairement informer AQAP.

— Qu'en est-il de la sécurité autour de l'ambassade ? demanderait-il. Nous devons mettre nos citoyens à l'abri. »

— Oui, monsieur. Nous avons réduit notre personnel diplomatique au cours des dernières semaines, et notre ambassadeur a demandé au président Hadi, plus tôt aujourd'hui, de renforcer et d'agrandir le périmètre de sécurité autour de l'ambassade, compte tenu des récentes menaces que nous avons partagées avec les Yéménites. J'appellerai Hadi, une fois dans mon bureau, pour lui dire que c'est vous, personnellement, qui en faites la demande.

— Très bien. J'approuve la proposition de frappe si nous avons la quasi-certitude qu'il n'y aura pas de victimes parmi les civils. Tenez-moi informé, y compris de l'évolution des mesures de sécurité autour de l'ambassade. Indiquez-moi quand le camion quitte la base et si quelqu'un d'autre que le terroriste est à bord.

— Parfaitement, monsieur. Merci, monsieur le Président. »

Il me faudrait alors moins de trente secondes pour rejoindre mon bureau, d'où je transmettrais immédiatement la réponse du Président à l'unité antiterroriste ayant fait la demande de frappe par le biais de sa chaîne de commandement, comme le général Cartwright, l'amiral Winnefeld, ou parfois le lieutenant-général John F. Kelly, qui était l'adjoint militaire principal du secrétaire à la Défense, Bob Gates, et de son successeur, Leon Panetta. Généralement, je donnais une date limite à l'approbation du Président. « Vous êtes autorisés à faire feu si les critères sont respectés durant les vingt-quatre prochaines heures, dirais-je sur la ligne sécurisée. Après vingt-quatre heures, vous devrez mettre à jour votre proposition et demander une extension. »

Une frappe aurait lieu au Yémen, au petit matin, soit une heure ou deux avant minuit à Washington, ce qui me permettrait d'appeler le Président Obama ou de lui rendre visite à la résidence pour lui lire le compte rendu de l'unité sur place. En cas de frappe, j'étais généralement en mesure de signaler qu'elle avait été menée avec succès, sans aucune victime civile. Mais cela n'a pas toujours été le cas, surtout durant la première année de l'administration Obama.

C'est en janvier 2009, seulement quelques jours après mon arrivée à la Maison-Blanche, que je suis devenu conscient du poids qui reposait sur mes épaules en tant que conseiller principal du Président Obama en matière de lutte antiterroriste. Cela faisait plus de trois ans que je n'avais, ni travaillé au gouvernement ni été impliqué dans la lutte contre al-Qaïda. Qui plus est, mes précédents engagements n'étaient que d'ordre analytique. Bien que les évaluations du TTIC et du NCTC (Centre national de lutte contre le terrorisme) faisaient état de la gravité et de l'imminence des menaces terroristes – et qu'elles étaient ensuite utilisées pour justifier des interventions antiterroristes –, je n'avais encore jamais été directement impliqué dans le processus décisionnel relatif au lancement d'une frappe fatale. Inutile de dire que cela a radicalement changé lorsque je suis arrivé à la Maison-Blanche.

Pendant ma période hors du gouvernement, les capacités américaines en lutte antiterroriste étaient devenues de plus en plus sophistiquées, notamment sur le front technologique. L'un des progrès les plus significatifs a été l'amélioration du nombre et des capacités des RPA (familièrement appelés « drones », ou « Predator » ou « Reaper » en référence au nom de ces modèles fabriqués par la marque General Atomic). Ces dispositifs aériens armés et non armés, pilotés et contrôlés par des pilotes américains situés dans des stations au sol, à des centaines, voire des milliers de kilomètres, sont devenus un outil de lutte antiterroriste de plus en plus efficace pour recueillir des renseignements techniques, observer des images vidéo d'individus en plein mouvement et procéder à des frappes fatales dans la chasse à al-Qaïda. Bien que des RPA aient été déployés pour soutenir les opérations militaires américaines sur le champ de bataille en Irak et en Afghanistan, ils ont été particulièrement utiles pour mener des attaques antiterroristes dans des pays où aucune force de combat américaine n'était présente et où les gouvernements locaux n'avaient pas la capacité ou la volonté – ou les deux – de répondre aux menaces terroristes.

L'administration Bush a intensifié son utilisation de RPA au cours de sa dernière année au pouvoir. Durant mes premières semaines comme conseiller antiterroriste du Président Obama, j'ai été briefé de nombreuses fois sur les capacités techniques de ces dispositifs, en particulier sur la portée et l'incroyable précision des missiles à guidée laser qu'ils transportaient. J'ai été impressionné par la capacité des RPA à se stabiliser pendant de longues périodes au-dessus de bases terroristes, connues et présumées, ainsi que par leur faculté à suivre les mouvements de terroristes et de véhicules sur un terrain qui était hors de portée d'autres efforts de collecte de renseignements. Ne plus avoir à encourir les risques associés au déploiement de soldats américains dans le cadre d'opérations de combat antiterroristes constituait un avantage majeur. Bien que les briefings techniques soient des plus complets, je n'ai trouvé aucune directive émise par la Maison-Blanche expliquant pourquoi il était nécessaire de procéder à un examen juridique des propositions de frappes, ni aucun critère opérationnel établi à remplir avant l'autorisation d'une frappe. À l'inverse, chaque décision semblait être prise de manière un peu trop individuelle, sans cadre décisionnel commun, ce qui n'était pas surprenant compte tenu de l'évolution constante du programme et du nombre limité de frappes effectuées à la fin de l'administration Bush.

Il ne fait aucun doute que l'utilisation de RPA armés a entraîné une augmentation considérable du nombre d'options permettant de faire face aux menaces terroristes. Toutefois, le Président Obama a clairement indiqué, dès le début de son administration, qu'il voulait que cette utilisation soit strictement contrôlée. Il ne voulait pas que la disponibilité et la commodité de notre artillerie entraînent une baisse des exigences aboutissant à l'autorisation d'une frappe. Le président Obama et moi avions évoqué, lors de notre première rencontre à Chicago, à quel point il est important d'éviter toute perte de vie innocente au cours d'opérations de lutte antiterroriste. Je savais donc que nous devions élaborer un processus interinstitutionnel et des critères d'attaque qui régiraient le recours aux frappes fatales dans des pays autres que l'Afghanistan et l'Irak. La création d'un tel processus prendrait du temps, au cours duquel il n'y aurait aucune diminution du nombre de menaces terroristes ou de propositions de frappes fatales envoyées à la Maison-Blanche. Durant la première année de l'administration Obama, j'ai travaillé en étroite collaboration avec la conseillère juridique du NSC, Mary DeRosa, et le directeur principal de la lutte antiterroriste au NSC, Nick Rasmussen, afin d'examiner en détail les renseignements et les options de frappes envoyés à la Maison-Blanche. Lorsque nous jugions que la menace était sérieuse et que les options étaient légales et réalistes, je demandais qu'une frappe soit autorisée lors d'une réunion avec le Président Obama et d'autres hauts fonctionnaires de la Maison-Blanche travaillant sur les questions de sécurité nationale. C'est au cours de ces premières réunions au Bureau ovale que je suis devenu familier avec les Conditions, les Circonstances, les Critères et les Considérations – que j'appelais les 4C – que le Président Obama tenait à prendre en compte avant même que je lui demande d'approuver une frappe fatale.

Nous avons alors commencé à concevoir un système qui permettrait d'optimiser notre capacité à lancer des frappes fatales et efficaces contre des cibles terroristes en dehors des États-Unis afin de protéger des vies américaines. Cela a été un processus long et souvent controversé. Les agences de sécurité nationale avaient chacune leur point de vue sur la manière d'évaluer la gravité et l'imminence d'une menace, les critères à remplir avant d'approuver une frappe fatale et, plus particulièrement, le niveau de confiance analytique nécessaire pour déterminer qu'il serait possible d'éviter tout décès ou blessure parmi les civils. Chaque fois qu'un terroriste important était identifié ou localisé, une discussion s'ensuivait sur la gravité de la menace qu'il posait et sur la question de savoir si la menace ne pouvait être atténuée que par des frappes fatales. Ces discussions interagences ont souvent abouti au refus d'une proposition de frappe contre une cible, en raison du manque de renseignements sur l'imminence de la menace posée ou sur la disponibilité d'autres mesures d'atténuation. Les leçons tirées de chaque délibération ont permis d'éclairer les discussions et décisions futures.

Alors que notre cadre décisionnel prenait forme, le Président Obama a encouragé les hauts fonctionnaires de l'administration à s'exprimer en public et de manière aussi transparente que possible au sujet des interventions antiterroristes américaines.

Alors que certaines frappes ont entraîné la mort tragique de civils, ce nombre a été, en réalité, bien inférieur aux affirmations exagérées et infondées qui circulaient dans les médias américains et, plus particulièrement, dans la presse internationale. En plus de réfuter ces erreurs, le Président Obama s'est également vivement intéressé à la création de précédents et de normes délimitant l'utilisation des RPA par d'autres nations. « Nous ne pouvons pas critiquer la manière de faire des autres si nous ne leur avons pas expliqué quand et comment nous utilisons ces outils », a-t-il déclaré.

Je me suis senti personnellement obligé de prendre la parole en public pour décrire à quel point les décisions du Président Obama en matière de lutte antiterroriste étaient réfléchies, mesurées et en harmonie avec les valeurs américaines. Je ne l'ai cependant fait qu'avec un succès mitigé dans une série de discours au Centre d'études stratégiques et internationales (CSIS[57]), au Conseil en relations étrangères (CFR[58]), à l'université de New York, à la faculté de droit de Harvard, à l'université Johns Hopkins, et au Woodrow Wilson Center, à Washington. Avec le recul, je réalise que mes remarques, à quelques reprises, étaient plutôt ésotériques, voire plutôt confuses, comme lorsque j'ai dit, fin 2009, que le Président Obama ne considérait pas la lutte contre le terrorisme comme un combat contre les « djihadistes. » Je faisais en effet référence au fait que selon l'islam, le « djihad » est une lutte sainte dont le but est d'atteindre un objectif moral, alors que les attaques terroristes n'ont rien de saint ni de moral. J'essayais d'expliquer, tant bien que mal, que les termes « violence » et « djihad » n'étaient pas

57. *Center for Strategic and International Studies.* (NDT)

58. *Council on Foreign Relations.* (NDT)

nécessairement synonymes, ce qui allait à l'encontre du point de vue dominant de la plupart des Américains.

Je voulais également faire comprendre à mon public que qualifier les terroristes de djihadistes risquait de leur donner « la légitimité religieuse qu'ils cherchent, mais en aucun cas ne méritent ». Cette thèse ne m'a pas permis de gagner beaucoup de convertis, alors ou depuis. Et lorsque j'ai fait mes remarques en arabe, l'année suivante, et que j'ai fait référence à la ville de Jérusalem en utilisant son nom arabe « al-Quds », les théoriciens du complot se sont déchaînés – et ils le sont toujours – en disant que je suis la preuve que les extrémistes islamiques avaient déjà infiltré les plus hauts niveaux du gouvernement américain.

Décidé à ne pas me laisser intimider, j'ai continué d'utiliser ces forums publics pour m'exprimer et partager de nombreux détails sur les politiques et les interventions antiterroristes de l'administration. Fin juin 2011, j'ai déclaré publiquement que « depuis bientôt un an, il n'y a pas eu un seul dommage collatéral » au cours des opérations de lutte antiterroriste, en dehors des champs de bataille d'Irak et d'Afghanistan, une position qui a été largement contestée par les critiques des programmes antiterroristes américains, mais que je conserve à ce jour. En avril 2012, j'ai déclaré publiquement que le gouvernement des États-Unis avait utilisé des RPA pour mener des frappes ciblées contre des terroristes d'al-Qaïda, un aveu que le gouvernement américain avait jusqu'à présent refusé de faire. Je considérais ces frappes comme le secret le moins bien gardé au monde, alors je ne voyais aucune raison de poursuivre cette mascarade. Cet aveu, plutôt brut, était accompagné de nombreux autres détails, notamment le fait que les frappes ciblées de l'administration Obama respectaient les principes fondamentaux du « droit de la guerre » que sont la nécessité, la distinction, la proportionnalité et l'humanité, la préférence pour la capture plutôt que pour le meurtre de terroristes, la capacité démontrée des tribunaux définis par l'Article III de la Constitution à juger et à condamner des terroristes, et l'importance de la surveillance par le Congrès des agissements de la branche exécutive.

Ce n'était pas suffisant a décidé le Président Obama. Nous devions en faire plus. « Je suis assez confiant dans mes chances de gagner la prochaine élection, a-t-il déclaré à plusieurs d'entre nous, un matin du printemps 2012, dans le Bureau ovale. Mais nous nous devons de proposer un véritable cadre décisionnel à la prochaine administration pour lui permettre de décider quand il est approprié de frapper des cibles terroristes, peu importe si le prochain Président prend ses fonctions en 2013 ou en 2017. Réunissons ce que nous avons fait en pratique, incorporons-le dans un document et transmettons-le à nos successeurs. » Comme d'habitude, l'instinct du Président Obama voyait juste. J'aurais certainement bénéficié, le premier jour de mon mandat, de directives écrites définissant les procédures que nous pouvions adopter ou modifier en vue d'utiliser des RPA. La direction montrée par Obama a donné lieu à une nouvelle série de réunions interagences acharnées entre les responsables politiques, les officiers du renseignement et les avocats. Au cours des discussions, nous avons décidé que le document devait inclure toutes les interventions directes menées par les États-Unis, y compris les opérations de capture par les forces américaines. Nous nous sommes fixé pour objectif de finaliser le document pour la fin 2012. Toutefois, la réélection du Président a ralenti le processus qui n'a finalement pu se terminer que l'année suivante.

Le 22 mai 2013, le Président Obama a approuvé un document top secret intitulé : « Procédures d'approbation d'interventions directes contre des cibles terroristes situées en dehors des États-Unis et des zones d'hostilités actives ». Pour prouver la transparence demandée par le Président, une fiche descriptive non classifiée, résumant le document et émise par la Maison-Blanche, a été publiée le lendemain. Une version déclassifiée du document top secret a été ultérieurement publiée en vertu du Freedom of Information Act, la loi sur la liberté d'accès à l'information. Je considère ces procédures comme un modèle permanent décrivant le lancement de frappes fatales contre des cibles terroristes, que ce soit par les États-Unis ou un autre gouvernement. En plus de stipuler qu'une frappe fatale doit avoir une base légale et n'être utilisée que contre des cibles constituant une menace imminente continue, les procédures exigent d'être quasi certain que (a) la cible terroriste est présente, que (b) les non-combattants ne seront pas blessés ou tués, et que (c) la capture ou toute autre mesure d'atténuation de la menace, y compris par des forces étrangères, n'est pas possible.

Selon les articles parus dans la presse, l'administration Trump a très vite décidé de ne pas suivre les directives de l'administration Obama dans ce domaine. Je ne connais pas les critères et les procédures utilisés par l'administration Trump lorsqu'il s'agit de frapper une cible terroriste à l'étranger. Je trouve également surprenant que la presse et les organisations de défense des droits de l'homme n'aient pas déclenché un plus grand tollé en constatant le secret associé aux opérations de lutte antiterroriste de l'administration Trump. Bien que je craigne que certains responsables de la Maison-Blanche aient des normes « plus souples » lorsqu'il s'agit d'éviter de blesser ou de tuer des civils, j'espère avec ferveur que nos professionnels de la lutte antiterroriste continuent de s'acquitter de leurs responsabilités en faisant tout leur possible pour éviter que des innocents, Américains et étrangers, perdent la vie.

Tout au long de sa présidence, le Président Obama a continué de mettre l'accent sur la transparence des interventions antiterroristes de son administration. Il a demandé au département de la Défense de publier, début 2016, en coordination avec la communauté du renseignement, des informations sur les résultats des frappes fatales lancées contre des cibles terroristes en dehors de l'Irak et de l'Afghanistan. C'est ainsi que la Maison-Blanche Obama a annoncé, en juillet 2016, que depuis le 20 janvier 2009, jour de son investiture, jusqu'au 31 décembre 2015, l'administration avait autorisé 473 frappes contre des cibles terroristes, entraînant la mort de 2 372 à 2 581 combattants et de 64 à 116 civils. Ayant moi-même participé à l'examen de ces statistiques, je pense que le nombre de décès civils est correctement estimé, même si selon moi, ce nombre est plus proche de 116 que de 64. Les organisations de défense des droits de l'homme, qui prétendaient que le nombre de civils morts était bien plus élevé, critiquaient nos totaux de manière compréhensible, faisant valoir qu'ils ne pouvaient être vérifiés sans une liste individuelle des frappes ainsi que la méthodologie et les sources utilisées pour les calculer. Malheureusement, nous n'avons pas été en mesure de leur fournir ces informations, car une telle transparence aurait révélé des sources, des méthodes et des procédures sensibles et classifiées qui étaient utilisées dans le programme RPA.

Sans aucun doute, ce sont mes responsabilités en lutte antiterroriste, au sein de l'administration Obama, qui ont été les plus lourdes de ma carrière professionnelle, car elles comportaient régulièrement des décisions de vie ou de mort. Un cas particulièrement difficile a été celui d'Anwar al-Awlaki, un citoyen américain, dirigeant principal d'AQAP et instigateur d'attaques terroristes contre des entités et des citoyens américains, notamment une fusillade à Fort Hood, au Texas, qui a causé quatorze décès et plus d'une trentaine de blessés, ainsi qu'une tentative d'explosion d'un avion au-dessus des États-Unis, le jour de Noël 2009. Au cours de l'été 2011, nous avons obtenu des renseignements irréfutables selon lesquels Awlaki était en train de diriger et de planifier d'autres attaques terroristes contre des citoyens américains. Il était, cependant, caché au fin fond du Yémen, ce qui nous empêchait d'ordonner aux forces américaines ou yéménites de lancer une opération de capture. La seule option que nous avions pour éliminer la menace qu'il posait était de lancer un missile à partir de l'un de nos RPA. Le statut de citoyen américain d'Awlaki a toutefois suscité, à juste titre, un débat politique approfondi entre les départements et agences impliqués dans la sécurité nationale et la Maison-Blanche sur la question de savoir si nous pouvions procéder à une frappe fatale légale contre lui. Le dilemme qui se trouvait au centre de nos discussions opposait l'obligation du gouvernement américain de protéger ses citoyens contre des attaques terroristes, y compris lorsque celles-ci sont perpétrées par des citoyens américains, et le droit des citoyens américains à être jugés de manière équitable, en vertu de la loi américaine. En tant qu'avocat en droit constitutionnel et commandant en chef, le Président Obama a demandé à son équipe de sécurité nationale de travailler en étroite collaboration avec les hauts juristes du gouvernement avant de lui présenter une recommandation.

Les discussions ont été intenses. Personne n'a contesté le fait qu'Awlaki constituait une menace sérieuse pour les citoyens et les intérêts américains. Cependant, mener une frappe dans le but spécifique de tuer un citoyen américain était une éventualité de plus en plus inquiétante. Bien que l'Histoire regorge de nombreux cas où des citoyens américains, ayant rejoint les forces ennemies, ont été tués sur le champ de bataille à la suite d'une intervention militaire américaine, nous ne connaissions aucun antécédent au cours duquel un citoyen américain avait été délibérément visé et tué par le gouvernement américain. L'absence de précédent a exigé que l'affaire soit examinée de manière exhaustive.

Une des options envisagées était de savoir si l'affaire devait être examinée par une personne extérieure à la branche exécutive, comme un ou plusieurs anciens juges fédéraux, avant de décider de mener ou non une telle frappe contre un citoyen américain. Après de nombreuses heures de délibérations, cependant, cette option a été rejetée. Un tel examen a été jugé peu pratique, car cela nécessiterait plusieurs mois, voire beaucoup plus, au cours desquels la menace persisterait et se développerait probablement. Un consensus a même émergé, de manière encore plus nette, selon lequel il serait inapproprié et contraire à l'éthique de demander à une personne extérieure gouvernement de recommander une mesure impliquant la vie ou la mort d'un citoyen américain, même un ayant rejoint al-Qaïda.

En fin de compte, le Bureau du conseiller juridique du département de la Justice a rédigé une note de service concluant qu'Awlaki constituait une « menace continue et imminente de violence ou de mort pour les Américains » et que lancer une frappe fatale contre lui, en l'absence d'autres méthodes d'atténuation viables de la menace, serait un acte de guerre légitime couvert par l'Utilisation autorisée de la force militaire (AUMF), une résolution adoptée par le Congrès à la suite des attentats du 11-Septembre. L'organe consultatif juridique le plus élevé de la branche exécutive ne posant aucune objection à une frappe ciblant Awlaki, le Président a donné son autorisation. Le 30 septembre 2011, un missile lancé par un RPA a tué Awlaki, dans le gouvernorat de Marib au Yémen. Il est le seul citoyen américain délibérément visé pendant l'administration Obama. Sans que les services de renseignements américains le sachent, Samir Khan, un deuxième citoyen américain, lui aussi membre d'AQAP, était avec Awlaki au moment de la frappe et a également été tué. Deux semaines plus tard, Abdulrahman al-Awlaki, le fils d'Awlaki, âgé de seize ans, lui aussi citoyen américain, a été tué par inadvertance, alors qu'il se rendait au Yémen pour rejoindre son père, lors d'une frappe visant un autre dirigeant principal d'AQAP.

Au moins quatre autres citoyens américains ont été tués à la suite de frappes venant de RPA pendant l'administration Obama. Ahmed Farouq, Jude Muhammad et Adam Gadahn ont été tués lors de différentes frappes, le long de la frontière entre l'Afghanistan et le Pakistan, entre 2011 et 2015. Ils étaient tous membres d'al-Qaïda. Ils ont été tués par des frappes autorisées, mais leur identité américaine n'a été connue qu'après leur mort.

Warren Weinstein, un citoyen américain engagé dans des travaux de développement dans la région frontalière entre l'Afghanistan et le Pakistan, a été tragiquement tué à la suite d'une attaque par RPA menée contre un refuge confirmé d'al-Qaïda, en janvier 2015. Au moment de sa mort, Weinstein avait été détenu par al-Qaïda pendant trois ans et demi.

La mort de Weinstein me hante toujours. Il s'agit de l'une des erreurs les plus regrettables des efforts de lutte antiterroriste commises pendant l'administration Obama. J'aimerais pouvoir atténuer la douleur que sa famille, j'en suis sûr, ressent encore. Mais je sais que c'est impossible.

Nul ne peut nier le côté tragique du décès de Warren Weinstein et de tous les autres non-combattants. Il ne fait aucun doute dans mon esprit que si le Président Obama n'avait pas autorisé de frappes sur des cibles d'al-Qaïda, des milliers d'innocents, incluant beaucoup d'Américains, seraient morts en conséquence.

19

LE « MÉTRONOME » D'ABBOTTABAD

L'opération qui a permis de tuer Oussama ben Laden a été l'opération la plus intense, la plus secrète, la mieux planifiée et la plus réussie que j'ai jamais connue pendant ma carrière à la sécurité nationale. Je savais, grâce au temps passé avec l'équipe de transition, que l'une des plus importantes priorités du Président Obama, une fois devenu Président, était de mettre la main sur Ben Laden... au plus vite. Son objectif était double : capturer la personne responsable des attentats du 11-Septembre et, plus important encore, porter un coup dévastateur à al-Qaïda qui réduirait davantage ses capacités à attaquer et éventuellement tuer davantage d'innocents.

Pour souligner le sérieux de son engagement, le Président a convoqué une réunion des plus hauts membres de son équipe de sécurité nationale, en mai 2009, pour examiner l'évolution de cette poursuite. C'est Leon Panetta, alors directeur de la CIA depuis seulement quatre mois, qui a pris les rênes du briefing. Efficace et efficient, il a parcouru une série de diapositives montrant que les renseignements associés à la possible cachette de Ben Laden étaient soit insuffisants soit obsolètes. Les diapositives comprenaient des informations sur plusieurs médiateurs et messagers auxquels Ben Laden, quelqu'un d'exceptionnellement consciencieux en matière de sécurité, avait recours pour communiquer avec ses principaux lieutenants d'al-Qaïda. Leon a expliqué que les officiers de la CIA étaient impliqués, depuis plusieurs années, dans un effort fastidieux visant à trouver les personnes en contact direct avec Ben Laden. « Si nous pouvons les trouver, a déclaré Leon, elles nous mèneront jusqu'à Ben Laden. » Comme la plupart des participants, j'ai interprété le « Si » utilisé par Leon comme un signe que les efforts de la CIA pour trouver Ben Laden étaient au point mort.

Le Président Obama a apprécié l'honnêteté de Leon, mais cela n'a pas suffi à le satisfaire. Il en voulait plus. Le 2 juin, il a envoyé une note à Leon ordonnant à la CIA de produire, dans les trente jours, « un plan opérationnel détaillé pour localiser et traduire en justice Oussama ben Laden ». Obama savait que cette chasse à l'homme était la plus grande priorité de la CIA, mais il a voulu, en tant que nouveau Président, offrir une dose d'adrénaline et une preuve de son soutien ; un comportement bienvenu de la part de celui qui avait vivement critiqué le programme de détention et d'interrogatoire de la CIA pendant sa campagne présidentielle. Répondant, une fois de plus, à un ordre présidentiel – cette fois-ci sans la moindre controverse –, la CIA a rédigé un plan pour trouver Ben Laden, rapidement approuvé par le Président. La chasse à l'homme de la CIA reprenait de plus belle.

C'est un peu plus d'un an après que la CIA a pu présenter de nouvelles informations significatives au Président. En respectant le symbolisme des commémorations du 11-Septembre, Leon a demandé à rencontrer le Président, le vendredi 10 septembre 2010, pour faire le point sur les recherches du leader d'al-Qaïda. Michael Morell, le directeur adjoint de la CIA – un collègue et ami proche dont j'admirais la finesse en matière de renseignements depuis notre collaboration à Langley – m'a appelé avant la réunion pour mettre l'accent sur la sensibilité particulière des informations qui seraient discutées et sur la nécessité d'avoir le moins de personnes possible de la Maison-Blanche. Pour donner du poids à sa demande, Michael a ajouté que la CIA avait développé des informations potentiellement très importantes concernant une personne que les analystes de la CIA ont évaluée comme étant un messager de Ben Laden. Michael et moi avons convenu qu'en plus du Président et du vice-président, Rahm, Jim Jones, Tom Donilon, Denis McDonough, le conseiller à la sécurité nationale du vice-président, Tony Blinken, la conseillère juridique du NSC, Mary DeRosa, et moi serions les seuls participants extérieurs à la CIA.

Arrivant au Bureau ovale avec Michael et le directeur du Centre de lutte contre le terrorisme de la CIA, Leon avait on ne peut mieux préparé son briefing. « Il y a quelques semaines, nous avons trouvé un individu que nous avons été en mesure de suivre et qui, selon nous, est un messager personnel de Ben Laden. Cet individu vit avec son frère dans une base à Abbottabad, au Pakistan. » Ces derniers mots nous ont tous laissés bouche bée. « À l'heure actuelle, nous ne savons pas grand-chose sur cette base, mais il se peut que cela soit la découverte capitale que nous attendions. » Leon nous a avertis que toute surexcitation était prématurée, car il y avait encore beaucoup à apprendre sur la base et ses occupants. Il a ensuite exposé le plan de la CIA visant à obtenir davantage d'informations sur la base, sans attirer l'attention des Pakistanais. En utilisant un langage coloré, Leon nous a fait remarquer qu'Abbottabad est une ville qui présente d'importantes difficultés en matière de collecte d'informations : « L'académie militaire pakistanaise de mes deux se trouve à Abbottabad, et c'est aussi un endroit où les officiers militaires pakistanais passent leur putain de retraite. Ça va être chaud. » La présence de l'armée pakistanaise a suscité plusieurs discussions animées au cours desquelles nous nous sommes demandé si les responsables pakistanais connaissaient l'emplacement de Ben Laden ou même s'ils l'hébergeaient.

« Bon travail, Leon, a déclaré le Président, mettant fin au briefing. Dites à vos équipes de garder le pied sur l'accélérateur. C'est notre plus grande priorité. Et dites-moi si vous avez besoin de quoi que ce soit pour capturer ce messager. » Le Président étant clairement satisfait de ce qu'il venait d'entendre, Leon quitta le bureau le cœur léger et le regard déterminé. Nous autres sommes restés là. Le Président m'a regardé et m'a demandé ce que j'en pensais.

« Si la CIA a des infos sur ce messager, c'est le plus proche que nous ayons été de Ben Laden depuis qu'il s'est enfui de Tora Bora en décembre 2001 », ai-je dit. Puis, sans aucune honte, j'ai dévoilé mon parti pris pour la CIA en vantant les compétences et le dévouement des officiers aux trousses de Ben Laden, que ce soit depuis leur bureau à Langley ou en service à l'étranger. « Monsieur le Président, les experts de la CIA sont les meilleurs au monde en ce qui concerne al-Qaïda. Plus que toute autre agence ou département, ils considèrent qu'il est de leur responsabilité de trouver Ben Laden, et depuis près d'une décennie, ils sont profondément frustrés de ne pas y arriver. C'est quelque chose de très personnel pour eux. S'ils pensent que cet individu est le messager de Ben Laden, nous sommes quasiment sûrs qu'il l'est. Et ils remueront ciel et terre pour découvrir au plus vite tout ce qu'ils peuvent sur cette base et ses occupants. »

J'étais incroyablement enthousiaste à l'idée de chanter les louanges de la CIA ce matin-là, car j'avais un respect immense non seulement pour cette agence qui était, pour moi, comme une deuxième maison, mais aussi, tout particulièrement, pour les compétences, le dévouement et l'intégrité de la grande majorité du personnel. Au moment de ce briefing, Obama était au pouvoir depuis près de vingt mois et il comprenait et appréciait bien mieux les capacités de la CIA que lorsqu'il est devenu Président. Néanmoins, je pensais que, contrairement à tous ses prédécesseurs depuis le Président Truman, il n'avait pas encore eu l'occasion d'être époustouflé par le travail de la CIA. Peut-être que cette occasion lui permettrait de ressentir cela, me disais-je.

Au cours des deux mois suivants, Leon et son équipe nous ont tenus au courant des quelques nouveaux développements sur le front de la collecte d'informations, y compris certains renseignements dérivés de systèmes de collecte « exquis ». Il s'agit de systèmes de collecte techniques qui fournissent des informations et des mesures extrêmement précises, mais qui sont également extrêmement sensibles. Toutefois, en savoir plus sur le nombre de personnes vivant dans la base était un processus complexe, car les difficultés présumées de l'environnement opérationnel d'Abbottabad étaient fidèles aux prévisions de Leon. Je parlais avec Michael Morell pratiquement tous les jours et, inévitablement, nous finissions par évoquer le statut des informations détenues par la CIA au sujet de cette base. « John, nous faisons tout ce que nous pouvons, me répondait régulièrement Michael, mais nous ne voulons pas attirer l'attention des Paks. » Je savais qu'il avait raison, mais j'étais impatient.

Le 14 décembre, Leon et son équipe ont transmis au Président le premier exposé détaillé de la base d'Abbottabad. Durant ce briefing, qui se tenait encore dans le Bureau ovale, Leon a fourni de nombreux détails supplémentaires sur cette base « exceptionnellement grande et sécurisée » et sur les alentours. La CIA a confirmé que cette base était le lieu de « coucher » du messager de Ben Laden et de sa famille. Par ailleurs, nous avons appris par l'intermédiaire de renseignements validés que le messager avait travaillé pour deux détenus, aujourd'hui à Guantánamo, qui étaient auparavant les « cerbères » de Ben Laden. Les détenus étaient des espions d'al-Qaïda qui correspondaient avec Ben Laden par l'intermédiaire du messager, puis qui mettaient en œuvre les conseils de Ben Laden, reçus, une fois de plus, par le messager. Leon a déclaré au Président que l'Agence savait que les deux détenus avaient menti, lors de leurs interrogatoires, au sujet du messager afin de protéger Ben Laden, ce qui a renforcé le niveau de confiance analytique de la CIA selon lequel ce messager pouvait être la pièce manquante de notre puzzle. C'est au cours de cette réunion du mois de décembre que le Président a appris, pour la première fois, que la CIA avait obtenu des renseignements sur un individu vivant là, doté de caractéristiques physiques similaires à celles de Ben Laden et appelé le « métronome » en raison de ses déplacements monotones et réguliers à l'intérieur des murs de la base.

Bien que Leon et Michael aient fait de leur mieux pour ne pas annoncer prématurément que la CIA avait trouvé Ben Laden, la Maison-Blanche était optimiste et convaincue, en cette fin d'année 2010, que les efforts de poursuite du leader d'al-Qaïda devenaient de plus en plus concrets. « Si tout cela est aussi réel que ça en a l'air, a dit le Président à Donilon – qui avait succédé à Jim Jones au poste de conseiller à la sécurité nationale, deux mois plus tôt – à McDonough, et à moi – avant de partir pour ses vacances de fin d'année en famille à Hawaï –, je veux que nos équipes commencent à réfléchir à nos options pour capturer Ben Laden, si jamais il est bien dans cette base à Abbottabad. »

La CIA était déjà en train de réfléchir à un plan pour « capturer » Ben Laden. Bien que certains officiers de la CIA aient rapidement essayé de se limiter aux options pouvant être développées et mises en œuvre par la CIA, elle-même, Leon et Michael ont rapidement reconnu, à leur honneur, qu'il fallait que les capacités de l'armée américaine, plus importantes, entrent en jeu. Au début du mois de février 2011, la Maison-Blanche a autorisé la CIA à donner accès au cercle de connaissances sur la base et ses éventuels occupants au vice-amiral Bill McRaven, commandant du Commandement des forces spéciales interarmées (JSOC[59]). Nous avons demandé à Bill si, selon lui, les forces spéciales pouvaient mener un raid efficace, si jamais le Président décidait de

59. *Joint Special Operations Command.* (NDT)

suivre cette voie. Admettant que les supérieurs de McRaven, au Pentagone, devaient participer aux discussions, si jamais il devait développer des options militaires, la Maison-Blanche a convenu que le secrétaire Gates, le président des chefs d'état-major interarmées, l'amiral Mullen, et son adjoint, le général Cartwright, soient également briefés. Peu de temps après, la secrétaire d'État, Clinton, a également reçu son propre briefing et rejoint le groupe des « briefés ». Nous leur avons tous dit qu'ils ne pouvaient, sous aucun prétexte, aborder le sujet avec d'autres personnes, à moins qu'elles n'aient été autorisées par la Maison-Blanche, c'est-à-dire le Président.

Le rythme des réunions, de la collecte de renseignements et de la planification des opérations a considérablement augmenté à la fin du mois de février. Le 4 mars, lors d'une réunion du comité des premiers adjoints, la CIA a apporté une maquette de 120 centimètres carrés de la base d'Abbottabad, dans la salle de crise de la Maison-Blanche. Cachée dans une grande caisse en bois jusqu'à son arrivée à la Maison-Blanche, la maquette s'est avérée exceptionnellement utile lors des nombreuses discussions sur la base et sur les options disponibles pour capturer Ben Laden. Au moment du raid du 1er mai, dix-sept réunions officielles du Conseil de sécurité nationale – au niveau des adjoints, des premiers adjoints et du Président – s'étaient tenues dans la salle de crise. Ces réunions étaient du jamais-vu. Elles n'avaient rien en commun avec les échanges habituels entre agences. Aucune annonce, aucun ordre du jour et aucun document transmis préalablement aux participants. Les invitations, adressées uniquement à nos noms, étaient acheminées par téléphone, sous forme codée. Aucun substitut n'était autorisé. Aucune vidéoconférence, non plus, n'a été permise. Toutes les caméras de la salle de crise étaient couvertes, de sorte qu'il n'y ait aucune hémorragie involontaire du sujet par vidéo sécurisée. Les cartes et les diapositives PowerPoint imprimées étaient distribuées au début de chaque réunion et récupérées avant le départ des participants. Mon personnel administratif, ignorant la substance des discussions en cours, a simplement mis « réunion avec Mickey Mouse » sur mon planning informatique.

L'importance du secret était évidente pour tous, car la CIA continuait de souligner que toute fuite d'information pouvait détruire nos chances de capturer Ben Laden, avant même qu'une opération ne soit lancée. Nous avons donc tous trouvé cela ironique et déconcertant que Leon mentionne, lors de la réunion du 4 mars, qu'il avait discuté de la base d'Abbottabad avec certains membres du SSCI (Comité spécialisé en renseignement du Sénat). Je me souviens avoir regardé le visage des autres, autour de la pièce, dès que ces mots ont quitté la bouche de Leon. Comme moi, ils étaient tous stupéfaits. C'est Tom Donilon qui s'est exprimé en premier : « Vous avez fait quoi ?!?

— J'ai parlé de la base à certains sénateurs du comité », a répondu Leon.

Se rendant compte à quel point Donilon était décontenancé et clairement déçu, Leon a commencé à sortir les crocs. « Putain, les gars, c'est mon propre comité de surveillance. Je suis obligé de les tenir informés des principales activités du renseignement. »

Tom a interrompu l'envolée lyrique de Leon. « Il n'y a aucune "activité" ici, Leon. Le Président n'a encore rien décidé. Nous ne savons même pas qui occupe cette base ! » Bien que ne faisant pas marche arrière, Leon avait reçu le message : le Président voulait que tout cela reste entre nous. Les dirigeants du Congrès seraient informés au bon moment.

Le 14 mars, lors d'une réunion du Conseil de sécurité nationale dirigée par le Président, la CIA a commencé en proposant un examen complet des renseignements. Durant la discussion, l'un des briefeurs de la CIA a déclaré qu'il était certain à 70 % que le « métronome » était Oussama ben Laden. Le briefeur en question était un expert très respecté et de longue date lorsqu'il s'agissait d'al-Qaïda. Le niveau de certitude associé à son jugement nous a surpris, dans le bon sens du terme, car cela a donné un élan et une gravité supplémentaires aux discussions qui ont suivi. Bill McRaven nous a ensuite indiqué les difficultés que rencontreraient les forces spéciales américaines si jamais elles menaient un raid contre la base. « Nous menons ce genre d'attaque, avec grand succès, tous les soirs en Afghanistan et en Irak. Mais dans ces pays, les cieux sont à nous, alors qu'au Pakistan, ils ne le sont pas. Si nous menons cette opération par nous-mêmes, nos hélicoptères devront survoler le Pakistan pendant 240 kilomètres, déposer les hommes chargés d'infiltrer la base, puis retourner en Afghanistan. Voici le défi qui nous attend. À un moment ou à un autre, nous allons réveiller les Paks, et ils vont tirer la tronche lorsqu'ils verront que nous sommes venus dans leur pays sans demander leur permission. J'ai encore du travail à faire à ce sujet, monsieur le Président, avant de pouvoir vous dire si c'est faisable. » Ce briefing aura eu le don de calmer notre joie.

Le Président a également appris qu'une autre option était de bombarder la base avec des bombes JDAM guidées par GPS depuis des B-2. Évidemment, nous connaissions déjà tous les inconvénients de cette option. En plus de tuer tous les occupants de la base, y compris des femmes et des enfants, un tel bombardement entraînerait probablement des dizaines, voire des centaines de victimes dans les alentours. Personne dans la salle ne défendait la morale d'une telle frappe, même lorsque son but est de tuer Ben Laden. Nous étions également d'accord sur le fait que la réaction négative du gouvernement pakistanais et de la population, à des frappes faisant de nombreux morts, serait extrême et probablement volatile. Par ailleurs, une telle frappe ne permettrait pas de déterminer avec précision si Ben Laden était bien la personne que nous observions et s'il a bien été tué. Même si Ben Laden était tué lors de la frappe, al-Qaïda s'empresserait de prétendre qu'il s'est échappé, ce qui embellirait encore son statut déjà mythique. Cette proposition de bombardement a été rejetée durant cette réunion.

La CIA étant de plus en plus certaine de la présence de Ben Laden à l'intérieur de la base, le Président a déclaré qu'il souhaitait poursuivre l'option d'assaut par hélicoptère ainsi que toute autre option susceptible d'être identifiée. « Je veux que l'on se réunisse à nouveau, une fois que les adjoints et les premiers adjoints auront travaillé là-dessus. Si Ben Laden est sur cette base, il n'y sera pas pour toujours. » Obama venait de faire apparaître au grand jour ce que la CIA avait indiqué lors de nombreux briefings : Ben Laden et les autres principaux membres d'al-Qaïda changeaient périodiquement d'emplacement pour des raisons de sécurité. La réalité était que si Ben Laden était effectivement dans la base d'Abbottabad, nous n'avions aucune idée du temps qu'il y avait passé ni du temps qu'il comptait y rester.

Denis et moi avons coprésidé une très longue réunion des adjoints, le 22 mars, au cours de laquelle nous avons de nouveau énuméré toutes les options disponibles pour capturer Ben Laden. Malgré les risques associés à un assaut par hélicoptère, c'est cette option qui a le plus attiré l'attention des adjoints, et qu'ils ont le plus soutenu. Cette réunion nous a également permis de considérer plusieurs facteurs clés. Premièrement, l'heure et la date du raid dépendraient de conditions météorologiques favorables. Deuxièmement, le raid devrait avoir lieu un soir avec un minimum de clair de lune – soit à la fin de chaque cycle lunaire – afin de réduire les possibilités d'observation visuelle par des forces inamicales au sol. La première fenêtre lunaire se présentera le 2 avril, tandis que les fenêtres suivantes auront lieu tous les vingt-huit jours. Le Président doit donc savoir que l'option d'un raid par hélicoptère n'est disponible que pour une période de soixante-douze heures, une fois toutes les quatre semaines. Troisièmement, des plans d'urgence doivent être mis en place au cas où les forces spéciales rencontrent une véritable opposition militaire pakistanaise et ne réussissent pas à quitter la base en toute sécurité. Enfin, que ferions-nous si jamais un hélicoptère s'écrasait à l'intérieur du Pakistan ? Faudrait-il informer les Pakistanais qu'une mission de recherche et de sauvetage est en cours ? Et si oui, faudrait-il le faire avant, pendant ou après cette même mission ? Les adjoints ont reçu l'ordre de préparer les mémorandums qui permettraient au Président et aux premiers adjoints de répondre à ces questions.

Bien que l'option bombardement ait déjà été écartée, la réunion des adjoints a donné lieu à des discussions approfondies sur la possibilité de lancer une arme tactique de précision, à partir d'un dispositif aérien, qui frapperait le « métronome » pendant l'une de ses promenades. En plus des difficultés techniques associées à une telle frappe, cette option présentait les mêmes inconvénients, à savoir qu'elle ne permettrait pas de connaître la véritable identité de la personne frappée ni même son sort. Et, contrairement à un assaut par hélicoptère, bombarder la base ou lancer une arme tactique ne permettrait pas de récupérer le matériel – connu sous le nom d'ESS (exploitation de sites sensibles) – que Ben Laden possédait probablement sur place. Néanmoins, les adjoints ont convenu que l'option « Arme tactique » devait être présentée au Président. La réunion a permis de rejeter toute idée consistant à parler de la base d'Abbottabad aux Pakistanais. Les adjoints ont pensé, à l'unanimité, que les Pakistanais n'accepteraient pas de mener une opération conjointe avec les forces américaines ou qu'ils n'autoriseraient pas les États-Unis à agir seuls. Par ailleurs, nous ne savions pas si des Pakistanais, travaillant pour le gouvernement ou l'armée, permettaient à Ben Laden de se cacher à Abbottabad et s'ils l'informeraient que nous avions découvert son emplacement. Les adjoints ont conclu qu'une opération américaine unilatérale était la seule option viable.

Plutôt que d'attendre que les premiers adjoints aient l'occasion de se réunir à nouveau, Obama a présidé une réunion du Conseil de sécurité nationale, le 29 mars. Une fois de plus, Leon a commencé par nous décrire le tableau en s'appuyant sur les renseignements à sa disposition, qui n'avaient pas beaucoup évolué depuis plus d'un mois. Le Président a alors mis la pression sur Leon. « Quelles sont nos chances d'obtenir, dans les semaines qui suivent, plus de renseignements sur cette base et ainsi, d'être encore plus certain qu'il s'agit de Ben Laden ? » Leon, qui n'a jamais été du genre à faire de trop belles promesses, a répondu franchement : « Pas bonnes. Nous avons quelques dossiers en cours, mais je pense que nous n'obtiendrons rien de plus, à moins d'être chanceux. » La sincérité de Leon était l'une des nombreuses raisons pour lesquelles Obama et le reste des personnes présentes appréciaient et respectaient tant le directeur de la CIA.

C'est ensuite venu au tour de Bill McRaven de nous briefer sur les possibilités d'assaut par hélicoptère contre la base. La réputation de Bill, comme excellent briefeur, était en pleine démonstration ce jour-là. Faisant preuve d'une connaissance approfondie des tactiques et de la logistique nécessaires à un raid risqué dans les profondeurs du Pakistan, Bill a retenu l'attention de la salle avec sa voix résonnante et sa présentation détaillée et concrète des faits. Il a exposé la manière de mener une telle opération et les différents facteurs sur lesquels notre succès reposait. À l'instar de Leon, il s'est montré franc avec le Président, admettant qu'il ne pouvait pas évaluer les chances de réussite d'un tel raid avant de procéder à une planification plus approfondie. Obama écoutait attentivement, impressionné par l'expertise et le leadership évident du légendaire Navy Seal. « Combien de temps vous faudra-t-il pour savoir si vous pouvez passer à l'action ?

— Je dois d'abord rassembler une équipe, monsieur, et ensuite nous devons faire une répétition générale. Cela devrait nous prendre environ trois semaines. »

Obama a demandé à Bill de poursuivre son plan, y compris la répétition générale. Bill a ensuite soulevé l'une de ses principales craintes. « Monsieur le Président, il se peut, une fois arrivé à la base, que les choses deviennent "sérieuses". Le personnel de sécurité pakistanais présent sur le terrain est considérable et il se peut qu'ils essaient de nous empêcher de quitter la base, avec ou sans Ben Laden. Je suppose qu'à ce moment-là, une sorte d'intervention diplomatique devrait avoir lieu afin de désamorcer la situation et de permettre à mon équipe de sortir du pays. » L'image que Bill nous a décrite, des forces spéciales américaines entourées par des soldats pakistanais, a eu le même effet que quelqu'un explosant du poing le centre de la table. Nous savions tous que le risque était important pour ceux qui mèneraient la mission, mais le fait d'imaginer les forces spéciales américaines prises en otages par les Pakistanais nous a plus que troublés. Après quelques instants, le Président a rompu le silence en rejetant fermement toute notion de négociation avec les Pakistanais.

« Bill, votre équipe devra être prête à se battre pour s'en sortir, si nécessaire. » Bien que les paroles d'Obama aient clairement indiqué que les choses pouvaient mal tourner entre Américains et Pakistanais, tout le monde dans la salle a été soulagé de voir les États-Unis refuser de négocier la libération de ses militaires avec un gouvernement étranger. La secrétaire Clinton, l'une des plus grandes diplomates de notre nation, semblait la plus heureuse. « C'est exact », a-t-elle dit fermement.

Bill a rapidement répondu : « Oui, monsieur ! »

Le Président a ensuite élargi l'angle de la discussion, en nous interrogeant sur les implications et conséquences probables d'un raid. Obama n'était pas encore satisfait par ce qu'il avait entendu. À la fin de la réunion, il a demandé qu'une analyse supplémentaire soit faite, échec ou succès, sur l'impact probable d'un raid sur al-Qaïda et ses capacités et intentions terroristes. Il a également demandé une évaluation des conséquences d'une opération américaine unilatérale sur nos objectifs militaires et politiques en Afghanistan. « Je veux savoir comment les Pakistanais risquent de réagir. Vont-ils nous empêcher d'utiliser l'espace aérien pakistanais pour approvisionner nos troupes en Afghanistan ? Vont-ils relâcher leur mainmise, quelle qu'elle soit, sur les combattants Haqqani afin qu'ils attaquent nos troupes en Afghanistan ? Que vont faire les Paks pour tenter de nous punir ? » Comme d'habitude, le Président, qui voyait chaque situation avec deux ou trois coups d'échecs d'avance, voulait être conscient de toute éventualité et prêt à agir.

Cette réunion du NSC a déclenché une vague d'activités au cours des trois semaines suivantes. Bill a rassemblé les membres de son unité et a mené des répétitions aux États-Unis, les 7 et 13 avril. Denis et moi avions rassemblé deux fois plus d'adjoints à la mi-avril, de manière à pouvoir affronter non seulement les questions déjà existantes, mais toutes celles qui semblaient soudainement émerger. Voici quelques-unes des nouvelles questions que nous devions aborder : s'agit-il en fait d'une opération visant à tuer et non à capturer ? Que faire si Ben Laden ne présente aucune menace perceptible et qu'il décide de se rendre ? S'il est capturé, où faut-il le conduire ? S'il est tué, que faut-il faire du corps ? Quand devons-nous parler du raid avec les Pakistanais ? Et qui contacter en premier ? En supposant que l'opération finisse par devoir être reconnue publiquement, quand faudra-t-il le faire et comment ? Quelle devrait être notre stratégie diplomatique ? Quand et comment le Congrès devrait-il être prévenu ? Qui le Président devrait-il appeler et dans quel ordre ? Les problématiques et questions en suspens devenaient de plus en plus nombreuses. Après chaque réunion des adjoints, Denis et moi donnions un compte rendu à Tom Donilon, au Président et au vice-président, lors de nos réunions matinales dans le Bureau ovale. Au cours de l'une de ces réunions, nous avons convenu qu'il nous fallait un « manuel stratégique » détaillé qui serait mis à la disposition des premiers adjoints, et qui traiterait de toutes les décisions, mesures et responsabilités liées au raid et à ses conséquences. C'est Nick Rasmussen, le directeur principal des efforts de lutte antiterroriste du NSC, qui avait également assisté à toutes les réunions des adjoints, des premiers adjoints et du Conseil de sécurité nationale, qui a été chargé de créer un manuel de description du « tic-tac », l'euphémisme de la Maison-Blanche pour faire référence au calendrier opérationnel, au séquençage de toutes les interventions associées, ainsi qu'aux points de discussion nécessaires.

Une réunion des premiers adjoints, le 18 avril, a été suivie le lendemain d'une réunion du Conseil de sécurité nationale qui, d'après mes souvenirs, a allumé l'étincelle à l'origine de l'assaut sur la base d'Abbottabad. Leon a commencé par dire que la situation, en matière de renseignements, était inchangée. Il a ensuite ajouté que la CIA se montrait aussi créative que possible dans ses tentatives d'approche des occupants de la base, mais que jusqu'à présent, rien n'avait fonctionné. C'est Jim Clapper, le directeur du renseignement national, qui a fourni l'évaluation de la communauté du renseignement sur la réaction probable du Pakistan – incluant les éventuelles conséquences négatives pour les opérations militaires américaines en Afghanistan – et sur l'impact de la mort de Ben Laden sur al-Qaïda. En conclusion, les répercussions probables sur les relations entre les États-Unis et le Pakistan étaient gérables si c'est Ben Laden qui était tué et si les civils étaient bien épargnés. La disparition de Ben Laden constituerait un choc symbolique, psychologique et organisationnel significatif pour al-Qaïda, dans la mesure où Ayman al-Zawahiri, le numéro deux d'al-Qaïda, n'avait pas les compétences en leadership, les connaissances opérationnelles, les références djihadistes ou le charisme de Ben Laden.

Bill McRaven nous a ensuite dévoilé le plan opérationnel du raid et les résultats des répétitions. Il nous a dit qu'il était certain que son unité pouvait mener avec succès un tel assaut, et que la prochaine fenêtre lunaire était le week-end du 30 avril au 1er mai. Le secrétaire Gates et l'amiral Mullen ont dit au Président que l'assaut par hélicoptère représentait la meilleure option militaire disponible. J'ai fait remarquer que les adjoints recommandaient à l'unanimité que l'opération soit approuvée par les premiers adjoints et autorisée par le Président.

Le Président a dit au groupe présent de supposer, à des fins de planification, que l'opération avait le « feu vert ». Il a ajouté que le manuel stratégique devait être complet, détaillé et terminé avant la fin du mois. Le Président a également déclaré qu'il voulait un plan assurant la sécurité des installations diplomatiques américaines au Pakistan, ainsi que de nos ambassades et consulats du monde entier, en raison du risque de manifestations et d'actes de violence contre les intérêts et le personnel américains.

Dix jours avant l'assaut de la base, le 1er mai, trois autres réunions des adjoints, trois réunions des premiers adjoints et deux réunions du Conseil de sécurité nationale ont eu lieu. Par ailleurs, le Président a eu une série de discussions individuelles avec plusieurs premiers adjoints ainsi qu'avec son équipe de hauts fonctionnaires. Le manuel stratégique, qui devenait de plus en plus précis, était constamment mis à jour et modifié. Les évaluations de la communauté du renseignement ont été rédigées, partagées et digérées, et les plans opérationnels ont été affinés. Enfin, l'unité chargée de mener cet assaut a quitté son centre d'entraînement aux États-Unis pour l'Afghanistan.

Durant la dernière semaine d'avril, Mike Leiter, le directeur du NCTC (Centre national de lutte contre le terrorisme), a été informé de l'opération et a offert de coordonner une « équipe rouge » – un groupe d'experts qui n'avaient pas été préalablement briefés sur le sujet – chargée d'évaluer la probabilité que Ben Laden se trouve sur la base. Après avoir examiné les renseignements pendant environ soixante-douze heures, une poignée d'analystes du NCTC, spécialistes d'al-Qaïda, ont évalué la probabilité que Ben Laden se trouve dans cette base à 40 %, ce que Mike a ensuite indiqué lors des réunions des adjoints, des premiers adjoints et du Conseil de sécurité nationale. L'évaluation du NCTC a suscité une nouvelle ronde de doute sur le fondement des renseignements sur lesquels reposait un assaut si risqué. Reconnaissant que l'évaluation antérieure de 70 % de la CIA, ainsi que celle de 40 % de l'équipe rouge du NCTC, étaient davantage basées sur un instinct analytique plutôt que sur une méthodologie quantitative rigoureuse, le Président a vite raccourci la discussion. « Écoutez. Nos chances sont de 50/50. Soit Ben Laden est dans la base, soit il ne l'est pas. Et même si ce n'est que 40 %, c'est 40 % de plus que ce que nous n'avons jamais eu auparavant. »

La dernière réunion du Conseil de sécurité nationale s'est tenue le jeudi 28 avril, en après-midi. Elle a duré plus de deux heures et demie. La réunion a commencé par une mise à jour des renseignements sur la base et un rapport de situation des plans du raid. La seule incertitude opérationnelle concernait la météo. Les prévisions pour le dimanche étaient légèrement meilleures que celles pour le samedi. C'était une bonne nouvelle pour la Maison-Blanche, car le Président et quasiment toute l'élite politique de Washington étaient invités, le samedi soir, au dîner de l'Association des correspondants de la Maison-Blanche. Une annulation présidentielle de dernière minute soulèverait un vif intérêt et des spéculations qui mettraient en péril le secret maintenu autour de l'opération au cours des derniers mois. D'autre part, mener un raid de vie ou de mort pendant que le Président distrait une salle pleine de personnes en tenues et robes de soirée, un verre d'alcool à la main, était une situation pouvant conduire à de trop nombreuses éventualités cauchemardesques.

Le Président a clairement indiqué qu'il voulait entendre les recommandations de chacun sur l'assaut de la base. Leon Dove s'est lancé, en disant qu'il pensait « très fortement » que le raid devait se faire. Avec une voix ferme et énergique, Leon a déclaré : « C'est notre meilleure chance, et c'est peut-être la seule que nous n'aurons jamais. » Jim Clapper et moi avons ensuite pris la parole, soutenant la position de Leon avec tout autant de ferveur. Ayant participé, au cours des derniers mois, à pratiquement toutes les réunions de la salle de crise et du Bureau ovale sur Ben Laden et sur la base d'Abbottabad, j'étais convaincu de la fiabilité des renseignements et je pensais qu'un assaut était justifié. Le secrétaire Gates, qui avait annoncé son départ à la retraite plus tôt ce même jour, a indiqué que les risques associés à un tel assaut en hélicoptère le rendaient inquiet, notamment en raison de la présence incertaine de Ben Laden à l'intérieur de la base. Gates a ajouté que même si une frappe avec une arme tactique n'était pas l'option parfaite, elle restait son option préférée, car elle ne mettait pas en jeu la vie de deux douzaines de militaires américains. Le vice-président Biden a répondu qu'il était du même avis que Gates, soulignant l'importance de minimiser les pertes potentielles de vies américaines. Biden apportait souvent une note de prudence aux réunions du NSC, voulant donner à Obama un peu de marge de manœuvre lorsqu'il prenait une décision difficile. Tout aussi souvent, Biden allait voir le Président après les réunions du NSC, ce qu'il a apparemment fait ce jour-là, en recommandant à Obama, dans le Bureau ovale, d'approuver l'opération. C'est la secrétaire d'État, Clinton, qui a parlé le plus longtemps, passant en revue, à voix haute, les avantages et les inconvénients de chaque option avant de finalement se prononcer en faveur de l'assaut par hélicoptère. C'est comme si elle avait pris sa décision au fur et à mesure de sa réponse. « Très bien ! s'est exclamé Obama, en fin de réunion. Je vais prendre une décision ce soir et je vous dirai ce qu'il en est demain. »

Sur un autre front, celui du domicile familial, Kathy savait que quelque chose d'important était en cours, car je passais encore plus de temps que d'habitude au bureau, ces semaines précédentes. Lorsque je suis arrivé à la maison, très tard, le jeudi soir, je lui ai dit que je devais passer l'essentiel du week-end au bureau en raison d'une importante question de lutte antiterroriste, qui prendrait la majeure partie de mon temps. « N'oublie pas que samedi, c'est l'anniversaire de Kyle, m'a-t-elle rappelé. On le fêtera le soir, comme ça tu auras suffisamment de temps au bureau. » Laissant échapper un grand soupir, j'ai regardé Kathy en lui disant : « Désolé... mais il est possible que je ne rentre pas à la maison à temps. »

Tant de fois... cela faisait tant de fois que je répétais ces mêmes mots à Kathy. Je les ai également souvent dits à Kyle, à Kelly et à Jaclyn, pour leur faire savoir que je ne pourrais pas assister à un événement scolaire ou à une compétition sportive ou à un anniversaire. Et comme tant de fois auparavant, il m'était impossible de révéler à Kathy ou aux enfants pourquoi je ne pourrais pas passer un tel moment avec eux. Je savais que Kathy était déçue, et Dieu sait à quel point elle avait le droit de l'être, car elle connaissait trop bien, à cause de mes absences, le rôle d'une mère de famille seule. Je me souviens, ce soir-là, espérer qu'elle se rappelle les paroles du Président Obama, lorsqu'il l'avait prise à part, aux réceptions de la Maison-Blanche, pour exprimer sa reconnaissance pour les sacrifices qu'elle et tant d'autres personnes ont faits dans l'intérêt de la sécurité nationale. J'ai bénéficié du fait qu'elle admirait profondément Obama et qu'elle était prête à faire ce qu'elle pouvait pour soutenir mon travail à la Maison-Blanche.

Le matin du vendredi 29 avril, le Président devait se rendre en Alabama et en Floride. Avant de partir, il a demandé à voir Tom Donilon, le chef de cabinet, Bill Daley, Denis McDonough et moi-même dans la salle de réception des diplomates de la Maison-Blanche. Nous nous sommes rassemblés au son des pales d'hélicoptère de *Marine One*, qui venait d'atterrir à l'extérieur sur la pelouse sud pour conduire le groupe du Président jusqu'à la base Andrews. Le Président nous a rejoints à 8 h 10. Il était habillé de façon décontractée, car lui et la première dame devaient visiter des zones de l'Alabama qui avaient été gravement endommagées par de récentes tempêtes, avant de se rendre à Cap Canaveral pour assister au lancement de la navette spatiale *Endeavour*. Nous sommes tous restés debout et le Président a attendu que chacun de nous parle. À tour de rôle, nous avons dit que nous étions en faveur du raid. De toute évidence, il n'avait pas besoin d'être convaincu. « On attaque », a-t-il annoncé, avant de dire à Tom de contacter Gates, Mullen et Panetta pour leur indiquer que l'opération était approuvée. Le Président a déclaré que c'est la météo qui déciderait du jour de lancement de l'opération, samedi ou dimanche, avant d'ajouter : « C'est McRaven qui devra prendre cette décision. »

Les premiers adjoints se sont réunis dans la salle de crise, le vendredi après-midi, pour passer en revue les derniers détails sur le raid et pour passer en revue les mesures qui seraient prises pour protéger les installations et le personnel américains contre toutes représailles. Une mise à jour des prévisions météorologiques a confirmé que les conditions seraient plus favorables dimanche, et Bill McRaven nous a envoyé une note indiquant qu'il avait recommandé que le raid ait lieu ce jour-là. Le Président a ensuite autorisé que le raid se déroule à 15 h 30, le dimanche, heure de Washington, soit 0 h 30, le lundi 2 mai, heure du Pakistan. En plus d'éviter les complications liées au dîner des correspondants de la Maison-Blanche, le samedi soir, cette décision m'a également permis de participer au dîner d'anniversaire de Kyle.

Une fois le feu vert donné par le Président, Tom, Denis et moi avons décidé qu'il était temps d'informer quelques autres hauts fonctionnaires de l'assaut imminent. Je ne sais pas si j'ai tiré la longue ou la courte paille, car nous ne savions vraiment pas comment réagiraient ces responsables au fait d'être tenus, jusqu'alors, à l'écart des discussions sur une question de sécurité nationale aussi importante. En fin de compte, j'ai été tenu, ce week-end, de briefer, dans mon bureau, le procureur général, Eric Holder, la secrétaire à la Sécurité intérieure, Janet Napolitano, le directeur du FBI, Bob Mueller, et Susan Rice, qui était alors notre ambassadrice auprès des Nations Unies. J'ai profité de chaque exposé pour décrire l'évaluation des renseignements qui avait permis de localiser Ben Laden dans cette base, et le raisonnement ayant poussé le Président à autoriser un raid, le dimanche après-midi, heure de Washington. À chaque phrase, je voyais qu'ils n'en croyaient pas leurs yeux. Je leur ai également fait promettre de garder le secret, en les autorisant seulement à dire à leurs adjoints qu'une opération antiterroriste majeure allait avoir lieu et que leur personnel devait être sur appel. Eric et Bob m'ont dit qu'ils comprenaient parfaitement pourquoi une discrétion si absolue avait été mise en place. Janet a répondu, de manière compréhensible, que le peu de temps qu'il lui restait pour se préparer à des développements indésirables sur notre sol, la rendait inquiète. Bien qu'elle ait été quelque peu contrariée, elle a fait preuve de professionnalisme lorsqu'elle m'a dit : « D'accord, John. Je comprends. Je dois retourner au travail, maintenant. » Susan Rice, elle, a seulement réagi en souriant encore plus que d'habitude et en disant plusieurs fois « Bravo la CIA ! » parsemés, comme à son habitude, de quelques mots de six lettres commençant par un « p ».

Le programme du week-end était détaillé à la minute. Samedi, les adjoints et les premiers adjoints se sont réunis à nouveau. Le contenu du manuel a été finalisé et rangé dans plusieurs classeurs à trois anneaux par Nick et les quelques membres de son personnel du NSC qui étaient au courant de l'opération en cours. Ce même après-midi, le Président Obama a appelé Bill McRaven pour lui souhaiter bonne chance et réitérer sa confiance dans les capacités de l'unité chargée de mener le raid. Toutes les visites guidées de la Maison-Blanche prévues pour le lendemain ont été annulées. J'ai eu beaucoup de mal à dormir cette nuit-là. Je tournais, inquiet, dans mon lit, en pensant que j'avais manqué ou oublié un détail important. Je me suis demandé si tous ceux qui étaient au courant de l'opération avaient, eux aussi, du mal à fermer l'œil.

Le dimanche, les adjoints se sont réunis dans la salle de crise à 10 heures, examinant une fois de plus les renseignements sous-jacents, les détails du raid et les mesures qu'il faudrait prendre tout de suite après. Le vice-président Biden, les secrétaires Clinton et Gates, et le président des chefs d'état-major interarmées, Mike Mullen, sont arrivés à 13 heures. Le Président Obama a rejoint le groupe à 14 heures, au moment même où les hélicoptères et les forces spéciales décollaient de leur base, en Afghanistan, pour un vol de quatre-vingt-dix minutes à destination d'Abbottabad. Leon et Michael Morell sont restés au siège de la CIA, ayant accès par téléconférence à la salle de crise, pendant la durée de l'opération.

Nous avions décidé, lors de l'une des précédentes réunions du NSC, que nous avions besoin d'un moyen sécurisé pour recevoir des mises à jour immédiates, le jour de l'opération, afin de les transmettre au Président et à l'équipe de sécurité nationale réunie à la Maison-Blanche. Par conséquent, le général de brigade de l'Armée de l'air, Brad Webb, a été appelé à la Maison-Blanche avec un ensemble d'outils de communication lui permettant, d'une part, d'être en contact, en temps réel, avec Bill McRaven, qui dirigeait l'opération depuis Jalalabad, en Afghanistan, et, d'autre part, de surveiller un flux vidéo de la base. Nous avions pensé à ce que Webb installe ses outils et nous rejoigne dans la salle de crise, mais avons finalement décidé autrement, car nous ne voulions rien faire qui puisse distraire Bill et le général Webb de leurs responsabilités opérationnelles. Ainsi, Webb s'est installé dans l'antichambre de la salle de crise, à seulement quelques pas de la salle de conférence principale. Au début, certains d'entre nous faisaient des allers-retours jusqu'à l'antichambre pour obtenir les dernières nouvelles sur l'arrivée des hélicoptères, que nous relayions au reste du groupe.

À 15 h 30, nous avons appris que les hélicoptères étaient à quelques minutes de la base. Un par un, nous avons rejoint l'antichambre pour voir l'opération se dérouler. Les yeux fixés sur son ordinateur, Webb était en train de texter avec Bill, décrivant la scène à laquelle nous assistions : un hélicoptère s'est rabattu fortement et a détruit l'une des parois de la base avec son hélice, les portes en acier ont été abattues à coups d'explosifs, les forces spéciales ont pris d'assaut la résidence. Nous avons observé la scène, en silence, posant occasionnellement une question sur ce que nous observions, mais ne comprenions pas. À mon avis, personne n'a réalisé que Pete Souza, le photographe en chef de la Maison-Blanche, s'était glissé dans la salle pour prendre ce qui deviendrait l'une des photos les plus emblématiques de la présidence d'Obama. Nous avons attendu d'avoir des nouvelles sur ce qui se passait à l'intérieur de la base, lorsque vingt minutes plus tard, soit une éternité pour nous, à 15 h 50, le général Webb a reçu un message de la part de Bill. « Geronimo ! » Ben Laden était mort.

Il n'y a eu aucune jubilation et personne ne s'est tapé dans la main, dans l'antichambre, cet après-midi-là. Aucun discours et aucun applaudissement, non plus. Et il n'y en a pas eu lorsque nous sommes revenus dans la salle de conférence. À la place, nous partagions un sentiment de soulagement et de satisfaction. Les États-Unis avaient en effet désormais réalisé leur promesse de longue date qui consistait, un jour, à anéantir la menace posée par le cerveau des attentats du 11-Septembre. La mort de Ben Laden, dans cette base d'Abbottabad, a été le point culminant de près d'une décennie de travail déterminé par des milliers d'individus – dans les communautés du renseignement, de l'application de la loi, de l'armée de la diplomatie – qui ont ressenti une forte obligation envers ceux qui sont morts dans les nombreuses attaques terroristes menées par al-Qaïda. Ceux d'entre nous réunis à la Maison-Blanche, ce jour-là, ont compris que nous étions les derniers gardiens de cet effort.

Bien que l'objectif de l'opération soit de « mettre la main » sur Ben Laden, nous savions que la mission ne serait pas un véritable succès si nos forces spéciales n'étaient pas en mesure de retourner, saine et sauve, en Afghanistan. Cela a été la partie la plus éprouvante de toute cette mission pour moi. Au moment où les forces spéciales ont détruit l'hélicoptère abattu et se préparaient à quitter les lieux avec le corps de Ben Laden et de nombreux ordinateurs, documents, et d'autres objets à exploiter, nous avions appris que l'Armée de l'air et l'autorité de commandement nationale du Pakistan étaient au courant d'événements très inhabituels à Abbottabad. Les Pakistanais avaient envoyé des avions de chasse et l'espace aérien entre Abbottabad et la frontière afghane était considéré beaucoup plus risqué que lors du voyage aller. L'armée américaine m'ayant permis de participer, en tant que passager, à de nombreux vols en hélicoptère, de nuit, à basse altitude, en Afghanistan et en Irak, j'ai toujours considéré nos pilotes comme les membres les plus talentueux, courageux et dévoués de l'Armée de l'air américaine. Ils ne l'ont jamais autant prouvé que cette nuit-là. À 18 heures, nous avons appris que l'ensemble du personnel américain était en sécurité, en Afghanistan.

Avec nos équipes hors de l'espace aérien pakistanais et la forte probabilité que ce soient les restes de Ben Laden qui aient été transportés en Afghanistan, nous avons commencé à mettre en œuvre les mesures énumérées dans le manuel stratégique. Le premier agissement revenait à l'amiral Mullen et consistait à appeler le général Ashfaq Kayani, chef d'état-major de l'Armée de terre pakistanaise. Il était 20 h 02. Perplexes, les Pakistanais se demandaient ce qui venait de se passer dans leur pays. Le rôle de Mullen était donc d'expliquer à Kayani que l'extrême sensibilité et importance de la cible en matière de sécurité nationale avaient exigé que cette opération soit menée unilatéralement. Considérant tout ce que j'ai appris avant et après le raid, je suis convaincu que personne au Pakistan, au gouvernement ou à l'armée, ne savait que Ben Laden se cachait sous leur nez, à Abbottabad. Je ne sais pas si Ben Laden a reçu une quelconque protection de la part d'autres Pakistanais, à un niveau inférieur. Lorsque la salle de crise m'a confirmé que Mullen était au téléphone avec Kayani, j'ai demandé à être mis en ligne avec le ministre saoudien de l'Intérieur, le prince Mohammed ben Nayef. Mon rôle était de dire au prince Mohammed que Ben Laden était mort et de lui demander si l'Arabie saoudite voulait ses restes. Dès que j'ai entendu sa voix, le prince a commencé avec ses politesses habituelles. « Bonjour, John. Comment allez-vous ? Comment va votre famille ? Comment va le Président ? » Après lui avoir assuré que tout le monde allait bien, j'en suis venu aux faits que j'avais écrits sur une feuille de papier.

« Votre Altesse Royale, le Président m'a demandé de vous appeler pour vous transmettre des informations de la plus haute importance. Il y a quelques heures, une unité des forces spéciales américaines a pris d'assaut une base à Abbottabad, au Pakistan. Nous avions obtenu des renseignements selon lesquels

Oussama ben Laden vivait là. Il a été tué pendant ce raid. Son corps est maintenant en Afghanistan et a été positivement identifié. »

À ce stade, le prince Mohammed m'a interrompu. « Félicitations, John. Bravo ! Comment vont les hommes qui ont mené le raid ? Vont-ils tous bien ?

— Oui, Votre Altesse Royale. Ils sont tous en Afghanistan, sains et saufs. Maintenant que Ben Laden est mort, je vous appelle pour discuter de ce qui devrait être fait de son corps. Je sais que votre gouvernement a révoqué sa citoyenneté il y a plusieurs années, mais il était saoudien de naissance, et la famille Ben Laden vit toujours en Arabie saoudite. Par conséquent, nous vous demandons si vous souhaitez que son corps soit rapatrié en Arabie saoudite. Si ce n'est pas le cas, nous ferons en sorte qu'il soit enterré dans le strict respect de la loi islamique.

— Oui, oui, John. Nous vous faisons confiance. Nous savons que vous prendrez soin de son corps. Faites comme bon vous semble. Il n'est pas nécessaire d'envoyer son corps ici. »

Voici la réponse que nous avions anticipée. L'Arabie saoudite n'avait en effet aucun avantage à récupérer le corps de Ben Laden.

« Très bien. Nous allons nous en occuper, lui ai-je dit. Une dernière chose, Votre Altesse Royale. Le Président va faire une annonce sous peu. Veuillez dire au roi Abdallah que le Président Obama tenait à ce qu'il soit au courant du raid et de la mort de Ben Laden avant sa prise de parole. » Je savais que cette nouvelle rendrait Abdallah très heureux. Lors des nombreuses réunions privées que j'ai eues avec le roi, il m'a souvent parlé avec grand dédain de Ben Laden. Il devenait de plus en plus ému en décrivant la manière dont Ben Laden et al-Qaïda avaient violé la loi islamique et terni la réputation de l'Arabie saoudite aux yeux de nombreux Américains.

Maintenant que mon travail était fait, je pouvais passer à ma mission suivante : appeler Kathy. Je lui ai dit que le Président Obama s'apprêtait à faire une annonce télévisée dans quelques heures, et je l'ai encouragée à la regarder, car ce serait une très bonne nouvelle. « Je suppose que c'est à propos de ce que tu ne pouvais pas me dire », a-t-elle répondu, de plus en plus excitée. M'ayant accompagné dans ce voyage contre le terrorisme, au cours de mes années à la CIA et à la Maison-Blanche, elle savait mieux que quiconque à quel point nous avions du mal à mettre la main sur Ben Laden. Elle apprécierait donc, à juste titre, l'énormité de cette réussite. J'ai aussi réalisé l'ampleur de la vague de bonheur qui la submergeait lorsqu'elle m'a dit que je pouvais rester au travail aussi longtemps que je le voulais, ce qui n'était pas sa manière habituelle de me dire au revoir au téléphone.

J'ai passé le reste de la soirée à préparer le Président pour son discours, à la nation et au monde. Le conseiller adjoint à la sécurité nationale, Ben Rhodes, également rédacteur en chef du Président Obama, lorsqu'il s'agissait de questions de sécurité nationale, a réussi, avec autant de talent que d'habitude, à trouver les mots permettant de traduire la grandeur et la signification de l'événement historique qui venait de se produire. Après avoir parcouru ce discours dans le Bureau ovale, le Président, Tom Donilon, Denis McDonough et moi nous sommes promenés dans le couloir, à l'extérieur du bureau pour parler un peu. Pete Souza, présent pour chroniquer les événements de la journée, était là pour capturer cet instant. Nos regards décontractés étaient en net contraste avec l'inquiétude que nous portions, quelques heures plus tôt, lorsque le sort du raid et de notre unité était loin d'être certain. Le Président Obama m'a offert cette grande photo de nous quatre, encadrée, en guise de cadeau. Depuis, elle est accrochée dans mon bureau, que ce soit à la Maison-Blanche, à la CIA ou chez moi.

Je me tenais à une dizaine de mètres du Président, dans la salle Est, lorsqu'il a prononcé un discours télévisé historique de neuf minutes, peu avant minuit. Il est allé droit au fait. « Ce soir, je suis en mesure d'annoncer au peuple américain et au reste du monde que les États-Unis ont mené une opération qui a abouti à la mort de Oussama ben Laden, le leader d'al-Qaïda. » En l'écoutant, j'ai pensé aux milliers de personnes, y compris celles que je connaissais, qui avaient péri à cause de l'infâme Ben Laden. À la fin du discours du Président, je me suis senti épuisé, physiquement et émotionnellement. Après quelques derniers mots avec ceux qui s'étaient réunis pour entendre le Président, je suis retourné dans mon bureau d'où j'ai appelé ma voiture. « Je serai dehors dans dix minutes », ai-je dit, tout en rassemblant quelques documents dans ma mallette, que j'ai ensuite fermée, le temps de rentrer à la maison.

Une fois sorti de mon bureau et en route vers la sortie de l'aile Ouest, au rez-de-chaussée, j'ai pu voir que l'extérieur de la Maison-Blanche était beaucoup plus lumineux que les autres soirs, à pourtant 1 heure du matin. J'ai été encore plus surpris d'cntendre le bruit des voix et des klaxons, d'abord légèrement puis de plus en plus fort, au fur et à mesure que je m'approchais de la porte. Une fois sorti, je me suis mis à marcher en direction de Lafayette Park, où je pouvais voir une foule se rassembler. Les lumières du parc étaient allumées, et tout le monde se promenait dans une ambiance festive. Enfin, simultanément, les chants « USA, USA » et « CIA, CIA » se sont propagés... tout comme les frissons, sur mes bras et mon cou. Puis, pour la première fois de cette journée, les larmes ont commencé à couler le long de mes joues, comme elles le font chaque fois que je raconte cette histoire.

20

QUATRE NIVEAUX DE CONSÉQUENCES

Dans les semaines qui ont précédé l'investiture du Président Obama en 2009, j'ai attentivement lu ses livres *L'Audace d'espérer* et *Les Rêves de mon père*, que j'avais seulement parcourus lors de leur première publication. Outre la grande qualité de l'écriture, j'ai été frappé par la profondeur de son raisonnement en rapport avec certaines problématiques nationales et internationales, bien avant de s'engager dans la course à la présidence. Néanmoins, avec seulement quatre années passées au Sénat américain et huit, en tant que sénateur de l'Assemblée générale de l'Illinois, le Président Obama n'avait que peu de références en matière de sécurité nationale et encore moins d'expérience en matière de leadership, lorsqu'il est devenu le quarante-quatrième commandant en chef de notre pays.

J'ai été l'une des rares personnes à occuper plusieurs postes élevés en matière de sécurité nationale pendant les deux mandats d'Obama. Au cours de mes quatre années comme conseiller d'Obama à la sécurité intérieure et à la lutte antiterroriste, et de mes quatre années comme directeur de la CIA, j'ai participé avec lui à plus d'un millier de réunions qui se sont tenues dans le Bureau ovale et dans la salle de crise de la Maison-Blanche sur des questions de sécurité nationale et de politique étrangère. Durant cette période, j'ai pu observer les détails qui ont permis à Obama de rapidement devenir très compétent en matière de sécurité nationale et de faire face à la variété de difficultés et d'opportunités qui existent sur la scène internationale. J'ai pu aussi apprécier la manière dont son approche et ses priorités ont évolué au fil du temps. En plusieurs centaines de réunions avec Obama, je ne l'ai jamais vu perdre son sang-froid ni parler à quiconque de manière narquoise. Je dois, toutefois, admettre qu'il savait très bien utiliser son langage corporel ou durcir son regard pour exprimer sa frustration ou son désaccord. Après mes premiers mois à la Maison-Blanche, j'ai compris comment le jeune Président avait obtenu le surnom « No Drama Obama ». Il s'agissait, en effet, d'une description très adaptée du comportement calme, patient, mais intense qui lui semblait naturel, même lorsqu'il était confronté à des questions d'importance nationale. Je sentais aussi qu'il savait implicitement qu'il aurait huit ans pour faire ses marques, ce qui a sans aucun doute renforcé sa tendance à la patience pendant son premier mandat.

Dès le début de son premier mandat, Obama a adopté une approche très ordonnée et structurée pour répondre aux questions de sécurité nationale, et il voulait un système de soutien efficace et bien organisé qui pourrait guider ses ultimes décisions. C'est ainsi que j'ai été chargé, durant mon premier mois la Maison-Blanche, d'étudier si les deux personnels distincts du Bureau exécutif du Président, celui soutenant le conseil à la sécurité nationale, d'une part, et celui soutenant le Conseil à la sécurité intérieure, d'autre part, devaient être regroupés. Les deux groupes, composés principalement de représentants du gouvernement en rotation depuis leur agence d'origine, ainsi que d'un nombre beaucoup plus restreint d'experts extérieurs nouvellement embauchés comme « spécialistes en politique », étaient chargés d'organiser des discussions interagences et d'élaborer des options politiques ensuite sujettes à l'approbation de l'administration. Cette structure organisationnelle a initialement été divisée par l'administration Bush afin de souligner l'importance qu'elle attachait à la sécurité intérieure après le 11-Septembre. À l'époque, cette décision était tout à fait justifiée, puisque le nouveau département de la Sécurité intérieure s'appuyait largement sur le travail et le soutien des responsables de la Maison-Blanche. Au fur et à mesure de l'évolution du département de la Sécurité intérieure, et compte tenu des nombreux croisements entre les questions de sécurité nationale et celles de sécurité intérieure telles que le terrorisme, les cyberattaques et la sécurité nucléaire, j'ai recommandé au conseiller à la sécurité nationale, Jim Jones, de réunir le personnel soutenant chacun de ces deux conseils pour n'en former qu'un seul. Jim a accepté, puis le Président Obama a accepté notre recommandation commune dans son intégralité.

Il existait, cependant, un défi de taille, beaucoup plus intimidant que n'importe quelle difficulté organisationnelle : affronter l'ampleur et la complexité du portefeuille de sécurité nationale du gouvernement américain dans le monde entier. Obama était conscient qu'il avait beaucoup à apprendre. Il a donc travaillé dur pour comprendre les fondements de questions complexes afin de pouvoir trouver la meilleure option, ou souvent la « moins pire », pour contribuer à la progression des intérêts américains et des perspectives de paix et de sécurité mondiales. Au fil du temps, j'ai observé le fort penchant idéaliste inné d'Obama être tempéré par un pragmatisme grandissant. Ce changement est survenu lorsque le Président a découvert les limites de la capacité des États-Unis à utiliser leur influence politique et économique ainsi que leur puissance militaire pour façonner certains développements à l'étranger. En tant que Président, il était en faveur d'un changement par l'évolution plutôt que par une révolution.

Durant les années Obama, toutes les décisions importantes en matière de sécurité nationale avaient plusieurs caractéristiques communes. Premièrement, un processus interagences, solide et actif à plusieurs niveaux, constituait la base de toute délibération et décision politique significative. L'administration Obama a conservé le cadre général des discussions interagences utilisé par les administrations précédentes, mais en ajoutant quelques modifications mineures à sa nomenclature.

- Les discussions politiques étaient généralement lancées au niveau du Comité politique interagences (IPC[60]), un rassemblement de secrétaires adjoints ou de leurs équivalents au sein de départements et d'agences pertinents, notamment le Bureau du directeur du renseignement national et la CIA. Certaines questions pouvaient même débuter à un niveau inférieur à l'IPC, qui réunissait les responsables des différents secrétaires adjoints. Ces réunions étaient présidées par un directeur principal ou le directeur d'un bureau fonctionnel ou régional du personnel du Conseil de sécurité nationale, qui faisait partie du Bureau exécutif du Président.

60. *Interagency Policy Committee.* (NDT)

- Les réunions lancées au niveau de l'IPC et au niveau inférieur permettaient de préparer des documents et des options politiques qui étaient ensuite examinés lors d'une réunion du Comité des adjoints (DC[61]) et, par la suite, lors d'une réunion du Comité des premiers adjoints (PC[62]), qui étaient composés, respectivement, d'adjoints et de directeurs des départements et d'agences. Les réunions du DC étaient présidées par un conseiller adjoint à la sécurité nationale tandis que les réunions du PC étaient menées par le conseiller à la sécurité nationale. Le vice-président était membre du comité des premiers adjoints. Les participants à ces réunions avaient tous été autorisés à inviter quelqu'un qui devenait, en plus des membres du personnel du Conseil de sécurité nationale, un « député d'arrière-ban » lors des réunions tenues dans la salle de crise de la Maison-Blanche.
- Bien que certaines décisions politiques aient été prises au niveau des adjoints ou des premiers adjoints, de nombreuses questions ont nécessité l'examen et l'approbation du Président. À de tels moments, le Président dirigeait une réunion du Conseil de sécurité nationale, à laquelle assistaient le vice-président et les directeurs des agences et des départements pertinents – autrement dit, au minimum, les secrétaires d'État, de la Défense et du Trésor, ainsi que le procureur général, le président des chefs d'état-major interarmées, les directeurs du renseignement national et de la CIA, le conseiller à la sécurité nationale et le conseiller adjoint à la sécurité nationale ainsi que le personnel supérieur du NSC.

Lorsque je travaillais à la Maison-Blanche, j'assistais aux réunions des adjoints, des premiers adjoints et du Conseil de sécurité nationale. Une fois devenu directeur de la CIA, j'assistais aux réunions des premiers adjoints et du Conseil de sécurité nationale.

Deuxièmement, toutes les réunions interagences commençaient par le briefing du renseignement qui était mené par quiconque représentait le directeur du renseignement national et/ou la CIA. Très souvent, les deux représentants du renseignement prenaient la parole en début de réunion, ce qui était invariable-

61. *Deputies Committee.* (NDT)

62. *Principals Committee.* (NDT)

ment le cas lors des assemblées du comité des premiers adjoints et du Conseil de sécurité nationale, lorsque j'étais directeur de la CIA et que Jim Clapper était le directeur du renseignement national. Le briefing du renseignement entraînait fréquemment de longues discussions, au cours desquelles nous passions souvent plus de temps à admirer le problème plutôt qu'à débattre et qu'à décider. Le conseiller juridique du NSC ou son représentant assistaient également aux réunions interagences afin d'en dire plus sur la nature légale des options politiques à l'étude. Lorsqu'il s'agissait de questions importantes ou controversées de sécurité nationale, le conseiller juridique du NSC était chargé de présider les réunions des avocats des différentes agences afin que les points de vue des avocats des départements et des agences de sécurité nationale puissent être pris en considération au cours des réunions du comité des adjoints, du comité des premiers adjoints et du Conseil de sécurité nationale. Le conseiller juridique de la Maison-Blanche assistait toujours aux réunions du NSC et décrivait souvent l'autorité constitutionnelle ou statutaire qui servait de base aux options proposées au Président en vue d'une décision.

Troisièmement, le Président Obama était exceptionnellement bien préparé pour les réunions du NSC. Il lisait attentivement et ajoutait de très nombreuses notes aux documents qui lui étaient transmis à l'avance par le personnel du Conseil de sécurité nationale, qui décrivaient en détail les questions à examiner ainsi que les options, les implications et les recommandations politiques associées. Selon mes souvenirs, Obama n'a jamais entamé une réunion du NSC en indiquant sa direction politique préférée. Il était plutôt impatient d'entendre les opinions des autres, et suscitait activement des commentaires, surtout lorsqu'il sentait que quelqu'un avait un point de vue différent du sien ou semblait être en désaccord avec un point abordé durant la réunion. Je n'ai jamais été doué pour parler de sécurité nationale en cachant mes émotions – je n'aurais pas fait un bon joueur de poker. Mes froncements de sourcils ou mes grimaces occasionnelles incitaient toujours Obama à me poser une question ou à me faire signe de parler, simplement en me regardant et en soulevant le menton. Cette manière de faire me rappelait George W. Bush qui, lui non plus, ne semblait pas vouloir que les personnes d'avis contraire restent silencieuses.

Et quatrièmement, Obama avait la capacité unique, et parfois assez frustrante, de pouvoir envisager les éventuelles conséquences de premier, deuxième, troisième et quatrième niveau, après chaque décision en rapport avec notre sécurité nationale. C'est comme s'il jouait plusieurs parties d'échecs en même temps et qu'il considérait le déplacement d'un pion en fonction de son impact sur les déplacements d'autres pions… dans d'autres parties ! Ses questions et commentaires mettaient souvent en lumière les ramifications potentielles des options politiques qui lui étaient présentées. Il avait une soif insatiable d'informations et d'analyses, ce qui a parfois retardé nos décisions politiques, mais qui, à mon avis, a souvent mené à de meilleures décisions.

Cela a notamment été le cas durant ses deux dernières années au pouvoir, lorsqu'il a décidé de ne pas fournir d'armes à l'Ukraine pour combattre la Russie, durant l'annexion de la Crimée et la guerre dans l'est de l'Ukraine. Étant donné l'importance politique et géostratégique de l'Ukraine aux yeux de Poutine, Obama a estimé que toute arme fournie par les États-Unis inciterait la Russie à intensifier sa participation militaire, comme Moscou l'avait fait en Syrie lorsqu'un régime qu'elle avait longtemps soutenu, sur les plans militaire et économique, a dû faire face à une pression accrue de la part de forces rebelles soutenues par de sympathiques bienfaiteurs étrangers. L'armée ukrainienne avait souffert, pendant de nombreuses années, à cause du manque d'efficacité de son leadership et des effets néfastes de la manipulation et de la pénétration russes. Obama a donc estimé que toute augmentation de l'activité militaire russe, en réponse à la fourniture d'armes par les États-Unis, submergerait les forces de défense ukrainiennes déjà affaiblies. Si un tel scénario s'était matérialisé, Kiev aurait presque certainement lancé un appel désespéré en faveur d'un soutien militaire américain encore plus important. Cela aurait entraîné soit un conflit majeur entre les États-Unis et la Russie, à la frontière russe, soit un retrait politique américain houleux, autrement dit, deux options qui n'intéressaient pas Obama. « L'heure de fournir des armes n'a pas encore sonné », a-t-il déclaré à la fin d'une réunion du NSC, avant d'ajouter : « Nous pouvons apporter d'autres types d'assistance militaire, tout en maintenant la pression internationale et économique sur Moscou. » Depuis lors, l'aide et les formations fournies par les États-Unis et l'Europe ont permis à l'armée ukrainienne de se reconstruire et de se débarrasser de l'influence russe. J'ai donc été ravi de voir la décision prise en 2017 par l'administration Trump, que j'ai applaudie en privé, consistant à fournir une aide militaire, comprenant notamment des missiles Javelin. Le moment était enfin venu de fournir des armes à une armée ukrainienne revitalisée qui avait stabilisé ses défenses dans l'est de l'Ukraine, sans craindre que des armes américaines sophistiquées tombent entre les mains des Russes ou qu'elles provoquent une réaction dangereuse de la part de ces derniers.

L'engagement militaire américain à l'étranger était l'un des principaux centres d'intérêt d'Obama, comme cela a été le cas pour tous les Présidents que j'ai servis. L'un des objectifs d'Obama, au moment où il est entré en fonction, était de mettre fin, tôt ou tard durant sa présidence, à la présence militaire américaine en Afghanistan et en Irak, dont il a hérité de l'administration Bush. Les déploiements militaires américains dans les deux pays ont été évalués, rapidement et fréquemment lors du premier mandat d'Obama, durant ce qui a semblé être une série sans fin de réunions interagences multiniveaux, au cours desquelles nous avons débattu de manière exhaustive des avantages et des inconvénients associés à l'augmentation, à la réduction, au redéploiement, au retrait, ou à l'ajustement des missions de nos troupes. Il était rare de voir un avis consensuel entre les principaux acteurs – la Maison-Blanche, les départements d'État et de la Défense, les chefs d'état-major interarmées et la communauté du renseignement – au sujet des conditions principales, et encore moins sur les mérites et les implications des différentes options politiques. Un consensus existait, cependant, parmi les hauts fonctionnaires de la Maison-Blanche, y compris Obama, selon lequel l'attitude admirable et déterminée de l'armée américaine donnait l'impression que son verre était plus qu'à moitié plein et que cela justifiait le maintien, voire le renforcement de la présence militaire américaine sur place.

Je n'ai pas anticipé la décision annoncée en octobre 2011, selon laquelle les États-Unis retireraient toutes leurs forces militaires d'Irak d'ici la fin de l'année. Au cours des mois qui ont précédé l'annonce du retrait, en octobre 2011, de nombreuses réunions interagences entre adjoints, puis entre premiers adjoints, ont eu lieu pour examiner les options demandant que plusieurs milliers de soldats américains restent en Irak au-delà du mois de décembre 2011, date limite de départ de toutes les forces américaines, comme stipulé dans l'accord sur le statut des forces, passé entre les États-Unis et l'Irak, et signé par le Président Bush en 2008. Les options politiques que nous avons évaluées se sont clairement focalisées sur le maintien des efforts de lutte antiterroriste américains et du soutien de type « conseiller et contribuer » aux forces irakiennes débutantes, en matière de réponse militaire et de sécurité. À l'époque, je savais que les États-Unis et l'Irak étaient en train de négocier un accord statutaire qui accordait aux forces américaines des « privilèges et une immunité » continus contre toute poursuite en vertu du droit irakien, et je savais que Bagdad avait soulevé des objections. J'étais confiant, cependant, et persuadé que nous serions en mesure de convaincre les Irakiens qu'une présence militaire américaine continue serait dans leur meilleur intérêt. Mais cela ne s'est pas produit.

Le retrait de l'ensemble des forces américaines a été publiquement attribué à Bagdad et à son refus d'étendre cette immunité aux forces américaines. J'ai toutefois ressenti que l'administration Obama n'avait pas fait pression sur les Irakiens aussi durement que nous aurions pu et aurions dû. Je pense plutôt que l'ultime décision, consistant à ne pas pousser les Irakiens, a été le résultat d'efforts de lobbying réussis de la part du Président Obama, soit parce que son administration souhaitait sincèrement protéger nos soldats et les faire rentrer au plus vite (une position fortement défendue par le vice-président Biden), soit parce qu'elle considérait ce retrait comme un avantage politique, à l'approche de l'élection présidentielle de 2012. Quelle que soit la raison, et avec l'avantage du recul, le retrait de l'ensemble des troupes américaines a eu des conséquences négatives majeures sur la stabilité de l'Irak. Bien que de nombreux facteurs aient contribué à la croissance explosive de l'État islamique, l'absence de forces militaires américaines a joué un rôle majeur dans la capacité de l'État islamique à dominer les défenses irakiennes dans de nombreuses régions du pays et à établir son califat violent.

L'Afghanistan a été une tout autre histoire. Contrairement au raisonnement erroné utilisé pour justifier l'invasion de l'Irak en 2003, la présence militaire américaine en Afghanistan était très fortement liée à la réponse américaine aux attaques du 11-Septembre et à la quête visant à empêcher al-Qaïda d'utiliser ce pays et le Pakistan pour organiser d'autres attaques. Mais huit ans s'étaient écoulés depuis l'arrivée des premières bottes américaines sur le sol afghan et Obama n'avait aucunement caché que son intention était que l'ensemble des troupes américaines quitte l'Afghanistan avant que lui ne quitte la Maison-Blanche.

« Un an de plus, un an de plus. Tous les jours, j'entends qu'il nous faut juste un an de plus pour tout remettre dans l'ordre. » C'était l'un des commentaires qu'Obama répétait le plus souvent aux généraux qui prenaient la tête du Commandement central – et donc la responsabilité de la situation en Afghanistan – et à ceux qui étaient responsables des forces américaines et de l'OTAN en Afghanistan, pendant ses huit années au pouvoir. Le refrain d'Obama est devenu encore plus strident lorsqu'il a réalisé que sa décision, prise en 2009, consistant à augmenter le nombre de soldats américains en Afghanistan, à plus de cent mille, n'a pas sonné la fin du régime taliban et n'a pas permis aux forces combattantes afghanes d'obtenir le temps, l'entraînement et l'expérience nécessaires pour permettre aux troupes américaines de se retirer. C'est durant nos discussions sur l'Afghanistan que j'ai vu Obama devenir le plus exaspéré, comparativement aux autres questions de sécurité nationale. Ce qui l'a le plus ennuyé, à mon avis, a été l'incapacité de son administration à aider le gouvernement afghan à éliminer la corruption politique omniprésente, l'incompétence et les malversations qui ont fait obstacle à presque tous les objectifs américains dans ce pays, en particulier le départ des troupes américaines.

J'ai profité de plusieurs voyages en Afghanistan pendant les années Obama, à la fois comme fonctionnaire de la Maison-Blanche et plus tard, comme directeur de la CIA, pour faire pression sur les présidents afghans, Hamid Karzaï et Ashraf Ghani, ainsi que sur leurs responsables des services de renseignement et de sécurité, afin qu'ils honorent leurs engagements consistant à respecter les étapes de progression convenues sur le plan de la sécurité. Mon but était également de m'assurer de la justesse de mon évaluation, selon laquelle les capacités des services de renseignement américains en Afghanistan et le long de la frontière, infestée de terroristes, entre l'Afghanistan et le Pakistan, reposaient sur la continuité de la présence et du soutien militaire américain – un point de vue que j'avais approuvé au cours de toutes les réunions auxquelles j'avais assisté entre adjoints, premiers adjoints et membres du NSC. Durant chaque visite, y compris lors de mon premier déplacement à l'étranger en tant que directeur de la CIA, en avril 2013, je me suis rendu dans plusieurs bases opérationnelles disséminées à travers le pays, où les femmes et les hommes courageux de l'armée américaine et de la communauté du renseignement travaillaient à grand risque pour découvrir et perturber les complots visant à mener des attaques contre des cibles à l'intérieur et à l'extérieur de l'Afghanistan. Chaque visite m'a convaincu que la présence et les capacités des services de renseignement américains, en Afghanistan, étaient essentielles pour empêcher la région de redevenir une source d'activités terroristes dirigées contre les États-Unis.

Un déplacement à Khost, en 2015, après être devenu directeur de la CIA, a été l'un des moments les plus solennels et émouvants de mes années de service. C'est en effet à Khost, le 30 décembre 2009, que sept employés de la CIA – deux femmes et cinq hommes – ont été tués à cause d'une bombe dissimulée, faisant six autres blessés, portée par un agent du renseignement jordanien qui s'était avéré être un agent double travaillant pour al-Qaïda. Un officier du renseignement jordanien et un agent de sécurité afghan ont également été tués lors de l'attaque. Alors que je me tenais devant la pierre commémorative faisant honneur aux victimes, tout en pouvant apercevoir les marques des éclats d'obus – toujours évidentes au niveau des structures voisines –, je me suis senti envahi par un conflit intérieur et des sentiments on ne peut plus partagés. Je savais qu'à cause de cette explosion, onze enfants avaient perdu un parent. Je savais aussi que des milliers d'autres enfants ne sentiraient jamais l'amour d'un parent ayant donné sa vie ailleurs, en Afghanistan, au service de son pays. Ce jour-là, une grande partie de mon âme voulait que les États-Unis se débarrassent, une fois pour toutes, de ces engagements étrangers qui mettent la vie d'Américains en grand danger. En même temps, je ne voulais pas que le sacrifice des officiers de la CIA morts à Khost – Jennifer Matthews, Scott Roberson, Darren LaBonte, Harold Brown, Elizabeth Hanson, Jeremy Wise et Dane Paresi –, ainsi que celui d'autres Américains courageux, ni la douleur des membres de leur famille, soient vains.

Au départ de Khost, ce jour-là, mes pensées se sont dirigées vers les nombreux soldats, diplomates, et agents du renseignement américain tués dans l'exercice de leurs fonctions, en Afghanistan, en Irak et dans d'autres pays à travers le monde, afin d'éviter que des attentats équivalents à ceux du 11-Septembre se reproduisent. Je me suis alors mis à repenser à ces moments, où mes fonctions me demandent de rejoindre un aéroport américain pour honorer les officiers tombés au nom de leur pays, et y revenant pour la dernière fois :

Chaque fois que le grand avion-cargo devenait visible au loin, s'approchant lentement de l'aéroport. Il arrivait presque toujours après le coucher du soleil, l'obscurité l'aidant à protéger l'identité des personnes qui s'étaient rassemblées pour accueillir ceux tombés au champ d'honneur. Ils étaient là pour accepter, dans la dignité, le rapatriement des dépouilles d'Américains qui avaient pris leur dernier souffle dans une terre lointaine, tout en servant le pays qu'ils aimaient.

Les membres de la famille immédiate étaient alignés à côté des officiers de la CIA, en hommage silencieux, alors que l'avion s'arrêtait devant eux. La grande porte, située au niveau du ventre de l'avion, s'ouvrait et permettait à un garde d'honneur d'escorter le cercueil hors de l'avion. Le chagrin et la tristesse sont toujours présents lorsqu'un cercueil passe devant les personnes rassemblées, tout comme un profond sens de patriotisme et de reconnaissance solennelle que la liberté a son prix. Lorsque les circonstances le permettent, mon adjoint et moi nous joignons à l'escorte. Il s'agissait du rôle le plus éprouvant, émotionnellement parlant, et le plus important que j'ai joué en tant que directeur.

Dans les jours qui ont suivi, Kathy et moi-même, ainsi que d'autres officiers de la CIA, avons accueilli, dans mon bureau, les maris et les épouses, les mères et les pères, les fils et les filles, ainsi que les sœurs et les frères des héros tombés au combat ou dans l'exercice de leur fonction. J'ai toujours eu l'impression que mes condoléances étaient affreusement inadéquates, car il m'était impossible de ressentir la profondeur de leur douleur. Nos premières minutes ensemble nous servaient à pleurer et à porter notre deuil, mais des sourires, de doux rires et une fierté palpable apparaissaient généralement dès que l'un des membres de la famille racontait des histoires sur les accomplissements et sur l'humanité de l'être aimé. Jamais je n'ai entendu de mots colériques dirigés à l'encontre de l'Agence ou de la profession choisie par leur proche.

Mes voyages à l'aéroport et l'occasion de passer du temps avec les familles des héros de la CIA ont été, pendant ma période comme directeur, l'une de mes plus grandes sources d'inspiration. Au cours de mes deux dernières années, mon chef de cabinet de la CIA était un officier paramilitaire qui avait fait face au danger, avec plusieurs coéquipiers de la CIA, tués en pleine action. Le jour de mon départ de Langley, il m'a offert un bracelet portant les initiales des employés de la CIA morts sous ma gouverne. Depuis, je le porte quotidiennement, car il me rappelle constamment les sacrifices que font les membres de cette famille qui est la CIA.

Au moment où mon avion a atterri à Kaboul, j'étais convaincu que nous devions maintenir une présence militaire américaine en Afghanistan, du moins jusqu'à la fin de l'administration Obama, afin que la mission des services de renseignement perdure. Il s'agit là de la position que j'ai prise au cours des réunions des premiers adjoints et des membres du NSC, pendant le reste de mon mandat comme directeur de la CIA.

L'équipe de sécurité nationale d'Obama était fin prête à gérer les difficultés associées à l'Irak et à l'Afghanistan, mais les événements du Printemps arabe, arrivant à toute allure, ont entraîné une série inattendue de choix et de dilemmes, en matière de politique étrangère, qui ont duré jusqu'à la fin de la présidence d'Obama. Pendant plusieurs années, la communauté du renseignement, en particulier la CIA, a fourni des renseignements et des analyses sur la mauvaise gouvernance généralisée, la corruption et la répression politique qui sévissent dans tout le Moyen-Orient. Toutefois, ces conditions permanentes ont rarement suscité une opposition ne pouvant être rapidement et efficacement supprimée par les régimes autoritaires. Cependant, lorsqu'un marchand de fruits tunisien, révolté par la corruption endémique, a mis le feu aux vêtements qu'il portait, en décembre 2010, avant d'en mourir, le mois suivant, cela a déclenché une agitation massive et sanglante, à travers le Moyen-Orient, contre les régimes répressifs et l'arrogante complaisance des hommes arabes de pouvoir vivant dans le luxe. Voir la communauté du renseignement transmettre un avertissement signalant le caractère explosif des rues arabes, à l'époque, et la possibilité qu'un cas d'auto-immolation mette le feu aux poudres, aurait été très apprécié, mais une telle capacité à prédire l'avenir est bien trop rare.

Lorsque le Printemps arabe a vu le jour, cela m'a rappelé le début de l'intifada palestinienne, en 1987, alors que je travaillais au NESA (Bureau d'analyse du Proche-Orient et du Sud de l'Asie) sur les questions israélo-arabes. La mort de quatre Palestiniens, dans un accident de la route d'origine suspecte, au sein d'un camp de réfugiés de la bande de Gaza, a provoqué une immense vague d'émeutes et de désobéissance civile à Gaza et en Cisjordanie, qui a causé la mort de deux mille Palestiniens et de près de trois cents Israéliens au cours des cinq années suivantes. Les réseaux sociaux, très pratiques pour obtenir un aperçu des attitudes et des activités populaires, n'avaient pas encore fait surface lorsque l'intifada palestinienne a éclaté, en 1987. Au contraire, ils étaient très répandus dans de nombreuses régions du Moyen-Orient, en 2011. Parfois, les agences de renseignement et de sécurité sont un peu lentes à accepter la réalité selon laquelle des sources d'informations publiques peuvent fournir les renseignements désirés plus facilement que des activités clandestines élaborées, risquées et coûteuses. Les réseaux sociaux du Moyen-Orient ont indiqué que la région était une poudrière et qu'elle pouvait s'enflammer rapidement, si l'étincelle était la bonne. À mon avis, la communauté du renseignement ne s'est pas suffisamment appuyée sur les réseaux sociaux, ce qui l'a privée d'informations clés sur la profondeur et l'étendue du mécontentement populaire à l'égard des dirigeants autoritaires.

Lorsque le président Ben Ali a été chassé de Tunisie et qu'il a trouvé refuge en Arabie saoudite, à la mi-janvier 2011, l'attention du gouvernement américain s'est rapidement tournée vers les tempêtes politiques qui couvaient dans d'autres pays arabes. C'est à la situation en Égypte qu'Obama a accordé la plus grande attention. Celle-ci était au bord du chaos et du carnage, car des millions d'Égyptiens étaient descendus dans la rue pour appeler à l'éviction du président Hosni Moubarak. Obama craignait fortement que les forces de sécurité égyptiennes abattent les manifestants dans le but de préserver le régime autoritaire, vieux de trente ans, de Moubarak. J'étais dans le Bureau ovale lorsqu'Obama s'est entretenu avec le dirigeant égyptien et l'a vivement encouragé à ne pas utiliser la force contre les manifestants, un appel que Moubarak, Dieu merci, a pris en compte. Lorsqu'il est devenu évident que rien ne satisferait le peuple égyptien à part un changement à la tête de sa nation, Obama a dit à Moubarak qu'il était temps pour lui de se retirer, ce qu'il a fait. C'était la bonne décision. Si Moubarak avait tenté de s'extirper de la tempête politique qui s'était rapidement formée, je suis certain que des milliers d'Égyptiens auraient été tués dans la mêlée qui en a résulté.

Alors que je regardais les chaînes d'actualité dans la salle de crise, voyant des foules, dans les rues du Caire, se réjouir de la démission de Moubarak, j'ai été frappé par les attentes, selon moi, très irréalistes de certains de mes collègues de la Maison-Blanche qui pensaient que la démocratie était pratiquement certaine de prospérer en Égypte et dans d'autres pays arabes, une fois que les dirigeants de longue date auraient été évincés. Cela faisait longtemps que le monde arabe attendait des réformes politiques. Je me suis alors joint à mes collègues, espérant qu'une vague d'activités populistes donne naissance à un leadership plus éclairé, mais j'avais des doutes. « La démocratie n'est pas un interrupteur qu'il suffit d'allumer, surtout au Moyen-Orient », ai-je dit, provoquant le silence des autres participants à une réunion dans la salle de crise. Outre la perte potentielle de vies humaines, je craignais qu'une période d'agitation politique prolongée, dans les pays du Moyen-Orient, nuise aux principaux intérêts des États-Unis en matière de sécurité nationale et profite à nos adversaires, à savoir la Russie et les extrémistes islamistes. Les analystes de la communauté du renseignement participant aux réunions de la Maison-Blanche ont convenu qu'il s'agissait probablement d'une lutte, longue et pas très belle, entre la rue et les gouvernements autoritaires.

Et tel a été le cas.

Un nombre étourdissant de manifestations ont éclaté dans d'autres pays arabes, au cours des semaines et des mois suivants, ce qui a entraîné un enchaînement constant de réunions, dans la salle de crise de la Maison-Blanche, durant même la majorité des week-ends. Au début du mois de mars 2011, lors d'une réunion du NSC sur la crise croissante en Libye, j'ai rejoint le secrétaire d'État Gates, puis le conseiller adjoint à la sécurité nationale, Denis McDonough, pour m'opposer à ce que l'armée américaine participe à une coalition internationale dirigée par l'OTAN pour frapper les forces militaires du gouvernement libyen. Malheureusement, nous n'avions pas la majorité. Non, je n'étais pas en faveur du régime Kadhafi, en pleine guerre civile libyenne. J'étais même dégoûté par les nombreux rapports faisant état d'atrocités commises par le gouvernement libyen contre les rebelles. En réalité, je craignais surtout que la campagne de bombardement envisagée n'aboutisse à un effondrement total du gouvernement et de ses forces de sécurité, qui inaugureraient une période prolongée de chaos politique et d'effusions de sang qui contribuerait à renforcer, à l'échelle de la région, la position des groupes islamistes extrémistes violents. À l'époque, nous savions très peu de choses sur la composition de l'opposition hétéroclite qui se dirigeait vers Tripoli, depuis l'est du pays, et parier sur elle pour assurer l'avenir de la Libye semblait être une mise bien trop risquée. Et même si je comprenais qu'il était difficile de formuler un plan faisant suite à une campagne aérienne, je doutais que les Européens soient prêts ou capables de tenir leur promesse consistant à reconstruire la Libye par la suite.

Je ne me souviens pas si Obama a pris sa décision à la fin de la réunion ou s'il nous a dit qu'il allait y réfléchir et nous rendre sa décision le lendemain. Si les réunions du NSC ne donnaient pas lieu à un consensus suffisant, surtout en matière d'utilisation de la force militaire, Obama prenait souvent quelques minutes supplémentaires pour digérer notre discussion et peser le pour et le contre des différents points de vue soulevés. Il lui arrivait de convoquer une réunion de suivi avec les hauts fonctionnaires de la Maison-Blanche ou avec les membres du NSC, ou de les contacter individuellement, pour progresser jusqu'à une décision finale. Que ce soit à la fin de la réunion ou le lendemain, Obama a décidé que les États-Unis se joindraient à la coalition. Aujourd'hui encore, je ne sais pas si cela a été la bonne décision. Depuis la mort de Kadhafi, tué par les forces rebelles, et la chute de son gouvernement, en octobre 2011, l'instabilité politique, les conflits civils et les bains de sang sont devenus des caractéristiques tragiques du paysage libyen, résultant directement d'une intervention militaire étrangère. À jamais, nous nous demanderons ce qu'il serait advenu si cette campagne aérienne n'avait pas eu lieu. Moins de personnes auraient-elles péri ? La Libye serait-elle en meilleure posture aujourd'hui ?

Moins d'un an après la chute de Kadhafi, un complexe et une annexe diplomatiques américains, situés dans la ville de Benghazi, dans l'est de la Libye, ont été attaqués à l'occasion du onzième anniversaire des attentats du 11-Septembre, entraînant la mort de l'ambassadeur des États-Unis, Chris Stevens, et de compatriotes américains Sean Smith, Tyrone Woods et Glen Doherty. Lorsque j'ai revu la vidéo de surveillance, prise la nuit de l'attaque, j'ai été frappé par la manière de procéder, on ne peut plus différente, par rapport à tout autre acte de terrorisme perpétré par un groupe terroriste au Moyen-Orient. Les images ont clairement montré que la première tentative d'intrusion, dans le périmètre du complexe, a rapidement été suivie par une scène de foule où des dizaines de personnes ont pillé du matériel de bureau, des articles personnels et des vêtements avant d'incendier le bâtiment, causant la mort de Stevens et de Smith. L'attaque suivante contre l'annexe où Woods et Doherty ont été tués, cependant, était une attaque terroriste délibérée et soutenue, menée par l'organisation islamiste extrémiste bien armée, Ansar al-Charia, en vue de tuer des citoyens américains.

Les déclarations publiques d'Hillary Clinton, de Susan Rice et d'autres sur la nature et la genèse des attaques de Benghazi ont fait beaucoup de bruit pour rien. Au lendemain des événements, nous ne savions pas, y compris la communauté du renseignement, qui était le responsable et s'il s'agissait d'une réponse spontanée violente au film *L'Innocence des musulmans*, qui dépeint le prophète Mahomet de manière très peu flatteuse. Quelques heures avant les événements tragiques de Benghazi, plusieurs milliers de manifestants se sont rassemblés devant l'ambassade des États-Unis, au Caire, en réponse aux appels des activistes islamistes radicaux dénonçant le film. Il n'était pas déraisonnable, à l'époque, ni même aujourd'hui, de juger que l'attaque de Benghazi était, du moins partiellement, une réaction violente au film. Les allégations qui ont suivi, formulées par les congressistes républicains de l'époque, notamment Mike Pompeo et Trey Gowdy, selon lesquelles les responsables de l'administration Obama avaient intentionnellement déformé les événements de Benghazi, ne constituaient rien d'autre qu'une attaque partisane scandaleuse visant à marquer des points contre des rivaux politiques de Washington.

Je me suis rendu en Libye moins de cinq semaines après les événements de Benghazi, principalement pour évaluer la réalité de la menace et le cadre stratégique de sécurité entourant les officiers américains encore présents dans la capitale Tripoli. Au lendemain de l'attaque de Benghazi, établir des plans d'évacuation était devenu une priorité. Ainsi, après plusieurs briefings et une visite de l'ambassade des États-Unis et des quartiers d'habitation, j'ai découvert, on ne peut plus confiant, que les diplomates américains, les officiers militaires et les responsables des services du renseignement avaient suffisamment renforcé les mesures de sécurité visant à gérer toute détérioration éventuelle des conditions de sécurité et toute attaque terroriste. Toutefois, ma confiance s'est envolée, comme moi, lorsque j'ai survolé les rues de Tripoli, déchirées par la guerre, en me disant que le type d'attaque qui s'était déroulé à Benghazi pourrait facilement et très prochainement se dérouler dans la capitale libyenne. Mes échanges avec les responsables libyens, dont le chef d'État de l'époque, le président du Congrès général national, Mohammed Megaryef, bien que cordiaux et marqués par des promesses d'entraides et de poursuite des auteurs de l'attaque de Benghazi, n'ont pas apaisé mes inquiétudes quant à la fragilité et à l'avenir incertain du pays.

Mon départ de Libye a été mémorable. Quelques minutes après

le décollage de mon avion militaire de l'aéroport de Tripoli, mon conseiller principal, Nick Shapiro, s'est rendu compte que nos passeports, qui avaient été donnés aux responsables de l'ambassade des États-Unis afin d'être gardés en sécurité, ne nous avaient pas été retournés. « Il faut que l'on y retourne ! » s'est mis à crier Nick aux pilotes, qui l'ont regardé d'un air abasourdi, mais qui ont accepté de faire demi-tour pour que nous puissions poursuivre notre voyage (eh oui, même les hauts fonctionnaires de la Maison-Blanche et les directeurs de la CIA doivent présenter un passeport en cours de validité lors de leur entrée dans un pays étranger et lors de leur retour aux États-Unis). Nous étions le seul avion à atterrir et à partir ce jour-là. Ainsi, nous avons pu rapidement faire demi-tour, car le contrôle aérien à l'aéroport de Tripoli était inexistant. « Si vous prévoyez d'oublier vos passeports, nous ont dit nos pilotes, c'est probablement le meilleur endroit au monde pour le faire, car il faudrait beaucoup plus de temps pour effectuer un atterrissage et un départ rapides et non planifiés, dans n'importe quel autre aéroport au monde. » Au moment de notre atterrissage, l'aéroport de Tripoli était complètement désert (pour ne pas dire sinistre) ; cela m'a rappelé une scène du film *Le Parrain*, lorsque Vito Corleone est grièvement blessé et que l'hôpital, où il est sur le point de se rendre, est nettoyé de tout assassin potentiel par ses hommes de main. Heureusement, Nick a pu appeler notre ambassade, dont les employés ont conduit à toute vitesse dans les rues de Tripoli, pour nous rendre nos passeports. Le personnel américain se comporte de manière on ne peut plus altruiste, chaque jour, à travers le monde, dans des environnements où sa sécurité n'est pas garantie, et cela dans l'intérêt de son gouvernement et de ses concitoyens.

Confiant dans le professionnalisme du personnel américain présent sur le terrain en Libye, et reconnaissant l'importance d'entretenir des contacts de proximité avec les responsables libyens, je suis retourné à Washington et j'ai recommandé à Obama que notre ambassade reste ouverte. Deux ans plus tard, en juillet 2014, c'est avec un semblant de réticence, mais avec un grand soupir de soulagement que j'ai accepté la décision de retirer tout le personnel américain de Libye et de déplacer les opérations de l'ambassade à Malte (et plus tard en Tunisie) en raison de préoccupations croissantes en matière de sécurité.

Si la Libye a été un exemple, cela n'a malheureusement été qu'en matière d'échec, étant donné les nombreuses années d'effusions de sang et de dévastation qui ont suivi le Printemps arabe, en Syrie. Tout au long de mon mandat à la Maison-Blanche et à la CIA, j'ai été engagé dans ce qui s'est finalement révélé être un effort futile visant à mettre fin à un bain de sang généralisé et à la destruction d'un pays riche en histoire, en culture et en conflits sectaires. La situation en Syrie avait été l'un des premiers objectifs d'Obama. Début 2010, il a annulé un avis de longue date du département d'État avertissant les Américains, se rendant en Syrie, des risques de sécurité. Il s'agissait d'un effort visant à améliorer les relations bilatérales et à ouvrir une voie où la Syrie pourrait s'engager, de manière constructive, dans un processus de paix avec Israël. Ces espoirs ont été anéantis l'année suivante, lorsque d'importantes manifestations antigouvernementales ont éclaté en Syrie, pendant le Printemps arabe ; le reflet de quarante années de colère refoulée contre le régime autoritaire et brutal des présidents syriens, Bashar al-Assad et son défunt père, Hafez al-Assad. Lorsque plusieurs milliers de membres des forces de sécurité et de l'armée syriennes ont refusé de tirer sur les manifestants et ont fui afin de former l'Armée syrienne libre, l'administration Obama n'a cessé d'augmenter son soutien aux rebelles. Le Président Obama a publiquement appelé le président Assad à démissionner, en août 2011, en espérant que cela permettrait de renforcer les rangs de l'opposition et d'accélérer ce que de nombreuses personnes, dans son administration, considéraient à tort comme l'inévitable chute d'Assad. J'en faisais partie.

Fin 2011, l'administration Obama a convenu, de manière consensuelle, que l'Armée syrienne libre devait recevoir un soutien politique, financier et même sécuritaire de la part des États-Unis. Un changement de gouvernement à Damas présentait de nombreux avantages potentiels. Le gouvernement syrien, que les États-Unis qualifiaient d'État sponsor du terrorisme depuis plus de trente ans, a longtemps été considéré comme une menace militaire puissante pour Israël, notamment compte tenu des armes chimiques et biologiques en sa possession. Contrairement à la Libye, la Syrie disposait d'un gouvernement en état de fonctionnement, d'institutions politiques bien établies et de puissantes forces armées qui, d'après nos évaluations, survivraient presque certainement au renversement de son dirigeant. Par ailleurs, la composition de l'Armée syrienne libre semblait très laïque en matière d'orientation politique, avec des nationalistes syriens, à la fois sunnites et chiites, en tant que dirigeants. Néanmoins, il existait encore, dans les premiers jours du soulèvement syrien, un profond malaise pour tous ceux souhaitant officiellement s'allier aux rebelles, sans une meilleure compréhension de leurs objectifs et de leur ultime capacité à obtenir le soutien du peuple syrien. Qui plus est, le régime d'Assad a été un véritable État vassal pour la Russie, et personne au sein de l'administration Obama n'était capable d'affirmer que Moscou serait susceptible de rester sans rien faire, si ses décennies d'investissements politiques, économiques et militaires étaient sérieusement menacées. Avec le recul et ayant été témoin de la destruction de la Syrie et des vies perdues là-bas, je regrette profondément que nous n'ayons pas soutenu l'Armée syrienne libre de manière plus audacieuse, dès le début du soulèvement.

Avec les premières batailles victorieuses de l'Armée syrienne libre, Washington s'est mis à croire que le Printemps arabe pouvait engranger un succès important à Damas, mais les décisions politiques évoquant l'ampleur du soutien américain aux rebelles sont devenues plus compliquées à la fin de l'année 2012. Lorsque les troupes d'al-Qaïda en Irak se sont unies à celles d'al-Qaïda en Syrie (al-Nosra) pour former l'État islamique, les forces de l'opposition syrienne ont pris, dans de nombreuses régions du pays, une tournure islamiste extrémiste qui n'a fait qu'augmenter au fil du temps. Très vite, les atrocités et les tueries perpétrées par l'État islamique ont amoindri le soutien international apporté à l'opposition syrienne, et les combats ravageurs qui opposaient l'Armée syrienne libre aux combattants de l'État islamique se sont retrouvés être à l'avantage du régime.

En août 2012, Obama a déclaré que si les Syriens utilisaient des armes chimiques durant la guerre civile, ils franchiraient une « ligne rouge » qui obligerait les États-Unis à modifier ses calculs politiques. Un an plus tard, la communauté du renseignement américain a évalué, avec un score de confiance analytique élevé, que le gouvernement syrien avait utilisé du sarin pour tuer des centaines de personnes. Mais au lieu de lancer des frappes militaires, Obama a saisi l'occasion pour convaincre les Syriens de détruire leurs stocks d'armes chimiques. Je ne sais pas si Obama regrette alors d'avoir parlé de « ligne rouge », mais à mon avis, il aurait préféré mettre en garde toute personne utilisant des armes chimiques, sans utiliser le terme « ligne rouge », qui impliquait le déclenchement automatique d'une intervention militaire américaine. Je me souviens de l'avertissement du vice-président Biden, à l'époque : « Les grandes nations ne peuvent pas bluffer », un adage avec lequel je suis toujours d'accord. Néanmoins, grâce au terme « ligne rouge », Moscou a finalement compris que le meilleur moyen, pour la Syrie, d'éviter une réponse militaire américaine, une fois l'utilisation des armes chimiques confirmée, était que Damas accepte de détruire son stock d'armes chimiques. Cet accord a permis à l'Organisation pour l'interdiction des armes chimiques d'inspecter les installations syriennes et de vérifier la destruction des armes chimiques et des infrastructures associées. Après avoir travaillé sur les questions touchant le Moyen-Orient, pendant de nombreuses années, je savais que l'élimination de l'arsenal d'armes chimiques syrien, qui était l'un des plus importants au monde, permettrait d'éliminer une grave menace à la sécurité d'Israël et à la stabilité régionale. En plus de ne pas avoir l'autorisation du Congrès ou du Conseil de sécurité de l'ONU lui permettant de mener une opération militaire américaine contre un État souverain, la décision de renoncer aux frappes était caractéristique d'Obama. Fidèle à ses habitudes, Obama craignait les conséquences de deuxième, troisième et quatrième niveau, comme la diffusion de panaches chimiques mortels à la suite d'une frappe militaire, l'utilisation croissante d'armes chimiques par un régime Assad désespéré, ou la forte escalade de tensions avec la Russie. Obama considérait que la convention sur la destruction des armes chimiques était beaucoup plus avantageuse pour les intérêts stratégiques américains et que cette option causerait probablement moins de pertes de vie que s'il avait autorisé des frappes militaires américaines.

Au cours des cinq dernières années de l'administration Obama, j'ai rencontré, à d'innombrables reprises, des responsables américains et étrangers, j'ai beaucoup voyagé au Moyen-Orient et en Europe, j'ai proposé des idées et des recommandations, et j'ai mené des activités, autorisées par le Président, conçues pour affaiblir le régime Assad, pour mettre fin au bain de sang en Syrie et pour renforcer les possibilités d'émergence d'un gouvernement plus représentatif et moins répressif à Damas. Bien que notre route ait été marquée de quelques succès et échecs tactiques, le soutien militaire croissant apporté par la Russie et son implication militaire directe dans le conflit, fin 2015, ont finalement contribué à préserver le règne de Bashar al-Assad. Malheureusement, je ne suis pas en mesure d'évoquer de nombreux aspects et détails importants de la politique de l'administration Obama, à l'égard de la Syrie, parce qu'ils restent hautement confidentiels.

Je considérerai toujours le Plan d'action global commun (PAGC), qui a mis un terme aux efforts déterminés de l'Iran visant à obtenir des capacités nucléaires, comme l'un des plus grands couronnements de l'administration Obama. Le spectre d'un Iran doté de l'arme nucléaire étant l'une des préoccupations les plus sérieuses des décideurs américains en matière de sécurité nationale, depuis au moins deux décennies, cet accord a été une formidable aubaine pour la sécurité d'Israël et la stabilité régionale. Lorsque les négociations avec les Iraniens ont commencé à devenir sérieuses, au début du second mandat d'Obama, je me demandais vraiment si Téhéran accepterait de faire les concessions nécessaires à un tel accord. Mes doutes ont été renforcés lorsque les Iraniens n'ont proposé qu'une réduction minimale des centrifugeuses et des stocks d'uranium, et qu'aucune inspection de leurs installations nucléaires n'a été effectuée par l'Agence internationale de l'énergie atomique (IAEA[63]), ce qui indiquait clairement que les négociations seraient longues, litigieuses et sans doute futiles. Ce n'est que grâce aux efforts indéfectibles du secrétaire d'État, John Kerry, du secrétaire à l'Énergie, Ernie Moniz, et de leurs assistants techniques et politiques très compétents, associés à l'état financier de plus en plus désespéré de l'Iran, que Téhéran a finalement fait les concessions nécessaires à un accord.

Au cours des réunions du Conseil de sécurité nationale auxquelles j'ai assisté, le Président Obama a clairement indiqué qu'un accord visant à mettre un terme au programme d'armement nucléaire de l'Iran était la plus haute priorité. Il considérait un tel accord comme essentiel, non seulement pour la stabilité régionale, mais également pour renforcer l'influence des Iraniens d'opinions modérées, en particulier le président iranien, Hassan Rohani, et le ministre des Affaires étrangères, Mohammad Javad Zarif, ainsi que pour inciter Téhéran à entamer des négociations avec les États-Unis sur d'autres questions importantes. Obama pensait fermement que l'accord initial, d'un point de vue pratique, devait se limiter au programme d'armement nucléaire. Lors d'une réunion du NSC, début 2015, Obama a spécifiquement conseillé aux négociateurs américains de ne pas développer les paramètres d'un accord potentiel, en essayant d'inclure un langage lié à la réduction de l'inventaire des missiles balistiques de l'Iran. Obama a soutenu, à juste titre selon moi, que s'écarter des questions de contrôle des armes conventionnelles mettrait en danger la possi-

63. *International Atomic Energy Agency.* (NDT)

bilité croissante de signer un accord sur les armes nucléaires, en rendant les négociations beaucoup plus complexes et plus longues. « Les Iraniens feront immédiatement pression pour qu'une réduction réciproque du nombre de missiles soit mise en place dans les États arabes du Golfe, a-t-il déclaré, et bonne chance dans ces discussions. »

Je suis certain que Donald Trump n'a pas compris, ni même cherché à connaître, les détails du PAGC, lorsqu'il a annoncé que les États-Unis se retireraient de l'accord, ce que je considère comme une erreur majeure de politique étrangère américaine. Même si Trump et ses conseillers à la sécurité nationale étaient réellement préoccupés par les délais de certaines restrictions associées aux activités nucléaires de l'Iran – qui avait pourtant affirmé, de manière explicite, dans le PAGC, qu'il « ne cherchera, ne développera ou n'acquerra jamais d'armes nucléaires » –, d'autres négociations auraient pu être lancées afin de prolonger la durée des principales restrictions. Et si Trump et les détracteurs du PAGC pensent que les Iraniens négocieront, un jour, un éventuel programme d'armement nucléaire sans rien recevoir de significatif sur le front économique et financier, ils sont encore plus inconscients et naïfs que je ne les crois déjà.

21

DEUXIÈME CHANCE AU MEILLEUR JOB DU GOUVERNEMENT

Bien que j'aie été déçu de ne pas avoir obtenu le poste de directeur de la CIA en 2009, j'ai été ravi que le Président Obama ait nommé Leon Panetta, quelqu'un possédant une profonde expérience du monde de Washington, à la tête de la CIA. Je ne connaissais Leon que légèrement lorsque j'étais briefeur pour la Maison-Blanche et qu'il était le chef de cabinet du Président Clinton. Mes souvenirs de Leon étaient positifs. Il m'avait donné l'impression d'être quelqu'un de sérieux, également bienveillant et doté d'un rire très amical. Bien que participant de temps en temps au PDB du Président Clinton, le caractère urgent des fonctions de Leon l'obligeait souvent à entrer ou sortir du Bureau ovale en plein milieu d'un briefing. S'il devait interrompre un briefing pour partager des informations urgentes, le Président Clinton accordait toujours à Leon sa plus grande attention.

En dépit de ses connaissances limitées de la communauté du renseignement – Leon avait travaillé aux services de renseignements militaires, au milieu des années 1960 –, son intellect, ses années de service au Congrès et à la branche exécutive, son sourire merveilleux, sa familiarité avec les noms et ses compétences bien affûtées, en tant que politicien, lui ont valu une admiration et un soutien immédiats parmi ses semblables à la CIA. C'est ainsi que le sérieux déjà bien établi de Leon a permis de s'assurer que la CIA serait un acteur majeur de l'équipe de sécurité nationale de l'administration Obama.

Au début de l'administration Obama, l'amiral Dennis Blair, ancien de la marine américaine, a été recruté pour succéder à Mike McConnell au poste de directeur du renseignement national. Je connaissais Blair relativement bien depuis nos années de service commun, au septième étage de la CIA, au milieu des années 1990, lorsqu'il était le représentant militaire principal de l'Agence et que j'étais l'assistant exécutif de George Tenet, alors directeur adjoint. Denny, tel qu'il était connu de ses amis et de ses collègues de haut rang, avait donné l'impression aux responsables de la CIA d'être un officier très brillant, travailleur et sans fioritures. Mais il avait la réputation d'être parfois sec et cinglant lors de ses interactions avec les employés de la CIA, en particulier lorsqu'il s'agissait des officiers de la CIA qui ne s'adressaient pas à une personne de son rang de manière suffisamment respectueuse. Néanmoins, j'appréciais Denny et je m'entendais bien avec lui, pendant nos journées de travail commun à Langley, et j'admirais les efforts qu'il faisait pour améliorer la relation entre l'armée américaine et la CIA. Il a quitté la marine en 2002, après un passage très réussi à la tête du commandement pacifique des États-Unis, avant de travailler dans le secteur privé, principalement en vue de soutenir l'industrie de la défense.

Je savais qu'il allait être de la plus grande importance que Leon et Denny aient une bonne relation professionnelle. Durant l'administration Bush, Mike McConnell et Mike Hayden constituaient la meilleure équipe dirigeante du renseignement national et de la CIA. Chacun était un professionnel du renseignement de longue date avec une expérience significative en matière de leadership dans la communauté du renseignement. Chacun avait été directeur de l'Agence nationale de sécurité, et Mike Hayden avait été le premier adjoint du premier directeur du renseignement national, John Negroponte, un rôle qu'il a conservé lorsque McConnell est devenu le second directeur du renseignement national. Ils s'appréciaient et se respectaient l'un l'autre et travaillaient de manière très étroite. Bien que McConnell ait fait connaître son intention de quitter le gouvernement après le changement d'administration, Mike Hayden voulait rester à la CIA. Alors que je faisais partie de l'équipe de transition d'Obama (et après avoir quitté la course au poste de directeur de la CIA), j'ai recommandé que Mike Hayden reste à la CIA, au moins pendant la première année de la nouvelle administration, croyant qu'un leadership continu à la CIA serait utile à la nouvelle équipe de sécurité nationale. Une recommandation qui n'a toutefois pas été très populaire. Les principaux conseillers du Président élu Obama voulaient une rupture nette avec les controverses et les responsables datant de l'administration Bush. Quelques années plus tard, durant la période de transition présidentielle et alors que j'étais directeur de la CIA, j'ai fait le même genre d'effort, en quête d'un leadership continu au sein de l'Agence. J'ai envoyé un projet de loi à la Maison-Blanche, en 2015, demandant que les directeurs de la CIA exercent un mandat de sept ans, ce qui ferait sortir du cycle des élections présidentielles le processus de sélection d'un nouveau directeur. (Depuis 1976, les directeurs du FBI sont confirmés pour des mandats de dix ans.) La législation que j'ai proposée n'a pas été adoptée par les hauts conseillers d'Obama, qui considéraient que les autorités responsables des missions secrètes étaient telles qu'il était important pour un Président d'avoir son propre homme à la tête de l'Agence. Je n'étais pas d'accord, mais cela n'a pas suffi à me faire gagner l'argument. Je pensais naïvement qu'un mandat empêcherait un Président de destituer le dirigeant d'une importante agence de sécurité nationale avant l'expiration de son mandat ; le renvoi de Jim Comey motivé par l'agenda politique de Trump, en 2017, m'a prouvé le contraire.

Malheureusement, la relation entre Denny et Leon a été compliquée dès le début. Selon Denny, le langage de la loi de 2004 sur la réforme du renseignement et la prévention du terrorisme qui est à l'origine du poste de directeur du renseignement national, lui conférait une autorité exceptionnellement vaste sur pratiquement toutes les activités de renseignement, y compris celles qui avaient traditionnellement été l'apanage de la CIA. Leon, d'autre part, considérait le Bureau du directeur du renseignement national comme une contrainte bureaucratique se dressant en travers des missions de la CIA et de ses relations avec la Maison-Blanche et les services de renseignement étrangers. Ce point de vue était largement partagé au sein de l'Agence.

Il est devenu évident, durant plusieurs réunions en salle de crise, en 2009, que Denny, Leon ou leurs employés ne se consultaient que peu ou pas à l'avance, à tel point que les désaccords substantiels entre eux sur les questions de renseignement étaient fréquents. Leon semblait peu dérangé par la tension ambiante et son leadership à la CIA lui permettait de gagner de nouveaux admirateurs à la Maison-Blanche et parmi ses collègues de la sécurité nationale. Denny, lui, semblait avoir du mal à digérer l'ascension de Leon, ce qui l'a poussé à faire des erreurs, au début de l'année 2010, qui ont finalement scellé son destin. Premièrement, il a tenté de ravir à Leon le droit qu'ont les directeurs de la CIA de sélectionner les chefs de station, c'est-à-dire les personnes responsables de superviser les activités du renseignement américain à l'étranger. Denny a envoyé une directive annonçant que désormais, c'est lui qui prendrait le contrôle du processus de nomination. Leon a ensuite envoyé un message à ses subordonnés, disant essentiellement : « Oh non, il va rien prendre du tout ! » Deuxièmement, Denny a ignoré les conseils très spécifiques du conseiller à la sécurité nationale, Jim Jones, concernant la manière de gérer une relation très importante avec un service de renseignement européen. Outre le fort mécontentement de Jim Jones et du conseiller adjoint à la sécurité nationale, Tom Donilon, la CIA considérait le comportement de Denny comme une autre indication qu'il tentait de diminuer l'influence de Langley.

À la fin du mois de mai 2010, la situation était devenue intenable. Jim Jones, Tom Donilon et moi avons recommandé au Président Obama de faire un changement et de demander à Denny qu'il démissionne ; le premier membre de l'équipe de sécurité nationale d'Obama à quitter l'administration. Bien que la mer ait été agitée pendant son mandat de seize mois en tant que directeur du renseignement national, cela n'a, en aucun cas, porté atteinte à son bilan exceptionnel en tant qu'officier de la marine, ayant servi son pays avec compétence, dévouement et talent tout au long de sa carrière militaire.

Le matin suivant la démission de Denny, Jim Jones, Tom Donilon, Denis McDonough, Tony Blinken et moi étions dans le Bureau ovale, juste après la séance du PDB, lorsque le Président nous a demandé de lui suggérer le nom du nouveau directeur du renseignement national. Tom Donilon a mentionné Jim Steinberg, secrétaire d'État adjoint d'Hillary Clinton, largement admiré pour son intelligence et son parcours exemplaire en matière de sécurité nationale. Jim avait en effet été un acteur majeur pendant les dix-huit premiers mois de l'administration, et c'est avec efficacité qu'il avait utilisé sa présence au sein du comité des premiers adjoints – le résultat d'un accord inhabituel conclu lorsqu'il a rejoint l'administration – et ses fréquentes participations aux réunions du Conseil de sécurité nationale pour façonner notre politique étrangère. Jim avait laissé savoir qu'il cherchait à quitter le poste de numéro deux du département d'État. Toutefois,

Donilon et d'autres hauts fonctionnaires étaient intéressés à l'idée de le garder dans l'équipe de sécurité nationale. J'appréciais et j'admirais Jim, mais à mes yeux, il n'était pas fait pour le poste de directeur du renseignement national. Jim n'avait jamais travaillé dans la communauté du renseignement, et son point fort était la substance plutôt que la gestion d'une grande organisation. Je pensais également que les personnalités de Panetta et de Steinberg pourraient entrer en conflit – comme cela avait été le cas entre Panetta et Blair – et qu'une telle combinaison n'entraînerait pas une amélioration des relations entre la CIA et le Bureau du directeur du renseignement national.

Le Président m'a regardé, attendant ma réaction à la suggestion de Donilon. « Je vote pour un autre Jim. Jim Clapper », ai-je dit, en espérant changer le sujet de la discussion et ne plus parler de Steinberg. « Le curriculum vitae de Clapper, en matière de renseignement, est sans égal et il est on ne peut plus familier avec le rôle et les responsabilités du directeur du renseignement national. Plus important encore, je suis convaincu qu'il s'entendra à merveille avec Leon et que Leon s'entendra à merveille avec lui. Jim Clapper est l'un des rares à Washington à ne pas avoir d'ego, même s'il a toutes les qualifications requises pour en avoir un. » Le nom de Jim Clapper n'a pas semblé inspirer quoi que ce soit à la plupart des personnes présentes dans la salle, y compris le Président. Je me suis donc lancé dans un récapitulatif de sa longue carrière. « Il a été soldat de la marine avant de rejoindre l'Armée de l'air, où il est devenu général trois étoiles. Il a été directeur de l'Agence en renseignement de la défense, durant l'administration Clinton, puis directeur de l'Agence nationale du renseignement géospatial, durant l'administration George W. Bush. Et il est aujourd'hui le sous-secrétaire de Bob Gates, spécialisé en renseignement, au Pentagone. » Pour faire bonne mesure, j'ai ajouté un de ses plus grands accomplissements. « Et il a eu l'honneur d'être congédié par Donald Rumsfeld, pour avoir été un exemple en matière d'insubordination. »

Obama a semblé impressionné. « Je vais en parler à Bob », a-t-il dit. Plus tard dans la journée, Bob Gates a donné un appui retentissant à Jim Clapper, et sa nomination a été annoncée dans la semaine. Alors que la nomination de Jim Clapper était entre les mains du Sénat, Dianne Feinstein, alors présidente du Comité spécialisé en renseignement du Sénat, m'a appelé un soir, tandis que j'étais au volant, pour me demander mon opinion sur la nomination de Jim.

« John, connaissez-vous ce général Clopper ? m'a-t-elle demandé. Je crains fortement que l'armée tente une nouvelle fois de prendre le contrôle de la communauté du renseignement. Cela n'a pas marché avec Blair et j'ai peur que nous fassions la même erreur avec Clopper.

— Dianne, c'est Jim "Clapper". C'est un professionnel du renseignement de longue date, que selon moi vous n'allez pas tarder à apprécier et à respecter énormément. »

J'admirais la sénatrice Feinstein pour de nombreuses raisons, et son insistance pour que moi-même et d'autres représentants du gouvernement l'appelions « Dianne » était l'une d'entre elles. J'ai ensuite évoqué les moments forts du parcours de Jim, en matière de renseignement, et je l'ai encouragée à le rencontrer au plus vite. Elle l'a rapidement fait et tout de suite, elle l'a apprécié, donnant ainsi lieu à un vote sénatorial unanime de 15 voix contre 0, en faveur de sa confirmation. J'ai longtemps considéré ce jour – celui où j'ai recommandé au Président Obama de sélectionner Jim Clapper comme son deuxième directeur du renseignement national – comme l'un des plus grands accomplissements de ma carrière en matière de sécurité nationale. Pendant près de six ans et demi, Jim a été un leader exceptionnel à la tête du renseignement national, en lançant une série d'initiatives qui ont amélioré la coopération et les interactions entre les dix-sept organismes membres de la communauté du renseignement. Non partisan, honnête, et profondément intègre, Jim était tout à fait capable d'ignorer, bien mieux que je ne l'ai jamais fait, les critiques injustes faites envers lui par certains membres du Congrès et des médias. Par exemple, il a été vivement critiqué par le sénateur démocrate, Ron Wyden, en 2013, pour avoir certifié, au cours d'une audience publique, que l'Agence nationale de sécurité n'avait pas « consciemment » recueilli de données sur des millions d'Américains. Jim a déclaré, durant l'audience, qu'il était très mal à l'aise lorsqu'il s'agissait de discuter de questions sensibles, dans un contexte non classifié. Il a alors corrigé sa réponse, qu'il a reconnue erronée, peu après l'audience. Malheureusement, le sénateur Wyden, qui est l'un des membres les plus libéraux du Sénat, s'engage trop souvent dans des tactiques publiques dont le seul but est de montrer sa « supériorité », lorsqu'il communique avec la communauté du renseignement. À mon avis, il serait beaucoup plus efficace s'il traitait avec les dirigeants de la communauté du renseignement de manière plus directe.

Ce n'est qu'un an plus tard que Leon Panetta a été recruté pour remplacer Bob Gates, partant à la retraite, comme secrétaire à la Défense. Contrairement au poste de directeur du renseignement national, personne ne m'a demandé qui, selon moi, devait être nommé pour occuper le poste vacant à Langley. Vu qu'Obama m'avait initialement choisi pour être le directeur de la CIA, je me suis demandé s'il était possible qu'il me demande à nouveau si j'étais intéressé. Mais personne ne m'a demandé, et j'ai été surpris d'entendre le conseiller à la sécurité nationale, Tom Donilon, dire, un matin devant le Bureau ovale, que le général David Petraeus serait le candidat. J'ai essayé d'étouffer ma surprise, non pas que je pensais que David était incompétent. Tout le contraire. Il avait toutes les qualifications nécessaires à ce poste : un excellent dossier militaire, de solides compétences en matière de leadership, une expérience approfondie des questions de sécurité nationale et une connaissance intime des nombreux points de friction qui ont marqué le Moyen-Orient et l'Asie du Sud. Je pensais juste que quelqu'un serait venu me voir, en privé, pour me dire que David était sorti gagnant.

Durant les semaines qui ont suivi, trois collègues différents, à la Maison-Blanche, m'ont expliqué, de trois façons différentes, pourquoi je n'ai pas été sélectionné. Le premier m'a dit que le Président Obama voulait me garder à la Maison-Blanche, car il était satisfait de mon travail en matière de lutte antiterroriste et de sécurité intérieure. J'aurais aimé que cette explication soit vraie. Le second m'a dit que David Petraeus avait demandé officiellement au Président de devenir le directeur de la CIA, car il était depuis longtemps un admirateur du personnel et de la mission de la CIA. La troisième explication m'est venue d'un initié, à l'intérieur de la Maison-Blanche, qui a provoqué une vague d'inquiétude parmi les conseillers politiques du Président Obama, selon laquelle Petraeus était candidat au poste de vice-président sur le ticket du Parti républicain en 2012. D'après cette explication, ce sont ces conseillers qui ont insisté pour que le poste soit attribué à Petraeus, de sorte qu'un héros militaire ne soit plus disponible pour les républicains. Je ne sais pas du tout si la troisième explication reposait sur des bases solides.

Alors que le premier mandat du Président Obama touchait à sa fin, Kathy et moi avons commencé à planifier ma deuxième sortie du gouvernement. J'étais relativement sûr de la réélection d'Obama, en 2012, et de sa victoire sur Mitt Romney. Je n'ai donc pas eu l'impression de devoir déterminer où, quand et comment je quitterais l'administration, ni encore moins ce que je ferais par la suite. Le début du second mandat d'Obama m'a semblé être un bon point de rupture. J'ai donc annoncé à certains de mes collègues que je quitterais la Maison-Blanche début 2013. Je sentais que quatre années à la Maison-Blanche, plus vingt-cinq à la CIA, étaient plus que suffisantes. J'étais fatigué. Les longues heures de travail, souvent irrégulières, inhérentes à tout poste à la Maison-Blanche, avaient anéanti ce qui était ma routine d'exercice habituel, car il semblait toujours y avoir trop de travail à faire en trop peu de temps. Après avoir été opéré du genou et des hanches (l'une de mes prothèses de hanche a été rappelée, ce qui a exigé une nouvelle opération), j'ai même arrêté les séances de rééducation, ce qui depuis, m'a laissé avec une boiterie prononcée.

Alors que les élèves d'un lycée du centre-ville de Washington visitaient la Maison-Blanche, fin 2012, j'ai été invité à parler à environ deux douzaines d'élèves qui s'étaient rassemblés dans la salle de crise. Présenté par un guide, qui a embelli mon dossier en disant que j'étais un ancien « espion » de la CIA qui avait fait énormément de choses « cool », j'ai donné aux étudiants un aperçu de ce à quoi la vie ressemble lorsque l'on travaille à la Maison-Blanche pour le Président Obama. Après plusieurs questions, un élève a levé la main et m'a posé une question : « M. Brennan, quels sont vos loisirs ? Qu'aimez-vous faire lorsque vous n'êtes pas à la Maison-Blanche ? »

J'étais scotché. Personne ne m'avait posé cette question depuis de nombreuses années, et depuis ma prise de fonction à la Maison-Blanche, j'avais peu de temps pour autre chose que le travail et la famille. J'ai alors fait de mon mieux pour répondre... et pour bafouiller le moins possible.

« Eh bien..., ai-je commencé fataliste, je suppose que mon seul loisir, c'est de mettre des prothèses. »

Bien que souriant à cet instant-là, j'ai bien vu que ma réponse avait immédiatement glacé le sang du jeune homme ainsi que celui des autres étudiants dans la pièce. Réalisant que ma réponse avait été interprétée comme si je participais à une sorte de pratique médicale sordide, j'ai rapidement ajouté : « Sur moi ! Mettre des prothèses sur moi. J'ai eu une prothèse de genou et de hanche récemment. Et encore, ce n'est pas moi qui les ai mises, c'est mon chirurgien. Et il les a mises dans un hôpital, pas à la Maison-Blanche. » Mon anecdote allant de mal en pis, je n'étais pas sûr d'avoir dissipé les craintes des jeunes élèves, selon lesquelles j'étais un Dr Frankenstein des temps modernes. J'ai décidé de ne plus prendre de questions, et de conclure en encourageant les étudiants à travailler dur pour qu'ils puissent eux aussi, un jour, travailler à la Maison-Blanche, et peut-être même au Bureau ovale.

Tous mes projets d'avenir avec Kathy, quels qu'ils aient été, se sont envolés immédiatement après la réélection de Barack Obama, le 6 novembre 2012. Deux jours après l'élection, Jim Clapper et Sean Joyce, le directeur adjoint du FBI, sont arrivés à la Maison-Blanche en m'annonçant, stupéfaits, que David Petraeus était sous le coup d'une enquête du FBI, pour avoir divulgué des informations classifiées à sa biographe, Paula Broadwell, avec qui il avait une liaison. En moins de vingt-quatre heures, David a démissionné et le poste de directeur de la CIA est à nouveau devenu vacant.

« Alors, John, vous en pensez quoi ? » m'a demandé Denis McDonough, en passant devant mon bureau, en fin de soirée, la semaine suivante. « Aimeriez-vous être considéré pour ce poste ? » Denis était alors le premier conseiller adjoint à la sécurité nationale, et il était en route pour devenir, dans deux mois, le quatrième et dernier chef de cabinet d'Obama. Il avait également, au cours des quatre dernières années, été mon ami et collègue le plus proche à la Maison-Blanche.

J'ai tergiversé quelques instants, ce qui a poussé Denis à dire : « Eh bien, vous feriez mieux d'y réfléchir parce que le patron veut vous en parler, demain à la première heure. »

Ce soir-là, Kathy et moi en avons discuté. Je lui ai dit que je ne pensais pas être victime du même sort que la dernière fois et que l'administration ne me nommerait pas si elle n'était pas convaincue que je sois confirmé. Nous avons convenu que si le Président me proposait ce poste pour la deuxième fois, je ne le refuserais pas.

Dans le Bureau ovale, le lendemain matin, j'ai dit au Président Obama que le directeur adjoint de la CIA, Michael Morell, un ami proche et un professionnel hors pair, qui était alors directeur intérimaire de la CIA pour la deuxième fois, méritait d'être confirmé comme directeur. « Il est vraiment excellent, monsieur.

Au cours des trente dernières années, il a occupé une variété de postes de niveau supérieur au sein de l'Agence, et il connaît très bien le monde du renseignement et le personnel. Il ferait un excellent directeur.

— Êtes-vous en train de dire que vous ne voulez pas ce poste, John ? m'a demandé le Président Obama.

— Je ne dirai jamais non au titre de directeur de la CIA, ai-je répondu. Il s'agit du meilleur poste au gouvernement, toutefois, je continue de croire que Michael ferait un très bon choix. »

J'ai découvert plus tard que Michael, lors d'une réunion avec le Président, m'avait appuyé pour le poste. Je suppose que Michael a été plus convaincant – il a toujours été un meilleur briefeur que moi – parce que le Président a décidé de me nommer comme son prochain directeur de la CIA, le 7 janvier 2013.

Au fur et à mesure de l'avancée du processus de confirmation et réalisant que celle-ci était de plus en plus probable, j'ai décidé de prêter serment comme directeur de l'Agence centrale de renseignement en plaçant ma main sur quelque chose d'autre qu'une Bible. Je savais que cela allait entraîner les critiques de la droite religieuse, mais je tenais à signaler, d'une manière ou d'une autre, que je serais fidèle aux lois des États-Unis, en tant que directeur de la CIA. Le meilleur moyen de le faire, pensais-je, serait de prêter serment, la main fermement placée sur la Constitution des États-Unis. Mais je ne voulais pas d'une copie ordinaire de la Constitution, je voulais un exemplaire unique. « Allez donc voir ce que les Archives nationales peuvent faire pour nous », ai-je dit à mon personnel, en attendant le vote final du Sénat. En moins de vingt-quatre heures, les Archives m'ont dit qu'elles seraient prêtes, le jour de ma cérémonie d'assermentation, à escorter, à la Maison-Blanche, l'original d'un projet de Constitution datant du début de l'année 1787, comportant l'écriture personnelle et les annotations de George Washington. « Formidable, ai-je dit, faisons-le ! »

En fin de compte, le sénateur Rand Paul a retardé le vote de confirmation en lançant l'une de ses fréquentes tirades – souvent en quête d'attention –, une obstruction de presque treize heures exigeant que l'administration s'engage à ne pas utiliser un drone pour tuer des citoyens américains non-combattants à l'intérieur du territoire américain. L'idée même d'une telle attaque était absurde, bien sûr, mais Paul ne céderait pas tant qu'il n'aurait pas reçu de réponse. Plutôt que de tolérer davantage les manœuvres dilatoires de Paul, l'administration a répondu en émettant une lettre concise, écrite par le procureur général, Eric Holder, qui disait : « Il a été porté à mon attention que vous avez posé une question supplémentaire : “Le Président a-t-il l'autorité nécessaire pour utiliser un drone armé en vue de tuer un citoyen américain, non engagé dans le combat et présent sur le sol américain ?” La réponse à cette question est non. » Finalement, j'ai été confirmé à mon nouveau poste, avec un vote de 63 pour, 34 contre, au Sénat, le 7 mars. Treize républicains ont voté en ma faveur, tandis que les sénateurs démocrates, Pat Leahy et Jeff Merkley, et l'indépendant, Bernie Sanders, se sont joints aux trente et un républicains opposés à ma confirmation.

La cérémonie d'assermentation a eu lieu dans la salle Roosevelt de la Maison-Blanche, le lendemain. Le vice-président Biden m'a fait prêter le serment professionnel, sous le regard du Président Obama. Kathy, Kyle et Kelly étaient à mes côtés, tandis que Jaclyn, qui était à Paris après avoir reçu une bourse d'études supérieures, était là spirituellement. En levant la main droite, j'ai placé la main gauche sur ce document vieux de 226 ans et j'ai prêté l'ultime serment de ma carrière au gouvernement des États-Unis. Après la cérémonie, le porte-parole de la Maison-Blanche, Josh Earnest, a fait une déclaration mentionnant que j'avais prêté serment en posant la main sur la version authentique d'un projet de Constitution afin de montrer mon adhérence à l'État de droit, alors que je me préparais à assumer mes fonctions à la CIA. Comme on pouvait s'y attendre, mes critiques ont vu de ma part des intentions malsaines. Ils ont affirmé que j'avais juré allégeance à un projet de Constitution, incluant la Déclaration des droits, sans amendements, et que cela constituait une preuve intentionnelle de mépris du droit à une procédure juridique régulière (cinquième amendement) et du droit d'être jugé par un jury (sixième amendement), deux questions clés dans le débat sur les frappes de drones. Pour faire bonne mesure, ils ont également dit que j'avais refusé de prêter serment sur une Bible parce que je m'étais converti à l'Islam quand j'étais en Arabie saoudite. Ce n'était pas le cas.

Et ainsi, le décor était planté pour mon retour à Langley.

22

LA CIA DU XXIE SIÈCLE

La queue d'une tempête passait dans la région de Washington, au début du mois de mars 2013, lorsque je suis devenu la vingt et unième personne à diriger les femmes et les hommes de la CIA. Alors que mon véhicule blindé se dirigeait vers l'enceinte enneigée, peu de temps après avoir prêté serment à la Maison-Blanche, je me suis mis à penser aux premières fois où j'arborais fièrement mon badge de la CIA, en passant, il y a plus de trente ans auparavant, par la porte d'entrée du campus de Langley. Dès les premiers jours de ma carrière, je me suis senti honoré de faire partie d'une organisation conçue pour maintenir la puissance de notre pays et la sécurité de nos concitoyens, d'une manière que le public américain ne pourrait jamais connaître ni même imaginer. Cette fierté a parfois été douloureusement remise en question lorsque la CIA, en tant qu'institution, et les officiers de la CIA, en tant qu'individus, commettaient de graves erreurs. Bien que je n'aie jamais douté de l'intérêt de la CIA, j'ai souvent été en désaccord avec certaines de ses activités et approches en matière de sécurité nationale, allant jusqu'à me demander si elle était à la hauteur de la responsabilité solennelle que le peuple américain avait placée en elle. Fierté et inquiétude sont des sentiments qui se sont tous deux intensifiés au cours de ma carrière dans le renseignement et la sécurité nationale, et ce vendredi-là, je les ai ressentis à un degré plus élevé que jamais auparavant, lorsque j'ai vu le siège de la CIA pour la première fois… en tant que directeur.

Mes collègues les plus proches m'ont dit que les réactions à ma confirmation au sein des rangs de la CIA n'étaient pas toutes positives. Beaucoup d'officiers en effet étaient préoccupés par ce que je comptais faire pendant mon mandat. Les politiques que j'ai préconisées et les positions que j'ai adoptées lors de mon mandat à la Maison-Blanche et au TTIC/NCTC (Centre national de lutte contre le terrorisme) – des missions secrètes avec des limites plus strictes et un partage d'informations plus étendu entre les services de renseignement et des forces de l'ordre – ont été considérées par certains officiers de l'Agence comme hostiles aux intérêts de la CIA. Je l'admets, ces craintes n'étaient pas infondées. Je n'avais jamais caché, y compris pendant mon mandat comme chef de cabinet et directeur exécutif adjoint de George Tenet, que je n'étais pas fan de la structure organisationnelle de l'Agence ni de différents aspects de sa culture. Bien que j'aie eu l'occasion d'apporter quelques changements durant la première partie de ma carrière à la CIA, la plupart étaient modestes en matière de portée et d'impact. En tant que directeur de la CIA, je ne serais plus aussi contraint.

J'étais le cinquième directeur à avoir auparavant été officier d'état-major de la CIA ; Richard Helms, Bill Colby, Bob Gates et Porter Goss étaient les autres. Au moment où je suis devenu directeur, j'avais déjà un clair aperçu de ce que je considérais comme les forces et les faiblesses de la CIA, acquis non seulement en travaillant dans plusieurs divisions de la CIA, mais aussi en collaborant indirectement avec l'Agence par le biais d'autres rôles gouvernementaux. Contrairement à la plupart des directeurs précédents, qui avaient besoin de temps pour comprendre le fonctionnement interne de l'Agence et pour se familiariser avec ses officiers supérieurs, j'ai pu rapidement passer à l'action et même dénoncer les irrégularités que je constatais. Qui plus est, travailler aux côtés d'un adjoint talentueux comme Michael Morell a été un véritable avantage. Nous avions déjà collaboré étroitement, pendant de nombreuses années, et son point de vue sur le monde du renseignement correspondait généralement au mien. Ainsi, après plus de quatre ans passés à la Maison-Blanche à étudier toutes les questions de sécurité nationale impliquant la CIA, j'avais une connaissance approfondie des principaux programmes de la CIA, y compris sur le front des missions secrètes. En tant que directeur, cependant, j'allais devoir en savoir plus que quiconque sur les détails de toutes les activités de la CIA afin de les expliquer et de les défendre, devant la Maison-Blanche et le Congrès.

Dans les semaines qui ont précédé ma confirmation, je me suis promis de ne pas être un directeur « concierge », qui se contenterait de donner suite aux activités existantes de la CIA. Au contraire, je voulais tirer parti de mes connaissances sur les autorités, les capacités et la mission de la CIA afin d'aider l'Agence à s'adapter aux opportunités associées à la sécurité nationale et aux difficultés relatives à un XXIe siècle axé sur la technologie. J'ai estimé qu'il était de ma responsabilité de m'appuyer sur le travail des directeurs précédents en adoptant une approche globale et stratégique des problèmes organisationnels et en apportant des changements, éventuellement perturbateurs à court terme, mais qui paieraient des dividendes au fil du temps. En conséquence, j'ai identifié le personnel, la cybersécurité, la structure organisationnelle, la culture et l'éthique comme les cinq thèmes prioritaires qu'il me fallait affronter, en tant que directeur, durant les presque quatre ans qu'il restait à l'administration Obama.

Je n'ai pas perdu de vue le fait que j'étais le dernier d'une lignée ininterrompue d'hommes blancs à devenir directeur de la CIA ; l'histoire des directeurs adjoints de la CIA n'était pas différente. Depuis sa création en 1947, la CIA n'avait que partiellement perdu sa réputation de bastion de la domination masculine blanche. Bien que des progrès importants aient été réalisés pour faire entrer davantage de femmes et de minorités au sein de la CIA, il restait encore beaucoup à faire pour changer les politiques et les pratiques internes afin d'assurer l'égalité des chances de tous les employés de la CIA. Alors que j'attendais ma confirmation comme directeur de la CIA, l'ancienne secrétaire d'État, Madeleine Albright – membre du Conseil consultatif externe de la CIA – m'a demandé si je voulais qu'elle poursuive le projet qu'elle dirigeait sur les femmes aux postes de direction de la CIA, que David Petraeus avait lancé avant de quitter l'Agence. Je l'ai fortement encouragée à le faire. C'est au cours de ma première semaine complète de travail que ce projet est arrivé sur mon bureau sous la forme d'un document classifié, ce qui n'était pas surprenant vu la tendance de la CIA à surclasser toute information en rapport avec son travail ou son personnel. J'ai ordonné que l'ensemble du rapport soit déclassifié et rendu public afin que la CIA puisse se justifier. C'était loin d'être la dernière fois que j'allais demander la déclassification d'un document de la CIA, classifié sans raison valable. Bien que le rapport indique que la présence des femmes soit en augmentation statistique constante, en ce qui concerne le nombre d'employés et de promotions, à l'intérieur de la CIA, au cours des dernières décennies, il a permis d'identifier une variété d'obstacles systémiques entravant de plus amples progrès.

Presque immédiatement, j'ai dû prendre une décision importante sur la question des femmes aux postes de direction. Peu avant mon arrivée en tant que directeur, le DDO (directeur adjoint aux opérations) – le responsable chargé de superviser toutes les activités de la CIA en rapport avec la collecte d'informations clandestines, les missions secrètes, le contre-espionnage, les relations de liaisons avec l'étranger – avait pris sa retraite. Le DDO par intérim était Gina Haspel, qui sera finalement nommée directrice adjointe, puis directrice de la CIA sous l'administration Trump. Gina était l'un des nombreux candidats que j'ai pris en considération pour le poste de DDO, et tout le monde s'attendait, au sein de l'Agence, à ce que je la sélectionne comme première femme DDO de l'histoire de la CIA. Et Dieu sait que cette décision m'a fait tergiverser, parce que je savais que la choisir enverrait un signal aux femmes de l'Agence, ce que j'aurais bien accueilli. Même si Gina était une professionnelle accomplie, je n'étais pas sûr qu'elle soit la meilleure candidate pour le poste, j'ai donc convoqué un panel externe d'anciens officiers supérieurs de l'Agence qui ont interviewé une demi-douzaine d'officiers supérieurs de la Direction des opérations clandestines, y compris Gina. En m'appuyant sur les commentaires du panel, j'ai finalement choisi Frank Archibald, un officier aux opérations clandestines, très expérimenté et très respecté, que je considérais comme le plus qualifié et le mieux adapté à ce poste. Cela a été la bonne décision, car Frank a fait un travail formidable à la tête des activités de collecte d'informations clandestines et des programmes en rapport avec les missions secrètes de la CIA, au cours des deux années et demie suivantes.

Lorsque Michael Morell a annoncé son départ à la retraite, en juin, j'ai eu une autre décision importante à prendre. J'ai choisi Avril Haines comme nouvelle adjointe, la première femme de l'histoire à devenir directrice adjointe de la CIA. Avril et moi avions travaillé en étroite collaboration à la Maison-Blanche, où elle était la conseillère juridique du Conseil de sécurité nationale, une source constante de conseils avisés sur les missions secrètes et la lutte antiterroriste. Je n'ai pas choisi Avril parce qu'elle était une femme, bien que j'aie été heureux de pouvoir signaler aux femmes de l'Agence qu'un nouveau plafond de verre avait été cassé. J'ai sélectionné Avril parce qu'elle était non seulement une mine d'informations en matière de sécurité nationale, mais aussi une personne capable, en tant que professionnelle extérieure à la CIA, d'examiner les activités de l'Agence, de façon nouvelle et objective. Ayant moi-même grandi au sein de la CIA, je voulais que mon bras droit ait une expérience différente de la mienne, qui lui permettrait de facilement contester les pratiques et les politiques les plus anciennes de la CIA. Par ailleurs, Avril était un exemple et un mentor sensationnels pour de nombreuses femmes à la CIA. Elle l'est restée même après que Susan Rice me l'a volé, dix-huit mois plus tard, pour en faire la première conseillère adjointe à la sécurité nationale, à la Maison-Blanche. Lorsqu'Avril a quitté la CIA, j'ai conservé la même tactique consistant à choisir quelqu'un d'extérieur, d'exceptionnellement talentueux et doté d'une profonde expérience en sécurité nationale – David Cohen, du département du Trésor – comme son successeur et mon nouvel adjoint.

J'ai également (et rapidement) eu l'occasion de procéder à un changement important des pratiques opérationnelles de la CIA. En juillet 2013, je me suis exprimé sur la scène de la conférence annuelle de la banque d'investissement Allen & Company LLC à Sun Valley, en Idaho. Au petit déjeuner, le premier jour, je me suis assis à côté de Bill Gates, qui était également conférencier. Dès le début de notre conversation, Gates a dit qu'il était profondément préoccupé par les nombreux articles parus dans la presse selon lesquels la CIA avait manigancé un programme de vaccination au Pakistan pour rassembler des preuves génétiques et retrouver Ben Laden. Gates a dit que, indépendamment de la véracité de ces rapports, le simple soupçon que la CIA ait été engagée dans de telles activités était suffisant pour avoir un impact néfaste significatif sur les programmes de vaccination dans les pays en développement. Alors que la conférence était sur le point de commencer, Gates a souligné le poids de ses préoccupations et m'a demandé d'examiner la question. Juste avant de nous séparer, il m'a dit : « S'il vous plaît, voyez ce que vous pouvez faire à propos de ce très grave problème. » Je lui ai dit que je n'y manquerais pas.

Gates avait raison. Si les rumeurs de participation de la CIA aux programmes de vaccination dissuadaient les gens de recevoir des vaccins importants, l'engagement de longue date des États-Unis visant à améliorer la santé de la population mondiale et à éradiquer les maladies mortelles était mis à mal. Il fallait faire quelque chose. Le mois suivant, j'ai publié une nouvelle directive politique disant que la CIA n'utiliserait aucun programme de vaccination pour le bien de ses opérations et que la CIA ne chercherait pas à obtenir ou à exploiter l'ADN ou tout autre matériel génétique acquis par le biais de tels programmes. La directive s'appliquait aux opérations mondiales de la CIA, aussi bien aux Américains qu'aux étrangers. Peu de temps après la publication de la directive, j'ai appelé Bill Gates pour l'informer du changement. Il était ravi.

Le rapport sur les femmes aux postes de direction m'a encouragé à puiser dans l'expérience d'autres groupes démographiques au sein de l'Agence. Au cours d'une série d'entretiens avec des employés de la CIA, j'ai entendu des histoires déchirantes d'agents qui décrivaient, les larmes aux yeux, à quel point leurs possibilités professionnelles et leurs contributions, au sein de la CIA, étaient limitées en raison de la discrimination, du harcèlement ou de la simple intolérance de leur foi, de leur race, de leur ethnicité, de leur handicap physique ou de leur orientation sexuelle. En écoutant ces témoignages, je me suis tourné vers un autre membre de mon conseil consultatif externe, l'icône des droits civils, Vernon Jordan, pour mener une étude sur la diversité aux postes de direction à la CIA. Commandité en janvier 2014 et achevé en juin de l'année suivante, ce rapport critiquait sévèrement le bilan de la CIA en matière de diversité, constatant « un échec de la direction qui n'a pas réussi à faire de l'engagement et du développement de chaque officier une priorité ; un manque global de responsabilisation en matière de promotion de la diversité ; l'absence d'une culture inclusive, la constante incapacité à intégrer la gestion des talents et un processus de recrutement défaillant ». Une nouvelle fois, j'ai ordonné que le rapport final soit déclassifié et rendu public, malgré les avertissements de certains officiers de la CIA selon lesquels les critiques virulentes du rapport seraient une source de controverses au sein de la CIA. Éviter la controverse n'était pas une raison suffisante pour classifier le rapport et dissimuler les reproches faits à l'égard du bilan de la CIA en matière de diversité. Tout comme l'étude sur les femmes aux postes de direction, le rapport sur la diversité comprenait une série de recommandations et de plans d'amélioration, qui ont été mis en œuvre et partagés avec les employés de la CIA, de la Maison-Blanche et des comités de surveillance du Congrès.

La communauté LGBTQ est un des groupes démographiques présents à la CIA que mes adjoints et moi-même avons été particulièrement privilégiés de soutenir. Trop souvent, tout au long de ma carrière, j'ai vu des collègues vivre dans la crainte de voir leur orientation sexuelle exposée et leur carrière dans le renseignement terminée, soit officiellement, soit, de manière tout aussi dévastatrice, officieusement. Les officiers LGBTQ de la CIA étaient souvent considérés comme une menace pour la sécurité en raison du risque, perçu par certains, de chantage par les services de renseignement étrangers. Voilà où nous en étions malgré un décret présidentiel signé en 1995, interdisant la retenue d'habilitations de sécurité basée sur l'orientation sexuelle.

L'acceptation de la communauté LGBTQ était encore un sujet controversé, à mon retour à la CIA, en 2013. Dans le cadre de la Gay Pride du mois de juin de cette année, j'ai autorisé l'exposition de photographies grand format, au rez-de-chaussée du siège de la CIA, mettant en vedette les officiers LGBTQ et leurs familles, et soulignant l'importance de la diversité et de l'inclusion dans notre Agence. Bien que la plupart des commentaires envoyés par le personnel aient été très positifs, j'ai reçu au moins une demi-douzaine de notes, majoritairement anonymes, critiquant fortement ma décision d'autoriser la célébration d'un comportement considéré comme « anormal », « destructeur » et « immoral ». Ces remarques ne m'ont pas surpris. La CIA, après tout, est un microcosme de la société américaine, qui reste divisée sur de nombreuses questions sociales, l'orientation sexuelle en particulier. Décidés à joindre le geste à la parole, Avril, David et moi-même, ainsi que d'autres officiers supérieurs de la CIA, avons porté nos insignes de l'Agence au bout de lanières arc-en-ciel distribuées par ANGLE, le réseau de l'Agence destiné aux officiers et alliés gays, lesbiens, bisexuels et transgenres. Durant cette époque comme directeur, bien plus d'une centaine d'officiers m'ont arrêté, alors que je marchais dans les couloirs, pour me dire que voir des officiers supérieurs porter des lanières arc-en-ciel leur a donné la confiance et l'impression que les officiers LGBTQ étaient des membres respectés de la famille de la CIA et qu'ils auraient l'occasion de prospérer sur le plan professionnel. J'espère que c'est encore le cas.

Michael, Avril, David et moi avons participé à autant d'événements sur la diversité, à l'intérieur de l'Agence, que nos horaires le permettaient, et nous avons été très heureux de voir certains des officiers supérieurs les plus respectés de l'Agence, toutes directions confondues, jouer un rôle prépondérant dans la promotion des initiatives sur la diversité. Certains de mes critiques ont affirmé qu'en tant que directeur, j'étais plus intéressé par la promotion des programmes sociaux libéraux, comme la diversité, au sein de l'Agence, que par l'accomplissement de la mission de renseignement de la CIA. Il s'agit là d'un argument spécieux et illogique, car aucune agence gouvernementale américaine ne constitue une meilleure étude de cas, en matière de diversité, que la CIA, qui sert d'yeux et d'oreilles à notre nation dans un monde riche et diversifié. Si la CIA ne réussit pas à intégrer la diversité et l'inclusion à son ADN, en puisant dans ce melting-pot que sont les États-Unis, je suis certain qu'elle ne parviendra pas à accomplir sa mission en tant qu'organisation de renseignement responsable de la sécurité de notre nation.

La première grande question de fond que j'ai abordée à l'Agence a été la cybersécurité. Venant tout juste de lutter contre des monstres pour la sécurité informatique, pendant quatre ans à la Maison-Blanche, j'ai décidé de former une équipe pour examiner les autorités, les capacités et l'expertise de la CIA en matière de cybersécurité. Pour mener cette étude, j'ai choisi une collègue de longue date à la CIA, Sue Gordon, qui allait devenir première adjointe du renseignement national, puis directrice par intérim du renseignement national au sein de l'administration Trump. (La décision de Donald Trump de ne pas nommer Sue au poste permanent de directrice du renseignement national, au départ de Dan Coats en 2019, malgré le fort soutien bipartisan dont Sue a bénéficié au Congrès, a été une occasion manquée de voir une femme aux compétences professionnelles indéniables prendre la tête de la communauté de renseignement.) Sue et une petite équipe d'experts techniques ont réussi à identifier les nombreuses divisions de la CIA engagées dans des activités liées à la cybersécurité, puis à proposer plusieurs options de restructuration et de rationalisation de leurs méthodes. Toutefois, chacune des options impliquait une série complexe de changements organisationnels, avec leurs lots d'obstacles et de controverses bureaucratiques.

L'étude de Sue m'a donné l'élan nécessaire pour lancer un examen complet de l'ensemble de la CIA, qui, à mon avis, entraînerait une restructuration majeure qui permettrait à la CIA d'accomplir sa mission plus efficacement, dans un monde de plus en plus complexe, au rythme soutenu et technologiquement avancé. En septembre 2014, j'ai sélectionné, à travers toute l'Agence, neuf officiers très expérimentés et talentueux, avec lesquels j'avais travaillé au cours de ma carrière, pour former le groupe chargé de mener cet examen. Ils ont travaillé à temps plein pendant quatre-vingt-dix jours sur le projet, surnommé « effort de modernisation », en absorbant l'étude de Sue sur la cybersécurité, en interrogeant les officiers et décideurs politiques actuels et anciens de la CIA, et en examinant les meilleures pratiques dans les secteurs public et privé. Pour diriger l'effort, j'ai choisi Greg Vogle, un officier doté d'une mentalité à toute épreuve, issu de la division des affaires paramilitaires de la DO (Direction des opérations clandestines), dont l'intégrité et l'engagement envers la mission de la CIA, pendant ses trente années de carrière, ont été sans égal. Greg était quasiment une légende à la CIA, en partie grâce à ses années de service en Afghanistan après le 11-Septembre, au cours desquelles il a notamment sauvé la vie du futur président, Hamid Karzaï, lorsqu'une bombe a explosé près d'eux. Dès que j'ai annoncé le début de cet examen, de nombreux officiers de la CIA m'ont fait savoir qu'ils étaient opposés à ce qu'ils voyaient déjà comme une modification de la matrice originelle du siège en quatre directions distinctes : les opérations clandestines, le renseignement, la science et la gestion. Greg était un vétéran endurci, qui, à mes yeux, était parfaitement armé pour jouer avec le feu... des critiques de la bureaucratie.

Les autres membres du groupe ont été choqués, je pense, lorsque je les ai réunis pour la première fois pour leur dire que je voulais un examen complet de la structure organisationnelle de la CIA. « Si, à la fin des quatre-vingt-dix jours, vous revenez me dire que l'organisation et le fonctionnement de la CIA sont parfaitement adaptés à ses valeurs et à sa mission, alors préparez-vous des arguments de choc parce que je vais avoir du mal à l'avaler. » Pour les encourager à voir les choses en grand, je leur ai indiqué ce qui, selon moi, était un moyen idéal de restructurer l'Agence. « La loi Goldwater-Nichols de 1986 a contribué à la réorganisation du département de la Défense d'une manière on ne peut plus profonde et percutante, ai-je dit. C'est grâce à elle que les services militaires ont été répartis en commandements régionaux et fonctionnels et que des structures de commandement unifiées et rationalisées ont vu le jour. Lorsqu'il s'agit de la mission de renseignement de la CIA, je pense que celle-ci doit adopter une approche similaire en réunissant nos capacités au sein d'unités régionales et fonctionnelles. » Il s'agissait d'une idée radicale, mais qui sommeillait en moi depuis de nombreuses années et je voulais que le groupe l'envisage comme un modèle potentiel. Outre les centres de lutte antiterroriste, de contre-espionnage et de prolifération des armes déjà situés au siège, ainsi que les stations et bases de la CIA sur le terrain, la structure du siège de Langley était largement morcelée. Le personnel chargé des opérations clandestines était dans une direction. Les analystes étaient dans une autre. Et aucun d'eux ne passait de temps à la Direction de la science ou à la Direction de la gestion. Ce n'est pas un modèle que je qualifierais d'exemplaire en matière de coopération ou même de réussite.

La conception et la mise en œuvre du modèle du TTIC, il y a alors plus d'une décennie, avaient été très difficiles, mais beaucoup moins complexes que la révision de la structure organisationnelle, de la chaîne de commandement et des processus de travail internes de la CIA qui s'étaient développés depuis près de soixante-dix ans. Bien que le groupe d'étude se composait d'officiers exceptionnellement doués, venant de différentes unités professionnelles, aucun n'était encore expert dans l'art du changement organisationnel. C'est afin d'obtenir cette expertise que nous avons sollicité les services d'un grand cabinet de conseil externe, doté d'une expertise et d'une expérience approfondies dans de nombreux efforts de restructuration, dans les secteurs public et privé. La participation de ce cabinet a été cruciale pour guider le travail du groupe d'étude.

Au cours des quatre-vingt-dix jours qui ont suivi, j'ai eu du mal à expliquer suffisamment bien au reste du personnel pourquoi un changement organisationnel était, selon moi, nécessaire. On me posait souvent la question : « Qu'est-ce qui ne fonctionne pas, John, que vous essayez tant d'améliorer ? » Je répondais généralement en disant que la CIA, comme toutes les autres organisations, devait s'adapter continuellement aux réalités, aux difficultés et aux opportunités évolutives du XXIe siècle. Il m'arrivait souvent de faire référence à Kodak, une entreprise auparavant au sommet de l'industrie photographique, mais qui n'avait pas su anticiper ni s'adapter à l'évolution transformative de la technologie et de son secteur commercial, ce qui l'a poussé à faire faillite. J'expliquais ensuite pourquoi nous devions, selon moi, adopter une organisation matricielle plutôt qu'une organisation hiérarchique traditionnelle. Le monde du renseignement et l'environnement au sein duquel opère la CIA ont également profondément changé en raison de l'innovation technologique qui s'est produite depuis la fondation de la CIA. Ne pas rassembler l'expertise, les connaissances, les capacités, les outils et les incroyables compétences disséminés aux quatre coins de l'Agence serait un manquement à notre devoir. Enfin, je concluais avec un avertissement, disant qu'aucun d'entre nous ne voulait que la CIA devienne le Kodak de l'industrie du renseignement.

Avec Avril et David à mes côtés, je rencontrais régulièrement le groupe d'étude pour évaluer ses progrès et réagir à ses conclusions préliminaires. À la fin des quatre-vingt-dix jours, le groupe d'étude m'a présenté ses recommandations, dont deux approuvées à l'unanimité par les membres du groupe. La première recommandation – et question prioritaire soulevée par les membres du personnel auprès du groupe d'études – prévoyait un investissement majeur destiné au développement des talents et du leadership, à travers toute la CIA. La seconde recommandation, elle, prévoyait la création d'une nouvelle entité : la Direction de l'innovation numérique – la première nouvelle direction depuis plus de cinquante ans à l'Agence – afin d'accélérer l'intégration des capacités numériques et cybernétiques dans tous les domaines liés aux missions de la CIA. Le groupe d'étude jugeait donc que la CIA avait deux impératifs : développer les capacités de son personnel et de sa direction et instaurer une excellence créative dans le domaine du numérique. Qui plus est, la création historique d'une nouvelle direction soulignerait l'étendue de son rôle à travers toute l'Agence.

Le groupe d'étude avait une dernière recommandation, qui offrait deux options possibles de changement organisationnel. L'une d'elles suggérait la mise en place d'un modeste programme pilote qui intégrerait les divisions du siège travaillant sur une seule région géographique. Cette option était privilégiée par plusieurs membres du groupe d'étude qui pensaient qu'elle serait un bon moyen de tester nos capacités d'intégration et qu'elle serait moins perturbante et moins controversée que la deuxième option, plus radicale, qui était l'équivalent, à la CIA, de la loi Goldwater-Nichols. Cette option comprenait la restructuration des divisions du siège de la CIA en dix centres de mission – six régionaux et quatre fonctionnels – intégrant chacun l'expertise et les capacités auparavant dispersées dans les quatre (et bientôt cinq) directions. Chaque centre de mission serait dirigé par un directeur assistant de la CIA, qui serait responsable de la supervision de toutes les activités de la CIA liées à une région géographique ou à une question fonctionnelle, et qui relèverait directement du directeur adjoint et du directeur de la CIA. Tout comme l'Armée de terre, la

Marine, l'Armée de l'air et le Corps des Marines sont des fournisseurs de forces pour les commandements combattants de l'armée américaine, cette option demandait aux directions d'être responsables des normes professionnelles d'espionnage et de la formation, du développement, de l'affectation, et de la promotion des officiers de la CIA dans plus de soixante disciplines professionnelles spécialisées.

Le groupe d'étude a fait un excellent travail, et les membres n'ont pas été surpris que j'approuve leurs recommandations, en choisissant l'option de réorganisation globale en dépit des anticorps bureaucratiques qu'elle allait immédiatement générer. C'est en partie pour cette raison que je n'ai pas opté pour le programme pilote, car je savais qu'il aurait été étouffé et considéré comme un échec abject par les opposants au changement espérant empêcher une restructuration plus globale.

L'un des plus forts opposants à un tel changement organisationnel était la personne que j'avais sélectionnée deux ans plus tôt pour être mon directeur adjoint aux opérations clandestines, Frank Archibald. Son opposition, toutefois, n'était pas nouvelle, et je savais que Frank se faisait l'écho d'une grande partie de la DO, qui interprétait cette réorganisation comme une tentative d'affaiblir ce qui avait été longtemps perçu comme le rôle symbolique de la DO au sein de l'Agence. Je comprenais leurs craintes, car ils étaient non seulement fiers de la mission d'espionnage de l'Agence, mais ils voulaient également éviter de voir un changement organisationnel majeur perturber leur capacité à l'exécuter. J'ai expliqué à Frank et à d'autres officiers supérieurs de la DO que je voulais renforcer leur direction ainsi que les autres missions de l'Agence en veillant à ce que tous les agents et divisions de la CIA bénéficient des compétences, des connaissances, et des outils qui existent dans d'autres divisions de la CIA. Beaucoup d'entre eux, Frank notamment, n'ont pas été séduits par mes arguments.

La veille de mon annonce de réorganisation, j'ai appelé Frank dans mon bureau pour lui dire que j'avais l'intention d'aller de l'avant avec l'option « Goldwater-Nichols ». Je lui ai ensuite expliqué que j'avais besoin d'un directeur adjoint aux opérations clandestines qui soit convaincu des avantages de la réorganisation et que j'avais trop de respect pour lui et ses opinions pour lui demander de faire partie de quelque chose qu'il ne soutenait pas. J'ai donc dit à Frank qu'il était temps de choisir un nouveau dirigeant à la tête de la DO et que j'allais le remplacer. Avec un professionnalisme égal à celui qu'il avait montré tout au long de sa carrière, Frank m'a dit qu'il comprenait, qu'il me souhaitait bonne chance et qu'il espérait, au nom de la mission de l'Agence, que cette restructuration soit un succès. J'ai ensuite appelé Greg Vogle dans mon bureau pour lui dire que je voulais qu'il soit le nouveau DDO. Je me suis dit que si Greg était capable de survivre à un examen complet de la CIA sur 90 jours, il serait probablement en mesure de résister aux critiques et aux commentaires de ses collègues de la DO lorsqu'il leur demanderait de monter à bord du train de la réorganisation.

Malgré ma grande admiration pour Frank Archibald, je n'avais pas d'autre choix que de modifier le leadership de la DO (malheureusement, Frank est décédé au début de l'année 2020, moins de cinq ans après son départ à la retraite). Voici une leçon que j'ai apprise à plusieurs reprises tout au long de ma carrière : à l'approche d'une prise de décision importante, veiller à ce que chaque opinion contradictoire soit exprimée. Une fois qu'une décision est prise, cependant, et surtout en matière d'organisation, il est essentiel que l'équipe dirigeante pagaie dans la même direction. Autrement, l'échec est certain.

Dire que le processus de réorganisation a énervé certains membres des comités de surveillance de la CIA, aussi bien républicains que démocrates, serait un doux euphémisme. C'est le personnel des comités qui semblait le plus contrarié. Bien que nous ayons informé les différents comités de la création et de l'objet du groupe d'étude, ainsi que de l'évolution de son travail, j'ai provoqué plusieurs ulcères en décidant d'aller de l'avant avec l'étude et en choisissant l'option finale, sans demander l'approbation des comités. Je ne voulais pas demander la permission du Congrès. À l'époque où j'étais directeur exécutif adjoint, Buzzy et moi avons essayé de mettre en œuvre un système de « rémunération au rendement » dans l'ensemble de l'Agence ; une initiative qui n'est allée nulle part, paralysée par les membres et les employés du comité de surveillance qui ne cessaient de nous mettre des bâtons dans les roues. Je n'allais pas me faire avoir une seconde fois. Si j'avais gentiment demandé la permission au Congrès, je suis sûr que cette initiative aurait été considérablement adoucie, voire complètement sabordée. Les membres et le personnel du comité auraient été fortement influencés et mis sous pression par les employés de la CIA opposés à la réorganisation et par les anciens de l'Agence, un groupe généralement opposé au changement.

Lorsque j'ai été appelé à comparaître devant les comités pour défendre mes décisions relatives au groupe d'étude et à la réorganisation finale, je leur ai dit que j'avais l'obligation, en tant que directeur de la CIA, de diriger et de gérer d'une manière qui, selon moi, permettrait le mieux à la CIA de remplir sa mission au fil du temps. J'ai ajouté qu'il me fallait fonctionner comme un PDG du secteur public. « Vous êtes mon comité de direction et je sais que j'ai besoin de votre soutien pour instaurer les changements organisationnels que j'ai approuvés. Mais je suis le directeur général de la CIA, et vous devez me permettre de diriger l'Agence de la manière que je juge la plus appropriée. » Les membres et les employés du comité en renseignement du Sénat et de la Chambre, plus réfléchis et sensés, se sont prononcés en faveur de la réorganisation une fois qu'ils ont compris mon raisonnement et les avantages prévus. Les plaintes se sont également adoucies lorsque les comités ont appris, ce qui a eu le don de les rassurer, que le budget actuel permettrait d'absorber les coûts associés à la réorganisation, comme la construction de nouveaux bureaux.

Les vingt-deux derniers mois de mon mandat ont été consacrés à la mise en œuvre de ce projet, le « Plan directeur pour l'avenir » de l'Agence, que j'ai décrit, lors d'une déclaration faite en mars 2015, à l'ensemble des employés de la CIA. Au moment de mon départ, en janvier 2017, la nouvelle Direction de l'innovation numérique, les dix centres de mission, ainsi que les ressources et les nouveaux processus de développement des talents et du leadership de la CIA étaient tous bien établis. Selon plusieurs de mes anciens collègues de la CIA, mon successeur, Mike Pompeo, s'était engagé, peu de temps après sa confirmation comme directeur, à annuler tout effort de réorganisation, certainement pour prouver à M. Trump qu'il allait, lui aussi, démanteler tout travail effectué par l'administration Obama. Cependant, une fois que les détails et les avantages de la réorganisation ont été expliqués à Pompeo et que les officiers de la CIA ont fortement préconisé de ne pas renverser la nouvelle structure organisationnelle, seuls des ajustements mineurs, comme l'ajout de nouveaux centres de mission, ont été effectués.

L'un des avantages que je prévoyais était une diminution de l'esprit de clocher, des poches d'insularité et de l'arrogance que j'avais rencontrés trop de fois à l'intérieur de certaines divisions de l'Agence. Trop d'agents avaient passé l'ensemble de leur carrière professionnelle à se spécialiser dans l'espionnage, une section essentielle, mais limitée, de la profession du renseignement. En conséquence, certains officiers de la CIA considéraient la collecte clandestine de renseignements auprès de sources humaines comme la seule et unique raison d'être de la sécurité nationale, et ils comprenaient peu – et appréciaient encore moins – l'importance et le rôle d'autres disciplines et capacités en dehors du monde de l'espionnage. Les dernières décennies ont vu une augmentation spectaculaire de la quantité d'informations relatives à la sécurité nationale pouvant être obtenues par des moyens techniques sophistiqués, souvent rendus accessibles grâce à l'ingéniosité de nos espions, ou à partir de sources publiques accessibles, comme notamment le domaine numérique. En conséquence, le recrutement et la gestion de sources humaines sensibles, mettant souvent en danger leur carrière professionnelle et même leur vie en travaillant pour la CIA, devait être réservé à l'obtention d'informations de sécurité nationale nécessaires n'étant ni accessibles par d'autres moyens ni déjà disponibles ailleurs dans la communauté du renseignement. Selon mon expérience, réunir nos professions, nos expertises, nos données et nos outils techniques au sein de divisions intégrées, plutôt que de compter sur des unités parallèles ne communiquant qu'avec la direction, était un moyen beaucoup plus efficace de relever les défis de plus en plus relevés du monde du renseignement. Par ailleurs, les centres déjà existants de lutte antiterroriste, de contre-espionnage, et de prolifération des armes avaient déjà prouvé que l'intégration à l'intérieur de la CIA pouvait se faire sans compromettre nos sources et nos méthodes les plus sensibles, notamment l'identité de nos agents.

En tant que directeur, j'ai voulu dissiper l'image selon laquelle la CIA était une organisation libre d'agir à sa guise et d'enfreindre la loi, et je croyais qu'une partie de la terminologie utilisée à l'intérieur de l'Agence faisait partie du problème. Malheureusement, mes efforts n'ont rencontré qu'un succès mitigé. Dans une interview de février 2016 sur la station de radio NPR[64], la correspondante Mary Louise Kelly m'a interrogé avec insistance sur plusieurs programmes présumés de la CIA en rapport avec la collecte clandestine d'informations techniques, les mesures agressives de lutte antiterroriste, les tactiques d'interrogatoire brutales ainsi que la

64. *National Public Radio.* (NDT)

formation et l'armement secrets des forces rebelles étrangères. Elle a ensuite fait une allusion selon laquelle le rôle de la CIA était de « voler des secrets ». Je n'ai jamais aimé la manière, nonchalante, avec laquelle certains officiers de la CIA utilisaient le mot « vol », qui, à mes yeux, et peut-être à cause de mon éducation catholique stricte, a toujours été associé à des actes répréhensibles. Lorsqu'elle a parlé de vol de secrets, je me suis senti frustré, inquiet que les auditeurs se disent que la CIA contourne systématiquement la loi américaine. J'ai immédiatement réagi de manière excessive en interrompant Mary Louise et en répondant : « Nous ne volons pas de secrets. Tous nos agissements sont conformes à la loi américaine. Nous détectons, nous découvrons, nous révélons, nous obtenons, nous suscitons, nous sollicitons. »

Malgré les nombreuses observations de fond que j'ai formulées au cours de l'entrevue sur d'autres questions majeures de sécurité nationale, c'est mon commentaire disant que la CIA ne « vole » pas de secrets qui a fait la une des journaux et qui a été qualifié d'aveu et de croyance naïve selon lesquels la CIA ne travaillait pas dans le domaine de l'espionnage. Rien n'aurait pu être plus loin de la vérité. L'espionnage sera toujours un élément central de la mission de la CIA, mais la collecte clandestine de renseignements étrangers, comme toutes les activités de la CIA, *doit* être conforme à ses autorités statutaires et à la loi américaine, malgré les violations du droit étranger qui sont inhérentes à toute forme d'espionnage. Malheureusement, il existe un nombre trop important de personnes, incluant notamment des officiers encore en service et des anciens de la CIA, qui ne peuvent pas se séparer du terme « voler des secrets » que je considère comme trompeur. En plus de cela, un nombre considérable de retraités de la CIA, qui ont épousé des points de vue très bellicistes sur les questions de renseignement et de sécurité nationale, se sont alignés avec des organisations politiques et des organes de presse ultraconservateurs, ce qui leur permet de facilement critiquer et déformer mon bilan à la CIA.

Quelques-uns de mes points de vue et de mes positions politiques ont également suscité l'opposition de certains au sein des divisions de la CIA. Par exemple, je me suis fermement opposé, pendant mon séjour à la Maison-Blanche et à la tête de la CIA, à la diffusion intentionnelle de fausses informations par un département ou une agence du gouvernement américain, même si cela était fait clandestinement ou secrètement. Je savais très bien que la désinformation était une pratique de renseignement respectée dans le temps, y compris par de nombreux services occidentaux, pour discréditer leurs adversaires et façonner l'avis du public. Cependant, j'ai soutenu, lors de plusieurs réunions du Conseil national de sécurité, que les États-Unis devraient être en mesure de faire progresser et de défendre leurs positions politiques en s'appuyant sur la vérité plutôt qu'en créant des mensonges, même lorsque confrontés à des adversaires comme la Russie, la Corée du Nord et l'Iran. Je soutenais que, d'un point de vue pratique, toute révélation disant que le gouvernement américain a été responsable de la propagation délibérée de fausses informations – une probabilité caractéristique de notre monde numérique sujet aux fuites d'informations – soulèverait des questions légitimes quant à la véracité d'autres informations venant du gouvernement américain. Un tel impact aurait un effet dévastateur sur le soutien international apporté aux positions politiques américaines. Par ailleurs, je me suis opposé à l'utilisation de la désinformation, car selon moi, cela est incompatible avec les valeurs démocratiques américaines et ce qui devrait être l'engagement inébranlable de notre gouvernement envers la vérité.

Le Président Obama partageait mon point de vue sur la désinformation. Il n'était donc généralement pas très difficile de mener les débats, même si certains de mes collègues étaient en désaccord avec ma position absolutiste. Je soutenais également l'idée du Président Obama selon laquelle des missions secrètes ne devraient être entreprises que lorsqu'aucune option diplomatique, militaire ou autre n'est disponible *et* lorsque la main des États-Unis doit être cachée à des fins de sécurité nationale, et non pour des raisons politiques. Choisir le secret en raison de sa disponibilité, de sa convenance, ou tout simplement pour éviter d'être responsable – ou embarrassé – aux yeux du public, ne constituait pas une justification suffisante pour le Président Obama ou pour moi.

Cette position, non plus, n'a pas été largement adoptée par ceux de Langley, qui pensaient que la CIA devait encore plus s'appuyer sur ses capacités à mener des missions secrètes pour façonner les développements mondiaux.

23

6 700 PAGES SUR LA TORTURE

Parmi toutes les questions que j'ai abordées pendant mon mandat de directeur de la CIA, aucune n'a été plus complexe, difficile, distrayante et chronophage que les répercussions continues du programme d'extradition, de détention et d'interrogatoire (RDI) de l'Agence. Cela a été une source de tension énorme et même d'acrimonie entre moi et de nombreux démocrates au Congrès, en particulier ceux du Comité spécialisé en renseignement du Sénat (SSCI). À un moment donné, les choses se sont tellement envenimées que deux démocrates au sein de la commission – les sénateurs Mark Udall et Martin Heinrich – ont publiquement appelé à ce que je sois congédié pour avoir soi-disant entravé et espionné le travail du comité. Bien évidemment, je n'ai ni entravé ni espionné le travail du comité, mais telle est la vie dans les eaux très partisanes de Washington.

Le programme RDI était devenu moribond au moment de l'entrée en fonction de l'administration Obama, en janvier 2009, et bien avant que je ne devienne le directeur de la CIA, plus de quatre ans plus tard. Dès la fin de l'année 2006, la CIA avait commencé à réduire ses activités d'interrogatoire, et le dernier de ses détenus au département de la Défense avait été transféré à la base navale américaine de Guantánamo, à Cuba, en avril 2008. Néanmoins, le programme RDI a fait l'objet de critiques virulentes de la part des démocrates tout au long de la campagne présidentielle de 2008. Obama, lui-même, en était l'un des plus fervents critiques. Il qualifiait publiquement les pratiques de la CIA de « torture » et promettait, s'il était élu, de mettre un terme définitif au programme. Respectant sa promesse, Obama a signé, seulement deux jours après son investiture, le décret présidentiel 13491, qui stipule que la CIA « fermera aussi rapidement que possible tout centre de détention qu'elle exploite actuellement et qu'elle n'exploitera plus ce genre d'installations à l'avenir ». Le même jour, il a signé le décret présidentiel 13492 selon lequel les centres de détention de Guantánamo Bay « seront fermés dès que possible, et au plus tard un an après la date de cet ordre », un objectif extrêmement optimiste qui est resté inachevé, même dix ans plus tard. Bien qu'ayant fait partie de l'unité de renseignements de l'équipe de transition, j'ai été surpris de voir ces ordres exécutifs rédigés par d'autres membres de l'équipe de transition, et déjà prêts à être signés lors de ma prise de fonction à la Maison-Blanche.

En dépit de ces premières mesures de l'administration Obama, tourner la page sur le passé n'était pas suffisant pour satisfaire de nombreux démocrates au Congrès. Ils voulaient davantage, et je sentais que leur motivation était double. Sans aucun doute, de nombreux membres du Congrès étaient profondément indignés par ce qu'ils considéraient comme une violation des droits de l'homme, commise par des officiers de la CIA sous le couvert des missions secrètes menées durant l'administration Bush. Les démocrates, ainsi que certains républicains, croyaient que le programme RDI impliquait la torture et d'autres méthodes de traitement cruelles, inhumaines ou dégradantes interdites par la loi américaine et la Convention des Nations Unies contre la torture – indépendamment des notes du département de la Justice qui jugeait le programme légitime – et ils voulaient trouver un moyen d'empêcher que le programme soit reconstitué... à jamais. Dans le cadre de cet effort, certains démocrates, qui semblaient n'avoir écouté les briefings que de manière sélective et qui s'appuyaient uniquement sur leur sentiment initial, à l'époque du lancement du programme, ont voulu que l'administration Bush soit tenue responsable publiquement de l'aspect le plus controversé du programme, à savoir l'utilisation par la CIA de techniques d'interrogatoire renforcées (EIT[65]). Ces techniques ont été empruntées au programme d'entraînement SERE (survie, évasion, résistance

65. *Enhanced interrogation techniques.* (NDT)

et échappée) destiné aux femmes et aux hommes de l'armée susceptibles d'être capturés puis soumis à des interrogatoires hostiles. Le *waterboarding*, l'une des techniques inscrites au programme SERE, n'a été utilisé par la marine américaine que durant son entraînement.

En plus de cette indignation morale, j'ai toutefois rapidement senti qu'un grand nombre de démocrates, animés par leurs intérêts partisans, étaient déterminés à punir l'administration républicaine précédente afin de marquer des points politiques qui pourraient s'avérer utiles lors de prochaines élections. C'est ainsi que fonctionne la politique à Washington et c'est le jeu auquel j'ai vu chaque parti se prêter au fil des années. Dans ce cas, les démocrates ont reconnu que leurs capacités étaient très limitées lorsqu'il s'agissait d'enquêter sur des personnes ayant travaillé à la Maison-Blanche et autorisé le programme. Ils ont donc décidé d'utiliser l'autorité du Sénat pour partir à la recherche de détails sur le programme de la CIA. Dans les six semaines qui ont suivi l'investiture d'Obama, une enquête officielle a été lancée sous la nouvelle présidente du SSCI, la sénatrice Dianne Feinstein, qui, avec son prédécesseur, le sénateur Jay Rockefeller, avaient ouvertement décrié les tactiques employées dans le cadre du programme RDI. Les républicains assis au comité, sous la direction du vice-président, Kit Bond, ont d'abord donné, à contrecœur, leur soutien à l'enquête avant de finalement le retirer, en septembre 2009, prétextant que le travail du comité pourrait interférer avec une enquête du département de la Justice, annoncée le mois précédent par le procureur général Holder, qui souhaitait examiner les éventuelles responsabilités pénales de certains agents de la CIA. Bien que les préoccupations des républicains aient été fondées, leur retrait s'est avéré très conséquent. Les républicains n'étant plus impliqués, quelques-uns des démocrates, membres du Congrès et employés, les plus partisans ont pu façonner l'enquête et son rapport écrit de manière à atteindre leurs objectifs politiques et idéologiques plutôt que de mener un examen complet, juste et apolitique d'un programme controversé d'opérations secrètes de la CIA.

Au cours des premiers mois de l'administration Obama, mes anciens collègues de la communauté du renseignement m'ont souvent contacté pour discuter de questions sensibles et controversées. Un après-midi, l'un d'eux m'a appelé pour signaler un problème éventuel. « John, nous aimons tous Leon. Vraiment, nous l'aimons. Mais il vient de prendre une très mauvaise décision qui va tous nous faire tomber. Il a accepté que le SSCI accède directement à tous nos dossiers opérationnels, pour son enquête sur le RDI. En bref, il leur a donné carte blanche. »

« Il quoi ? » Étant encore en train d'essayer de comprendre ce que je venais d'entendre, je n'ai pas trouvé de réponse plus éloquente.

« Exactement, a-t-il dit. Leon a accepté de fournir toutes les informations relatives au programme, y compris les télégrammes opérationnels compartimentés, afin qu'elles soient examinées par le personnel du comité. La portée et la nature de l'accès accordé au comité sont tout simplement ahurissantes. Et c'est pas fini, a-t-il ajouté. Leon a également accepté une autre requête du comité consistant à construire un système informatique pour les membres de son personnel, en utilisant les fonds et le matériel de la CIA. Ils peuvent donc lire et examiner tout ce qui se trouve sur une base de données numériques consultable à partir d'un SCIF[66] fourni par la CIA et situé à l'extérieur du siège de la CIA ["SCIF", dans le jargon de la sécurité nationale, signifie "Dispositif d'informations compartimentées spéciales", une salle étroitement contrôlée où les renseignements les plus sensibles peuvent être stockés et discutés en toute sécurité]. C'est la première fois que ça arrive. Les démocrates vont transformer ça en Donnybrook politique !

— Non, non, non, ai-je répété au téléphone. Il n'aurait jamais dû faire ça. Personne ne lui a dit que c'était une grave erreur ?

— Bien sûr, nous l'avons fait, mais il ne voulait rien entendre. »

À l'époque, je me demandais uniquement s'il existait un précédent associé à la décision de Leon de donner au SSCI l'autorisation d'accéder à une quantité stupéfiante de documents internes, privilégiés et opérationnels de la CIA. Plus tard, j'ai découvert que Leon avait également accepté de fournir au comité les dossiers personnels, y compris les rapports d'enquête sur les antécédents et les résultats polygraphiques, des officiers de la CIA impliqués dans le programme RDI, une intrusion sans précédent par le Congrès dans la vie privée des citoyens américains travaillant à la CIA. Dans son autobiographie *Worthy Fights*, Leon affirme que, selon lui, il n'avait aucune raison valable de refuser la demande du SSCI et qu'en proposant de créer une salle de lecture, la CIA pouvait conserver un

66. *Special Compartmented Information Facility.* (NDT)

semblant de contrôle sur ses documents, une demande qui, initialement, n'avait pas été accordée par la Maison-Blanche.

Au cours de mes vingt-cinq années à la CIA, je n'avais jamais entendu dire qu'une telle chose avait été envisagée, et encore moins réalisée. J'ai immédiatement reconnu le risque de voir les démocrates utiliser n'importe quels détails sanglants tirés des interrogatoires pour traîner la CIA et ses officiers dans une boue politique destinée à salir l'administration Bush. À l'époque, je n'avais pas encore contemplé les conséquences désastreuses de l'accord de Leon, qui autorisait le SSCI à utiliser les ordinateurs de la CIA pour mener son enquête, et qui exigeait que l'entretien et la sécurité du réseau informatique soient assurés par la CIA. Et clairement, je n'aurais jamais imaginé que cet arrangement devienne une immense source de conflits entre les démocrates assis au comité et un futur directeur de la CIA, à savoir moi.

Dès que j'ai raccroché le téléphone avec mon contact à Langley, je suis allé voir Denis McDonough pour lui faire part des nombreux inconvénients associés à la remise en cause d'une pratique de longue date consistant à ce que la CIA ne remette pas ses dossiers opérationnels internes au Congrès. « La CIA n'a autorisé le comité de surveillance à consulter certains télégrammes opérationnels qu'à une seule reprise, et c'était pour répondre à une demande d'information très spécifique, pas pour mener une expédition ! » J'ai ajouté que même lorsque ces télégrammes opérationnels avaient été partagés, la CIA conservait le contrôle sur ses ressources. « Si le comité de surveillance de la CIA a un accès illimité aux télégrammes opérationnels afin de récolter des points politiques – et d'ailleurs, Denis, si nous laissons cela se produire aujourd'hui, cela se reproduira à l'avenir, y compris avec des programmes en cours –, alors tu peux dire au revoir à l'honnêteté des agents sur le terrain, plus jamais ils ne feront un compte rendu complet de leurs missions secrètes. Plus jamais ! Et pourquoi le feraient-ils ? Ces partisans du Congrès vont s'en servir comme de la chair à canon ! »

J'étais remonté, et Denis pouvait le voir, alors nous avons convenu d'en parler à Emanuel Rahm. Après seulement quelques mots d'explication sur la situation et les implications de la décision de Leon, Rahm a rapidement compris le problème. J'ai dit à Rahm que l'identité du groupe, démocrate ou républicain, étant le fer de lance de ses activités de surveillance, n'avait aucune importance, et que la Maison-Blanche se devait de défendre le principe de séparation des pouvoirs entre l'exécutif et le législatif afin de protéger la CIA des désirs excessifs du Congrès. « Sinon, ai-je dit à Rahm, la CIA va interpréter les décisions comme celle de Leon comme une entreprise menée par un parti politique afin de riposter contre l'autre. Et la CIA va se retrouver comme une vieille tranche de jambon, au milieu de ce sandwich politique. Cela ne va pas aider l'administration Obama à se faire aimer de la CIA qui est déjà à bout de nerfs. En acceptant la demande du SSCI, Leon est en train de déclarer l'ouverture de la saison de la chasse... et on va tous être dans leur viseur. » J'ai toujours eu la mauvaise habitude d'enchaîner les mauvaises métaphores chaque fois que ma tension artérielle grimpe en flèche, et mon Dieu, c'est exactement ce qui était en train de se passer.

Une réunion du comité des premiers adjoints étant prévue plus tard cette matinée, nous avons convenu de parler à Leon à l'extérieur de la salle de crise, dès qu'elle serait terminée. Lorsque les premiers adjoints ont commencé à se disperser après la réunion, Rahm a attrapé Leon par la manche, avant que ce dernier ne puisse partir. Comme d'habitude, Rahm a fait preuve de son tact légendaire : « Qu'est-ce que tu es en train de branler, Leon ? Tu peux pas remettre les dossiers opérationnels de la CIA au comité. T'as fumé ou quoi ?! »

Leon a répondu... en laissant de côté tous ses talents diplomatiques. Il a regardé Rahm dans le blanc des yeux et lui a gueulé : « Oh... et c'est toi qui vas m'apprendre ce que j'ai le droit de faire ?! C'est notre comité de surveillance. J'ai pas le choix.

— Évidemment que tu l'as, Leon. Il te suffit de dire NON ! »

Dans *Worthy Fights,* Leon se souvient de Rahm lui disant que sa décision avait rendu le Président Obama « vert de rage ». Rahm était hyperbolique, certes, mais son évaluation du sentiment d'Obama était correcte. Lors de discussions à la Maison-Blanche sur le programme RDI, au début de l'année 2009, Obama avait clairement indiqué qu'il n'avait aucun intérêt à punir la CIA pour avoir donné suite à des directives jugées légales au moment de leur proclamation par l'administration Bush, indépendamment de son aversion personnelle à l'égard des tactiques utilisées.

Il y a eu plusieurs échanges successifs entre Leon et Rahm, où chacun est resté à la volée, sans lâcher prise. Leon et moi, aussi, avons eu un échange musclé, mais il était trop tard. Leon avait déjà donné l'ordre, et il ne reviendrait pas sur la parole donnée au comité. En outre, les divisions de la CIA avaient déjà commencé à réaliser ses souhaits. Une énorme recherche avait déjà été lancée à Langley pour identifier tous les documents de la CIA répondant à la demande de la SSCI, et les spécialistes de la CIA en technologies de l'information ont rapidement conçu un réseau informatique, appelé RDI-Net, à l'intention des employés du SSCI qui travailleraient dans un bâtiment loué par la CIA, dans le nord de la Virginie. La CIA a fourni tout le mobilier, l'équipement, les dispositions de sécurité et les ordinateurs du SCIF. Elle a même accepté de fournir un soutien informatique continu.

Le RDI-Net était un système autonome, un réseau de petite taille comprenant moins d'une douzaine de machines (ordinateurs et imprimantes). La CIA a transféré ses documents aux employés du SSCI en utilisant un pare-feu, une fonctionnalité logicielle qui nécessitait l'identifiant d'un membre du SSCI ou de la CIA pour qu'un utilisateur ait accès aux informations. Une fois le SCIF prêt à être utilisé, l'Agence a commencé à envoyer ce qui, à terme, allait représenter des millions de pages de documents classifiés hautement confidentiels et très sensibles, par l'intermédiaire de ce pare-feu, afin d'être examinées par le SSCI. Les employés démocratiques du comité, sous la direction de Daniel Jones, un ancien du FBI, se sont rapidement mis au travail. En utilisant un moteur de recherche unique et puissant fourni par la CIA, les employés ont ratissé plusieurs téraoctets de données accumulées dans les fichiers numériques et papier de la CIA, afin de trouver des détails explicites qui pourraient être présentés comme des preuves de « torture », d'abus, d'excès et d'actes répréhensibles. En matière d'examen pur, la CIA n'a pas fait les choses à moitié puisqu'elle a rempli son obligation en mettant à la disposition de l'équipe d'examen du SSCI tout ce qui était couvert par le mandat du comité. Il n'y a eu qu'un seul problème. C'était avant que je ne devienne directeur, en 2011, lorsque la CIA a envoyé un trop grand nombre de documents, en dehors du délai convenu par la demande de documents approuvée du SSCI. Lorsque la CIA a découvert cette erreur, elle a, unilatéralement et sans préavis, récupéré les documents qui étaient du côté SSCI du pare-feu, ce qui a outré le comité et poussé la CIA, toute penaude, à s'engager à ne plus jamais prendre de telles mesures sans consulter au préalable le SSCI. Cet incident est le point de départ de ce qui allait être un échange beaucoup plus contesté, entre la CIA et le comité, plusieurs années plus tard.

À la fin de l'année 2012, Jones et son équipe avaient rédigé un rapport dense, riche en détails et en notes de bas de page de 6 300 pages, rempli d'exemples, plus graphiques les uns que les autres, des conditions de détention et de la manière dont la CIA appliquait les techniques d'interrogatoire renforcées. Cette « étude », telle qu'elle a été appelée, contenait vingt conclusions et vingt études de cas à l'appui. Elle s'est contentée de piocher, généreusement et sélectivement, du texte tiré de télégrammes afin de soutenir la thèse globale des allégations de comportements répréhensibles majeurs de la CIA, sans quasiment aucune référence au fonctionnement des programmes de lutte antiterroriste de la CIA dans le monde, y compris dans le cadre du programme RDI, qui ont permis de dévoiler et de perturber les nombreux projets d'attaques d'al-Qaïda, y compris contre notre patrie. Cette étude était loin d'être équilibrée. L'élément le plus révélateur des ambitions des démocrates et de leur manque d'intérêt pour l'élaboration d'un rapport juste, objectif et complet, a été leur décision de n'interroger aucun officier, ancien ou actuel, de la CIA impliqué dans le programme RDI. Les démocrates ont suivi cette voie même après que le département de la Justice a fermé son enquête criminelle, en août 2012, sans même porter plainte contre des officiers de la CIA. Je pense en effet que la décision du département de ne poursuivre aucun employé de la CIA en justice a exaspéré les membres et les employés les plus idéologiques du comité et leur a donné la détermination nécessaire pour utiliser ce rapport et pour traîner en justice, leur version de la justice, les employés de la CIA qu'ils jugeaient coupables. Même certains des critiques les plus fervents du programme RDI, au sein même de la CIA, ont été abasourdis par la version préliminaire du rapport, notamment un ancien collègue qui m'a dit : « Comme nous le craignons, c'est un récit unilatéral, très partisan et incendiaire des méfaits de la CIA qui se lit comme le briefing d'un procureur agressif et zélé. »

La CIA a reçu une copie de cette version préliminaire, en décembre 2012, afin de l'examiner et de la commenter. À l'époque, j'avais déjà été nommé directeur de la CIA, mais je continuais de travailler à la Maison-Blanche. Les démocrates du Sénat m'ont demandé avec insistance, lors de mon audience de confirmation et même auparavant, durant mes appels de courtoisie préconfirmation, de m'engager à déclassifier et à publier l'étude. Toutefois, j'ai décidé d'attendre la fin de mon processus de confirmation pour lire le rapport ainsi que la réponse de la CIA, car je soupçonnais fortement que la description des événements y soit politiquement faussée et en contradiction avec les faits. Bien que mon opposition aux EIT (techniques d'interrogatoire renforcées) se soit endurcie au fil des ans, à force de ne rien apprendre de plus sur la manière dont le programme avait été mis en œuvre, je refusais par-dessus tout de devenir un pion dans le jeu partisan des démocrates, consistant à pointer la CIA du doigt et à lui faire honte. Tout au long de cette période, aucun fonctionnaire de la Maison-Blanche, ni même le Président, n'a essayé d'adoucir mon point de vue sur l'étude ou de m'encourager à l'adopter publiquement. L'un des plus grands votes de confiance que j'ai reçus de la part du Président Obama a été lorsqu'il m'a pris à part pour me parler dans le Bureau ovale, avant mon audience de confirmation. En faisant référence à l'étude et à mon fort désir d'y répondre, il m'a dit : « John, je vous ai nommé comme directeur de la CIA parce que je sais que vous ferez ce que vous pensez être juste. Ne vous inquiétez pas des conséquences politiques de l'étude du SSCI. Nous réglerons ça. »

Au moment de ma confirmation comme directeur, début mars 2013, la CIA était déjà engagée dans un examen intense de l'étude. En duo avec mon adjoint Michael Morell, je me suis fréquemment entretenu avec les agents de la CIA responsables d'examiner la version préliminaire de l'étude, une équipe d'analystes chevronnés, aucunement impliqués, opérationnellement parlant, dans le programme RDI. Nous leur avons demandé d'être aussi rigoureux que possible dans leur travail, en reconnaissant les exemples où le SSCI avait raison, mais aussi en identifiant toute erreur factuelle dans l'analyse ou la présentation de l'étude. Nous leur avons également dit de ne s'inscrire en faux contre aucune partie de l'étude, sous prétexte que cela pourrait embarrasser la CIA ou d'autres officiers, anciens et actuels, de la CIA. L'équipe a reçu comme consigne de préparer une réponse écrite détaillée que nous pourrions soumettre dès que possible et dont je pourrais discuter avec les membres du SSCI. Michael et moi-même avons soigneusement examiné et commenté la réponse de l'équipe d'examen, une analyse des vingt conclusions et des vingt études de cas présentées dans le rapport. Nous nous sommes également associés à l'équipe d'examen pour élaborer huit mesures de prévention, destinées à éviter que les problèmes systémiques identifiés durant la conduite des activités d'extradition, de détention et d'interrogatoire par la CIA, ne se reproduisent dans d'autres programmes d'opérations secrètes. Le 27 juin, j'ai envoyé la réponse officielle de l'Agence au comité, ainsi qu'un courrier à Feinstein et au sénateur Saxby Chambliss, qui était devenu vice-président du SSCI, après le départ la retraite du sénateur Bond en 2010. Dans ce courrier, j'ai explicitement reconnu les importantes faiblesses du programme RDI et les nombreuses erreurs commises par l'Agence, notamment :

- le manque de préparation et de compétences essentielles pour mener des activités de détention et d'interrogatoire ;
- l'absence de supervision du programme à plusieurs niveaux de la direction ;
- le conflit d'intérêts des entrepreneurs de l'Agence qui ont conçu le programme et qui ont participé à l'évaluation de l'efficacité des techniques ;
- l'absence d'analyses complètes et indépendantes de l'efficacité des techniques d'interrogatoire ;
- la détention de certaines personnes en vertu d'une interprétation erronée des autorisations accordées à la CIA ;
- le manque de responsabilisation des officiers de l'Agence, en cas de mauvais résultats et d'erreurs de gestion.

Par ailleurs, j'ai profité de ce courrier pour souligner, sans aucune équivoque, dans quelle mesure j'étais opposé à ce programme, en écrivant : « Je reste profondément convaincu que les techniques d'interrogatoire renforcées sont une méthode inappropriée d'obtention de renseignements et que leur utilisation entrave notre capacité à continuer à jouer un rôle de leader dans le monde. » J'ai également ajouté, afin de rassurer le comité et de confirmer que le programme ne serait pas relancé : « J'ai la ferme intention de ne jamais permettre à un officier de l'Agence de participer à de quelconques activités d'interrogatoire dans lesquelles des techniques d'interrogatoire renforcées seraient employées. » Cela dit, je me suis également officiellement opposé aux « affirmations infondées inscrites dans l'étude selon lesquelles le programme de détention et d'interrogatoire n'a permis d'obtenir aucun renseignement unique ayant contribué à l'interruption de complots terroristes, à la capture de terroristes ou à la sauvegarde de vies ». La réponse de la CIA comprenait des commentaires détaillés sur les renseignements uniques obtenus auprès de détenus, y compris ceux soumis aux techniques d'interrogatoire les plus brutales. Je n'ai cependant pas fait valoir qu'il y avait un lien de causalité entre l'application des EIT (techniques d'interrogatoire renforcées) et l'acquisition de renseignements utiles, en écrivant : « L'Agence n'est aucunement en mesure de dire si les renseignements obtenus auprès des détenus soumis à des techniques d'interrogatoire renforcées auraient pu être obtenus par le biais d'autres moyens ou d'autres personnes. Cette question reste et restera pour toujours sans réponse. »

Comme lors de mon audience de confirmation, et comme dans toute note ou déclaration écrite ou orale ultérieure sur le programme, j'ai refusé de comparer les EIT à de la « torture », ce qui a soudainement réveillé les plus zélés, idéologues et partisans de mes critiques démocrates. Mon argument a toujours été que la « torture », dont la définition existe d'ailleurs dans la loi américaine, implique la responsabilité légale de toutes les personnes impliquées dans le programme. À cette époque, je croyais fermement, et je continue de le croire aujourd'hui, que les officiers de l'Agence, qui ont assumé les responsabilités inhérentes aux missions secrètes en conformité avec les directives du département de la Justice décrivant les procédures d'interrogatoire légales, ne pouvaient pas, par définition, être impliqués dans l'activité illégale de « torture ». Les directives du département de la Justice ont été vivement critiquées par des juristes universitaires. Malheureusement, les agents de la CIA responsables de l'application des EIT ne pouvaient s'en remettre qu'à elles. Je savais que mon courrier allait décevoir et contrarier les démocrates, même si, selon moi, il s'agissait d'une description honnête et apolitique de mon point de vue et de celui de la direction de la CIA. J'ai également ajouté dans ce courrier, afin de souligner mon désir de rester à l'écart de toute question et considération politiques, la remarque suivante : « Mon rôle, en tant que directeur de la CIA, n'est pas de m'engager dans un débat sur la pertinence des décisions prises par une administration antérieure en rapport avec un programme de détention et d'interrogatoire de terroristes présumés, à la suite des attentats du 11 septembre 2001. »

Ce courrier du 27 juin a été reçu avec moins d'enthousiasme par les membres et les employés démocrates du SSCI, car beaucoup le considéraient comme une tentative délibérée, de la part de la CIA, de subvertir les conclusions de l'étude, et donc sa déclassification et sa diffusion publique. Au cours de conversations ultérieures avec la sénatrice Feinstein, je lui ai dit que l'équipe d'examen de la CIA serait heureuse de rencontrer les membres du comité pour passer le rapport et nos commentaires en revue, dans l'espoir de rendre l'étude plus précise. Je savais que demander aux démocrates de rendre l'étude plus objective et moins partisane serait un exercice futile, car ils étaient clairement déterminés à ce que le rapport accable le plus possible les agissements de la CIA et, par extension, l'administration Bush. Je me disais, cependant, que cela pourrait nous permettre de corriger certaines erreurs factuelles et de supprimer certaines des fausses déclarations les plus flagrantes de cette étude.

Alors que le personnel du SSCI et l'équipe d'examen de la CIA se sont rencontrés pour résoudre certains points de divergence, nous avons commencé à recevoir des questions, d'abord de la part du personnel, puis des membres du comité, sur ce qui allait devenir « l'examen Panetta ». Bien que les origines exactes de l'examen Panetta ne soient pas claires, à savoir quand et par qui il a été autorisé, cette initiative a été entreprise par la CIA, alors que Leon Panetta était directeur, afin de découvrir le contenu des fichiers opérationnels volumineux que le SSCI était sur le point d'examiner. Le raisonnement de la CIA était qu'elle devait se tenir prête à répondre aux conclusions et aux critiques éventuelles du SSCI. Il ne s'agissait pas d'une « enquête » officielle, qui allait impliquer des entretiens avec des employés ou même une investigation de l'inspecteur général. Il s'agissait plutôt d'un simple examen mené par une poignée d'officiers de la CIA – dont la plupart étaient entre deux mandats et dont la totalité n'avait jamais travaillé comme analyste en lutte antiterroriste – des documents qu'ils tireraient du corpus de données fourni au SSCI. Cela ne me surprendrait pas si l'examen Panetta avait été lancé peu après le duel verbal entre Leon et Rahm, devant la salle de crise de la Maison-Blanche, en 2009.

Les officiers de la CIA impliqués dans l'examen ont été invités à ne pas tirer leurs propres conclusions, mais seulement à identifier les problèmes et les mesures associés au programme RDI et enregistrés dans les dossiers de la CIA, et qui pourraient devenir le point de mire des intérêts et des craintes du SSCI. Les membres de cette équipe ont produit leurs propres rapports écrits mensuels, annotés de commentaires manuscrits sur des documents imprimés ; un travail dont l'exactitude, la pertinence et la qualité n'ont pas été examinées par les officiers supérieurs de la CIA. Contrairement aux instructions qu'ils ont reçues, certains des officiers contribuant à cet examen ont fait des commentaires personnels reflétant dans quelle mesure ils étaient indignés et dégoûtés par ce qu'ils ont lu. Ces rapports mensuels et ces notes manuscrites constituent la totalité de ce que l'on appelle l'examen Panetta, qui a été lancé à la fin du programme RDI et après le délai indiqué, et approuvé par Leon Panetta, dans la demande du SSCI. Par conséquent, leur partage avec le personnel du SSCI n'a pas été autorisé.

Le groupe chargé de l'examen Panetta fonctionnait à plein régime depuis plusieurs mois lorsque l'ordre de cesser toute recherche est tombé du septième étage de la CIA, à la suite de l'annonce, en août 2009, selon laquelle le département de la Justice avait lancé une enquête criminelle sur certains agents de la CIA impliqués dans le programme RDI. J'ai appris que cet ordre avait été donné, car les officiers supérieurs de la CIA, y compris les avocats du Bureau du directeur juridique, ont décidé qu'il était inapproprié de créer de nouveaux documents sur l'ancien programme RDI, pendant que l'enquête criminelle du département de la Justice suivait son cours. Une fois ce cessez-le-feu annoncé, tout le travail de l'équipe chargée de l'examen Panetta a été rassemblé et classifié, sur formats papier et numérique. À l'époque, la CIA était vivement critiquée, et faisait même l'objet d'une enquête, pour avoir décidé, en 2005, de détruire des bandes vidéo de séances d'interrogatoire au cours desquelles étaient utilisées des techniques renforcées. En 2009, il n'y avait plus aucun doute. Il était impératif que la CIA conserve tous les documents uniques créés durant l'examen Panetta.

Toute cette situation est devenue beaucoup plus complexe dans la soirée du mercredi 8 janvier 2014. Mon adjointe, Avril Haines, et moi avions invité à dîner, à la CIA, les sénateurs Feinstein et Chambliss. Bien que nous ayons parlé du rapport du SSCI, nous avons également abordé un éventail de questions de sécurité nationale et de problématiques spécifiques à la CIA. La discussion a été très concrète et entièrement apolitique, et c'est ainsi que les dirigeants de la communauté du renseignement et les comités de surveillance devraient communiquer ensemble. Alors que nous raccompagnions les sénateurs jusqu'à leur voiture, Avril et moi leur avons dit que nous avions beaucoup apprécié la soirée et que nous nous réjouissions de pouvoir les rencontrer à nouveau, à l'avenir.

Quelques secondes plus tard, Nick Shapiro, qui était devenu mon chef de cabinet adjoint à la CIA, s'est approché. Quasiment à court de souffle, Nick a déclaré : « On dirait que le contenu de l'examen Panetta se trouve sur le RDI-Net, du côté comité du pare-feu, dans le SCIF. » Il a ajouté que les agents de la CIA qui lui ont annoncé la nouvelle n'avaient aucune idée de la façon dont le comité avait obtenu le document.

Je me suis dit qu'il devait y avoir une erreur, car aucun enregistrement ne disait quoi que ce soit sur le partage du contenu de l'examen Panetta avec le comité, même si ce dernier, qui, on se demande comment, était au courant de l'examen, avait récemment, à plusieurs reprises, demandé officiellement un exemplaire de ce dossier. En y pensant plus longuement, je me suis dit que les demandes du SSCI n'étaient peut-être qu'une feinte visant à dissimuler le fait que son personnel l'avait déjà en main, mais qu'il avait besoin d'une copie autorisée pour que le contenu puisse être officiellement incorporé dans son étude. Je me suis souvenu des conversations que j'avais eues, au cours des derniers mois, avec Feinstein et le sénateur Mark Udall, l'un des démocrates les plus libéraux et idéologues du SSCI, qui insistaient pour que le comité reçoive une copie de l'examen Panetta. Je ne peux pas dire que je garde un grand souvenir de mes échanges avec Udall. Je le trouvais hypocrite, si ce n'est pire dans ses rapports avec moi. Udall et moi nous sommes parlé au téléphone à plusieurs reprises, principalement au sujet des points de divergence, au sein de l'étude, entre le comité et l'Agence, et chaque fois, nous semblions progresser dans la bonne direction. Ce semblant de progression ne durait malheureusement que jusqu'à ce qu'il raccroche le téléphone, puisque lui et ses employés s'empressaient ensuite de nous critiquer en public et de se confier à la presse en veillant à déformer la position de la CIA ainsi que les commentaires que je lui avais faits. En septembre 2013, Udall a évoqué l'examen Panetta lors d'une audience publique sur la nomination de Caroline Krass au poste de directrice juridique de la CIA, en disant que l'examen était en contradiction avec la réponse officielle de la CIA à l'étude du SSCI et que le comité en voulait une copie. « Je suis sûr qu'Udall est dans le coup », me suis-je dit, au moment de quitter mon bureau, ce soir de janvier 2014.

Ma priorité du lendemain était d'être briefé et informer des raisons pour lesquelles la CIA croyait qu'un exemplaire du contenu de l'examen Panetta se trouvait du côté SSCI du pare-feu. Au cours des semaines précédentes, les membres du personnel du SSCI ont échangé des commentaires très précis avec leurs homologues à la CIA, des remarques qui n'auraient pu être faites que s'ils avaient lu le contenu de l'examen Panetta. En conséquence, les officiers de la CIA responsables du réseau RDI-Net se sont mis à fortement suspecter que le SSCI avait déjà une copie en main, et qu'il avait, de sa propre initiative, effectué une recherche générique sur le réseau de la CIA afin de déterminer si le document était dans le système. Il s'agissait d'une investigation numérique légale à la recherche d'une séquence de code binaire spécifique contenant des 0 et des 1, décodant une chaîne de mots unique contenue dans l'examen Panetta. Cette recherche a révélé que le code binaire de l'examen Panetta était, en effet, du côté SSCI du RDI-Net. Rien d'autre que des 0 et des 1 n'ont été identifiés durant cette recherche initiale.

J'ai lancé le briefing, en allant droit au but : « Je veux une vérification complète de tous les dossiers de l'Agence, ai-je dit, y compris un contrôle judiciaire du réseau pour confirmer que la CIA n'a jamais transmis l'examen Panetta au SSCI, que cela soit officiellement ou par inadvertance. » J'ai également dit que les avocats de la CIA devaient déterminer à l'avance que toutes les mesures entreprises étaient conformes à l'autorité de la CIA et à ses responsabilités en matière de sécurité informatique. Dès la fin du briefing, les officiers de la CIA ont procédé à un examen juridique intense ainsi qu'à un examen administratif des premiers arrangements entre le SSCI et la CIA, au moment de la création du réseau RDI-Net. Ces examens ont permis de déterminer que la CIA pouvait procéder à un contrôle judiciaire limité, à condition que le travail du SSCI présent sur le réseau RDI-Net ne soit pas exposé ou examiné de quelque manière que ce soit.

J'ai fait plusieurs allers-retours avec nos experts informatiques et nos avocats, ce vendredi et pendant le week-end, afin de savoir, de façon concluante, si le personnel du SSCI avait déjà obtenu une copie de l'examen Panetta. Nous avons tous convenu que nos démarches ne devaient en aucun cas enfreindre l'autorité ou les prérogatives du SSCI, ni violer les restrictions, juridiques ou autres, associées aux agissements de la CIA. Le mardi matin, j'ai convoqué une réunion dans la salle de conférence du directeur pour avoir les dernières nouvelles, car j'avais dit à mon personnel que je voulais contacter la direction du SSCI au plus vite afin de discuter de la question avec eux. Lorsque je suis entré dans la salle de conférence, j'ai vu les nombreux avocats et spécialistes en informatique avec lesquels j'avais travaillé au cours des jours précédents, mais aussi, à ma grande surprise, le directeur du Centre de contre-espionnage (CIC) de la CIA. En lançant la réunion, j'ai demandé les dernières informations obtenues depuis mon dernier briefing, la veille. Étonnamment, c'est le directeur du CIC, un officier très expérimenté, spécialisé en opérations clandestines, qui a pris la parole. Si je me souviens bien, je l'ai interrompu avant qu'il n'ait eu le temps de dire deux phrases, en disant : « Attendez une seconde. Que vient faire le CIC ici ? » Je connaissais très bien la mission du CIC et l'excellence de son travail analytique, opérationnel et technique, mais il s'agissait de missions visant à capturer des espions, pas d'enquêter sur d'éventuelles erreurs du Congrès. « Le contre-espionnage et l'ordre du jour n'ont rien à voir », ai-je déclaré catégoriquement, juste avant que les experts responsables de l'audit et de l'investigation numérique légale, chargés de comprendre comment l'examen Panetta s'était retrouvé du côté du pare-feu appartenant au SSCI, me disent qu'ils étaient rattachés au CIC. « Plus personne ne bouge ! » ai-je dit, en sentant mon cœur sauter quelques battements. « Je ne veux plus qu'aucune mesure ne soit prise avant que j'en discute avec le SSCI. » Le CIC étant impliqué, je trouvais que toute insinuation potentielle, selon laquelle le personnel du SSCI comptait un espion, était tout simplement intolérable. J'ai quitté la réunion en colère, ne sachant pas exactement ce qui s'était passé sur le front des analyses légales et reconnaissant que les capacités de la CIA à résoudre des problèmes avaient pu me devancer.

Une réunion a été convenue, le lendemain, 15 janvier, avec les sénateurs Feinstein et Chambliss, dans l'édifice Hart du Sénat. Les sénateurs savaient uniquement que je voulais leur parler d'un sujet très sensible, et qu'ils pouvaient chacun être accompagnés par un seul représentant. J'ai lu mon discours, mot à mot, en veillant à utiliser le langage approuvé par les avocats de la CIA et les experts informatiques comme étant une description précise de la manière dont nous avons constaté que l'examen Panetta était du côté SSCI du RDI-Net, et en expliquant la raison pour laquelle nous étions très sérieusement préoccupés. J'ai souligné que l'ensemble du réseau informatique RDI-Net était un système créé par la CIA et que celle-ci était légalement responsable de veiller à sa sûreté, notamment à la lumière des informations opérationnelles et secrètes extrêmement sensibles qu'il contenait. « Si le réseau RDI-Net est vulnérable, nous devons le découvrir immédiatement, non seulement afin de le sécuriser, mais aussi pour déterminer si la même vulnérabilité existe dans d'autres réseaux de la CIA. » Reconnaissant que nous faisions face à une question sans précédent et comportant des prérogatives appartenant à la fois aux branches exécutive et juridique, j'ai conclu ma prise de parole en proposant que les équipes de sécurité de la CIA et du SSCI mènent une enquête conjointe sur ce qui s'était passé.

Feinstein, Chambliss et leurs hauts représentants m'ont écouté avec attention, me demandant une ou deux fois de répéter une phrase afin de comprendre exactement ce que je voulais dire. Je n'ai pas cherché la confrontation, mais j'ai dit avec fermeté que j'étais déterminé à parvenir au fond de ce développement très inquiétant. Les sénateurs ont semblé vraiment surpris et décontenancés par ce que je leur ai dit. Ils savaient que j'étais contrarié par ce que nous avions découvert. Ils m'ont alors dit qu'ils étudieraient ma proposition d'examen de sécurité conjoint. Feinstein s'est tournée vers le directeur de son personnel, David Grannis, et lui a demandé s'il avait entendu parler de l'examen Panetta et du réseau RDI-Net. David a répondu humblement : « Oui, mais pas tant que ça. »

À la fin de la réunion, les deux sénateurs se sont engagés à donner suite à la question. J'ai été soulagé que Feinstein semble sincèrement ignorer qu'une copie de l'examen Panetta soit en possession du SSCI, de son côté du réseau RDI-Net. Malgré mes nombreux désaccords avec Feinstein au fil des ans, je n'ai jamais douté de son intégrité, de son honnêteté et de ses valeurs morales. Son sens du devoir et son dévouement à notre sécurité nationale ont été sans égal. Cependant, les autres membres de son personnel ne m'inspiraient ni la même confiance ni le même respect.

Vingt-quatre heures plus tard, toutefois, le comportement de Feinstein avait changé. Elle a d'abord prétendu que la CIA n'avait aucunement le droit d'examiner le réseau RDI-Net, avant de refuser catégoriquement ma proposition d'examen de sécurité conjoint. Il était clair que son personnel l'avait convaincue de durcir tout dialogue cherchant à mieux comprendre si le contenu de l'examen de Panetta se trouvait du côté SSCI du réseau RDI-Net, ce qui, j'en suis sûr, aurait révélé des actes répréhensibles de la part du personnel du comité. Dans des circonstances normales, un sénateur n'a guère d'autre choix que de compter sur son personnel pour déterminer des faits et fournir des recommandations. Dans ce cas, cependant, les membres du personnel travaillant sur l'étude RDI avaient un conflit d'intérêts que Feinstein aurait dû reconnaître et prendre en compte. Une confrontation amère en a découlé entre le comité et la CIA, qui a poussé les deux parties à reculer dans leurs coins respectifs, les semaines suivantes. La situation s'est aggravée lorsque j'ai demandé à l'inspecteur général de la CIA de mener un examen préliminaire des démarches de la CIA, alors qu'elle n'était pas autorisée à examiner les activités du personnel du SSCI. L'inspecteur général a décidé de transmettre un renvoi criminel au département de la Justice afin de déterminer si la CIA avait violé des lois en conduisant une investigation numérique légale du réseau RDI-Net, qui était utilisé par une autre branche du gouvernement. Le directeur juridique par intérim de la CIA, lui aussi, après avoir été informé par les officiers et l'inspecteur général de la CIA, a communiqué un renvoi criminel au département de la Justice évoquant une éventuelle infraction de la part du personnel du SSCI, qui aurait acquis et conservé une copie non autorisée d'un document interne de la CIA, l'examen Panetta.

Bien que doutant de la sagesse d'une telle décision et craignant les conséquences associées au fait de transmettre un renvoi criminel au département de la Justice, mettant en cause le personnel du SSCI, j'ai admis et accepté que la décision était celle du directeur juridique par intérim. En tant que directeur de la CIA nommé par un Président démocrate, il m'était impossible d'empêcher l'avocat principal de l'Agence d'agir en faisant ce qu'il croyait être un simple renvoi criminel portant sur les activités présumées d'employés démocratiques au Sénat. Si je l'avais empêché, je suis sûr que certains membres de l'Agence se seraient demandé si mes raisons étaient politiques. Avec le recul, aujourd'hui, j'aurais aimé avoir essayé d'arrêter le renvoi en adoptant un rôle plus actif, car cette démarche a eu l'effet très malheureux de jeter de l'essence sur un feu qui faisait déjà rage. Dès que le directeur juridique par intérim a envoyé le renvoi au département de la Justice, j'ai appelé Feinstein et Chambliss, à tour de rôle, pour leur parler. La sénatrice Feinstein m'a répondu immédiatement, de manière relativement mesurée, même si elle était profondément indignée.

Chambliss a déploré l'escalade des tensions entre les parties et m'a conseillé de trouver un moyen de réparer les relations avec Feinstein et les démocrates. « Mon Dieu, si seulement je savais comment », lui ai-je dit.

À ce jour, je ne sais pas comment l'examen Panetta s'est retrouvé du côté SSCI du réseau RDI-Net, mais je suis certain que Dan Jones, le responsable du personnel de l'étude, le sait. Il est possible que Jones, ou un autre employé, ait activement exploité une vulnérabilité du réseau RDI-Net, ou que l'examen Panetta ait été transmis de l'autre côté du pare-feu par inadvertance. Dans tous les cas, le personnel du SSCI ayant accédé à l'examen aurait dû immédiatement reconnaître qu'il n'était pas autorisé à le consulter, étant donné ses notations et sa date, qui était en dehors du délai approuvé pour les documents à transmettre au SSCI. Dan Jones savait également qu'il commettait une grave violation de sécurité en imprimant le code binaire top secret et en l'emportant dans les bureaux du SSCI, dans l'édifice Hart, à Washington, comme il l'a publiquement reconnu dans une interview avec *The Guardian* en 2016.

Cette querelle, entre le président démocrate du comité en renseignement du Sénat et un directeur de la CIA nommé par un Président démocrate, n'a pas contribué au succès de nos affaires politiques, et la Maison-Blanche s'est de plus en plus inquiétée de la tournure des événements. Le 11 mars, la sénatrice Feinstein a pris la parole devant le Sénat et a publiquement affirmé, dans un discours cinglant, que la CIA s'était engagée dans des « violations illégales et inconstitutionnelles » afin d'espionner le travail du SSCI. Ce même matin, alors que je prenais la parole lors d'une réunion du Conseil en relations étrangères à Washington, j'ai déclaré, en réponse à une question, que les allégations concernant le piratage informatique des ordinateurs du Sénat par la CIA « ne pouvaient pas être plus éloignées de la vérité ». Au fur et à mesure que la tension montait, Avril a fait de son mieux pour faire avancer les choses, en recommandant à la Maison-Blanche de faire intervenir le vice-président Biden. Avril avait été conseillère en chef adjointe de la commission des affaires étrangères du Sénat lorsque Biden en était le président, et elle savait qu'il était doué pour aider des parties en conflit à surmonter leurs différences.

Le vice-président Biden a sauté sur l'occasion de servir de médiateur et une réunion a été convenue le 24 mars, à la résidence officielle du vice-président, l'Observatoire naval des États-Unis à Washington. Je suis arrivé vers 14 h 45, une quinzaine de minutes avant l'heure de début prévue de la réunion. La sénatrice Feinstein est arrivée à 15 heures pile, accueillie sous le porche par le vice-président Biden, qui venait de descendre les escaliers du deuxième étage de la résidence avec son style avenant habituel. Dès que j'ai entendu leurs voix, j'ai marché vers le salon pour les rejoindre. La sénatrice a répondu à l'accueil chaleureux du vice-président avec un grand sourire, en disant : « Bonjour, Joe. » Puis, en me voyant, son sourire a disparu. « Bonjour, John », m'a-t-elle dit d'un ton sombre, voire maussade.

Le frisson que j'ai ressenti dans le dos m'a confirmé que cette réunion était loin d'être une affaire gagnée. J'ai essayé d'égayer l'ambiance en disant, joyeusement : « Bonjour, Dianne, je suis content de vous voir. » Apparemment, elle n'avait aucun intérêt à être joyeuse et ma formule n'a pas eu d'effet notable sur la noirceur de son regard. Remarquant les vêtements sombres qu'elle portait, je me suis demandé si elle les avait choisis volontairement pour donner l'impression qu'elle assistait à des funérailles, les miennes. En regardant le vice-président, j'ai remarqué son costume gris foncé et sa cravate sombre, ce qui m'a fait encore plus peur.

Nous nous sommes rendus dans une pièce du premier étage où le vice-président a entamé la conversation. « Je vous ai demandé de venir ici aujourd'hui, car je suis peiné, vraiment je le suis, de voir deux personnes que j'apprécie et respecte autant se battre l'une contre l'autre. Le Président est du même avis. Je n'ai pas besoin de vous dire que personne ne sort gagnant d'une prise de bec plutôt publique entre la présidente du Comité en renseignement du Sénat et le directeur de la CIA. Chers amis, nous devons remédier à la situation, pour le bien du pays. Vraiment, nous le devons. Et je refuse que l'un de nous quitte cette pièce tant qu'il ne s'est pas engagé à le faire. »

Feinstein a maintenu sa tête baissée, ses lèvres pincées et ses mains sur ses genoux durant les remarques du vice-président. Étant le membre le moins expérimenté de ce trio, je l'ai regardée, attendant qu'elle prenne la parole en premier. Elle a attendu de longues secondes, durant lesquelles tout le monde a semblé mal à l'aise, avant de remercier le vice-président pour son initiative et d'accepter l'idée selon laquelle il était important de trouver une solution à ce qu'elle a appelé « un conflit entre le comité et la CIA ».

« J'ai été choquée, Joe, vraiment et profondément choquée, lorsque j'ai découvert que la CIA était allée fouiller nos ordinateurs. Cela s'est produit une fois, auparavant, et la Maison-Blanche et la CIA ont promis que cela ne se reproduirait plus jamais. Pourtant, c'est ce qui s'est passé, et je suis très déçue que John ait autorisé qu'un tel événement se reproduise. » Elle parlait d'une voix basse, au rythme régulier, en harmonie avec le comportement d'un parti lésé. « Cela montre que la CIA fait tout son possible pour empêcher le comité de publier son rapport sur le programme d'interrogatoire de l'Agence. La CIA nous a combattus à chaque tournant et ses dernières démarches sont en infraction avec la séparation des pouvoirs exécutif et législatif du gouvernement. »

Elle s'est arrêtée un instant, au cours duquel je me suis dit que c'était à moi de parler, mais elle a continué. « Et récemment, la CIA a transmis un renvoi criminel au département de la Justice portant sur les activités du personnel du comité, qui n'a absolument rien fait de mal. Je dois contribuer personnellement à un fonds qui a été créé pour que les membres du personnel puissent engager des avocats pour les protéger. Je vous le confirme, Joe, la situation est épouvantable. »

Le vice-président m'a alors regardé en grimaçant. Je ne savais pas à quel point il était familier avec l'historique des interactions entre le comité et la CIA, depuis le début de l'enquête, il y a plus de cinq ans auparavant, mais je savais que ce n'était pas le moment d'entrer dans des détails sordides. Je ne voulais pas non plus entamer une joute verbale du genre « c'est sa faute à lui, non c'est sa faute à elle », car cela nous aurait conduits dans une impasse, armés simplement de nos versions opposées des faits. J'ai donc essayé d'aller de l'avant et de me concentrer sur la voie à suivre.

« Dianne, il est très malheureux que les choses en soient arrivées là. » J'ai ajouté que je voulais entretenir de bonnes relations avec elle et le comité, et que je tenais à ce que le comité puisse terminer, au plus vite, son rapport sur le programme de détention et d'interrogatoire de la CIA. « La CIA n'essaie absolument pas de vous empêcher d'accomplir vos tâches de surveillance », lui ai-je dit, pensant aux millions de pages transmises au comité, par le biais du réseau RDI-Net. Feinstein continuait de fixer la table basse, pendant que je continuais à parler. « De toute évidence, Dianne, nous croyons chacun que des actes répréhensibles ont été commis. Cependant, nos opinions diffèrent quant à l'auteur de ces actes, le personnel du comité ou les agents de la CIA. Mais très honnêtement, Dianne... Aucun d'entre nous ne sait avec certitude qui a fait quoi avec les ordinateurs de la CIA utilisés par le comité. Nous savons uniquement ce que nos employés nous ont dit qu'ils avaient fait et pas fait. » Je voulais faire une référence explicite, devant le vice-président, en ajoutant que les ordinateurs étaient des ordinateurs de la CIA et non des ordinateurs de comité, comme l'avait déclaré Feinstein. Je pouvais voir que mon refus d'accepter sa version des faits, selon laquelle la CIA était coupable à 100 %, la mettait mal à l'aise. Sentant, à ce moment-là, que le vice-président était sur le point de m'interrompre, je me suis empressé de donner le coup de grâce.

« Dianne, nous devons tous les deux découvrir la vérité. Comme vous le savez, l'inspecteur général est en train de terminer son examen des démarches de la CIA. S'il détermine qu'un agent de la CIA a fait quoi que ce soit d'inapproprié ou de malvenu, je viendrai personnellement vous présenter mes excuses et je demanderai des comptes à cette personne. Je vous donne ma parole. Enfin, je m'attends également, étant donné que le chef de la majorité, Harry Reid, a demandé à l'huissier audiencier du Sénat d'examiner les activités des membres du personnel du comité, à ce que vous me disiez si un ou plusieurs de vos employés se sont livrés à des comportements inappropriés et à ce que vous preniez les mesures nécessaires. » Je savais que la route serait longue avant qu'elle admette, ou même excuse, toute erreur de son personnel, mais je tenais à souligner que je voulais une résolution juste et équitable, au cours de laquelle chaque partie serait tenue aux mêmes exigences.

Sentant une ouverture, le vice-président a déclaré : « Tout cela appartient au passé, mes amis. Il y a trop de questions essentielles en matière de sécurité nationale sur lesquelles le comité et la CIA doivent collaborer. Dianne, je sais que John va découvrir ce que les membres de l'Agence ont fait. Il vous dira exactement ce qui s'est passé et vous présentera ses excuses si cela est nécessaire. »

Recevoir des « excuses » est un débouché qui a semblé trouver écho chez Feinstein, et qui l'a aidé à lentement émerger de son comportement lugubre. En relevant la tête, elle a évoqué le rapport et son importance, tout en soulignant sa détermination à empêcher la CIA de détenir et de « torturer » à nouveau des terroristes. « Ce programme est une plaie sur l'âme de notre nation.

Je veux m'assurer qu'il ne soit jamais réinstauré, aussi bien sous un Président démocrate que républicain. »

« Ça, c'est sûr », a déclaré le vice-président, en se levant énergiquement de son fauteuil, signalant ainsi la fin de notre réunion.

« Nous sommes tous d'accord sur ce point », a-t-il dit, alors que nous marchions vers la porte d'entrée.

En me disant au revoir sous le porche, Feinstein m'a adressé son seul sourire de l'après-midi. Nous avons tous les deux promis de nous tenir informés. À mon retour à Langley, j'ai eu l'impression que le vice-président avait contribué à appuyer sur le bouton « pause » de cette guerre de mots entre le comité et la CIA. Bien que ce répit fût le bienvenu, je savais que notre lutte n'était pas terminée et qu'elle se résumerait, en fin de compte, à l'étude du SSCI.

Dans les mois qui ont suivi, mes relations avec les démocrates du comité, membres et personnel confondus, sont restées assez froides. Pour autant que je sache, l'huissier audiencier du Sénat n'a jamais enquêté sur les activités du personnel du comité, comme l'avait demandé le sénateur Reid, et les membres du comité n'ont rien fait de concret pour découvrir comment son personnel avait eu accès à l'examen Panetta sur le réseau RDI-Net. Le seul événement positif ayant eu lieu durant cette période a été la décision du département de la Justice de ne pas lancer d'enquête criminelle contre les activités des employés du SSCI ou des agents de la CIA, ce qui a eu le don de calmer les nerfs des deux parties.

En juillet, l'inspecteur général a terminé son examen des démarches de la CIA. Lorsque l'inspecteur général m'a fait part de ses conclusions, j'ai appris pour la première fois que les experts techniques de la CIA, au cours d'une investigation numérique légale, avaient malencontreusement accédé au contenu de quatre messages internes rédigés par le personnel du SSCI sur le réseau RDI-Net. Peu importe que le contenu de ces messages ait été minime et bénin. Le simple fait d'y accéder était une sérieuse erreur, même si cela avait été fait par inadvertance. « Eh bien, je dois des excuses à la présidente, ai-je dit à mon équipe de représentants. C'est ce que j'ai promis de faire lorsque nous nous sommes rencontrés chez le vice-président. » Je savais que l'enquête menée par l'huissier audiencier du Sénat sur les agissements des employés du

SSCI allait probablement rester au point mort. Mes chances d'entendre un aveu ou des excuses de la part de la sénatrice Feinstein étaient donc proches de zéro. Néanmoins, j'ai dû honorer mon engagement et mon équipe de représentants a accepté.

Le jeudi 31 juillet, j'ai rencontré les sénateurs Feinstein et Chambliss dans les bureaux du SSCI pour tenter de mettre un point au contretemps causé par l'examen Panetta. Une fois de plus, j'ai souligné, avant toute chose, la responsabilité solennelle de la CIA, ainsi que son autorité statutaire, de préserver les systèmes informatiques permettant de traiter et de protéger les informations de la CIA, même lorsque ces systèmes sont utilisés par des personnes extérieures à la CIA travaillant comme employés du SSCI. Puisque les sénateurs allaient bientôt recevoir le rapport de l'inspecteur général, j'ai décidé de passer en revue ces points clés, en me concentrant sur les circonstances entourant l'accès malencontreux des employés de la CIA aux messages du personnel. « En accédant à ces quatre messages, la CIA a fait une sérieuse erreur, et cela n'aurait jamais dû se produire. Je vous présente donc mes excuses, à vous et au comité. Je convoquerai prochainement un conseil de discipline afin de déterminer si des sanctions sont justifiées à l'encontre des employés de la CIA concernés. » Feinstein m'a écouté attentivement et ses yeux bleus ont laissé apparaître quelques larmes quand j'ai dit : « Je suis désolé. »

« Merci, John. Nous pouvons désormais aller de l'avant et continuer notre travail. »

Je savais que mes excuses deviendraient rapidement publiques. J'ai donc autorisé la publication d'une déclaration dans laquelle je m'excusais au nom des employés de la CIA ayant agi « de manière incompatible avec l'entente commune » entre le SSCI et la CIA, au moment de la création du réseau RDI-Net. Cette déclaration était intentionnellement brève et vague parce que nous ne voulions pas compromettre la capacité du conseil de discipline à mener son propre examen et à déterminer si c'est sciemment que les officiers de la CIA avaient agi de manière illégale ou contraire à l'éthique. Toutefois, avec le recul, le langage employé dans cette déclaration était aussi ambigu et confus. Plutôt que d'expliquer que les démarches de la CIA étaient appropriées et justifiées, à l'exception de l'accès au contenu de quatre messages internes du SSCI, le manque de précision de cette déclaration a donné vie à de faux récits selon lesquels la CIA avait « piraté », volontairement et illégalement, les ordinateurs du Sénat.

Dans les mois qui ont suivi, j'ai décidé, plutôt que d'attendre de voir des officiers de la CIA juger d'autres fonctionnaires de l'Agence, de demander à l'ancien sénateur démocrate et membre du SSCI, Evan Bayh, et à l'ancien conseiller juridique de la Maison-Blanche, Bob Bauer, de coprésider un conseil de discipline. Je me suis récusé de tout rôle en suivant les recommandations du conseil afin d'éliminer tout risque de conflit d'intérêts. Il a été demandé au conseil de fournir ses conclusions et recommandations à Avril, qui consulterait ensuite le directeur du renseignement national, Jim Clapper, afin d'envisager des mesures de discipline éventuelles. J'ai trouvé le travail du conseil exceptionnellement approfondi – beaucoup plus que le bref examen initial de l'inspecteur général – et j'ai été très heureux lorsque le conseil a déterminé, en décembre 2014, qu'aucun agent de la CIA n'avait agi de mauvaise foi et qu'il avait recommandé de ne prendre aucune mesure administrative. Malgré la publication, le mois suivant, du rapport final du conseil, dans lequel il est clairement formulé que l'investigation numérique légale du réseau RDI-Net effectuée par la CIA était appropriée, raisonnable et légale, le mythe selon lequel « la CIA a espionné les ordinateurs du Sénat » continue à ce jour.

Alors que le conseil de discipline continuait de faire son travail à l'automne 2014, le comité a transmis à la CIA un résumé officiel de près de 600 pages de l'étude sur le programme RDI à des fins de classification. Les sénateurs Feinstein et Udall, Dan Jones et d'autres défenseurs du SSCI m'ont dit que, selon eux, le document n'avait pas à être classifié et qu'il était prêt à être publié. Ce n'était pas le cas. Loin de là. Un examen rigoureux de la CIA a révélé des centaines, voire des milliers de passages, de noms et de termes que les services de renseignement étrangers auraient pu rapidement exploiter pour révéler des sources et des méthodes sensibles du renseignement américain. Encouragée par Dan Jones, Feinstein a été outrée par les objections de la CIA, tellement qu'elle a immédiatement fait appel à la Maison-Blanche, en affirmant que la CIA essayait simplement d'empêcher la publication de l'étude.

À cette époque, Denis McDonough et Lisa Monaco, ma successeure, on ne peut plus compétente, à la Maison-Blanche, étaient devenus intimement familiers avec le contentieux opposant la CIA et les démocrates du SSCI. Denis et Lisa ont initialement contesté les modifications de la CIA et ont pris le rôle d'arbitre, cherchant à trouver un compromis qui satisferait Feinstein tout en protégeant les secrets de la CIA. Parallèlement à une réunion à la Maison-Blanche, Denis m'a posé une question très directe : « John, j'ai besoin de vous demander honnêtement si les préoccupations de la CIA concernant le résumé officiel sont légitimes et importantes. Dianne est furieuse, et elle ne se calmera pas tant que le résumé officiel de l'étude n'aura pas été publié.

— Oui, Denis, nos préoccupations sont valables et très sérieuses, mais il faut que tu saches qu'il ne s'agit pas seulement de nos objections, mais aussi de celles du département d'État, de la Défense et d'autres organismes, incluant notamment des gouvernements étrangers. Mais ne me crois pas sur parole, lui ai-je dit. Va faire un tour à la CIA et demande à être briefé par d'autres agents. Ils te montreront ce qu'un service de renseignement peut apprendre sur les sources et les méthodes de la CIA, en prenant les informations contenues dans la version actuelle du résumé officiel du SSCI et en les utilisant pour faire des recherches sur Internet. Tu vas pas en croire tes yeux. »

J'avais été briefé la semaine précédente par Sean Roche, un officier supérieur brillant à la CIA, qui dirigeait l'équipe d'examen et de classification de l'étude, qui était composée de chercheurs et de spécialistes ultramalins en sciences des données et en conservation des données. Je savais qu'en écoutant leur analyse, Denis serait convaincu par la légitimité des préoccupations de la CIA. Et c'est exactement ce qui s'est passé le lendemain, lors d'un briefing au siège de la CIA. Denis a enchaîné en organisant une réunion dans la salle de crise de la Maison-Blanche, où Sean et son équipe ont donné le même exposé à la sénatrice Feinstein et à Dan Jones. Malheureusement, il faudra encore quatre mois de négociations et de modifications pour que la CIA détermine que la nouvelle version du résumé officiel de l'étude n'a pas à être classifiée et qu'elle peut être publiée.

Le 9 décembre 2014, le SSCI a publié un résumé officiel de 525 pages d'une étude complète faisant 6 700 pages, cette dernière étant classifiée à ce jour. La publication du résumé officiel a entraîné une frénésie médiatique, car les détails du programme d'interrogatoire ont été diffusés et dénoncés, largement et sans détour. Les agissements de la CIA étant de plus en plus condamnés, j'ai senti qu'il me fallait intervenir et répondre à la question en public. J'ai donc tenu une conférence de presse, deux jours plus tard, dans le hall d'entrée du siège de la CIA, ce qu'un directeur faisait pour la première fois. Étant donné que l'étude du comité n'a quasiment fait aucune mention des actes héroïques de la CIA, au lendemain des attentats du 11-Septembre, j'ai entamé mon discours en décrivant la manière dont la CIA avait réagi à cette tragédie nationale et les nombreux accomplissements et sacrifices des officiers de la CIA, dans cette lutte contre al-Qaïda. Bien que j'aie critiqué le processus d'enquête du comité comme étant erroné, en notant plusieurs points de divergence avec l'étude, j'ai également souligné les exemples où l'étude avait raison et où la CIA avait tort. Une fois ma déclaration terminée, j'ai accepté de répondre à environ une douzaine de questions de la part des journalistes présents sur place, ce qui a incité Donald Rumsfeld à m'envoyer une note manuscrite, environ une semaine plus tard, faisant l'éloge de ma capacité à le faire. Ou peut-être était-il content que je n'aie pas commencé mes réponses en disant « pour être honnête ».

À l'approche du terme de ma première année comme directeur de la CIA, j'espérais de tout cœur être débarrassé à jamais de tout ce qui était lié au programme RDI et au réseau RDI-Net. Pas de chance. À la fin de l'année 2019, un film intitulé *The Report* est sorti (avec, Dieu merci, des critiques moins que stellaires), prétendant décrire les événements réels liés à l'enquête du SSCI et au programme RDI de la CIA. Le film contenait de nombreuses erreurs factuelles, des événements fictifs et des passages déformant de façon intentionnelle les agissements de la CIA. L'exemple le plus flagrant est une scène montrant des officiers de la CIA s'introduisant dans les bureaux du SSCI pour voler des documents et des disques durs liés à l'examen Panetta. Purement et simplement faux. Le film montre également un officier de la CIA en train de remettre personnellement une copie papier de l'examen Panetta à Dan Jones, une insinuation démentie par la présence du document sur le réseau RDI-Net et par le fait qu'il ait été imprimé dans le SCIF. Tout comme l'étude du SSCI, le film présente sous un faux jour les motivations et les agissements de nombreux agents de la CIA, en faisant grand tort à l'Histoire. Néanmoins, j'ai trouvé qu'Annette Bening avait fait un excellent travail dans le rôle de Dianne Feinstein. Par ailleurs, je n'ai pas été choqué de voir que l'acteur choisi pour m'incarner à l'écran avait joué le rôle d'un tueur en série dérangé dans *Le Silence des agneaux*.

Au milieu de l'année 2014, alors que l'étude du SSCI était encore en cours, Dan Jones a dit à ses collègues qu'il avait l'intention de faire un film sur l'enquête du SSCI et sur les interactions entre le comité et la CIA. Malheureusement, Dan Jones a laissé son fanatisme idéologique et ses intérêts personnels fausser ce qui aurait dû être un examen sénatorial juste, objectif et nécessaire de l'un des chapitres les plus controversés de l'histoire de la CIA. Et bien que certains officiers de la CIA aient commis de graves erreurs dans leurs efforts visant à mettre un terme à l'agenda meurtrier d'al-Qaïda, diaboliser et fictionnaliser leurs comportements dans un film était tout simplement inacceptable.

24

OH, TOUTES CES CÉLÉBRITÉS !

En grandissant dans le New Jersey, je rêvais de rencontrer quelqu'un de célèbre, un jour. Dans les années 1960, mon père et moi prenions le bus et le train jusqu'au Yankee Stadium, plusieurs fois par an, et chaque fois, je priais pour qu'il prenne des places près du terrain afin d'être aussi proche que possible de Mickey Mantle, de Roger Maris, ou d'un autre joueur des New York Yankees. Bien que nous ne puissions nous offrir des places que dans la dernière rangée, tout en haut du stade, mon père attendait la septième manche pour me prendre par la main et me conduire plus bas, jusqu'au niveau des suites VIP. Une fois là-bas, il donnait quelques dollars à un placeur bien aimable qui nous dirigeait vers quelques places qui venaient de se libérer, à proximité du terrain, d'où je pouvais voir l'expression faciale et même entendre la voix de mes héros d'enfance. Il y a quelque chose de très spécial dans le fait d'être à quelques mètres d'une personne célèbre et si talentueuse.

Je n'ai jamais eu la chance de rencontrer l'un des Yankees des équipes légendaires des années 1960, mais j'ai été invité à effectuer le premier lancer d'un match au Yankee Stadium, le 6 septembre 2016 (si je me souviens bien, j'ai atteint l'angle du marbre pour une prise). Néanmoins, je me suis senti comme un petit enfant, avec les yeux grands ouverts, pendant l'administration

Obama, lorsque j'ai rencontré le joueur de baseball inscrit au panthéon sportif, Hank Aaron, le grand joueur de football, Peyton Manning, le deuxième homme à avoir marché sur la lune, Buzz Aldrin, l'auteur-compositeur-interprète, James Taylor, le juge de la Cour suprême, Antonin Scalia, la figure emblématique des droits civiques, John Lewis, et tant d'autres Américains que j'ai admirés au fil des ans. Et lorsque Kathy et moi nous sommes rendus, à deux reprises, à Houston, au Texas, pour dîner avec l'ancien président George H. W. Bush et l'ancienne première dame Barbara Bush, je me suis souvenu de ces nuits, dans le Bronx, au cours desquelles mon père et moi pouvions avoir un bref aperçu de la gloire.

J'ai finalement appris que célébrité et grandeur ne vont pas toujours ensemble, surtout dans les cercles politiques de Washington. Malheureusement, j'ai rencontré de nombreux politiciens reconnus, des deux côtés de l'allée, dont les démarches ne sont pas fondées sur l'intégrité et sur l'honneur, mais sur l'impact présumé de leurs propres réussites politiques, de leurs efforts de collecte de fonds et de leurs activités partisanes. Parfois, ils l'admettent même. Lorsque je travaillais à la Maison-Blanche comme conseiller en lutte antiterroriste du Président Obama, Denis McDonough, Avril Haines et moi avons rendu visite aux principaux membres du Sénat et de la Chambre des représentants pour plaider en faveur d'une modification du langage de la loi sur l'autorisation de la Défense nationale, qui permettrait de transférer les prisonniers détenus à Guantánamo, pour qu'ils soient jugés et incarcérés aux États-Unis. Il s'est avéré que cet effort aura été vain. En effet, les craintes infondées du Congrès à l'égard d'éventuels problèmes de sécurité auront finalement torpillé l'objectif d'Obama consistant à fermer le centre de détention de Guantánamo pendant sa présidence. Le sénateur Lindsey Graham, un membre influent du Comité des forces armées du Sénat, était l'un des membres que nous étions allés voir. Alors que nous patientions dans la salle d'attente de son bureau, nous avons assisté à la retransmission, en direct du Sénat, sur C-SPAN, du discours du sénateur Graham, durant lequel il a donné une mauvaise image des politiques antiterroristes de l'administration Obama et m'a descendu en flammes. Lorsque le sénateur a rejoint son bureau et s'est rendu compte que nous avions vu son monologue trompeur, il a rigolé nerveusement en disant : « Oh, ne faites pas attention à ce que je dis au Sénat. Cela ne veut rien dire. C'est juste de la politique. » Depuis lors, les déclarations publiques du sénateur Graham sonnent souvent faux pour moi, car je me demande s'il pense vraiment ce qu'il vient de dire, ou s'il cherche seulement à gagner des points politiques. Manifestement, c'est la dernière option qui semble être devenue son point fort.

Malgré les tactiques du sénateur Graham, j'ai rencontré de nombreuses personnes honnêtes au Congrès. Je parie notamment que le sénateur John McCain n'a jamais rien dit au Sénat qu'il n'ait contredit ou rejeté en privé. Je dis cela alors que j'étais souvent du mauvais côté de ses diatribes furieuses et émotionnelles. Mon dernier échange avec le sénateur McCain a été semblable à beaucoup d'autres que j'ai eus avec lui. C'était à la fin de l'année 2016, lors d'une audience à huis clos du SSCI, sur le Moyen-Orient. Alors que j'étais en train de répondre à une question du sénateur Marco Rubio, le sénateur McCain m'a interrompu, en disant sévèrement : « C'est des conneries, monsieur Brennan, des conneries ! » Ces injures s'adressaient à un commentaire que j'étais en train de faire en rapport avec la politique de l'administration sur le conflit en Syrie. Elles n'avaient rien à voir avec les activités de la CIA ou l'évaluation que j'étais en train de fournir. De toute évidence, enfreindre le protocole d'un comité en coupant la parole à un autre sénateur n'avait rien de nouveau pour le sénateur McCain, puisque les autres sénateurs sont restés silencieux alors que le visage de McCain devenait de plus en plus rouge. Après avoir brièvement jeté un coup d'œil effrayé au sénateur McCain, j'ai répondu à la question du sénateur Rubio, mais cela n'a pas suffi à décourager McCain. « Des conneries, monsieur Brennan, c'est des conneries », a-t-il répété. Après cela, il s'est relevé de son fauteuil et a quitté la salle du comité. Malgré cet accès de colère mal dirigé, je n'ai jamais réussi à me mettre en colère contre le sénateur McCain. Il a tant sacrifié pour notre pays, notamment, pendant plusieurs années, en tant que prisonnier de guerre au Vietnam, et j'admirais sa détermination inflexible à faire ce qui, selon lui, permettrait de préserver la puissance et la sécurité des États-Unis. Dans ce cas, je savais qu'il croyait avec ferveur qu'une réponse américaine plus énergique à l'escalade militaire de la Russie en Syrie était dans l'intérêt supérieur des États-Unis, et non dans ses propres intérêts politiques – une position bien trop inédite parmi les autres politiciens.

Le sénateur Saxby Chambliss était aussi un de mes plus fervents critiques, mais petit à petit, il a appris à me comprendre. Immédiatement avant le vote du Sénat, 63 pour, 34 contre, me confirmant à la tête de la CIA, en mars 2013, le sénateur Chambliss, alors vice-président et bientôt président du SSCI, a pris la parole devant le Sénat pour critiquer, de manière cinglante, le simple fait que je sois nommé. Il a dit que je n'étais pas apte à diriger la CIA et que mon rôle à la Maison-Blanche était bien trop politique pour assumer une telle responsabilité. Vu le peu d'interactions que j'ai eues avec Chambliss au cours des années précédentes, j'ai été surpris par la véhémence de ses mots. Dès la fin du vote au Sénat, j'ai téléphoné au sénateur Chambliss pour lui dire que j'avais bien entendu l'essence de son message et que je lui prouverais qu'il avait tort. « Très bien, John, espérons-le, a-t-il dit. Espérons-le. »

Environ deux ans après mon mandat de directeur, le sénateur Chambliss m'a pris à part, juste après que j'ai terminé un briefing pour son comité. « John, a-t-il déclaré, vous souvenez-vous de cette conversation que nous avons eue, après votre vote de confirmation au Sénat ?

— Et comment, monsieur le président. Je me souviens de chaque mot.

— Eh bien, a répondu Chambliss, vous êtes en train de prouver que j'ai eu tort et je suis très heureux que vous en soyez capable. »

Ses paroles ont été grandement appréciées, même si elles étaient le fruit de mes fréquentes querelles avec les démocrates de son comité. C'est la seule fois qu'un membre du Congrès m'a jamais dit qu'il avait tort sur quelque chose. Le sénateur Chambliss et moi n'étions pas toujours d'accord sur le fond, mais nous avons réussi à développer un respect mutuel qui, je crois, a bien servi la relation entre la CIA et le SSCI. Lorsque Chambliss a pris sa retraite du Sénat, je lui ai demandé de devenir membre de mon comité consultatif à la CIA. Son point de vue et son expérience, avec le parti républicain, complétaient bien l'opinion d'un autre membre du comité consultatif, l'ancien sénateur démocrate et membre du SSCI, Evan Bayh.

C'est la scène internationale, cependant, qui m'a donné la plus belle occasion de voir et d'interagir avec certaines des plus grandes figures de l'Histoire, bonnes et mauvaises. Durant la première partie de ma carrière, je me suis souvent contenté d'un rôle de preneur de notes ou de participant à différentes réunions de haut niveau, ce qui m'a permis d'apprécier la mise en œuvre de la politique étrangère des États-Unis et la manière dont divers fonctionnaires américains et étrangers exerçaient leurs responsabilités. Après avoir rejoint l'administration Obama, je suis devenu, à moins d'accompagner le Président ou le vice-président, le principal responsable américain lors de mes voyages à l'étranger face à des chefs d'État et de gouvernements étrangers, des ministres et des chefs de services de renseignement et de sécurité. C'était au départ une expérience très intimidante, bien que toujours fascinante et avec de nombreux moments mémorables.

Du point de vue de la sécurité nationale et du renseignement, j'avais un immense respect pour mes homologues des pays alliés, en particulier le Royaume-Uni et l'Australie, avec lesquels j'avais de nombreux points communs. Non seulement nos objectifs de politique internationale et nos intérêts en matière de sécurité nationale étaient étroitement alignés, mais nous étions également unis par des normes professionnelles quasi identiques et des accords de partage de renseignements extraordinairement étroits, qui ont contribué au renforcement de nos liens. Avec le Canada, la Nouvelle-Zélande, le Royaume-Uni et l'Australie, les États-Unis forment « Les cinq yeux », une constellation informelle, mais incassable, composée d'agences de renseignement et de mise en vigueur de la loi, qui se sont engagées, depuis la Deuxième Guerre mondiale, à partager leurs secrets les plus sensibles et à ne jamais s'espionner les unes les autres. J'ai développé des liens particulièrement étroits avec Jonathan Evans et Andrew Parker, les directeurs généraux successifs du MI5, ainsi que John Sawers et Alex Younger, les chefs successifs du MI6, les équivalents britanniques du FBI et de la CIA, respectivement. Il n'y avait pratiquement aucun renseignement que je ne partageais pas avec eux, parfois à la consternation de certains de mes collègues de la CIA qui considéraient toutes les activités de renseignement comme une compétition. J'ai également établi une relation professionnelle très étroite avec Olly Robbins, alors conseiller adjoint à la sécurité nationale du Royaume-Uni et mon homologue britannique lorsque j'étais conseiller à la sécurité intérieure et à la lutte antiterroriste du Président Obama. Ma position à la Maison-Blanche et à la CIA, en tant que directeur, m'a également donné accès à deux Premiers ministres britanniques, David Cameron et Theresa May, qui ont tous deux été de fervents partisans d'une coopération étroite entre les services de renseignement et de sécurité britanniques et américains. Un autre de mes plus proches collègues étrangers était Nick Warner, mon principal homologue australien, dont les décennies d'expérience en matière de renseignement lui ont permis d'acquérir des connaissances de fond inégalées, une expertise professionnelle et un accès direct à de hauts fonctionnaires partout dans le monde. Nick était un observateur particulièrement avisé des développements géostratégiques mondiaux, et je cherchais activement à obtenir ses idées, y compris celles sur l'impact et l'efficacité des politiques de sécurité étrangères et nationales des États-Unis.

Alors que j'appréciais et profitais de mon travail avec de nombreux autres services, notamment ceux des Néerlandais, des Norvégiens, des Français, des Italiens, des Japonais et des Sud-Coréens, c'est au cours de mes nombreuses années de vie et de voyage au Moyen-Orient et en Asie du Sud que j'ai fait les rencontres les plus intrigantes et les plus captivantes. La CIA a toujours eu des relations très étroites avec les services de renseignement et de sécurité israéliens, et je communiquais régulièrement avec les directeurs du Mossad et du Shin Bet, le service de sécurité intérieure israélien, pour discuter des points de vue de nos organisations respectives sur les affaires régionales et pour explorer nos domaines opérationnels d'intérêt mutuel. Les services israéliens sont parmi les plus innovants, compétents, professionnels et efficaces au monde, et leur bilan est très solide, dès qu'il s'agit de dévoiler et de contrecarrer tout ce qui menace la sécurité d'Israël. J'ai apprécié mes rencontres avec les dirigeants du Mossad et du Shin Bet, bien plus que celles avec le Premier ministre, Bibi Netanyahou, dont la politique a été très préjudiciable aux perspectives de résolution bipartite du « problème » israélo-palestinien. Chaque fois que je me rendais en Israël, j'allais également à Ramallah, où je rencontrais les dirigeants de l'Autorité palestinienne et les responsables des services de renseignement. Mes homologues israéliens m'encourageaient fermement à rencontrer les responsables palestiniens, car leurs rôles dépendaient fortement des services palestiniens, quelle que soit la direction dans laquelle soufflaient les vents politiques et islamistes de la région. Chaque fois que je me rendais à Ramallah, je leur expliquais que la CIA continuerait de soutenir les services de renseignement et de sécurité palestiniens tant qu'ils resteraient professionnels et à l'écart d'activités politiques. Malgré le vent politique de face engendré par Netanyahou, j'étais convaincu que les Palestiniens étaient en train de faire honneur à leurs obligations.

Durant l'administration Obama, j'ai probablement passé plus de temps avec les responsables saoudiens – rois, princes et technocrates – qu'avec n'importe qui d'autre. Le roi Abdallah d'Arabie saoudite était l'un de mes interlocuteurs préférés. Je l'ai rencontré environ une demi-douzaine de fois, et chaque fois, il m'a marqué comme étant un *mensch* (oui, je sais qu'il peut sembler incongru d'utiliser un mot yiddish pour décrire un roi saoudien, mais je suis sûr qu'Abdallah aurait apprécié l'ironie). Contrairement à de nombreux dirigeants saoudiens, y compris d'autres rois, Abdallah n'a jamais hésité à répondre franchement à une question ni à se porter volontaire pour commenter et critiquer, avec sincérité, la politique américaine. Son honnêteté et sa franchise lui ont donné la réputation d'un être beaucoup moins proaméricain que son prédécesseur, le roi Fahd, et que d'autres grands princes, mais je trouvais ses propos rafraîchissants et toujours révélateurs de son admiration pour les États-Unis.

Lors d'une réunion en mars 2009, Abdallah a vivement salué le leadership du Président Obama, tout en critiquant la pratique américaine instaurée sous Bush et poursuivie sous Obama, consistant à libérer certains prisonniers détenus à Guantánamo. Abdallah craignait notamment que certains détenus libérés cherchent à rejoindre al-Qaïda, même s'ils n'avaient jamais mené aucune intervention terroriste avant leur capture. Il a donc suggéré de suivre leurs mouvements : « Vous n'avez qu'à leur implanter des puces électroniques dans le corps et les suivre par Bluetooth, a déclaré le monarque octogénaire avec un regard satisfait sur son visage. Nous le faisons tout le temps avec nos chevaux, nos chameaux et nos faucons afin de pouvoir les retrouver si jamais ils s'enfuient dans le désert. » Un peu surpris, j'ai répondu avec la première idée qui m'est venue à l'esprit. « Eh bien, les détenus de Guantánamo ont de meilleurs avocats que vos chevaux, vos chameaux et vos faucons, et donc nous ne pouvons pas leur implanter de puces électroniques dans le corps. » Abdallah s'est contenté de sourire.

Dans plusieurs de nos réunions, Abdallah s'est exprimé avec colère au sujet d'Oussama ben Laden et d'al-Qaïda. « Ils ne sont pas musulmans. Ce sont des hérétiques, des meurtriers ! » disait-il. En plus des milliers de morts causés par al-Qaïda, Abdallah s'est montré vivement concerné par les effets néfastes du terrorisme sur la réputation de l'islam et de l'Arabie saoudite aux États-Unis et dans d'autres pays du monde. Au cours d'une réunion, Abdallah a reconnu avec regret que c'est lui, en tant que responsable saoudien, qui avait refusé, en 1996, l'offre du gouvernement soudanais d'expulser Ben Laden vers l'Arabie saoudite, alors qu'il vivait à Khartoum depuis cinq ans. « Je regrette profondément cette décision », m'a-t-il dit. À ce moment-là, Abdallah était prince héritier et régent, à la suite d'un accident vasculaire cérébral débilitant subi par son demi-frère, le roi Fahd, l'année précédente. Abdallah ne m'a pas dit pourquoi il avait rejeté l'offre soudanaise, même si je soupçonne qu'il essayait de son mieux d'adhérer à ce qui apparaissait comme la stratégie de Fahd, et qui consistait à éviter, autant que possible, des problèmes potentiels. Un autre non-dit, durant cette réunion, aura été la probabilité que les événements du 11-Septembre ne se soient jamais produits s'il en avait décidé autrement.

J'étais particulièrement proche du prince Mohammed ben Nayef (MBN), le neveu favori du roi Abdallah, qui était ministre saoudien de l'Intérieur puis prince héritier pendant mes années au sein de l'administration Obama. J'ai eu des dizaines d'entretiens avec MBN, à Djeddah et à Riyad, qui comprenaient généralement des discussions avec nos équipes, puis un dîner élaboré, au cours duquel personne ne restait sur sa soif. Par la suite, MBN et moi-même nous retirerions dans ses quartiers privés pour quelques heures de discussions enveloppées de fumée de cigarette sur la coopération contre le terrorisme, les conflits régionaux et l'avenir du royaume. MBN était un partisan du changement politique et social en Arabie saoudite. Il m'a même dit, une fois, que, selon lui, l'Arabie saoudite devait devenir une monarchie constitutionnelle, avec des citoyens saoudiens jouant un rôle beaucoup plus influent au sein du gouvernement. MBN était un partenaire exceptionnel en matière de lutte antiterroriste, ainsi qu'un ami proche.

Lorsque le roi Abdallah est mort en janvier 2015 et que son demi-frère, le prince héritier Salmane est monté sur le trône, la plupart des observateurs saoudiens prévoyaient que le fils de Salmane, le prince Mohammed ben Salmane (MBS), jouerait un rôle politique de plus en plus influent dans les affaires du royaume. Ils n'avaient pas tort, même s'ils ont probablement sous-estimé l'ampleur du pouvoir politique de MBS. J'ai rencontré MBS pour la première fois, en 2014. Il était alors chef de cabinet de son père, avant de devenir prince héritier, et j'ai été frappé par le rôle important que MBS a joué dans la réunion. Alors que Salmane et moi-même discutions, assis l'un à côté de l'autre, dans une grande tente à l'extérieur de son palais, je pouvais voir MBS, à l'extrémité de la pièce, taper sur son ordinateur portable. Chaque fois que MBS arrêtait de taper, un message apparaissait immédiatement sur un ordinateur portable placé devant son père, qui semblait inclure toute substance dont il me faisait part. Au cours des années qui ont suivi, j'ai pensé, plusieurs fois, à cette scène où MBS perfectionnait ses compétences en tant que puissance derrière le trône. Il a habilement déguisé la démission des deux premiers princes héritiers de son père – le prince Moukrine, le demi-frère du roi Salmane, et MBN – pour se positionner comme le successeur de son père. Enfin, en appréhendant et en saisissant, fin 2017, une grande partie de la richesse de plus d'une centaine de princes et de technocrates, MBS a encore renforcé son influence politique et son emprise sur le pouvoir.

En tant que directeur de la CIA, j'ai eu plusieurs réunions avec MBS. Il m'a semblé instruit, intelligent, énergique, rusé et politiquement habile, mais aussi extrêmement irréaliste quand il s'agissait des capacités de l'Arabie saoudite à influencer les événements de la région. J'ai rencontré MBS peu après qu'il a été nommé ministre de la Défense, au début de l'année 2015. Il était en train de mettre sur pied une coalition militaire dirigée par l'Arabie saoudite afin de lutter contre les forces rebelles houthistes, qui avaient renversé le gouvernement saoudien au Yémen. « Nous finirons les Houthis dans quelques mois, a-t-il dit en toute confiance. Et puis nous passerons ensuite au nettoyage de la situation dans le Nord. » Une référence apparente à la Syrie et à l'Irak. Je l'ai fixé avec un regard plutôt vide et je me suis demandé ce qu'il avait fumé. C'était il y a plus de cinq ans. Le Yémen continue d'être ravagé par la guerre civile et par les bombardements saoudiens continus. Quant à la Syrie et à l'Irak, ils sont loin d'être « nettoyés ».

MBS a pris des mesures positives depuis qu'il occupe le rôle de décideur principal en Arabie saoudite. Permettre aux femmes de conduire, assouplir certaines restrictions sociales opposées au mélange d'hommes et de femmes dans les lieux publics et ouvrir le royaume à des possibilités de divertissement autrefois interdites ont permis à l'Arabie saoudite de commencer à émerger de son cocon ultraconservateur. Il est essentiel de continuer sur cette voie pour réduire à la baisse les influences culturelles et religieuses radicales existant en Arabie saoudite, qui ont engendré des actes terroristes de la part de groupes extrémistes prétendant être islamiques. Tout en adoptant ces réformes importantes, MBS a opté pour le plan d'action préféré de tout autoritaire, en ordonnant l'arrestation d'activistes politiques et en supprimant, brutalement si nécessaire, tout désaccord politique.

Le citoyen saoudien et chroniqueur du *Washington Post*, Jamal Khashoggi, était particulièrement irritant aux yeux de MBS. Khashoggi était largement connu et respecté à l'intérieur et à l'extérieur du royaume pour son talent littéraire, son sens politique et son opposition de principe à l'arrogance et à l'autoritarisme croissants de MBS. Lorsque j'ai lu des informations sur l'horrible meurtre et le démembrement de Khashoggi, au consulat saoudien d'Istanbul, en Turquie, en octobre 2018, je savais immédiatement que MBS en était responsable. Étant donné tout ce que j'avais appris au cours des quarante dernières années sur les services de renseignement et de sécurité saoudiens et sur le mode de fonctionnement du gouvernement saoudien, je suis certain qu'une opération aussi audacieuse, se déroulant à l'intérieur d'un bâtiment saoudien contre un journaliste de grande renommée travaillant pour un journal américain, aurait nécessité l'autorisation directe des dirigeants saoudiens. Il n'y a rien dans les antécédents du roi Salmane qui suggère qu'il ait été capable d'autoriser ce meurtre, contrairement à MBS. Qui plus est, ma conviction a été renforcée par les articles de presse disant que, selon les évaluations de la CIA, MBS était responsable. L'échec ultérieur de l'administration Trump à tenir le gouvernement saoudien responsable du rôle de MBS dans le meurtre de Khashoggi a été l'un des exemples les plus flagrants de leadership sans principes que je n'aie jamais connu au sein du gouvernement américain.

Mes voyages en Arabie saoudite m'ont également souvent conduit au Yémen, que j'ai visité dix fois pendant mes années à la Maison-Blanche et à la tête de la CIA. L'objectif de mes déplacements a souvent été de faire en sorte que le gouvernement yéménite soutienne les efforts américains de lutte antiterroriste contre l'AQAP, et chaque fois, j'ai pu rencontrer le président du Yémen. Le président Ali Abdallah Saleh était un individu ô combien intrigant. Il avait dirigé le pays avec une main de fer pendant près de vingt ans au moment où j'ai commencé à travailler à la Maison-Blanche, en 2009 (Saleh avait été président du Yémen du Nord pendant une douzaine d'années avant l'unification du Yémen du Nord et du Yémen du Sud en 1990). Ancien colonel militaire,

Saleh, un être plutôt modeste, était l'équivalent yéménite d'un mafieux new-yorkais. Il me recevait dans son bureau présidentiel ou dans son pavillon extérieur, en arborant ses ongles manucurés et en portant ses lunettes de soleil Cartier en or, ses montres-bracelets Rolex, ses chaussures Gucci et ses costumes Giorgio Armani finement taillés. Il avait toujours au moins quatre téléphones à ses côtés, qu'il utilisait par intermittence pendant nos conversations. Son syndrome des jambes sans repos était toujours visible, tout comme ses nombreux préposés qui nous servaient du thé, du café, ou du jus toutes les quelques minutes.

Au moment où le Printemps arabe a atteint les côtes du Yémen, au début de l'année 2011, j'ai rencontré Saleh à plusieurs reprises et je suis ainsi devenu le point de référence de l'administration sur le Yémen. Alors que des milliers de manifestants bouchaient les rues de la capitale Sanaa, pendant plusieurs semaines consécutives, causant des dizaines de morts et des centaines de blessés, j'ai été en contact téléphonique régulier avec Saleh, l'avertissant de ne pas utiliser la force contre les manifestants. Après quelques encouragements, Saleh a finalement accepté, en avril, de céder sa place à son vice-président, Abdrabbo Mansour Hadi, seulement pour revenir sur son engagement dans les semaines suivantes. Début juin, Saleh a été gravement blessé lors d'un attentat à la bombe. Il s'est rendu en Arabie saoudite pour recevoir des soins médicaux, et je lui ai rendu visite dans un hôpital de Riyad, le mois suivant. Il était visiblement marqué et portait des gants médicaux sur ses mains blessées. « Vous n'allez pas vous débarrasser de moi, monsieur John, m'a dit Saleh, assis, alors que j'entrais dans sa chambre.

— Oh, je sais, ai-je répondu, vous êtes le chat aux sept vies. Et d'après moi, vous devez seulement en être à la quatrième ou à la cinquième. »

Il avait du mal à sourire, mais il a quand même fait l'effort.

J'ai de nouveau rencontré Saleh, en janvier 2012, à New York, où il recevait des soins médicaux de suivi. Son retour au Yémen en provenance d'Arabie saoudite, en septembre dernier, a été confronté à davantage de violence et à des centaines de morts. Nous avons alors, une fois de plus, discuté de la passation de pouvoir à Hadi, qu'il a acceptée à contrecœur comme inévitable. « Que vais-je faire, une fois à la retraite, monsieur John ?, m'a-t-il demandé.

— Vous devriez peut-être écrire un livre sur votre vie et vos opinions sur la politique du Moyen-Orient, ou alors enseigner à l'université de Sanaa », lui ai-je dit, sachant pertinemment qu'il ne se retirerait jamais de la scène politique yéménite.

Moins de quatre semaines après notre rencontre, Saleh a abandonné la présidence.

J'ai par la suite développé une relation très étroite avec le président Hadi, dont le tailleur et le manucure étaient beaucoup moins occupés que ceux de Saleh. Hadi donnait l'impression d'être un guerrier politique réticent, bien qu'il soit devenu de plus en plus déterminé à sortir le Yémen de ses convulsions du Printemps arabe. Il était également un très bon partenaire en matière de lutte antiterroriste. Hadi était très favorable aux frappes de missiles américains et aux efforts de lutte antiterroriste plus vastes visant à démanteler la présence étendue d'AQAP dans le pays, notamment au sud, qui était la patrie de Hadi. J'ai continué, une fois devenu directeur de la CIA, de faire des allers-retours entre l'Arabie saoudite et le Yémen, dans l'espoir d'atténuer les nombreux défis politiques, économiques et sécuritaires auxquels le Yémen était confronté, ainsi que de faciliter la coopération entre les deux pays. Hadi était un politicien honnête sans base politique forte, ce qui a finalement conduit à son renversement, début 2015, par les rebelles houthistes soutenus par l'Iran, qui avaient forgé une alliance avec Saleh, toujours aussi opportuniste et politiquement influent. Hadi est alors devenu, et l'est toujours, un exilé politique en Arabie saoudite, tandis que Saleh a été abattu par un sniper Houthi, en décembre 2017, alors qu'il était en train de changer de camp, une fois de plus, dans l'odyssée tragique des guerres fratricides du Yémen. Il a utilisé ses sept vies, on dirait.

Avec la Syrie, le Yémen est l'une des grandes tragédies du XXIe siècle. Un pays magnifique, culturellement riche et doté d'un peuple merveilleux, décimé par des années de massacre, de malnutrition, de leadership corrompu, d'extrémisme religieux et d'intrigues étrangères. Si un pays mérite d'être considéré pour une assistance économique massive et soutenue et pour le développement de ses infrastructures, c'est bien le Yémen. En plus de la Somalie, le Yémen est un pays qui pourrait bénéficier d'une sorte de « redressement judiciaire » international, dans lequel l'ONU ou une autre institution multilatérale serait responsable de gérer ses obligations financières, de superviser son budget et de mettre en œuvre un plan de relance économique. C'est peut-être une idée fantaisiste, mais je ne vois aucun recours qui pourrait permettre d'inverser la spirale descendante des États faillis et de ceux en faillite, comme le Yémen, sans un engagement international considérable.

Avec les souvenirs de mes années d'études au Caire gravés à jamais dans mon esprit, j'ai beaucoup aimé retourner en Égypte sous l'administration Obama. Le plus proche que j'aie été d'un dirigeant égyptien a été au milieu des années 1970. J'étais étudiant à l'UAC. Le cortège d'Anouar el-Sadate m'est passé devant, un après-midi, en se dirigeant vers l'aéroport, et j'en ai profité pour apercevoir le profil pharaonique de Sadate par la fenêtre de la porte arrière. Lors de mes visites ultérieures en Égypte en tant que fonctionnaire américain, mon expérience scolaire au Caire a souvent fait l'objet de conversations avec mes interlocuteurs égyptiens, y compris le président actuel de l'Égypte. Abdel Fattah al-Sissi était directeur des services de renseignement militaires lorsque nous nous sommes rencontrés pour la première fois en 2010. Il était très engageant, chaque fois que nous dînions ensemble, et je trouvais qu'il était un observateur sophistiqué des événements régionaux et mondiaux. Ses commentaires, bien que parfois critiques à l'égard des politiques américaines, étaient dépourvus des polémiques habituelles que je rencontrais lors de mes premières rencontres avec des responsables arabes. Lors d'un dîner, al-Sissi m'a donné une copie d'un article intitulé « Démocratie au Moyen-Orient », qu'il avait écrit en 2006, alors qu'il étudiait au *U.S. Army War College*. À ma grande surprise, j'ai constaté que ce papier critiquait la manière dont le gouvernement Moubarak contrôlait les médias, tolérait les inégalités économiques les plus flagrantes et les forces de sécurité politiquement répressives et qu'il désignait ce gouvernement comme responsable du taux élevé d'analphabétisme en Égypte. Dans cet article, al-Sissi préconisait également que les États-Unis soutiennent moins les gouvernements du Moyen-Orient, sur le plan militaire, et investissent davantage dans l'éducation. J'ai trouvé le papier et les commentaires d'al-Sissi très rafraîchissants, et j'espérais qu'il jouerait un rôle encore plus important dans l'avenir de l'Égypte.

Et c'est ce qu'il a fait.

J'ai rencontré al-Sissi plusieurs fois à la suite du Printemps arabe, lorsqu'il est devenu ministre de la Défense, puis vice-premier ministre et finalement président de l'Égypte, en juin 2014. Chaque fois, nous avions de longues conversations sur les difficultés auxquelles était confronté son pays, et je lui transmettais des messages du Président Obama soulignant à quel point il était important qu'il soutienne une réforme politique pacifique en Égypte. Al-Sissi acquiesçait généralement pendant l'énumération de mes points de discussion, mais il était plutôt animé et colérique en parlant des *takfiri*, de violents extrémistes islamistes, qui, selon lui, avaient pris sa religion en otage. Fréquemment, il citait des versets du Coran pour prouver la force de sa foi et l'apostasie des *takfiri*.

Je me souviens de trois moments, ô combien mémorables, avec al-Sissi. Le premier a été lorsque je me suis rendu au Caire, fin 2012, pour encourager le président Mohamed Morsi, élu quelques mois auparavant grâce au soutien des Frères musulmans, à participer à une initiative antiterroriste particulière. Morsi avait choisi al-Sissi comme ministre de la Défense, et ce dernier était présent lors de ma réunion avec Morsi, qui s'est tenue dans le palais présidentiel, alors que des manifestants en colère étaient rassemblés et chantaient devant les murs du palais. Durant cette réunion, le respect affiché par al-Sissi envers Morsi était on ne peut plus approprié. Je pouvais toutefois sentir, d'après le comportement d'al-Sissi et les commentaires subtils qu'il m'avait faits au préalable, que tout n'était pas rose entre eux deux. Sans surprise, al-Sissi a mené un coup d'État moins d'un an plus tard, emprisonnant Morsi, qui était de moins en moins populaire et qui est resté incarcéré jusqu'à ce qu'il s'effondre dans une salle d'audience du Caire, alors accusé d'espionnage, en juin 2019. Il est mort soudainement, peu de temps après, à cause d'une crise cardiaque, selon les responsables égyptiens.

Al-Sissi et moi-même nous sommes rencontrés à nouveau, en février 2014, alors que le gouvernement égyptien se préparait à organiser des élections présidentielles, après le renversement de Morsi. À l'époque, al-Sissi était tenu en haute estime pour avoir pris des mesures audacieuses contre Morsi, afin de désamorcer les tensions croissantes et d'éviter toute nouvelle effusion de sang. Qui plus est, les rumeurs insinuant sa candidature prochaine à la présidence se multipliaient. Après quelques plaisanteries initiales et quelques verres, obligatoires, de thé vert, al-Sissi m'a demandé sans détour : « Monsieur le directeur, pensez-vous qu'il est dans l'intérêt supérieur de mon pays que je me présente à la présidence ? » J'ai été surpris par la franchise de sa question. Je n'allais certainement pas lui donner des conseils politiques, mais j'ai profité de l'occasion pour souligner l'ampleur des nombreux enjeux politiques, économiques et sécuritaires auxquels le prochain président égyptien allait être confronté. « Quiconque décide de se présenter à la présidence de l'Égypte doit avoir les yeux ouverts sur la difficulté de sa mission, en particulier sur le plan économique, lui ai-je dit. Vos accomplissements en tant qu'officier militaire vous ont permis de gagner une très belle réputation, ce qui est remarquable, mais considérablement différent par rapport au travail d'un président. Votre décision de se présenter à la présidence est très personnelle, et vous devez y réfléchir profondément. » Ne voulant pas aller plus loin dans une discussion politique, j'ai changé de sujet.

Ma dernière rencontre avec al-Sissi a eu lieu en janvier 2016. Il était président depuis dix-huit mois et de nombreux rapports faisaient état de militants politiques égyptiens emprisonnés par ses forces de sécurité. Il existait d'autres signes montrant qu'al-Sissi s'appuyait toujours sur des mesures autoritaires pour faire taire l'opposition. J'ai donc été envoyé en Égypte pour souligner l'inquiétude croissante de l'administration Obama quant aux opérations entreprises sous son mandat. « Souvenez-vous de ce que vous avez écrit dans votre article au *War College*, lui ai-je dit, alors qu'il me raccompagnait dehors à la fin de notre réunion. Ne faites pas ce qui vous a poussé à critiquer Moubarak. »

Malheureusement, al-Sissi a choisi d'être un chef d'État autoritaire plutôt qu'un dirigeant audacieux et sage. Ainsi, la question n'est pas de savoir « si » il y aura un autre Printemps arabe, mais plutôt « quand » un événement aussi dévastateur et sanglant reviendra dans les rues égyptiennes.

L'autoritarisme était bien vivant quand je me suis rendu à La Havane, à Cuba, en août 2015, mais j'avais des raisons de croire, à l'époque, qu'une réforme politique était peut-être à l'ordre du jour. Au mois de juillet, des relations diplomatiques en bonne et due forme ont été rétablies entre les États-Unis et Cuba. C'est ainsi que le secrétaire d'État, John Kerry, s'est rendu dans la nation insulaire deux semaines avant moi. Je m'étais entretenu aux États-Unis, plus tôt dans l'année, avec Alejandro Castro, le fils du président de l'époque, Raúl Castro, et responsable des services de renseignement et de sécurité cubains. Cette réunion s'inscrivait dans le cadre des efforts pluriannuels de l'administration Obama visant à normaliser les relations avec Cuba, et le but de ma visite était d'explorer les possibilités de coopération entre nos services de renseignement, en matière de partage d'informations sur le terrorisme, sur la contrebande de stupéfiants et sur le trafic d'êtres humains. Ayant grandi dans le comté d'Hudson, dans le New Jersey, où plusieurs milliers d'émigrés cubains s'étaient installés à la suite de la révolution de 1959, j'ai sauté sur l'occasion d'aller à Cuba. Non seulement j'avais de nombreux amis d'enfance cubains qui suivaient de près et discutaient des derniers événements dans leur ancien pays, mais j'avais aussi des photos granuleuses en noir et blanc du voyage de ma mère, à Cuba, à la fin des années 1920, avec son père et ses oncles *bootleggers*.

Pour autant que je sache, j'ai été le premier directeur de la CIA à marcher sur le sol cubain, depuis l'invasion malheureuse de la baie des Cochons en 1962 par l'Agence, et il n'a pas fallu attendre longtemps pour que quelqu'un me rappelle cet événement majeur, vieux de 53 ans. Je suis arrivé à La Havane en avion, un après-midi pluvieux, et j'ai été émerveillé par la beauté de la campagne cubaine et l'éclat des voitures d'époque, en parfait état, que j'ai vues sur la route pendant mon trajet jusqu'en ville. J'ai rencontré Alejandro Castro, le lendemain matin, à son siège. J'étais accompagné par des membres de la toute nouvelle ambassade américaine à La Havane et par plusieurs collègues de la CIA qui avaient fait le voyage avec moi depuis Langley, tandis qu'Alejandro, lui, avait été rejoint par une douzaine de fonctionnaires cubains. Chaque équipe était assise, de son côté d'une très longue table de conférence, et Alejandro et moi avons fait de brèves remarques initiales au nom de nos délégations respectives. Alejandro s'est ensuite lancé dans ce qui s'est avéré être une exégèse, année par année, de l'histoire des relations entre Cuba et les États-Unis (rendue plus longue en raison de la traduction en anglais), en insistant fortement sur les actes héroïques de son oncle malade, Fidel, et de son père, Raúl, face aux transgressions américaines. Une attention toute particulière et prolongée a été accordée au fiasco de la baie des Cochons. Avant mon arrivée, mes observateurs à Cuba m'ont informé qu'Alejandro était susceptible de s'engager dans une catharsis, mais honnêtement, il était en train d'aller bien au-delà de l'acceptable. En regardant les visages de ses collègues, après quarante-cinq minutes de réunion, j'ai remarqué que plusieurs d'entre eux levaient les yeux au plafond et grimaçaient, apparemment embarrassés par la performance d'Alejandro. C'est à ce moment-là (et Alejandro n'en était qu'aux années 1970) que je l'ai interrompu, en disant que nous avions chacun notre propre version de l'Histoire. « Nous devons nous concentrer sur l'avenir, Alejandro, ai-je dit, pas sur le passé. »

Il lui a fallu encore une dizaine de minutes pour en finir avec ses remarques, ce qui nous a permis d'avoir des discussions intéressantes sur un cadre de coopération en rapport avec des questions d'intérêt mutuel. Malgré des débuts difficiles, j'étais très intéressé par le fait de parvenir à un accord sur les prochaines étapes tangibles. Le service de renseignement cubain est très compétent – et la CIA s'en est malheureusement rendu compte trop souvent, au fil des ans – et les agents de renseignement cubains que j'ai rencontrés ce jour-là, et ce soir-là, étaient remarquables et très professionnels. Ils n'ont pas adopté la même approche idéologique qu'Alejandro et leur compréhension des tendances géostratégiques, en cours dans notre monde, semblait beaucoup plus concrète. Je voulais que la CIA parvienne à exploiter leurs connaissances et leur expertise, malgré Alejandro, qui, apparemment, considérait son sermon de la salle de conférence comme insuffisant. Lorsque nous sommes passés dans sa salle à manger pour déjeuner, avec un porc rôti à l'ail et au citron et du rhum cubain au menu, il m'a présenté une copie dédicacée de son livre *The Price of Power*, un laïus de 289 pages détaillant « les contradictions, l'intempérance et le vice » des États-Unis envers Cuba et d'autres nations « victimes » de l'impérialisme américain. Soyons honnêtes, il ne remportera pas le prix Pulitzer.

Ce soir-là, je me suis promené dans le centre-ville historique, j'ai jeté un coup d'œil aux bistrots préférés d'Ernest Hemingway et j'ai visité les célèbres distilleries de rhum de la ville. Le lendemain, alors que mon avion prenait son envol et que j'observais la beauté de La Havane disparaître au loin, j'espérais que les pratiques sécuritaires répressives, l'oppression politique et l'économie socialiste de Cuba s'estomperaient bientôt, ce qui était, selon le Président Obama, le but ultime de relations normalisées. Malheureusement, la décision soudaine de l'administration Trump consistant à mettre un terme au rapprochement diplomatique entre les États-Unis et Cuba, ainsi que l'incapacité du gouvernement cubain à prendre les mesures nécessaires pour ouvrir son économie et mettre en œuvre des réformes politiques, a effacé les progrès réalisés ces dernières années par l'administration Obama.

Mon rêve d'enfance de rencontrer des personnes célèbres, avec beaucoup de pouvoir, a été plus que réalisé grâce aux opportunités que j'ai eues au gouvernement. Malheureusement, j'ai aussi découvert que, parmi les personnes que j'ai rencontrées, peu ont été aussi héroïques que Mickey Mantle et Roger Maris à mes jeunes yeux.

25

AUX PREMIÈRES LOGES DU MANÈGE RUSSE

Durant ma première décennie à la CIA, je ne me suis jamais directement entretenu avec des responsables soviétiques ou russes. En tant qu'analyste sur le Moyen-Orient, j'ai suivi avec attention les efforts faits par Moscou pour étendre son influence dans la région. J'ai également observé avec beaucoup d'intérêt, tout au long des années 1980, son occupation avortée de l'Afghanistan, la disparition progressive et l'effondrement final de l'Union soviétique. C'est durant ma période au CTC (Centre de lutte contre le terrorisme) que j'ai rencontré, pour la première fois, des agents du renseignement russe. Il s'agissait d'une réunion sur la lutte antiterroriste, convenue précipitamment, à Washington, en 1992. Alors que le gouvernement russe se battait pour améliorer sa stabilité après les nombreuses dislocations politiques des deux années précédentes, la CIA a été encouragée à remettre un « rameau d'olivier de renseignement » à son principal adversaire, le KGB. Le symbolisme de ce regroupement a été bien supérieur au peu de substance alors échangée, et il n'a pas entraîné de véritables améliorations des relations entre les services de renseignement américains et russes.

Par la suite, je me suis rendu à trois reprises en Russie, toutes à Moscou. Chaque fois, je suis arrivé à bord d'un avion militaire américain gris foncé qui avait le don de signaler à chacun « les États-Unis sont là ! », dès que nous touchions le tarmac de l'aéroport international de Chérémétiévo. Les pilotes étaient toujours instruits de garer l'avion dans un coin éloigné de l'aéroport, de peur que trop de locaux ne voient un symbole visible de la puissance militaire américaine. Chaque fois que mon avion faisait une escale d'une nuit dans un aéroport étranger, des gardes américains armés surveillaient l'avion pour empêcher quoi que ce soit de la part des services de renseignement et de sécurité du pays d'accueil.

Ma première visite à Moscou a eu lieu en août 2000. J'étais alors chef de cabinet de George Tenet. Le trajet depuis l'aéroport, le long des grandes autoroutes bordées d'arbres, jusqu'au centre-ville de Moscou, m'a immédiatement rappelé des images et la bande-son du film *Le Docteur Jivago*. Le ciel couvert et les immeubles d'habitation monotones de l'époque soviétique – connus sous le nom de Khrouchtchevka, en l'honneur du Premier ministre, Nikita Khrouchtchev, qui a lancé leur construction – donnaient une impression sombre, voire menaçante, de l'environnement local avant même que je n'arrive au centre-ville.

Quand je voyageais avec George, je n'avais pas beaucoup de temps pour moi-même, et ce premier voyage à Moscou n'a pas fait exception. Son emploi du temps à Moscou était complet, avec plusieurs réunions officielles consécutives accompagnées d'un nombre faramineux de verres de vodka, de toasts avec de l'excellent caviar et d'autres plats très médiocres. Toutefois, personnellement, je restais dans notre « salle de contrôle », au Ritz-Carlton. Il m'incombait de lire et de préparer des rapports de renseignement relatifs à notre voyage, et de rester en contact étroit avec le siège de la CIA pour toute autre question de sécurité nationale. Durant notre visite, nous avons suivi les efforts frénétiques de la Russie pour récupérer son sous-marin nucléaire, le *Koursk,* qui a coulé dans la mer de Barents, à cause d'une explosion interne, quatre jours seulement avant notre arrivée, tuant tragiquement les 118 personnes à bord. Nous avions installé une tente opaque à l'intérieur de la salle de contrôle de l'hôtel pour pouvoir, d'une part, contrecarrer les inévitables tentatives russes d'utilisation de leurs capacités de collecte contre notre délégation, et d'autre part, afin que notre équipe puisse travailler en toute sécurité sur des documents classifiés, sans risquer d'être observée par des caméras russes, éventuellement cachées dans le plafond ou les murs. Il s'agit d'une pratique courante effectuée, lors de tout voyage à l'étranger, par les chefs d'agence et de département apportant des documents classifiés ou des ordinateurs avec eux.

N'étant pas un spécialiste de la Russie, j'ignorais si j'allais avoir l'opportunité, un jour, de revenir à Moscou. J'étais donc déterminé à faire un peu de tourisme, le matin à l'aube, et tard le soir, avant et après avoir accompli mes responsabilités officielles. C'est la seule fois que j'ai pu me promener dans Moscou, une ville vraiment magnifique, sans mon détachement du service secret avec moi. Comme tout représentant américain qui se respecte, en visite ou en séjour en Russie, j'ai supposé que j'avais été pris en filature, dès ma sortie de l'hôtel. Une série d'attentats à la bombe perpétrés par des séparatistes tchétchènes, visant un centre commercial et des immeubles d'habitation, à l'intérieur et à l'extérieur de Moscou, l'année précédente, m'a fait me dire qu'il ne valait mieux pas trop flâner au même endroit, trop longtemps. Le paysage du centre-ville était parsemé de magasins occidentaux proposant des produits de luxe et des marques de vêtements hors de prix venant de Paris et Milan. Toutefois, le sans-abrisme et la pauvreté faisaient aussi partie du décor. Moins de dix ans après l'effondrement de l'Union soviétique, mon premier voyage en Fédération russe a renforcé mon impression globale selon laquelle le pays avait encore beaucoup à faire avant de pouvoir émerger des conséquences politiques, sociales et économiques de son passé communiste.

Plus tard, au cours de mes emplois ultérieurs au Centre national de lutte contre le terrorisme et à la Maison-Blanche, j'ai eu l'occasion de m'entretenir plusieurs fois et périodiquement avec des diplomates et des responsables des services de renseignement russes. Au lendemain du 11-Septembre, j'ai briefé des équipes russes en déplacement, spécialisées en lutte antiterroriste, dans un effort simultané de prévention des attaques terroristes contre les intérêts russes et pour encourager les Russes à partager avec nous des informations sur les menaces liées au terrorisme. Mes collègues américains se sont toujours plaints du caractère unilatéral de nos échanges de renseignements. Ils disaient qu'en comparaison avec ce que nous leur fournissions, les offrandes russes faisaient triste figure, à la fois en matière de quantité et qualité. Bien que, selon moi aussi, le flux d'informations fût essentiellement à sens unique, je considérais ce déséquilibre comme une preuve, celle que les capacités de collecte et d'analyse américaines, dirigées contre des organisations terroristes, en particulier al-Qaïda, étaient bien plus étendues et performantes, et non celle d'un effort intentionnel de la part des Russes visant à retenir des informations. « Montrons-leur à quel point nous sommes bons, ai-je dit aux plus sceptiques de mes collègues, ainsi, peut-être qu'un peu de professionnalisme américain déteindra sur eux. » En réalité, j'espérais que les services russes réorienteraient une plus grande part de leurs appareils de renseignement sophistiqués loin des cibles américaines et à proximité des groupes terroristes. Voilà une autre de mes aspirations qui resterait insatisfaite.

Mon deuxième déplacement en Russie, et mon premier en tant que directeur de la CIA, a eu lieu en juin 2013. Mikhaïl Fradkov, le chef du Service des renseignements étrangers (SVR) de la Russie, m'avait invité à Moscou peu après m'avoir appelé pour me féliciter pour ma confirmation comme directeur de la CIA. Le SVR est le principal homologue russe de la CIA. Il est responsable du recrutement d'espions et de la collecte de renseignements en dehors de Russie. Économiste et spécialiste en espionnage par formation scolaire et par entraînement sur le terrain, Fradkov a atteint les échelons supérieurs en devenant membre, d'abord, de la bureaucratie soviétique, puis du gouvernement russe naissant. Il était représentant de la Russie auprès de l'Union européenne lorsque, en mars 2004, le président Poutine l'a soudainement nommé Premier ministre. Pour Poutine, il s'agissait d'un choix sûr, car Fradkov avait gagné une réputation de fonctionnaire compétent, bien que manquant d'éclat, sans pouvoir politique personnel à sa base. Lorsque Fradkov a été choisi à la tête du SVR, fin 2007, dans le cadre d'une stratégie visant à bousculer le gouvernement, il a été une fois de plus considéré comme un coup de dés astucieux de la part de Poutine, qui préférait sans aucun doute un fonctionnaire dépourvu d'expérience dans le renseignement ou d'ambition politique afin de soutenir le chef nominal de son ancienne organisation.

Lorsque je suis arrivé à Moscou en tant que directeur de la CIA, la réputation de Fradkov avait déjà été politiquement endommagée par l'embarras lié à l'arrestation et à l'expulsion, en 2010, de dix officiers du renseignement russe, appelés « clandestins », qui s'étaient infiltrés dans la société américaine en utilisant de fausses identités (la base factuelle de la série *The Americans*). L'un des aspects les plus difficiles de cette affaire a été de décider comment gérer le calendrier et l'annonce des arrestations de manière à ne pas saborder la visite officielle, aux États-Unis, du président russe de l'époque, Dmitri Medvedev. Il a été décidé, après de longues discussions entre les hauts fonctionnaires de la sécurité nationale et du contre-espionnage, que les arrestations auraient lieu immédiatement après la visite de Medvedev aux États-Unis et sa rencontre, le week-end suivant, avec le Président Obama, lors du sommet du G20 au Canada. Participant à de nombreuses réunions sur les « clandestins », j'ai trouvé fascinant de voir comment le calendrier et la reconnaissance publique des activités des forces de l'ordre, dans ce cas-ci, une opération de contre-espionnage, pouvaient être ajustés, sans être compromis, afin de ne pas porter atteinte à d'importants objectifs de politique étrangère.

J'ai trouvé les discussions à Moscou avec Fradkov et son équipe du SVR assez étouffantes et peu nourrissantes, et je ne serais pas surpris d'apprendre qu'ils en pensaient de même. Chaque partie a donné, à tour de rôle, une présentation plutôt sommaire sur le terrorisme et la prolifération nucléaire, des sujets convenus à l'avance, étant donné la similitude des intérêts américains et russes dans les deux domaines. Les différents briefings étaient écrits et ont nécessité d'être traduits dans les deux sens, ce qui a contribué à apaiser la douleur due à la lassitude et à la longueur de la réunion. Bien que Fradkov ne s'exprimât qu'en russe, il fit preuve d'une bonne compréhension de l'anglais, sans aucun doute développée durant ses missions diplomatiques en Europe. Il corrigea plusieurs fois le traducteur du SVR, qui semblait très nerveux et pas très compétent. Ce n'est que durant nos brèves conversations en tête à tête, en marge de la réunion et après le dîner, qu'il me parla avec un anglais quasi courant. Malgré son attitude rigide, Fradkov n'était en aucun cas déplaisant. Il nous avait accueillis de manière très courtoise, ce qui était en net contraste avec le comportement de ses subordonnés, dont les costumes froissés et trop grands ainsi que les mauvaises manières révélaient leur appartenance au KGB. Je suis sorti de mes réunions avec Fradkov avec la nette impression qu'il était encore en train de prendre ses repères en tant que directeur du SVR, et d'éviter tout risque organisationnel ou opérationnel qui pourrait nuire davantage à sa position politique. Je dois l'avouer, j'étais content de savoir que l'homme à la tête de la principale agence de renseignement russe était quelqu'un d'ordinaire, peu charismatique et prudent.

En tant que chef du SVR, Fradkov était officiellement mon hôte et mon homologue. C'est cependant ma rencontre avec Alexandre Bortnikov, le chef de l'agence de sécurité intérieure de la Russie – le Service fédéral de sécurité (FSB) – que j'attendais avec le plus d'impatience. Le FSB est souvent décrit comme l'équivalent russe du FBI, mais cette comparaison est sévèrement injuste pour le Bureau. Lorsque le KGB a été démantelé en 1991, le FSB est devenu responsable de la surveillance, de la suppression et, parfois, de l'élimination des menaces intérieures envers le gouvernement russe. Le FSB est une organisation brutale, composée de voyous et profondément politisée, vouée à exécuter tous les désirs des hauts placés du Kremlin, et oui, cela inclut la torture et les meurtres. En matière de contre-espionnage, le FSB a carte blanche pour suivre et perturber les activités de tout citoyen russe et non russe, y compris les nombreux diplomates étrangers résidant sur le sol russe. Voilà pourquoi c'est le FSB de Bortnikov qui m'a le plus empêché de dormir après mon retour au gouvernement. À la Maison-Blanche et à la CIA, je consommais une quantité régulière de télégrammes et de renseignements venant du département d'État faisant état d'interventions musclées menées par le FSB contre des dissidents russes et, parfois même, des diplomates et citoyens américains vivant, étudiant et travaillant en Russie.

Notre ambassadeur à Moscou à l'époque était le très accompli Mike McFaul, un éminent spécialiste des questions liées à l'Union soviétique et à la Russie, qui avait pris un congé sabbatique prolongé de son poste de professeur à l'université de Stanford pour rejoindre l'administration Obama. Avant de devenir ambassadeur, Mike avait été directeur principal des affaires russes et eurasiennes au sein du personnel du Conseil de sécurité nationale, où il était le principal conseiller d'Obama sur la Russie et le projet de « réinitialisation » des relations. Depuis cette période à Washington, Mike et moi avons développé une très bonne relation professionnelle. Il m'encourageait donc à saisir la première occasion pour venir à Moscou, considérant un tel déplacement comme un moyen d'améliorer la communication et la compréhension entre les hauts fonctionnaires américains et russes. Au moment de ma visite, Mike était ambassadeur à Moscou depuis environ dix-huit mois et critiquait de plus en plus ouvertement le style et la politique autocratiques de Poutine. Mike et moi avons eu plusieurs conversations avant mon départ pour Moscou, et nous avons convenu qu'il me fallait confronter Bortnikov et lui dire directement que le FSB devait renoncer à ses tactiques d'intimidation.

À l'instar de Fradkov, Bortnikov est venu m'accueillir à l'entrée de son bâtiment. Contrairement à Fradkov, Bortnikov m'a accueilli en souriant. Plus petit et plus fin que Fradkov, Bortnikov s'est montré affable et détendu, un comportement décontracté qui dissimulait la brutalité de son organisation. En termes de politesse, je n'ai pas renvoyé l'ascenseur, car je voulais montrer d'emblée que j'étais mécontent des agissements de son organisation. Une fois installés dans la salle de conférence du FSB et après avoir présenté les membres de chaque délégation, Bortnikov a pris la parole, me souhaitant la bienvenue et soulignant l'importance d'améliorer les relations entre les États-Unis et la Russie, ainsi qu'entre nos services de renseignement et de sécurité. Tout au long de son discours, Bortnikov a maintenu son sourire, essayant même d'alléger l'atmosphère avec quelques frivolités. L'humour russe, cependant, est un goût acquis avec le temps, et il faut croire que je ne l'ai pas encore suffisamment développé.

Avec l'ambassadeur McFaul à mes côtés, j'ai lentement parcouru mes points de discussion. J'ai convenu que l'amélioration des relations entre la Russie et les États-Unis était dans l'intérêt des deux pays et que cela renforcerait les perspectives de paix et de stabilité dans de nombreuses parties du monde. J'ai ensuite ajouté que le but de ma visite était d'envoyer ce même signal aux hauts fonctionnaires russes et que j'espérais qu'il y aurait d'autres visites de ce genre, par les deux parties, à l'avenir. Je me suis ensuite lancé, de manière aussi austère que possible, dans l'énumération des nombreuses transgressions du FSB dirigées contre des Américains en Russie. M'appuyant sur un exemple particulièrement flagrant impliquant une agression physique, j'ai qualifié ces incidents d'inacceptables en ajoutant que toute récidive entraînerait une réponse ferme de la part des États-Unis. Par inconfort ou par colère, certains des responsables du FSB se sont mis à changer de position dans leur siège en écoutant mes remarques qui, je l'espérais, seraient reçues comme un bon enchaînement direct-crochet au menton. Tout au long de ma présentation, Bortnikov a gardé les yeux rivés sur moi en ne prenant que quelques notes. Son sourire s'est légèrement estompé lorsque j'ai détaillé les incidents les plus graves, mais à part cela, il n'a montré aucun signe extérieur de perturbation.

Aucun d'entre nous, du côté américain de la table de conférence, ne savait comment Bortnikov réagirait à ma présentation. Après une courte pause, Bortnikov a commencé à parler de manière mesurée et impassible. Il m'a d'abord remercié pour ma sincérité avant de réitérer, une fois de plus, l'importance de meilleures relations entre Washington et Moscou. Il a ensuite contrecarré ma première offensive en disant que les citoyens et diplomates russes vivant aux États-Unis sont continuellement harcelés, et cela depuis de nombreuses années, par les services américains du renseignement et des forces de l'ordre. Il a qualifié ces incidents de contraires aux paroles des représentants du gouvernement américain qui prétendent vouloir de meilleures relations avec le gouvernement russe. La contre-attaque de Bortnikov, consistant à prétendre que certains citoyens russes vivant aux États-Unis sont maltraités, était une stratégie des plus banales utilisée depuis des lustres par les responsables russes à Washington et à Moscou. Heureusement, le FBI conservait une liste des agents du renseignement russes, connus et soupçonnés, aux États-Unis, une démarche que les Russes devaient sans doute considérer comme du harcèlement. Par ailleurs, Bortnikov avait besoin de dire quelque chose pour soulager les sentiments meurtris de ses subalternes du FSB, qui avaient dû souffrir en silence pendant mon gambit. En effet, l'attaque de Bortnikov, bien que légère, aura eu au moins le don de les requinquer.

Bortnikov a ensuite utilisé une tactique qui allait dicter la qualité de tous mes futurs échanges avec lui et qui consistait, ce jour-là, à trouver les mots qui permettraient d'éviter toute confrontation et de réduire les tensions éventuellement palpables. Il a dit que certains de ses officiers s'étaient peut-être « laissé emporter » lors de l'exercice de leurs tâches professionnelles. « C'est le genre d'incident qui existe dans toute organisation », a-t-il noté. Et pour conclure, il m'a fait un grand sourire comme le chat d'Alice au pays des merveilles, comme pour me dire : « Nous avons choisi ce secteur d'activité et parfois, des deux côtés, ce genre de choses arrive. » Bortnikov ne s'est jamais excusé pour aucune des tactiques brutales employées par les officiers du FSB, et le reste de notre réunion a porté sur le terrorisme et les derniers développements au Moyen-Orient. Lorsque je suis remonté à bord de l'avion de l'armée américaine, qui m'attendait à l'aéroport international de Moscou, le lendemain, je me suis dit qu'il était plus important pour moi de cultiver ma relation professionnelle avec Bortnikov plutôt qu'avec Fradkov. En tant que chef du service de sécurité intérieure, je savais que Bortnikov avait la capacité, dans la mesure permise par Poutine, d'ajuster le niveau de pression exercée sur les citoyens et diplomates américains, ce qui était mon principal sujet de préoccupation. Qui plus est, Bortnikov exhibait une confiance en soi et une faculté à parler librement, même en face de ses subordonnés, qui suggéraient que sa position était sûre et qu'il avait une relation plus forte avec Poutine que Fradkov. Au moment de notre décollage, je me suis promis de faire un effort supplémentaire pour cultiver ma relation personnelle avec Bortnikov.

J'allais rencontrer Bortnikov deux fois de plus et lui parler au téléphone environ une douzaine de fois pendant le reste de mon mandat en tant que directeur de la CIA. Lorsque Bortnikov a été mis à la tête de la délégation russe pour assister à un sommet parrainé par la Maison-Blanche, en février 2015, sur la lutte contre l'extrémisme violent – une autre indication de sa position privilégiée au sein du gouvernement Poutine –, je l'ai vu comme une bonne occasion de le rencontrer sur mon territoire. Je lui avais régulièrement parlé depuis ma visite en 2013 afin d'entretenir notre relation, et cela même si, en 2014, les échanges entre Washington et Moscou étaient plutôt tumultueux à la suite de l'invasion et à l'annexion de la Crimée par la Russie. Malgré le désaccord exprimé par certains officiers supérieurs aux opérations clandestines de la CIA, qui étaient opposés à ce que Bortnikov visite le siège de Langley, je lui ai envoyé une invitation par le biais de nos canaux de liaison établis. Bortnikov a répondu très rapidement et de façon affirmative.

Il y avait quelque chose de surréaliste et de personnellement satisfaisant dans le fait de saluer le chef du service de sécurité intérieure de la Russie, dans le hall du siège de la CIA, exactement au niveau de l'immense et fameux sceau de l'Agence qui orne le sol en marbre. Ce jour-là, comme de nombreuses autres fois durant ma carrière, j'ai été frappé par la trajectoire incroyable qu'a pris ma vie, alors que je n'étais qu'un petit garçon dans un quartier col-bleu du New Jersey, et par l'honneur que j'avais de représenter mon gouvernement en tant que directeur de la CIA. Bortnikov, fidèle à ses habitudes, m'a souri, et vu qu'aucun rapport d'interventions scandaleuses du FSB envers les diplomates américains en Russie ne m'avait été transmis depuis notre dernière réunion, je lui ai souri également. Nous avons passé quelques minutes à parler devant le Memorial Wall avant de nous entretenir, pendant plus d'une heure, dans mon bureau. Je lui ai lu la protestation officielle du gouvernement américain concernant la Crimée et l'Ukraine, qui avait été entendue et rejetée par d'innombrables responsables russes l'année précédente. Le reste de notre discussion a porté sur le tumulte politique omniprésent et les combats sectaires qui faisaient rage en Syrie, en Libye et au Yémen. Durant cette réunion, Bortnikov et moi avons convenu d'augmenter la fréquence de notre dialogue sur la Syrie, car celle des combats entre les troupes du gouvernement syrien et l'opposition, un rassemblement d'extrémistes aussi bien laïcs qu'islamistes, étaient en forte hausse.

Au cours des douze mois suivants, j'ai eu de nombreuses conversations téléphoniques avec Bortnikov. Je l'ai appelé une fois quand j'étais en Afghanistan. Nous avons tous les deux déploré le nombre effarant de pertes humaines, aussi bien chez les Afghans que les non-Afghans, au cours des dernières décennies, dans ce pays déchiré par la guerre. La plupart de nos conversations portaient sur la Syrie. Je savais bien que Bortnikov n'était pas le seul responsable de la politique russe au Moyen-Orient. Pourtant, je savais qu'il faisait aussi partie de la garde rapprochée de Poutine. Il m'a également prouvé qu'il était en mesure de contacter directement et immédiatement le dirigeant russe. En effet, lors d'une réunion du Conseil de sécurité nationale sur la Syrie, au début de l'année 2016, j'ai reçu l'ordre de quitter la réunion et d'appeler Bortnikov pour obtenir une réponse rapide de la part de Poutine sur une question liée aux négociations du cessez-le-feu. Moins de trente minutes après cet appel, Bortnikov m'a rappelé pour me donner la réponse positive de Poutine.

C'est au printemps 2016 que les nuages laissant présager l'ampleur et la portée sans précédent de l'ingérence russe dans l'élection présidentielle américaine ont commencé à piquer ma curiosité. La Russie, et avant elle l'Union soviétique, était depuis longtemps engagée dans des efforts visant à façonner les résultats électoraux de nombreuses sociétés démocratiques libérales, en particulier en Europe, ainsi que dans d'autres parties du monde. Les services de renseignement russes avaient plusieurs cordes à leur arc : l'intimidation, le chantage et bien sûr, les avantages financiers. Leur but était de soudoyer et recruter des candidats politiques qui, s'ils étaient élus, soutiendraient les objectifs politiques et économiques de Moscou. Par ailleurs, les Russes ont largement utilisé le pouvoir des médias étrangers pour diffuser de la propagande politique et de la désinformation visant à promouvoir les perspectives électorales de « leurs » candidats et à nuire aux chances de leurs adversaires. Avant l'avènement de l'ère numérique, ces activités étaient limitées par les possibilités du monde physique. Cependant, la croissance explosive du cyberespace, dans les premières années du XXIe siècle, a permis aux services de renseignement russes – et à ceux du monde entier, en fait – d'exploiter le tout nouvel Internet pour mener leurs missions d'influence secrètes. Et en 2016, les capacités informatiques offensives de l'armée, du renseignement et des services de sécurité russes étaient parmi les meilleures au monde – et les plus utilisées – notamment lorsqu'il s'agissait de pourchasser un certain objectif électoral dans un pays étranger.

L'ingérence russe dans l'élection présidentielle américaine de 2016 a eu lieu en parallèle d'un contexte diplomatique des plus intenses, entre les responsables américains et russes, au sujet de la situation de plus en plus chaotique en Syrie, où la guerre civile inspirée par le Printemps arabe faisait rage depuis cinq ans. Au cours de l'été 2015, les efforts majoritairement non coordonnés des forces rebelles extrémistes, dans la partie nord de la Syrie, ont abouti à l'obtention de gains territoriaux importants, ce qui a agité le spectre d'une possible insurrection dans la capitale Damas. L'effervescence diplomatique russe montrait clairement que Poutine craignait la chute potentielle du régime de Bashar al-Assad. Il s'est d'ailleurs publiquement opposé à la volonté de Moscou de soutenir ses partenaires arabes assiégés en évoquant ce qu'il considérait comme l'abandon, par Washington, du président égyptien Moubarak. En septembre 2015, Poutine a donné l'ordre de déployer des milliers de troupes russes ainsi que des avions de combat et des armes lourdes en Syrie pour inverser la fortune des forces gouvernementales syriennes. Poutine avait calculé, à juste titre, que ni l'administration Obama ni aucun autre gouvernement ayant soutenu les forces rebelles syriennes ne seraient prêts à investir autant que la Russie. En l'espace de six mois, les opérations de combat menées par la Russie, comprenant des frappes avec des missiles à longue portée tirés à partir de bases terrestres et de navires russes, ont eu un impact, d'abord considérable, sur la tendance de la bataille, qui finalement s'est avéré décisif.

Au printemps 2016, cependant, les Russes et les Syriens étaient encore frustrés par leur incapacité à contrôler la partie orientale, tenue par les rebelles, de la ville d'Alep, qui était la plus peuplée et la plus prospère de Syrie avant d'être largement détruite et divisée par le conflit. À la suite d'un effort visant à réunir la ville sous le contrôle du gouvernement, Alep est devenu le théâtre d'une intense campagne de bombardements russes et syriens visant à déloger des milliers d'insurgés qui étaient réfugiés dans la ville. Le Président Obama ne voulait pas utiliser notre armée pour affronter les Russes en Syrie. Toutefois, il était bien déterminé à endiguer ce bain de sang et à éviter une crise humanitaire qui affecterait les plus de trois cent mille hommes, femmes et enfants encore dans la partie orientale d'Alep. L'infatigable secrétaire d'État, John Kerry, après ses deux succès de l'année précédente – les négociations du Plan d'action global commun relatif au programme nucléaire iranien, et celles de l'accord de Paris sur les émissions de gaz à effet de serre –, s'est sérieusement engagé à faire pression sur les Russes pour qu'ils acceptent une « cessation des hostilités » qui permettrait aux non-combattants et aux combattants rebelles de la partie orientale d'Alep de voyager en toute sécurité dans les zones encore sous le contrôle des insurgés, au nord de la ville. Les premières tentatives de négociation d'un accord de cessation des hostilités se sont effondrées à cause de violations des deux parties. Même lorsque les Russes semblaient accepter le concept de cessez-le-feu, Moscou ignorait régulièrement les termes et permettait aux forces syriennes de mener des opérations militaires contre les forces rebelles situées dans les zones de sécurité désignées. Étant donné que la CIA était on ne peut plus familière avec les factions existantes sur place ainsi qu'avec les différents acteurs étrangers impliqués dans le conflit syrien, la Maison-Blanche m'a demandé de soutenir les efforts de Kerry en communiquant directement avec les responsables russes.

C'est ainsi que je me suis rendu à Moscou, à la fin du mois de mars 2016, pour rencontrer de hauts fonctionnaires russes et les encourager à participer plus sérieusement à des négociations qui permettraient, au moins, un arrêt temporaire des bombardements et des combats à Alep. La situation sur le terrain se détériorant rapidement, mon voyage a été organisé à la hâte. En plus de demandes d'entretien avec le directeur du FSB, Bortnikov, et le directeur du SVR, Fradkov, j'ai également demandé à voir deux autres hauts fonctionnaires russes dont les portefeuilles comprenaient la Syrie. L'un d'eux était le chef de cabinet de Poutine, Sergeï Ivanov, un allié de longue date de Poutine et un ancien officier du KGB, largement considéré comme le principal architecte de la politique russe en Syrie. Ancien secrétaire du Conseil de sécurité, premier adjoint au Premier ministre et ministre de la Défense, Ivanov était l'un des conseillers politiques les plus proches de Poutine. Si quiconque, autre que Poutine, avait la capacité de façonner la politique russe en Syrie, et notamment le siège d'Alep, je pensais que ce serait Ivanov.

Accompagné du successeur de McFaul, l'ambassadeur des États-Unis, John Tefft, et du traducteur de l'ambassade, j'ai rencontré Ivanov et son traducteur au Kremlin. Ivanov est apparu aimable, mais tout de même respectueux des convenances. Nous n'avons pas passé plus de deux minutes à plaisanter ; c'est la Syrie qui a dominé notre discussion de quarante-cinq minutes. Ivanov a fait preuve d'une solide compréhension de l'histoire de la guerre civile, de ses nombreuses factions et de la situation militaire sur le terrain entourant Alep, confirmant mon évaluation selon laquelle il était profondément impliqué dans l'élaboration de la politique russe en Syrie. Il m'a posé de bonnes questions et a manifesté – ou devrais-je dire simulé – l'intérêt de la Russie à signer un accord de cessation des hostilités qui éviterait d'autres effusions de sang. Sa préoccupation la plus nette, toutefois, était la présence de plus en plus importante de l'État islamique au sein de l'opposition syrienne. « Les politiques américaines permettent aux islamistes de gagner en puissance, non seulement en Syrie, mais aussi dans tout le Moyen-Orient. Vous soutenez les terroristes », a-t-il affirmé, apparemment convaincu. C'était l'argument principal des Russes au cours des deux dernières années et ce jour-là, il était utilisé par Moscou pour justifier les atrocités gratuites commises par les forces du régime syrien à l'encontre de tous les groupes de l'opposition.

J'ai d'abord expliqué que l'opposition syrienne était très fracturée, avant de contester son allégation de soutien américain aux groupes terroristes. « Nous sommes d'accord sur le fait que l'État islamique représente une grave menace pour la stabilité régionale, et qu'il doit être anéanti. Soutenir un dirigeant autoritaire et ses tactiques répressives brutales ne permettra pas d'affaiblir le soutien populaire apporté à l'État islamique. » Ivanov m'écoutait tout en fronçant les sourcils, alors j'ai insisté. « Il est important que les États-Unis et la Russie travaillent ensemble pour mettre fin à ce bain de sang. Si nous ne faisons pas ce qu'il faut pour atténuer les violences, aucune négociation significative ne pourra avoir lieu entre le gouvernement syrien et l'opposition. » En quittant la salle de réunion, j'étais convaincu que les Russes continueraient à soutenir Assad. Cet échange avait été intéressant, certes, mais improductif en ce qui concernait la résolution de nos points de divergence.

J'ai également demandé à rencontrer le nouveau directeur du Service de renseignement militaire russe (GRU), Igor Korobov, promu après le décès soudain de son prédécesseur, le mois précédent, alors qu'il était en voyage à l'étranger. Avec une très forte participation militaire russe en Syrie, c'est le GRU qui a pris la tête de l'équipe du renseignement russe impliquée dans la négociation d'un cessez-le-feu. Lorsque j'ai rencontré Korobov et ses experts syriens du GRU, nous avons échangé des informations détaillées, traduisant ce que chaque partie jugeait faisable dans le cadre d'un accord durable de cessation des hostilités. Korobov m'a donné l'impression d'être encore sous l'effet de sa nomination et toujours quelque peu incertain, voire nerveux. Ce que j'ignorais à l'époque, c'était que le GRU, une semaine avant ma visite, avait employé une attaque par hameçonnage, classique, mais très efficace pour accéder à l'ordinateur – et à plus de cinquante mille courriels – de John Podesta, le président de campagne d'Hillary Clinton. Peut-être Korobov était-il nerveux, pendant notre réunion, parce qu'il se demandait si je savais que son organisation venait de mener avec succès son premier tour de cyberattaques électorales ? J'aurais aimé être au courant, mais cela n'a pas été le cas. Le mois suivant, le GRU a intensifié ses efforts et a obtenu l'accès aux serveurs du Comité national démocrate (DNC[67]) et du Comité de campagne du Congrès démocrate (DCCC[68]), infectant au moins trente ordinateurs du DNC avec des logiciels malveillants.

Je suis parti de Moscou avec le mince espoir que les Russes participent sérieusement à la signature d'un accord entre les factions syriennes belligérantes qui permettrait aux personnes voulant quitter Alep de passer en toute sécurité. Cette lueur d'espoir a cependant été anéantie dans les mois suivants, lorsque les Russes et leurs co-combattants syriens se sont mis à régulièrement prendre le dessus, de manière sanglante et coûteuse, sur la partie orientale de la ville. La mort et le bouleversement de millions de Syriens, pendant cette guerre civile, associés à la destruction d'une grande partie du pays, auront été l'un des chapitres les plus douloureux de l'administration Obama. Je regrette profondément que nous n'ayons pas réussi à empêcher l'accélération de ce cycle de violences.

C'est au début de l'année 2016 que la communauté du renseignement américain a révélé les efforts informatiques entrepris par les services de renseignement russes, chinois et d'autres pays pour pirater les réseaux des campagnes présidentielles américaines. Ces tentatives, qui rappellent les efforts déployés à l'approche des

67. *Democratic National Committee.* (NDT)

68. *Democratic Congressional Campaign Committee.* (NDT)

campagnes de 2008 et de 2012, n'ont été ni surprenantes ni écrasantes. Les gouvernements étrangers, en particulier ceux antagonistes, ont toujours voulu découvrir le nom des candidats ayant le plus d'influence ainsi que les positions politiques préconisées par les équipes de campagne des candidats à la présidence. Le plus souvent, ce genre d'activités informatiques est conçu pour recueillir des informations politiquement sensibles qui pourraient être exploitées le jour où une nouvelle administration prendra ses fonctions. Offrant un avant-goût des difficultés à l'horizon, le Bureau du directeur du renseignement national a publiquement reconnu, au mois de mai, que « les services de renseignements étrangers sont en train de suivre ce cycle électoral comme jamais auparavant. » Le même mois, Jim Clapper a souligné cela lors d'une apparition publique au Centre de politique bipartisane à Washington, en disant prophétiquement que les cyberattaques « seront probablement plus nombreuses » avant les élections.

Lorsque DCLeaks.com (un site web ultérieurement identifié comme une façade visant à dissimuler les efforts russes de cyberespionnage) et Guccifer 2.0 (un personnage postérieurement identifié comme créé par le GRU) ont publié, au mois de juin, des milliers de courriels volés aux démocrates, il est devenu évident que le vol informatique de courriels n'était plus un simple effort de collecte de renseignements visant à en savoir plus sur le fonctionnement interne des principales campagnes présidentielles. Au contraire, la publication de ces courriels a prouvé l'existence d'un effort visant intentionnellement à embarrasser et à nuire politiquement à la candidate démocrate, Hillary Clinton. Et lorsque près de vingt mille courriels volés au Comité national démocrate ont été publiés, le 22 juillet, par WikiLeaks – qui avait déjà une solide réputation en matière de diffusion d'informations reçues des services de renseignement russes –, je suis devenu intimement convaincu que Moscou s'était lancé dans une campagne d'ingérence électorale, sans précédent. Toutefois, j'ignorais, à l'époque, si le but des Russes était simplement de nuire à Hillary Clinton pour qu'elle soit affaiblie politiquement si jamais elle remportait les élections de novembre, comme le prédisaient la plupart des sondages, ou alors de réellement faire tout leur possible pour faire élire le candidat républicain, Donald Trump.

À bien des égards, ces deux objectifs semblaient logiques. Poutine avait une relation plutôt glaciale avec Clinton depuis son mandat de secrétaire d'État, l'accusant d'être à l'origine des manifestations moscovites de décembre 2011, lorsqu'elle avait publiquement demandé une enquête complète sur les rapports de fraude et d'intimidation associés aux élections législatives russes qui venaient d'avoir lieu. Poutine considérait tout ce qu'elle disait comme un effort déterminé à le discréditer. Qui plus est, Poutine nourrissait également une rancune, remontant à de nombreuses années, contre l'ancien Président Bill Clinton. Non seulement Poutine estimait que l'administration Clinton n'avait pas suffisamment soutenu la transition politique et économique de la Russie, dans les années qui ont suivi la dissolution de l'Union soviétique, mais le dirigeant russe considérait également que le Président Clinton lui avait intentionnellement manqué de respect lors de l'Assemblée générale des Nations Unies en septembre 2000. Il s'agissait alors de la dernière allocution de Clinton en tant que Président des États-Unis, un discours d'adieu inspirant, devant un auditorium débordant de diplomates, de dignitaires et de membres de la presse réunis pour entendre les derniers mots de cet homme d'État respecté. Clinton a quitté l'auditorium immédiatement après sa prise de parole, ce qui a incité beaucoup de personnes présentes à en faire de même. L'orateur suivant était le tout nouveau président russe, Vladimir Poutine, qui a donné son discours devant un auditorium à moitié vide, un aboutissement dont il estime Clinton responsable.

En tant qu'homme d'affaires sans aucune expérience politique ou gouvernementale, réputé comme étant davantage intéressé par le fait de conclure des accords que par celui de résoudre des problématiques politiques en prenant une position fondée sur des principes, Trump était un candidat on ne peut plus attrayant pour Moscou. Poutine, lui, était remarquablement expérimenté dès qu'il s'agissait de conclure des accords avec des hommes d'affaires devenus chefs d'État – Silvio Berlusconi, en Italie, en était la preuve –, et son objectif consistant à débarrasser la Russie des sanctions américaines imposées après l'annexion de la Crimée allait lui demander d'exercer tout son talent dans ce domaine. Depuis l'année précédente, tout le monde savait que Trump et Poutine flirtaient ouvertement et régulièrement l'un avec l'autre, chacun employant des formules flatteuses pour parler de l'autre.

Au moment où WikiLeaks a publié cette tonne de courriels, en plein juillet, les officiers de la CIA travaillant sur la Russie, la cybersécurité et le contre-espionnage étaient de plus en plus préoccupés par l'ampleur et la portée potentielles des activités russes axées sur les élections de novembre. Les médias avaient fait part, au cours des mois précédents, de nombreux rapports suspectant ce genre d'efforts de la part des Russes. Toutefois, certaines des activités les plus insidieuses et potentiellement préjudiciables n'étaient connues que d'un petit nombre de professionnels du renseignement et des forces de l'ordre responsables du suivi des activités russes clandestines. Alors que les signes révélateurs des efforts d'espionnage des services de renseignement russes, liés à l'élection, devenaient de plus en plus évidents, les inquiétudes du personnel présent à Langley augmentaient proportionnellement.

Lorsque je suis arrivé à mon bureau, le lundi 25 juillet, j'ai dit à mon personnel de rassembler toutes les informations que nous avions sur l'ingérence électorale de la Russie. Bien sûr, j'avais confiance dans les officiers de la CIA travaillant sur la question, mais je voulais absorber autant d'informations que possible, en prévision d'une discussion que j'aurais besoin d'avoir avec les hauts fonctionnaires de l'administration, y compris le Président Obama. J'ai demandé à voir des renseignements « bruts », c'est-à-dire des informations réelles obtenues auprès de sources humaines et techniques, avant qu'elles ne soient ultérieurement traitées et transformées en rapports de renseignements diffusés à l'extérieur de la CIA. En tant qu'ancien analyste, je voulais avoir une compréhension aussi complète et approfondie que possible des capacités russes et de leurs éventuelles démarches afin de pouvoir répondre à n'importe quelle question que l'on me poserait. Au cours de la dernière semaine de juillet, j'ai consommé une grande variété de renseignements bruts, de rapports de renseignement finis et d'évaluations analytiques sur les activités des services de renseignement russes aux États-Unis et à l'encontre de notre nation. En plus de ma lecture, j'ai assisté à plusieurs réunions avec des experts de classe mondiale de la CIA sur la Russie, la cybersécurité et le contre-espionnage, et j'ai également consulté plusieurs études fondamentales effectuées par la CIA et le FBI sur d'importantes affaires d'espionnage russes. J'avais été impliqué, au cours de ma carrière, dans de nombreuses enquêtes de contre-espionnage sur les activités russes, et je connaissais bien les tactiques qu'ils utilisaient pour cultiver des relations avec des individus peu méfiants qui sont tombés sous le charme de leur métier d'espion. J'ai d'ailleurs particulièrement examiné le cas des dix « clandestins » russes, arrêtés et déportés en 2010, lorsque je travaillais à la Maison-Blanche. L'exposition de ce programme du SVR m'a donné un bon aperçu des techniques et des mécanismes utilisés par les services de renseignement russes opérant à l'intérieur des États-Unis.

Le jeudi 28 juillet, au matin, une fois mes lectures et mes réunions internes terminées, j'ai appelé mon adjoint, David Cohen, dans mon bureau. David avait également examiné sa propre pile de documents et de rapports relatifs aux activités de renseignement russes, et il était temps de vérifier ce que son instinct lui disait. J'appréciais beaucoup les conseils et les idées de David, car il était maître dans l'art de repérer des détails lorsqu'il examinait des rapports de renseignement. De toute évidence, sa formation à la faculté de droit de Yale a porté ses fruits. Il s'est assis devant moi, en regardant la table de conférence de mon bureau, sur laquelle étaient empilés de grands classeurs à trois anneaux, des tablettes graphiques et des documents individuels, tous abondamment annotés et surlignés en jaune fluorescent.

Après avoir comparé nos notes, nous avons convenu que la menace était grave, et je lui ai dit que j'avais décidé d'en parler au Président.

J'ai décroché ma ligne sécurisée et, incapable de joindre la conseillère à la sécurité nationale, Susan Rice, j'ai parlé à Avril Haines, la principale adjointe de Rice. J'ai été énigmatique, c'est le moins que l'on puisse dire. « Avril, j'ai besoin de voir le Président. Aujourd'hui. C'est important. » Je lui ai dit que la CIA avait découvert des informations très inquiétantes en rapport avec les élections de novembre. « Il s'agit d'informations sensibles qui ne doivent pas sortir du groupe central de sécurité nationale. C'est tout ce que je peux dire. »

Lorsque j'ai appris que mon rendez-vous avec le Président serait à 13 h 45, ce jour-là, j'ai appelé Jim Clapper pour lui dire que j'avais demandé à parler au Président et que s'il était disponible, il pouvait me rejoindre. Jim n'était malheureusement pas dans son bureau et il était ensuite occupé toute la journée. J'ai donc dit à sa principale adjointe, Stephanie O'Sullivan, que j'étais sur le point de rencontrer le Président et que je ferai ensuite un compte rendu complet à Jim.

Une fois arrivé à la Maison-Blanche, Avril m'a dit que seuls Susan et Denis se joindraient à ma discussion avec le Président. Le vice-président et Lisa Monaco avaient d'autres engagements. Nous sommes entrés dans la salle à manger du Président, à côté du

Bureau ovale, où il était assis à la petite table, attendant son déjeuner. Pete Souza, le photographe officiel de la Maison-Blanche, a pris quelques photos de nous, assis à table avant que nous ne lui demandions de nous laisser. Avant d'entrer dans les détails, j'ai commencé par un premier constat.

« Monsieur le Président, il semble que les efforts russes visant à menacer l'intégrité des élections de novembre sont beaucoup plus intenses, déterminés et insidieux que ce que nous avons vu auparavant. » J'ai ensuite expliqué en détail ce que nous savions, la manière dont nous l'avions appris et la raison pour laquelle j'étais si confiant dans l'évaluation. « Le président Poutine a autorisé ces activités, dont le but semble être de nuire à Hillary Clinton et d'améliorer les chances de victoire électorale de Donald Trump. » J'ai ensuite brièvement énuméré les antécédents russes d'interférence avec des élections étrangères, surtout en Europe, en expliquant comment la croissance explosive du domaine numérique avait donné à Moscou de nombreuses autres possibilités de façonner les résultats des élections étrangères. « Malheureusement, les capacités informatiques des Russes sont exceptionnelles, et il semble que Poutine ait déjà donné carte blanche à ses services de renseignement. »

Le Président Obama m'a écouté attentivement, tout en consommant méticuleusement son déjeuner constitué d'une soupe, d'une salade et d'un verre de thé glacé. Après quelques secondes de parole, j'ai senti le regard fixe d'Obama se poser sur moi. C'est là que j'ai compris que j'avais toute son attention. Dès la fin de mon intervention, j'ai été bombardé de questions. « Les Russes peuvent-ils accéder à l'infrastructure électorale ? Peuvent-ils changer le nombre de votes ? Qu'en est-il des fonds distribués aux campagnes ? » J'ai réussi à répondre à quelques questions avant de botter en touche pour d'autres, en promettant toutefois de transmettre nos réponses au plus vite.

« Nos agents sont, en ce moment même, en train d'étudier la question, ai-je dit. Grâce aux élections européennes, nous sommes familiers avec les efforts d'ingérence russe, y compris l'utilisation de fonds pour acheter des membres des médias, des politiciens et des partis politiques. Le FBI peut vous fournir des détails sur ce que les Russes ont fait lors des précédentes élections américaines. »

J'ai dit au Président que j'allais discuter de la marche à suivre avec Jim Clapper, Jim Comey et Mike Rogers à la NSA (Agence nationale de sécurité). « La CIA, le FBI et la NSA doivent travailler ensemble. J'aimerais rassembler une équipe commune pour coordonner la collecte et l'analyse des renseignements afin de pouvoir vous fournir des mises à jour régulières et coordonnées, ainsi qu'à tout autre personne devant être informée. » Nous avons ensuite entamé une discussion sur les options disponibles pour contrer les activités russes et avons convenu qu'il nous fallait d'abord en savoir autant que possible sur cette offensive. Dès que la situation serait plus claire, nous pourrions alors identifier les options disponibles et prendre une décision adéquate.

« Que penses-tu dire au Congrès ? » a demandé Denis. Je savais bel et bien que nous devions en informer le Congrès, toutefois, je n'y avais pas encore du tout pensé. Et merde.

« Eh bien, ai-je commencé à dire en même temps que je réfléchissais, les renseignements les plus sensibles doivent être réservés au gang des huit. Ils ont prouvé, plusieurs fois par le passé, qu'ils sont capables de protéger des renseignements sensibles. Nous ne pouvons pas nous permettre de fuites. Cela serait dévastateur et notre capacité à en savoir plus sur les plans et les capacités russes s'envolerait en fumée. » Mmm... pas trop mal pour une réponse improvisée, me suis-je dit.

Le Président a acquiescé et m'a demandé de préparer un briefing pour le gang des huit. « Qu'en est-il des équipes de campagne ? a-t-il dit. Elles doivent savoir ce que les Russes sont en train de manigancer. » Le Président se souvenait parfaitement des briefings que lui-même, ses conseillers et les spécialistes informatiques de son équipe de campagne avaient reçus de la part du FBI, au sujet de cyberattaques, à l'approche des élections de 2008, lorsque les Chinois avaient été particulièrement agressifs contre les réseaux utilisés par les campagnes d'Obama et de McCain. Denis a répondu immédiatement.

John pour coordonner le briefing du Congrès. Dès qu'il s'agit de cybermenaces, le FBI est en contact direct avec les équipes de campagne. Nous travaillerons donc là-dessus avec Jim Comey. »

La discussion a duré environ trente minutes. Au moment où je suis remonté dans mon SUV, qui m'attendait à l'extérieur de l'aile Ouest, j'ai pensé que tout le monde dans cette pièce avait compris la gravité du problème et que nous savions maintenant, tous, quelles étaient les prochaines étapes. « Maintenant, le plus dur commence, me suis-je dit. Que pouvons-nous faire pour arrêter les Russes ? »

Le lendemain matin, à la première heure, j'ai rencontré Jim Clapper, dans son bureau à Liberty Crossing, pour lui faire un compte rendu de ma discussion avec le Président Obama. Par la suite, une fois rentré à Langley, dans mon bureau, j'ai parlé à Jim Comey sur une ligne sécurisée, pendant une quinzaine de minutes, pour lui peindre un tableau similaire. Nous avons tous exprimé à quel point l'émergence croissante de l'ingérence russe dans les élections de novembre nous préoccupait. J'ai dit à Comey que la CIA fournirait au Bureau tout ce que nous savions sur les activités russes, y compris les informations concernant la participation, volontaire ou non, de citoyens américains. Enfin, plus tard cette même journée, j'ai pu m'entretenir avec Mike Rogers de la NSA. Étant donné la nature exceptionnellement sensible des informations liées à nos agents en contre-espionnage et à la protection de la vie privée, Clapper, Comey et Rogers ont tous convenu que nous devions préserver, à tout prix, la confidentialité des renseignements.

À la suite de ma conversation avec le Président Obama, Jim Comey, Mike Rogers et moi avons décidé de rassembler certains de nos experts sur la Russie, la cybersécurité et le contre-espionnage au sein d'une « cellule de fusion » qui permettrait de partager et vérifier les informations collectées par les trois agences. Je ne voulais pas que la résolution d'une question aussi grave soit ralentie par une compartimentation excessive et par des murs bureaucratiques empêchant le partage des informations nécessaires entre la CIA, le FBI et la NSA. Ayant déjà été témoin, tout au long de ma carrière, de rivalités institutionnelles aboutissant à l'échec d'une mission, j'ai décidé de prendre les devants en appliquant des mesures concrètes qui empêcheraient toute situation similaire. En l'espace de quelques jours, le FBI et la NSA ont augmenté le personnel déjà en résidence à la CIA, et la cellule de fusion était en service.

Bien qu'étant aux prises avec un effort frénétique visant à découvrir et à contrecarrer les tentatives d'ingérence de Moscou dans l'élection présidentielle, je devais continuer de m'entretenir avec les Russes au sujet de la Syrie et de tout autre développement éventuel. C'est d'ailleurs ce qui s'est passé en juin, lorsqu'un garde en uniforme du FSB s'est jeté sur un diplomate américain pour l'empêcher d'entrer dans notre ambassade à Moscou. Durant cette bagarre, qui a été filmée par l'une des caméras de sécurité de l'ambassade, le diplomate s'est fait une luxation de l'épaule. Au lendemain de l'incident, j'ai demandé à parler à Bortnikov pour dénoncer, une fois de plus, le comportement violent et inacceptable du FSB. L'appel a été reporté plusieurs fois ; il devait anticiper le sujet de mon appel. Finalement, nous avons convenu d'un entretien téléphonique le jeudi 4 août.

La veille au soir, alors que j'examinais mes points de discussion, je me suis dit qu'il serait approprié – et même important – d'aborder, directement avec Bortnikov, le sujet de l'ingérence russe. J'ai alors appelé Avril pour lui expliquer mon raisonnement, en espérant, une fois convaincue, qu'elle en ferait de même avec les autres à la Maison-Blanche, pour leur faire admettre que c'était la bonne chose à faire. « Je peux citer les articles de presse sur les courriels volés et sur les rapports d'implication russe, lui ai-je dit, et je peux le faire sans révéler l'étendue de nos connaissances ni mettre en péril nos sources et méthodes les plus sensibles. Il me paraît tout simplement inimaginable d'avoir une conversation avec le chef du premier service de sécurité de la Russie, qui se trouve être l'un des plus proches confidents de Poutine, sans rien dire au sujet des efforts actuels de la Russie pour interférer avec notre élection. Quel message enverrions-nous aux Russes si jamais je ne disais rien ? Nous devons leur dire, sans aucun détour, qu'ils doivent la mettre en veilleuse. Cet appel à Bortnikov est une occasion de calmer leurs ardeurs avec une balle rapide haute. » Je ne sais pas si Avril avait bien compris ma métaphore baseballistique, mais bon, j'étais sur ma lancée. « Je vais en parler avec Clapper et Comey, et je suis sûr qu'ils y seront favorables. » Avril a accepté ma proposition et m'a demandé de lui envoyer les points de discussion que je comptais utiliser. Elle a réussi, avec quelques efforts et cajoleries, à convaincre les autres à la Maison-Blanche – certains se demandant s'il était bien à moi d'être le premier responsable de l'administration à soulever la question avec les Russes – de signer les points de discussion que j'avais proposés le lendemain matin.

Je souhaitais aborder trois sujets avec Bortnikov. En premier lieu, j'ai évoqué l'incapacité persistante de la Russie à empêcher les violations syriennes répétées des accords de cessation des hostilités sur Alep. Je ne me suis pas attardé sur cette question, car je savais que Bortnikov se contenterait de relayer mes remarques au ministre des Affaires étrangères, Sergeï Lavrov, qui avait pris la tête du corps diplomatique russe lors des négociations en Syrie, aux côtés du chef de cabinet, Ivanov. J'ai ensuite frappé Bortnikov, là où ça fait mal, en mentionnant l'affaire du diplomate américain blessé. « Cette infraction est en contradiction directe avec les promesses que vous m'avez faites, selon lesquelles aucun diplomate américain ne serait maltraité physiquement par vos officiers. » Bien que je ne l'aie pas menacé de représailles, j'ai pris soin d'ajouter que le FBI n'avait jamais agressé aucun diplomate russe et que nous nous attendions à un traitement réciproque. Bortnikov a contesté les faits en affirmant que c'est le diplomate américain qui avait attaqué le garde du FSB. Je lui ai simplement dit qu'il avait tort et que nous avions des images vidéo pour le prouver.

Enfin, j'ai fait place aux points de discussion liés à l'élection, qui ont suivi l'enchaînement suivant :

- Les journaux regorgent d'articles faisant état de tentatives russes de s'immiscer dans notre prochaine élection présidentielle. Certains rapports affirment que les services de renseignement russes sont impliqués, d'une part, dans le piratage de réseaux informatiques affiliés au Parti démocrate et d'autre part, dans la publication de courriels volés ;

- Si ces rapports sont exacts, les services de renseignement russes doivent arrêter ces activités immédiatement. Toute nouvelle tentative d'ingérence dans nos élections nuirait gravement aux relations entre les États-Unis et la Russie et empêcherait, pendant de nombreuses années, nos gouvernements de coopérer afin de résoudre d'importantes questions bilatérales et multilatérales ;

- Toute interférence avec notre élection se révélerait contre-productive. Tous les citoyens américains seraient scandalisés d'apprendre que la Russie tente d'interférer avec les fondations les plus solennelles de notre démocratie – le droit de choisir nos élus, y compris le Président, sans aucune ingérence extérieure.

La réponse de Bortnikov ne m'a pas surpris. « Monsieur le directeur, jamais la Russie n'oserait rêver de s'ingérer dans une élection étrangère, en particulier une élection présidentielle américaine. Nous sommes prêts à travailler avec celui qui sera choisi comme prochain Président par les Américains. Voici encore un exemple des accusations que subit la Russie, alors qu'elle n'est pas responsable.

— Alexandre, ai-je dit d'un ton sévère, je vous demande de transmettre immédiatement ces informations au président Poutine. Il est important qu'il comprenne la gravité de cette question et les conséquences de l'ingérence russe dans nos élections. »

Bien que ce soit le GRU et non le FSB qui ait été le principal service russe impliqué dans le piratage des réseaux démocrates, j'étais sûr que Bortnikov était pleinement conscient de ce qui se passait. J'étais également convaincu que Bortnikov relaierait mes arguments à Poutine. Mais non, je n'ai plus jamais entendu parler de Bortnikov. En fait, ma conversation avec lui, ce jour-là, au sujet de l'ingérence russe dans notre élection présidentielle, est la dernière discussion que j'ai eue avec lui ou avec tout autre responsable russe.

Conformément aux directives présidentielles, le Bureau des affaires du Congrès (à la CIA) a contacté les bureaux du gang des huit, au cours de la première semaine d'août, pour leur faire savoir que j'avais besoin de leur parler personnellement d'une question importante et délicate. Le Sénat et la Chambre étant déjà en pause estivale, nous avons demandé aux députés de nous indiquer où et quand chacun pourrait écouter notre briefing. Nous leur avons dit que chacun pouvait être accompagné par un seul représentant doté des habilitations de sécurité nécessaires.

Trois briefings ont eu lieu en août et cinq en septembre. Durant chaque présentation, je me suis appuyé sur des points de discussion soigneusement préparés, qui décrivaient ce que nous savions et ignorions sur l'ampleur et la nature des tentatives d'interférence russe avec nos élections. J'ai fourni une explication très approfondie sur la provenance de nos connaissances, en ajoutant que selon nous, ces efforts d'ingérence visaient à menacer l'intégrité des élections, à nuire à la secrétaire Clinton et à améliorer les perspectives électorales de Donald Trump.

J'étais accompagné, à chacun de ces briefings, par Neal Higgins, le directeur du Bureau des affaires du Congrès, qui prenait des notes. C'est Adam Schiff qui a été briefé en premier. Il avait déjà prévu de se rendre à la CIA, début août, pour évoquer un autre problème, alors il s'est arrêté dans mon bureau. Cela a ensuite été au tour de Nancy Pelosi, que j'ai rencontrée dans un SCIF du quartier de Capitol Hill. Schiff et Pelosi ont rapidement saisi la gravité des informations et ont demandé à être tenus informés du moindre nouveau renseignement disponible.

Nous avons ensuite indiqué à la secrétaire de Harry Reid que nous voulions faire le briefing en personne. Elle nous a répondu qu'il était au Nevada et qu'il ne serait pas de retour à Washington avant le mois de septembre, mais qu'il tenait à être briefé par ligne sécurisée dès que possible. J'ai accepté, tout en précisant que je ne serais pas en mesure de discuter de certains des détails les plus sensibles, même sur une ligne sécurisée. J'avais développé une bonne relation avec le sénateur Reid, cela grâce à des mises à jour trimestrielles que je fournissais personnellement et séparément à lui et à son homologue républicain, le sénateur Mitch McConnell. Reid a toujours manifesté une véritable curiosité intellectuelle pendant ces mises à jour, ce qui n'a pas toujours été le cas de McConnell. Nous avons donc organisé un appel téléphonique, à la mi-août, et Reid a pris mon appel sur une ligne sécurisée au bureau du FBI, à Las Vegas. Comme avec Schiff et Pelosi, j'ai parcouru les points clés de mon briefing, laissant volontairement de côté certains des aspects les plus sensibles associés aux sources et méthodes d'acquisition de certains renseignements. Une fois terminé, Reid m'a avoué avoir été profondément perturbé par des informations reçues récemment sur les Russes et la campagne de Trump. Il m'a dit qu'il était en train d'écrire une lettre à Jim Comey pour encourager le FBI à enquêter sur ce qu'il avait appris. « John, puis-je inclure les informations que vous venez de partager avec moi dans ma lettre à Comey ? m'a-t-il demandé. Je veux être sûr que Comey comprenne l'urgence de cette situation. La lettre sera classifiée.

— Désolé, monsieur, non, lui ai-je répondu. Je dois vous demander de ne faire aucune référence au contenu de notre conversation dans votre lettre. »

Je ne savais pas qui allait voir la lettre de Reid, avant et après qu'il l'aurait envoyée à Comey, et je voulais éviter toute fuite. « Jim Comey est pleinement conscient de tout ce que je vous ai dit, cela dit, ce que j'ai partagé avec vous est exceptionnellement sensible et ne devrait être inclus dans aucun courrier. Mais vous pouvez certainement en discuter de vive voix avec Jim. »

Un grand nombre d'experts de droite, d'activistes sur les réseaux sociaux, et de critiques, et même de membres du Congrès – y compris le député Devin Nunes – ont publiquement affirmé que j'avais parlé à Harry Reid, ce jour-là, du tristement célèbre « dossier Steele » compilé par l'ancien agent du renseignement britannique, Christopher Steele. Rien ne pourrait être plus mensonger. Lorsque j'ai parlé à Harry Reid en août, je n'avais pas vu ni même entendu parler de ce dossier. Ce n'est qu'à la fin du mois de septembre que j'ai appris son existence, lorsque Tom Brokaw, Richard Engel et quelques autres journalistes m'ont approché en marge d'une conférence à Aspen, au Colorado, pour me demander si j'avais entendu parler de certains rapports indécents, circulant dans les médias, évoquant les évasions sexuelles présumées de M. Trump en Russie. Même si je n'en suis pas sûr, je suppose que leur question était reliée au dossier Steele. Je leur ai répondu que je n'avais vu aucun rapport de ce genre. C'est uniquement à la mi-décembre que le FBI m'a envoyé une copie du dossier Steele afin de préparer une discussion visant à décider si le FBI devait ajouter un résumé du dossier à l'évaluation classifiée de l'ingérence électorale russe, que la communauté du renseignement était, à l'époque, en train de rédiger. Résultat ? Il a été ajouté.

C'est le mardi 6 septembre, le lendemain de la fête du Travail, que j'ai briefé les cinq autres membres du gang des huit. Tous les briefings ont été faits individuellement dans les bureaux du Congrès. Le premier briefing a été réservé au leader de la minorité au Sénat, McConnell, et c'est cette séance qui a été la plus riche en émotions. Dès notre arrivée, Tom Hawkins, le représentant de McConnell, nous a accueillis, Neal et moi, dans une salle de conférence sécurisée du Sénat. Bien que je n'aie pas toujours été d'accord avec les principes et opinions politiques prônés par Tom, lors de réunions précédentes, je le considérais comme l'un des fonctionnaires les plus compétents et les plus dévoués du Capitole. Et ce jour-là, étant donné l'importance de la question, j'étais heureux qu'il assiste au briefing.

McConnell est entré dans la salle de conférence, le visage impassible, comme d'habitude, et s'est assis à la table. « Alors, quoi de neuf ? » a-t-il dit. J'ai alors parcouru les mêmes arguments que j'avais utilisés lors des autres sessions, en soulignant que les activités russes étaient en cours et que la CIA, le FBI et la NSA travaillaient d'arrache-pied pour mettre à jour l'ensemble des opérations menées par le renseignement russe. Une fois terminé, McConnell a affirmé, sûr de lui : « Mmm, certains pourraient dire que la CIA et l'administration Obama font de tels commentaires pour empêcher Donald Trump d'être élu Président. » Je n'en revenais pas. J'étais sidéré. Le leader républicain du Sénat était là, face à moi, en train de rejeter les renseignements fournis personnellement par le directeur de la CIA au sujet de l'ingérence russe dans une élection présidentielle qui n'était que dans deux mois. En suggérant la participation de la CIA à un complot organisé par les démocrates pour gagner l'élection présidentielle, McConnell a montré à quel point son instinct politique était partisan. Je pouvais sentir mon sang bouillonner, mais j'ai réussi à supprimer un désir viscéral de lui dire ses quatre vérités et ce que je pensais de son commentaire offensant.

« Eh bien, cher sénateur, ai-je dit avec un regard noir, j'ose espérer que *vous* ne suggérez rien de la sorte, car je prendrais fort ombrage de votre insinuation selon laquelle la CIA profiterait de ses responsabilités statutaires pour s'engager dans des activités politiques partisanes. » Il savait que j'étais en colère, et j'étais content qu'il le sache. À ce moment-là, Tom Hawkins a fait un commentaire ou posé une question, je ne me souviens plus, pour désamorcer la tension évidente qui avait rempli la pièce. Neal est également intervenu dans l'espoir que je ne fasse pas une « Brennan » (un terme que mon personnel et mes amis utilisaient, à l'époque, pour décrire ces occasions où je ne pouvais plus m'empêcher de dire tout ce que je pensais à mon interlocuteur). En l'espace de quelques minutes, McConnell s'est excusé, puis est sorti, sans rien dire de plus. Tom est resté assis, pour poser quelques questions supplémentaires à propos du score de confiance analytique de ces informations. « Très élevé, Tom, ai-je répondu. Sans cela, je ne demanderais pas un entretien avec McConnell.

— D'accord, c'est compris, je vais lui parler », ont été ses derniers mots.

Mes rencontres suivantes avec les sénateurs Feinstein et Burr ainsi qu'avec le président de la chambre des représentants, Paul Ryan, se sont beaucoup mieux passées. Mes remarques les ont tous poussés à exprimer un vif intérêt et une profonde inquiétude. Toutefois, ils étaient satisfaits de savoir que la CIA travaillait en étroite collaboration avec le FBI et la NSA pour connaître les tenants et les aboutissants des activités russes. Ils ont également demandé à être mis à jour régulièrement. Le briefing avec Devin Nunes, président du comité du renseignement de la Chambre, a été marqué par son manque général de curiosité ou de préoccupation. « Eh bien, que Dieu ait notre âme, ai-je dit à Neal, en sortant. C'est dans ce genre de moment que je regrette la présence de Mike Rogers comme président du comité du renseignement de la Chambre. » (Rogers – à ne pas confondre avec l'ancien directeur de la NSA, Mike Rogers, ou avec le congressiste de l'Alabama, Mike Rogers – était un congressiste républicain du Michigan qui a décidé de ne pas se présenter à sa réélection en 2014.) « J'ai eu des accrochages avec Mike, mais il était intelligent et véritablement intéressé par la sécurité nationale. Malheureusement, Nunes n'était ni l'un ni l'autre. » Et depuis ce jour, Nunes n'a cessé de prouver ce que je voulais prouver.

26

MAIS QU'EST-CE QUI S'EST PASSÉ ? !

La cellule de fusion, constituée début août par les experts de la CIA, du FBI et de la NSA (Agence nationale de sécurité), préparait régulièrement des mises à jour et des analyses qui portaient sur l'état des efforts d'ingérence électorale de Moscou, et que j'ai utilisées, tout au long des mois de septembre et octobre, pour briefer le Président Obama et son équipe de sécurité nationale. La CIA, le FBI et la NSA disposent d'autorités opérationnelles complémentaires qui englobent les sources humaines, la collecte technique et les autorités de mise en vigueur de la loi. Ces trois agences ont prouvé, à de maintes reprises, qu'elles étaient capables de collaborer efficacement sur les dossiers de contre-espionnage. Cette enquête exigeait la plus grande discrétion, et je voulais que les personnes impliquées fassent état d'un « besoin de savoir » absolu. Étant donné que je voulais protéger des sources et des méthodes de renseignement extrêmement sensibles, j'ai fait en sorte que seules nos trois agences – historiquement en charge de l'essentiel des enquêtes de contre-espionnage – puissent accéder à la cellule de fusion.

Il s'agissait de l'enquête de contre-espionnage la plus complexe et la plus périlleuse, politiquement parlant, que je n'ai jamais vue. Elle impliquait ce qui semblait être de l'ingérence russe dans les prochaines élections présidentielles américaines, avec Moscou voulant nuire au candidat démocrate tout en favorisant son rival républicain. Qui plus est, des Américains, y compris certaines personnes affiliées à la campagne de Trump, semblaient être pris, sciemment ou non, dans le stratagème russe. Il arrive que la CIA et la NSA, au cours de leurs activités de collecte autorisées contre des cibles étrangères, recueillent des informations sur des entités et des citoyens américains. C'est ce que l'on appelle de la « collecte accidentelle ». Si les informations recueillies impliquent une éventuelle violation de la loi américaine par des Américains, ces informations sont immédiatement transmises au FBI qui devient responsable de la suite des opérations. Compte tenu de la nature potentiellement volatile de ces informations, si jamais elles sont partagées avec le domaine politique, j'étais déterminé à empêcher leur diffusion au sein même de la communauté du renseignement ou pire encore, leur divulgation publique.

L'enquête de contre-espionnage et les efforts de collecte de renseignements étant bien avancés, la Maison-Blanche a organisé plusieurs réunions au niveau des députés, des premiers adjoints et du Conseil de sécurité nationale afin d'examiner quelles options politiques permettraient de perturber l'ingérence russe. Le Président Obama a répété aux participants qu'il voulait que les Russes soient dissuadés, mais en veillant à ce que le gouvernement américain ne fasse rien qui puisse involontairement affecter, de quelque manière que ce soit, le vote de novembre. « Nous devons empêcher les Russes d'affecter le vote lui-même sans faire quoi que ce soit qui puisse, d'une manière ou d'une autre, les aider à menacer l'intégrité des élections, a-t-il déclaré lors d'une réunion. Veillons à ne rien faire qui aggraverait la situation. » À l'époque, j'ai interprété son commentaire en me disant qu'une réaction excessive de la part de la communauté du renseignement ou des forces de l'ordre – comme des activités de collecte et de perturbation plus agressives et potentiellement controversées à l'encontre des efforts d'ingérence électorale russes – pourrait donner à la population l'impression généralisée que ce sont les interventions de l'administration Obama qui ont rendu invalides les résultats de l'élection de novembre, et non pas l'ingérence russe.

Conformément aux directives du Président, les hauts fonctionnaires à la sécurité nationale étaient tous d'avis qu'il fallait donner suite à mon appel téléphonique de début août à Bortnikov, afin d'avertir une nouvelle fois les Russes, en privé et en public, des conséquences de toute activité d'ingérence électorale. C'est donc un Président Obama, au visage sinistre, qui s'est adressé à Poutine en marge du sommet du G20, à Saint-Pétersbourg, en septembre, puis de nouveau par téléphone à la fin du mois d'octobre ; deux échanges durant lesquels Poutine a prudemment rejeté ces allégations. Le 7 octobre, un communiqué officiel soulignant la responsabilité des Russes dans le vol des courriels du Parti démocrate, afin d'interférer avec l'élection présidentielle, a été rendu public par le secrétaire à la Sécurité intérieure, Jeh Johnson, et le directeur du renseignement national, Jim Clapper. Malheureusement, la fameuse caméra cachée diffusée par *Access Hollywood*, dans laquelle Donald Trump fait des remarques misogynes et scabreuses sur ses interactions avec les femmes, est passée à l'antenne le même jour que le communiqué de Johnson et Clapper. Aucun discours, aussi bien écrit soit-il, ne peut gagner l'attention des médias lorsqu'il est opposé à l'enregistrement d'un candidat à la présidence en train de vanter son contact avec les femmes, de manière grossière, offensante et obscène.

Malgré le manque d'attention du public, nos efforts gouvernementaux visant à prévenir une crise électorale potentielle se sont poursuivis. Le débat politique le plus intense en matière de sécurité nationale a porté sur les mesures que les États-Unis devaient prendre pour dissuader la Russie de toute nouvelle tentative d'ingérence électorale. Nous ne savions pas si les Russes prévoyaient de lancer une attaque le jour des élections, mais plusieurs États ont détecté des sondes implantées dans leurs systèmes informatiques de vote par une société russe. Bien que l'administration ait évalué qu'il serait extrêmement difficile pour les Russes de modifier le nombre total de votes, en raison d'une variété de redondances et de mesures de protection dans le système électoral national décentralisé, nous craignions que les services de renseignement russes sèment le chaos à l'échelle locale en désactivant le système informatique d'inscription des électeurs et en empêchant tout simplement les électeurs de voter. Pour faire face à un tel scénario, le secrétaire Johnson a proposé une aide fédérale aux fonctionnaires nationaux et locaux, afin de faciliter la surveillance de leurs réseaux électoraux, de détecter toutes les intrusions informatiques et d'améliorer leurs capacités d'hygiène informatique.

Une des options à notre disposition consistait à envoyer à Moscou un signal clair et net selon lequel Washington dispose, lui aussi, de capacités informatiques considérables, qu'il pourrait enclencher en réponse à de nouvelles mesures d'interférences russes. Au fil des années, on m'a demandé à maintes reprises pourquoi la Russie et la Chine avaient de meilleures capacités informatiques que les États-Unis. La réponse ? Leurs capacités ne sont pas meilleures. Le gouvernement des États-Unis possède d'incroyables capacités informatiques, y compris sur le front de l'attaque, et il aurait très bien pu les utiliser contre la Russie à l'automne 2016. Le dilemme, cependant, était que, indépendamment de la subtilité ou de la puissance d'une cyberattaque américaine, nous ignorions si une telle intervention inciterait les Russes à reculer ou, au contraire, à intensifier leur campagne d'ingérence électorale, ce qui aggraverait la situation. Le spectre d'une spirale de cyberattaques entre les États-Unis et la Russie, à la veille d'une élection présidentielle américaine très contestée, m'a obligé à me prononcer contre une cyberattaque. Aujourd'hui encore, je continue de croire que c'était la bonne décision.

Je n'aurais pas aimé être à la place du Président Obama, durant les semaines qui ont précédé l'élection présidentielle du 8 novembre. En tant que chef de la branche exécutive, commandant en chef et chef titulaire du Parti démocrate, il a dû observer sa collègue démocrate et ancienne secrétaire d'État combattre un adversaire inexpérimenté et dénué de principes qui jouissait – et saluait publiquement – le soutien actif de la Russie, principal adversaire des États-Unis. C'est le 26 juillet 2016 que Trump a déclaré publiquement qu'il espérait que la Russie mettrait la main sur les courriels de la secrétaire Clinton et qu'elle les partagerait avec la presse (selon le rapport Mueller, des officiers russes du GRU [Service de renseignement militaire russe] ont « ciblé, pour la première fois, le bureau personnel de la secrétaire Clinton », cinq heures après le commentaire de Trump). La Maison-Blanche et les communautés du renseignement et des forces de l'ordre sont également devenues inquiètes lorsque Trump s'est mis, plusieurs fois durant ces rassemblements de campagne, à encenser Poutine et WikiLeaks tout en se moquant des rapports selon lesquels la Russie tentait d'influencer l'élection en piratant les réseaux démocrates.

À mes yeux, il était évident que le Président Obama et la plupart des membres de la Maison-Blanche s'attendaient à ce qu'Hillary Clinton remporte les élections de novembre, et cela même si chacun avait l'impression que la course et le résultat seraient plus serrés que prévu. Certains se demandent si le Président Obama aurait été plus agressif vis-à-vis de l'ingérence russe s'il avait su, à l'époque, que l'élection allait se jouer sur un coup de dés ou que Trump pouvait effectivement l'emporter. Voici une question qui restera sans réponse, cependant, je suis persuadé qu'il n'aurait jamais rien fait d'inapproprié ou de contraire à l'éthique pour aider les perspectives électorales de la secrétaire Clinton. L'intégrité personnelle du Président Obama, l'adhérence à l'État de droit et son profond respect de la présidence ne l'auraient pas autorisé. Au mieux, il aurait autorisé que l'on brouille les réseaux informatiques russes, en espérant réduire l'efficacité de tout nouvel effort d'interférence.

Je suis souvent interrogé sur deux décisions prises par Jim Comey, avant l'élection présidentielle de 2016, dont l'impact a été à l'origine de nombreuses controverses et spéculations, en rapport avec le résultat de l'élection. La première décision a été de tenir une conférence de presse, le 5 juillet, pour discuter des conclusions et des recommandations de l'enquête du FBI sur l'utilisation, par Hillary Clinton, d'un serveur de messagerie personnel alors qu'elle était secrétaire d'État. La seconde décision a été d'informer le Congrès, une semaine avant l'élection, par le biais d'une lettre non classifiée, que le FBI avait acquis des courriels « apparemment en relation » avec cette enquête. Dans cette lettre, Comey a déclaré que le FBI était en train d'enquêter pour déterminer si les courriels contenaient des informations classifiées et pour « évaluer leur importance dans le cadre de l'enquête ». Je suis persuadé, compte tenu des circonstances extraordinaires de l'affaire, que Jim pensait bien faire. Je suis également convaincu qu'aucune de ces deux décisions n'a été motivée par des arguments politiques. Dans tous mes échanges avec Jim, il n'a jamais, ne serait-ce qu'une seule fois, manifesté un soupçon de politisation guidant la conduite de ses fonctions. Néanmoins, et en admettant d'abord que je n'étais pas à la place de Jim, à l'époque, et que je ne connais pas tous les faits et conseils à sa disposition, je pense que les décisions de Jim ont été des erreurs.

Organiser une conférence de presse pour annoncer les résultats de l'enquête du FBI sur les courriels de la secrétaire Clinton constituait une rupture, on ne peut plus radicale, avec les pratiques habituelles du FBI consistant à fournir les résultats et les recommandations de leur enquête au département de la Justice. Dans ce cas précis, le département de la Justice ne savait rien des projets de conférence de presse de Jim et n'a, d'ailleurs, été mis au fait que lorsqu'il a reçu des demandes des médias ce matin-là. Par ailleurs, et en dépit des recommandations du FBI suggérant de ne pas inculper la secrétaire Clinton, Jim l'a publiquement accusée d'être « extrêmement négligente » lorsqu'il s'agissait de traiter des informations très sensibles et hautement confidentielles. Jim a justifié ses remarques, lors de la conférence de presse, en disant que le niveau de médiatisation de cette enquête était tel que cela exigeait une transparence sans précédent. Dans son livre *Une loyauté à toute épreuve,* Jim déclare également qu'il était au courant d'informations susceptibles de mettre sérieusement en doute l'indépendance décisionnelle de la procureure générale, Loretta Lynch, et qui auraient prêté crédit, si elles avaient été exposées, à des revendications selon lesquelles sa décision de ne pas inculper la secrétaire Clinton était motivée par un agenda politique. Jim ajoute que ces informations ne sont pas associées à la réunion de trente minutes, très critiquée, de la procureure générale avec l'ancien Président Clinton, à bord de son avion, sur le tarmac de l'aéroport de Phoenix, la semaine précédant le point presse de Jim.

Organiser une telle conférence de presse est une décision qui, d'après moi, a posé problème à trois niveaux. Premièrement, les directives du département de la Justice stipulent clairement que la Section de l'intégrité publique de la Division criminelle du département doit être consultée, dès qu'il s'agit de questions relatives au « moment approprié pour inculper ou pour mener une enquête plus appuyée à l'approche d'une élection primaire ou présidentielle ». L'enquête sur les courriels de Clinton, pendant l'élection présidentielle de 2016, était à la une de tous les journaux, et il était évident que toute annonce gouvernementale officielle sur ce sujet aurait des implications politiques majeures. La décision d'ignorer les directives du département de la Justice a été très lourde de conséquences, et selon moi, ce n'est pas une décision qui aurait dû être prise unilatéralement par un directeur du FBI. Deuxièmement, même si la saison électorale n'était pas encore ouverte, le directeur du FBI n'a pas la prérogative de déclarer publiquement si le Bureau recommande ou non, au département de la Justice, d'inculper une autre personne. En agissant ainsi, Jim s'est approprié, à tort, l'autorité de la procureure générale et a compromis la capacité du département à mener son propre raisonnement, ce qui a souvent lieu après des discussions avec le FBI. Et troisièmement, il n'appartient pas au directeur du FBI de décider quand, et à propos de qui, les résultats de son évaluation d'activités non criminelles – en l'occurrence, le traitement « extrêmement négligent » d'informations classifiées – peuvent être rendus publics. En dépit de son importance publique, la secrétaire Clinton avait droit au même traitement que tout autre citoyen américain faisant l'objet d'une enquête du FBI, et n'étant pas ultérieurement accusé de crimes.

La décision de Jim de notifier le Congrès des courriels obtenus par le Bureau, en octobre, était tout aussi problématique. Les directives du département décrivant le besoin de le consulter avant d'entreprendre une enquête, à la veille d'une élection, doivent être appliquées de manière encore plus scrupuleuse, mais une fois de plus, elles ont été ignorées. Jim a envoyé sa lettre au Congrès avant de savoir si les courriels, qui étaient sur un ordinateur portable utilisé par l'ancien congressiste américain, Anthony Weiner, contenaient d'autres informations classifiées ou même de savoir s'ils étaient tous en possession du FBI. Étant donné que Jim avait été informé par ses experts techniques qu'il faudrait au moins plusieurs semaines pour exploiter le contenu de l'ordinateur (ce qui, en fin de compte, a pris beaucoup moins de temps que prévu), il a estimé qu'une notification était nécessaire parce qu'il avait déjà informé le Congrès de la clôture de l'enquête. Toute question consistant à se demander si l'acquisition d'un ordinateur portable au contenu indéterminé justifiait de rouvrir l'enquête est une histoire de conjecture.

En décidant de reprendre l'affaire des courriels de Clinton, Jim a souvent été critiqué parce qu'il n'a pas pris la peine d'informer le Congrès, ni de révéler au public, que le FBI avait déjà lancé l'enquête Crossfire Hurricane, dont le but était de déterminer si des personnes associées à la campagne Trump coordonnaient « sciemment ou non » les efforts du gouvernement russe. Selon moi, cette critique est totalement injustifiée. À l'époque, Crossfire Hurricane était une enquête, en cours et très délicate, qui n'avait pas été partagée avec le Congrès, et si le Congrès ou le public avait été prévenu, cela aurait constitué une violation des protocoles d'enquête et du droit au respect de la vie privée des citoyens américains, ainsi qu'un acte hautement suspect de politisation.

Évaluer la pertinence et la sagesse des décisions prises par Jim en 2016, en bénéficiant de recul et en connaissant le résultat des élections de 2016, est un exercice de logique bien différent de celui auquel Jim a dû se prêter, à l'époque. À l'instar de nombreuses décisions que j'ai prises, tout au long de ma carrière, je ne serais pas surpris de voir Jim prendre des décisions différentes, si on lui donnait une autre chance.

Une fois Donald Trump élu Président en obtenant la majorité des votes du collège électoral, et cela bien qu'ayant recueilli quasiment trois millions de votes populaires de moins que la secrétaire Clinton, la cellule de fusion a commencé à mettre un terme à son travail associé aux élections. Étant donné que l'enquête Crossfire Hurricane du FBI était toujours en cours, la CIA et la NSA ont continué à collecter des renseignements étrangers liés aux activités russes dans notre pays et à transmettre au FBI toute information importante acquise incidemment sur des personnes américaines.

Denis McDonough m'a appelé sur une ligne sécurisée, début décembre, pour me dire que le Président Obama voulait un rapport sur tout ce que les Russes avaient fait pour interférer avec les élections. « Le Président veut un compte rendu écrit complet sur ce qui s'est passé, John. Toutefois, est-il possible de le faire, a-t-il ajouté, sans compromettre les sources et les méthodes les plus sensibles ? » J'ai dit à Denis que la rédaction d'un dossier écrit était une excellente idée et que le Président devrait demander à Jim Clapper de superviser la production d'une telle évaluation. J'ai toutefois ajouté une précision.

« La CIA peut s'occuper de la rédaction même du rapport, ai-je dit à Denis, mais si le Président veut un compte rendu complet de ce qui s'est passé, tout en protégeant nos sources et méthodes, nous devons limiter l'accès au processus de coordination au Bureau du directeur du renseignement national, à la CIA, au FBI et à la NSA. Ce sont les seules agences à avoir pleinement accès à toutes les informations sous-jacentes. » Je savais que limiter la participation à un tel projet n'était pas la pratique courante. En effet, une évaluation formelle de la communauté du renseignement, comme une estimation, reflète les points de vue des dix-sept membres de la communauté du renseignement. Cependant, il m'était purement et simplement impossible de divulguer le travail de nos services de contre-espionnage – c'est-à-dire des informations extrêmement sensibles et synonymes de conséquences politiques, à l'encontre même de citoyens américains – aux centaines de personnes supplémentaires travaillant dans ces agences.

J'ai appelé Jim Clapper pour lui faire part de la requête du Président. Après avoir évoqué les modalités procédurières, nous avons convenu qu'il devait y avoir un document complet avec mot de passe top secret ainsi qu'une version non classifiée dérivée de celui-ci et contenant exactement les mêmes conclusions. Jim a convenu que la CIA devait être le rédacteur principal, et contrairement aux dires de divers théoriciens du complot de droite, ce n'est pas moi qui ai sélectionné les officiers de la CIA ayant rédigé l'évaluation (il aurait été très inhabituel pour le directeur de la CIA de choisir personnellement les rédacteurs d'une évaluation, mais cela aurait également été, sur le plan professionnel, contraire à l'éthique). Au lieu de cela, j'ai laissé les divisions de la CIA spécialisées dans le domaine de la Russie, de la cybersécurité et du contre-espionnage, sélectionner elles-mêmes les experts – dont certains avaient fait partie de la cellule de fusion – les plus à même de rédiger le rapport.

La première version de cette évaluation a été terminée en deux semaines. David Cohen et moi-même l'avons relue, en posant quelques questions, mais sans apporter de modifications au fond. Les conclusions de cette évaluation – selon lesquelles le président Poutine avait ordonné la mise en place d'une campagne d'influence, lors de l'élection présidentielle de 2016, pour ébranler la foi des citoyens américains dans leur démocratie, pour discréditer la secrétaire Clinton afin d'affaiblir son éligibilité et son éventuelle présidence, et pour faciliter l'élection de Donald Trump – n'avaient pas changé par rapport à l'analyse faite avant l'élection. Bien que l'évaluation ait été coordonnée par des experts de la CIA, du FBI et de la NSA, Jim Clapper, Jim Comey, Mike Rogers et moi avons eu plusieurs conversations à ce sujet. L'une de nos discussions a eu lieu par ligne sécurisée. J'étais à Mountainside, dans le New Jersey, pour rendre visite à mon père, gravement malade à l'époque, et j'ai pris l'appel dans mon SUV, garé à l'extérieur de la maison de retraite médicalisée de mes parents. Nous étions tous d'accord pour dire que ce projet de rapport était de très bonne qualité et que ses conclusions, toutes associées, à l'époque, à un niveau élevé de confiance analytique, étaient sensées. Un point de divergence est apparu lorsque Mike Rogers, de la NSA, a déclaré que selon lui, le nombre de renseignements justifiant la conclusion du rapport – les Russes souhaitaient la victoire de Trump – n'était pas suffisant pour lui donner un score de confiance analytique élevé. Ayant pratiquement consommé, au cours des mois précédents, tous les renseignements mis à notre disposition sur l'ingérence électorale russe, j'ai dit à Mike que j'étais d'accord avec les analystes. Jim Clapper et Jim Comey ont alors précisé qu'eux aussi étaient d'accord. Mike a répondu qu'il réexaminerait cette conclusion, en particulier, avant de finalement décider que la NSA ne lui attribuerait qu'un score de confiance analytique modéré, soit un niveau en dessous. Cette modification du score de la NSA a finalement été ajoutée au rapport final.

Mike n'était pas le seul à remettre en question le niveau de confiance analytique des conclusions de l'évaluation sur les liens entre la Russie et la campagne présidentielle de M. Trump. Deux autres hauts dirigeants du centre de mission de la CIA, responsable des questions sur la Russie – l'un avec une vaste expérience opérationnelle et l'autre avec une solide expérience analytique –, m'ont rendu visite dans mon bureau pour me dire qu'ils étaient d'accord avec Mike Rogers. Après une longue discussion, au cours de laquelle je suis arrivé à la conclusion que les deux officiers n'avaient pas lu tous les renseignements disponibles, j'ai dit que je ne contredirais pas la conclusion des analystes de la CIA qui, en équipe, étaient profondément familiers avec tous les renseignements pertinents et avaient, ensemble, attribué un score de confiance analytique élevé. J'ai encouragé les deux agents, qui avaient fait part de leurs préoccupations aux rédacteurs de l'évaluation, à discuter de nouveau avec les auteurs.

Le seul autre aspect de l'évaluation qui a été décidé au niveau de la direction a été la façon de gérer le dossier Steele. Puisque ni le contenu du dossier ni aucune de ses sources et sources secondaires n'ont été validés par le renseignement américain, les analystes de la CIA se sont fermement opposés à l'utilisation des informations contenues dans ce dossier pour rédiger l'évaluation et leurs conclusions. Jim Clapper et moi étions d'accord avec cette manière de faire. Néanmoins, Jim Comey et son adjoint, Andy McCabe, ont fait remarquer que le Président Obama voulait que le rapport écrit soit complet, ce qui semblait difficile sans inclure le contenu du dossier Steele qui était très lié à la Russie et à M. Trump. Après avoir examiné les options disponibles, il a été décidé que le Bureau rédigerait un résumé d'une page du dossier et que celui-ci serait ajouté comme annexe à la version hautement confidentielle avec mot de passe top secret de l'évaluation qui serait fournie au Président élu Trump. Le contenu du dossier n'a influencé en rien les analyses et les conclusions incluses dans l'évaluation elle-même.

Tandis que l'évaluation était en cours de rédaction et de finalisation, un grand nombre de congressistes – républicains et démocrates – nous ont demandé d'être briefés au sujet de l'ingérence russe. Malheureusement, début décembre, un membre de la communauté du renseignement, qui n'était pas au courant des informations les plus sensibles, a proposé un briefing au Comité permanent de sélection des renseignements de la Chambre des représentants, en sous-estimant de manière significative ce que l'on savait de la campagne d'influence dirigée par Poutine. Les républicains rejetaient déjà tous les rapports disant que les Russes avaient contribué à la victoire de Trump, et Devin Nunes – qui était devenu de plus en plus partisan, et membre de l'équipe de transition présidentielle de Donald Trump – a convoqué un briefing du comité le 15 décembre. Nunes voulait que les briefeurs soient Jim Clapper, Jim Comey et moi. Le matin précédent, j'ai appelé Jim Clapper pour lui dire qu'il valait mieux éviter de faire un briefing avant la fin de l'évaluation du renseignement, cela afin de pouvoir fournir ultérieurement un compte rendu complet, précis et cohérent au Congrès. Ce même après-midi, j'ai contacté le bureau de Nunes pour expliquer notre position, mais Nunes a refusé de prendre mon appel, préférant prendre la parole en public, pour nous démolir – d'une manière malhonnête qui allait devenir sa norme – parce que nous « refusions » de briefer le comité. Les bouffonneries de Nunes étaient bien connues, même à l'époque, des autres membres du Congrès. J'ai donc appelé le président Ryan, ce soir-là, pour lui expliquer pourquoi nous voulions reporter le briefing. Conciliant, comme à son habitude, le président m'a répondu qu'il comprenait parfaitement, en ajoutant de ne pas m'inquiéter pour Nunes.

C'est environ à la même époque que les démocrates du Congrès ont commencé à se poser de plus en plus de questions sur le devenir des rapports de renseignement révélant l'ingérence électorale russe, une fois que l'administration Trump entrerait en fonction. Le sénateur Mark Warner, vice-président du SSCI (Comité spécialisé en renseignement du Sénat), m'a appelé en décembre pour discuter de la cession des renseignements de la CIA sur les activités russes. « Je suis vraiment préoccupé par ce qui pourrait arriver aux dossiers de la CIA après votre départ, a-t-il déclaré, il serait donc préférable que les comités de surveillance obtiennent des copies de tous les documents pertinents de la CIA pour s'assurer qu'ils sont conservés. » Aux côtés du sénateur Burr, président du

SSCI, le sénateur Warner avait toujours été un soutien précieux pour la CIA, et je pouvais sentir qu'il craignait que les dossiers de la CIA soient « perdus », dès que Trump et son équipe de sécurité nationale seraient au pouvoir.

« Cher sénateur, je partage vos préoccupations concernant la nouvelle administration, mais je suis entièrement convaincu que les professionnels de la CIA conserveront et protégeront les dossiers de l'Agence. » Ayant survécu aux douloureuses séquelles consécutives à la décision de Leon de fournir au SSCI une quantité sans précédent d'informations de la CIA, je n'avais pas l'intention d'accéder à la demande de Warner, même si j'étais convaincu de la noblesse de ses intentions. « Toutefois, cher sénateur, je suggère que le comité demande des informations sur le contenu des dossiers de la CIA pour vous aider à mieux comprendre les activités russes. » À cette époque, je venais d'apprendre que les comités de surveillance n'avaient reçu aucun des rapports que nous avions fournis au FBI sur la collecte accidentelle d'informations sur des citoyens américains. « Par exemple, le comité pourrait demander à la CIA des copies des rapports que nous avons envoyés au FBI, au sujet d'activités menées par des citoyens américains, qui pourraient constituer des violations de la loi américaine. » Pourquoi pas, me suis-je dit. Les comités étaient responsables de surveiller les activités de la CIA, ils avaient donc bien droit à ces informations. D'après ce que je sais, le SSCI a ensuite demandé et obtenu ces rapports.

C'est la semaine suivante que j'ai lu l'évaluation avec mot de passe top secret du renseignement. À peine terminé, j'ai appelé Jim Clapper pour lui dire que selon moi, nous étions en mesure de produire une version non classifiée, avec les mêmes conclusions et essentiellement le même langage, simplement en enlevant, avec une précision chirurgicale, toute référence à nos sources et méthodes. Jim a accepté, avant d'encenser l'excellence analytique ainsi que la clarté de l'écriture de l'évaluation. À la fin du mois de décembre, les versions classifiée et non classifiée de l'évaluation étaient fin prêtes pour l'étape finale de production, et nous nous sommes organisés pour présenter nos conclusions au Président Obama, au Président élu Trump et à la direction du Congrès, la première semaine de janvier.

Ce fut une période difficile pour moi, personnellement, car la santé de mon père s'est progressivement détériorée, durant ce mois. Kathy et moi nous sommes rendus à quatre reprises dans le New Jersey pour passer autant de temps que nous le pouvions avec ma mère, ma sœur et mon frère au chevet de mon père. Voir mon père s'effacer lentement a été un moment très douloureux, mais j'ai trouvé qu'il était merveilleux de pouvoir partager ses derniers jours avec lui et ma famille du New Jersey. Et chaque fois que j'étais là, avec eux, les eaux politiques agitées de Washington semblaient être à un million de kilomètres.

Il existe un sentiment très serein, paisible, bien qu'évidemment déchirant, lorsque l'on tient la main d'un être cher, à l'approche de la mort. Le 27 décembre 2016, au matin, j'ai tenu la main de mon père pour la dernière fois. Je lui ai dit que je l'aimais et que je le remerciais pour l'œuvre de sa vie.

Je continue à le faire tous les jours.

27

INDOMPTÉ

En voyant défiler les jours enneigés du mois de janvier 2017, j'ai senti que le rideau était en train de tomber, cette fois pour de bon, sur ma carrière dans le monde de la sécurité nationale. J'avais prévu de quitter le gouvernement à la fin de l'administration Obama, quel que soit le résultat des élections. Si la secrétaire Clinton avait gagné, je serais probablement resté jusqu'à la confirmation d'un nouveau directeur, mais je n'avais pas l'intention de rester, et j'étais persuadé que personne ne me demanderait de rester, ne serait-ce qu'un jour de plus, une fois Trump élu. Contrairement à ma première retraite, une décennie plus tôt, je savais que je faisais mes adieux à la fonction publique. Plus de trente-trois ans passés au gouvernement, c'est plus que suffisant, je trouve. J'avais besoin de rattraper le temps perdu avec ma famille et, en même temps, de gagner de l'argent. Qui plus est, aucun poste au sein du gouvernement ne peut rivaliser avec les difficultés, les opportunités et la camaraderie institutionnelle qui sont inhérentes au poste de directeur de la CIA.

Alors que nous nous préparions à dire au revoir à notre famille de la CIA, David et moi avons passé des dizaines d'appels paroissiaux afin de remercier les femmes et les hommes de la CIA pour leur dévouement désintéressé à notre sécurité nationale. Nous avons cherché, durant nos visites, à partager une vision positive et optimiste de l'avenir et de la manière dont les nouveaux responsables de l'administration Trump reconnaîtraient rapidement la valeur du travail de la CIA. Bien que nous n'ayons rien dit du dénigrement public exprimé par Donald Trump au sujet de la mission de la communauté du renseignement et de l'évaluation qu'elle venait de terminer sur l'ingérence électorale russe, le sentiment publiquement exprimé par Trump était l'ombre qui planait dans chaque bureau que nous visitions. « Votre mission est vitale, leur avons-nous dit, ne laissez pas les vents politiques vous distraire de vos responsabilités, de votre détermination et de votre professionnalisme. » Je me suis toutefois opposé publiquement aux tirades de Trump, car je voulais que les employés de la CIA sachent qu'ils méritent qu'on les défende avec fougue. Le week-end précédant le jour d'investiture, je suis apparu dans l'émission *Fox News Sunday*, durant laquelle j'ai dit à Chris Wallace qu'il était « scandaleux » que Trump ait publiquement accusé les services de renseignement d'avoir divulgué le contenu du dossier Steele et qu'il ait comparé cette situation à « vivre en Allemagne nazie ».

Un grand nombre d'officiers nous ont dit qu'ils étaient préoccupés par la réputation misogyne de Trump et par la possibilité que son administration annule les nombreux progrès réalisés par les femmes au sein de l'Agence, et plus largement au sein du gouvernement. Et non, ces officiers n'étaient pas seulement des femmes. Nous nous sommes également entretenus avec des musulmans, des Afro-Américains et des membres de la communauté LGBTQ qui considéraient l'élection de Trump comme un avant-goût de récession en matière de diversité et d'inclusion ; deux domaines qui n'ont cessé de gagner en vigueur au sein du gouvernement, au cours des dernières décennies.

Durant notre dernière semaine à Langley, nous avons tenu deux séances à l'intention des officiers de l'Agence dans l'auditorium. Le 19 janvier, ce jour férié en l'honneur de Martin Luther King, était un mercredi, et nous l'avons utilisé pour mettre en avant les importants progrès réalisés au sein de l'Agence et pour nous assurer que tous ses employés aient une chance égale de réaliser leurs objectifs professionnels, indépendamment de leur sexe, de leur race, de leur foi religieuse, de leur appartenance ethnique, de leur orientation sexuelle ou de leur handicap physique. « Ne laissez personne dénigrer ces progrès, ai-je déclaré au personnel. Vous savez ce qui est juste. Si vous voyez qu'un collègue n'est pas traité équitablement, dites-le. Si les dirigeants de l'Agence vous donnent l'impression de ne pas tenir leurs promesses en matière de promotion de la diversité et de l'inclusion, dites-le. Vous avez le pouvoir de façonner l'avenir de l'Agence. Veillez à le saisir, à le protéger et à ne jamais le laisser vous glisser entre les doigts. » Le congressiste républicain Mike Pompeo, du Kansas, un membre franc et actif du Comité permanent de sélection des renseignements de la Chambre des représentants, avait déjà été nommé, mais pas encore confirmé, comme prochain directeur de la CIA. Je savais que Pompeo était vif intellectuellement et qu'il connaissait bien la mission de la CIA, mais ses points de vue fortement partisans et ses tendances idéologiques marquées m'ont fait me demander, avec quelques inquiétudes, s'il allait soutenir et défendre la mission apolitique et toujours en quête de vérité de la CIA, avec Donald Trump dans le Bureau ovale. Mes craintes étaient justifiées, faut-il croire, car Pompeo a ensuite prouvé, durant son mandat à la tête de la CIA et ultérieurement comme secrétaire d'État, que sa loyauté envers Donald Trump prévalait sur l'engagement qu'il avait envers son pays.

Le jeudi, David et moi avons fait nos adieux au personnel, lors d'une réunion de type « All Hands », réunissant absolument tout le monde, retransmise en direct dans tous les sites et postes de l'Agence du monde entier. Cela a été un moment très fort pour moi, car les deux familles que j'ai le plus aimées, pendant plus de trente-six ans, à la maison et au bureau, étaient rassemblées une dernière fois. À la fin de la cérémonie, j'ai invité mon petit-fils de deux ans à me rejoindre sur scène. J'ai posé un genou à terre en le regardant marcher vers moi, puis je l'ai pris dans mes bras en me tournant vers le personnel. « Voilà pourquoi nous sommes ici et faisons de tels sacrifices. C'est pour que nos enfants et petits-enfants puissent jouir de la même liberté que nous avons connue tout au long de notre vie. » C'est toutefois mon adorable petit-fils, pas moi, qui a retenu l'attention des centaines d'employés de la CIA présents dans l'auditorium cet après-midi. Et lorsqu'il a décidé d'imiter son « Pop-Pop » en posant, lui aussi, un genou à terre, à côté de moi, l'auditorium a chaviré sous une vague d'applaudissements, tout comme moi, sous l'effet des larmes. Malgré plusieurs décennies dans le monde de la sécurité nationale, voici le moment le plus conflictuel de ma vie, perdu entre joie et tristesse.

Le matin du jour d'investiture, mon dernier en tant que fonctionnaire du gouvernement américain, je n'ai pas fait de sport. À la place, je suis directement allé au siège pour rassembler quelques objets personnels, encore dans mon bureau... et surtout pour prendre le temps de parcourir les salles en tant que directeur une dernière fois. Étant donné que ce jour est férié dans la région de Washington, les couloirs étaient quasiment vides. Toutefois, les divisions restant ouvertes 24 heures par jour et 365 jours par an, étaient pleines. J'ai traversé les deux bâtiments du siège, en passant devant les bureaux qui m'ont servi durant mes premières années à l'Agence, et en me remémorant la foule d'expériences et de collègues, tous aussi merveilleux les uns que les autres, que j'ai connus pendant ma carrière dans l'univers du renseignement. Ces trente-six ans et demi se sont écoulés beaucoup trop rapidement.

Pour terminer, je voulais que mon dernier arrêt soit le hall emblématique de la CIA. J'espérais avoir un moment pour songer silencieusement et célébrer intérieurement, devant les étoiles commémoratives du Memorial Wall. Je ne pouvais pas imaginer une plus belle façon de dire au revoir à l'Agence qu'en rendant un dernier hommage aux héros nous ayant quittés, dont les visages – que j'ai vus en vrai durant leur vie, ou en photo après que celle-ci se s'est éteinte – resteront pour toujours gravés dans mon esprit. Malheureusement, alors que j'approchais du hall, des bruits de marteau, de chaises pliantes et les voix des employés m'ont soudainement fait réaliser que la somptueuse scène d'au revoir que j'avais imaginée ne se réaliserait pas aujourd'hui. L'équipe logistique, très compétente, de la CIA était déjà en train de travailler d'arrache-pied pour construire la scène qui serait utilisée, le lendemain, par Donald Trump, lors de sa première visite à Langley. « C'était obligé, me suis-je dit. Trump a même trouvé le moyen de perturber mon départ de l'Agence. »

David Cohen et son épouse, Suzy, nous ont gentiment invités Kathy et moi, ainsi que Jim et Sue Clapper, Avril et son mari, David, et enfin Lisa Monaco, pour un brunch chez eux, ce jour-là. Après avoir emprunté une dernière fois l'ascenseur de la direction pour descendre jusqu'au garage, je suis monté dans mon SUV, vers 9 h 30, pour vite rentrer à la maison, récupérer Kathy, et nous rendre chez les Cohen, dans le Maryland. Tout au long de cette matinée, j'ai continué, pendant ces trajets en SUV, de lire des rapports de renseignements, sur papier et sur notre système informatique classifié, car officiellement, j'étais encore directeur pendant quelques heures, jusqu'à midi, ce jour-là. Mike Pompeo n'ayant pas encore été confirmé comme le prochain directeur de la CIA, c'est Meroe Park – le directeur exécutif et numéro trois de l'Agence – qui prendrait le rôle de directeur par intérim, pendant au moins quelques jours. Si quelque chose d'important devait se produire à l'étranger, je voulais m'assurer que l'Agence était prête à soutenir Meroe dans l'exercice de ses fonctions temporaires.

Le brunch a été un moment merveilleux qui m'a permis de passer du temps avec certains de mes collègues les plus proches de ces huit dernières années. Nous n'avons jamais allumé la télévision pour regarder Donald Trump prêter serment. Je ne me souviens même pas que quelqu'un l'ait suggéré. Quand l'heure de midi a frappé et que Jim, David, et moi sommes instantanément redevenus des civils, nos SUV dotés de systèmes informatiques classifiés ont été remplacés par d'autres SUV, sans ordinateur. Sur le chemin du retour, c'est sur mon iPhone que j'ai lu des articles sur le discours inaugural de Trump. J'ai secoué la tête, choqué et stupéfait, lorsqu'il a parlé de « carnage américain » et lorsqu'il a rabaissé, de manière condescendante et ignorante, le travail et les accomplissements des administrations précédentes. « Si Trump prévoit toujours d'adopter un ton plus présidentiel que pendant sa campagne, ai-je dit à Kathy, eh bien il ne l'a carrément pas montré durant ses premières remarques comme Président. »

Ce soir-là, je me suis endormi, pour la première fois en huit ans, sans aucune responsabilité gouvernementale. C'était étrange, je dois l'admettre, mais j'avais hâte de pouvoir faire une grasse matinée.

Le lendemain, Kathy et moi étions chez nous et nous avons décidé de regarder la retransmission télévisée du discours de Donald Trump, au siège de la CIA, qui était diffusée en direct sur les chaînes câblées. J'étais très heureux que Trump se rende à Langley, dès son premier véritable jour comme Président. Des remarques bien écrites, soulignant la gratitude ressentie envers le travail de la CIA et l'importance de la mission des services de renseignement, feraient un bien incroyable à cette partie du personnel, encore inquiète. Quelles que soient leurs tendances politiques, les officiers de la CIA veulent savoir que leur « premier client » valorise leur contribution à la sécurité nationale.

C'est avec beaucoup de satisfaction que j'ai vu Meroe, en tant que directeur par intérim, souhaiter la bienvenue à Trump et aux autres personnes présentes. J'ai également trouvé que les remarques du vice-président Pence, exprimant son admiration pour le travail et le sacrifice des femmes et des hommes de la CIA, étaient on ne peut plus appropriées.

Et puis Trump a pris la parole, et il n'a pas fallu attendre longtemps avant qu'il ne parle comme s'il était encore en campagne.

Mon iPhone a commencé à vibrer, à sonner et à afficher des notifications, peu après que Trump a commencé à parler de sa victoire électorale et du nombre de personnes présentes pour son investiture, avec un mépris absolu pour les étoiles ornant le Memorial Wall, derrière lui. D'anciens collègues, encore en activité ou retraités, et d'autres officiers de la CIA encore en service, ont commencé à m'envoyer des SMS, contenant un message très simple : « Quel connard ! » J'ai ensuite reçu d'autres SMS du même genre, mais bien plus longs. Trump ne s'arrêtant plus de parler, j'ai dit à Kathy que je n'en pouvais plus. Le regarder et l'écouter me donnaient envie de vomir. « Il faut que j'aille à la salle de sport pour me défouler un peu », ai-je dit, en franchissant la porte, avant que Trump ne finisse son discours.

Une fois à la salle, je suis monté sur un vélo stationnaire, en face duquel des téléviseurs repassaient en boucle les propos de Trump. Plus j'en entendais, plus la colère m'envahissait. Lorsqu'un ami proche travaillant à la CIA m'a envoyé un SMS disant : « Trump vient de profaner le Memorial Wall ! » Je savais qu'il fallait que je dise quelque chose en public. Mais comment ? Je ne pouvais plus demander au Bureau des affaires publiques de la CIA de faire une déclaration, et je n'avais les coordonnées d'aucun journaliste.

« Putain, Nick ! » me suis-je exclamé à voix haute. Tout en pédalant, je me suis mis à taper un message pour mon ancien collègue à la Maison-Blanche et chef de cabinet adjoint à la CIA, Nick Shapiro. « Nick, puisque tes amis, les médias, savent que tu es une source fiable et un de mes amis proches, n'hésite pas à partager avec quiconque est intéressé que : “L'ancien directeur de la CIA, John Brennan, est profondément attristé et irrité par l'abjecte prestation proposée à des fins de glorification narcissique par Donald Trump, devant les héros du Memorial Wall de la CIA. Il devrait avoir honte de lui-même.” »

En l'espace de quelques minutes, Nick avait envoyé un courriel à une douzaine de journaux différents. Alors que j'étais encore en train de pédaler, ma déclaration était déjà largement diffusée sur les réseaux câblés. « Eh bien, mon cher Donald, c'est pas aujourd'hui que je t'aurai donné le bénéfice du doute », me suis-je dit, en me préparant à soulever de la fonte. C'est à cet instant que j'ai rigolé intérieurement, en me disant qu'en fin de compte, mes longues vacances de retraité ne seraient peut-être pas aussi calmes et reposantes que prévu.

Aller à Langley, tous les jours, et travailler avec mes anciens collègues de la CIA et de la Maison-Blanche me manquait, mais je chérissais aussi la possibilité de passer du temps avec Kathy et nos enfants, de rattraper les heures de sommeil perdues, de lire les bouquins que j'avais posés dans un coin, et de m'attaquer à la longue liste de travaux à faire dans notre maison à Herndon. Je me suis également rendu plusieurs fois dans le New Jersey pour rendre visite à ma mère, qui se retrouvait seule, sans son époux, après presque soixante-cinq ans de vie commune. Dans les semaines précédant ce qui aurait été le quatre-vingt-dix-septième anniversaire d'Owen, le 2 avril, elle nous a souvent demandé quand était le jour de son anniversaire à lui. « Très bientôt, Maman, lui disions-nous. T'inquiète pas, on te le dira. » En fin de compte, nous n'avons pas eu besoin de lui dire, car elle a rendu son dernier souffle le jour de l'anniversaire d'Owen. Kathleen, Tommy, et moi nous sommes dit que Dottie l'avait planifié de manière à surprendre Owen, pour passer son anniversaire avec lui au paradis qu'ils avaient tous deux tant mérité.

Malgré mes nombreuses activités à domicile, je n'arrivais pas à m'empêcher de parler ouvertement de ce qui se passait au gouvernement. Trump ne faisait aucun progrès, aussi bien en matière de sécurité nationale que dans ses commentaires publics, alors j'ai décidé de prendre la parole chaque fois que je jugeais cela nécessaire. Mes commentaires au Forum sur la sécurité, à Aspen, en juillet 2017, ont d'ailleurs incité Mike Pompeo à me contacter. J'étais sur scène, aux côtés de Jim Clapper, et lui et moi avons critiqué le bilan des six premiers mois du Président Trump, au cours duquel il a viré James Comey, continué de dénigrer la communauté du renseignement et les médias américains, et déclaré au président Poutine, lors du sommet du G20 en Allemagne, que le rencontrer était un « honneur », malgré les rapports d'ingérence russe dans les élections présidentielles américaines, seulement quelques mois auparavant. Toutes mes cellules ont été revigorées deux mois plus tôt, lorsque l'ancien directeur du FBI, Bob Mueller, a été nommé procureur spécial du département de la Justice pour examiner plus en détail l'ingérence électorale russe de 2016, car je sentais qu'il restait encore beaucoup à apprendre sur ce qui s'était passé et notamment sur l'ampleur du soutien apporté par certains citoyens américains aux efforts de Moscou. Je savais que Bob allait avoir du pain sur la planche, mais j'espérais qu'il soit en mesure de découvrir la portée des activités illégales entreprises par les services de renseignement russes et leurs complices. Toujours à Aspen, j'ai déclaré que si Trump décidait de renvoyer Mueller, les membres du Congrès devraient taper du poing sur la table et dire : « Ça suffit maintenant ! »

J'étais en voiture, entre Aspen et l'aéroport de Denver, lorsque le directeur du Bureau des affaires publiques de la CIA m'a appelé. « John, je ne suis que le messager, a-t-il dit, mais le directeur Pompeo veut vous parler des remarques que vous avez faites au Forum sur la sécurité.

— Avec plaisir ! » lui ai-je répondu.

Je savais pertinemment que Pompeo ne voulait pas me féliciter pour mon analyse de la situation, mais j'étais très curieux de savoir ce qu'il allait dire et de la manière dont il allait le dire. Depuis la nomination de Pompeo comme directeur de la CIA, au mois de novembre précédent, je n'avais eu qu'une seule interaction avec lui. C'était à la fin du mois, il était venu au siège de la CIA pour me rencontrer et a exprimé sa profonde admiration pour le travail de l'Agence et son empressement à commencer son nouveau travail. J'avais auparavant offert de le rencontrer à tout moment pour faciliter la transition, mais je n'ai entendu parler de lui qu'après mon apparition à Aspen. Ce manque de contact était en accord avec le manque général d'intérêt de la nouvelle administration Trump à travailler avec l'équipe Obama sortante.

Lorsque je suis rentré d'Aspen et que j'ai parlé à Pompeo, le lendemain, il a exprimé deux préoccupations. Premièrement, il a déclaré que mes remarques étaient « irrespectueuses du Président » et qu'en tant qu'ancien directeur de la CIA, il était préférable que je m'abstienne de faire de tels commentaires. Deuxièmement, il a prétendu à tort que j'avais été, durant mon intervention, dangereusement proche de révéler des informations classifiées sur la Syrie. Deux arguments avec lesquels je n'étais pas d'accord. Tout d'abord, en ce qui concerne le manque de respect, j'ai dit que les nombreux actes imprudents et déclarations irresponsables de Trump méritaient de telles critiques, même de la part d'un ancien directeur de la CIA, et que je continuerais à parler chaque fois que je jugerais cela nécessaire. J'ai également dit à Pompeo que j'étais surpris de voir le directeur actuel de la CIA prendre le temps d'exprimer son mécontentement à l'égard des commentaires publics d'un simple citoyen. Ensuite, concernant la Syrie, j'ai dit à Pompeo de vérifier la transcription de mes remarques – qu'il reconnaissait ne pas avoir lues –, car cela confirmerait que je n'ai rien mentionné de classifié.

Je n'ai plus jamais entendu parler de Pompeo. Et il a montré l'ampleur de sa petitesse, en ce mois de décembre, lorsqu'il a personnellement retiré le nom de Kathy et le mien de la liste des invités à la fête annuelle de la CIA. C'est la première fois qu'un ancien directeur et son épouse – habituellement, toujours invités à la fête – n'étaient pas invités à l'événement qu'ils avaient autrefois accueilli. J'imagine que Pompeo n'a pas voulu ajouter de frictions aux ingrédients du punch, car, ces dernières années, la liste des invités à cette fête de la CIA comptait également des membres de la famille Trump et des personnes nommées à la Maison-Blanche. Lorsque Gina Haspel m'a invité à la rencontrer, peu après qu'elle a été confirmée comme successeure de Pompeo à la tête de la CIA, elle m'a accueilli en disant que désormais, je serais invité aux fêtes de fin d'année de la CIA. Malheureusement, je n'ai pas encore vu la couleur de cette invitation. Kathy et moi n'avons pas été invités aux deux fêtes organisées depuis par Gina. Ne pas être invité à la fête annuelle de la CIA est une question triviale, bien sûr, mais le fait d'ajuster une liste d'invités pour éliminer les « ennemis » de l'administration illustre les efforts que certains sont prêts à faire pour satisfaire l'immaturité de Donald Trump.

Durant les mois qui ont suivi Aspen, j'ai poursuivi mon entraînement quotidien consistant à critiquer Trump, car il faut dire qu'il m'offrait presque quotidiennement de nouvelles raisons de le faire. Au mois de septembre 2017, j'ai décidé d'ouvrir un compte sur Twitter afin de répondre plus directement aux déclarations extravagantes de Trump, à ses mensonges et à son cirque, dont l'essentiel se propageait également dans la twittosphère. Je ne m'étais jamais inscrit sur les réseaux sociaux auparavant, même si je reconnaissais, depuis longtemps, leur pouvoir en matière de communication. C'est pour cette raison que j'ai autorisé la CIA à créer son propre compte sur Twitter, au début de l'année 2014, et que j'ai eu l'honneur de choisir le premier tweet publié par l'Agence : « Nous ne pouvons ni confirmer ni infirmer qu'il s'agit de notre premier tweet. »

La véhémence de mes commentaires sur les performances présidentielles de Donald Trump a considérablement augmenté au printemps 2018, lorsqu'il a pris des mesures concrètes visant à nuire à un ancien collègue et fonctionnaire dévoué, alors directeur adjoint du FBI, Andy McCabe. Je connaissais Andy depuis de nombreuses années et j'ai toujours été impressionné par sa diligence et son dévouement. Andy s'est toujours comporté de manière admirable avec la CIA. Il était parfaitement préparé et prêt à collaborer, chaque fois qu'il représentait le Bureau aux réunions interagences, dans la salle de crise de la Maison-Blanche. Malheureusement, Andy est progressivement devenu, au même titre que James Comey, la cible des efforts virulents de Donald Trump visant à sanctionner les responsables du Bureau qui avaient eu l'audace d'honorer leurs responsabilités professionnelles plutôt que de prêter une allégeance aveugle à Donald Trump. Fidèle à ses tactiques d'intimidation juvéniles, Trump a également critiqué la femme d'Andy, Jill, une médecin qui s'était présentée sans succès à l'obtention d'un siège au Sénat, en tant que démocrate représentant l'État de Virginie.

Alors que le départ à la retraite d'Andy approchait, Donald Trump l'a dénoncé à plusieurs reprises, en mettant publiquement pression sur le département de la Justice afin de renvoyer Andy pour des infractions présumées liées à l'enquête du Bureau sur l'ancienne secrétaire d'État, Hillary Clinton. Je n'ai aucune information sur la véracité de ces allégations, sur lesquelles le département de la Justice a décidé de ne pas enquêter. Ainsi, j'ai considéré le renvoi d'Andy, à moins de 48 heures de la retraite, comme la preuve flagrante d'une vengeance politique, orchestrée par Donald Trump, à l'encontre d'Andy et sa famille. J'ai été outré non seulement par le licenciement, en lui-même, mais surtout par la jubilation que Trump a instantanément manifestée dans un tweet : « Andrew McCabe LIMOGÉ, un grand jour pour les hommes et les femmes du FBI qui travaillent dur – Un grand jour pour la Démocratie. James Comey, ce moralisateur, était son patron et le faisait passer pour un enfant de chœur. Il savait tout des mensonges et de la corruption qui existaient au plus haut niveau du FBI. »

Était-ce à cause des commentaires de Trump que je suis devenu vert de colère, ou tout simplement parce qu'en ce jour nous fêtions la Saint-Patrick ? « Il est infâme, méprisable et infect », ai-je dit à Kathy en prenant notre café matinal. Elle a acquiescé. Sans dire un mot, j'ai rédigé mon propre communiqué sur Twitter : « Un jour, lorsque la pleine mesure de votre vénalité, de votre turpitude morale et de votre corruption politique sera mise à nu, vous aurez la place qui vous revient, en tant que démagogue déchu, dans la poubelle de l'Histoire. Vous pouvez faire d'Andy McCabe un bouc émissaire, mais vous ne détruirez pas les États-Unis… Ce sont les États-Unis qui triompheront de vous. » Avec cette déclaration, qui a reçu 235 000 « likes », la bataille était lancée.

Je savais que mes critiques acerbes envers Trump déclencheraient une réaction brutale de la part de ses supporters, ainsi que de ceux qui croient qu'un ancien directeur de la CIA ne devrait pas dénoncer, d'une telle manière, un Président en exercice. J'avais été invité à siéger à l'un des comités consultatifs de Booz Allen Hamilton, mais peu après mon tweet de la Saint-Patrick, l'offre a été annulée. On m'a dit, vu ma capacité à ne pas mâcher mes mots, que j'étais « trop passionné » et que me choisir comme affilié serait un risque trop important pour l'entreprise. Les invitations à prendre la parole et d'autres possibilités de rémunération financière ont également commencé à se raréfier, mais j'étais déterminé à ne pas laisser des considérations monétaires m'empêcher de répondre aux agissements de M. Trump.

Au cours des mois suivants, j'ai continué à m'exprimer ouvertement sur Twitter, notamment en qualifiant le narcissisme de Trump de « honteux », son comportement de « crapuleux et contraire à l'éthique » et son administration de « médiocratie ». Ce jour-là, les recherches en ligne de la définition de ce dernier mot, qui décrit un gouvernement dirigé par des citoyens médiocres, incompétents et corrompus, ont augmenté de 14 000 %. Bien que l'on puisse dire que ces déclarations sur Twitter aient été percutantes, elles étaient subtiles en comparaison avec beaucoup d'autres que j'ai rédigées, mais que j'ai finalement décidé, après examen et réflexion, de ne pas envoyer. Cependant, quand Trump est apparu lors d'une conférence de presse à Helsinki, en Finlande, en juillet, et qu'il a déclaré croire en l'honnêteté du démenti de Poutine au sujet des rapports d'ingérence électorale russe en 2016, j'ai pété un câble. « Ce n'est rien de moins que de la trahison », ai-je écrit dans un autre tweet, considérant le commentaire de Trump comme un acte de perfidie méprisable envers son pays. J'ai ajouté : « Poutine s'est complètement mis Trump dans la poche » en terminant ma fusillade par « Patriotes républicains : Où êtes-vous ??? »

Bien que je n'aie pas été surpris par l'incompétence, la malhonnêteté et la lâcheté de M. Trump, j'ai été choqué de voir l'écrasante majorité des républicains au Sénat et à la Chambre des représentants courber l'échine devant son comportement honteux. Ils ont ignoré les mensonges de Trump, ses interventions impulsives, son comportement grossier et son narcissisme, en créant des excuses qui n'ont servi qu'à encourager son immaturité et son inconscience. Je me souviens de moments, durant ma carrière au gouvernement, où certains législateurs démocrates m'ont donné l'impression d'avoir oublié les implications de leur serment professionnel, ainsi que l'intégrité qui devrait être une norme pour tous les fonctionnaires. L'ensemble de ces souvenirs, cependant, est dérisoire en comparaison avec ce que je considérais comme une abdication quasi unanime des normes du Parti républicain en matière de politique, d'éthique et de décence. Ayant, par le passé, travaillé avec de nombreux membres respectables du Parti républicain, je ne supportais pas de voir une personne au caractère aussi dégradant que celui de Trump éviscérer aussi rapidement et complètement le parti de Lincoln.

J'étais en train de faire des travaux, chez nous, à Herndon, le 15 août, lorsque Nick Shapiro m'a appelé. « John, la Maison-Blanche est en train de révoquer tes habilitations de sécurité », m'a-t-il dit à bout de souffle.

— Ils sont en train de quoi ?!, ai-je répondu. Une fois de plus, c'est Nick qui jouait le rôle du porteur de mauvaises nouvelles.

— Allume la télé ! a-t-il pratiquement hurlé au téléphone. Sarah Huckabee Sanders est en train de lire un communiqué disant que Trump va les retirer ! »

La télévision était allumée dans une autre pièce, et, en marchant vers elle, j'ai pu entendre Huckabee Sanders finir sa déclaration. « Par ailleurs, M. Brennan a récemment tiré parti de son statut d'ancien haut fonctionnaire ayant accès à des informations hautement confidentielles pour faire une série d'allégations infondées et scandaleuses – lors de véritables crises sur Internet et à la télévision – à propos de cette administration. Le comportement mensonger et récent de M. Brennan, caractérisé par des commentaires de plus en plus délirants, est on ne peut plus incompatible avec la possibilité d'avoir accès aux secrets les mieux gardés de cette nation et de faciliter le but même de nos adversaires, qui est de diviser et de semer le chaos. »

Kathy m'a rejoint devant la télévision alors que Sanders terminait son discours. « On dirait que j'ai des followers à la Maison-Blanche, lui ai-je dit.

— Ils ont le droit de te faire ça ? » m'a-t-elle répondu, le son de sa voix indiquant qu'elle était à la fois en colère et inquiète.

Après tant d'années passées au septième étage de la CIA, je sais exactement comment une habilitation de sécurité est accordée et révoquée au sein de la communauté du renseignement. Révoquer une habilitation de sécurité n'est possible qu'après un processus rigoureux comprenant plusieurs étapes : un examen officiel d'une allégation crédible selon laquelle un individu a enfreint ses obligations en matière de sécurité, une notification de cet examen, un entretien avec la personne concernée, et enfin, en cas de révocation, la possibilité pour la personne concernée de faire appel. À plusieurs reprises, c'est moi, en tant que responsable de la CIA, qui ai eu le dernier mot et le pouvoir de révoquer l'habilitation de sécurité d'une personne. La Maison-Blanche ne s'est appuyée sur aucun processus de ce genre pour faire sa déclaration, et l'administration n'a aucune véritable raison de révoquer mes habilitations.

« Personne ne m'a rien dit à ce sujet, ai-je dit à Kathy, je ne sais donc vraiment pas ce qui se passe ».

Tout comme durant le fameux discours de Trump, devant le Memorial Wall de la CIA, le lendemain de son investiture, j'ai rapidement été inondé de SMS, de courriels et d'appels téléphoniques de ma famille, d'amis et d'anciens collègues me disant à quel point ils trouvaient cela scandaleux. Je leur ai dit à tous que j'en savais autant qu'eux, mais que je n'étais pas surpris. Je savais qu'il n'y avait aucune raison officielle de révoquer mes habilitations de sécurité et qu'il ne s'agissait que d'un moyen de sanctionner publiquement mon franc-parler et d'intimider toute autre personne souhaitant critiquer Trump. L'annonce de la Maison-Blanche et ma réponse – selon laquelle je pourrais envisager une action en justice afin d'empêcher Trump de politiser les habilitations de sécurité – ont incité Henry Kissinger à résilier le contrat de conseil que j'avais signé avec sa société, Kissinger Associates Inc. Comme avec d'autres administrations précédentes, le Dr Kissinger entretenait d'importantes relations avec la Maison-Blanche de Trump, offrant son point de vue et ses recommandations sur une grande variété de questions de politique étrangère, chaque fois qu'on le lui demandait. Je ne sais pas si les responsables de la Maison-Blanche ont fait pression sur le Dr Kissinger pour qu'il mette un terme à ce contrat ou s'il était tout simplement inquiet de voir son nom associé au mien, mais la date de cette résiliation suggère fortement que la première raison, ou les deux, ont eu un rôle à jouer.

Un des appels téléphoniques que j'ai particulièrement appréciés, à l'époque, a été celui de l'ancien vice-président, Joe Biden. Il m'a dit qu'il était profondément déçu par l'annonce de la Maison-Blanche, avant d'avoir des mots très gentils au sujet de mes années de service et du temps passé ensemble avec l'administration Obama. Comme beaucoup d'autres événements récents, je ne m'attendais pas à ce que le vice-président m'appelle, mais je n'ai pas été surpris qu'il le fasse. J'ai toujours eu une relation très étroite avec lui, aussi bien à la Maison-Blanche qu'en tant que directeur de la CIA. Sa vaste expérience en matière de sécurité nationale et son degré de familiarité avec la communauté du renseignement en ont fait l'un des participants les plus actifs aux innombrables réunions auxquelles nous avons assisté pendant huit ans. Le Président Obama demandait toujours et respectait beaucoup le point de vue de Biden, surtout lorsqu'il s'agissait de questions importantes, comme celles concernant la manière de communiquer avec le Congrès sur des sujets politiques difficiles et controversés, tels que la loi « Obamacare » (loi sur la protection des patients et les soins abordables) et le Plan d'action global commun avec l'Iran.

En plus de la profondeur de ses connaissances et de sa science de la politique, Biden était également une source constante d'optimisme et d'encouragements, lors des réunions de la Maison-Blanche. « Allez, tout le monde, disait-il souvent, dès qu'il détectait que l'humeur de la salle de Crise de la Maison-Blanche était en train de fléchir en raison d'un certain revers sur le front de la sécurité nationale. Nous sommes les États-Unis d'Amérique. Nous allons y arriver. Ce n'est pas la première fois que nous vivons des temps difficiles, et jusque-là, nous nous en sommes toujours sortis, et nous comptons bien continuer sur cette lancée, n'est-ce pas ? » Ses paroles, en temps difficiles, semblaient toujours nous fournir la dose d'adrénaline dont nous avions besoin. J'ai également beaucoup apprécié sa contribution et son tact lorsqu'il nous a accueillis, la sénatrice Feinstein et moi-même, à sa résidence, afin de désamorcer les tensions entourant l'étude du SSCI sur le programme RDI.

Cependant, ce sont les appels téléphoniques que le vice-président a passés à mes parents, le jour de leurs anniversaires, les quarante-cinq minutes qu'il a passées avec mon père, dans le New Jersey, à parler de leurs racines irlandaises communes, ainsi que l'humanité et la résilience dont il a fait preuve à différents moments tragiques, aussi bien dans sa vie que dans celle des autres, qui m'en ont le plus dit sur sa décence, sa personnalité et ses valeurs. Voici les qualités de Joe Biden dont je me souviendrai et que je chérirai le plus. Ce sont aussi les qualités qui devraient être inscrites dans l'ADN de toute personne élue Président des États-Unis.

Dans les jours qui ont suivi l'annonce de la Maison-Blanche, les médias se sont largement prononcés au sujet de la révocation de mes habilitations de sécurité, aussi bien pour la soutenir que pour s'y opposer. J'ai été très touché de voir tant d'anciens collègues, y compris des directeurs et directeurs adjoints du renseignement central, du renseignement national et de la CIA, prendre le temps de signer une lettre ouverte pour soutenir mon droit de parole – et cela même s'ils n'étaient pas toujours d'accord avec ce que je disais – et pour dénoncer le comportement abusif de la Maison-Blanche en matière d'habilitation de sécurité et sa tentative d'étouffer la liberté d'expression. Enfin, j'ai ressenti une profonde gratitude lorsque l'amiral Bill McRaven, à la retraite, a écrit un article d'opinion dans le *Washington Post*, disant à Trump : « Je serais très honoré que vous révoquiez également mes habilitations de sécurité, car cela me permettrait d'ajouter mon nom à la liste des hommes et des femmes qui se sont prononcés contre votre présidence. »

Il existe un débat important, souvent synonyme de confusion, sur les raisons pour lesquelles moi-même et d'autres anciens directeurs de la CIA conservons nos habilitations de sécurité, une fois à la retraite, et sur les avantages et les droits qui en découlent. Permettez-moi d'essayer de mettre tout cela au clair, en m'appuyant sur quelques faits.

Premièrement, il existe, en matière de sécurité nationale pure et dure, de très bonnes raisons pour que les anciens directeurs de la CIA conservent leurs habilitations de sécurité, une fois qu'ils ont quitté leurs fonctions. Tous les directeurs de la CIA ont, pendant leur mandat, été impliqués dans des activités extrêmement confidentielles, y compris au contact de dirigeants étrangers et de chefs des services de renseignement et de sécurité. Leurs expériences, leurs connaissances et leurs conseils, en tant qu'anciens directeurs, peuvent s'avérer inestimables pour leurs successeurs et pour les officiers de la CIA en service qui souhaitent avoir une meilleure compréhension du contexte historique, des leçons apprises, et des initiatives et approches antérieures qui ont réussi et échoué. À plusieurs reprises, au cours de mon mandat, j'ai invité mes prédécesseurs à venir à Langley pour discuter de questions de fond avec moi et d'autres agents de la CIA. Par ailleurs, les anciens directeurs de la CIA donnent très volontiers de leur temps en participant à des formations et à des séminaires, y compris ceux impliquant des missions secrètes. Pour que toutes ces interactions soient menées à bien et que chacun puisse parler librement des derniers renseignements, il est nécessaire que tout ancien directeur de la CIA conserve ses habilitations de sécurité.

Deuxièmement, depuis mon départ de la CIA, le 20 janvier 2017, jusqu'au jour de l'annonce de la révocation de mes habilitations de sécurité par la Maison-Blanche, le 15 août 2018, je n'ai fait aucune demande, ni à la CIA ni à toute autre agence gouvernementale, visant à obtenir des renseignements classifiés à mes propres fins. Mes critiques semblaient nombreux à croire que j'utilisais mes habilitations de sécurité pour accéder à des documents classifiés, chaque fois que je le voulais, et que je recevais régulièrement des briefings classifiés. Faux. En réalité, la seule et unique fois où j'ai lu et discuté de documents classifiés, après avoir quitté la CIA, a été lorsque je préparais mon témoignage public et à huis clos devant le Congrès, en 2017, sur des questions liées à l'ingérence de la Russie dans l'élection présidentielle américaine de 2016. Et les seules fois où je me suis rendu à la CIA et dans d'autres agences de la communauté du renseignement ont été en réponse à des invitations officielles, pas à mon initiative.

Troisièmement, le fait de conserver mes habilitations de sécurité ne m'a procuré aucun avantage financier. Bien que certains anciens officiers de l'Agence, y compris des directeurs, aient besoin de leurs habilitations de sécurité pour siéger au sein de comités d'entreprises, travaillant dans des domaines classifiés, en collaboration avec le gouvernement, je n'ai jamais cherché de telles opportunités, ni rejoint un comité nécessitant une habilitation de sécurité, après avoir quitté le gouvernement, en janvier 2017. Enfin, personne ne devrait être surpris d'apprendre que l'annonce de la Maison-Blanche concernant la révocation de mes habilitations, comme tant d'autres déclarations publiques, n'était qu'un mensonge. En effet, à la date de publication de ce livre[69], mes habilitations de sécurité avec mot de passe top secret sont toujours intactes. Je suis toujours en possession de mon badge de la CIA qui me permet d'accéder à ses installations. Je l'ai utilisé plus d'une douzaine de fois pour assister à des cérémonies de départ à la retraite et pour participer à des réunions non substantielles auxquelles j'ai été invité.

J'ai découvert, de manière très intéressante, je trouve, en novembre 2019, que Donald Trump avait personnellement publié une directive présidentielle en juillet 2018 interdisant à quiconque au sein de la communauté du renseignement de discuter ou de partager des informations classifiées « avec l'ancien directeur de la CIA, John Brennan ». C'est la première et seule fois dans l'Histoire qu'un Président a émis une telle ordonnance. Étant donné que c'est Donald Trump qui a publié la directive, je considère cela comme un nouvel insigne d'honneur.

Vingt-quatre heures après l'annonce de la Maison-Blanche, disant que Trump révoquait mes habilitations, j'ai publié un article d'opinion dans le *New York Times*, dans lequel je déclarais que ses allégations de non-collusion avec la Russie étaient des « inepties ». Le hasard de la vie – ou peut-être que ça n'a rien à voir avec le hasard, vu mes expériences passées – a fait que j'ai soumis la version préliminaire de cet article d'opinion au comité d'examen des publications de la CIA, à 9 h 14, quelques heures seulement avant l'annonce de la Maison-Blanche, qui a eu lieu cet après-midi-là. En faisant référence à la déclaration de Trump, fin juillet 2016, durant laquelle il invitait la Russie à retrouver les courriels manquants de la secrétaire Clinton, j'ai écrit qu'il « encourageait non seulement une nation étrangère à recueillir des renseignements contre un citoyen américain, mais aussi qu'il autorisait ouvertement ses partisans à collaborer avec le principal adversaire de notre pays, tout cela pour battre son adversaire politique ». À mes yeux, trois questions restaient en suspens : « La collusion qui a eu lieu constituait-elle un complot pénalement responsable ? Y a-t-il eu obstruction à la justice afin de couvrir

69. 6 octobre 2020. (NDT).

une collusion ou un complot ? Et enfin, combien de membres de *Trump Incorporated* ont-ils tenté de frauder le gouvernement en blanchissant de l'argent et en le dissimulant dans leurs poches ? »

Lorsque le département de la Justice a publié une copie rédigée du rapport final du procureur spécial, Bob Mueller, en juillet 2019, j'ai lu la section sur l'ingérence électorale russe qui m'a fait réagir de trois façons. Ma première réaction a été de constater que le rapport confirmait clairement les conclusions de l'évaluation de la communauté du renseignement sur les tentatives russes d'ingérence électorale. Cela montre, d'une part, que la campagne d'influence de la Russie sur les réseaux sociaux et les opérations de piratage ont coïncidé avec une série de contacts entre les responsables de la campagne de Trump et des individus ayant des liens avec le gouvernement russe et, d'autre part, que Moscou, pressentant qu'il pourrait bénéficier d'un candidat comme Trump à la présidence, a fait tout son possible pour obtenir ce résultat. Qui plus est, l'enquête a révélé que l'équipe de campagne de Trump s'attendait à bénéficier, d'un point de vue électoral, du vol et de la diffusion d'informations par les Russes. Le rapport fournit également des preuves détaillées selon lesquelles l'équipe de campagne de Trump s'est intéressée – avant de s'en réjouir – à la divulgation par WikiLeaks de documents préjudiciables à la secrétaire Clinton (une méthode connue pour avoir été utilisée par les renseignements russes).

Ma deuxième réaction a été d'être surpris par la manière incroyablement développée et efficace dont les Russes ont utilisé les réseaux sociaux américains pour propager leurs activités d'ingérence électorale, en utilisant de fausses identités américaines. Étant donné que la CIA ne dispose légalement pas de l'autorité nécessaire pour concentrer ses efforts de collecte sur les réseaux sociaux, aux États-Unis, je n'étais pas au courant de la majeure partie de cette activité lorsque j'étais directeur de la CIA et je ne l'ai découvert que lorsque j'ai lu le rapport Mueller. Je reconnais que la CIA aurait dû être plus efficace et découvrir plus rapidement que la Russie prévoyait d'utiliser les services de l'Internet Research Agency (IRA), ainsi que les tactiques qu'elle a employées pour interférer avec les élections de 2016. Cependant, une fois au courant des intentions russes, j'ai tout fait pour que la CIA et la NSA (Agence nationale de sécurité) fournissent toutes les informations et analyses pertinentes au FBI, à l'intérieur de la cellule de fusion, afin d'aider le Bureau à surmonter un défi vertigineux, consistant à découvrir les activités russes aux États-Unis, y compris sur les réseaux sociaux.

Enfin, la troisième réaction que m'a inspirée ce rapport a été que la lettre envoyée au Congrès par le procureur général, William Barr, au mois de mars, avait intentionnellement et significativement déformé les véritables conclusions de l'enquête, en donnant la fausse impression que Trump et son équipe de campagne avaient été exonérés d'actes répréhensibles. En réalité, pas le moins du monde. Le rapport faisait état de nombreuses activités menées par des personnes affiliées à la campagne Trump, qui étaient indignes, contraires à l'éthique et conçues pour inviter l'ingérence russe dans la campagne. Le rapport m'a également confirmé que, dans son témoignage public devant le Congrès, au mois d'avril, Barr remet en question les prévisions de l'enquête du FBI, sans s'appuyer sur aucun fondement. Par ailleurs, l'affirmation de Barr selon laquelle les services de renseignement et des forces de l'ordre s'étaient engagés à « espionner » l'équipe de campagne de Trump, au cours de l'enquête de contre-espionnage, a été extrêmement préjudiciable et très inappropriée. Barr a beaucoup de défauts, mais il n'est pas du genre à utiliser un terme à la légère. Ainsi, il a clairement eu l'intention, en utilisant le mot « espionner », de faire plaisir à Trump et d'alimenter les spéculations selon lesquelles les enquêteurs étaient impliqués dans des actes criminels.

L'enquête Mueller *n'a pas établi* que les membres de la campagne de Trump avaient comploté avec le gouvernement russe ou participé à la coordination de ses activités d'ingérence électorale. Malheureusement, l'équipe de l'enquête Mueller n'a pas pu accéder à d'importants dossiers financiers ni mener des entretiens avec des personnes clés impliquées dans la campagne, notamment M. Trump, qui auraient chacun pu fournir des informations supplémentaires afin de savoir si des activités criminelles avaient eu lieu. Néanmoins, j'accepte les conclusions de l'enquête Mueller selon lesquelles les preuves qu'elle a pu découvrir n'étaient pas suffisantes pour accuser quiconque de complot criminel.

En devenant accessible au public, le rapport Mueller n'a servi qu'à renforcer la conviction de M. Trump selon laquelle il ne serait plus responsable de ses actes. En effet, il a abusé de son autorité presque immédiatement après en demandant une faveur politique personnelle au président ukrainien, en retenant l'aide militaire promise à Kiev en échange, puis en faisant obstruction à l'enquête du Congrès sur ses agissements. L'incapacité du Sénat à condamner Trump, à la suite de sa première procédure d'*impeachment*, en février 2020, m'a prouvé que les membres républicains du Congrès, à l'exception du sénateur Mitt Romney, sont déterminés à ignorer et même à encourager Donald Trump à bafouer les principes, les normes et les lois démocratiques des États-Unis. Je m'attendais pleinement à ce que Trump riposte contre des fonctionnaires respectés, y compris des officiers militaires, pour leur témoignage honnête devant le Congrès ou pour avoir rempli leurs responsabilités professionnelles et leurs obligations liées à la procédure d'*impeachment*. Et lorsque Trump a pris de telles mesures, cela m'a rappelé les nombreux dirigeants autoritaires du monde entier que j'ai vus conserver le pouvoir en éliminant leurs opposants politiques et en se débarrassant progressivement des personnes au gouvernement soupçonnées de moindre allégeance.

Le 18 décembre 2018, la CIA a refusé de me laisser accéder aux « dossiers que j'avais créés, examinés, signés ou reçus en tant que directeur de la CIA », un comportement conforme aux efforts de M. Trump visant à riposter contre ses ennemis, à supprimer leur droit à la liberté d'expression, et à intimider les autres afin qu'ils se taisent. Bien que le manque d'accès à mes dossiers ait rendu l'écriture de ce livre plus difficile et plus longue qu'elle ne l'aurait été autrement, j'étais déterminé à ne pas laisser Donald Trump empêcher sa publication. En conséquence, j'ai soumis, le 20 avril 2020, la première version de ce livre au Comité de révision prépublication de la CIA. Le comité a exercé ses responsabilités de façon professionnelle et a terminé son examen en temps opportun, après que j'ai personnellement modifié quelques sections du manuscrit que le comité avait identifiées comme pouvant être associées à des informations classifiées.

J'aurais aimé ne jamais m'être exprimé avec autant de véhémence à l'encontre d'un Président américain encore dans l'exercice de ses fonctions. Je n'ai eu aucun plaisir à le faire. Mais tant que M. Trump continuera de piétiner les principes de notre démocratie, de mentir au peuple américain, de dénigrer le bureau du Président, de mettre en danger notre sécurité nationale et d'entacher la réputation de notre pays dans le monde entier, je continuerai aussi à lui faire face.

J'ai reçu beaucoup de messages d'amis et d'étrangers qui m'encouragent à mener ce combat. Et si jamais, après trente-trois ans de service public, je dois encore supporter un flux constant de commentaires offensifs et dérisoires, de fausses allégations et de menaces physiques de la part de ceux qui en ont marre de moi, qu'il en soit ainsi.

C'est un chemin que j'ai choisi librement et volontiers.

Je reste indompté.

REMERCIEMENTS

Il y a tout simplement trop de gens qui ont eu une influence sur ma vie pour mentionner chacun de leur nom. Toutefois, j'ai besoin d'en mettre quelques-uns en avant et je vais tâcher de le faire en respectant un semblant d'ordre chronologique. Mes parents Owen et Dorothy, ma sœur Kathleen, mon frère Tommy et ma grand-mère maternelle « Mamie » ont été un noyau familial idéal. Grâce à leur existence, grandir dans la famille Brennan a été une merveilleuse aventure dont je n'ai que de précieux souvenirs. Tout au long de ma vie, l'amour qu'ils m'ont donné et le soutien qu'ils m'ont apporté ont valu tout l'or du monde pour moi, et j'ai fait de mon mieux pour ne jamais les décevoir. Bien que mes parents et Mamie ne soient plus là, je compte sur Kathleen et Tommy, sur mes nombreux cousins Brennan, McGuire, Murphy et Diffley – aux États-Unis et en Irlande – ainsi que sur ma belle-famille Pokluda pour continuer de me soutenir et de m'encourager.

Mes camarades de classe, mes enseignants laïcs, mes entraîneurs, mes sœurs franciscaines et mes frères chrétiens des écoles primaires et secondaires de *Saint-Joseph of the Palisades* méritent tous d'être félicités ou réprimandés pour ce que j'ai fait de ma vie. En repensant à cette période, dans le New Jersey, je réalise que j'ai eu de la chance d'être élevé dans une communauté qui renforçait les valeurs morales que l'on m'enseignait à la maison. Joe Boucher, Gerry Boyle, Mike Cahill, Frank Doty, Robert Keane et Kevin Kiley ne sont que quelques-uns des nombreux amis d'enfance qui ont eu une influence profonde et durable sur ma vie.

À l'université de Fordham, les professeurs John Entelis et John Banja m'ont inculqué un intérêt permanent pour le Moyen-Orient et la poursuite de la sagesse. Si je n'avais pas eu la chance d'être leur élève, à un stade très formateur de mes études, je suis certain que ma vie n'aurait pas été aussi enrichissante, fascinante et stimulante qu'elle l'a été. Plusieurs années après ma carrière universitaire à Fordham, j'ai été profondément honoré que le président de l'université de Fordham, le père Joseph McShane, me demande de donner le discours de remise des diplômes à la promotion de 2012. Le père McShane est depuis devenu un bon ami et une source d'inspiration. En tant que membre éminent du Centre de sécurité nationale de la faculté de droit de l'université de Fordham, je remercie le directeur du Centre, la professeure Karen Greenburg, et les étudiants Milana Bretgoltz, Raina Dugirala et Nigel Frank, pour leur soutien et leur contribution aux recherches initiales associées à ce livre. De façon similaire, les professeurs Steven Slick et Paul Pope de l'université du Texas, à Austin, m'ont gracieusement invité à partager mon expérience en matière de sécurité nationale et de renseignement avec leurs étudiants Longhorn.

Il existe un nombre incalculable d'officiers de la CIA, encore en service ou à la retraite, à qui je dois une profonde dette de gratitude pour le soutien, la camaraderie, le mentorat, l'amitié et l'orientation qui m'ont été fournis entre 1980 et 2017. Bien que je ne puisse pas fournir beaucoup de noms en raison de liens avec des missions ou notre sécurité, je me permettrai d'en citer quelques-uns. En rapport avec mes vingt-cinq premières années à la CIA, je suis particulièrement reconnaissant envers John Helgerson, Tom Elmore, Bob Ames, Bob Layton, Hal Wilcox, Jack Duggan, Karl Ruyle, John Lauder, Paul Metzger, Gordon Sund, Sten Schreiber, Paul Pillar, Martha Kessler, Tom Wolfe, David Carey, Carolyn Stettner, Jack Devine, Alan Fiers, Fred Turco, David Cohen, Doug MacEachin, John Gannon, Sandra Kruzman, Helene Boatner, Winston Wiley, Jami Miscik, Dottie Hanson, John Edwards, Ken Levit, Michael Morell, Bill Harlow, Alan Wade, Cindy Bower, Mary Corrado, John Gordon, Jim Pavitt, Lloyd Salvetti, Marty Petersen, Buzzy Krongard, John McLaughlin et George Tenet, ainsi que les assistantes spéciales Mary, Theresa, Wendy et Blondine. Après mon retour en tant que directeur en 2013, j'ai connu des milliers de collègues, en seulement quatre années, qui m'ont offert un soutien inestimable, des conseils avisés et avec qui j'ai été honoré de servir, notamment mes adjoints Michael Morell, Avril Haines et David Cohen, les directeurs exécutifs Sue Bromley et Meroe Park, les directeurs juridiques Stephen Preston et Caroline Krass, les chefs de cabinet Rodney S., Deb B., Tanya P. et Brian C., le directeur des affaires publiques Dean Boyd, le directeur des relations avec le Congrès Neal Higgins, et les dizaines d'officiers de la CIA qui m'ont servi d'assistants exécutifs et de chefs des cinq directions et des dix centres de mission de la CIA, et qui ont tous donné d'eux-mêmes de manière désintéressée et sans réserve. Mes assistantes spéciales Lisa O. et Brenda C. méritent une montagne de remerciements pour la patience, la tolérance et les compétences qu'elles ont manifestées tout en gérant mon emploi du temps, mes habitudes de travail particulières, et les caprices associés à ma personnalité.

Je serai éternellement reconnaissant d'avoir eu l'occasion de travailler pendant huit ans, dont quatre ans à la Maison-Blanche, pour le Président Obama et le vice-président Biden. Je ne peux tout simplement pas dire assez de bonnes choses sur leur caractère, leur intégrité, leur intellect et leur amour du pays. Mes années de travail au sein de l'administration Obama ont été très enrichissantes, grâce au travail effectué en étroite collaboration avec des membres du cabinet, des officiers militaires et des patriotes travaillant très dur comme Jim Jones, Tom Donilon, Susan Rice, Rahm Emanuel, Bill Daley, Jack Lew, Denis McDonough, Mark Lippert, Tony Blinken, David Axelrod, Valerie Jarrett, Pete Rouse, Jim Messina, David Plouffe, Alyssa Mastromonaco, Pete Souza, Robert Gibbs, Jay Carney, Josh Earnest, Greg Craig, Bob Bauer, Kathy Ruemmler, Neil Eggleston, Mary DeRosa, Caroline Krass, Avril Haines, Lisa Monaco, David Kris, Nick Rasmussen, Liz Sherwood-Randall, Ben Rhodes, Mona Sutphen, Nancy-Ann DeParle, Samantha Power, Gayle Smith, Heidi Avery, Nick Shapiro, Tommy Vietor, Terry Szuplat, Cindy Chang, Katie Johnson, Anita Decker Breckenridge, Ferial Govashiri, Dora, Jason, et beaucoup d'autres.

Les femmes et les hommes des forces armées américaines, de la communauté du renseignement, du service diplomatique et des forces de l'ordre auront toujours mon plus grand respect et ma plus sincère appréciation. Je tiens également à mentionner tous les directeurs de la communauté du renseignement qui m'ont précédé, et qui m'ont permis, grâce à leurs nombreuses réalisations, de mener une carrière aussi respectable que possible. Ceux qui ont eu la plus grande influence sur ma carrière, que ce soit à titre d'exemple ou d'intercession, ont été Richard Helms, William Colby, George H. W. Bush, Bobby Ray Inman, William Webster, Bob Gates, Dick Kerr, John Deutch, George Tenet, John McLaughlin, Michael Hayden, Stephen Kappes, Leon Panetta, Michael Morell, et bien sûr, l'inimitable Jim Clapper.

Je n'aurais jamais entrepris ce voyage littéraire sans les encouragements, l'inspiration et les sages conseils offerts par mon agent littéraire, David Black. La persistance de David et son empressement à m'acheter une bouteille de bourbon haut de gamme avec une touche d'orange m'ont finalement convaincu de plonger tête première dans l'écriture de mon premier livre, mais peut-être pas mon dernier. Je n'aurais pas pu trouver quelqu'un de plus compétent ou de plus humain pour travailler sur ce livre.

Jamie Raab, le président et éditeur de Celadon Books, une division de Macmillan, a également été un collègue idéal, qui m'a patiemment guidé à travers le processus de publication, sans tenir trop compte de mes nombreuses peccadilles et des exigences de la CIA en matière de révision prépublication. Les collègues de Jamie, notamment Adriana Coada, Elizabeth Catalano, Kelly Too, Christine Mykityshyn, et Cecily van Buren-Freedman, forment une superbe équipe d'édition, et j'ai grandement apprécié leur indulgence ainsi que leur gentillesse alors qu'ils travaillaient avec un auteur très inexpérimenté et enclin à commettre des erreurs.

Je tiens aussi à sincèrement remercier le Comité de révision prépublication de la CIA, qui a exercé ses responsabilités de manière très professionnelle et consciencieuse. J'ai particulièrement apprécié que les membres du Comité et les officiers de la CIA impliqués dans l'examen de mon manuscrit le fassent durant une période rendue plus difficile par la pandémie du COVID-19 et l'environnement politique à Washington.

Je dois ensuite remercier deux autres personnes de la plus spéciale de manière. Bill Harlow, tout d'abord, est un ami intime et confident depuis de nombreuses années, et je serai toujours reconnaissant de l'incroyable soutien, orientation et expertise du monde littéraire qu'il m'a fournis tout au long de mon parcours d'écrivain. Il ne fait aucun doute, à mes yeux, que j'aurais cessé de rédiger ce livre à plusieurs reprises si je n'avais pas entendu les mots d'encouragement tant appréciés, quoique souvent irrévérencieux de Bill. Tout comme Bill, mon ancien conseiller principal à la Maison-Blanche et chef de cabinet adjoint à la CIA, Nick Shapiro, a été mon « chuchoteur » pendant de nombreuses années. Les conseils de Nick sur les médias et les relations publiques ont toujours su être très précis, et son amitié m'a aidé à tenir bon pendant les périodes difficiles, aussi bien pendant mon service au gouvernement qu'aujourd'hui.

Enfin, et malgré la richesse et la beauté de la langue anglaise, il n'y a pas de mots qui puissent exprimer la profondeur de mon amour et de mon appréciation pour ma femme Kathy, mes enfants Kyle, Kelly et Jaclyn, et mes petits-fils Kaiden et John. Si ma vie a un sens, c'est grâce à eux, et je les remercierai toujours pour avoir fait de mon existence sur cette terre un moment si merveilleux, précieux, et enrichissant.

À PROPOS DE L'AUTEUR

John O. Brennan a été directeur de l'Agence centrale du renseignement de mars 2013 à janvier 2017. En tant que directeur, il était responsable de la collecte et de l'analyse des renseignements, du déroulement des missions secrètes et des opérations de contre-espionnage, ainsi que des relations de liaison avec les services de renseignement étrangers. Entre janvier 2009 et mars 2013, M. Brennan a été l'assistant du Président, un rôle qui lui a permis de façonner la stratégie du gouvernement américain et de coordonner les politiques de l'administration Obama en matière de sécurité intérieure, de lutte antiterroriste, de cybersécurité, de catastrophes naturelles et de pandémies.

M. Brennan a travaillé à la CIA de 1980 à 2005, un quart de siècle durant lequel il s'est spécialisé dans les affaires du Moyen-Orient et dans la lutte antiterroriste. Il a été chargé de briefer le Président Clinton, avant de devenir chef de cabinet du directeur du renseignement central de l'époque, George Tenet, et directeur exécutif adjoint. En 2003, il a pris la tête d'un effort multiagences pour établir ce qui deviendrait le Centre national de lutte contre le terrorisme, avant de devenir le premier directeur du Centre en 2004. Après son départ de la CIA, en 2005, il a travaillé dans le secteur privé pendant trois ans.

M. Brennan a obtenu une licence en sciences politiques de l'université de Fordham en 1977. Il a étudié à l'université américaine du Caire de 1975 à 1976. Il a rejoint l'université du Texas à

Austin, où ses efforts lui ont permis, en 1980, d'obtenir une maîtrise en études gouvernementales avec une spécialisation dédiée au Moyen-Orient.

M. Brennan est actuellement membre éminent du Centre de sécurité nationale de la faculté de droit de l'université de Fordham, chercheur distingué de l'université du Texas à Austin, analyste principal en renseignement et en sécurité nationale sur les chaînes NBC et MSNBC, et conseiller de diverses entreprises du secteur privé.

Imprimé en France par CPI
en mars 2021

Dépôt légal : mars 2021
N° d'impression : 161638

Talent Éditions est engagé dans le développement durable afin de limiter l'empreinte carbone de la fabrication de ses livres. Soucieux de l'impact environnemental de notre métier, nos ouvrages sont imprimés en France sur du papier certifié issu de plantations gérées de manière éco-responsable. Les livres non-commercialisables sont recyclés et réutilisés pour la fabrication d'autres produits cartonnés.